Gilbert Morris

Wakefield Chronik

Band 4

Stärke des Herzens

GILBERT MORRIS

STÄRKE DES HERZENS

Aus dem amerikanischen Englisch
von Laura Zimmermann

SCM
Hänssler

SCM

Stiftung Christliche Medien

SCM Hänssler ist ein Imprint der SCM Verlagsgruppe, die zur Stiftung Christliche Medien gehört, einer gemeinnützigen Stiftung, die sich für die Förderung und Verbreitung christlicher Bücher, Zeitschriften, Filme und Musik einsetzt.

MIX
Papier aus verantwortungsvollen Quellen
FSC® C014496
FSC
www.fsc.org

Dieser Titel erschien zuvor unter der ISBN 978-3-7751-2747-9.

1. Auflage 2020 (2. Gesamtauflage)

SCM Hänssler in der SCM Verlagsgruppe GmbH
Max-Eyth-Straße 41 · 71088 Holzgerlingen
Internet: www.scm-haenssler.de · E-Mail: info@scm-haenssler.de

Originally published in English under the title: *The Fields of Glory*

Published by Tyndale House Publishers, Inc.

Übersetzung: Laura Zimmermann
Umschlaggestaltung: Jan Henkel, www.janhenkel.com
Wappen: Adler: © Potapov Alexander/Shutterstock.com,
Schild: ©pashabo/Shutterstock.com,
Titelbild: Stadt/Häuser: © Michael Trevillion/Trevillion Images,
Frau: © Malivan_Iuliia/Shutterstock.com, Mann links: © Kamenetskiy Konstantin/
Shutterstock.com, Mann rechts: © majorosl/iStock.com
Satz: Satz & Medien Wieser, Aachen
Druck und Bindung: GGP Media GmbH, Pößneck
Gedruckt in Deutschland
ISBN 978-3-7751-5998-2
Bestell-Nr. 395.998

INHALT

Die Wakefield-Dynastie

Robin Wakefield (1558–1625) ⚭ Allison (1564–1641)

Kinder:

Christopher (1594–1667)
⚭ 1624 Patience Livingstone (1602–1637)
⚭ 1645 Angharad Morgan (1611–)

Kinder von Patience Livingstone und Christopher:

Gavin (1625–) ⚭ 1649 Susanne Woodville (1626–)

Amos (1637–)

Kind von Christopher und Angharad Morgan:

Hope (1648–) ⚭ 1672 Darcy Wingate

Kinder von Susanne Woodville und Gavin:

Lucy (1660–)

Alfred (1664–)

I

Commonwealth 1645–1659

1

EINE BEHERZTE FRAU

Plötzliche Anspannung durchschauerte Leah Grayson, als sie den Klang von Pferdehufen hörte. Sie ging zum Fenster und spähte vorsichtig hinaus. Beim Anblick zweier schwer bewaffneter Soldaten, die eben von ihren Pferden abstiegen, presste sie grimmig die Lippen zusammen und schob den Türriegel vor. Sie hatte am Vortag Kanonendonner gehört und wusste, dass überall rund um ihr Haus die Schlacht tobte. Erst vor Kurzem waren mehrere Gruppen Berittener vorbeigezogen, aber keine hatte angehalten.

Warum können sie uns nicht in Frieden lassen?, dachte Leah. Zorn stieg in ihr auf, als die Stimmen lauter wurden. Ihre Tante und ihr Onkel hatten sie davor gewarnt hierzubleiben und in Unheil verkündendem Ton davon gesprochen, dass sie dann den feindlichen Soldaten auf Gnade und Ungnade ausgeliefert wäre. Dennoch hatte sie sich geweigert, das Vieh zu verlassen. Zu oft in ihrem jungen Leben hatte sie die Bitterkeit der Armut verspürt. Das Vieh zu verlieren wäre mehr, als sie ertragen konnte.

»Wenn Prinz Ruperts Männer kommen, bist du in großer Gefahr«, hatte ihr Onkel sie bedrängt. »Keine Frau ist vor ihnen sicher!«

»Sie sollen es nur wagen, die Hand gegen mich zu erheben«, hatte sie geantwortet und ihre Augen waren schmal geworden. »Sie würden sich rasch am falschen Ende einer Heugabel wiederfinden! Gott hat uns dieses Heim und diese Tiere geschenkt und ich werde sie nicht aus Furcht im Stich lassen!«

Die Tür erzitterte und eine laute Stimme schrie mit einem Fluch: »Mach auf!«

Offensichtlich sollte sie Gelegenheit bekommen, ihre kühnen Worte zu beweisen.

Verstohlen wich Leah an die Wand zurück. Ihre Hände ballten sich zu Fäusten. *Vater Gott*, betete sie, *gib mir Weisheit … und Mut!* Sie schlüpfte aus dem Zimmer und eilte in die Küche. Während die Vordertür unter gewaltigen Schlägen erzitterte, sah sie sich nach allen Seiten um, dann ging sie zum Tisch. Eben als ihre Hand sich um den Griff eines Fleischermessers schloss, hörte sie, wie die Vordertür aufsprang.

Hastig eilte sie in den Flur und sah dort einen großen Mann mit einem Schwert in der Hand ihr Heim betreten. Ihm folgte ein weiterer Mann. Beide trugen die Uniformen von Ruperts Kavallerie.

»Na, was ist denn das?« Der Größere der beiden war ein grober Kerl mit einem roten Gesicht, das zum größten Teil unter einem dicken rotbraunen Bart verschwand. Das Haar hing ihm in langen Locken über den Rücken – eine Mode, für die die Kavalleristen eine Vorliebe hatten – und seine Augen waren grausam. Er wandte sich dem anderen Soldaten zu und grinste. »Sieht so aus, als hätten wir eine Gefangene gemacht, Matthew.«

Der andere Mann war viel kleiner und hatte scharfe, füchsische Gesichtszüge. Er näherte sich Leah. Seine schieferblauen Augen glitzerten. »Komm schon, Fräuleinchen, rück heraus, was im Haus ist.«

»Hier gibt es kein Geld, Sir«, antwortete Leah. Ihre Stimme war ruhig, aber bestimmt. »Wir sind arme Leute.«

»Lüg mich nicht an, Mädchen!« Der Soldat namens Matthew bewegte sich wie eine zustoßende Schlange, seine Hand schoss vor und packte den Arm des Mädchens. Leah zwang sich, ruhig zu bleiben. Das Messer hielt sie in den Falten ihres Rockes verborgen.

Sie würde keinen Gebrauch davon machen, es sei denn, sie ließen ihr keine andere Möglichkeit.

Der Mann, der sie festhielt, betrachtete sie aus schmalen Augen. »Wir wissen, dass du das Silber versteckt hast. Halt uns nicht zum Narren. Sieh dich einmal um, Charles. Du kennst diese Schweine.«

»Genau!« Der große Mann legte sein Schwert ab und begann die kleine Hütte zu durchwühlen, wobei er die mageren Besitztümer grob durcheinanderwarf. Er schritt in den anderen Raum hinüber, riss dort alles in Stücke, dann kam er heraus und knurrte: »Nichts als Lumpen und alter Kram, Matthew.«

»Dann hat sie es vergraben.« Matthews Blick hing an Leahs Gesicht. »Hör mal, Mädchen, wir kriegen deinen Kram, also rück ihn freiwillig raus, verstanden? Hat keinen Sinn, wenn du dir selber Schwierigkeiten machst.«

Leahs Gesicht war bleich, aber sie antwortete ihm ruhig: »Ich habe es Euch bereits gesagt, Sir, wir besitzen nichts.«

Ein Ausdruck des Widerwillens huschte über Matthews Gesicht und er streckte die Hand aus, ergriff Leahs Kinn und hob es an, sodass sie den Kopf in den Nacken legen musste. Sie hielt seinem Blick unbewegt stand, als er sie mit Flüchen überschüttete und verlangte, dass sie das Versteck ihrer Schätze verrate.

Charles spähte in einen Topf, der über einem kleinen Feuer hing. Er krauste die Nase und sagte ärgerlich: »Schweinefraß! Nur für Schweine genießbar!« Er näherte sich seinem Gefährten, der die junge Frau festhielt, und ein listiger Ausdruck trat auf seine platten Züge. Er blinzelte seinem Spießgesellen zu. »Na, wenn sie uns schon nichts anderes gibt, dann kann sie uns doch ein bisschen Spaß machen, oder?«

»Das nenn ich eine Idee.« Matthew grinste und bewegte seine Hand von Leahs Gesicht zu ihrem Arm. Dann erstarrte er mitten in der Bewegung, sein Mund klaffte auf, als er Leah fassungslos anstarrte. Sie hatte plötzlich das Messer zum Vorschein gebracht und presste die Spitze gegen seine Kehle. »Was zum –!«, prustete er, dann schnappte sein Mund zu, als Leah das Messer ein wenig fester anpresste.

Charles machte eine Bewegung, als wollte er ihren Arm packen, aber sie warf ihm einen warnenden Blick zu. »Wenn Ihr Euren Freund nicht sterben sehen wollt«, sagte sie, und ihre Stimme war kalt, »dann weicht Ihr jetzt bis an die Wand zurück.«

Er blickte Matthew unsicher an. Der quakte: »Tu, was sie dir sagt, du Tölpel! Bevor sie mir den Hals abschneidet!«

Leah beobachtete, wie der Soldat sich langsam entfernte, bis sein

Rücken die Wand berührte. Sie fing Matthews Blick auf – und ein eisiger Schauer überrann ihn, denn er fand den Stahl im Blick der Frau wieder. »Wenn Ihr mir schon sonst nichts glaubt«, sagte sie zu dem Mann, ohne seinen Blick eine Sekunde lang loszulassen, »so glaubt mir dies: Ich werde von diesem Messer Gebrauch machen, um mich zu schützen.« Sie steigerte den Druck ein wenig, um ihre Worte zu unterstreichen, und bemerkte befriedigt, wie die Augen des Mannes sich weiteten. »Auf jede Weise. Lasst mich jetzt los.«

Der Mann ließ langsam ihren Arm los.

Gott, was soll ich jetzt tun?, betete sie. Sie fühlte sich ein wenig verzweifelt. Es war eine Sache gewesen, den Angriff zu stoppen, aber wie sollte sie diese Männer zwingen, ihr Heim zu verlassen, ohne dass es zu weiteren Auseinandersetzungen kam?

Plötzlich drang eine Stimme von der Tür her.

»Braucht Ihr hier Hilfe, Miss?«

Aufgeschreckt wandte Leah den Kopf in die Richtung, aus der die Stimme kam, wobei sie darauf achtete, das Messer an seinem Platz zu lassen. Aber als sie das tat, nutzte Charles ihre Unaufmerksamkeit aus und sprang vor, um sein Schwert zu packen.

»Vorsicht!«, schrie Leah dem Neuankömmling zu, einem hochgewachsenen jungen Mann, der die Uniform von Cromwells Truppen trug. Zum Glück balancierte er ein Schwert locker in der großen Hand. Er war so groß wie die beiden anderen Soldaten und die Art, wie er sich auf den nun bewaffneten Charles zubewegte, hatte etwas Bedrohliches an sich.

»Legt die Waffe weg und wir sind quitt«, sagte der junge Soldat mit ruhiger Stimme. »Wenn nicht, bin ich gezwungen, Euch niederzuhauen.«

Augenblicklich hielt Charles sein Schwert in Bereitschaft, ein rüpelhaftes Lächeln auf den Lippen. »Wir werden sehen, wer hier wen zerhaut!« Er tat einen Schritt vor, das Schwert in der ausgestreckten Hand, und als er nahe genug war, stieß er einen Schrei aus und schwang es mit einer lange geübten Bewegung – aber es berührte seinen Gegner nicht, denn das Schwert des anderen wirbelte schneller, als das Auge folgen konnte, und traf ihn voll an der Schläfe. Charles fiel lautlos zu Boden. Das Weiße in seinen Augen wurde sichtbar, während das Blut aus dem Schnitt an der Seite seines Kopfes tropfte.

Der Soldat wandte sich Leah zu und beobachtete, wie sie Matthew in Schach hielt. Ein Lächeln breitete sich über sein Gesicht und ein bewundernder Blick trat in seine Augen. »Nun, Ihr scheint den einen ja gut unter Kontrolle zu haben«, sagte er.

Leah errötete. Sie konnte nicht anders, ein Lächeln kräuselte ihre Lippen zur Antwort. »Ich wüsste es sehr zu schätzen, wenn Ihr Euch an meiner Stelle um ihn kümmern würdet«, sagte sie. »Ich bin seiner Gesellschaft müde, aber ich fürchte, er wird mich nicht freiwillig verlassen.«

»Nun, Sir«, sagte der Mann, und sein Blick nagelte Matthew fest. »Was sagt Ihr? Wollt Ihr mir ruhig folgen, um Euch zu Cromwells anderen Gefangenen zu gesellen, oder soll ich zulassen, dass die schöne Dame Euch ein Ende macht?«

Matthews einzige Antwort war ein zorniges Gurgeln, denn der Druck von Leahs Messer hinderte ihn sehr wirkungsvoll am Sprechen.

»Fein, es freut mich, dass Ihr Euch so willig ergebt«, sagte der hochgewachsene Soldat. Sein Lächeln wurde breiter. »Wenn Ihr nun so freundlich sein wollt und die Hände ausstreckt?«

Matthew tat wie geheißen und der junge Mann zog eine Lederschnur aus der Tasche. Dann drehte er die Hände des Schurken hinter seinen Rücken und band sie sicher fest. Jetzt erst ließ Leah das Messer sinken.

»Es hat mich gefreut, Euch kennenzulernen, meine Dame«, sagte der Soldat. Er packte Matthew am Arm und stieß ihn auf den immer noch bewusstlosen Charles zu. Er band auch die Hände des reglosen Mannes, dann stieß er Matthew neben seinem Spießgesellen zu Boden.

Als seine Gefangenen sicher gefesselt waren, wandte er sich um und trat auf sie zu. »Mein Name ist John Bunyan. Ich bin in General

Cromwells Armee.« Er hatte ein angenehmes Gesicht, und Sorge malte sich in seinen blauen Augen, als er fragte: »Seid Ihr in Ordnung? Sie haben Euch doch nichts angetan?«

»Nein, Sir, durch Gottes Gnade ist mir nichts geschehen.«

Bunyan sah, dass sie zwar keine außergewöhnlich attraktive junge Frau war, aber ihre Züge waren regelmäßig und sie hatte eine gute Figur. Aus milden braunen Augen sah sie ihn an und üppiges kastanienbraunes Haar stahl sich unter ihrem Häubchen hervor. Ihre Lippen hatten etwas Sanftes an sich und die ebenmäßigen Linien ihres Gesicht gaben ihrem Ausdruck etwas Graziöses. Sie war nicht groß, und als sie da stand und zu ihm aufblickte, dachte er, dass sie etwas beinahe Kindliches an sich hatte. Dennoch, die Art, in der sie den beiden Männern gegenübergetreten war, war alles andere als kindlich gewesen. Er hatte keinen Zweifel daran, dass sie eine erwachsene Frau war.

»Nun, da bin ich ja froh, dass ich gerade des Weges kam«, sagte er und nickte. »Der Rest meiner Schwadron ist nicht mehr als eine halbe Meile entfernt. Ich kam zu Eurem Haus, um etwas zu trinken zu finden –«

»Oh, wir haben einen guten Brunnen! Ich will Euch gleich frisches Wasser holen!« Leah eilte zum Brunnen und Bunyan folgte ihr. Während er das frische, kühle Wasser trank, erzählte sie ihm, wie ihre Tante und ihr Onkel geflohen waren. »Sie beschworen mich, mit ihnen zu kommen, aber ich konnte Lucy und Alice nicht alleinlassen.«

»Lucy und Alice?«, fragte Bunyan. »Sind das Eure Cousinen?«

Sie lachte plötzlich und zwei Grübchen erschienen in ihren Wangen. »Oh nein – das ist die Kuh und das neue Kalb! Ich konnte doch nicht zulassen, dass die Soldaten sie abschlachten!«

Er lächelte und genoss den Klang ihres Lachens. »Das ist sehr nett von Euch, und ich bin überzeugt, Lucy und Alice sind Euch gebührend dankbar.« Bunyan setzte sich auf den Brunnenrand und hörte der jungen Frau zu. Er war müde und das Wasser war erfrischend – außerdem hatte er schon eine ganze Weile nicht mehr mit einer jungen Frau gesprochen. Er fand sie anziehend und wäre gern länger geblieben, aber er wusste, dass er das nicht tun konnte. So schüttelte er die Müdigkeit von seinen breiten Schultern und sagte: »Ich muss diese beiden ins Lager schaffen. Danke für das Wasser.«

Leah blickte zu ihm auf. Der Ausdruck in ihren Augen war warm. »Und danke für Eure Hilfe, Sir. Ich wusste nicht mehr, was ich als Nächstes tun sollte. Ich bezweifle, dass ich diese beiden hätte länger in Schach halten können, ohne dass irgendjemand ein schlimmes Ende genommen hätte. Ich wünschte, ich könnte mich Euch erkenntlich zeigen.« Ein Gedanke kam ihr und sie fragte: »Vielleicht könntet Ihr zum Essen bleiben? Mein Onkel und meine Tante sind nicht weiter als eine Meile von hier versteckt. Ich werde sie sofort holen, jetzt, wo der Krieg vorbei ist.«

»Nun, das ist sehr freundlich von Euch«, sagte Bunyan und sie sah ehrliche Freude in seinen Augen. »Ich muss zurück zu den anderen, aber ich glaube, wir werden hier eine Weile kampieren. Wenn ich Urlaub bekommen kann, werde ich kommen und Eure Kochkunst versuchen.« Er lächelte sie an.

Leah erwiderte sein Lächeln. »Gott muss Euch gesandt haben, Mr Bunyan.«

Überrascht starrte Bunyan in ihr eifriges Gesicht. »Nun, ich weiß nicht recht. Ich bin kein Christenmensch.«

Aber Leah nickte und ihre Augen waren warm vor innerer Gewissheit. »Das hat nichts zu besagen, denn Gott gebraucht alle Menschen, wie es *ihm* gefällt. Und er hat Euch gewiss hierhergesandt, um mir zu helfen. Gepriesen sei sein Name!«

Bunyan fühlte sich von Leahs schlichtem Glauben angezogen. Sie hatte etwas Reizvolles an sich, und er entschloss sich, sie näher kennenzulernen. »Ich nehme Eure Einladung an, Miss. Ich werde so bald wie möglich zurückkehren.« Er lud Charles' reglosen Körper auf ein Pferd, band ihn fest, dann bestieg er das zweite Pferd und führte den mürrischen Matthew die Straße entlang davon. Als er einen Blick zurückwarf, sah er die junge Frau dastehen und ihm nachsehen. Sie winkte ihm zu, und als er die Geste erwiderte, zog ein Lächeln über sein Gesicht.

Ja, das ist wirklich eine feine, tapfere junge Frau! Ich wüsste nur zu gerne, ob sie auch kochen kann!

* * *

Drei Wochen waren vergangen, seit Prinz Ruperts Streitkräfte vom Schlachtfeld bei Naseby gejagt worden waren. Für Leutnant Gavin Wakefield war die Zeit in gesegnetem Frieden verlaufen. An diesem Morgen hatte er sein Pferd bestiegen und sich auf die Suche nach seinem Freund John Bunyan gemacht. Bunyan war ein kräftiger junger Mann von siebzehn Jahren; er war mit einem rosigen Gesicht und einem Paar hellblauer Augen gesegnet und unter den Männern für sein fröhliches Wesen bekannt.

Aber die Freundschaft des Leutnants mit dem jungen Soldaten hatte tiefere Gründe: Bunyan hatte in einer früheren Schlacht Gavins Leben gerettet. So kam es, dass Wakefield in den darauffolgenden Kampagnen stets darauf achtete, ein Auge auf seinen neuen Freund zu haben.

Als er dahinritt, flatterte Gavins aschblondes Haar sanft in der Brise, und seine blaugrauen Augen durchforschten das Lager. Es dauerte nicht lange, bis er Bunyan an der improvisierten Schmiedeesse fand, wo der junge Mann damit beschäftigt war, die beschädigte Parierstange eines Schwertes zu reparieren.

Als Gavin sich aus dem Sattel schwang, sagte er fröhlich: »Nun, John, wie geht es dir mit deinem Liebeswerben?«

John, dessen Gesicht von der Hitze der Esse doppelt so rot war wie sonst, warf seinem Freund einen vorwurfsvollen Blick zu. »Nun, Herr Leutnant, so würde ich es nicht nennen.« Er senkte den Blick und versetzte dem glühenden Metall ein paar geschickte Hammerschläge, dann tauchte er es in einen Zuber mit Wasser. Während es zischte, wandte er sich wieder Gavin zu. Sein Gesicht war ernster als gewöhnlich. »Ich habe einer Frau nichts zu bieten, also kann ich auch keine umwerben, oder?«

Gavin lehnte sich an die hoch aufragende Ulme, die Bunyan Schatten spendete. Die Truppe hatte die Erlaubnis bekommen, sich auszuruhen, und er hatte den Müßiggang genossen. Cromwell war nach der Schlacht nach London gereist und die Disziplin hatte nachgelassen. Als Gavin nun Bunyans hochgewachsene Gestalt betrachtete, wurde ihm klar, dass er nicht die geringste Vorstellung davon hatte, was ein Mann aus Bunyans sozialer Schicht vom Hofmachen hielt. Wakefield, der aus einer reichen Familie stammte, kannte nur die Sitten seiner Klasse. Er hob den Blick, und während Bunyan geschickt an der metallenen Parierstange arbeitete, fragte er: »Was wirst du tun, wenn du nach Elstow zurückkehrst?«

»Zu dem zurückkehren, was ich kenne, Sir.«

Gavin beobachtete ihn stumm und wählte seine nächsten Worte sehr sorgfältig. »Wenn du möchtest, könnte ich meinen Vater fragen, ob wir dich in Wakefield gebrauchen können. Dort gibt es jede Menge Arbeit.«

Bunyan blickte auf und lächelte. »Das ist sehr freundlich von Euch, Sir. Aber mein Vater erwartet von mir, dass ich ihm helfe.«

»Und wie steht es mit einer Ehefrau? Hättest du nicht gerne deine eigene Familie?«

»Ob ich das nun möchte oder nicht, Sir, ich habe einer Frau nichts zu bieten. Ich möchte einen Menschen, der mir am Herzen liegt, nicht bitten, meine Armut zu teilen.«

Gavin nickte. Er hatte vollstes Verständnis für diese Argumente. Und dennoch … Bunyan schien mehr als nur oberflächlich interessiert an der jungen Frau. *Ach was, es ist nicht meine Sache*, sagte sich Gavin und wandte sich anderen Themen zu.

Im Lauf der nächsten zwei Wochen besuchte Bunyan Leah fünfmal. Er freute sich mehr und mehr auf das Zusammensein. Ihr Haus – oder besser gesagt das Haus ihres Onkels – lag nur fünf Meilen vom Lager entfernt, also kam Bunyan oft zu Besuch, wenn die Sonne eben die Hügel im Osten berührte. Für gewöhnlich begrüßte ihn Leahs Onkel, ein wackerer alter Mann namens Henry Jacobs. Jacobs hatte nicht viel übrig für Soldaten, aber er hatte Bunyan näher kennengelernt; der Humor und der Charakter des jungen Mannes hatten sein Herz gewonnen, sodass die beiden gute Freunde geworden waren. John hatte seine Geschicklichkeit auch Jacobs zugute kommen lassen. Alles hatte er repariert, was eine Reparatur brauchte. Das machte ihn bei Leah und ihrem Onkel umso beliebter.

Eines Samstags arbeitete Bunyan bis zum späten Nachmittag im Militärcamp, dann bat er um Urlaub bis zum Morgen. Sein Sergeant grinste ihn an. »Sag der jungen Frau meinen Gruß, Bunyan. Und bring mir wieder einen ihrer Kuchen mit, wie das letzte Mal.«

»Das mache ich, Sir«, antwortete er, und auf seinem Gesicht lag ebenfalls ein Grinsen. Er hatte schon längst bemerkt, dass sein Kommandant eine Schwäche für Hausmannskost hatte. So hatte er Leahs Talente geschickt genutzt und konnte sicher sein, dass seine Urlaubsgesuche wohlwollend behandelt wurden.

Er begab sich zum Häuschen der Jacobs, und nach einem köstlichen Abendessen begleitete er Leah, als sie das Vieh füttern ging. Er half ihr dabei, dann führte er sie zu einer alten Eiche und setzte sich neben ihr nieder. Sie ruhten sich in freundlichem Schweigen aus und beobachteten die Sterne.

Schließlich wandte Bunyan sich um und forschte in Leahs Gesicht. »Ich gehe nächste Woche weg«, sagte er zögernd.

»Du gehst?« Leah wandte sich augenblicklich zu ihm um. »Zieht die Armee weiter?«

»Nein, einige unserer Truppen haben den Abschied bekommen. Ich kehre nach Elstow zurück.«

»Oh.« Leah blickte einen Augenblick auf ihre Hände nieder, dann flüsterte sie: »Ich – ich werde dich vermissen, John.«

»Wirst du das wirklich?« Seine Stimme hatte einen neckenden, aber zärtlichen Unterton.

Sie blickte auf und begegnete vorwurfsvoll seinem Blick. »Du weißt, dass ich es tun werde!«

Das silberne Licht des Mondes badete ihr Gesicht. Sie wirkte sehr jung und beinahe hübsch. Sie trug ihr bestes Kleid, und als er sie anblickte, sprach John den Gedanken laut aus, der ihn seit vielen Tagen beschäftigte.

»Leah, ich habe kein Geld. Nur meinen Sold von der Armee. Aber ich bin ein guter Arbeiter. Alle sagen das.«

Leah schwieg und wartete, dass er weiterredete, aber er blickte beiseite, als wäre er plötzlich verlegen geworden. Sie streckte die Hand aus und legte sie auf die seine – es war das erste Mal, dass sie ihn so berührte. Er blickte sie überrascht an. Sie sagte mit weicher Stimme: »Du bist der freundlichste Mann, den ich je kennengelernt habe, John.«

Ihre Worte ließen Bunyans Augen aufleuchten und er schloss seine Hand um die ihre. »Leah ... hast du mich je als einen Mann betrachtet, den du heiraten könntest?«

Leah nickte, dann wisperte sie: »Ja, das habe ich.«

Johns Herz schien zu singen. Er zog sie in seine Arme. Sie war klein und zerbrechlich, und ihre Lippen waren weich und süß, als er sie küsste. »Ich habe dich sehr gern«, sagte er, während er sich zurückzog. »Wir werden arm sein, aber du wirst mich niemals niederträchtig erleben. Ich werde dir ein guter und getreuer Ehemann sein.«

»Oh, John!« Leah klammerte sich glücklich an ihn. Sie wusste, bei diesem großen Mann war sie sicher. »Wir werden einander haben und wir werden Gott haben!« Sie zog sich zurück und Tränen standen ihr in den Augen, als sie sagte: »Gott hat dich zu mir gesandt. Das weiß ich!«

John zog sie eng an sich, und als sie sich an seine Seite kuschelte, war er voll Staunen, dass diese Frau – dieser wunderbare Schatz – ihm gehören sollte. Er lehnte die Wange an ihr weiches Haar und flüsterte: »Ja, Liebste, ich weiß es auch. Komm, wir wollen es deinen Leuten sagen.«

2

AMOS LERNT EINEN KESSELFLICKER KENNEN

1650

Amos Wakefield hasste es, zehn Jahre alt zu sein! Er durfte kaum etwas machen, das er gern machen wollte, und war gezwungen, eine Menge Dinge zu tun, die er nicht tun wollte. Dazu gehörte das Studium der lateinischen Sprache und das frühe Zubettgehen, während zu den erstgenannten die Jagd mit seinem Falken gehörten, den er Hook – Haken – genannt hatte nach den nadelscharfen Klauen, mit denen der besondere Vogel seine Beute zu töten pflegte.

An einem hellen Februarmorgen hatte er es satt, bedeutungslose lateinische Verben zu konjugieren – *amo, amas, amat* –, also verließ er sein Zimmer und schlich die Treppen hinunter. Eine der Mägde hätte ihn beinahe ertappt, aber er schaffte es gerade noch, sich hinter die Rüstung zu ducken, die einem fernen Ahnen gehört hatte. Als die Magd verschwunden war, verließ Amos in aller Eile das Haus und machte sich zu den Stallungen auf, wo die Vögel gehalten wurden.

Die Stallungen waren für Amos das bedeutendste Gebäude auf dem Gelände – und das Wichtigste daran waren die Pferdeställe, in denen sein eigenes Pferd, Destrin, seine Box hatte. Die Stallungen lagen nach Süden und hatten sehr kleine Fenster, die mit Horn bedeckt waren, um die Falken vor Zugluft zu schützen. Amos war mit jedem Zoll des Ortes vertraut, von der winzigen Feuerstelle an einem Ende bis zu dem kleinen Raum, in dem sich die Stallknechte trafen, um an nassen Abenden nach einer Fuchsjagd das Zaumzeug zu reinigen.

Der Junge bewegte sich rasch. Er warf keinen Blick auf die Gerätschaften, zu denen ein Kessel, eine Bank mit kleinen Messern aller Art und Wandbretter mit Töpfen darauf gehörten. Als er zu der Bank kam, auf der die Hauben der Falken aufbewahrt wurden, betrachtete er sie sorgfältig. Es war eine bemerkenswerte Sammlung: alte, von Rissen durchzogene Hauben, die angefertigt worden waren, bevor Amos geboren wurde; winzige Hauben für Bussarde und kleine Hauben für Falken. Alle waren in den Farben der Wakefields gefertigt: weißes Leder mit grünem Fries an den Seiten, umrandet von blaugrauen Reiherfedern.

Amos hob eine Haube auf, dann wandte er sich den Vögeln zu. Er ignorierte die beiden Bussarde und den alten Habicht. Er schlüpfte in den Handschuh, dann streckte er die Hand aus. Hook hob augenblicklich die Schwingen und setzte sich auf das Leder. Sein Griff war so wild, dass Amos spürte, wie die mächtigen Klauen sich in seinen Arm krallten. Ein Schauder durchrieselte ihn. *Ich frage mich, wie es wohl ist, ein Vogel oder eine Maus zu sein und zu fühlen, wie einen diese Krallen durchbohren.*

Einen Augenblick empfand er Mitleid für die Opfer des Falken, aber seine Vorfreude auf die Jagd überschattete diese Gedanken. Er vergewisserte sich, dass der Falke sicher auf seinem Arm saß, dann verließ er die Stallungen. Dreißig Minuten später befand sich Amos auf einem offenen Feld westlich des Schlosses. Er suchte den Himmel nach Beute ab und sah bald eine Wildgans, die nach Süden flog. Rasch löste er die Fessel des Falken. Hook erhob sich augenblicklich und Amos kratzte seine Füße und fuhr sanft mit den Fingern durch sein Brustgefieder.

»Komm schon, lass uns sehen, was ein königlicher Vogel zustande bringt«, wisperte er voll Zuneigung. Dann rief er laut: »So-ho!«, und warf den Arm hoch, um dem Raubvogel einen besseren Start zu geben. Hooks mächtige Schwingen schlugen die Luft, trugen ihn in die Höhe, bis er ein kleiner Punkt am Himmel war. Er überholte die Wildgans bei seinem Aufstieg, dann begann er Kreise zu ziehen. Wie immer, wenn der Falke sich bereit machte, seine Beute zu schlagen, schlug Amos' Herz einen Trommelwirbel! Er beobachtete, wie der Vogel zum Sturzflug ansetzte und die Gans schlug, dass die Federn nach allen Richtungen flogen. Die Wucht des Schlages tötete den größeren Vogel augenblicklich, und Hook zog Kreise und stieß einen schrillen Schrei aus, als der Kadaver seiner Beute zu Boden fiel.

Amos rannte durch die Disteln und merkte es kaum, als er sich einen bösen Kratzer auf der Wange zuzog. Als er beim Kadaver der Gans anlangte, hatte Hook eben einen Schnabel voll Federn ausgerupft.

»Gut!«, rief Amos laut. Er griff eilig zu, setzte Hook trotz dessen Widerstrebens die Haube auf und nahm den Vogel auf den Arm. »Ich würde dir diese Gans ja gerne zum Frühstück geben«, erklärte er, während er auf das Feld zurückkehrte, »aber wenn du dich vollstopfst, hast du keinen Grund mehr, etwas anderes anzugreifen, oder?«

Der eifrige Junge wanderte noch eine Stunde lang durch die Wälder und sah voll Vergnügen zu, wie Hook eine Taube und einen Waldhahn schlug. Die Sonne stand bereits hoch am Himmel, als Amos sich schließlich voll Bedauern nach Hause wandte.

»Zurück zu dem dummen alten Latein, Hook!«, klagte er. Er streichelte die seidigen Federn des Falken und fügte hinzu: »Ich wünschte, ich wäre ein Falke. Du brauchst niemals etwas anderes zu lernen als das Töten, nicht wahr?«

Er eilte den Pfad zum Schloss entlang und war erleichtert, als er feststellte, dass niemand in den Stallungen seine Ankunft bemerkt hatte. Rasch eilte er nach drinnen und ging geradewegs auf Hooks Sitzstange zu. Er nahm dem Vogel die Kappe ab, und als der Falke sich auf seine Sitzstange setzte, band er die Leine fest.

»Es sieht nicht so aus, als würdest du Latein lernen.«

Erschrocken fuhr Amos herum und sah seinen Vater, der im Schatten stand. »Oh – Vater!« Er schluckte schwer. »Ich – ich habe dich nicht gesehen.«

»Nein, du warst zu beschäftigt mit Hook.«

Amos hatte nicht wirklich *Angst* vor seinem Vater, aber es gab

Zeiten – wie jetzt, wenn er ungehorsam gewesen war –, dass ihn etwas sehr Ähnliches wie Furcht überkam. Seine Gedanken überschlugen sich, als er versuchte, sich eine Entschuldigung auszudenken, die ihm aus der Klemme heraushelfen würde, aber ihm fiel nichts ein. Er legte die Hände auf dem Rücken zusammen, drehte sie hin und her und wartete darauf, dass sein Vater sprach.

»Ich bin enttäuscht von dir, Sohn.«

Amos blickte rasch auf und sah, dass das keilförmige Gesicht seines Vaters traurig war. Christopher Wakefield war jetzt sechzig Jahre alt und die Zeit hatte ihre Spuren an ihm hinterlassen. Sein kastanienbraunes Haar war mit grauen Strähnen untermischt, und um seine Augen und seinen breiten Mund zeichneten sich Linien ab, die von einem harten Leben sprachen. Nur Chris' Augen waren dieselben wie in seiner Jugend: dunkelblau und leuchtend. Sie erschienen wie das perfekte Ebenbild der Augen des Jungen, der wie angenagelt unter dem Blick seines Vaters stand.

Als er in die Augen seines Vaters sah, wusste Amos, dass er nicht lügen konnte. »Ich war dir ungehorsam, Vater«, sagte er mit hoch erhobenem Kopf.

»Ja, das warst du.«

»Du kannst mich mit dem Rohrstock züchtigen, wenn du willst.«

Chris' Lippen waren streng zusammengepresst, aber bei Amos' unerwartetem Angebot verzogen sie sich zu einem Lächeln in den Mundwinkeln. Wakefield liebte seinen jüngeren Sohn von Herzen und sah oft seine eigene Jugend in dem Jungen wieder. Er betrachtete die stämmige Gestalt, das dunkelrote Haar mit den leichten Locken darin – genau so, wie sein Haar in diesem Alter ausgesehen hatte – und das kampflustige Kinn. Er wusste, dass sein Sohn mehr von ihm geerbt hatte als nur die äußere Ähnlichkeit, denn Christopher war ebenfalls ein rebellischer junger Mann gewesen.

Er studierte Amos' ernstes Gesicht einen Augenblick lang, dann fragte er: »Würde eine Tracht Prügel dich davon abhalten, mir ungehorsam zu sein?«

»Nein, Sir, ich glaube nicht.«

Christopher lachte laut bei diesem Eingeständnis. »Nun, dann werde ich es auch nicht tun.«

Erleichterung huschte über das Gesicht des Jungen, aber Chris freute sich, als er sah, dass sich in den jungen Augen seines Sohnes ein Ausdruck des Bedauerns abmalte, als er zu ihm aufblickte. »Es tut mir leid, Vater. Ich verspreche, ich werde zur Strafe zweimal so viel Latein lernen wie bisher.«

»Das wollte ich dir eben vorschlagen.« Christopher trat vor und berührte den wilden Kopf des Raubvogels. »Ist er gut geflogen, Sohn?«

»Oh ja, Sir!«

Christopher hörte zu, als der Junge mit vor Aufregung und Vergnügen glühenden Wangen die Jagd schilderte. Sosehr er sich über den lebhaften Bericht seines Sohnes freute, so fühlte er sich doch von einer Welle der Erschöpfung überkommen und setzte sich auf einem dreibeinigen Hocker nieder. Obwohl er es niemand gegenüber erwähnt hatte – nicht einmal Angharad oder dem Arzt gegenüber –, wusste Christopher, dass nicht alles in Ordnung war. Sein Herz hatte sich in den letzten sechs Monaten seltsam benommen. Hin und wieder durchfuhr ihn ein Schmerz in der Brust – als würde ein Schwert bis zum Griff hineingestoßen. Und noch öfter hatte er, wie auch in diesem Augenblick, ein seltsam *hohles* Gefühl in der Brust, als wäre er plötzlich sehr zerbrechlich geworden. Er setzte sich dann immer still hin, bis das Gefühl vorüberging. Eine kranke, graue Leere folgte darauf, die ihn auch jetzt überkam, als er dasaß und Amos lauschte.

Christopher achtete sehr darauf, sich den Schmerz und das Unbehagen nicht anmerken zu lassen; er wollte nicht, dass seine Familie sich Sorgen machte. Schließlich beendete Amos seine Geschichte und Christopher lächelte ihn voll Zuneigung an. »Ich muss bald wieder einmal mit dir jagen gehen. Das haben wir schon lange nicht mehr getan.«

»Morgen?«

»Wenn ich kann und wenn du dein Latein lernst.«

»Vater, erzähl mir vom König«, sagte Amos abrupt.

Ein Schatten zog über Chris' Gesicht und einen langen Augenblick saß er schweigend da. Er hatte Verständnis für das Interesse des Jungen, denn nie zuvor war in England etwas Ähnliches geschehen wie die Hinrichtung König Karls I. Könige waren auf dem Schlachtfeld gefallen, waren sogar von Meuchelmördern getötet worden, aber niemals war einer als Verbrecher hingerichtet worden!

»Ich habe mir den Tag auf dem Kalender angestrichen«, sagte Christopher langsam und blickte seinem Sohn geradewegs in die Augen. »Am 30. Januar 1649 hat England seinen König hingerichtet.«

Amos starrte ins Gesicht seines Vaters und bemerkte, wie traurig er aussah. »Aber er war ein – ein Blutmensch. Das sagen alle.«

»Karl war kein perfekter Mensch, Sohn, aber wer von uns ist das schon? Aber er war auch kein Verbrecher. Und nun … wer ist nun der Blutmensch?«

Die Frage sollte England noch jahrelang quälen. Cromwell und das Parlament waren zu dem Glauben gekommen, dass nur der Tod des Königs das schwer geprüfte Land retten konnte; andere, Männer wie Christopher Wakefield, waren jedoch überzeugt, dass Karls Tod niemals Frieden über England bringen würde.

»Ist er tapfer gestorben, Sir?«

Zuerst verblüffte die Frage Christopher; dann fiel ihm ein, dass er selbst seine beiden Söhne gelehrt hatte, wie wichtig es war, dem Tod mutig ins Auge zu schauen. Er zögerte mit der Antwort – aber es war wichtig für Amos, die Wahrheit in dieser Sache zu kennen.

»Ja, er ist tapfer gestorben«, sagte er. »Er stieg ohne ein Anzeichen von Furcht auf das Schafott. Man erzählte mir, er habe zwei warme Hemden übereinander getragen und gesagt, er wolle nicht vor Kälte zittern, damit die Leute nicht glaubten, er habe Angst.«

»Das war kühn, Sir!«

»Ja, das war es tatsächlich. Der Kammerdiener des Königs erzählte, dass er – als er am Tag seines Todes geweckt wurde – sagte: ›Dies ist mein zweiter Hochzeitstag. Ich möchte heute so adrett wie möglich aussehen, denn ich hoffe, noch vor dem Abend mit meinem gesegneten Jesus vermählt zu werden.‹« Christopher schüttelte den Kopf und fügte hinzu: »Ich muss annehmen, dass er Gott kannte, Amos. Er tat zwar viele törichte Dinge, aber tief im Herzen muss er gespürt haben, dass Gott ihn zum König von England auserwählt hatte.«

Einer der Falken stieß einen rauen Schrei aus und Vater und Sohn wandten sich zu ihm um. Amos sagte plötzlich: »Als Hook heute Morgen die Gans tötete, fragte ich mich, wie es wohl sei zu sterben.«

»Das fragen wir uns alle zuweilen«, antwortete Christopher. »Meiner Ansicht nach ist das Sterben sehr schwierig. Ich habe keine Furcht davor, meinem Erlöser gegenüberzutreten, aber Sterben ist etwas, das man nicht üben kann. Und doch müssen wir es alle tun. ›Es ist dem Menschen bestimmt, einmal zu sterben, danach aber das Gericht.‹ Selbst wenn wir diese Wahrheit kennen, schaudert das Fleisch vor dem Akt des Sterbens zurück.« Er blickte den Jungen an. »Die Männer und Frauen von Wakefield sind alle gut gestorben, Sohn. Wenn du an der Reihe bist, wirst du dem Tod mutig ins Auge sehen, davon bin ich überzeugt.«

Amos starrte seinen Vater an. »Ja, Sir, ich werde es versuchen.«

Christopher spürte, wie ihn eine Welle von Stolz auf seinen Sohn durchströmte, und er lächelte, als er weitersprach. »Am Tag der Hinrichtung war das Wetter kalt. Aber der König schien es nicht zu bemerken. Mit seinem silbernen Bart und Haupthaar, seiner aufrechten Haltung und den ruhigen Zügen war er durch und durch ein König. Und als er sprach, war sein Stottern verschwunden! Das war ein Wunder, denn er hatte immer gestottert.«

»Was sagte er?«

»Er sagte, er wünsche sich die Freiheit für das Volk – aber er sagte auch, das bedeute, dass die Menschen eine Regierung haben müssten. Da hatte er recht, Sohn! Wir werden schlimme Zeiten erleben, bis wir diese Lektion gelernt haben.«

»Was sagte er sonst noch, Vater?«

»Nun, er sagte, er vergebe denen, die ihn zu Tode gebracht hatten, und dass er eine vergängliche Krone ablege, um eine unvergängliche dafür einzutauschen.«

Die Szene blitzte vor Christophers Augen auf, und er schloss sie, während er sagte: »Er nahm ein kleines weißes Käppchen von seinem Kaplan entgegen und schob sein Haar darunter. Dann hob er Augen und Hände zum Himmel und betete.«

»Haben die Leute mit ihm gebetet?«

»Viele haben es getan. Ich auch. Schließlich ließ er seinen Mantel zu Boden gleiten, kniete nieder und legte den Kopf auf den Block. Der Henker vergewisserte sich, dass sein Haar nicht im Weg war, und der König sagte: ›Warte auf mein Zeichen.‹ Dann fiel tiefe Stille über die Menge. Der König streckte seine Hand aus – und es war vollbracht!«

Ein schmerzlicher Ausdruck erschien auf Christophers Gesicht und er flüsterte: »Der Marschall hob den Kopf auf und hielt ihn in die Höhe. Er sagte: ›Dies ist der Kopf eines Verräters!‹ Aber als der Henker zuschlug, stieg ein Stöhnen aus der Menge auf. Es war schrecklich!«

Amos war immer ein Gegner des Königs gewesen, denn er hegte große Bewunderung für Oliver Cromwell. Aber als er den Kummer auf dem Gesicht seines Vaters sah, sagte er: »Der König tut mir leid.«

Christopher erhob sich und legte die Hand auf die Schulter des Jungen. »Ich hoffe, du wirst immer Mitleid mit denen empfinden, die einen Verlust erleiden, Amos. Das ist das Kennzeichen eines *wirklichen* Mannes. Jeder Mann mit einem starken Arm kann einen anderen, schwächeren in Stücke hauen, aber Mitleid mit den Leidenden ist das Kennzeichen, das Gott sucht!«

»Ja, Sir!«, flüsterte Amos. Er verstand nicht wirklich, wovon die Rede war, aber er freute sich, dass sein Vater mit ihm zufrieden war.

Christopher lächelte. Er war froh, dass es ihm gelungen war, mit seinem jungen Sohn auf diese Weise zu sprechen. »Nun mach dich an dein Latein, du Schurke. Raus mit dir!« Als der Junge aus den Stallungen rannte, fühlte Christopher einen Stich in der Brust und ein

Keuchen entrang sich seinen Lippen. Er stand da und erduldete den Schmerz. Schweißperlen standen auf seiner Stirn und der Gedanke stieg in ihm auf: *Was immer ich Amos zu sagen habe, ich werde mich damit beeilen müssen.*

* * *

»Nun, heute gibt es einen Geburtstag zu feiern, nicht wahr?« Will Morgan lächelte Amos an, der in den Stall getreten war. »Wie alt bist du? Ich habe es vergessen.«

»Elf.« Amos nickte, grinste seinen Onkel jedoch an. »Du hast es nicht vergessen, Onkel Will. Du vergisst nie etwas.«

Will Morgan, der ältere Bruder von Angharad Morgan, war fünfzig Jahre alt, aber sein Haar war immer noch kohlschwarz, und sein Waliser Akzent hatte sich seit dem Tag, an dem er nach Wakefield gekommen war, um nichts verändert. Er war ein Diener Sir Robin Wakefields gewesen, ein Freund und Lehrer für Robins Enkel, Gavin, und nun gab er seine Erfahrungen an die jüngste Generation weiter. Er griff in seine Tasche, zog ein Päckchen heraus und reichte es dem Jungen. »Alles Gute zum Geburtstag, Amos.«

Amos riss das Papier auf und starrte das elegante Jagdmesser an, das in seiner Hand lag. »Das ist genau das Messer, das ich mir gewünscht habe!«, rief er mit großen Augen aus.

»Nun, es hat wohl keinen Sinn, einem Burschen ein Messer zu schenken, das er sich *nicht* gewünscht hat, nicht wahr?« Will nahm die glühenden Dankesbezeugungen des Jungen entgegen, dann sagte er: »Nun sattle dein Pony. Mr Gavin nimmt dich mit nach Elstow, habe ich gehört.«

»Ja, und danach reisen wir nach London!«

»Nun, ich werde ihm sagen, er soll ein Auge auf dich haben.« Will grinste. »Ich will nicht, dass du wieder vom Pferd fällst, wie du es letzte Woche getan hast.«

»Es war nicht meine Schuld!«, protestierte Amos, aber Will lachte und verließ den Stall. Er eilte über das Gut und betrat das Haus. Dort fand er seine Schwester vor, die seine Nichte ankleidete. Er sah ihr voll Zuneigung zu, dann sagte er: »Amos wird demnächst platzen, denke ich. Ich habe niemals einen so aufgeregten Jungen gesehen.«

Angharad Wakefield hatte spät geheiratet, aber mit neununddreißig Jahren war sie von üppiger walisischer Schönheit, für die so manche Hofdame ein Vermögen gegeben hätte. Ihr prächtiges schwarzes Haar hing ihr in Locken über den Rücken hinab, sie hatte sogar nach Hopes Geburt ihre gute Figur wiedererlangt.

Christophers zwei Söhne, Gavin und Amos, waren begeistert von ihrer neuen Schwester, von ihrer neuen Mutter ebenfalls. Obwohl sie ihre leibliche Mutter zuweilen vermissten, waren beide voll Zuneigung zu Angharad. Kaum ein Jahr nach der zweiten Heirat ihres Vaters nannten Gavin und Amos Angharad bereitwillig »Mutter«, denn die Liebe in dieser neuen Familie war tief und stark.

Nun glitzerten Angharads Augen fröhlich, als sie ihren Bruder anlächelte und sagte: »Gavin sagte, der Junge hätte ihn einfach zermürbt. Er ließ kein Nein als Antwort gelten.«

»Es wird ihnen guttun, zusammen zu sein.« Will nickte. »Der Junge muss mehr Zeit mit Männern verbringen.« Er hielt inne, dann fragte er: »Wie geht es Christopher?«

Ein Schatten zog über Angharads Gesicht. »Nicht allzu gut. Er schläft schlecht und manchmal hat er Schmerzen – obwohl er es mir gegenüber nicht zugibt.«

Will beobachtete die Gefühle, die sich auf dem Gesicht seiner Schwester spiegelten, und sein Herz schlug für sie. Sie waren viel zusammen gewesen und verstanden einander gut, also war sie kaum überrascht, als er murmelte: »Du machst dir Sorgen um ihn.«

»Ja.« Die schlichte Antwort war typisch. Angharad war keine sehr gesprächige Frau. Ihre walisische Natur spiegelte sich in ihrem ruhigen Wesen, ihrer beinahe mystischen Veranlagung, die auf die innere Welt des Geistes eingestimmt zu sein schien. Als sie nun ihre kleine Tochter an die Brust drückte, füllten sich ihre Augen mit einer Gemütsbewegung, die sie nicht zu verbergen vermochte.

Will wusste, dass sie kämpfte – und dass sie es vorzog, nicht darüber zu sprechen. Und so saß er da und sprach eine Weile mit ihr über andere Dinge. Schließlich erhob er sich. Seine dunklen Augen waren ernst, als er seine Schwester betrachtete. »Ich glaube, Christopher braucht die Berührung der Hand Gottes. Wir wollen uns darauf einigen, dass es eine heilende Berührung sein soll.«

Sie lächelte ihn an. Ihr Gottvertrauen strahlte aus ihren Augen. »Ja, und Gott wird antworten!«

* * *

»Erzähl mir noch einmal, wie Mr Bunyan dir das Leben gerettet hat, Gavin.«

Gavin lachte und schüttelte den Kopf. »Das werde ich nicht tun! Du kennst die Geschichte schon auswendig, Amos.«

Die beiden ritten die Hauptstraße entlang und Gavin wies auf ein kleines Haus, das beinahe am Ende der Straße stand. »Da ist das Haus der Bunyans. Komm jetzt und lege ordentliche Manieren an den Tag!«

Amos warf seinem älteren Bruder einen irritierten Blick zu. »Meine Manieren sind so gut wie deine!«

»Tatsächlich? Wir werden ja sehen.«

Gavin hatte die Nachricht erhalten, dass Bunyans Frau ihr Kind geboren hatte, und er hatte beschlossen, auf dem Weg nach London eine kurze Rast einzulegen, um dem Paar zu gratulieren. Er hatte Bunyan nur einmal gesehen, seit er seinen Abschied von der Armee genommen hatte, und freute sich über diese Gelegenheit, seinen Freund zu besuchen.

Die beiden Brüder hielten ihre Pferde vor dem weiß getünchten Häuschen an und stiegen ab. Sie banden die Zügel sicher an den Pfosten, dann gingen sie zur Tür. Amos klopfte und die Tür wurde beinahe augenblicklich geöffnet. Eine adrette junge Frau stand da. Kastanienbraune Löckchen ringelten sich um ihr Gesicht, eine milde

Frage stand in ihren braunen Augen. Sie lächelte sie an. »Kann ich Euch helfen?«

»Mrs Bunyan? Ich bin Gavin Wakefield und das ist mein Bruder, Amos.«

Leah Bunyans Augen wurden groß und ein leichtes Rot stieg ihr in die Wangen. Gavin wollte wetten, dass sie nicht erwartet hatte, zwei reisende Aristokraten auf ihrer Türschwelle vorzufinden. Aber man musste ihr zugutehalten, dass sie nur einen Augenblick lang zögerte, dann öffnete sie weit die Tür. »Mr Wakefield, was für eine Freude! John hat so oft von Euch gesprochen. Kommt bitte herein.«

Als das Paar eintrat, sagte Leah: »Ich hole John. Er ist im Hinterhof und repariert den Karren.« Sie verschwand und kehrte mit Bunyan zurück. Seine Augen glänzten vor Überraschung und Freude.

»Mr Wakefield, ich freue mich so, Euch zu sehen, Sir!«

Gavin schüttelte Bunyan die Hand und stellte ihm Amos vor. »Wir sind unterwegs nach London, aber ich musste einfach kurz vorbeischauen und unsere Glückwünsche überbringen, John.«

»Das ist freundlich von Euch«, sagte Bunyan lächelnd. Er wandte sich Leah zu und sagte: »Nun, Frau, bring das Kleine her.«

Leah trat an eine kleine Wiege, hob das in sein Steckkissen gewickelte Baby hoch und trat vor die beiden hin. Gavin streckte die Hand aus und zog die Decke von dem kleinen Gesicht. »Nun, das ist aber hübsch!« Er lächelte. »Wie habt ihr ihn genannt?«

Bunyan lächelte. »Mary«, sagte er.

»Oh, ein Mädchen, tatsächlich? Nun, dann Mary. Wir wollen hoffen, dass sie einmal so hübsch wie ihre Mutter wird.« Er wandte sich Amos zu und sagte augenzwinkernd: »Was hältst du von dem Baby?«

Der Junge spähte ins Gesicht des Säuglings und suchte krampfhaft nach irgendeiner Bemerkung, die die Eltern nicht beleidigen würde. Das Kindchen sah rot, runzlig und hässlich aus, also gab er es schließlich auf und rettete sich in eine Notlüge. »Sehr hübsch«, murmelte er.

Leah bereitete Tee, und Amos lauschte, wie die beiden Männer über ihre Zeit in der Armee sprachen. Er betrachtete das Baby, das aufwachte und eine Zeit lang weinte, und fragte sich, ob er als kleines Kind ebenso unansehnlich gewesen war.

Schließlich gingen die beiden Männer nach draußen, während Leah sich an Amos wandte. Sie stellte ihm viele Fragen nach seinem Zuhause und zu seiner Person. Er war verlegen, aber sie zeigte ein solches Interesse, dass er ihr von seinen Pferden und Falken erzählte. Während er sprach, betrachtete er aufmerksam das Gesicht des Babys. Irgendetwas daran beunruhigte ihn, obwohl er nicht hätte sagen können, was es war.

Leah sah, wie der Junge ihre Tochter anstarrte, sagte aber nichts. Schließlich kehrten die beiden Männer zurück und Gavin sagte: »Wir müssen uns auf den Weg nach London machen.« Die beiden verabschiedeten sich und waren bald wieder unterwegs.

Gavin schwieg und ein besorgter Ausdruck lag auf seinem Gesicht. Nach einer Weile fragte Amos: »Was ist los? Ist etwas nicht in Ordnung?«

»Ich mache mir Sorgen um meinen Freund John«, sagte Gavin langsam. »Er kämpft mit Gott.« Als er den verblüfften Ausdruck auf dem Gesicht seines jüngeren Bruders sah, fügte er hinzu: »Er kennt den Herrn nicht, Amos. Er fürchtet um seine Seele.«

»Warum lässt er sich nicht einfach taufen und wird Kirchenmitglied?«

Gavin warf Amos einen scharfen Blick zu und seine Stimme klang angespannt. »Meinst du, das genüge, um Gott zu kennen, Amos? Du überraschst mich.«

Amos fühlte den Vorwurf und sagte nichts weiter, aber als sie in einer Herberge ihr Nachtquartier nahmen, brachte Gavin das Thema von Neuem aufs Tapet.

»Gott zu kennen«, sagte er, während sie sich aufs Zubettgehen vorbereiteten, »heißt, dass ein Mensch sich von seinen Sünden abwendet, Gott bittet, ihm zu vergeben, und auf Jesus als seinen Erlöser vertraut. John Bunyan will seine Sünden nicht aufgeben.«

Amos runzelte verwirrt die Stirn. »Was für Sünden?«

»Nichts wirklich Schlimmes«, antwortete Gavin. »Er hat die schlechte Angewohnheit zu fluchen und er spielt ein wenig. Aber es ist gleichgültig, welche Sünden ein Mensch hat. Die Frage ist, will er sie aufgeben, was immer sie sein mögen?«

Die beiden begaben sich zu Bett, und Amos zog sich die schwere Daunendecke bis ans Kinn, während sein Bruder fortfuhr.

»Da ist noch etwas anderes, das mir Kummer macht, wenn ich an John denke. Es geht um das Baby Mary.«

Amos gähnte, dann blickte er seinen Bruder neugierig an. »Was stimmt nicht mit ihr, Gavin? Ist sie krank?«

»Nein, Amos. Sie ist blind.«

Amos fühlte sich schockiert und traurig, als er diese Nachricht hörte, und vergrub das Gesicht in seinem Kissen. Gavin schien so besorgt, so schmerzerfüllt, dass Amos nicht wusste, was er sagen sollte, also sagte er gar nichts. Schweigen breitete sich über den Raum, und Amos war beinahe eingeschlafen, als Gavin traurig sagte: »Eine schwere Bürde lastet auf John Bunyan und seiner guten Frau. Ich fürchte, John zweifelt jetzt an Gottes Erbarmen.«

3

BUNYAN HAT ALBTRÄUME

Seit seiner Hochzeit hatte John Bunyan mit seiner täglichen Arbeit als Kesselflicker weitergemacht. Er reiste mit seinem Pferdekarren im ganzen Bezirk herum, sprach in großen Häusern vor und reparierte, was nötig war. Gelegentlich hämmerte er in dem kleinen Schuppen hinter seinem strohgedeckten Häuschen vor sich hin. Und dennoch, so beschäftigt er auch war mit seiner Arbeit an Töpfen und Pfannen, so hallten doch gewisse unwillkommene Gedanken in seinem Geist wider. Seit er beim Dienst in Cromwells Armee dem Tod ins Auge geschaut hatte, lauerte tief in Bunyans Seele ein grausamer Schrecken.

Er sagte nichts davon zu Leah; er wollte das Glück seiner Ehe nicht zerstören. Obwohl seine Frau keine Aussteuer in die Ehe mitgebracht hatte, hatte sie dennoch einen Schatz in das Leben des Kesselflickers gebracht, ein Erbe, das zugleich ein Segen und ein Fluch war: ihr gottgefälliges Wesen und zwei Bücher über Religion. Der Segen war das Alltagsleben mit einer Frau, die Christus zu dienen und nachzufolgen versuchte; der Fluch war, dass ihre beiden kleinen Bücher in drastischen Bildern vor der Verdammnis der Sünder warnten. Ein Buch, *Die Praxis der Frömmigkeit*, war unbeschreiblich grausam in seiner Schilderung des Zustandes der Verdammten. Obwohl diese Schilderungen Bunyan zutiefst verstörten, forschten er und Leah weiterhin in den Abschnitten, die das Elend eines Sterbenden schilderten, der mit Gott und Christus nicht versöhnt war.

Das andere Buch, *Des einfachen Mannes Pfad zum Himmelreich*, behandelte solche Themen wie Sünde, Erlösung und vor allem Verdammnis. Bunyan fand dieses Werk leichter zu lesen, weil die Argumente, die darin vorgebracht wurden, nicht so schrecklich waren wie in dem anderen. Dennoch war die Botschaft klar: Ohne Gott zu sterben, bedeutete, zu einer grauenhaften Ewigkeit verurteilt zu werden.

John und Leah pflegten stundenlang in diesen beiden Büchern zu lesen. Da Bunyan seine Furcht und seine innere Qual für sich behielt, hatte Leah keine Vorstellung davon, wie verstört er war. Sie drängte ihn, zur Kirche zu gehen, aber er fand dort keinen Trost. Er fuhr fort, sich als elenden Sünder zu betrachten.

Dann, als Bunyans Tochter Mary beinahe zwei Jahre alt war, begannen die Albträume. John hatte nie viel geträumt, aber jetzt überkamen ihn so erschreckende und beängstigende Träume, dass er sich nachts davor fürchtete, zu Bett zu gehen. Manchmal wälzte er sich so wild herum, dass Leah ihn erschrocken aufweckte und ihn anflehte, ihr zu sagen, was los sei. Bunyan jedoch erzählte ihr nichts über das Wesen der Albträume. Er beharrte einfach darauf, es seien böse Träume.

Er stellte fest, dass er anfing, seltsame Dinge zu sagen und zu tun. Eine Zeit lang hatte er die fünf Glocken im Kirchturm geläutet. Er hatte Freude an dieser Tätigkeit, zum einen wegen seines Berufes als Kesselflicker, zum anderen, weil es schien, als sei der freudige Klang der Glocken eine Art Symbol für den Frieden mit Gott. Plötzlich jedoch kam er aus unerfindlichen Gründen zu der Überzeugung, sein Glockenläuten würde ihn in die Hölle stürzen. Er wusste, dass es einen Mann gegeben hatte, einen anderen Glöckner, der im Norden des Landes während des Glockenläutens von einem Blitz getroffen worden war. Obwohl sein Verstand nicht glaubte, dass ihm dasselbe widerfahren würde, litt sein Geist unter einer unsinnigen Furcht.

Eines Tages stand er da und blickte zum Glockenturm hinauf. Er wollte eben hineingehen, als er sich von Entsetzen überwältigt fühlte. *Ich kann nicht hineingehen und die Glocken läuten!*, dachte er und seine Hände begannen zu zittern. Als er aufblickte, schien der Turm vornüberzukippen. Er kehrte um und floh. Später, als Leah ihn fragte, warum er mit dem Glockenläuten aufgehört hätte, sagte er nur:

»Ach, mit der Zeit wird es langweilig.« Dennoch blieb die Vorstellung himmlischer Freudenglocken für ihn ein Symbol für den Frieden mit Gott, und er konnte nicht an sie denken, ohne dass er Sehnsucht empfand, diesen Frieden zu kennen.

Einige Zeit später lastete ihm sein Fluchen so schwer auf dem Gewissen, dass er sich wacker daranmachte, damit Schluss zu machen. Ihm war bewusst, dass sein Fluchen nicht so schlimm wie das vieler anderer war, dennoch nannte er zu oft ohne Not den Namen Gottes. Obwohl Leah überzeugt war, dass John das Fluchen aus seinem Leben streichen musste, hatte sie keine Vorstellung von dem schrecklichen Konflikt, der sich in ihrem Gatten abspielte, denn John verbarg alles aufs Beste. Tatsächlich wäre sie bitter bekümmert gewesen, hätte sie gewusst, wie oft er nachts aufwachte und sich fühlte, als sinke er in einen bodenlosen Abgrund.

So lebten sie weiter. Leah hatte ihre Freude an ihrer Tochter. Die Blindheit des kleinen Mädchens bekümmerte sie, aber sie fühlte sich dadurch nur noch mehr zu Gott und dem Kind hingezogen. John arbeitete hart. Äußerlich hielt er den Anschein der Ruhe aufrecht, aber sein Herz und sein Geist wurden von den turbulenten Stürmen der Furcht und Ungewissheit umgewirbelt.

Eines Tages nahm sich Bunyan den Nachmittag frei. Er sagte: »Ich möchte einen Spaziergang über die Dorfwiese machen, Leah. Ich komme rechtzeitig zum Abendessen zurück.«

Sie trat an ihn heran und legte die Hände auf seine Schultern. Sie war stolz auf ihren Mann und die Ehe hatte ihr ein warmes, ruhiges Wesen und einen Anhauch von Schönheit verliehen. Sie streichelte Johns Wange und sagte: »In Ordnung, John. Wenn du zurückkommst, machen wir mit Mary einen Spaziergang.«

»Fein. Ich freue mich darauf.«

Bunyan verließ das Haus, eilte zum Dorfanger und fand dort seine Freunde bei einem Spiel namens *Tipcat* vor. Er beobachtete das ziemlich einfache Spiel eine Weile und bemerkte die Geschicklichkeit derjenigen, die die »Katze« anschlugen – die nichts weiter war als ein Stück Holz, das mit einem speziell geformten Stock angeschlagen wurde. Vor allem ein Mann war bei dem Spiel besonders geschickt. Er schlug die Katze gekonnt mit dem Stock an, warf sie in die Luft und hielt sie dort mit scharfen, harten Schlägen.

Johns Freunde hießen ihn willkommen und er spielte etwa eine halbe Stunde lang mit ihnen. Es war ein frischer Septembertag. Der Wind wurde kalt und Bunyan wusste, dass der Winter unmittelbar hinter den Hügeln lauerte. Sein rosiges Gesicht glühte vor Vergnügen und eine Weile schob er seine Furcht vor Hölle und Verdammnis beiseite und amüsierte sich einfach.

Schließlich streckte er den Stock aus und schlug die Katze mit seiner gewohnten Leichtigkeit an. Er wollte eben ein zweites Mal zuschlagen, als ein Stimme vom Himmel in seine Seele zu dringen schien: *Willst du deine Sünden hinter dir lassen und in den Himmel kommen oder deine Sünden behalten und zur Hölle fahren?*

Bunyan erstarrte. Der Holzklotz fiel unbemerkt zu Boden und seine Gedanken waren wie gelähmt. Er ignorierte die Stimmen seiner Freunde, die ihn drängten, es noch einmal zu versuchen. Bunyan hob den Blick zum Himmel – und von dort, schien es ihm, sah er den Herrn Jesus Christus herabblicken. Er wusste, dass er ihn nicht mit den Augen sah, aber irgendwie formte sich ein Bild vom Gesicht des Erlösers – streng und unbarmherzig – in seinem Herzen und seinem Sinn.

Bunyan begann zu zittern und dann sprach der Herr Jesus. Seine Stimme klang hart, als er wiederholte: *Willst du deine Sünden hinter dir lassen und in den Himmel kommen oder willst du sie behalten und zur Hölle fahren?*

John hatte keine Ahnung, wie er nach Hause zurückgekehrt war. Er war so verwirrt von dem, was ihm widerfahren war, dass er keinen Blick für seine Umgebung übrig hatte, als er an den Nachbarhäusern vorbei zu seinem eigenen kleinen Haus schritt. Wieder und wieder hallten die Worte in seinen Gedanken: *Willst du deine Sünden hinter dir lassen und in den Himmel kommen oder willst du sie behalten und zur Hölle fahren?*

Als er sein Haus erreichte, hatte sich sein Zittern in einen wahren

Schüttelfrost verwandelt. Er betrat den großen Raum, der als Küche, Esszimmer und Wohnzimmer diente, und fiel in einen Sessel.

Aufgeschreckt wandte sich Leah von der Feuerstelle um und ließ den Blick über das aschfarbene Gesicht ihres Mannes gleiten. »Was ist mit dir, John?«, rief sie erschrocken. Rasch eilte sie zu ihm hin, ergriff sein Kinn und hob seinen Kopf. Sein rosiges Gesicht war bleich und seine Lippen zitterten. »Was ist mit dir?«, rief sie. »Bist du krank?«

Bunyan flüsterte: »Ich bin zur Hölle verdammt, Leah! Für einen Mann wie mich gibt es keine Hoffnung!«

Leah starrte ihn an und begriff endlich, dass der Mann an einer schweren Last trug. Sie ergriff seine Hände und setzte sich neben ihm nieder. »Wenn du verdammt bist, John«, sagte sie leise, »so ist doch Hoffnung da. Der Herr Jesus starb für die Sünder. Wenn du ein Sünder bist, dann ist er für dich gestorben.«

Bunyan saß da und versuchte ihr zuzuhören, aber die Furcht schien seine Gedanken in Verwirrung zu hüllen. Dies war kein Albtraum, wusste er, dies war *Wirklichkeit*; er stand unter dem Todesurteil Gottes.

Später, nachdem John in seinen Schuppen gegangen war, wo er versuchen wollte, ein wenig zu arbeiten, nahm Leah ihre Schürze ab, legte ihren warmen Mantel an und verließ das Haus. Sie trug Mary in den Armen und machte sich auf den Weg zu der kleinen Kirche in Elstow. Pastor John Gifford, der sich in seinem Arbeitszimmer befand, erhob sich augenblicklich, als sie eintrat.

»Oh, Mrs Bunyan«, sagte er überrascht, denn obwohl sie eine regelmäßige Gottesdienstbesucherin war, war sie nie zuvor in sein Arbeitszimmer gekommen. »Ich freue mich, Euch zu sehen«, begann er und dann, als er sie eindringlicher betrachtete, sah er, dass sie Sorgen hatte. »Was ist geschehen? Ist jemand krank?«

»Nein, Pastor Gifford, es ist John«, sagte Leah. »Er ist unter die schreckliche Last seiner Sünde gefallen.«

John Gifford war ein klein gewachsener, muskulöser Mann mit dunkelblauen Augen und ungebändigtem schwarzem Haar. Er war ein guter Prediger, obwohl er in seiner Jugend ein wildes Leben geführt hatte. Er hatte den Krieg mitgemacht und war nun zum Pastor der Kirche bestellt worden, wo ihn die Leute mit Freude aufgenommen hatten.

»Setzt Euch, Mrs Bunyan«, sagte er rasch. Das tat sie, das Kind in den Armen. Gifford lauschte aufmerksam, als Leah ihm erzählte, was sich in ihrer Küche abgespielt hatte. Als sie schließlich endete und ihn hoffnungsvoll anstarrte, sagte er: »Ich muss zugeben, ich bin ein wenig überrascht. Ich hatte gedacht, John kenne den Herrn. Er schien mir ein so guter Mensch zu sein.«

»Das dachte ich auch«, sagte Leah mit zitternden Lippen. »Aber, oh, wenn Ihr nur sein Gesicht gesehen hättet, Pastor Gifford! Kein Tropfen Farbe war darin. Und seine Hände zitterten. Er ist zu Tode verängstigt.«

Gifford beugte sich vor. Seine Augen leuchteten. »Das ist ein gutes Zeichen«, versicherte er Leah rasch. »Es beweist, dass Gott zu ihm spricht und dass der Heilige Geist ihn seiner Sünden überführt.«

»Werdet Ihr mit ihm sprechen, Pastor Gifford?«

»Gewiss! Gewiss!« Gifford sprang von seinem Stuhl auf, griff nach der Bibel auf seinem Schreibtisch und wandte sich lächelnd an Leah. »Wenn Ihr mir gestattet, Euch nach Hause zu begleiten, dann wäre jetzt vielleicht eine gute Zeit. Ich schiebe solche Dinge nicht gerne auf die lange Bank.«

»Oh ja!« Leah erhob sich augenblicklich und die beiden verließen die Kirche.

Als sie in dem Häuschen ankamen, blickte Bunyan überrascht den Pastor an. »Ihr seid es, Pastor Gifford«, sagte er. Dann hielt er ein und sein Blick wanderte zu Leah.

»John, ich möchte, dass du mit Pastor Gifford sprichst«, sagte sie, während sie ruhig seinem Blick standhielt. »Ich gehe mit Mary ins Schlafzimmer, damit ihr beiden allein sein könnt.«

Sobald sie mit dem Kind verschwunden war, sagte Gifford: »Mr Bunyan, Eure gute Frau hat mir gesagt, dass Ihr eine schwere Zeit durchmacht. Ich würde Euch gerne helfen, wenn Ihr es mir erlaubt.«

Immer noch erschüttert von seiner Erfahrung auf dem Dorfanger, blickte Bunyan den Pastor an und sog tief den Atem ein, um sich zu beruhigen. Er schätzte und respektierte John Gifford mehr, als er je zuvor einen Geistlichen respektiert hatte. Nach einem Augenblick nickte er und sagte mit beunruhigter Stimme: »Ich brauche Hilfe, Pastor Gifford, und zwar sehr dringend.«

Die beiden Männer setzten sich nieder und mehr als eine Stunde lang kämpfte Gifford mit dem Problem. Es wurde offenkundig, dass Bunyan unter einer weitverbreiteten Wahnvorstellung litt: Er war nicht von Gott auserwählt, einer der Heiligen zu sein. Bunyan wollte Gott, das bekannte er offen, aber er sagte: »Die Bibel sagt doch ganz deutlich, nicht wahr, Pastor: ›Die Erwählten werden von Gott erwählt‹? Wie soll ich nun wissen, ob ich einer der Auserwählten bin?«

Gifford hatte sich mit diesem Problem schon früher herumgeschlagen, sowohl in seinem eigenen Leben wie auch im Gespräch mit anderen. »Das ist sehr schwierig zu verstehen, John«, sagte er sanft. »Es gibt gewisse Bibelstellen, die darauf hinzuweisen scheinen, dass niemand von uns eine Wahl hat, dass Gott selbst entscheidet, wer gerettet werden soll. Ich verstehe das nicht vollkommen, und ich glaube, niemand versteht es.« Er beugte sich vor, seine dunklen Augen hingen eindringlich an dem grobknochigen Kesselflicker. »Aber ich möchte Euch einen anderen Bibelvers vorlegen: ›Wer da mag, der komme.‹ *Wer da mag*«, drängte er. »Das bedeutet jedermann, findet Ihr nicht, John?«

Mit diesem und vielen anderen Bibelversen sprach ihm der Pastor leidenschaftlich zu. Dennoch blockierte irgendetwas in Bunyan eine Reaktion.

Schließlich wandte er den Blick ab. Sein Gesichtsausdruck war trost- und hoffnungslos. »Ich nehme an, ich bin wohl einfach dumm, Pastor Gifford. Aber ich bitte Euch, für mich zu beten.«

Gifford erhob sich. Die Enttäuschung lastete schwer auf seinem Herzen. Er schüttelte den Kopf und warnte Bunyan: »John, dein Hindernis bist du selbst. Ich halte dir das eindringlich vor. Die Schrift sagt: ›Kommt alle zu mir, die ihr mühselig und beladen seid, ich will euch erquicken.‹ Denke über diesen Vers nach. Halte ihn dir vor Augen, wenn du heute Nacht schlafen gehst. Vielleicht wird Gott zu dir sprechen. Ich werde dafür beten.«

Nachdem Gifford gegangen war, rief John Leah aus dem Schlafzimmer. Sie kam zu ihm und ihre Augen forschten in seinem Gesicht. »Hast du Hilfe erhalten, Liebster?«

John setzte sich an den Tisch, verschränkte die Finger und starrte sie an. »Ich bin ein verlorener Mann, und wenn Gott in seinem Erbarmen nicht zu mir spricht, habe ich keine Hoffnung.«

Sie aßen in ungewohntem Schweigen zu Abend und schließlich sagte Bunyan: »Ich werde heute früh schlafen gehen.«

Leah nickte verständnisvoll, also setzten sich die beiden zusammen hin und sie las einen Abschnitt aus ihrer abgegriffenen Bibel. Bunyan lauschte interesselos. Er fühlte sich aller Kräfte beraubt, als könnte er sich kaum wach halten. Er kämpfte darum, zuzuhören und die Worte der Bibel in sich aufzunehmen, aber er fühlte sich, als befinde er sich inmitten eines dichten Nebels. Als seine Frau zu Ende gelesen hatte, erhob er sich und begab sich ins Schlafzimmer.

Als Leah Mary zu Bett gebracht hatte, kam sie ins Zimmer und sah, dass ihr Mann bereits schlief. *Ich hoffe, er hat nicht wieder diese schrecklichen Albträume*, dachte sie, als sie neben ihm ins Bett schlüpfte.

* * *

»John! John, wach auf! Du hast einen Albtraum!«

Bunyan riss mit einem Ruck die Augen auf, und dann lag er da, als wollte es ihm aus der Brust springen. Eine zarte Hand berührte seine Wange und er schreckte zusammen, aber als er hinsah, erkannte er im Licht des Mondes das Gesicht seiner Frau. Erleichterung überkam ihn, als er sich umsah. Er befand sich in seinem eigenen Bett. Leah war an seiner Seite, das Gesicht angsterfüllt. Er war zum Auswringen nass vor Schweiß, und als sie sein Gesicht streichelte und seine Tränen fühlte, schrie sie auf: »Oh, John, was kannst du nur tun? Was kannst du nur tun?«

John Bunyan lag schweigend da. Er wusste, dass er unter diesem schrecklichen Druck nicht weiterleben konnte. Schließlich ächzte er: »Morgen besuche ich Mr Gifford. Was immer er mir sagt, ich werde es tun. Ich kann so nicht weitermachen.«

★ ★ ★

John Bunyans innerer Kampf ließ sich nicht über Nacht lösen. Fast jeden Tag sprach er mit Pastor Gifford, der ihn sehr ermutigte, aber immer noch konnte der Kesselflicker sich nicht von seinen Ängsten befreien. All die weisen Worte des Pastors und die Verse, die er zitierte, gaben ihm nur noch mehr das Gefühl, ein Versager zu sein, ein Gefangener seiner Wertlosigkeit.

Eines Tages schritt er eben auf die Stadt zu, als er einige Frauen miteinander reden hörte. Er sah sich um und bemerkte, dass sie auf der Vordertreppe eines Hauses saßen. Er nahm sie flüchtig zur Kenntnis – er kannte sie gut und wusste, dass sie gottgefällige Frauen waren – dann wollte er weitergehen, bis eine Frau eine Bemerkung darüber machte, wie Gott in ihrem Leben gewirkt hatte. Bunyan blieb augenblicklich stehen. Er empfand einen solchen Hunger nach der Wahrheit, dass er zu den beiden Frauen hinging und sie fragte, was sie von Gott wüssten. Augenblicklich erkannten sie, dass sie es mit einem Mann zu tun hatten, der sich nach Gott sehnte und Gott brauchte.

Eine der Frauen bemühte sich besonders, dem gequälten jungen Kesselflicker zu helfen. Sie unterhielt sich viele Stunden lang mit ihm und sagte eines Tages: »John, du hast schon tausendmal versucht, dich zu ändern und ein besserer Mensch zu werden, nicht wahr?«

»Nun, ja, ein Mann muss es doch versuchen.«

»Aber du hast immer Misserfolge erlebt, nicht wahr?« Als er den Kopf senkte und reuig bekannte, dass das der Fall war, sagte sie schlicht: »Du bist ein Versager, aber Jesus ist keiner. In einem großen Teil der Bibel wird gesagt, denke ich, dass *er* der Erlöser ist, nicht wir selbst. Denke an den sterbenden Schächer, John. Was konnte er tun?«

»Nun ... nichts«, antwortete John.

»Nicht mehr, als zu dem sterbenden Sohn Gottes aufzublicken. Und das musst du auch tun. Das müssen wir alle tun.«

Diese schlichten Worte einer einfachen Frau drangen ihm tief ins Herz, so tief, dass Bunyan sich nicht mehr von ihnen lösen konnte.

Wochen später befiel ihn eine so schwere Depression, dass er dachte, sie würde ihn unter ihrer Last begraben. Er ging eben von der Kirche heim. Seine Gedanken waren bei der Predigt, in der von der Liebe Gottes die Rede gewesen war. Er blickte auf und sah die Sonnenstrahlen, und es schien ihm, dass sie seinem Kopf auswichen. Er senkte den Blick und dachte, dass die Pflastersteine seinen Füßen auszuweichen versuchten und dass die Häuser sich rücklings bogen, weg von ihm. Wie es Bunyan schien, verabscheute ihn die ganze Schöpfung, weil er seinen Erlöser, den Herrn Jesus Christus, verlassen hatte. Aber während er noch hinsah, hörte er ein Wispern, so leise, dass er sich anstrengen musste, es zu hören. Es kam tief aus seinem Inneren und es gab ihm den ersten Hoffnungsstrahl seit vielen, vielen Monaten: *»Diese Sünde führt nicht zum Tode.«*

Benommen, aber seltsam ermutigt, klammerte sich John Bunyan an die Wahrheit. Während der nächsten paar Tage durchforschte er die Bibel. Er fand einen Vers, der besagte: »Lass dir an meiner Gnade genug sein«, und fühlte sich so erhoben, dass er den Vers zu seinem Anker machte und ihn wieder und wieder vor sich hinsagte.

Schließlich kam das Ende der Qual – auf eine ganz einfache Weise.

Bunyan hatte sich selbst tödlich satt, er war seiner Sünden müde, ja seines ganzen Lebens. Eines Nachts, nachdem Leah und Mary schlafen gegangen waren, stand er auf und ging zum Fenster. Das Gewicht seiner Sünden drückte ihn nieder, und als er zum Mond aufblickte, der seine silbernen Strahlen auf die kleine Stadt Bedford herabsandte, sagte er in seiner Verzweiflung: »Herr Jesus, hab Erbarmen mit mir, einem Sünder!«

Er hatte dieses Gebet in der einen oder anderen Form schon hundertmal gebetet – aber er wusste augenblicklich, dass diesmal irgendetwas geschehen war! Sein Herz wurde von Frieden überflutet, und ihm wurde bewusst, dass Gott bei ihm eingekehrt war! Er stand da, die Tränen rannen ihm übers Gesicht, die Gewissheit von Gottes Liebe überflutete ihn. John Bunyan fiel auf die Knie und begann Gott leidenschaftlich zu danken. Schließlich erhob er sich und weckte seine Frau.

Sie blickte ihn anfangs verwirrt an; dann wurden ihre Augen groß, als sie die Freude auf seinem Gesicht sah. Bevor sie noch ein Wort sagen konnte, rief er mit seliger Stimme aus: »Leah, du hast einen neuen Mann und Mary hat einen neuen Vater!«

Erleichterung überkam sie, als sie seine Hände ergriff, und Tränen der Dankbarkeit für Gott liefen ihr übers Gesicht, als sie ihren Gatten anlächelte und sagte: »John, oh mein lieber John, du hast den Herrn Jesus gefunden!«

Seine Augen begegneten den ihren und er nickte – und sie dachte, ihr würde das Herz vor Entzücken zerspringen. Das Gesicht ihres Gatten, das so lange verhärmt und furchtsam gewesen war, strahlte nun vor Glück.

»Ja«, stimmte er zu und lächelte breit. »Schließlich habe ich meinen Erlöser doch noch gefunden. Und nun will ich nichts anderes tun, als ihm jeden Tag den Rest meines Lebens zu dienen!«

4

»NEHMT MICH MIT EUCH, SIR!«

Will Morgan trat in den kleinen Raum, in dem seine Schwester an einem Mahagonitisch saß und auf ein Blatt Papier starrte. »Hallo, Angharad«, sagte er und hielt inne, um sie anzublicken. »Du wolltest mich sprechen?«

Angharad blickte auf, ein besorgtes Licht leuchtete in ihren braunen Augen. »Ja, Will. Setz dich nieder.« Sie wartete, bis er sich einen Stuhl gesucht hatte, dann sagte sie: »Ich habe hier einen Brief von Rhys.«

»Onkel Rhys? Das überrascht mich. Er schreibt nicht oft.«

»Nein, und ich kann es teilweise kaum lesen, die Handschrift ist so schlecht.« Angharad hob das Stück Papier auf und starrte es an. »Eines allerdings ist klar. Es geht um Evan.«

Will zog die Augenbrauen hoch und warf seiner Schwester einen Seitenblick zu. Er kannte Evan, den Sohn des Bruders seines Vaters. Der Junge war seit frühester Kindheit für seine unverschämten Streiche bekannt. Als Will und Angharad noch in Wales gelebt hatten, hatten sie ihrem Onkel sehr nahegestanden. Er war wie ein zweiter Vater für sie gewesen. Mittlerweile hatten sie viel von Evan und seinen neuesten Schwierigkeiten gehört.

Angharad begegnete dem wissenden Blick ihres Bruders. »Onkel Rhys schreibt, Evan sei in Gefahr, ein schlimmes Ende zu nehmen.«

Will zuckte die Achseln. »Nun, das haben wir ja vorhergesehen, nicht wahr?«

Angharad schüttelte den Kopf. »Es ist schlimmer als gewöhnlich, denke ich. Hier, lies den Brief.«

Will ergriff das Pergament, blinzelte die kritzelige Schrift an und hob schließlich den Kopf. »Ah, das ist nicht gut. Was meinst du?«

»Ich denke, wir sollten mit Christopher reden. Evan muss weg von Wales. Rhys ist zu alt, sich um ihn zu kümmern. Außerdem hat der Junge dort sowieso keine Zukunft. Es ist ein Wunder, dass er noch nicht verhungert ist.«

»Wie es uns beinahe geschehen ist«, sagte Will leise. »In Wirklichkeit würde ich es gerne sehen, wenn der junge Mann hierherkäme.« Er zögerte, dann sprach er aus, was sie beide wussten. »Natürlich würde er hier auch Schwierigkeiten machen.«

»Wann hat ein junger Morgan keine Schwierigkeiten gemacht?«, erwiderte Angharad irritiert. Dann lächelte sie ihn an. »Du warst auch kein Heiliger, Sir, als du in seinem Alter warst. Ich erinnere mich, dass wir gelegentlich dachten, du wärst auf geradem Wege zum Galgen unterwegs.«

Will erwiderte ihr Lächeln. »Ja, ich habe es Gottes Gnade zu verdanken, dass ich nicht mit einem Strick um den Hals geendet bin.« Er warf einen neuerlichen Blick auf den Brief, die Brauen scharf zusammengezogen, dann nickte er. »Wir können einen kräftigen Burschen hier immer brauchen. Sprich mit Christopher. Ich verbürge mich für Evans gutes Benehmen – oder ich breche ihm den Hals!«

Angharad trat neben ihren Bruder. Sie legte ihre Hand auf seine Schulter und sagte: »Ich glaube nicht, dass es so weit kommen wird. Wie Rhys sagt, ist er ein gottloser junger Mann, aber es besteht immer noch Hoffnung. Ich werde auf der Stelle mit Christopher sprechen.«

Später am Tag erwähnte sie die Angelegenheit ihrem Gatten gegenüber, während sie in ihrem großen gemeinsamen Schlafzimmer saßen. Sie zeigte ihm den Brief und beobachtete ihn schweigend, während er las.

Christopher warf ihr einen raschen Blick zu. »Du machst dir Sorgen um den Burschen, nicht wahr, Angharad?«

»Ja, in Wales wird er sicher in Schwierigkeiten geraten. Ich möchte gerne etwas tun, um ihm zu helfen.«

»Ihm Geld schicken vielleicht?«

»Nein, das würde nichts nützen«, sagte sie rasch. Sie setzte sich neben ihn und verschränkte ihre Finger in den seinen. »Ich bitte dich ständig um irgendetwas, nicht wahr?«

Chris lächelte und blickte seine Frau voll Bewunderung und Zuneigung an. Er bewunderte die glatten Linien ihrer Wangen und bemerkte, dass sie immer noch eine junge Frau war. Gelegentlich empfand er Gewissensbisse, weil er sie an einen alten Mann wie ihn kettete, aber er war Gott dankbar, der sie zusammengeführt hatte. Nun wurde sein Lächeln inniger, als er ihrem süßen Blick begegnete.

»Bitte mich, worum du willst, meine liebste Frau«, sagte er. »So bekommst du es am besten.« Er legte den Arm um sie und lehnte sich eng an sie, wobei er sanft ihre Wange küsste. Ihre Haut war unbeschreiblich glatt und er lehnte die Stirn an die ihre. »Im Inneren fühle ich mich wie ein junger Mann«, sagte er lachend. »Sooft ich mich im Spiegel anschaue, frage ich mich: ›Wer ist dieser alte Mann?‹ Im Herzen bin ich immer noch siebzehn Jahre alt, glaube ich.«

»Du wirst niemals alt werden.« Angharad lächelte und drückte seine Hand.

Ihre Augen begegneten einander und sie lächelten sich an. Wie immer wurden sie von der tiefen Liebe bewegt, die sie füreinander empfanden. Chris hob ihre Hand an die Lippen und küsste sie zärtlich, dann lehnte er sich zurück. »Würdest du gerne nach dem Burschen schicken? Ist es das?«

»Würde es dir allzu viel ausmachen, Chris?«, fragte sie. »Ich weiß, es bedeutet Sorgen und Verantwortung –«

»Aber nicht im Geringsten, meine Liebe! Es wird dir guttun, mehr Leute von deiner Familie hierzuhaben. Schicke augenblicklich nach ihm. Er wird Geld brauchen, nehme ich an, um die Reise zu machen, also schicke ihm das ebenfalls.«

»Das ist süß von dir, Liebster«, sagte sie. »Ich werde das Geld selbst abschicken. Will sagt, du sollst dir keine Sorgen wegen Evan machen. Er ist durch und durch ein Morgan, das bedeutet, dass er ein paar wilde Züge an sich hat –«, sie grinste und ihre Augen zwinkerten fröhlich, »aber Will hat versprochen, dem Jungen den Schädel einzuschlagen, wenn er sich nicht ordentlich benimmt.«

Chris umarmte sie von Neuem. »Es ist immer gut, junge Leute um sich zu haben. Wie alt ist Evan jetzt?«

»Er ist siebzehn«, sagte sie traurig, »und wenn er immer noch so wie früher aussieht, werden wir wohl einige der jüngeren Mägde einsperren müssen. Schon als kleiner Junge war er ein Herzensbrecher.« Ein schelmischer Ausdruck trat in ihre Augen und sie streckte die Hand aus und zupfte neckisch am Haar ihres Gatten. »Genau wie du, denke ich!«

Er lachte und ergriff ihr Handgelenk, dann zog er sie in seine Arme. Sie kuschelte sich an ihn, lehnte ihre Wange an seine breite Brust und lauschte dem Schlag seines Herzens. Was für einen wunderbaren Mann hatte Gott ihr geschenkt!

Einen Augenblick später sagte sie: »Es wird Amos guttun, einen zweiten jungen Mann zur Gesellschaft zu haben. Evan ist zwar nicht das beste Beispiel für unseren Jungen, aber wir werden sehen. Wenn Gott dich und mich retten konnte, dann kann er wohl auch einen Evan Morgan retten.«

* * *

»Und des Weiteren – falls du dich jemals wieder in dieser Stadt blicken lässt«, sagte Richter Watson und seine Stimme wurde schrill vor Entrüstung und Zorn, »stecke ich dich nicht nur ins Gefängnis, ich stecke dich *unter* das Gefängnis!«

Evan Morgan stand vor dem Beamten und starrte ihn ausdruckslos an. Er war ein gut gebauter junger Mann mit wildem, dickem mitternachtsschwarzem Haar und Augen von so dunklem Blau, dass sie ebenfalls beinahe schwarz wirkten. Seine breiten Schultern sprachen von Kraft; sein hübsches Gesicht, die hohen Wangenknochen und der breite, sinnliche Mund wiesen auf gewisse diabolische Züge in seinem Charakter hin. Trotz der zerlumpten und schmutzigen Erscheinung seiner Kleider – eine Erinnerung an seinen Aufenthalt im Ortsgefängnis – hatte der junge Mann etwas Elegantes, ja Vornehmes an sich, als er über die Worte des Richters nachdachte. Ein helles

Licht glänzte in seinen dunklen Augen, als er antwortete: »So ist es, Sir, und ich danke Euch für Eure Gastfreundschaft. Obwohl ich froh sein werde, nicht länger in Eurem stinkenden Gefängnis sitzen zu müssen!«

Der Beamte schüttelte den Kopf und wandte sich an Rhys Morgan, der neben seinem Sohn stand. »Mr Morgan, ich hege großen Respekt für Euch, aber ich muss Euch sagen, dass Euer Sohn in meiner Stadt nicht mehr länger willkommen ist. Nach dem Gesetz könnte ich ihn an Ort und Stelle ins Gefängnis stecken, aber nachdem Ihr zugestimmt habt, dass er unsere Stadt verlassen wird, übergebe ich ihn Eurer Aufsicht.«

Rhys nickte und sagte mit tiefer, ruhiger Stimme: »Ich danke Euch, Sir. Und Ihr habt mein Wort, dass Euch der Junge keinen Ärger mehr machen wird.«

»Dann kümmert Euch darum!«, sagte Richter Watson und winkte den beiden zu gehen.

Rhys ergriff energisch den Arm seines Sohnes und beugte sich zu ihm. »Komm mit, Evan«, flüsterte er, dann führte er den hochgewachsenen Jungen aus dem Gerichtssaal. Als sie draußen waren, blickte der ältere Morgan zur Sonne auf, die sich halb hinter einer bleiernen Bank dunkler, regendrohender Wolken versteckte. Er holte tief Atem und schüttelte den Kopf, und als er sprach, klang Müdigkeit aus seiner Stimme. »Nun, jedenfalls musst du nicht ins Gefängnis. Gott sei dafür gedankt!«

Evan warf einen Blick auf den Gerichtssaal. Ein starrsinniger Ausdruck malte sich auf seinem Gesicht ab. »In dieser Stadt gibt es Leute, die Schlimmeres getan haben als ich, Vater.«

»Das ist keine Entschuldigung dafür, sich schlecht zu benehmen, Junge.« Die Antwort des Vaters kam rasch. »Andere sind noch schlimmer als du! Pah!« Das Gewicht seiner dreiundachtzig Jahre lastete schwer auf Rhys Morgan. In mancher Hinsicht war er immer noch eine eindrucksvolle Erscheinung. Seine silberne Haarmähne verlieh ihm einen freundlichen Ausdruck und die Linien in seinem Gesicht sprachen eher von Charakter als von hohem Alter. Dennoch, seit er seine Frau verloren hatte, hatte er nur wenige glückliche Stunden gekannt und sein hochgewachsener Sohn hatte ihm mehr Sorgen und Kummer gemacht, als er zugeben wollte. Er wurde müde. Und – obwohl er niemand davon erzählt hatte – zunehmend kränker. Die Kraft, auf die er sich sein Leben lang verlassen hatte, schien zu versickern. Mit jedem Tag, der verging, wurde er schwächer und gebrechlicher.

Er schüttelte bedauernd den Kopf. »Schämst du dich denn nicht, Evan?«, fragte er leise, während sie nebeneinander hergingen. »Hast du denn gar nichts in dir, das dir sagt, du hast Unrecht getan?«

Einen Augenblick lang ließ Evan den Kopf hängen. Er wusste, dass er Unrecht getan hatte. Aber es lag ihm nicht, das vor irgendjemand einzugestehen … nicht einmal vor seinem Vater. Er schüttelte trotzig den Kopf. »Hat keinen Sinn, darüber zu reden, Vater. Es ist ohnehin zu spät. Ich werde aus Wales deportiert. Auf die Art wird dir mein Benehmen wenigstens keinen Kummer mehr machen.«

Die beiden gingen die Straße entlang, und Rhys suchte nach einer Möglichkeit, Evan klarzumachen, wie ernst sein Fehltritt gewesen war. Der junge Mann hatte sich in die Tochter eines angesehenen Bürgers verliebt. Obwohl der Vater ihn aus dem Haus gewiesen hatte, hatte Evan sich geweigert zu gehorchen. Der Bruder des Mädchens, ein grobschlächtiger, kraftvoller Mann, hatte den Gang der Ereignisse mit steigender Wut beobachtet, bis er schließlich den jungen Morgan überfiel und die beiden in einem blutigen Faustkampf aneinandergerieten. Obwohl er grausam geschlagen wurde, hatte Evan den Sieg davongetragen. Jedenfalls hatte er das gedacht, bis der Vater des Mädchens ihn wegen Raufhandels verklagt und dafür gesorgt hatte, dass er ins Gefängnis gesteckt wurde.

Während er dahinging und den Worten seines Vaters lauschte, presste Evan die Lippen zu einer dünnen Linie zusammen. Er wusste, dass er seiner Familie Kummer gemacht hatte, und er bedauerte es. Trotz seiner Wut über die Ungerechtigkeit, ins Gefängnis geworfen zu werden, weil er sich gegen einen Angreifer verteidigt hatte, hatte Evan während seiner Gefangenschaft eine wertvolle Wahrheit gelernt: Er hasste es, im Kerker zu sitzen. Wie es seinem Erbe als einem Morgan entsprach, war er ein Mann der freien Natur. Er liebte es, durch die Wälder und Täler rund um sein Häuschen zu streifen, und hätte nichts lieber getan, als den Tag mit Arbeit im Freien zu verbringen. Aber es herrschten schwere Zeiten in Wales, nirgendwo gab es viel Arbeit, am wenigsten in ihrer kleinen Stadt. Evan kannte sich selbst gut genug, um zu wissen, dass er Frustration und Langeweile gestattet hatte, seine unerschöpfliche Energie und Fantasie weniger sinnvollen Unternehmungen zuzuwenden – worauf er beinahe auf Schritt und Tritt in Schwierigkeiten geriet. *Ich nehme an, es war nur noch eine Frage der Zeit, bis ich Bekanntschaft mit dem Stadtgefängnis mache*, dachte er betrübt.

Evan malte sich die Mauern der kleinen Zelle vor Augen und erinnerte sich, dass er zwar den Himmel und die Wälder gesehen hatte, sich aber nicht an ihnen erfreuen konnte. Nach einigen wenigen Tagen hatte er Angst bekommen, den Verstand zu verlieren. Mehr als einmal hatte ihn die Versuchung überkommen, mit dem Kopf gegen die Steinwand zu rennen, bis er sich bewusstlos schlug. Dann hätte er wenigstens nicht mehr daran denken müssen, wo er war – und wo er nicht sein konnte! Als sein Vater ihm schließlich die Ankündigung überbrachte, dass seine Angehörigen ihn eingeladen hatten, nach England zu kommen, hatte der junge Mann lautstark protestiert. Aber in Wirklichkeit war die Nachricht eine Erleichterung.

Die beiden erreichten das Haus und augenblicklich sagte Evan: »Ich reise am Morgen ab, Vater. Ich packe jetzt meine Sachen. Nicht dass ich viel zu packen hätte.«

»Es tut mir weh, dich gehen zu sehen, Junge.« Der ältere Morgan wandte sich von seinem Sohn ab und Traurigkeit lastete schwer auf seinem Herzen. Bedauern überkam ihn, und er fürchtete, er würde unter der Bürde seines Kummers zusammenbrechen. Wenn die Situation nur anders gewesen wäre – aber Rhys Morgans Zeit lief ab. Die zunehmende Schwäche in seinem Körper sagte ihm nur zu oft, dass es nicht mehr besser mit ihm werden würde; auf jeden Fall würde er nicht mehr lange leben. Er wusste nur zu gut, dass er der einzige stabilisierende Einfluss auf Evan war. *Ich werde nicht zulassen, dass der Junge zu Hause bleibt und mir beim Sterben zusieht. Es ist besser, ich schicke ihn zu anderen in der Familie, die mit seinem rebellischen Wesen vielleicht besser zurechtkommen.*

Am nächsten Morgen, als Rhys Lebewohl sagte, legte er die Hand auf Evans Schulter. »Wir werden uns wohl kaum wiedersehen, Sohn«, sagte er mit unbewegter Stimme. »Jedenfalls nicht in dieser Welt.«

Evan sah aufgestört auf. »Aber ich komme zu Besuch, Vater.«

»Komm bald oder du wirst mich hier nicht mehr vorfinden. Oh, ich klage nicht. Ich habe ein volles Leben gehabt, vor allem, als deine Mutter noch am Leben war. Aber jetzt hat die Welt mir nicht mehr viel zu bieten.« Er blickte seinem Sohn in die Augen. »Ich bete, dass du Jesus finden mögest, Evan. Du hast etwas Wildes an dir, aber das haben wir Morgans alle.« Er lächelte kurz. »Ich war auch so, bevor man mir das Wilde herausgeprügelt hat. Dennoch würde ich nicht gerne sehen, dass du dasselbe Ende nimmst wie so viele wilde junge Männer.«

Evan stand da und schwieg. Er wollte mit seinem Vater argumentieren, aber der hatte alle Trümpfe in der Hand. *Ich werde ihn vermutlich nie wiedersehen!* Sie waren einander nicht besonders nahegestanden, aber jetzt, wo die Zeit gekommen war, Lebewohl zu sagen, hatte Evan plötzlich mit einer schweren Traurigkeit zu kämpfen. Er schüttelte den Kopf. Er hätte gerne noch so viel gesagt, aber er vermochte nicht die Worte zu finden. Schließlich flüsterte er: »Lebewohl, Vater.« Impulsiv schlang er die Arme um seinen Vater und drückte ihn fest an sich. Er wusste, dass die ungewohnte Geste seinen Vater ebenso überrascht hatte wie ihn selbst. Er spürte die gebrechliche Gestalt seines Vaters, und als er ihn losließ und sich zum Gehen wandte, brannten Tränen in seinen Augen.

»Lebewohl, Vater«, wiederholte er mit belegter Stimme und eilte rasch davon.

Rhys Morgan sah seinem Sohn nach, wie er in der Ferne verschwand, dann drehte er sich um und betrat das Haus. Er betete: *Gott, sei mit ihm. Er braucht dich mehr, als er selber weiß!*

* * *

Evan hatte es nicht eilig, denn er hatte den Verdacht, dass in Wakefield eine Menge harter Arbeit auf ihn wartete. Es war Mitte April des Jahres 1656. Er hatte genug Lebensmittel mitgenommen, um mehrere Tage damit auszukommen. Obwohl er nur wenig Geld hatte, bereitete ihm das kein Kopfzerbrechen, denn er war an solche Umstände gewöhnt. Als er durch die Täler von Wales wanderte, erschien ihm der Frühling lieblicher als je zuvor. Evan liebte das offene Land und empfand tiefe Freude, als er das frische Grün des Grases betrachtete, die winzigen goldenen Blättchen, die eben an den Bäumen erschienen, und die weißen, flauschigen Wolken, die die warme Brise dahintrieb.

Er schlief, wo er einen Platz fand, manchmal in Scheunen, manchmal in Häusern, in die man ihn einlud. Einmal hieß ihn eine fröhliche Witwe willkommen. Sie war knapp über dreißig und hatte drei kleine Kinder. Sie fütterte Evan aufs Beste – so gut, dass er drei Tage lang blieb und ihr mit der Arbeit half, die sich aufgehäuft hatte. Aber er wusste, dass er nicht lange verweilen konnte, und bald machte er sich wieder auf den Weg.

An dem Morgen, an dem er die Witwe verließ, eilte er mit schnellen Schritten dahin. Zu Mittag hielt er bei einem Bauernhaus an und kaufte der Familie einen Laib Brot und sechs große Kartoffeln ab, dann zog er weiter.

Als er gegen vier Uhr bei einem glitzernden Bächlein ankam, verlockten ihn das dahinplätschernde Wasser, die warme Sonne und die erfrischende Brise, sich am Fischen zu versuchen. Er hatte Haken und Leinen mitgebracht und bald hatte er einen Schössling mit seinem Messer zurechtgeschnitten und eine brauchbare Angelrute daraus gemacht. Er spießte ein Stückchen Fleisch als Köder an den Haken, warf die Leine ins Wasser und wurde fast augenblicklich mit einem kleinen Fisch belohnt, der anbiss. Zufrieden zog er ihn heraus und schnitt ihn in kleine Stücke, um ihn als Köder zu verwenden.

Er schritt den Bach entlang und genoss wie immer die Herausforderung, Fische aus ihren Verstecken zu locken. Geduldig wartete er, dann kam ein plötzlicher Ruck, der seinen Schössling krumm bog. Sein Herz hämmerte vor Aufregung über den Fang. Es schlug so heftig, dass er dachte, es würde ihm aus der Brust springen.

»Musst du immer den Verstand verlieren, wenn du einen Fisch fängst?«, sagte er laut, aber seine Augen leuchteten vor Vergnügen, als er den Fisch an Land zog. »Oh ho! Du wiegst mindestens drei Pfund, mein feiner Bursche«, sagte er grinsend. »Ich kann dich nicht ganz aufessen, Fisch, aber ich werde mein Bestes tun.« Er angelte noch fast eine halbe Stunde lang, fing aber nur noch einen Fisch, der etwa halb so groß war wie der erste. Schließlich trug er seinen Fang zu der Stelle, wo er sein Lager aufgeschlagen hatte. Mit der Geschicklichkeit langer Erfahrung reinigte er die Fische, dann legte er sie beiseite, während er ein Feuer entzündete, das er mit einem Kranz von Steinen einfasste. Sobald er damit fertig war, zog er eine kleine Pfanne aus seinem Rucksack und stellte sie auf die Steine. Bald brutzelte das Fett in der Pfanne, er zerschnitt den Fisch, legte ihn in die Pfanne und genoss den Duft des bratenden Fleisches.

Während er mit der Essenszubereitung beschäftigt war, erweckte ein Geräusch seine Aufmerksamkeit. Er blickte rasch auf, sah aber nichts. Die Jahre, die er in der Wildnis verbracht hatte, hatten sein Gehör geschärft, sodass es fast so scharf wie das eines Tieres war. Nach einem Augenblick entschied er, dass er wohl nichts weiter gehört hatte als das Rascheln eines kleinen Tieres. Er briet einen Fisch, zusammen mit einer der Kartoffeln, dann lehnte er sich zurück und schob sich den dampfenden Bissen in den Mund. Er kaute glücklich, voll Vergnügen über das gute Abendessen.

Nachdem er gegessen hatte, legte er den Rest des Fisches fürs Frühstück beiseite, dann rollte er sich in seine Decke, legte den Kopf auf seinen Rucksack und starrte in den Himmel hinauf. Die Sterne glitzerten auf dem purpurnen Hintergrund, sie blinzelten und leuchteten, und er fragte sich, wie viele es wohl waren. »In der Bibel steht, der liebe Gott kennt alle eure Namen«, murmelte er. »Dann muss er eine Menge Namen kennen …«

Schließlich wurde er schläfrig und rollte sich auf die Seite, wobei er fast augenblicklich in Schlummer versank.

Eine Weile später fuhr er so blitzartig aus dem Schlaf hoch wie eine aufgeschreckte Katze. Er riss die Augen auf, und obwohl er sich nicht rührte, ließ er die Augen über sein ganzes Blickfeld gleiten. Der Mond schien hell, die silbernen Strahlen überfluteten das kleine Gebiet und ermöglichten ihm, deutlich zu sehen. Er konnte den Bach plätschern hören und lag sehr still. Aufmerksam lauschte er.

Da! Da war es wieder! Das Geräusch hörte sich gedämpft an. Seine Muskeln spannten sich an; er wusste, dass jemand sich zur Linken näherte, gerade außerhalb seines Blickfeldes. Langsam, unmerklich schob er die Hand an das Messer in seinem Gürtel heran und zog es hervor.

Als das Geräusch wieder hörbar wurde, diesmal lauter als zuvor, sprang er mit einem lauten Schrei aus den Decken hervor. Als er sich umsah, erspähte er eine Gestalt, die sich eben zur Flucht wenden wollte. »Halt da!«, schrie er und setzte zu einem Hechtsprung an. Beinahe hätte er gefehlt, doch es gelang ihm, gegen den Eindringling zu prallen und ihn zu Boden zu werfen. Der Fremde rappelte sich in wilder Panik auf die Knie auf und versuchte davonzuhasten. Evan streckte die Linke aus und packte einen Knöchel. »Hiergeblieben, oder ich schneide dir den Hals ab!«, schrie er.

Ein erstickter Schrei wurde laut, aber er ignorierte ihn. Rasch riss er den Dieb zu Boden, warf sich über die strampelnde Gestalt und hielt den Eindringling auf dem Boden fest. Er packte den Mantel mit groben Griffen, dann hielt er das Messer hoch, sodass das Mondlicht auf der Klinge glänzte. »Hör auf zu raufen«, befahl er, »oder ich schneide dir auf der Stelle die Kehle durch!«

»Bitte, tu mir nichts!«

Evan blinzelte vor Erstaunen und ließ das Messer sinken. Das war nicht die raue Stimme eines Mannes. Ihm wurde bewusst, dass die Gestalt unter ihm klein, fast kindlich war. Er sprang auf die Füße, wobei er den Fremden immer noch an der Jacke gepackt hielt. Er zog die kleine Gestalt hoch und drehte das Gesicht ins Mondlicht. Seine Augen wurden groß. Das war kein Einbrecher. Oder wenn es einer war, dann war es ein sehr kleiner und weiblicher noch dazu.

Er schob das Messer in die Scheide zurück, dann streckte er die Hand aus und zog dem Eindringling die Kappe vom Kopf. Eine Kaskade von Locken fiel um das weiße Gesicht, und er sah, dass er ein junges Mädchen festhielt.

»Was hast du hier zu suchen, Mädchen?«, verlangte er zu wissen. »Du bist schrecklich jung, um das Leben einer Diebin zu führen.«

Das Mädchen konnte sich nicht bewegen, so fest hielt Evans Hand sie gepackt. Sie blickte zu ihm auf. Ihre Augen waren groß und von einer Mischung aus Furcht und Niedergeschlagenheit erfüllt. »Ich war hungrig«, wisperte sie und Evan hörte die Scham in ihrer Stimme. »Ich wollte dir nichts tun.«

Verwirrt und betroffen sah Evan sich um. Er stand mitten in der Wildnis! Woher war dieses Mädchen gekommen? Mit einem unfreundlichen Blick betrachtete er von Neuem ihr schmutzverschmiertes Gesicht. »Wie heißt du, Mädel?«, fragte er mit rauer Stimme.

»Jenny. Jenny Clairmont.«

Ihre Stimme klang dünn und verriet nicht, wie alt sie war. »Wie alt bist du?«

»Dreizehn«, kam die leise Antwort.

»Dreizehn Jahre alt und ganz allein in den Wäldern unterwegs?« Er sah sich von Neuem um; gewiss hatte jemand das Mädchen begleitet! Aber er sah nur Wälder und Dunkelheit rundherum. Mit einem ungeduldigen Seufzer fragte er: »Woher kommst du, Mädchen?«

Sie schüttelte nur schweigend den Kopf.

»Sag mir, woher zu kommst!«, verlangte er zu wissen. »Du musst doch irgendwo zu Hause sein!«

»Ich – ich habe kein Zuhause«, flüsterte sie.

Etwas am Tonfall des Mädchens ließ Evan innehalten. Er lockerte seinen Griff, aber er betrachtete sie argwöhnisch. »Du hast kein Zuhause?«

»Nein, Sir. Ich – ich habe nie ein Zuhause gehabt.«

»Was soll das heißen? Haben sie dich unter dem Brombeerbusch gefunden?«, verlangte Evan zu wissen. Er sah, dass sie zitterte – ja sie sah aus, als wollte sie jeden Augenblick in Ohnmacht sinken. Er begriff und starrte ihr eindringlich ins Gesicht. »Du bist also hungrig, sagst du? Nun, das können wir in Ordnung bringen. Setz dich hin und ich koche dir einen Bissen zum Essen.«

Das Mädchen setzte sich nieder, schlang die Arme um die Knie und beobachtete ihn aus großen, ausdrucksvollen Augen. Evan schürte das Feuer, legte Holz auf, bis es hell aufloderte. Dann schnitt er eine weitere Kartoffel und einige Stücke Fisch in Scheiben und briet sie. Als er fertig war, legte er das Essen auf den hölzernen Teller, den er zu seinem eigenen Gebrauch mitgenommen hatte, legte eine dicke Schnitte Brot dazu und reichte es dem immer noch schweigenden Mädchen. »Da!«, sagte er. »Stopf dir das in den Brotsack. Dann reden wir miteinander.«

Evan lehnte sich zurück und sah dem Mädchen beim Essen zu. Er merkte, dass sie nicht gefräßig erscheinen wollte, aber es war deutlich zu sehen, dass sie beinahe buchstäblich am Verhungern war. Sie riss den Fisch in Stücke, kaute und schluckte ihn hastig, obwohl er noch heiß war. Evan runzelte die Stirn. »He, Mädel, du wirst dir die Zunge verbrennen. Mach langsam. Du musst dich nicht beeilen«, mahnte er sie. »Ich nehme es dir schon nicht wieder weg.«

Sie fing seinen Blick auf, dann nickte sie und versuchte langsamer zu essen. Er stand auf und schritt zum Bach, wo er Wasser mit seinem Zinnbecher schöpfte. Als er zurückkam, reichte er ihr den Becher.

Wieder begegneten sich ihre Blicke, und er wunderte sich über die Trostlosigkeit, die er in ihren Augen sah, als sie flüsterte: »Danke, Sir.«

Schließlich hatte sie sich satt gegessen. Sie leckte sich prüfend die Lippen und starrte in ihren Schoß, als wäre sie tief in Gedanken versunken. *Traurige Gedanken*, dachte Evan, als er die Gefühlsbewegungen betrachtete, die auf ihrem Gesicht spielten. Sie erschreckte ihn ein wenig, als sie plötzlich aufsah und ihn anschaute. Ein Gefühl durchfuhr ihn wie ein scharfer Stich. *Wann hatte er je ein junges Mädchen so traurig gesehen?*

Sie senkte den Blick. »Ich wasche den Teller und den Becher ab.«

»Nicht notwendig«, sagte Evan. Er bemerkte ihre zerlumpten Kleider und ihre dünnen Arme und Beine. »Aber«, sagte er, »du könntest für dein Abendessen mit ein paar Informationen bezahlen. Was treibst du hier draußen, so ganz allein?«

Jenny starrte ihn an. Über ihren mageren Wangen wirkten ihre Augen riesenhaft. »Ich bin fortgelaufen«, sagte sie schließlich.

»Fortgelaufen? Von wem?«

»Das sage ich Euch nicht.« Ihre zusammengepressten Lippen und die steife Haltung ihres Rückens hatten etwas Trotziges an sich. »Er – hat mich geschlagen. Ich wollte nicht tun, was er sagte, also hat er mich geschlagen«, flüsterte sie. »Er war immer hinter mir her. Brüllte mich an. Sagte mir, ich müsste es tun. Ich konnte es nicht mehr aushalten. Also bin ich fortgelaufen!«

Der gequälte Ton in der Stimme des Mädchens verriet Evan deutlicher als jede Beteuerung, dass sie die Wahrheit sprach. »Wer hat dich geschlagen?«, fragte er sanft und würgte den Zorn hinunter, dass jemand es wagen konnte, dieses zarte Mädchen so zu behandeln. »Und was wollte er von dir?«

Anfangs sprach sie nur widerwillig, aber schließlich entlockten ihr Evans Freundlichkeit und seine ruhige Stimme die Geschichte. Er erfuhr, dass sie ihr Leben lang eine Waise gewesen war. Ihre ersten Erinnerungen galten einer Art Arbeitshaus. Als sie mit zehn Jahren zu alt geworden war, um dort zu bleiben, hatte man sie zu einer Familie in Pflege gegeben. Von der Morgendämmerung bis lang nach der Abenddämmerung musste sie arbeiten, wurde misshandelt und war halb verhungert. Dann hatte der brutale Pflegevater ein Angebot von einem älteren Nachbarn erhalten, einem Mann, der Jenny, wie sie erzählte, »mit den gemeinsten, hungrigsten Augen« beobachtete. »Er wollte mich kaufen«, sagte sie. »Aber ich wusste, dass es nicht zum Arbeiten war. Er wollte mich … gebrauchen.« Ihre Augen füllten sich mit Tränen. »Ich sagte Mr Owens, lieber würde ich sterben. Er sagte, das sei ihm nur recht. Dann fing er an, mich zu schlagen.«

Mitleid mit dem Mädchen und Ärger über den Schurken, der sie so missbraucht hatte, überkamen Evan. Er wusste, dass es viele junge Mädchen wie sie gab. Er wollte ihr irgendwie helfen, aber ihm fiel nichts Brauchbares ein.

Eine Weile saßen sie schweigend beisammen, bis sie schließlich zu ihm aufblickte, Neugier in den großen Augen. »Woher kommt Ihr, Sir?«, fragte sie schüchtern.

»Nun, ich bin aus Wales, aber man hat mich dort rausgeworfen, weil ich ein allzu großer Lump war. Jetzt gehe ich nach England, um bei meinen Verwandten an einem Ort namens Wakefield zu leben.«

»Ist es – ist es ein hübscher Ort?« Die Wehmut im Gesicht des Mädchens berührte ihn. Als sie weiterhin nach Wakefield fragte, erzählte er ihr das wenige, das er selbst wusste.

Der Bach murmelte leise und in der Ferne schrie eine Eule. Evan sagte schließlich: »Ich bringe dich in die nächste Stadt. Vielleicht können wir dort einen Platz für dich finden.«

Jenny forschte einen Augenblick lang in Evan Morgans Gesicht. Trotz ihrer jungen Jahre hatte die Erfahrung sie gelehrt, in Gesichtern zu lesen. Traurigerweise war sie am besten bekannt mit den Kennzeichen derjenigen, die grausam und tückisch waren und sie verletzten – aber einige Male hatte sie auch Freundlichkeit gesehen, und die sah sie nun auch im Gesicht des jungen Mannes, der ihr am Feuer gegenübersaß.

Wenn sie in der Gegend blieb, würde sie früher oder später gefasst und zu den Leuten zurückgeschickt werden, die behaupteten, ein Anrecht auf sie zu haben – große Furcht überkam sie. Wieder konzentrierte sie sich auf Evans Gesicht. Sie bemerkte die Sanftmut in seinen Augen, die Geduld in seinem Schweigen – und fühlte, wie sich Hoffnung in ihr regte. »Bitte«, wisperte sie zögernd, »nehmt mich mit, Sir.«

Evan fiel der Unterkiefer herunter und er starrte sie an. »Dich mitnehmen?«, fragte er. »Aber das kann ich nicht tun, Mädchen!«

»Ich werde arbeiten! Ich will nur in Ruhe gelassen werden«, flehte sie. »Nehmt mich mit und ich werde Euch keine Schwierigkeiten machen. Ich verspreche es!«

Evan war wie betäubt von ihrer Bitte. »Das kann ich nicht tun, Jenny«, sagte er. »Wenn wir zu meinem eigenen Haus gingen, wäre es etwas anderes, aber ich gehe dort selbst als Knecht hin. Wenn ich mit einem kleinen Mädchen im Schlepptau dorthin komme, schicken sie mich vielleicht gleich wieder weg.«

Jenny biss sich auf die Lippen und fühlte, wie ihr die Tränen in die Augen schossen. Sie war müde, erschöpft und sehr verängstigt. Sie sagte nichts weiter, sondern saß einfach da, eine jammervolle Gestalt.

Evan fühlte sich absolut grässlich, mies und selbstsüchtig. Der Anblick verwundeter Geschöpfe im Wald verfehlte es nie, sein Herz zu rühren ... Wie konnte er dieser hier, die kein bloßes wildes Geschöpf war, sondern ein lebendes Wesen voll Kummer und Furcht, weniger Sympathie zeigen? Er räusperte sich und sagte mit rauer Stimme: »Hier, ich habe eine Decke. Schlaf jetzt. Wir werden uns etwas einfallen lassen, und ich werde dir helfen, wenn ich kann.«

Jenny gab keine Antwort, sondern rollte sich in die Decke. Augenblicklich sank sie in einen erschöpften Schlaf. Evan jedoch war weniger glücklich. Er saß bis tief in die Nacht da, starrte in das bleiche Gesicht des Mädchens, auf dem das Licht des Feuers flackerte, und war tief in schwere Gedanken versunken.

* * *

Jenny erwachte langsam. Der Duft von frischem Fisch, der über dem Feuer gebraten wurde, hatte sie aus ihrem tiefen Schlummer geweckt. Sie setzte sich augenblicklich auf und sah Evan die kleine Bratpfanne halten. Er lächelte sie an.

»Hast du geschlafen?«

»Ja, Sir, habe ich.«

Evan stach prüfend mit seinem Messer in den Fisch, drehte ihn um und sah sie an. »Na, dann spring auf und wasch dich, dann kannst du frühstücken.« Er hielt einen Augenblick inne, dann lächelte er von Neuem. »Du wirst deine ganze Kraft brauchen. Es ist ein weiter Weg bis nach England, musst du wissen.«

Jennys Augen wurden groß, und Evan war betroffen von dem bezaubernden Anblick, den sie bot. Ihr rotblondes Haar bildete einen weichen Rahmen um ihr süßes Gesicht. Ihre Augen, die einen ungewöhnlich grünen Farbton hatten, leuchteten in plötzlicher Hoffnung auf. »Nach England? Dann gehe ich also mit Euch? Wirklich, Mr Evan?«

»Wirklich«, sagte er. Evan hatte sich die ganze Nacht mit dem Problem herumgeschlagen, sie mitzunehmen war die einzig richtige Lösung, die ihm einfallen wollte. Schließlich hatte er seine Bedenken beiseitegeschoben. *Nun, ich nehme sie mit, und wenn es ihnen nicht passt – dann gehe ich einfach irgendwo anders hin!*

Jetzt reichte er ihr ein Stück Fisch. »Vielleicht wirst du einen guten Einfluss auf mich haben. Ich bin ein ruchloser junger Mann, musst du wissen.«

Jenny blickte in sein Gesicht, sah das offene Lächeln und die strahlenden Augen. Sie nahm den Fisch und ihre Stimme zitterte ein wenig vor Erleichterung. »Mr Evan«, flüsterte sie, »Ihr seid ganz gewiss kein ruchloser junger Mann. Ich finde, Ihr seid der beste, freundlichste Mann, der mir je begegnet ist.«

Evan blickte sie an und zuckte die Achseln. »Es gibt eine Menge anständiger Leute, die nicht deiner Meinung wären«, murmelte er. Dann legte er seinen finsteren Ausdruck ab und grinste sie an. »Hol's der Henker! Es ist ein zu schöner Tag, als dass wir Trübsal blasen sollten. Lass uns ein ordentliches Frühstück essen und dann auf nach Wakefield!«

* * *

Angharad und Will starrten verdutzt den jungen Mann an, der auf der Schwelle von Wakefield stand. Obwohl er irgendwie so aussah, wie sie erwartet hatten – eine jüngere Version ihres Onkels Rhys, hochgewachsen und kräftig gebaut –, hatte er etwas bei sich, das keiner seiner Verwandten erwartet hatte: eine Begleiterin.

Das Pochen, auf das sie gewartet hatten, war in aller Frühe an diesem Morgen laut geworden, und sie hatten neugierig die Tür geöffnet. Da stand der Bursche vor ihnen und hatte etwas leicht Herausforderndes an sich, als er verkündete: »Ich bin Evan Morgan und das ist Jenny Clairmont.«

Angharad und Will sahen einander schockiert an. Angharad fragte schließlich vorsichtig: »Und woher, Evan, hast du diese junge Dame?«

Sein Blick blieb fest. »Sie und ich sind Freunde«, antwortete er mit fester Stimme. »Ich habe sie auf der Straße kennengelernt, aber nach unserer gemeinsamen Reise kann ich euch versichern, dass sie vertrauenswürdig ist. Vor allem braucht sie ein Zuhause.« Will zog eine Augenbraue hoch, und ein leichtes Rot stieg in Evans Wangen, als er fortfuhr: »Sie ist eine wackere Arbeiterin, jung und stark. Ich hasse es, um einen Gefallen bitten zu müssen, aber ich fürchte, mir bleibt nichts anderes übrig.«

Angharad blickte von Neuem das Mädchen an, das schweigend neben Evan stand, und ihr Herz wurde warm. Sie trug nichts weiter als Lumpen und war dünn wie ein Spatz; ihre Wangen waren hohl vor Hunger. »Nun«, sagte Angharad nachdenklich, dann nickte sie. »Jenny, komm mit mir. Ich glaube, wir können … wärmere Kleider für dich finden. Will, nimm Evan mit und zeig ihm seinen Platz.«

»Ich darf bleiben?«, wisperte Jenny. Ihre Augen waren groß vor ungläubigem Staunen.

Angharad ging zu ihr hin und legte den Arm um die dünnen jungen Schultern. Sie lächelte das wehmütige Gesicht an, das zu ihr aufblickte, dann flüsterte sie verschwörerisch: »Dieses Haus ist so groß, da sollten wir doch wohl einen Platz für ein einziges kleines Mädchen finden.«

Jennys Augen füllten sich mit Tränen, als sie die Freundlichkeit im Gesicht der Frau sah. »Ich werde hart arbeiten«, flüsterte sie. »Ich würde alles für Euch tun!«

Angharad lachte. »Du kannst jedenfalls auf unser kleines Mädchen aufpassen. Sie wird sich über die Gesellschaft freuen. Komm mit, ich werde dich mit Hope bekannt machen. Nachdem wir dich gesäubert haben, meine ich.«

Sobald die beiden gegangen waren, wandte Will sich an seinen jungen Vetter und betrachtete ihn sorgfältig. Evan ertrug die Begutachtung schweigend – eine Tatsache, die Will mit Vergnügen zur Kenntnis nahm. Er nickte langsam. »Nun, Evan Morgan, du siehst mir nach dem alten Wales aus.« Er streckte die Hand aus und klopfte dem jungen Mann auf die Schulter. »Es tut gut, dich zu sehen, mein Junge.«

Evans einzige Antwort bestand darin, dass er mit grimmiger Stimme sagte: »Ich sollte es dir lieber gleich sagen, ich komme geradewegs aus dem Gefängnis. Niemand zu Hause wird mir einen guten Leumund ausstellen.«

»Nun, das hier ist jetzt dein Zuhause«, sagte Will rasch. »Und was du in Wales warst, ist weniger wichtig, als was du jetzt und hier bist. Dies ist Wakefield, Junge. Wir fällen hier kein Urteil über deine Vergangenheit. Was deine Gegenwart angeht, nun, so liegt es bei dir, was wir davon halten. Komm jetzt mit. Ich mache einen Rundgang mit dir.«

Evan hielt einen Augenblick lang inne, als kämpfte er mit sich selbst, dann holte er tief Atem und nickte. Will führte den jungen Mann herum und beobachtete seinen Gesichtsausdruck und seine Reaktionen, als sie die Gebäude und das Gelände besahen. Was er sah, gefiel ihm.

Er ist ein anständiger junger Bursche. Riecht zwar ein wenig nach Pech und Schwefel, also wird es anfangs wohl schwierig sein, mit ihm auszukommen. Aber er hat ein gutes Herz, dass er dieses kleine Mädchen so mitgenommen hat. Zeigt Mitleid. Und Charakter. Das ist ein guter Start, um ein Mann zu werden.

5

EIN AUSFLUG NACH BEDFORD

»Ich weiß nicht, ob du es gehört hast, Evan«, sagte Gavin, »aber Mrs Bunyan war schwer krank.«

Evan Morgan blickte von dem Stück Leder auf, aus dem er eben ein Zaumzeug fertigte. »Ja, Euer Vater hat es mir gesagt, Mr Gavin«, sagte er. »Ich hoffe, es ist nichts Ernstes.«

Gavin schüttelte den Kopf. Zweifel stand in seinen Augen geschrieben. »Es ging ihr nicht gut und ich mache mir Sorgen um sie. Sie ist eine wackere junge Frau, aber offenbar ist sie nicht besonders kräftig –« Er unterbrach sich, als er bemerkte, was Evan in der Hand hielt. »Was machst du da?«

»Ein neues Zaumzeug für die Stute.«

In dem Jahr, seit er nach Wakefield gekommen war, war Evan ein Experte für Lederarbeiten geworden. Er hatte alle Pferde mit neuen Sätteln und Zäumen ausgestattet. Gavin hatte zu Angharad und Will gesagt: »Wenn ihr noch mehr solche Verwandte habt wie diesen jungen Burschen, dann schickt nach ihnen.« Als er jetzt die Arbeit des jungen Mannes bewunderte, dachte er von Neuem daran, was für ein wertvoller Gewinn Evan für Wakefield und die Familie war. Er lächelte. »Es ist wunderschön, Evan. Genauso wie alle anderen. Aber ich möchte, dass du eine Pause einlegst.«

Evan blickte ihn neugierig an. »Braucht Ihr mich für etwas anderes?«

»Ich möchte, dass du zu Bunyans Haus hinüberreitest und einige Dinge hinbringst, die Mutter zusammengesucht hat. Vor allem Kleider und Lebensmittel.« Gavin strich sich nachdenklich das Kinn und schüttelte den Kopf. »Seit John zu predigen angefangen hat, bin ich ein wenig besorgt um ihn.«

Evan blickte von dem Lederstück auf, an dem er arbeitete. »Ich hörte, dass er vor einigen Monaten verhaftet wurde.«

»Ja, die Gesetze gegen wandernde Prediger werden schärfer. Man sollte meinen, wir wären zugleich mit der Monarchie auch alle diese Unterdrückung losgeworden, aber es gibt immer noch Leute, die ein Monopol auf Gott haben wollen.«

»Ist es denn gegen das Gesetz zu predigen?«, fragte Evan überrascht.

»Nur, wenn man ein Unabhängiger ist«, antwortete Gavin. »Das Parlament und die Armee sind so durcheinander, dass es gefährlich ist, ihnen in die Quere zu kommen. Nach allem, was ich gehört habe, ist Bunyan ein ziemlich feuriger junger Prediger geworden. Genau die Art Mann, die die Befürworter einer starken nationalen Kirche gerne stoppen würden.«

»Nun, ich selbst bin kein Christ«, gab Evan zu. Seine dunklen Augen waren nachdenklich. Er fuhr sich mit der Hand über das ungebändigte schwarze Haar und machte einen vergeblichen Versuch, es zu glätten, dann fügte er hinzu: »Aber wenn ich dächte, Gott will, dass ich predige, dann würde ich es tun, und zum Henker mit jedem, der etwas anderes sagt!«

Ein Lächeln huschte über Gavin Wakefields Gesicht. Er hatte den jungen Mann lieb gewonnen, und er war überzeugt, dass von ihm noch einiges zu erwarten war – er sah aber auch den rebellischen Geist in ihm, der ihn in Schwierigkeiten bringen konnte. »Ich fürchte, John Bunyan empfindet genauso, und ebenso gut könnte man dem Wind befehlen, mit dem Wehen aufzuhören, wie Bunyan mit dem Predigen.«

»Gut für ihn!« Evan nickte.

»Ich möchte, dass du Jenny mitnimmst. Sie kann Mrs Bunyan mit den Kindern helfen.«

»In Ordnung. Wann soll ich aufbrechen?«

»Geh heute Nachmittag. Sieh zu, dass du vor Einbruch der Dunkelheit dorthin kommst.«

»Wie lange soll ich bleiben?«

»Ich glaube, du könntest John bei seinem Tagewerk helfen. Du scheinst ja selbst etwas von einem Kesselflicker an dir zu haben, nach der Art zu schließen, wie du alles zusammenflickst.« Gavin lächelte. »Du wirst selbst sehen, was es zu tun gibt. Ich möchte, dass du dem Mann behilflich bist. Schließlich hat er einmal mein Leben gerettet. Es ist das Geringste, was ich für ihn tun kann.«

»Aye, Sir. Soll ich die Kutsche nehmen?«

»Ja, meine Mutter hat eine Menge Plunder zusammengesammelt, den du ihnen bringen sollst.«

Evan warf das Zaumzeug auf den Tisch, stand auf und streckte sich. Er war während dieses Jahres gewachsen und hatte an Gewicht zugelegt. Seine Brust war breiter und sein Gesicht runder geworden. »Ich sehe zu, dass Jenny sich bereit macht«, sagte er.

Gavin nickte. »Sie hat Angharad mit Hope sehr geholfen. Ich glaube sogar, Hope wird einen Anfall kriegen, wenn sie merkt, dass Jenny weg ist. Aber Mrs Bunyan braucht sie dringender.« Er wandte sich halb ab, dann blieb er stehen. Er drehte sich noch einmal um und sagte: »Sag John, dass ich ihn besuchen werde, sobald ich kann, und dass meine Gebete bei ihm sind.« Er wandte sich um und verließ den Stall.

Er ging augenblicklich zu seiner Mutter und ließ sie wissen, was er getan hatte, dann fügte er hinzu: »Kannst du ein Weilchen auf Jenny verzichten?«

Angharad blickte den Korridor entlang. Jenny spielte dort irgendein Spiel mit Hope. »*Ich* kann auf sie verzichten, aber du weißt, wie Hope ist. Sie schreit, wenn Jenny nicht andauernd bei ihr ist.« Sie lächelte. »Ich fange an, eifersüchtig zu werden. Jenny ist schon eine richtige kleine Mutter. Aber schick sie nur weg. Hope kommt schon zurecht, um Mrs Bunyan mache ich mir mehr Sorgen.«

* * *

Elisabeth Mills blickte lange in den Spiegel, bevor sie ihr kleines Schlafzimmer verließ. Sie berührte ihr Häubchen, schob ihr blondes

Haar fester darunter, drehte sich dann um und ging ins Wohnzimmer. »Ich bin fertig, Mutter. Ich weiß nicht, wie lange ich unterwegs sein werde.«

Sarah Mills, Elisabeths Mutter, saß in einem Sessel und las in ihrer Bibel. Sie blickte zu ihrer Tochter auf und ein besorgter Ausdruck trat in ihre Augen. »Du bist viel zu oft im Haus der Bunyans. Es macht keinen guten Eindruck.«

Das war ein alter Streit zwischen den beiden, den Elisabeth nicht wieder anfangen wollte. Mit siebzehn war Elisabeth hochgewachsen und üppig gebaut. Ihre blauen Augen waren lebhaft und aufmerksam. Sie hatte etwas Gewinnendes an sich und war weitaus erwachsener, als es ihrem Alter entsprach. »Mutter«, sagte sie jetzt, geduldig, aber entschieden, »wir haben so oft darüber gesprochen. Es ist ein Akt christlicher Nächstenliebe, sich für Mr und Mrs Bunyan um die Kinder zu kümmern. Seit Mrs Bunyan krank war, haben sie es sehr schwer.«

»Das weiß ich«, antwortete Sarah scharf, »aber wenn ein junges Mädchen so viel Zeit außerhalb ihres Zuhauses verbringt – nun, das sieht einfach nicht gut aus.«

Elisabeth lächelte, ging hinüber zu ihrer Mutter und küsste sie. »Es ist aber in Ordnung, Mutter, jedenfalls vor Gott. Ich kann nichts dagegen tun, wenn die Klatschtanten ihre Mäuler aufreißen, oder?«

»Die Bibel sagt: Vermeidet auch den Anschein des Bösen.«

»Welches Bösen?«, fragte Elisabeth scharf. »Ich gehe hin und unterstütze Mrs Bunyan beim Kochen. Ich helfe ihr mit den Kindern, wenn sie zu krank ist, es selbst zu tun. Wo ist daran etwas Böses?«

Ihre Mutter kräuselte die Lippen. Sie schwieg, war aber nicht überzeugt. Seit mehreren Monaten formte sich ein Gedanke in ihr. Als Leah Bunyan erkrankt war, war Sarah aufgefallen, dass ihre Tochter sich als Erstes aufmachte, dem Paar zu helfen. Das war auch durchaus anerkennenswert. Aber da war noch etwas, etwas, wovon Sarah Mills nicht zu sprechen wagte.

Sie kannte ihre Tochter kaum, so unterschiedlich waren sie. Dennoch hatte sie sich mehr als einmal gefragt, ob Elisabeth vielleicht eine … Leidenschaft für John Bunyan hegte. Es gab keine Beweise dafür, aber Elisabeth ließ keine Gelegenheit aus, den Mann predigen zu hören. Zugegeben, sie war nicht die Einzige. Bunyan hatte sich als hinreißender Prediger erwiesen und viele waren an seinen Worten interessiert.

Dennoch war Sarah nicht ganz glücklich mit der Situation.

Elisabeth blickte ihre Mutter an und seufzte. »Ich komme zurück, sobald ich die Kinder gefüttert und ihre Kleider gewaschen habe. Mach dir keine Gedanken um mich, Mutter.«

Sie verließ das Haus und eilte durch die engen Straßen von Bedford. Als sie an der Kirche vorbeiging, dachte sie, was für eine Tragödie es für das ganze Dorf gewesen war, als John Gifford vor drei Jahren gestorben war. Sie hatte großen Respekt vor dem Geistlichen gehabt, schließlich hatte er sie zum Herrn geführt. Außerdem hatte er sie mit John Bunyan bekannt gemacht.

Sie war damals erst ein junges Mädchen von vierzehn Jahren gewesen, aber Bunyans Predigten hatten eine große Rolle in ihrem geistlichen Leben gespielt. Seine schlichten Worte und seine Kenntnis der Schrift hatten sie tief bewegt. Während der prägenden Jahre ihres Lebens hatte sie einen tiefen Respekt für John Bunyan entwickelt.

Sie presste die Lippen zusammen. Ihr war schmerzlich bewusst, dass einige Leute ihr Interesse durchaus nicht für geistlicher Natur hielten. Eine ihrer Freundinnen hatte sie gewarnt: »Elisabeth, sei vorsichtig. John Bunyan ist ein attraktiver Mann. Ich weiß, er ist Prediger, aber du wärst nicht die erste junge Frau, die sich in ihren Geistlichen verliebt.«

Elisabeth hatte die Unterstellung erbost zurückgewiesen. »Ich bewundere ihn. Er ist ein großartiger Prediger. Es ist lächerlich zu denken, dass ich irgendwelche anderen Gefühle für ihn habe.«

Als sie jetzt die Straße entlangging, erforschte sie noch einmal ihr Herz. Sie war eine sehr fromme junge Frau mit einem Hunger nach Gott, aber sie hatte auch einen durchaus realistischen Zug im Charakter. Niemand konnte in einem kleinen Bauerndorf aufwachsen, ohne über die Tatsachen des Lebens Bescheid zu wissen. Ihr war bewusst, dass das Heranwachsen zur Frau Veränderungen mit sich brachte, nicht nur körperlich, sondern auch gefühlsmäßig. Gelegentlich hatte sie darüber nachgedacht, wie es wohl sein mochte, verheiratet zu sein, einen Mann zu lieben. Es war vielleicht natürlich genug, dass sie sich über die körperliche Seite der Liebe Gedanken machte, obwohl dieses Thema für gewöhnlich in Gegenwart junger Damen nicht erwähnt wurde.

Sie hatte keine Schwester, mit der sie hätte reden können, und ihre Freundinnen waren in diesen Dingen so unerfahren wie sie selbst. Als sie so dahinschritt, fragte sie sich, ob sie jemals herausfinden würde, wie es war, von einem Mann geliebt zu werden. Elisabeth war bewusst, dass sie dazu neigte, von Zeit zu Zeit andere Menschen zu berühren, wenn auch nur aus Zärtlichkeit und Mitleid. Dennoch kämpfte sie beständig gegen diese Neigung an, die ihr als eine Schwäche erschien.

Sie kam beim Haus der Bunyans an und klopfte an. Als sie eine Stimme hörte, die sie hineinrief, trat sie ein und traf John Bunyan mit den Kindern an.

»Hallo, Mr Bunyan. Ich bin gekommen, um Eurer Frau ein wenig zur Hand zu gehen.«

John Bunyan war von Kindern umringt. Mary, neun Jahre alt, tastete sich durch die Küche und wusch die Teller ab. Klein Elisabeth, sechs Jahre alt, und John, vier Jahre alt, klammerten sich an Bunyan, der das Baby Thomas im Schoß hielt. Er blickte mit einem dankbaren Lächeln auf und rief aus: »Mistress Elisabeth! Kommt herein!« Er sah lachend zu, wie die drei Kinder augenblicklich auf sie zustürzten, um sie zu begrüßen, und an ihr zerrten. Mary streckte die Hände aus und zog den Kopf des Mädchens herunter, um ihr einen Kuss zu geben. »Nun«, sagte er freundlich, »jetzt sehen wir, wer hier am beliebtesten ist.«

Elisabeth umarmte alle Kinder, dann kam sie herbei und sagte: »Lasst mich Thomas nehmen.« Sie nahm das Baby an sich und wiegte es in den Armen, dann küsste sie seine Wangen. »Was bist du doch für ein fettes kleines Ding!«, sagte sie. »Seht euch nur diese Wangen und dieses Kinn an!«

Bunyan beobachtete das Getue der jungen Frau um die Kinder sorgfältig. Schließlich seufzte er. »Ich hatte vor, das Haus aufzuräumen, aber ich kam einfach nicht dazu. Heute Abend muss ich noch zu einem Treffen gehen, Mistress Elisabeth.«

»Ich werde mich darum kümmern, Sir. Jetzt gehe ich einmal hinein und sehe nach Mrs Bunyan. Ich richte Euch noch etwas zu essen, bevor Ihr geht.«

Mit dem Baby auf dem Arm betrat Elisabeth das Schlafzimmer und fand Leah Bunyan im Bett liegend vor. *Sie sieht schlechter aus*, dachte sie bestürzt. *Sie hat überhaupt keine Farbe mehr im Gesicht.* Sie ließ sich ihre Sorge jedoch nicht anmerken. Sie trat ans Bett und streichelte Leah Bunyans Hände, die gefaltet auf der Decke lagen. »Nun«, sagte sie fröhlich, »ich bin gekommen, um Euch eine Weile Gesellschaft zu leisten, Euch und den Kindern.«

Leah Bunyan hatte ihr jugendliches Aussehen verloren. Obwohl sie erst achtundzwanzig war, wirkte sie zehn Jahre älter. Sie hatte schwere Geburten gehabt, nun war ihr Gesicht mager, ihre Wangen und Augen eingesunken. Sie lächelte schwach und streckte eine magere Hand aus, die Elisabeth ergriff. »Gott segne Euch, Elisabeth. Ich wüsste nicht, wie die Kinder oder ich ohne Euch zurechtkommen sollten.«

Elisabeth mochte es nicht, wenn man ihr für ihre guten Taten dankte. Sie drückte das Baby an sich und lachte über sein Glucksen und Strampeln, dann wandte sie ihre Aufmerksamkeit wieder der hinfälligen Frau im Bett zu. »Wie geht es Euch, Mrs Bunyan?«

»Ich kann nicht klagen«, antwortete Leah leise.

»Ihr klagt niemals.« Elisabeth hatte die ältere Frau sehr lieb gewonnen. Sie legte das Baby neben Leah hin. »Ich mache Euch ein wenig Suppe und Ihr werdet diesmal alles aufessen, keine Widerrede, verstanden?«

Sie ließ die dünne Hand los, ging in die Küche und machte sich eifrig an die Arbeit. Irgendwie brachte sie es fertig, die Kinder zu unterhalten, einen großen Topf frischer Suppe zu kochen – der einen würzigen Duft durch die Hütte verströmte –, ein Feuer unter dem Eisenkessel draußen zu schüren und einige Kleider zu waschen. Sie war eine energiegeladene junge Frau, die sich nicht wohlfühlte, wenn sie nicht geschäftig war. Schließlich rief sie: »In Ordnung, Kinder. Kommt und lasst uns zu Mittag essen.« Alles stürzte auf die Stühle zu und Bunyan nahm seinen Platz an der Schmalseite des Tisches ein.

»Ihr solltet lieber rasch essen, Mr Bunyan«, sagte Elisabeth zu ihm, »bevor diese hungrigen Kinder Euch alles wegessen.«

Bunyan neigte den Kopf und sprach ein rasches Dankgebet; dann schöpfte Elisabeth die dicke Suppe in die Teller. Bunyan kostete und zog die Augenbrauen hoch. »Das schmeckt köstlich«, sagte er. »Ich weiß nicht, warum ich keine solche Suppe zustande bringe. Meine schmeckt immer wie Brackwasser.«

»Das kommt davon, dass du den Topf nicht auswäschst, bevor du ihn verwendest«, sagte Mary. Sie war ein helles Mädchen von rascher Auffassungsgabe. Ihre Blindheit behinderte sie kaum noch, aber Elisabeth fing den traurigen, zärtlichen Blick auf, den der Vater seinem kleinen Mädchen zuwarf.

Elisabeth brachte Leah eine Schüssel Suppe und drängte sie, ein wenig davon zu essen. Die Kinder bettelten sie wie immer um Geschichten an. Nachdem die Arbeit getan war, setzte sie sich nieder und erzählte ihnen eine Geschichte, die ihrer fruchtbaren Fantasie entsprang.

★ ★ ★

Die Sonne sank und warf Schatten über die Landschaft, als Evan und Jenny sich dem kleinen Dorf Bedford näherten. Evan war im Lauf des Jahres mehr als einmal im Haus der Bunyans gewesen, aber Jenny hatte die Bunyans noch nicht kennengelernt.

Als sie dahinritten, warf Evan dem jungen Mädchen einen Seitenblick zu, während er dachte, wie sehr sie sich von dem zerlumpten

Kind unterschied, das er damals in der Nacht in den Wäldern gefunden hatte.

Nur ein Jahr ist vergangen, aber was für einen Unterschied hat dieses Jahr gemacht, dachte er. Sie sprach lebhaft, ihr Blick hing an dem kleinen Dorf vor ihnen, also konnte er sie ungestört betrachten. Sie trug ein schlichtes grünes Kleid, das ihr gut passte und die blühende Gestalt enthüllte, die den Übergang vom Kind zur Frau verriet. Im sinkenden Licht wirkte ihr Haar mehr rot als golden, und die scharlachfarbene Sonne ließ es erglänzen, wie es über ihren Rücken herabhing.

Mit vierzehn hatte Jenny – anders als andere junge Frauen – die Gewohnheit, ihr Haar offen hängen zu lassen, und die rotblonde Farbe zog die Augen vieler Menschen auf sich.

Sie wandte sich plötzlich ihm zu, sah, dass er sie beobachtete, und lächelte. »Warum siehst du mich so an, Evan?«, verlangte sie zu wissen.

»Ich dachte gerade, was für eine verhungerte kleine Ratte du warst, als du damals in Wales aus der Nacht aufgetaucht bist.« Er grinste und stellte mit Vergnügen fest, wie glatt und rund ihr Gesicht geworden war. Ihre Lippen waren voll und ihre Augen waren ungemein groß. Schwere Wimpern überschatteten sie. »Ich sage es nur ungern«, fügte er hinzu, »denn ich fürchte, es wird dich stolz machen, aber du hast dich hübsch ausgewachsen. Ich hätte es niemals geglaubt, so wie du damals ausgesehen hast.«

Jenny errötete und fuhr ihn an: »Das ist aber nicht sehr freundlich, nicht wahr? Es würde dir nicht wehtun, mir hin und wieder etwas Nettes zu sagen.«

Augenblicklich tat es Evan leid, dass er sie geneckt hatte. »Im Ernst, Jenny, ich wollte soeben sagen, wie hübsch du in diesem grünen Kleid aussiehst. Es passt genau zu deinen Augen. Ich schätze es, wenn eine Frau ihre Kleider nach ihrer Augenfarbe auswählt.«

Jennys Zorn erlosch augenblicklich, als er sie eine Frau nannte. Obwohl sie dazu neigte, sich an ihre Kindheit zu klammern, und zögerte, diesen Teil ihres Lebens hinter sich zu lassen, stand sie am

Rande jenes Geheimnisses, das Weiblichkeit genannt wird. Vorsichtig blickte sie ihn von Neuem an und lächelte. Ein Grübchen zeigte sich in ihrer rechten Wange. »So höre ich dich gerne reden.« Sie hatten das Dorf beinahe erreicht, aber sie gab ihm doch noch eine spitze Bemerkung zum Abschied mit. »Zum ersten Mal höre ich dein Süßholzraspeln«, sagte sie. »Obwohl ich schon genug darüber gehört habe von den Mädchen, denen du nachjagst.«

»Ich jage keinen Mädchen nach«, sagte Evan erhaben.

»Doch, das tust du. Oder sie jagen dir nach, was noch schlimmer ist.«

Das entsprach der Wahrheit. In Wales hatten Evans dunkles, gutes Aussehen und sein fröhliches Wesen ihn zum Traummann so mancher jungen Frau gemacht. Er stellte fest, dass dasselbe auch in England galt. »Nun«, lachte er, »dann muss ich mir wohl einen dicken Stock schnitzen, um sie von mir fernzuhalten. Schau«, unterbrach er sich, »da ist das Häuschen der Bunyans. Komm mit.«

* * *

Elisabeth war mitten in einer Geschichte, als ein Klopfen an der Tür ertönte. Sie legte das Baby in Marys Arme, öffnete die Tür und sah einen jungen Mann und ein noch jüngeres Mädchen draußen stehen. »Ja?«, fragte sie. »Seid Ihr gekommen, um Mr Bunyan zu besuchen?«

Evan Morgan, der ein Auge für Schönheit hatte, fand die junge Frau, die ihm gegenüberstand, mehr als anziehend. Augenblicklich wurde sein Gehabe munterer und aufmerksamer.

Jenny warf ihm einen raschen Seitenblick zu. Sie wusste genau, was in ihm vorging. *Sooft er eine hübsche Frau sieht, benimmt er sich wie eine alberne Gans*, dachte sie angewidert.

»Mein Name ist Evan Morgan. Mr Gavin Wakefield ist mein Arbeitgeber. Ist Mr Bunyan zu Hause?«

»Nein, er ist predigen gegangen, aber kommt doch herein.« Elisabeth trat beiseite und die beiden traten ein. »Mrs Bunyan kann Euch im Moment nicht empfangen. Ich glaube, sie schläft.«

»Ist schon gut«, sagte Evan rasch. »Wir haben einiges von Lady Wakefield für Mr Bunyan und seine Familie gebracht.«

»Ich bin Elisabeth Mills. Ich kümmere mich um die Kinder, während Mr Bunyan zum Predigen unterwegs ist.«

»Nun, wir haben Euch eine Hilfe gebracht, Mistress Mills. Dies ist Mistress Jenny Clairmont. Mr Gavin dachte, sie könnte Euch mit den Kindern helfen, bis es Mrs Bunyan wieder besser geht.«

Elisabeth wandte sich lächelnd Jenny zu. Sie bewunderte die frische junge Schönheit des Mädchens. »Das wird uns tatsächlich eine Hilfe sein, Mistress Clairmont. Kommt herein, ich stelle Euch den Kindern vor.«

Jenny und Evan wurden rasch die Namen der Kinder genannt und Mary kam sofort herbei und streckte die Hand aus. »Ich berühre gern Hände«, gestand sie ein, während sie Evans breite Hand in der ihren hielt. Sie befühlte sie sorgfältig mit beiden Händen. »Ihr habt gute, starke Hände, Mr Morgan. Ihr arbeitet wohl sehr hart?« Dann wandte sie sich Jenny zu, nahm ihre Hand und sagte: »Ihr arbeitet auch, aber Eure Hände sind angenehm und weich.«

Jenny legte den Arm um die Schultern des Mädchens. »Ja, ich arbeite, aber wir beide können auch zusammen spielen. Wir sind im Alter gar nicht weit auseinander, glaube ich. Wie alt bist du, Mary?« Sie lauschte dem Geplauder des Mädchens, aber ihr war die ganze Zeit bewusst, dass Evan sich mit der jungen Frau unterhielt. Sie hörte mit halbem Ohr Mary zu, während die andere Hälfte ihrer Aufmerksamkeit Evans Gespräch galt.

»Es tut mir leid, dass Mr Bunyan nicht hier ist«, sagte Elisabeth. »Habt Ihr ihn schon predigen gehört?«

»Nein, ich hatte noch nicht das Vergnügen, Mistress Mills«, sagte Evan, »aber Mr Gavin sagte mir, er sei ein großartiger Prediger.«

Elisabeth nickte. »Oh, ich wünschte, Ihr könntet ihn hören. Ich wäre selbst gerne gegangen, aber jemand muss sich um die Kinder kümmern.«

Augenblicklich erwiderte Evan: »Nun, da findet sich leicht eine Lösung.« Er nickte Jenny zu. »Jenny, Mistress Mills möchte Mr

Bunyan predigen hören. Ich kann sie begleiten, wenn du dich um die Kinder kümmerst. Würde es dir etwas ausmachen?«

Jenny wusste nur zu gut, dass Evan nur mit der jungen Frau allein sein wollte. Aber was sollte sie tun? Sie hielt seinem Blick stand, einen zynischen Ausdruck in den grünen Augen. »Ja, ich werde mich um sie kümmern.«

Evan schien den Sarkasmus in ihrem Ton nicht einmal zu bemerken. Er lächelte Elisabeth an. »So, Mistress Mills«, sagte er und nickte zufrieden. »Ich habe mich um alles gekümmert. Ist es weit? Wir können die Kutsche nehmen.«

* * *

»Da sind sie«, sagte Elisabeth. Sie hatte die Fahrt mit dem jungen Mann genossen, doch sie hatte bemerkt, dass er großes Interesse an Frauen hatte. Obwohl sie nur wenig Erfahrung mit Männern hatte, amüsierte sie sich über Evans leicht zu durchschauende Tricks.

Als sie vor einem offenen Feld anhielten, auf dem sich eine Gruppe von Menschen versammelt hatte, blickte Elisabeth in die Runde. »Ich glaube, der Gottesdienst hat noch nicht begonnen.«

Evan sah sich um. »Ich habe noch nie gehört, dass jemand außerhalb einer Kirche gepredigt hätte.«

»Nun … es gibt da einige Schwierigkeiten«, sagte Elisabeth vorsichtig. »Einige Kirchen sind unseren Leuten verschlossen.«

Evan sprang vom Kutschbock und eilte um den Wagen herum, ehe Elisabeth sich rühren konnte. Er streckte die Hand aus, und als sie die ihre hineinlegte, hielt er sie einen Augenblick länger fest, als es absolut notwendig war. »Ich habe unser Gespräch genossen, Mistress Elisabeth.«

Elisabeth blickte in seine dunklen Augen. *Er ist der hübscheste Bursche, den ich je gesehen habe – und er weiß es nur zu gut!* Mit einem Lächeln zog sie die Hand zurück. »Es hat gutgetan, über geistliche Dinge mit Euch zu reden.«

Evan wirkte ein wenig gedämpft, denn tatsächlich hatte sich ihre

Konversation hauptsächlich um die Bibel gedreht. Als er versucht hatte, von Dingen zu sprechen, die ihn mehr interessierten, fand er sich wieder mit einer jungen Frau konfrontiert, die anscheinend an nichts außer der Bibel, Singen und Predigen Interesse hatte.

Und an John Bunyan.

Als sie sich der kleinen Menschenmenge näherten, fragte Evan abrupt: »Ihr bewundert Mr Bunyan wohl sehr, nicht wahr, Mistress Elisabeth?«

Er bemerkte, dass ein rasches Rot in Elisabeths Wangen stieg, als hätte er ein Geheimnis entdeckt. »Jedermann bewundert Mr Bunyan«, sagte sie mit unbewegter Stimme. »Er ist ein bemerkenswerter Redner. Ich glaube, er will eben anfangen.«

Die beiden hielten inne und sahen, dass Bunyan tatsächlich eben mit seiner Botschaft begonnen hatte. Sein rascher Blick erfasste die beiden zu spät Kommenden. Er erkannte Evan Morgan augenblicklich von seinen früheren Besuchen her und erinnerte sich, dass er mehr als einmal versucht hatte, mit dem jungen Mann über geistliche Dinge zu sprechen. Aber Evan hatte anscheinend keinerlei Interesse an dem Thema. Er zog leicht die Augenbrauen hoch. Wie interessant, dass der junge Mann bei einer Versammlung auftauchte.

Bunyan erhob die Stimme und begann zu predigen. Er war ein schlichter Redner von bescheidenem Auftreten, obwohl seine Stimme stark und machtvoll war. Er predigte über den Bibelvers »Christus, die Hoffnung der Herrlichkeit« und benutzte einfache Beispiele, mit denen all die schlichten Leute um ihn herum etwas anfangen konnten. So erweckte er die Bibel zum Leben.

Evan stellte fest, dass er dem Prediger aufmerksam lauschte. Es faszinierte ihn, wie lebhaft er die Wahrheit mit simplen Beispielen illustrierte. In Wales hatte er die Geistlichen nicht sonderlich interessant gefunden, aber etwas an Bunyans Offenheit und offenkundiger Gutherzigkeit zog ihn an. Als er nun die Bibel ausgeschmückt mit eingängigen Beispielen hörte, ertappte er sich bei dem Gedanken: *Nun, wenn ich je Lust hätte, einem Prediger zuzuhören, würde es einer wie John Bunyan sein!*

Der Gottesdienst dauerte nicht lange und bald entließ Bunyan seine Zuhörer mit einem raschen Gebet. Als die Menge sich zu zerstreuen begann, schritt er auf Elisabeth und Evan zu und nickte dem jungen Mann zu.

»Es freut mich, Euch zu sehen, Evan.«

Morgan ergriff augenblicklich die starke Hand des Predigers. »Mr Gavin bat mich, Eurer guten Frau einen Besuch abzustatten und Euch ein paar Dinge zu überbringen.«

»Er hat viele gute Dinge für die Kinder gebracht«, sagte Elisabeth. Ihre Augen leuchteten, als sie ausrief: »Das war eine wunderbare Predigt, Sir. Ich musste an die Glorie Gottes in Jesus Christus denken.«

Bunyan blickte die hochgewachsene junge Frau an und nickte ihr dankend zu. »Ich bin ein armseliger Prediger, aber ich habe ein gutes Thema – den Herrn Jesus.« Er wandte sich Evan zu. »Und wie geht es Mr Gavins Vater?«

»Nicht gut, gar nicht gut«, sagte Evan.

»Das ist schlimm, sehr schlimm.« Bunyan schüttelte den Kopf. »Meiner Ansicht nach ist er einer der großen Männer unserer Zeit.«

»Wir können mit der Kutsche heimfahren«, sagte Elisabeth rasch. »Ihr braucht nicht zu Fuß gehen, Mr Bunyan.«

»Ja, kommt mit, Mr Bunyan«, sagte Evan. Die drei kletterten in die Kutsche. Während der ganzen Rückfahrt zum Haus der Bunyans lauschte Evan den beiden, die über geistliche Dinge sprachen. Als sie das Haus erreichten, fühlte er sich als fünftes Rad am Wagen und war einigermaßen gereizt.

Später ging Evan mit Jenny nach draußen, um ihr beim Wasserholen zu helfen. Er nutzte die Gelegenheit, unter vier Augen mit ihr zu sprechen, und sagte mürrisch: »Schade, dass so eine gut aussehende Frau so vernarrt in die Religion ist!«

Jenny warf ihm einen scharfen Blick zu. »Es würde dir gar nichts schaden, selbst ein wenig Achtung vor der Religion zu haben!«, schnappte sie.

»Ach, zum Henker!«, rief Evan, den ihr scharfer Ton noch misslauniger machte. »Eine Frau ist dazu geschaffen, von einem Mann gebraucht zu werden, Jenny Clairmont. Dazu sind Männer und Frauen geboren, dass sie einander haben. Und ich sage dir, Mistress Mills ist in mehr vernarrt als nur in die Religion. Sie macht dem Prediger schöne Augen.«

»Sei kein Narr, Evan! Nicht jeder denkt jede Sekunde seines Lebens nur an –« Sie unterbrach sich.

»An was?«

»An Männer und Frauen, die sich ineinander verlieben.«

Evan starrte das Mädchen amüsiert an. »Es würde dir nicht schaden, ein wenig an die Liebe zu denken, Mädchen. Es wäre schade, deine Schönheit zu verschwenden.«

Jenny fühlte, wie der Ärger sie verließ. Sie konnte Evan niemals lange böse sein. Sie verdankte ihm zu viel. Sie fand es schwieriger als zuvor, sich ihre Gefühle für ihn zu erklären, vor allem während der letzten paar Monate. »Du bist bloß eifersüchtig«, sagte sie ruhig. »Du denkst, jede Frau dürfte nur dich anschauen, Evan. Du bist eitel wie ein Pfau!«

Er lachte, dann streckte er die Hände aus und legte sie auf ihren Scheitel, wobei er die dicke Mähne rotblonder Haare zerwühlte. »Das denkst du also von dem alten Mann, ach ja? Nun, wenn du erst erwachsen bist, wirst du die Dinge ein wenig anders betrachten.« Er war überrascht, als sie ihn auf die Hand schlug, den Eimer mit Wasser aufhob und mit entrüstetem Gesicht auf das Haus zustampfte.

»Was habe ich jetzt bloß falsch gemacht?«, fragte er, aber sie gab ihm keine Antwort. Steif aufgerichtet verließ sie ihn. Evan folgte ihr zurück ins Haus und fragte sich, ob er jemals diese feurige junge Frau verstehen würde, die ihn da in den Wäldern von Wales gefunden hatte.

6

ZEIT DER TRÄNEN

Am 3. September 1658 starb der Lordprotektor Oliver Cromwell.

Er hatte sein Land durch Zeiten geführt, wie es sie nie zuvor erlebt hatte. Unter seiner Leitung hatten die englischen Puritaner nach Kräften versucht, das Laster in England zu unterdrücken. Ein Gesetz war erlassen worden, das Ehebruch mit dem Tode bestrafte. Auch die Trunksucht wurde bekämpft, sodass viele Schenken geschlossen wurden. Selbst das Fluchen stand unter einer stufenweisen Strafe: Ein Herzog zahlte dreißig Schilling bei der ersten Übertretung, ein Baron zwanzig, ein Gutsbesitzer zehn. Das gewöhnliche Volk konnte seinem Unmut zum Preis von nur drei Schilling Luft machen.

Das Land hatte harte und schwierige Tage durchlebt. Die Festtage der Kirche wurden durch monatliche Fastentage ersetzt. Weihnachten erweckte die Feindseligkeit der Puritaner. So wurden am Weihnachtstag Soldaten ohne Haftbefehle nach London geschickt, um das Fleisch zu beschlagnahmen, das in Küchen und Öfen brutzelte.

Die jüdischen Gesetze des Alten Testaments waren mild im Vergleich mit manchen Erlassen in Cromwells England. Maibäume wurden umgeworfen. Es war strafbar, am Sonntag unterwegs zu sein, es sei denn, um zur Kirche zu gehen. Es wurde sogar vorgeschlagen, den Leuten zu verbieten, dass sie am Sonntag auf ihren Türschwellen saßen oder sich an die Türpfosten lehnten. Bärenhatz und Hahnenkämpfen wurde Einhalt geboten. Die Bären wurden erschossen und den Hähnen wurde der Hals umgedreht. Jede Form von Sport, einschließlich der Pferderennen, wurde aus England verbannt.

Dennoch war Oliver Cromwell kein so harter Puritaner, wie viele meinten. Er behandelte alle Menschen mit Respekt und hatte Verständnis für junge Leute. Seine niemals endende Leidenschaft für England war zugleich intim und gefühlvoll. Oliver Cromwell war jederzeit bereit, seine Macht mit einem Parlament zu teilen – wenn dieses Parlament die Gesetze und Steuern, die er für notwendig hielt, erlassen und durchführen wollte.

Obwohl er ein sehr leidenschaftlicher Mann war, wurde Cromwell oft von Zweifeln gequält. Er war zwar überzeugt, dass Gott ihn erwählt hatte, sein Volk aus einem – bildlich gesprochen – Ägypten zu führen. Dennoch litt er manchmal unter den politischen Maßnahmen, die er treffen musste, um seine – und Gottes – Ziele zu erreichen. Als er seinen letzten Atemzug tat, war er ein gebrochener Mann, teils, weil seine Lieblingstochter gestorben war, teils, weil er wusste, dass das England, für das er so leidenschaftlich gekämpft hatte, keinen Bestand haben würde. Das England, das er liebte, hatte den Geschmack an der Monarchie nie verloren.

Als Christopher Wakefield die Nachricht vom Tod seines Freundes erhielt, war er tief bekümmert. Eines Nachmittags saß er da und starrte aus dem Fenster, dann rief er Gavin in sein Arbeitszimmer. Der Schnee begann zu fallen. Der Herbsthimmel war grau und eintönig. Die Bäume, die im Sommer im Schmuck ihres Laubes geprangt hatten, streckten nackte Arme einem bleiernen Himmel entgegen. Die Äste bebten im Wind, während der Schnee sich auf ihnen zu sammeln begann.

»Ich habe eine Nachricht von unseren Freunden in Bedford, Gavin«, sagte er.

Gavin setzte sich nieder und betrachtete seinen Vater mit einiger Sorge. *Er sieht nicht gut aus*, dachte er. *Ich wünschte, er würde nach Spanien gehen, wo das Wetter wärmer ist … aber Vater wird Wakefield niemals verlassen.* Laut fragte er: »Ja, was ist, Vater?«

»Mrs Bunyan«, antwortete Christopher langsam. »Dies ist soeben gekommen. Mrs Bunyan liegt im Sterben, glaube ich.«

»Es tut mir leid, das zu hören. Ich glaube jedoch, wir alle haben gewusst, dass sie nicht mehr lange leben würde.«

»Dieser John Bunyan ist ein guter Freund von uns«, sagte Christopher vorsichtig. »Ich nehme an, du wirst ihm jemand schicken wollen, der ihm behilflich ist.«

»Ja, ich finde, das sollten wir tun«, stimmte Gavin zu. »John ist jetzt ganz allein.« Im vergangenen Jahr hatte Gavin mehrmals Evan und Jenny geschickt, um Bunyan zu helfen, denn er war sehr beschäftigt mit seinen Predigten, und die beiden waren von Herzen gerne dorthin gegangen. Gavin fuhr nachdenklich fort: »Ich glaube, Evan interessiert sich für eine junge Frau dort, nach allem, was mir Jenny erzählt hat. Aber offenkundig ist die Dame nicht allzu interessiert an ihm.«

Christopher ließ ein rasches Lächeln aufblitzen. »Dann ist sie die einzige junge Frau, die nicht an ihm interessiert ist! Du wirst mit ihm reden müssen. Er muss aufhören, sich wie ein französischer Frauenheld zu benehmen!«

Gavin konnte sein Lächeln nicht bezwingen. »Er erinnert mich an mich selbst – und an dich! Ich glaube, die Morgans sind so schwer in den Griff zu kriegen wie die Wakefields!«

Christopher nickte. »Ich glaube, wir könnten unserem Waliser Blut die Schuld an unserem eigenwilligen Wesen geben, aber das wäre wohl nicht fair.«

Im selben Augenblick betrat Angharad das Zimmer. Hope folgte ihr auf den Fersen und protestierte laut gegen irgendetwas. »Sei still!«, rief Angharad. »Du hörst dich an wie ein kreischender Kater!«

Hope beruhigte sich ein wenig und Angharad wandte sich an Gavin. »Ich habe alles bereit, was ich schicken will. Wirst du hinfahren, Gavin, wenn Mrs Bunyan stirbt?«

»Ja, natürlich. Vielleicht sollte ich mich jetzt schon auf den Weg machen, aber ich habe das Gefühl, dass ich hier gebraucht werde.«

Angharad schüttelte traurig den Kopf. »Jenny hat mir viel von den Bunyans erzählt. Sie hat sie sehr lieb gewonnen. Und Evan hat natürlich diese junge Frau lieb gewonnen!«

»Ich werde Jenny ermahnen, ein Auge auf ihn zu haben. Sie behandelt ihn jetzt schon, als wäre sie die Erwachsene und er das Kind.«

»Sie ist kein Kind mehr«, beharrte Angharad. »Sie ist fünfzehn und über ihre Jahre hinaus erwachsen. Manchmal glaube ich, sie hat mehr Verstand in ihrem kleinen Zeh als Evan in seinem ganzen Körper.«

»Das ist wahr«, stimmte Christopher zu. »Also, Gavin, schick sie los.«

Sobald Gavin das Zimmer verlassen hatte, lächelte Christopher Angharad zu. »Gavin hat soeben bemerkt, dass der junge Evan Morgan genauso ein Romantiker ist, wie er selbst einer war. Und er hatte den Nerv zu sagen, ich sei aus demselben Holz! Ich habe mich nie so benommen wie diese beiden Schurken!«

Angharad setzte sich dicht neben ihm nieder und legte den Arm um ihn. Sie zog sein Gesicht an das ihre und küsste ihn zärtlich. »Was bist du doch für ein alter Lügner! Du warst so romantisch, wie ein Mann nur sein kann, und du bist es immer noch!«

Christopher zog sie noch enger an sich. *Sie hätte einen jüngeren Mann heiraten sollen*, dachte er ein wenig traurig. Er hatte das schon früher oft gesagt, aber Angharad wurde jedes Mal böse mit ihm, wenn er das sagte. Also machte er keine Bemerkung, sondern gestattete sich, den Augenblick der Wärme und Nähe zu genießen.

Ausnahmsweise saß Hope still da und Christopher betrachtete sie. *Sie ist eine echte Wakefield*, dachte er. Ein merkwürdiges Gefühl überkam ihn, als er daran dachte, dass er dieses Kind niemals heranwachsen sehen würde. Das war der Preis, den man bezahlte, wenn man im fortgeschrittenen Alter ein Kind hatte. Christopher wusste, dass seine Gesundheit sich verschlechterte. Er sprach niemals mit Angharad darüber, aber er sah es zuweilen ihrem Blick an, dass sie Bescheid wusste.

Christopher und Angharad blieben dicht nebeneinander sitzen und plauderten, während Hope zu ihren Füßen saß. »Ich bin stolz auf Gavin und Amos«, sagte Christopher. »Sie haben einen weiten Weg zurückgelegt, nicht wahr?«

»Ja. Und wir werden sehen, dass sie noch weiter kommen«, sagte Angharad mit fester Stimme.

* * *

Elisabeth hatte mehr als eine Stunde lang neben Leah gesessen. Von Zeit zu Zeit blickte sie von ihrer Näharbeit auf und betrachtete das stille, bleiche Gesicht. Einmal erhob sie sich, legte ihre Näherei weg und wischte die Stirn der Sterbenden mit einem feuchten Tuch ab. Keine Antwort kam, auch nicht, als Elisabeth sie mit leiser Stimme ansprach. So setzte sie sich wieder und machte sich von Neuem an ihre Näherei.

Elisabeth verbrachte den Großteil des Tages mit Leah. Evan Morgan hatte wieder einmal Jenny Clairmont mitgebracht, die sich um die Kinder kümmerte. *Gott sei gedankt für dieses Mädchen!*, dachte Elisabeth leidenschaftlich. *Ohne ihre Hilfe hätten wir es nie geschafft.* Der Gedanke an Jenny führte geradewegs dazu, dass sie an Evan dachte. Ihr Mund verkrampfte sich vor Widerwillen.

Evan hatte sich als Ärgernis erwiesen. Seit er Elisabeth zum ersten Mal begegnet war, hatte er jede nur denkbare Entschuldigung gefunden, um die Reise von Wakefield nach Bedford anzutreten. Immer gab es irgendeinen Grund – einmal musste er ein Geschenk von Wakefield übermitteln oder Jenny für die Kinder bringen. Er hatte sich schlau angestellt mit seiner Bewunderung für Elisabeth, hatte getan, als sei sie ihm eine Freundin, die er bewunderte, und nichts weiter. Aber so unerfahren sie war, spürte sie doch, dass ein Mann in ihm steckte.

Bei seinem dritten Besuch hatte er sogar versucht, sie zu küssen. Als Elisabeth ihm Vorwürfe machte, lachte er nur. Humor funkelte in seinen dunklen Augen. »Eines Tages wirst du Gefallen daran finden!«, hatte er sie geneckt. »Gewöhne dich lieber gleich daran!«

Elisabeth hatte ihr Bestes gegeben, um ihn zu entmutigen, aber offenkundig war er ein Mann, der an Erfolge bei Frauen gewöhnt war – so viel hatte sie von Jenny erfahren. So oder so wusste sie, dass er kein Mann war, der für sie taugte.

Während sie neben Leah saß, begann sie sich zu wundern, woher sie so sicher wusste, dass Evan kein geeigneter Mann für sie war. *Er sieht so gut aus, wie man es von einem Mann nur erwarten kann*, sagte sie sich. *Ich weiß, dass er kein Geld hat – aber das würde mir nichts ausmachen.*

Sie sann wieder über die Zeit nach, als er seine Arme um sie gelegt und seine Lippen auf die ihren gedrückt hatte. Es war ein Augenblick, an den sie oft zurückdachte, aber immer mit Ärger. *Vielleicht stimmt etwas nicht mit mir?*

Dennoch empfand sie keine große oder fortdauernde Sorge. Evan Morgan war ein Mann, der die Anerkennung der Frauen brauchte, aber sie hielt es nicht für notwendig, ihren Namen auf die Liste seiner Bewunderinnen zu setzen.

Die Tür im angrenzenden großen Zimmer wurde zugeschlagen. Elisabeth warf einen besorgten Blick auf Leah, dann legte sie ihre Näharbeit weg und verließ das Schlafzimmer.

»Wie geht es ihr?« John war ins Haus getreten, einen weißen Schneepelz auf den Schultern.

»Ich fürchte, es geht ihr nicht besser«, sagte Elisabeth leise. »Lasst mich Euren Mantel nehmen.« Sie schüttelte den Schnee ins Herdfeuer, dann hängte sie den schweren Überrock an den Garderobenhaken. »Wollt Ihr jetzt essen oder –«

»Nein, ich möchte zuerst nach Leah sehen.« Bunyan ging ins Schlafzimmer. Sein Schritt war schwer.

Elisabeth bereitete geschäftig das Mittagessen zu. Nach langer Zeit kehrte er in den großen Raum zurück. Die Spuren schrecklicher Anspannung zeichneten sich auf seinem Gesicht ab. »Setzt Euch, Mr Bunyan«, sagte sie mit weicher Stimme. »Ihr müsst etwas essen. Ihr habt den ganzen Tag noch keinen Bissen gegessen.«

»Ich bin nicht hungrig«, sagte er automatisch. Seinen Worten zum Trotz setzte er sich an den Tisch und Elisabeth stellte ein Stück Rindfleisch vor ihn hin. Er säbelte mit seinem Messer ein Stückchen ab, spießte es auf die Gabel und hob es an die Lippen. Er aß aus Instinkt, nicht aus Hunger. Seine Gedanken waren bei der Frau im Schlafzimmer.

»Hier, Mr Bunyan«, sagte Elisabeth. »Trinkt ein wenig Braunbier.« Sie schenkte die bernsteinfarbene Flüssigkeit in einen Humpen und reichte ihn ihm. Er nahm ihn entgegen, das Gesicht so ausdruckslos wie bereits beim Essen, und trank gehorsam aus.

»Jenny und Evan sind mit den Kindern spielen gegangen«, sagte Elisabeth, als sie den leeren Humpen entgegennahm.

Bunyans Gesicht hellte sich auf. »Ich weiß nicht, was wir ohne sie getan hätten.«

Elisabeths Wangen glühten bei dem Wort »wir«. Sie setzte sich ihm gegenüber nieder, faltete die Hände und begann mit sanfter Stimme von den praktischen Konsequenzen der Erkrankung Leahs zu sprechen.

Bunyan lauschte eine Zeit lang. Seine Augen waren niedergeschlagen, sein Gesicht verhärmt. Schließlich blickte er auf und ein seltsamer Ausdruck malte sich auf seinem Gesicht ab. Dann tat er etwas, das er nie zuvor getan hatte: Er griff über den Tisch und legte seine Hand auf die ihren. Seine Hände waren groß und stark, rau von seiner Kesselflickerarbeit, und eine davon bedeckte Elisabeths gefaltete Hände zur Gänze. Ein warmes Licht flackerte in seinen großen blauen Augen. »Ich muss Euch sagen, wie tief ich in Eurer Schuld stehe, Elisabeth«, sagte er. »Während dieser letzten Monate habe ich –« Er hielt inne und versuchte, die rechten Worte zu finden, dann schien er den Faden seiner Gedanken zu verlieren. »Wärt Ihr nicht gewesen«, fügte er mit einiger Mühe hinzu, »so hätte ich wohl aufgegeben.«

Elisabeth spürte die Wärme seiner Hand auf der ihren. Sie regte sich nicht. »Ich bin froh, dass ich Euch behilflich sein konnte.«

Er studierte ihre gelassenen Züge, dann zog er seine Hand langsam von der ihren zurück.

Bald hörten sie die fröhlichen Stimmen der Kinder, schnell füllte sich der Raum mit Leben, als Jenny und Evan die Kleinen hereintrieben.

Sobald alle Platz genommen hatten, servierte Elisabeth die Mahlzeit, die sie zubereitet hatte. Während sie aßen, fragte Evan: »Welche Auswirkungen wird Cromwells Tod auf euch Prediger haben, Mr Bunyan?«

»Keine guten, Evan.«

»Ich habe Gerüchte gehört, man wolle Karl II. zum König machen«, bemerkte er im Gesprächston. »Die Leute sind unzufrieden mit der jetzigen Lage der Dinge.«

»Cromwell machte einen Fehler, als er seinen Sohn Richard zu seinem Nachfolger bestimmte«, sagte Bunyan müde. »Er ist kein fähiger Mann.«

Evan lächelte. »Nein, das wohl nicht. Er ist nicht viel wert, fürchte ich. Was würde geschehen, wenn Karl zurückkäme?«

Bunyan legte sein Messer nieder, starrte einen Augenblick lang seinen Teller an, dann blickte er Evan an. Sein Gesicht war ernst. »Es würde schwere Zeiten für uns alle bedeuten, die auf Cromwells Seite standen. Die Königstreuen würden aus Frankreich zurückkommen, wo sie im Exil waren; sie würden Feuer speien und Rache suchen.«

»Und die Ersten, die es träfe«, sagte Elisabeth, »wären die, die das Evangelium predigen.«

Evan wandte sich rasch zu ihr um. »Tatsächlich? Ich wusste nicht, dass Ihr etwas von Politik versteht.«

»Ich verstehe auch nichts davon«, murmelte sie und ein schwaches Rot stieg in ihre Wangen. »Aber jedermann weiß, dass das Parlament den unabhängigen Predigern das Leben schwer macht. Wenn Karl und seine Gefolgsleute zurückkämen, würde es noch viel schlimmer werden.«

»Elisabeth hat recht.« Bunyan nickte. »Und es würde mich nicht überraschen, wenn alles genauso käme.«

Sie beendeten die Mahlzeit, und Bunyan ging ins Schlafzimmer, um am Bett seiner Frau zu wachen. Während Jenny sich mit den Kindern beschäftigte, brachte Evan es zustande, Elisabeth in ein Gespräch zu verwickeln.

»Mrs Bunyan wird nicht mehr lange leben, fürchte ich«, sagte er.

»Nein, es sei denn, der Herr wirkt ein Wunder. Anders wird sie kaum überleben.«

Evan sah sich um, um sich zu vergewissern, dass niemand sie belauschen konnte, und dämpfte die Stimme. »Dann wäre Mr Bunyan Witwer. Wie würde dir das gefallen, Elisabeth?«

Elisabeth zuckte erschrocken zusammen. Zum ersten Mal seit Langem sprach er so offen mit ihr. Sie hatte ihm jedoch schon vor einiger Zeit verboten, von solchen Dingen zu sprechen. Aber nun saß er ohne das geringste Anzeichen von Reue da und betrachtete sie mit eindringlichen Blicken.

»Evan, ich verbiete dir, solche Dinge zu sagen«, antwortete sie streng. »Es ist unsere Christenpflicht, Pastor Bunyan und seiner Familie in ihrer Not zu helfen. Das tue ich und jetzt will ich nichts mehr davon hören!«

Als er das Feuer in ihren Augen und die Starre in ihrer Haltung sah, begriff Evan erst, wie ernst es Elisabeth mit ihrer Leidenschaft für John Bunyan war. Evan betrachtete sie sehr genau, als sie sich erhob und den Tisch verließ. Zwei rote Flecken brannten auf ihren Wangenknochen, aber er sagte nichts weiter.

Später an diesem Abend, als Elisabeth das Haus verlassen hatte und Bunyan zu Bett gegangen war, sprach er mit Jenny davon. »Ich mache mir Sorgen um Elisabeth. Sie ist in Mr Bunyan verliebt.«

Jenny blickte auf. Im Lauf des letzten Jahres war sie zu voller weiblicher Blüte herangewachsen; ihre Frische und erstaunliche Schönheit hatten ihr viele Verehrer aus der Umgebung von Wakefield eingebracht. Sie hatte sich allerdings um keinen davon gekümmert, trotz des Tatsache, dass viele als höchst empfehlenswerte Bewerber gelten konnten. Nun starrte sie Evan an, faltete die Hände und sagte nur: »Das geht uns nichts an.«

Evan warf ihr einen neugierigen Blick zu. Er konnte sich noch immer nicht mit der Tatsache abfinden, dass diese herrliche junge Frau dasselbe magere kleine Mädchen war, das er aus Wales mitgebracht hatte. Er konnte beobachten, wie sie aufblühte, und war nun von Neuem beeindruckt, was für eine schöne junge Frau aus ihr geworden war. Er beugte sich vor, verschränkte die Finger ineinander und betrachtete sie eindringlich. »Du hast keine große Meinung von mir, Jenny, nicht wahr?«, fragte er. »Du denkst, ich bin ein loser Vogel, der hinter jeder Schürze herjagt, die ihm unter die Augen kommt.«

Jenny hatte diese Frage von Evan nicht erwartet – und ganz gewiss nicht in dem ernsten Ton, in dem er sie stellte – und sie warf ihm einen verblüfften Blick zu. »Ich denke«, antwortete sie mit einiger Mühe, »dass du allzu interessiert an den jungen Damen bist. Oh, sie geben dir Anlass genug, das weiß ich! Aber du bist allzu sehr interessiert.«

»Ein Mann muss sich umsehen. Wie soll er die richtige Frau erkennen, wenn er nicht ein paar andere auch kennengelernt hat?«, scherzte Evan, der wieder in sein übliches, unbekümmertes Wesen verfiel.

»Das ist dummes Geschwätz«, gab Jenny zurück. »Du weißt es besser. Auf jeden Fall habe ich dir von Anfang an gesagt, dass Elisabeth dich niemals ansehen würde. Sie ist keines von deinen albernen, kleinen Mädchen, die dir zu Füßen liegen, sobald du nur mit den Augen rollst.«

Evans breiter, großzügiger Mund verzog sich zu einem Lächeln. »Wenn ich nun vor dir mit den Augen rollte, Jenny?«, neckte er sie. »Würdest du mir zu Füßen fallen?« Sie warf ihm einen ätzenden Blick zu und er stieß einen übertriebenen Seufzer aus. »Nein, das würdest du nicht. Du kennst mich zu gut.« Er studierte sie einige Augenblicke lang und fragte dann abrupt: »Wie steht es mit dir? Der junge Brian Satterfield fühlt sich mehr als hingezogen zu dir. Er ist ein wohlhabender Bursche und wird eine Menge Geld haben, wenn sein Vater ihm jemals den Gefallen tut, zu sterben und es ihm zu hinterlassen. Die letzten sechs Monate ist er hinter dir hergetrabt wie ein trauriger Hund. Wirst du ihn nehmen?«

»Nein.«

»Nein? Das ist ein kühnes Wort. Was stimmt nicht mit ihm?«

»Nichts stimmt nicht mit ihm«, antwortete Jenny ruhig. »Ich liebe ihn einfach nicht, das ist alles.«

»Ah, ich fürchte, du hast zu viele Balladen gehört! ›Alles für die Liebe!‹, singen sie. Hätte Cromwell die Theater nicht verboten, so wärst du wohl eine Schauspielerin! Ich bin überzeugt, wenn der König zurückkehrt, werden wir wieder Schauspielaufführungen haben – und du wirst der Star der Bühne sein! ›Alles für die Liebe‹, na so was. Das Leben ist nicht so, Jenny. Nicht wirklich.«

Sie zuckte die Achseln. »Ich weiß nicht, was du damit meinst, Evan. Aber ich glaube an die Liebe. Du nicht?«, fragte sie plötzlich. Ihre schönen Augen durchforschten sein Gesicht mit einer Spur von Sorge.

»Nun ... ja ... das tue ich wohl«, stammelte Evan, »aber wir meinen verschiedene Dinge damit.«

»Ich weiß nicht, was es da zu *meinen* gibt«, beharrte Jenny. »Wenn du jemand liebst, dann liebst du ihn! So einfach ist das.«

Evan lachte und schüttelte den Kopf. Sie plauderten noch eine Weile und Evan fühlte sich gut unterhalten. Jenny war ziemlich intelligent – eine Tatsache, die Evan schon bald entdeckt hatte, nachdem er sie nach Wakefield gebracht hatte. Sie besaß ein fantastisches Gedächtnis und hatte mit erstaunlicher Geschwindigkeit lesen gelernt. Es dauerte nicht lange, bis sie jedes Buch las, das Angharad ihr gab. Ihr Verstand war weitaus lebhafter als der seine, musste Evan zugeben, aber er nahm ihr das nicht übel. Er genoss ihre Gesellschaft in vollen Zügen.

Evan lachte. »Der Mann, der dich einmal bekommt, wird wohl ein Dichter sein müssen!«

Jenny errötete. »Halte mich nicht zum Besten, Evan!«

»Das tue ich nicht! Ehrlich nicht!« Rasch fügte er hinzu: »Du bist ein feines Mädchen, Jenny. Du bist schön und klug. Der Mann, der dich einmal zur Frau bekommt, findet einen Schatz.« Er streckte sich, gähnte und kletterte die Leiter unters Dach hinauf, wo er mit den Jungen zusammen schlief.

Jenny saß allein und sah zu, wie das Feuer erlosch. Sie fühlte, wie es im Zimmer kalt wurde. *Ich frage mich*, dachte sie stumpf, *ob er mich wohl jemals als Frau betrachten wird und nicht als ein halb verhungertes kleines Mädchen, das aus dem Wald vor ihm auftauchte.*

* * *

Als sie ein leises Geräusch hörte, blickte Elisabeth rasch auf. Sie erhob sich augenblicklich und beugte sich über Leah Bunyan. »Seid Ihr wach, Leah?«, flüsterte sie. »Könnt Ihr mich hören?«

Das magere, abgehärmte Gesicht zuckte leicht und dann öffnete Leah die Augen. Sie waren wach und voll bewusst, als Leah mit schwacher Stimme flüsterte: »Elisabeth –«

»Soll ich John holen?«, fragte sie drängend.

Ruhe breitete sich über Leahs Gesicht, und ihre Augen, die im Lauf der letzten vierundzwanzig Stunden voll Schmerz und Ungewissheit gewesen waren, wurden klar. Als sie sprach, wurde ihre Stimme kräftiger und fester. »Nein, noch … noch nicht. Ich muss erst Euch etwas sagen.«

Elisabeth sah, dass das Leben der Frau seinem Ende zuging, und sie hatte das verzweifelte Gefühl, dass sie hinauslaufen und die Familie holen sollte. Aber die sterbende Frau ergriff ihre Hand. »Was ist, Leah? Kann ich Euch irgendetwas bringen?«

Sie schüttelte leise den Kopf. »Ich werde bald diese Welt verlassen. Der Herr hat es mir gesagt. Aber … da ist etwas, … das ich … dir sagen muss.«

»*Mir* sagen müsst?«

»Ja.« Leahs Griff wurde fester, und sie blickte geradewegs in die Augen der jungen Frau, die an ihrem Totenbett saß. »Du warst ein Segen für mich … und die Kinder«, murmelte sie. Ihre Stimme war fest, wenn auch schwach, und Elisabeth sah, dass das Delirium von ihr gewichen war. Leah sprach noch einige Augenblicke lang weiter; sie dankte Elisabeth für die Freundlichkeit und Fürsorge, die sie der Familie Bunyan erwiesen hatte. »Du warst … eine Mutter für meine Kleinen.«

»Ich liebe sie, als wären sie die meinen«, sagte Elisabeth leise und Tränen sammelten sich in ihren sanften blauen Augen.

Ein seltsamer Ausdruck zog über Leah Bunyans Gesicht, sie betrachtete die jüngere Frau eindringlich. »Elisabeth. Bitte … hör zu …«

»Ja? Was ist, Leah?«

»Der Herr hat zu mir gesprochen, was meine Kinder angeht. Ich kann nicht in Frieden sterben, wenn ich nicht weiß, dass sie … geliebt werden und gut für sie gesorgt wird. John liebt sie, aber er ist nur ein Mann, … auch wenn er der beste Mann ist, den ich je gekannt habe …«

Sie sank zurück und schloss vor Erschöpfung die Augen. Elisabeth war beunruhigt, als sie sah, wie Leah einige kurze, schwere Atemzüge tat – als ringe sie mit letzter Kraft nach Atem und Stärke.

Dann öffneten sich ihre Augen weit, und sie sagte eindringlich, während sie Elisabeths Hand drückte: »Du … musst meinen Kindern … eine Mutter sein. Willst du das tun, meine Liebe?«

Ein wenig erstaunt über die Bitte, antwortete Elisabeth: »Ich werde sie lieben, Leah, und mein Bestes tun. Ich verspreche es Euch!«

»Du warst getreu. Ich bete, dass Gott … dich wissen lässt, was es bedeutet, … eine Mutter … und eine Ehefrau zu sein.« Elisabeth blinzelte heftig. Sie versuchte, die Bedeutung der Worte der Sterbenden zu erfassen. Dann sagte Leah schwach: »Hol meinen Mann … und die Kleinen.«

Elisabeth eilte aus dem Zimmer. John saß im großen Zimmer und hielt das Baby Thomas im Schoß. Die anderen Kinder waren schlafen gegangen. Es war nach Mitternacht und alle waren erschöpft.

»Mr Bunyan!«, wisperte Elisabeth. »Rasch! Geht zu Eurer Frau!«

Augenblicklich stand er auf und Verständnis malte sich in seinen Augen. »Beeilt Euch! Lasst uns die Kinder wecken!« Gemeinsam weckten sie die Kinder und schoben sie ins Schlafzimmer ihrer Mutter.

Die nächsten paar Minuten sollte Elisabeth niemals vergessen. Leah war noch lange genug bei Bewusstsein, um jedes der Kinder zu küssen und ihr Baby in den Armen zu halten. Dann, nachdem sie sie gesegnet hatte, streckte sie die Hand nach John aus. »Du warst mir der beste Gatte auf Erden, aber ich gehe jetzt … zum himmlischen Bräutigam.« Sie seufzte tief und schloss die Augen, und beide, John und Elisabeth, meinten, sie sei verschieden.

Aber sie öffnete die Augen noch einmal und sah John an, dann wanderte ihr Blick zu Elisabeth. »Du … wirst meine Kleinen lieben und dich um sie kümmern. Ihr beide. Gott wird euch ehren.« Sie schloss die Augen, ein Lächeln auf den Lippen, und ihr gebrechlicher Körper erschlaffte.

Elisabeth war zumute, als steckte ihr Herz in der Kehle. Tränen brannten in ihren Augen, doch sie kämpfte sie nieder. Leise wandte sie sich zum Gehen. John und die Kinder versammelten sich an Leahs Bett, und die Familie sagte der Ehefrau und Mutter, die in den Frieden Gottes eingegangen war, ihr letztes Lebewohl.

7

ZEIT DER UMARMUNGEN

John Bunyan betrat das Häuschen und runzelte müde die Stirn, als er die Unordnung darin sah. Er hatte nicht gewusst, wie schwierig es sein würde, ein Haus zu versorgen und mit vier kleinen Kindern zurechtzukommen. Leah war vor wenig mehr als einem Monat gestorben, aber es erschien ihm wie eine Ewigkeit. Die Tage seit ihrem Tod waren unendlich langsam vergangen – jeder war ein Kampf. Er musste seine Vorkehrungen für den Tag treffen, versuchte zu kochen, kümmerte sich darum, dass die Kinder angezogen waren, und musste seinem Beruf nachgehen. Wann immer er jemand finden konnte, der ihm aushalf, predigte er obendrein an verschiedenen Orten im Lande.

Nun kehrte er schmutzig und müde von seiner harten Tagesarbeit zurück. Er starrte den finsteren Herd an – das Holz war zu grauen, verlorenen Klumpen niedergebrannt – und schauderte in der Kälte des Raumes. Die Kinder waren wohl im Bett. Er schlich auf Zehenspitzen zum Schlafzimmer, öffnete leise die Tür und sah, dass alle vier in dem großen Ehebett lagen, das er während seiner Ehe mit Leah geteilt hatte. Sie bildeten vier kleine Häufchen unter den Decken, nur die Köpfchen sahen hervor.

Leise trat er an sie heran und betrachtete ihre Züge im Licht der einzelnen Kerze, die ruhig in ihrem Leuchter brannte. Mary, sah er, lutschte am Daumen.

Armes kleines Ding, dachte er schmerzlich. *Sie bemüht sich so sehr, den Platz ihrer Mutter einzunehmen – und sie ist so winzig.* Er wollte sie aufheben und in den Armen halten, aber er wusste, dass sie den Schlaf brauchte. Leise wandte er sich ab und verließ den Raum.

Er schürte das Feuer, bis es hell aufloderte, was ihn ein wenig tröstete. Dann machte er sich eine Kanne Tee. Er wusste, dass Mrs Smith, die Nachbarin, bald zurückkehren würde. Sie hatte sich seit Leahs Tod rührend um die Kinder gekümmert, aber die Frau hatte selbst drei kleine Kinder und einen Berg schwerer Arbeit in ihrem eigenen Haushalt.

Der Teekessel begann zu zischen; John eilte hin und nahm ihn von der Glut, um zu verhindern, dass er ein schrilles Pfeifen ausstieß. Er goss das heiße Wasser in seine Tasse, sogleich machte der Duft des Tees ihm den Mund wässrig. Plötzlich wurde ihm bewusst, dass er sehr hungrig war. Er stand auf, um den Schrank zu durchsuchen, und fand keinen Bissen zu essen außer einem Knochen, an dem noch ein paar Restchen Rindfleisch hingen. Das und ein halber Laib Brot mussten ihm genügen. Er setzte sich nieder und aß langsam, kaute ausgiebig und spülte die freudlose Mahlzeit mit zwei Tassen Tee hinunter.

Er lehnte sich todmüde in seinen Stuhl zurück. Seine Gedanken waren trübe und wirr vor Erschöpfung. *Ich kann nicht mehr lange so weitermachen!*, dachte er entmutigt. Er hatte gewusst, dass es schwierig sein würde, aber es war mehr als mühsam – es war tödlich. Er saß vor dem Feuer und sah den fröhlichen gelben Flammen zu, wie sie hoch aufsprangen und helle Funken in den Kamin sandten, er schloss halb die Augen und streckte sich.

Erinnerung an seine frühen Tage mit Leah huschten durch seine Gedanken. Wie glücklich waren sie gewesen! Es war keine wilde, atemlose Leidenschaft gewesen, wie Balladen und Romane behaupteten. Er und Leah hatten einander still und beständig geliebt. Sie hatten einander erkannt und waren eins geworden.

John Bunyan bereute es nicht, dass er nie einen großen, atemberaubenden Aufruhr der Gefühle erlebt hatte. Er hatte Leah von Herzen lieb gehabt. Sie war eine treue und liebende Ehefrau gewesen. Die letzten paar Jahre waren hart gewesen, weil sie krank gewesen war, aber er bereute keinen Augenblick der Anstrengung und Mühe, die es erforderte, ihr das Leben so glücklich und sorgenfrei wie nur möglich zu gestalten.

»Ich danke Gott, dass ich getreu war!«, murmelte er und starrte in die Flammen. Er fühlte sich ein wenig getröstet. Dennoch sehnte er sich nach Gesellschaft. Er vermisste die wärmende Gegenwart seiner Frau und den Trost ihrer Liebe.

Manche Männer sind für die Ehe geschaffen; John Bunyan war ein solcher Mann.

Ein Pochen an der Tür riss ihn aus seinen Träumen. Er stand auf und öffnete, die Worte »Mrs Smith« auf den Lippen – und brach verblüfft ab.

Elisabeth stand da und hielt die Griffe eines dampfenden Topfes in Händen. Der Dampf aus dem Topf stieg in sanften Windungen in der nächtlichen Kälte auf. »Mr Bunyan!«, sagte sie, ein Spiegelbild seiner Überraschung. »Ich dachte nicht, dass Ihr heute zu Hause sein würdet.«

Auf ihre verblüfften Worte hin fiel ihm ein, dass er vor langer, langer Zeit am Morgen zu Mrs Smith gesagt hatte, er werde vielleicht die ganze Nacht unterwegs sein. Er hatte sie eindringlich gebeten, sich so gut wie möglich um die Kinder zu kümmern.

»Ich – ich bin so müde, ich hatte vergessen –«, stammelte er verwirrt, dann trat er beiseite und schüttelte erschöpft den Kopf. »Macht nichts. Kommt doch bitte herein, Elisabeth.«

Als sie eingetreten war, beeilte er sich zu erklären: »Ich bin mit der Arbeit viel früher als erwartet fertig geworden, also habe ich mich beeilt, nach Hause zu kommen. Aber ich dachte, Mrs Smith würde hier sein.«

»Ihr Jüngster hat die Masern«, sagte Elisabeth. »Wir wollten nicht, dass Eure Kinder sich anstecken, also hat sie nach mir geschickt.«

Bunyan ließ die Schultern hängen. »Es tut mir leid, dass ich eine solche Last bin«, stöhnte er.

»Wie könntet Ihr das sein?«, antwortete Elisabeth ernst. »Hier, ich habe Euch etwas Suppe gebracht. Ihr müsst hungrig sein.«

»Es gibt nichts zu essen im Schrank«, sagte Bunyan frustriert. »Ich dachte, es gäbe jede Menge! Ich kann mich nicht um alles kümmern!«

»Ich weiß«, sagte sie beruhigend. »Nun setzt Euch.« Sie stellte den Topf aufs Feuer, dann ging sie zum Schrank und fand eine saubere Schüssel darin. Sie füllte sie mit der dampfenden Brühe und stellte energisch die Schüssel und einen Löffel vor ihn hin. »Bitte esst etwas. Habt Ihr überhaupt zu Mittag gegessen?«

Bunyan roch dankbar an der üppigen Suppe. »Hm? Ich weiß nicht. Oh ja, ich habe ... irgendetwas gegessen.« Er begann hungrig zu essen und genoss jeden Löffel der Brühe. Den Blick in die leere Schüssel gerichtet, murmelte er: »Hatten die Kinder ein Abendessen?« Dann blickte er auf und lächelte Elisabeth traurig an. »Aber natürlich hatten sie eines! Ihr habt auch dafür gesorgt, nicht wahr?«

»Oh ja«, antwortete sie. Sie machte zwei weitere Tassen Tee, während er aß, und setzte sich dann zu ihm an den Tisch. Während sie die starke, heiße Flüssigkeit genossen, erzählte sie ihm, was die Kinder tagsüber getan hatten.

Während sie eine amüsante Geschichte über das Baby erzählte, bemerkte eine kleine Stimme in ihrem Kopf: *Wie ein altes Ehepaar, das eine späte Tasse Tee zusammen trinkt und über die Kinder redet.* Der Gedanke sandte einen warmen und irgendwie beunruhigenden Strom von Gefühlen durch sie und sie unterbrach sich mitten im Satz.

John bemerkte ihre Verwirrung und forschte neugierig in ihrem Gesicht. »Was ist, Elisabeth? Ist etwas nicht in Ordnung?«

»Oh nein, alles in Ordnung«, antwortete sie hastig. »Ich – ich muss jetzt heimgehen. Es wird spät. Ich komme am Morgen zurück und kümmere mich um die Kinder. Werdet Ihr zur Arbeit gehen?«

»Ja – nein – ja.« Mit Mühe gebot Bunyan seinen stolpernden Worten Einhalt. Die Ellbogen auf dem Tisch, verschränkte er die großen, grobknochigen Hände ineinander und berührte kurz seine Stirn damit, dann blickte er wieder Elisabeth an.

Die Belastung zeigte sich auf seinem Gesicht, das sah sie deutlich. Für gewöhnlich waren seine Züge offen und fröhlich; jetzt aber waren sie verhärmt und seine Augen dunkel vor Leid. »Ich – ich weiß einfach nicht mehr weiter, Elisabeth«, flüsterte er müde.

Elisabeth Mills war eine fromme – und behütete – junge Frau. Sie war alt genug, um Verehrer zu haben, aber sie hatte niemals auch nur das geringste Interesse an den jungen Männern in der Nachbarschaft gezeigt. Es gab nur einen Mann, der sie interessierte: John Bunyan. Einige Zeit war ihr bewusst gewesen, dass ihr Interesse an ihm – ungewöhnlich war. Und sie hatte an die letzten Worte gedacht, die Leah Bunyan zu ihr gesprochen hatte. Sie hatte gefastet und gebetet und zuweilen nur grimmige Verzweiflung empfunden. Dann wieder durchströmte sie ein seltsamer Jubel, obwohl sie niemals richtig herausfand, was der Grund dafür war. Sie war eine standhafte Frau, voller Leben und Sehnsucht, Gott zu dienen, aber sie hungerte auch nach Zuneigung.

Die beiden saßen lange Augenblicke schweigend da, bis Elisabeth spürte, dass sie zu zittern begann. Sie war beinahe die ganze vergangene Nacht wach gewesen, da sie den Eindruck hatte, Gott spreche zu ihr. Aber sie fühlte eine Wolke der Verwirrung in ihren Gedanken, von der sie wusste, dass sie nicht von Gott war, also hatte sie darum gekämpft, ihrer Seele Klarheit zu verschaffen und im Geiste zu lauschen. Mitten in ihren inneren Kämpfen war sie zu dem Entschluss gekommen, dass die Gedanken und Sehnsüchte, die sie zuweilen erfüllten, von Gott kamen und dass sie keine Angst haben musste.

Sie blickte auf ihre Hände nieder und sah, dass sie sie so fest zusammenpresste, dass sie weiß wurden. Sie zwang sich, sich zu entspannen, und hob den Blick. »Mr Bunyan? … John?«, fragte sie zögernd.

Er blickte auf, als er den Unterton in Elisabeths Stimme bemerkte und hörte, dass sie ihn beim Vornamen nannte. Er sah, dass ihr Gesicht bleich war und ihre Lippen ein wenig zitterten. Der Ausdruck in ihren Augen ließ ihn fragen, was wohl nachkommen mochte. »Was ist, Elisabeth?«, fragte er leise.

»Ich … ich möchte dir etwas sagen.«

Sie war ernst und irgendwie ängstlich, und John begann sich davor zu fürchten, was sie ihm wohl sagen wollte. *Sie wird mir sagen, dass sie nicht mehr kommen kann*, dachte er verzweifelt. *Dass es nicht recht ist für eine junge, unverheiratete Frau, so viel mit einem Mann allein zu sein, selbst wenn die Kinder hier sind. Die Leute könnten zu tuscheln beginnen …* Diese Gedanken erfüllten sein Herz und sein Gemüt mit Trostlosigkeit, und er begriff, wie sehr er sich auf diese hochgewachsene junge Frau mit den klaren Augen verlassen hatte. Er nahm seine Kraft zusammen, presste die Zähne aufeinander und nickte. »Ich glaube, ich weiß, was du mir sagen willst, Elisabeth.«

»Nein, das glaube ich nicht«, hauchte Elisabeth. Sie wünschte sich verzweifelt, aufzuspringen und den Raum, das Haus zu verlassen. Sie war drauf und dran, sich einem Mann auszuliefern, den sie zutiefst respektierte – nein, verehrte –, und sie hatte zu viel Angst zu sprechen.

Auf der anderen Seite des Tisches neigte Bunyan den Kopf zur Seite, dann beugte er sich vor, um eindringlich in ihrem Gesicht zu forschen. Einen Augenblick lang sagte er nichts, seine Gedanken suchten nach dem Grund, warum es ihr so schwerfallen sollte, mit ihm zu sprechen. *Wird sie … wird sie heiraten? Aber warum sollte sie Angst haben, mir das zu sagen*? Laut sagte er: »Hab keine Angst, Elisabeth. Was es auch ist, es wird nichts daran ändern, was du für mich und die Kinder getan hast. Und für Leah. Es wird nichts daran ändern, wie dankbar wir dir sind und wie sehr wir uns freuen, dich zu haben. Komm jetzt, sag es mir.«

Elisabeth schluckte schwer, dann formte sie mit zitternder Stimme die Worte. »John, du brauchst eine Frau. Und … ich glaube …« Sie brach ab und hob die Hand an die Lippen. Es hatte keinen Sinn. Sie konnte nicht weitersprechen.

Bunyan starrte sie erstaunt an. Das war das Letzte, was er von ihr erwartete. Sein Verstand schaltete einfach ab. Dann sah er, dass sie zitterte und dass ihr Atem in unregelmäßigen Stößen kam wie der eines furchtsamen Rehs. Er sprang auf und eilte um den Tisch herum, um sie auf die Füße zu stellen.

Er hielt ihre Hände fest und sein Blick brannte sich in den ihren. »Elisabeth! Sag es mir! Was ist?«

Sie ergriff seine rauen Hände in einem verzweifelten Versuch, sich auf den Füßen zu halten, während sie sprach. Mit Anstrengung zwang sie sich, ihm in die Augen zu blicken. »Ich … bin sehr jung und verstehe nichts von Männern«, stammelte sie. »Aber ich habe deine Kinder lieb gewonnen. Sie haben keine Mutter … und …« Immer noch wartete er schweigend. Seine Augen forschten in ihrem Gesicht, während sie sprach. Sie holte tief Atem, bevor sie weitersprach. »Ich habe viel darüber gebetet, und ich muss aussprechen, was Gott mir aufs Herz gebunden hat.«

»Was Gott uns befiehlt, müssen wir tun«, stimmte Bunyan ihr zu. »Obwohl wir uns manchmal irren, wenn wir die Stimme des Herrn zu hören vermeinen, ist es besser, einen ehrlichen Fehler zu machen, als das Drängen des Heiligen Geistes zu ignorieren.« Seltsame Gefühle begannen ihn zu durchschauern, als er dastand und Elisabeths weiche Hände hielt. Schon lange hatte er ihr liebliches Wesen und ihre stille Würde bewundert, aber als sie nun so nahe beieinanderstanden, wurde ihm auch ihre Schönheit und Grazie zutiefst bewusst.

»Du brauchst eine Frau, John«, wiederholte Elisabeth mit zitternder Stimme. »Und ich … ich glaube, dass Gott mir sagt, ich sei die Frau, die er für dich auserwählt hat.«

Das Blut hämmerte so laut in Johns Ohren, dass er einen Augenblick lang dachte, er könne nicht recht gehört haben.

Elisabeth missverstand sein Schweigen. »Du … du betrachtest mich als Närrin«, stammelte sie. »Und das bin ich auch, kein Zweifel!«

Sie löste ihre Hände aus den seinen, wandte sich von ihm ab und ließ den Kopf hängen. Heiße Tränen brannten in ihren Augen, und sie war fest entschlossen, aus dem Zimmer zu rennen – aber sie stellte fest, dass sie sich nicht bewegen konnte.

Dann lagen seine Hände auf ihren Schultern und drehten sie herum. Er blickte ihr ins Gesicht, seine Augen waren warm und ernst. »Du bist anders als alle jungen Frauen, die ich je gekannt habe«, sagte er leise. Im Licht der flackernden Flammen wirkte sein Körper groß und eckig. Sein Gesicht sprach von Kraft, obwohl es jetzt von Sorge gezeichnet war. Sie fing seinen Blick auf, und noch während er sie anblickte, wurde sein Gesicht weich und seine Augen leuchteten auf. »Wir werden beten«, sagte er. »Aber ich sage dir schon jetzt, ich glaube nicht, dass es sein kann –«

»Du liebst mich nicht«, sagte sie rasch. »Das ist recht und billig so. Du hattest eine treue Frau und deine Liebe gilt ihr. Aber ich könnte deinen Kindern eine Mutter sein, John.« Sie begegnete jetzt ruhig und fest seinem unsicheren Blick. »Das ist es, was Leah sagte, bevor sie starb. Sie beschwor mich, ihren Kindern eine Mutter zu sein. Es bedeutete ihr großen Trost zu wissen, dass ich es versuchen würde.«

Bunyan nickte langsam. »Ja, vielleicht war es das, was sie meinte, als sie diese letzten Worte sprach, dass wir uns um die Kinder kümmern sollten.«

»Ich würde nicht erwarten, dass du mir die Liebe schenkst, die du ihr erwiesen hast«, sagte Elisabeth mit gedämpfter Stimme. »Aber ich muss dir sagen, dass ich große Bewunderung für dich hege, und ich verspreche dir, ich werde dir eine gute Frau sein.« Sie zögerte und schlug die Augen nieder. »Es beschämt mich, dass ich das sage … dass ich einen Mann bitte, mich zu heiraten …«

Wieder ergriff Bunyan ihre Hände. Dann tat er etwas, das er nie zuvor in seinem Leben getan hatte: Er hob ihre Hände und küsste sie. Als sie vor Verwirrung errötete, lächelte er. »Du hättest es nicht getan, hättest du nicht gewusst, dass es Gottes Wille ist. Du bist eine gottgefällige Frau, Elisabeth Mills! Das habe ich niemals bezweifelt.«

Im Raum breitete sich Schweigen aus. Sie fühlte die Kraft seiner Hände und Frieden überkam sie.

Nach einer Weile sagte Bunyan: »Komm, lass uns beten und Gottes Willen suchen. Wohin immer er uns führt, wir werden ihm folgen. Aber ich sage dir, Elisabeth, du wirfst dich weg. Du könntest einen jungen Mann mit guten Zukunftsaussichten haben; ich bin weder das eine noch das andere.«

»Oh doch, du hast Zukunftsaussichten!«, sagte Elisabeth eifrig. »Du bist ein ausgezeichneter Prediger des Evangeliums und Gott segnet deine Arbeit. Ich fühle es im Herzen, John, er wird große Dinge durch dich tun!« Sie umklammerte seine Hände einen Augenblick lang, dann zog sie eine hervor und berührte seine Wange. »Du hast wundervolle Zukunftsaussichten, John Bunyan, Gottes treuer Diener zu sein.« Ein wunderschönes Lächeln erhellte ihr Gesicht und sie flüsterte: »Und ich werde deine Helferin sein.«

II

Restauration 1660–1665

8

JENNY IN LONDON

Zu später Stunde setzte sich John Evelyn an den Tisch neben seinem Bett, tauchte seine Feder in die Tinte und begann zu schreiben:

29. Mai 1660

Heute kehrte Seine Majestät Karl II., siebzehn Jahre alt, nach London zurück, nach einem traurigen und langen Exil, einem bitteren Leiden, das König und Kirche erdulden mussten. Es war gleichzeitig sein Geburtstag und mehr als 200 000 triumphierten zu Pferd und zu Fuß, schwangen ihre Schwerter und schrien vor unaussprechlicher Freude; die Wege waren mit Blumen bestreut, die Glocken läuteten, die Straßen waren mit gestickten Teppichen behängt, Brunnen spendeten Wein; der Bürgermeister, die Stadträte und alle Beamten in ihren Livreen, goldenen Ketten und Fahnen; Lords und Adelige waren in silbernes und goldenes Tuch und auch in Samt gekleidet; die Fenster und Balkone waren gedrängt voll mit Frauen; Trompeten, Musik und unzählige Menschen drängten von überallher, sogar von Rochester, von wo man sieben Stunden braucht, um die Stadt zu erreichen.

Ich stand an der Straße namens The Strand, sah alles und dankte Gott.

Evelyn machte eine Pause, um sich an die beinahe mirakulösen Ereignisse zu erinnern, die Karl II. als König zurückgebracht hatten. Vor allem dachte Evelyn an General Monk, den Oberkommandeur der Armee, der die nötige Härte gezeigt hatte, um den König aus dem Exil nach England zurückzubringen. Mit Unterstützung von Kanzler Hyde, der das Exil seines Herrn geteilt hatte, hatte der König die Erklärung von Breda aufgesetzt. In diesem Dokument versprach Karl, die Lösung schwieriger Probleme in Zukunft dem Parlament zu überlassen. Nachdem diese Erklärung angekommen war, hatte das Parlament Karl eine große Summe Geld gesandt und die Flotte losgeschickt, die dem König einst so feindlich gesinnt gewesen war, um ihn an die heimatliche Küste zurückzubringen.

Evelyn las diese Eintragung, dann sagte er laut: »Nun drängen sich die Leute, um den König zu Hause willkommen zu heißen. Ich habe niemals solches Jubelgeschrei gehört oder so viel Tränen und unbeherrschte Gefühlsausbrüche gesehen.« Er fuhr sich mit dem Handrücken über die Stirn und murmelte: »Mir ist zumute, als wäre unser Land aus einem Albtraum erwacht. Nun stehen uns goldene Zeiten bevor.«

Am anderen Ende der Stadt, in einem kleinen Raum, saß auch ein Mann und schrieb in ein geheimes Tagebuch. Samuel Pepys, der Sohn eines Londoner Schneiders, war Augenzeuge der Hinrichtung von Karl I. gewesen. Er befand sich an Bord der Flotte, die Karl II. aus dem Exil zurückbrachte, und sollte demnächst Sekretär des Admirals werden.

Die Zeichen, die er sorgsam auf das Papier setzte, hätte niemand übersetzen können, denn sie waren in Geheimschrift geschrieben. Er wollte die absolute Wahrheit schreiben, aber er kannte die Strafen, die darauf standen. Deshalb hatte er einen komplizierten Geheimcode entwickelt, den niemand außer ihm entziffern konnte.

Hätte ein anderer die Worte des Mannes entziffern können, so hätte er die folgenden Worte gelesen:

Seine Majestät hatte ein blühendes Gesicht, das sich von einer schwarzen Lockenperücke abhob, und einen kraftvollen, athletischen Körper. Wir stachen von Ancre aus in See und hatten frischen Wind und sehr glückliches Wetter, als wir nach England aufbrachen. Den ganzen Nachmittag über ging der König hin und her, auf und ab. Ganz im Gegensatz zu dem Verhalten, das ich von ihm erwartet hatte, war er aktiv und ruhelos.

Das Boot, mit dem wir vom Schiff ablegten, war klein. Darin befand sich ein Hund, den der König liebte, der aber ständig das Hinterbein hob, was uns alle zum Lachen brachte und mir den Gedanken eingab, dass ein König und alles, was zu ihm gehört, um nichts anders ist als andere Leute.

Als wir in Dover landeten, war die Menschenmenge unermesslich groß und ebenso unermesslich die Willkommensbezeugungen der Ritter, Bürger und Adeligen aller Art.

* * *

Jenny hatte nicht erwartet, dass sie nach London reisen würde, und war entzückt, als Susanne Wakefield zu ihr kam. »Ich brauche dich, um mich nach London zu begleiten. Fang sofort an, meine Kleider zu packen und alles, was ich brauche!«

»Ja, Mrs Wakefield«, sagte Jenny aufgeregt.

Es erschien Jenny nur natürlich, dass sie Mrs Wakefield als ihre persönliche Zofe diente. Gavins Frau war eine angenehme Herrin: freundlich und anspruchslos. Jenny hatte sie lieb gewonnen, ebenso wie Gavin. Nun lief sie die Treppen hinauf und begann die nötigen Kleider für die Reise zusammenzusuchen. Sie fragte sich, wie das Leben in England wohl aussehen würde, wenn der König wieder auf dem Thron saß.

Als sie an einem Spiegel vorbeilief, fühlte sie sich gefesselt von ihrem eigenen Spiegelbild und betrachtete sich kritisch. Sie war es gewöhnt, bewundernde Bemerkungen über ihr Äußeres zu hören; mit sechzehn war sie ein Bild voll Weiblichkeit. Sie fuhr sich mit der Hand über das rotblonde Haar, das ihr bis zur Taille herabhing.

Die Puritanerfrauen hatten ihr Haar sorgfältig aufgesteckt und unter Häubchen verborgen. Viele taten das immer noch, selbst unter dem sogenannten fröhlichen Monarchen König Karl. Jenny jedoch liebte die Freiheit, ihr Haar ungebunden zu lassen. Außerdem wusste sie, dass es das Auge erfreute. Sie spähte in den Spiegel und betrachtete forschend ihre weit auseinanderstehenden Augen. Heute waren sie tiefgrün, aber sie wusste, dass sie manchmal von einem hellen Blaugrün waren, von sehr ähnlicher Farbe wie das Wasser eines südlichen Meeres. Dann wieder schienen sie dunkelgrün zu werden, mit nur einem leisen bläulichen Hauch. Es ärgerte Jenny manchmal, dass alle ihre Empfindungen und Regungen aus ihren Augen leuchteten, aber im Augenblick machte es ihr nichts aus, denn was sie sah, war freudige Erregung.

Ihr Kleid war einfach, wie es einer Dienerin geziemte. Es war maronfarben und von bescheidenem Schnitt, aber es hob dennoch ihre wohlgeformten Hüften und üppigen Kurven hervor.

Abrupt begann sie über sich selbst zu lachen, sodass ihre Augen an den Winkeln Fältchen bekamen. »Höre, wenn du damit fertig bist, dich zu bewundern, Jenny Clairmont«, ermahnte sie ihr Spiegelbild, »dann kannst du dich an deine Arbeit machen!«

Jenny, die eine tüchtige Frau war, hatte bald die Kleider und Toilettensachen ihrer Herrin gepackt und bereitgelegt. Als sie die Treppen hinabeilte, stieß sie auf Angharad. »Ich bin mit Mrs Susannes Sachen fertig. Fahrt Ihr auch mit, Lady Wakefield?«

»Nein, ich bleibe mit Sir Christopher hier.« Angharad lächelte das hübsche junge Mädchen an. »Ich sehe, du freust dich schon auf den Ausflug. Das freut mich. Ich fürchte, du hast ein langweiliges Leben hier, wo du dich um Sir Christopher und uns alle kümmern musst.«

»Oh nein, Lady Wakefield!«, protestierte Jenny. Sie liebte diese Frau, die ihr grenzenlose Güte entgegengebracht hatte. »Ich bin tatsächlich aufgeregt, aber ich wünschte, Sir Christopher ginge es gut genug, dass er uns begleiten könnte.«

Ein Schatten huschte über Angharads Züge. »Ich fürchte, dafür ist er nicht kräftig genug.« Jennys Kummer war ihren Augen deutlich anzusehen, und Angharad fiel auf, dass das Mädchen weitaus empfindsamer war als die meisten jungen, hübschen Frauen. »Ich leide nur ein wenig«, sagte Angharad, um sie zu trösten. Sie tätschelte Jennys Schulter. »Mach dich jetzt auf den Weg und vergiss nicht, ein Auge auf Amos zu haben! Ich wünsche einen ausführlichen Bericht über sein Verhalten, wenn du zurückkommst. Und über Evan ebenfalls!« Mit gespielter Verzweiflung fügte sie hinzu: »Zwei so hübsche junge Männer! Ich hasse den Gedanken, dass man sie auf London loslässt!«

Jenny ließ ihr strahlendes Lächeln aufblitzen und augenblicklich zeigte sich das Grübchen in der einen Wange. »Ich kann nichts mit ihnen anfangen. Sagt Mr Gavin am besten, er soll sie an einer kurzen Leine halten!«

»Das werde ich tun«, stimmte Angharad ihr zu und ging weiter in Christophers Arbeitszimmer.

Sie fand Gavin bei seinem Vater im Arbeitszimmer. Die beiden waren in ein Schachspiel vertieft. »Werdet ihr beide dieses alberne Spiel denn nie aufgeben!«, rief sie aus. Angharad hatte keine Geduld mit dem Schachspiel; es erforderte ein mathematisches Denken, das ihr abging. Christopher hatte versucht, es ihr beizubringen, aber sie hatte es bald aufgegeben und gesagt: »Nichts als Nummern und Nachdenken! Nichts für mich!«

»Das musst du auch nicht. Du bist weitaus besser im Träumen und hast romantische Einfälle«, hatte Christopher lachend erwidert.

Nun blickte ihr Gatte vom Schachbrett auf. Ein Lächeln spielte auf seinen Lippen. »Ich muss diesen jungen Schurken davon überzeugen, dass ich immer noch der beste Schachspieler in England bin!«, sagte er mit gespielter Entrüstung. Er streckte die Hand über die schwarzweißen Felder hinweg aus und tat genussvoll einen Zug. »Schach! Das ist jetzt das dritte Spiel hintereinander, Gavin! Verschwinde hier. Solche mickrigen Gegenspieler langweilen mich!«

Gavin schüttelte wehmütig den Kopf. In wenigen Monaten sollte er seinen siebenunddreißigsten Geburtstag feiern, und er sah seinem Vater sehr ähnlich, mit der Ausnahme, dass sein Haar aschblond war statt des dunklen Kastanienbrauns der meisten Wakefield-Männer. Seine gerade Nase war einmal gebrochen, was ihm ein ziemlich wüstes Aussehen verlieh. Er erhob sich, wobei er die rechte Schulter ein wenig höher zog als die linke, und trat neben seine Stiefmutter.

»Angharad«, murmelte er düster, »dein Gatte ist einfach unmöglich. Ich verstehe nicht, wie du es mit ihm aushalten kannst.« Er zog sie in seine Arme und drückte sie voll Zuneigung an sich. »Ich bringe dir ein Geschenk aus London mit.« Er warf seinem Vater einen finsteren Blick zu. »Aber dir nicht! Die Wahrheit ist nämlich, dass ich absichtlich verliere, damit du dir gut vorkommen kannst!«

Christopher lachte entzückt. Er hatte einen seiner guten Tage und wirkte beinahe gesund. Die Farbe in seinen Wangen ließ das Blau seiner tief liegenden Augen dunkler erscheinen und man konnte trotz seiner Krankheit die Reste seiner früheren gewaltigen Kraft sehen. »Verschwinde hier, Junge! Und vergiss nicht, ein Auge auf Amos zu haben!«

»Oh, ich werde ihn kurz am Zügel halten, Sir!«, versicherte Gavin seinem Vater. Ein Gedanke kam ihm, und seine blaugrauen Augen leuchteten humorvoll auf. »Ich hatte eine Idee, was wir mit dem Jungen machen können – damit er sich ein bisschen besser benimmt.«

»Und was wäre das?«, verlangte Angharad zu wissen.

»Nun, wir setzen doch den Habichten und Falken Käppchen auf, bis es Zeit ist, sie fliegen zu lassen«, sagte Gavin feierlich. »Ich schlage vor, dass wir auch für Amos eine Haube machen, sodass er nichts sehen kann, bis wir sie ihm abnehmen! Auf die Art kann er nicht hinter all den armen Dorfmädchen und des Pastors Tochter herjagen! Was haltet ihr von der Idee?«

Christopher grinste breit. »Ich bin von ganzem Herzen dafür! Großartige Idee! Lass Will eine Lederhaube für den Jungen machen, bevor du uns verlässt!«

»Vielleicht sollte Will lieber gleich zwei anfertigen«, murmelte Angharad, »und zwar auch gleich eine für Evan. Er und Amos sind aus demselben Holz geschnitzt, viel zu freizügig – und viel zu stolz auf ihr gutes Aussehen!«

Gavin ging hinüber und legte seine Hand auf die Schulter seines Vaters. »Mach dir keine Sorgen, ich passe auf sie auf, so gut ich kann, Vater.« Er warf Angharad einen Blick zu. »Sie sind vielleicht fünfzehn Jahre jünger als ich, aber sie werden mich nicht überwältigen. Ich bin alt, aber mit allen Wassern gewaschen.«

»Gut«, sagte Angharad befriedigt. »Ich habe Jenny gesagt, dass ich alles über jeden hören will, wenn ihr zurückkommt.«

Gavin drückte voll Zuneigung die Schultern seines Vaters, küsste seine Stiefmutter und ließ sie allein.

Angharad sah ihm nach, als er ging, einen Blick voll Zuneigung in den Augen. »Was für ein wackerer Mann er ist! Er ist dir so ähnlich, Chris!«

»Er ist auch seiner Mutter nachgeraten«, sagte Christopher warm. »Sie hatte so viele gute Eigenschaften.«

Angharad setzte sich neben ihn und sie sprachen lange miteinander. Wie es bei glücklich verheirateten Paaren üblich ist, wurde ihr Gespräch von langen, behaglichen Pausen unterbrochen. Schließlich sagte Angharad: »Ich frage mich, wie es jetzt weitergehen wird, wo wir Rundköpfe in Ungnade gefallen sind.«

»Das frage ich mich auch.« Christopher krauste nachdenklich die Stirn. »Karl hat mich überrascht. Ich hatte gefürchtet, er würde bei seiner Rückkehr Blut und Rache für seinen Vater schreien, aber das war nicht der Fall.«

»Er muss ein gutherziger Mann sein, meinst du nicht?«

»Weniger gutherzig als … nun, *gleichgültig*. So habe ich es jedenfalls von meinem Freund John Evelyn gehört. Er sagt, Karl habe sich einfach in Ausschweifungen erschöpft, während er in Frankreich war. All die schlechten Eigenschaften, die diese Franzosen haben!« Er zuckte die Achseln. »Er hat zahllose Mätressen gehabt und ein halbes Dutzend uneheliche Kinder hängen an seinem Rockzipfel. Aber ich muss ihm zugestehen, dass er keine Bitterkeit wegen der Hinrichtung seines Vaters zu hegen scheint. Das ist mehr, als ich von den meisten anderen Royalisten sagen kann, die an Englands Küsten zurückkehren.«

»Vielleicht kann der König etwas für Männer wie John Bunyan tun, die wegen ihrer Predigten im Gefängnis sind«, sagte Angharad hoffnungsvoll.

»Ich denke, er wäre dazu geneigt«, bemerkte Christopher und nickte nachdenklich. »Aber vielleicht ist er nicht in der Lage dazu.«

Angharad starrte ihn an. »Er ist der König. Kann er nicht tun, was er will?«

»Nein, nicht einmal ein König kann das. Vor allem nach dem Tod seines Vaters. England hat einen König aufs Schafott steigen gesehen. Nun ist jedem, der auf dem Thron sitzt, bewusst, dass er leicht das nächste Opfer werden könnte.« Christopher beugte sich ein wenig näher zu ihr. Er konnte den schwachen Duft von Blumenparfüm in ihrem Haar riechen. »Ich habe einen Brief von einem anderen meiner Freunde bekommen, Angharad. Er sitzt in der Regierung.« Er deutete auf den Tisch. »Würde es dir etwas ausmachen, ihn mir zu holen? Er liegt dort drüben.«

Angharad eilte, den Brief zu holen, und setzte sich dann wieder dicht neben ihm nieder. Als sie ihm den Brief reichte, erklärte er: »Er ist von Samuel Pepys. Du hast ihn einmal kennengelernt, glaube ich. Er ist ein wackerer Mann, der es in der Regierung noch weit bringen wird. Ich habe ihm einmal einen Gefallen getan und nun hält er mich auf dem Laufenden über die neue Monarchie. Höre, was er zu sagen hat.

Der Brief ist vom 13. Oktober 1660 datiert. Er schreibt: ›Ich fuhr hinaus nach Charing Cross und sah zu, wie man Major-General Harrison schleifte, hängte und vierteilte. Er wirkte so fröhlich, wie es einem Mann unter solchen Umständen nur möglich ist. Schließlich wurde er vom Strick abgeschnitten und sein Kopf und sein Herz wurden den Leuten gezeigt, die in laute Freudenschreie ausbrachen. Man sagt, er sei überzeugt gewesen, in Kürze zur Rechten Christi zu sitzen, um die zu richten, die ihn gerichtet hatten, und dass seine Frau seine Wiederkunft erwartet. So hatte ich Gelegenheit, die Enthauptung des Königs in White Hall zu sehen und das erste Blut, das zur Vergeltung für den Tod des Königs in Charing Cross vergossen wurde.‹« Christopher hielt inne und schüttelte den Kopf. »›Das erste Blut, das zur Vergeltung für den Tod des Königs vergossen wurde.‹ Ich sage dir, das ist ein böses Vorzeichen, Angharad. Ich bete, dass nicht noch mehr nachkommen wird«, fügte er mit gedämpfter Stimme hinzu.

Augenblicklich fragte sie: »Sind die Kinder denn nicht in Gefahr, wenn sie nach London gehen?«

»London oder Wakefield, das macht keinen Unterschied. Wenn die Bluthunde laut genug bellen und das Parlament ihnen zuhört, mag es sein, dass viele, die auf Oliver Cromwells Seite standen, für diese Entscheidung leiden müssen.« Wieder beugte er sich nah zu seiner Frau und bedeckte ihre Hand mit der seinen. »Ich fürchte, wir sehen harten Zeiten entgegen.«

Angharad ergriff seine Hand und legte sie auf ihre glatte Wange. Sie lächelte ihn an und ihre Augen leuchteten vor Gottvertrauen und Frieden. »Mit meinem Gott springe ich über Mauern«, sagte sie. Christopher lächelte. Der treue Glaube seiner Frau erhob sich über jeden Zweifel und jede noch so missliche Lage, und er dankte Gott, dass er ihm eine solche Frau geschenkt hatte.

* * *

»Ich bin überzeugt, deinen Eltern würde das nicht gefallen.«

Amos blinzelte Evan Morgan zu, der das Blinzeln augenblicklich zurückgab. Amos warf Jenny einen Blick zu. Sie war es gewesen, die die Warnung ausgesprochen hatte, als sie in einer Kutsche durch die Straßen von London fuhren.

»Was sie nicht wissen, tut ihnen nicht weh«, sagte Amos.

»Da hast du recht.« Evan nickte heftig. »Gegen ein bisschen Schauspielerei ist nichts einzuwenden. Da hat Cromwell uns mit seiner Regierung einen schlechten Dienst erwiesen, als er alle Theater schließen ließ.«

Jenny schob das Kinn vor. »Wenn Mr Gavin oder Mr Christopher in der Nähe sind, redet ihr nicht so. Da hättet ihr Angst. Und Angharad und Will würden euch die Ohren abschneiden – alle vier –, wenn sie wüssten, ihr beide gingt ins Theater!«

Amos warf in übertriebener Verzweiflung die Hände hoch. »Jenny, was bist du doch für eine alte Puritanerin! Du musst aus deinem Schneckenhaus herauskriechen! Wir leben nicht mehr unter dem Protektorat! Wir leben unter der Herrschaft von König Karl II., dem sogenannten fröhlichen Monarchen!«

»Ich weiß, wie ›fröhlich‹ er ist«, schnaubte Jenny. »Was hat er je getan, außer einen Haufen unehelicher Kinder zu zeugen und in jedem Schlafzimmer eine Mätresse unterzubringen?«

Evans Augen wurden groß vor Staunen, als er Jenny so rundheraus reden hörte. »Aber – aber – ich hätte nicht angenommen, dass du über solche Dinge Bescheid weißt!«, prustete er verblüfft. »Du hast auf Klatsch und Tratsch gehört, nicht wahr?«

»Ich sage nichts, was nicht allgemein bekannt ist«, gab Jenny zurück. »Der König ist ein Wüstling und ein Ehebrecher.«

Amos hatte das Gespräch über seinen Monarchen satt. »In Ordnung, wir bringen dich in die Herberge zurück, wenn du so gegen das Stück bist! Aber ich gehe ins Theater! Ich habe gehört, sie haben sogar eine Frau als Schauspielerin!«

Jenny entgegnete: »Eine Frau, sieh einer an! Ich kann mir vorstellen, was für eine Dirne das sein muss. Entblößt sich, stolziert vor aller Augen auf der Bühne herum!«

»Wie auch immer«, kommentierte Evan beiläufig, »aber mir hat es nie gefallen, wenn Männer Frauenrollen spielten. Ich habe ein oder zwei Stücke gesehen, wo die sogenannten ›Damen‹ dringend eine Rasur gebraucht hätten! Nein, dann schon lieber eine Frau in einer Frauenrolle!«

»Oh ja, du weißt ja bestens Bescheid über Frauenrollen«, sagte Jenny verächtlich.

»Oh sieh nur!«, sagte Evan rasch. »Da ist das Theater. Entscheide dich, Jenny. Kommst du mit oder sollen wir dich zurückschicken?«

»Ich komme mit«, erklärte sie. Sie wandte sich Amos zu und fuhr düster fort: »Ich habe Angharad versprochen, ich würde ihr alles erzählen, was ihr tut. Also glaub nicht, dass du mich loswirst! Und du auch nicht, Evan Morgan!«

Die beiden Männer lachten. Als die Kutsche anhielt, sprangen sie hinaus, um ihr beim Absteigen zu helfen. *Kein Zweifel, sie sind ein hübsches Paar*, gestand Jenny sich ein.

Amos war ein Meter achtzig groß, hatte dunkelbraunes, lockiges Haar und blaugraue Augen. Er bot einen imposanten Anblick, stark und selbstbewusst. Sie ließ den Blick zu Evan schweifen, der nur einen Zoll kleiner war als Amos, aber von ganz anderer Erscheinung. Er hatte dunkle, glatte Züge und glänzendes schwarzes Haar, das er lang trug. Seine lodernden schwarzen Augen saßen in einem spitz zulaufenden Gesicht, dem der breite Mund und die hohen Wangenknochen ein beeindruckendes Aussehen verliehen. Sein Äußeres war typisch walisisch, nahm sie an – etwas fast Mystisches im Gesichtsausdruck und den Augen. Diese Eigenschaft war bei Angharad besonders ausgeprägt und manchmal erinnerte Evan Jenny stark an seine Verwandte.

»Dieses Theater nennt sich *Zum Roten Stier*«, erklärte Amos und gestikulierte ausdrucksvoll. »Das Stück heißt *Romeo und Julia.* Ich kann mich jetzt nicht erinnern, wer es geschrieben hat, aber das ist das erste Mal, dass es aufgeführt wird.«

Jenny schritt zwischen den beiden hochgewachsenen jungen Männern einher. Sie fühlte sich fehl am Platze und ziemlich unbehaglich. Dennoch war sie fasziniert von der Geschäftigkeit, die sie umgab. Die Leute, die sich ins Theater drängten, waren aufs Verschiedenartigste modisch gekleidet, und plötzlich fühlte sie sich als graue Maus in ihrem einfachen grauen Kleid und dem dunkelgrünen Mantel.

Das Theater hatte eine hohe Decke; die Leuchter, die von Tausenden Kerzen erhellt zu sein schienen, warfen ein bernsteinfarbenes Licht über das Publikum, als es sich auf seine Plätze begab. Amos, Jenny und Evan hatten kaum ihre Plätze gefunden, als ein Mann, der hinter ihnen saß, ausrief: »Seht! Da kommt die Königinmutter!«

Augenblicklich sahen sich die drei um und sahen Königin Henrietta Maria, die Witwe Karls I. und Mutter des Königs, das Theater betreten. Dann drang ein weiteres erregtes Zischen an ihre Ohren: »Da! Da sind der König und die Königin!«

Als das königliche Paar auf einen der Balkone geleitet wurde, betrachtete Jenny sie aufmerksam. Die Königin trug ein Mieder aus weißer Spitze und einen scharlachroten Unterrock. Der König war noch prächtiger gekleidet als seine Königin. Er trug weiße Beinkleider, und die Strumpfbänder, die sich knapp unter den Knien befanden, glitzerten von Diamanten. Seine Schuhe waren aus weißem Leder und hatten goldene Schnallen, die ebenfalls mit Juwelen besetzt waren. Seine silbernen Kniehosen waren gepludert und seine kurze, bauschige Bluse war von tiefem Scharlachrot. Der Mantel, den er über diesen vornehmen Kleidern trug, war mit Schleifen von dunkler Maronfarbe geschmückt und mit einem Pelz besetzt, der im selben reichen Farbton gefärbt war. So bildete er einen lebhaften Kontrast zum Futter, das aus schimmernder weißer Seide war. Auf dem linken Ärmel des Mantels befand sich das Emblem der Königswürde: ein rotes Kreuz auf einem weißen Schild. Das Haar des Königs war länger als das vieler Frauen und fiel in rabenschwarzen Locken weit über seine Schultern. Jenny sah, dass er funkelnde Augen und einen sinnlichen Mund hatte.

Bald jedoch wurde Jennys Aufmerksamkeit auf die Bühne gelenkt, als das Drama begann und die Handlung sich langsam entfaltete. Die junge Frau stellte fest, dass das Stück sie fesselte und sie innerlich bewegt war wie nie zuvor. Die Geschichte des jungen, unglückseligen Paares und ihrer zum Scheitern verurteilten Liebe faszinierte sie. Angespannt beugte sie sich vor. Sie vergaß ihre beiden Gefährten und den Rest des Publikums, ganz versunken in die Handlung, die auf der Bühne stattfand, teilte sie die Erlebnisse der handelnden Personen, als lebte sie selbst in dem Stück.

Evan interessierte sich für das Theaterstück, aber er war ebenso fasziniert von Jennys Reaktion. *Du liebe Zeit, sie ist in der Geschichte drinnen!*, dachte er überrascht. Ihr Körper war angespannt vorgebeugt, ihre Augen hingen eindringlich an den Schauspielern, ihre Lippen standen ein wenig offen, als sie jedem Wort lauschte und jede Bewegung beobachtete. *Sieht so aus, als müssten wir das nächste Mal nicht betteln, damit sie wieder mit uns ins Theater geht*, dachte er amüsiert.

Als das Stück endete, schreckte Evan Jenny auf, indem er bemerkte: »Nun, Jenny, es war ziemlich abscheulich, nicht wahr? Ich wette, du siehst dir nie wieder ein Theaterstück an, oder?« Er blinzelte Amos zu, der Jennys Faszination ebenfalls amüsiert beobachtet hatte.

Jenny holte tief Atem. »Ich habe nie etwas dergleichen gesehen«, murmelte sie, ohne sich um ihre Neckereien zu kümmern. »Die arme Julia!« Ihre Augen waren verhangen, als sie fortfuhr: »Es ist so traurig – und der arme Romeo! Ein so attraktiver junger Mann!«

»Beide sind wahrscheinlich so gottlos, wie man nur sein kann«, bemerkte Amos fröhlich. Er hatte schon einige Theateraufführungen gesehen und hatte das Gefühl, dass er etwas vom Theater verstand. Dennoch freute er sich, dass Jenny das Stück genossen hatte. »Komm mit, wir gehen hinunter und reden mit den Schauspielern.«

Jenny starrte Amos erstaunt an. »Du kennst sie?«

»Oh nein«, sagte er beiläufig, »aber Schauspieler freuen sich immer, wichtige Leute kennenzulernen – wie uns. Also komm schon.«

Jenny sollte diesen Abend nie vergessen. Man stellte sie dem jungen Mann vor, der Romeo gespielt hatte, und sie stellte mit Überraschung fest, dass er älter war, als er auf der Bühne ausgesehen hatte. Aber am meisten bewegte sie das Zusammentreffen mit der jungen Julia, die in Wirklichkeit Nell Gwyn hieß.

Nell war das schönste Geschöpf, das Jenny je gesehen hatte. Mit ihrer glatten, schönen Haut, einem Kopf voll kastanienbrauner Locken und ihren vollen roten Lippen schien sie dazu geschaffen, die Männer zu fesseln. Ihr Kleid war tief ausgeschnitten und die samtweiche Haut ihres Dekolletés schimmerte im Kerzenlicht.

»Oh, Ihr solltet keine so schönen jungen Damen zu mir bringen, Mr Wakefield!«, sagte die Schauspielerin neckisch zu Amos. »Wisst Ihr nicht, Sir, dass eine Schauspielerin immer die schönste Frau im Raum sein muss?« Ihre ausdrucksvollen Augen zwinkerten, als sie sich Jenny zuwandte. »Hat Euch das Stück gefallen, Mistress Clairmont?«

»Oh ja, Mistress Gwyn!«, hauchte Jenny. »Es ist das erste Stück, das ich je gesehen habe, und es war wunderbar!«

Nell Gwyn zog die Augenbrauen hoch. »Das erste Theaterstück, das Ihr je gesehen habt! Oh, man hat Eure Erziehung vernachlässigt, mein Kind!« Sie hatte einen guten Eindruck von den beiden jungen Männern gewonnen, die Jenny begleiteten – vor allem von Amos

Wakefield, da sein Vater ein Lord war und einen Adelstitel trug. »Ich bestehe darauf, dass Ihr alle mit uns zum Abendessen kommt!«, sagte sie.

Nell Gwyn war eine bezaubernde junge Frau und sie kümmerte sich ganz besonders um Jenny. »Werdet Ihr lange in London sein, Mistress Clairmont?«, erkundigte sie sich.

»Ich glaube, etwa zwei Wochen lang«, antwortete Jenny eifrig.

»Wunderbar! Wir müssen uns oft sehen!« Nell blickte über den Tisch hinweg Amos Wakefield an, der sich angeregt mit anderen Mitgliedern der Schauspieltruppe unterhielt. Dann betrachtete sie Jenny eindringlich und bemerkte: »Ihr würdet eine ausgezeichnete Schauspielerin abgeben.«

Jenny blinzelte vor Staunen. »Eine … Schauspielerin? Aber – aber –« Der Vorschlag schockierte sie, aber sie konnte nicht ableugnen, dass der Gedanke sie faszinierte. »Danke, Mistress Gwyn, aber ich verstehe nicht das Geringste von der Schauspielerei«, sagte sie zweifelnd.

Nells Augen funkelten humorvoll. »Wer so schön ist wie Ihr, meine Liebe, braucht nichts weiter zu tun, als auf der Bühne zu stehen. Einige werden überzeugt sein, dass alles, was Ihr tut, Schauspielerei ist, anderen wird es vermutlich gleichgültig sein, ob Ihr spielt oder nicht, solange sie Euch nur betrachten können. Aber ich nehme an, Eure Familie wäre dagegen. Die meisten Familien sind dagegen.«

»Oh, ich habe keine Familie«, sagte Jenny allzu rasch.

»Aber Mr Wakefield hier«, – sie nickte beiläufig in Amos' Richtung –, »ich dachte, er sei mit Euch verwandt.«

»Oh nein! Ich bin eine Magd im Hause seines Vaters, bei Sir Christopher und seiner Dame.«

Die Schauspielerin fand das interessant und befragte Jenny ausführlich zu ihrer Lebensgeschichte.

Als das Abendessen vorbei war und man sich zum Aufbruch bereit machte, sagte Nell: »Kommt doch und besucht mich, meine Liebe. Ich werde Anweisung geben, dass man Euch zu mir lässt. Hier ist meine Adresse.«

Auf dem Rückweg in die Herberge sprach Jenny nur wenig. Evan und Amos waren laut und prahlerisch, immer noch von der Erregung des Dramas erfüllt – und von dem sensationellen Erlebnis, mit der berühmtesten Schauspielerin Londons zu Abend gegessen zu haben –, also bemerkten sie Jennys Stillschweigen nicht.

Als die drei sich trennten, um auf ihre Zimmer zu gehen, fragte Amos Jenny neugierig: »Worüber hast du mit Nell Gwyn gesprochen?«

»Ach, bloß über das Theater«, antwortete sie unbestimmt.

»Nun, da weiß sie zweifellos Bescheid! Es gibt keine zweite Schauspielerin in London, die ihr das Wasser reichen könnte. Das Gerücht behauptet, selbst der König sei nicht gefeit gegen ihren Charme.«

Jenny, die Amos' Worte erschreckt hatten, gab keine Antwort. Sie nickte nur und ging auf ihr Zimmer, wobei sie auf Zehenspitzen an Gavins und Susannes Zimmer vorbeischlich. Sie versuchte sich zur Ruhe zu legen, musste aber feststellen, dass sie nicht schlafen konnte. Immer wieder hörte sie Nell Gwyns faszinierende Worte: *Ihr würdet eine ausgezeichnete Schauspielerin abgeben.*

In Wahrheit war Jenny Clairmont eine unheilbare Romantikerin. Ihr Leben in Wakefield war geruhsam verlaufen, wofür sie dankbar war. Aber dieser Besuch in London hatte ihr die Augen für eine Welt geöffnet, an die sie nicht im Traum gedacht hatte. Sie konnte nicht schlafen; in einem fort dachte sie an das Drama, das sie gesehen – und miterlebt hatte.

Schließlich flüsterte sie vor sich hin: »Julia war so traurig, aber ich könnte diese Rolle spielen.« Tatsächlich hatte Jenny eine lebhafte Fantasie, und obwohl sie niemals Theater gespielt hatte, sagte ihr eine innere Stimme, dass sie dieselben Qualitäten hatte, die sie an den Leuten auf der Bühne gesehen hatte, die Fähigkeit, Menschen in ihren Bann zu ziehen.

* * *

»Du willst *was* tun?« Evan Morgan starrte Jenny an, als hätte sie angekündigt, sie wolle sich Flügel wachsen lassen und zum Mond fliegen.

Jenny hatte sich innerlich für diese Explosion gewappnet. Sie hatten volle drei Wochen in London verbracht und Jenny hatte Nell Gwyn fast jeden Tag besucht. Als Susanne eines Morgens nachfragte, wie Jenny ihre freie Zeit verbringen würde, antwortete Jenny mit einem breiten Lächeln, sie hätte eine Freundin gefunden, mit der sie die Klassiker studieren und diskutieren konnte. Es belastete ihr Gewissen ein wenig, die Wahrheit so sehr zu strapazieren, aber sie tröstete sich mit der Tatsache, dass sie mit Nell ja tatsächlich über Dichter diskutierte … nun, über Stückeschreiber.

Ohne dass ihr Herr und ihre Herrin davon erfuhren, hatte Jenny jeden Abend ein Theaterstück gesehen, wenn auch nicht immer ein anderes Stück. Amos und Evan hatten gelacht und sie gnadenlos mit ihrem Gesinnungswechsel aufgezogen. Aber sie halfen ihr hinauszuschlüpfen. Oft erzählten sie Susanne, sie wollten der jungen Magd das nächtliche London zeigen, und versprachen, auf sie aufzupassen. Gavin und seine Frau nahmen diese Ankündigung mit einer gewissen Skepsis auf, aber sie zweifelten nicht offen an der Wahrheit des Gesagten.

Und so kam es, dass Evan und Amos Jenny getreulich jeden Abend zum Theater begleiteten. Beide waren dankbar, dass sie ehrliches Vergnügen an den Stücken hatte und sich nichts daraus machte, sie zwei- oder dreimal zu sehen.

Schließlich war die Zeit gekommen, dass sie London verlassen und heimkehren sollten. Jenny hatte Evan so sehr erschreckt, dass es ihm die Sprache verschlug, als sie in aller Ruhe angekündigt hatte: »Ich gehe nicht wieder nach Wakefield zurück. Ich bleibe hier und werde Zofe bei Mistress Gwyn.«

»Das kannst du nicht tun!«, hielt ihr Evan vor. »Ich lasse es nicht zu! Es ist wahnsinnig!«

»Du hast dich nie darum gekümmert, was ich tue!« Zorn flammte heiß und jäh in Jennys Herzen auf. Obwohl sie es niemals zugegeben hätte, tat es ihr weh, dass Evan sie so wenig beachtet hatte. Sie hatte sich danach gesehnt, mit ihm zusammen zu sein, aber er war zu beschäftigt mit seinen eigenen Interessen. Er hatte die meiste Zeit im Freien verbracht, wo er für Sir Christopher arbeitete, jagte und reiste. Ein Teil ihrer selbst verstand, dass es so war, ein anderer Teil war von Schmerz und Groll erfüllt, weil sie so unwichtig für ihn war.

Sie sah seinem Gesichtsausdruck an, dass er von ihrer Heftigkeit überrascht war, also bemühte sie sich, vernünftiger zu sprechen. »Komm schon, Evan. Im Grunde bin ich dir doch gleichgültig. Ich stehe tief in deiner Schuld dafür, dass du mir geholfen hast; und ich werde es dir eines Tages zurückzahlen. Aber darüber hinaus sind wir einander zu nichts verpflichtet.«

Evan starrte sie wie vom Blitz getroffen an und suchte nach Worten. »Es kann keine Rede davon sein, dass du mir etwas zurückzahlen musst«, sagte er schließlich kurz angebunden. Sein Gesicht drückte Sorge aus. »Jenny«, sagte er verzweifelt, »du weißt nicht, wie diese Schauspieler sind. Sie haben nicht mehr Moral als ... als *Füchse!*«

Jenny wusste, dass Evans Bemerkung etwas Wahres an sich hatte, aber sie hatte die Sache überdacht – und eine Entscheidung getroffen. »Mistress Gwyn will mir das Theaterspielen beibringen«, sagte sie trotzig. »Sie sagt, aus mir könnte eine große Schauspielerin werden!«

»Aber – eine Schauspielerin!«, sagte Evan verächtlich. »Das ist nichts Besseres als eine Prostituierte!«

Wenn Evan sich mit Absicht bemüht hätte, die falschen Worte zu finden, hätte er nichts Passenderes sagen können. Und kaum waren ihm die Worte über die Lippen gekommen, wusste er es auch. Als das Feuer in Jennys Augen aufblitzte, versuchte er zu retten, was zu retten war. »Jenny, ich meinte nicht –«

»Ich weiß, was du gemeint hast!«, antwortete Jenny steif. Seine unbedachten Worte hatten ihr jeden Zweifel ausgetrieben. Sie war nicht überzeugt, dass sie das Richtige tat, aber sie wollte diesem ... diesem *Schürzenjäger* nicht das Vergnügen bereiten, dass sie einen Rückzieher machte. Er hatte sie zu einem festen Entschluss getrieben, weitaus effektvoller, als das Nell Gwyn je gelungen wäre. Jenny hob das Gesicht und starrte ihn an. Ihr Gesicht war bleich. »Ich werde dir beweisen, dass ich Schauspielerin und zugleich eine anständige Frau sein kann! Du wirst es sehen, Evan Morgan!«

Und das war das Ende der Debatte.

Evan argumentierte; Amos schloss sich ihm an. Gavin und Susanne, denen ein bekümmerter Amos schließlich die Wahrheit gesagt hatte, hielten lange Konferenzen mit Jenny ab.

Nichts davon zeigte Wirkung.

Als sie London verließen, sagte Gavin traurig: »Irgendwie haben wir einen schrecklichen Fehler mit diesem Mädchen gemacht. Wir müssen einen Weg finden, um sie aus London herauszuholen. Ich werde zusehen, dass Angharad kommt und sie besucht«, sagte er hoffnungsvoll. »Jenny liebt Angharad und vertraut ihr.«

»Es wird nichts nützen«, sagte Evan kurz angebunden. »Es tut mir leid, Mr Gavin, aber das Mädchen ist starrsinnig wie ein Maulesel.« Er lehnte sich im Sitz der Kutsche zurück und verschränkte die Arme. Seine Augen glühten mit einer Mischung aus Zorn und Zweifel – und einem seltsamen Gefühl der Leere.

Erst viel später, als sie sich bereits Wakefield näherten, begriff Evan Morgan, dass er auf dieser Fahrt nach London etwas Kostbares verloren hatte.

9

IN HAFT

Francis Wingate betrat sein Studierzimmer und setzte sich an den Tisch. Er sah sich um, betrachtete die Bücher, die die Wände bedeckten, hob die Weinflasche auf seinem Tisch hoch und schenkte sich ein kleines Glas voll ein. Er nippte langsam daran, starrte ins Leere, ein meditatives Licht in den Augen.

Wingate war zweiunddreißig Jahre alt und hatte sein Studierzimmer bitter vermisst. Als Folge seines royalistischen Engagements und seiner Treue zu König Karl I. war er ins Exil geschickt worden. Mit der Ankunft des neuen Königs war er wieder in seine Rechte eingesetzt worden. Nun saß er in seinem walnussgetäfelten Studierzimmer und dachte voll Groll an die Jahre des Exils.

Es gab viele, das wusste er, die nach Jahren im Gefängnis und Exil nach Blut dürstend nach England zurückgekehrt waren. Er selbst war kein Mann, der nach Rache verlangte; er wünschte sich nur, mit dem Rest seines Lebens etwas Sinnvolles anfangen zu können. »Keine Zeit für Rache«, murmelte er nachdenklich.

Er war ein lebhafter und scharfzüngiger Mensch, aber im Grunde war er fair. Das musste jedermann zugeben.

Ein Klopfen an der Tür wurde hörbar. Wingate rief: »Herein!« Die Tür öffnete sich und Wingate sagte herzlich: »Ah, kommt herein, Sir. Es wird kälter?«

Enoch Lyndall, Wingates Schwiegervater, trat ein und legte seinen Mantel ab. »Ja, das wird es. Ich glaube, wir werden Schnee bekommen.«

»Hier, trinkt ein wenig von diesem Portwein. Er treibt die Kälte aus den Knochen«, drängte Wingate. Er schenkte großzügig vom

Wein ein und reichte ihn seinem Besucher. »Habt Ihr Foster gesehen?«

»Ja, ich sah ihn, als ich hereinkam.«

»Gut. Ich wollte nach Dover fahren, um mir diese neue Rinderrasse anzusehen. Ich glaube, sie würde unsere Herden verbessern.« Er blickte auf, als ein weiterer Mann den Raum betrat. »Komm herein, William. Gesell dich zu uns – trink ein wenig Wein.«

William Foster war mit Wingates Schwester verheiratet. Er war ein großer Mann mit plumpen Zügen, die manchmal einen gerissenen Ausdruck annahmen, vor allem, wenn es um seine eigene Sicherheit oder Bequemlichkeit ging. Er war Friedensrichter und ein Vorreiter der Orthodoxie – so sehr, dass einige der Puritaner, die seine schwere Hand bereits gefühlt hatten, ihn »einen rechten Judas« zu nennen begannen.

»Das ist ein guter Wein«, sagte Foster und trank genießerisch. Er hatte sich bequem in einem Sessel niedergelassen.

»Ich werde dir ein Dutzend Flaschen zusenden lassen«, bot Wingate an. »Und Euch ebenfalls, Sir«, sagte er zu seinem Schwiegervater.

Abrupt entgegnete Dr. Lyndall: »Francis, ich möchte mit dir über diese unabhängigen Prediger sprechen. Vor allem über diesen Burschen Bunyan.«

Foster nickte heftig. »Der Kerl muss weg.«

Wingate lehnte sich zurück und studierte seine beiden Besucher vorsichtig. »Wir haben über ihn gesprochen«, sagte er mit ruhiger Stimme. »Ich finde nichts weiter Schädliches an ihm.«

»Hast du das neueste Gesetz gelesen?«, verlangte Dr. Lyndall zu wissen.

»Ich habe es gelesen«, warf Foster ein.

»Was bewirkt es?«, fragte Wingate.

Lyndall antwortete mit unnötiger Heftigkeit. »Es macht ein Ende, ein für alle Mal, mit diesen puritanischen ›Heiligen‹! Diesen selbst ernannten Aposteln der Rechtschaffenheit!«

Foster fuhr mit träger Stimme fort: »Man wird es das Konventikelgesetz nennen. Nach diesem Gesetz wird es verboten sein, dass sich mehr als fünf Menschen zu religiösen Zwecken zusammenfinden.«

Wingate sagte trocken: »Ich verstehe. Es erweckt den Eindruck von Freiheit – ohne die Substanz.«

»Ja«, nickte Foster. »Fünf Puritaner bringen nicht viel zustande.«

Lyndall betrachtete kritisch die beiden anderen Männer. »Natürlich werden sich diese unabhängigen Prediger nicht an dieses Gesetz halten.«

Wingate war niedergeschlagen. Er hätte es bei Weitem vorgezogen, keine Konflikte mit den unabhängigen Predigern heraufzubeschwören. »Nein«, seufzte er, »das werden sie wohl nicht. Wie wird die Strafe aussehen, was meint Ihr?«

Foster antwortete geschmeidig: »In der Abschrift, die ich sah, hieß es: ›Geldstrafe, Deportation oder Gefängnis für jede Religionsausübung, die von der in England erlaubten Form abweicht.‹«

Schockiert von der Strenge des Strafausmaßes, platzte Wingate heraus: »Lieber Himmel! Das ist aber tatsächlich stark!«

Lyndall starrte ihn aus schmalen Augen an. »Das kannst du noch sagen, Francis, nachdem du ein Drittel deines Lebens im Exil verbracht hast? Beim barmherzigen Gott, es ist viel zu lax! Ich würde es vorziehen, sie hängen zu sehen!«

Gedankenlos bemerkte Foster: »Aber dazu wird es nicht kommen.« Er schlürfte seinen Wein und ein schlauer Ausdruck trat in seine Augen. »Diese Prediger mögen religiöse Fanatiker sein, aber einige von ihnen haben einen gewissen gesunden Menschenverstand. Sie mögen furchtlos sein, aber sie werden keine Lust haben, die Strafen zu erleiden, die dieses Gesetz über sie verhängt.«

Wingate dachte über die Sache nach. »Ich höre, es wird noch eine weitere Einschränkung geben, nämlich dass alle Geistlichen das *Allgemeine Gebetbuch* benutzen müssen.«

»Das ist nur recht und billig«, sagte Foster mit Nachdruck. »Diese

Puritaner haben keinen Verstand! Sie wollten Gott geradewegs in die Politik und die Wirtschaft hineinziehen!«

Wingate schwieg. Er hatte schwere Zeiten mitgemacht und die Erinnerung an die kalte Freudlosigkeit seines Exils tauchte in seinen Gedanken auf. Er studierte Foster und Lyndall. Er wusste, dass beide Männer eine Härte an sich hatten, die den unabhängigen Predigern von Bedford nichts Gutes verhieß – und auch dem Rest des Landes nicht.

Traurigkeit wallte in Wingate auf; er hätte eine friedliche Lösung vorgezogen. Dennoch, er war Beamter und würde den Gesetzen seines Landes Geltung verschaffen. Das war seine Pflicht.

* * *

Elisabeth Bunyan bewegte sich vorsichtig, als sie das Zimmer durchquerte. Sie war hochschwanger, und etwas an der Art, wie sie sich bewegte, erweckte in ihrem Gatten den Eindruck, dass sie für etwas sorgte, das weitaus kostbarer war als Silber und Gold.

John war um ihretwillen bestürzt gewesen, als er entdeckt hatte, dass seine junge Frau während der harten Wintermonate schwanger geworden war. »Es ist schwer genug, ein Kind zu bekommen, aber im Winter ...«, hatte er voll Sorge gesagt. »Es wird sehr hart für dich werden – und vielleicht auch für das Kind.«

Sie hatte augenblicklich und mit großer Festigkeit geantwortet. »Gott bestimmt den Zeitpunkt, zu dem ein Kind kommen soll, John. Wir werden dieses als ein Geschenk des lieben Gottes annehmen.«

Draußen pfiff der Winterwind um die Giebel. Der Apfelbaum neben dem Haus schien dürre Krallen nach dem Gebäude auszustrecken, beinahe wie eine gespenstische Erscheinung, die Einlass begehrte. Das Jaulen des Windes hatte etwas Klagendes an sich, das Bunyan deprimierte.

Er schüttelte die Stimmung jedoch ab und erhob sich, um das

Zimmer zu durchqueren. Er bückte sich und hob den eisernen Topf auf, nach dem Elisabeth eben gegriffen hatte.

»Lass, ich nehme das schon.«

Elisabeth blickte zu ihm auf. Ihr Gesicht war ein Bild der heiteren Gelassenheit, die so viele Frauen zu erfüllen scheint, wenn sie ein Baby erwarten. Sie war glücklich. Obwohl ihre Familie in finanzieller Hinsicht schwere Zeiten durchgemacht hatte, hatte Elisabeth nie solche Freude gekannt, wie sie sie mit John Bunyan erlebte.

»Du verwöhnst mich zu sehr.« Sie lächelte und streckte die Hand aus, um ihm das Haar aus der Stirn zurückzustreichen.

Einen Augenblick lang stand er still, den Topf in der einen Hand, dann streckte er die andere aus, um sie eng an sich zu ziehen. Er konnte beinahe fühlen, wie sich das neue Leben in ihr regte. Wie er es bei allen seinen Kindern empfunden hatte, überwältigte ihn die tiefe Dankbarkeit, dass Gott ihn zur Vaterschaft auserwählt hatte. »Ich verwöhne dich längst nicht genug«, erwiderte er. Er beugte sich vor, um sie zu küssen, und sie schlang die Arme um seinen Nacken und drückte ihn fest an sich. Einen Augenblick waren sie ganz ineinander und in ihre Liebe versunken.

Elisabeth warf den Kopf zurück, und ihre blauen Augen leuchteten auf, dass Lichtpünktchen in ihnen glitzerten. »Ich wusste nicht, dass ich einen Mann bekommen würde, der ein solcher Romantiker ist! Man stelle sich vor, da küsst du mich, wenn ich trächtig bin wie eine alte Kuh!«

Bunyan schüttelte den Kopf und streichelte zärtlich ihre seidige Wange. »Ein Mann müsste schon aus Stein sein, um nicht romantisch zu werden, wenn er es mit einem so lieblichen Geschöpf wie dir zu tun hat.«

»Oh, nun fängst du an, Süßholz zu raspeln!«, neckte ihn Elisabeth. »Demnächst wirst du mir ein weiteres Liebesgedicht schreiben!«

»Ich hoffe, du hast das Zeug nicht aufgehoben«, knurrte John.

Elisabeths Augen wurden groß vor Überraschung. »Natürlich habe ich alles aufgehoben!«, ermahnte sie ihn. »Und wenn ich genug davon habe, werde ich sie in einem Buch veröffentlichen! Dann bist du nicht mehr der Einzige in der Familie, der ein Buch herausgebracht hat!«

Sie bezog sich damit auf verschiedene Traktate, die John Bunyan im Lauf der vergangenen Jahre publiziert hatte. Sie waren alle Lehr- und Streitschriften – sehr zum Unterschied zu der reich ausgeschmückten Poesie, die er für sie schrieb.

Bunyan grinste: »Ich wage gar nicht daran zu denken, was geschehen würde, wenn unsere Kirchenglieder die Liebesgedichte ihres Pastors sähen! Wahrscheinlich würden sie mich mit Fußtritten davonjagen!«

»Das stimmt nicht«, sagte Elisabeth fest. »Sie lieben dich viel zu sehr. Du bist ein guter Pastor, John. Ich bin so stolz auf dich.«

Ihre Worte beunruhigten Bunyan irgendwie. Er streckte die Hand aus, stellte den Topf, den er immer noch hielt, auf den Tisch, dann wandte er sich wieder ihr zu. »Ich mache mir Sorgen wegen dieser neuen Gesetze. Ich bin schon zweimal verhaftet worden, und Richter Wingate sagte mir, wenn ich noch einmal verhaftet würde, würde er härter durchgreifen müssen.«

Bunyan wusste, dass Richter Wingate weitaus milder gewesen war als der Schwiegervater des Richters, Dr. Lyndall, gewesen wäre. Aber Bunyan wusste auch, dass Wingate unter massivem Druck stand, mit den unabhängigen Predigern in der Umgebung ein Ende zu machen. Zwei von Bunyans Freunden waren erst kürzlich verhaftet worden und erwarteten im Gefängnis von Bedford ihren Prozess.

Wieder heulte der Wind draußen, und John schritt hinüber zu dem einzigen Fenster, um hinauszustarren. »Es ist sehr kalt«, murmelte er. »Es werden sicher nicht viele Leute zu der Versammlung kommen. Vielleicht überhaupt keine.«

Elisabeth trat an seine Seite. Sie legte den Arm um seine Hüfte und die beiden standen schweigend da. Ihre Augen hingen an der trostlosen Szenerie draußen, aber ihre Gedanken waren beim jeweils anderen.

Sie waren seit fast zwei Jahren verheiratet, und in dieser Zeit hatte Elisabeth John Bunyan so gut kennengelernt, wie sie sich selbst kannte. Ihr hochgewachsener Gatte hatte etwas Kindliches an sich, so sehr, dass er zuweilen eines der Kleinen zu sein schien, die sie so sehr lieben gelernt hatte. Sie wusste auch, dass dieser Mann, den sie geheiratet hatte, grundsolide war. Er war oft leichtherzig und witzig, und er hatte einen schrulligen Humor, der tief in seinem Wesen wurzelte. Nun, als sie an die Gefahr dachte, dass er wieder verhaftet und ins Gefängnis geworfen würde, schien sich die Kälte wie ein eisiger Klumpen in ihrer Kehle zu sammeln. Sie hatte sich John so rückhaltlos und völlig hingegeben, dass sie den Gedanken, ihn nicht mehr an ihrer Seite zu haben, als körperlichen Schmerz empfand.

»Vielleicht solltest du nicht gehen, John«, wisperte sie zitternd.

Er blickte auf sie herab und spürte ihre Furcht. Sie war wunderschön. Er wusste nur zu gut, wie rückhaltlos sie ihm vertraute. Er forschte in ihrem Gesicht und bewunderte dessen ruhige, klassische Züge. Die Furcht hatte es traurig gemacht und beginnender Schmerz lauerte hinter den ruhigen blauen Augen.

»Ich würde viel lieber hier bei dir und den Kindern bleiben«, sagte John langsam, »aber ich muss gehen.« Er zögerte und versuchte, seine Gedanken zu ordnen. »Ich weiß nicht, warum Gott einen armen, untauglichen Menschen wie mich dazu berufen hat, sein herrliches Evangelium zu predigen, aber ich weiß, dass er es getan hat. Das bedeutet, dass ich denjenigen gegenüber verantwortlich bin, die die Frohe Botschaft sonst nicht hören würden.« Er wandte sich ab und starrte von Neuem aus dem Fenster. Er beobachtete, wie der Wind ein Stück Papier hochriss und es die Straße entlangjagte. Die Kraft des Windes hob es hoch auf, und er sah zu, wie es sich in einem kleinen Wirbelwind drehte, hoch in der Luft, und dann schaudernd in ein Häufchen toter brauner Blätter fiel.

»Wenn nur ein Mensch heute bei der Versammlung wäre«, sagte er mit leiser Stimme, »und wenn es das einzige Mal wäre, dass er vom Kreuz hört und von dem, der für ihn gestorben ist, wenn er mich heute predigen hört? Nehmen wir an, ich ginge nicht hin und dieser Mensch wendete sich ab und ginge fort … und hörte nie wieder von Jesus?« Sein Ton wurde ernst, beinahe furchtsam. »Am Tag des Jüngsten Gerichts würde dieser Mensch mit dem Finger auf mich zeigen und ausrufen: ›Ich bin verdammt, weil John Bunyan in seinem warmen Haus bei seiner Frau bleiben wollte! Nun muss ich die Ewigkeit in der Hölle verbringen, weil er mir nicht die Gute Nachricht gebracht hat!‹«

Tiefe Stille breitete sich über den Raum. Elisabeth klammerte sich an ihren Ehemann. Sie wusste, dass alles Argumentieren und Bitten umsonst sein würde. Sie hatte gewusst, bevor sie ihn heiratete, dass sein Predigen ihm alles bedeutete. Er betrachtete es als einen Auftrag Gottes. Ganz gleich, wie freundlich er zu ihr war, wie liebevoll zu den Kindern, sie wusste, dass dieser Auftrag Gottes so stark war, dass er ihn niemals missachten konnte.

Elisabeth zwang sich zu einem Lächeln. »In Ordnung, John. Setz dich nieder und iss. Ich muss den Riss in deinem Mantel flicken. Der Wind fährt dir sonst mit seinen eisigen Fingern hinein.«

Eine halbe Stunde später stand John Bunyan an der Tür. Er wandte sich um und küsste sie, als die Kinder eben hereindrängelten. Sie waren nebenan bei den Smiths gewesen und nun purzelten sie übereinander und klammerten sich an ihren Vater. Sie hielten sich an seinem Mantel fest und flehten ihn an zu bleiben. »Es wird schneien«, sagte Mary. »Wir können einen Schneemann bauen! Bitte geh nicht!«

Bunyan beugte sich vor und küsste sie auf die Wange. »Ich werde diesen Schneemann bauen, sobald wir Schnee haben! Und bis dahin bin ich sicher zurück, Kleines!« Er sprach mit jedem der Kinder, dann blickte er über ihre Köpfe hinweg Elisabeth an. »Leb wohl, Frau«, sagte er leichthin. »Und ich möchte gut zu Abend essen, wenn ich heimkomme.«

»Ja, Liebster.« Elisabeth lächelte. Sie sah ihm nach, wie er davonging, eine hochgewachsene Gestalt, die mit soldatischen Schritten davoneilte – und sie fühlte, wie eine plötzliche Kälte sie durchschauerte. »Kommt, Kinder«, sagte sie unbehaglich. »Ihr müsst jetzt eure Hausaufgaben machen.«

Als sie sich um sie drängten, begann sie ihnen allen vorzulesen. Die ganze Zeit jedoch versuchte sie, ein Gefühl böser Vorahnung zu ersticken, das tief in ihrem Inneren aufwallte. Sie hörte keine Stimme, aber jemand schien sie vor dem Kommenden zu warnen.

* * *

Titus Henry, der Farmer, auf dessen Land der Gottesdienst abgehalten werden sollte, wirkte sehr nervös. Er war ein guter Mensch, der Gott liebte, aber nun sah Bunyan, dass er erregt, vielleicht sogar verängstigt war.

»Mr Bunyan«, sagte er aufgeregt, »ich glaube, wir sollten die Versammlung verschieben.«

»Die Versammlung verschieben? Wie kommt Ihr denn darauf?« John war nach Lower Samsell gekommen, das etwa dreizehn Meilen südlich von Bedford lag, und stand nun vor dem Bauernhaus der Henrys, das von Ulmen umringt wurde. Im anschließenden Feld stand ein Hagedorn und Bunyan hatte oft in seinem reichlichen Schatten gepredigt. Aber jetzt, im November, war es zu kalt, um sich im Freien aufzuhalten, daher sollte der Gottesdienst in der Scheune abgehalten werden.

Henry verschränkte die Finger und drückte sie kräftig. Als er den Blick hob, war er voll Sorge, und seine Stimme klang eindringlich. »Mr Bunyan, ich habe gehört, dass Richter Wingate einen Haftbefehl für Euch ausgestellt hat.« Er blickte nervös zur Scheune hinüber. »Es sind zwei Fremde da. Ich kenne sie nicht. Ich denke, sie sind vielleicht Spitzel des Gerichts.«

Bunyan sagte mit fester Stimme: »Wir müssen Gott gehorsam sein, Titus. Dies ist Euer Heim, und wenn Ihr die Versammlung absagt, kann ich nichts dagegen tun. Aber wenn wir erst einmal anfangen, um uns selbst zu fürchten, so ist unsere Sache verloren.«

Die beiden Männer standen im Freien. Der Wind schwoll zu einem drohenden Winseln an, als wollte er sie vor dem Schnee warnen, der über den niedrigen Hügeln hing. Die Luft wurde kälter. Sie rötete die Gesichter beider Männer und machte ihre Lippen gefühllos. Titus Henry zuckte die Achseln. »Ich bin es nicht, den sie verhaften werden, Sir. Ihr müsst die Entscheidung treffen.«

»Dann kommt mit. Wir wollen unsere Versammlung abhalten.«

Die beiden Männer schritten auf die Scheune zu und traten ein. Laternen waren angezündet worden, sodass die Gesichter der Menschen, die auf den Beginn des Gottesdienstes warteten, von sanftem Licht erhellt wurden. Bunyan kannte fast alle, die hier standen, wenn schon nicht dem Namen nach, so doch an ihren vertrauten Gesichtern. Er sah zwei Männer, die schwere Mäntel und Handschuhe trugen und ein wenig abseits der anderen standen. Er wusste genau, warum sie hier waren, aber er ignorierte sie.

Eine Zeit des Gebets folgte. Während er betete, verschloss John Bunyan seine Gedanken vor den beiden Fremden, die schweigend und wachsam dastanden, und sprach zu Gott. Dann sang die kleine Gruppe verschiedene Hymnen. Als diese zu Ende waren und Bunyan beim Vortreten seine Bibel ergriff, sah er, wie die Augen des größeren der beiden Fremden zu glitzern begannen. Als er aus der Bibel zu lesen begann, trat der hochgewachsene Mann vor und sagte mit lauter Stimme: »John Bunyan, das Predigen ist Euch verboten!«

Bunyan betrachtete ihn ruhig und hielt seine Bibel ohne zu zittern in seinen großen Händen. »Das kann nur Gott tun, Sir.«

Der kleinere Mann, eine gedrungene Gestalt mit einem runden, roten Gesicht und hellblauen Augen, trat neben seinen Gefährten. »Wir haben einen Haftbefehl zur Hand, wenn Ihr weiter darauf beharrt! Ihr brecht die Gesetze König Karls II. und des Parlaments!«

»Wir müssen Gott mehr gehorchen als den Menschen«, sagte Bunyan schlicht. Er fuhr fort, aus der Bibel vorzulesen – und augenblicklich eilten die beiden Männer herbei und stellten sich links und rechts von ihm auf.

»Wollt Ihr Euch der Verhaftung widersetzen? Müssen wir Gewalt anwenden?«, verlangte der Große zu wissen.

»Nein, ich werde euch keinen Widerstand leisten.« Bunyan schloss seine Bibel und seine Arme wurden ergriffen.

»Dann verhaften wir Euch, John Bunyan, im Namen des Königs«, sagte der kleinere der beiden Männer.

Als Bunyan mit den beiden Männern die Scheune verließ, wandte er sich an Titus Henry, der mit hilfloser Traurigkeit zusah. »Mr Henry, wollt Ihr Euch darum kümmern, dass meine Frau davon in Kenntnis gesetzt wird, was vorgefallen ist? Sagt ihr, ich werde nicht lange weg sein.«

Der Griff des großen Mannes schloss sich hart um Bunyans Arm und er lachte. Es war ein entschieden unerfreuliches Geräusch. »Ihr kommt nicht mehr nach Hause, bevor Ihr Euch bereit erklärt, nicht mehr zu predigen«, knurrte er. »Kommt jetzt mit. Wir wollen keinen Ärger mit Euch!«

Bunyan ging zwischen den beiden Fremden davon, die ihn so rasch wie möglich ins Gefängnis nach Bedford bringen sollten.

* * *

Das ranzige, stinkende Stroh, aus dem seine Lagerstatt im Gefängnis bestanden hatte, war John Bunyan in den Kragen gerutscht. Als er im Gerichtssaal stand, drehte er seine Schultern hin und her und versuchte das Jucken loszuwerden.

Im Gerichtssaal stand eine lange Bank, die an der rückwärtigen Wand unter einem breiten Fenster entlanglief. Zur Linken führte eine Tür ins Freie; eine weitere Tür, die in das Gebäude führte, befand sich hinter der Richterbank. Der Gerichtssaal war klein und bot nur fünfundzwanzig oder dreißig Personen Platz.

Bunyan war schon nach früheren Verhaftungen hier gewesen und noch früher, als er in verschiedenen unbedeutenden Fällen für seine Nachbarn ausgesagt hatte.

Francis Wingate saß auf einer erhöhten Plattform, und sein Gesicht trug einen Ausdruck grimmiger Entschlossenheit, als er befahl: »Der Gefangene soll hier stehen.« Als man Bunyan vor ihn hinführte, fuhr er streng fort: »Das Gericht wird verschiedene Anklagen anhören, die vom Staat gegen John Bunyan erhoben wurden: Predigen ohne Erlaubnis, ebenso der Verdacht auf Verschwörung und Rebellion gegen den Landfrieden. Ich will die Aussage des Konstablers hören, der die Verhaftung vorgenommen hat.«

Thomas Cobb, der Konstabler, war ein hochgewachsener, magerer Mann mit einem leichenhaften Gesicht. »Ja, Sir«, sagte er forsch, dann wandte er sich um und blickte den Gefangenen an. »Ich habe den Gefangenen verhaftet. Er predigte in Lower Samsell, genau wie Dr. Lyndall sagte –«

Augenblicklich unterbrach in Wingate: »Beschränkt Euch darauf, die Fragen zu beantworten! Nun, Konstabler, als Ihr die Verhaftung vorgenommen habt, hatten der Angeklagte oder seine Zuhörer da irgendetwas Besonderes bei sich?«

»Nun ... was genau meint Ihr damit, Sir?«

»Habt Ihr Waffen gesehen? Trugen sie Waffen bei sich? Irgendetwas in dieser Art?«

Cobb überlegte. Er war ein Mann mit einem langsamen Verstand und sagte schließlich: »Nun, sie waren nicht gefährlicher als irgendwelche anderen Baptisten. Sie hatten nur Bibeln bei sich.«

Ein Kichern ging durch den Raum, und Wingates Augen waren streng, als er den Gefangenen anblickte. »Mr Bunyan«, sagte er mit fester Stimme, »es herrscht viel Unruhe in England und das Gesetz verbietet solche Versammlungen. Nun mögt Ihr Euch verteidigen. Was habt Ihr dort getan? Warum gebt Ihr Euch nicht mit Eurer Berufung als Kesselflicker zufrieden? Warum habt Ihr das Gesetz gebrochen?«

»Euer Ehren, ich flicke Kessel, um meinen Lebensunterhalt zu verdienen, aber ich predige, um Seelen zu gewinnen und Herzen heil zu machen.«

»Gibt es noch andere Zeugen gegen diesen Mann?«, verlangte Wingate zu wissen.

Dr. Lyndall erhob sich; sein Gesicht war gerötet, seine Augen hart. »Ja! Ich werde ihn anklagen! Er ist nicht bereit, das Wort Gottes von den Geistlichen zu hören, die dazu befugt sind, sondern treibt sich mit Männern wie er selbst herum, die sich der Autorität widersetzen. Er ist ein Rebell!«

Bunyan antwortete ruhig. »Ich bin hierhergekommen, um mit dem Richter zu sprechen, Sir, nicht mit Euch.«

»Er hat keine Verteidigung, Mylord«, beharrte Lyndall. »Er hat keine Lizenz! Er hat keinen Eid abgelegt!« Er schüttelte heftig die Faust gegen Bunyan. »Das Gesetzt verurteilt ihn eindeutig zu Gefängnis!«

Bunyan stand ruhig da, seine hochgewachsene Gestalt wirkte massig und kraftvoll. Er blickte den Vikar unerschüttert an und sagte ruhig: »Dr. Lyndall, ich bin bereit, alle ernsthaften Fragen zu beantworten.«

»Dann antwortet, warum Ihr predigt, wenn Ihr dazu nicht befugt seid!«

Bunyan lächelte, sein breiter Mund war entspannt. »Hat Petrus nicht gesagt: ›Wie jedermann die Gabe empfangen hat, so möge er sie anderen zukommen lassen‹?«

Lyndall lächelte triumphierend. »Ja, Mr Bunyan, Ihr habt die Gabe – die Gabe, den Frieden zu stören!« Er fuchtelte mit den Armen, seine Stimme schwoll an. »Ich sage, lasst die Kupferschmiede und Kesselflicker ihre Töpfe flicken und davon ablassen, das Wort Gottes zu verstümmeln!«

Das Verfahren ging weiter, und bald war Bunyan gezwungen, Zeugnis abzulegen. Er blickte Richter Wingate an und sagte ruhig: »Gott hat bestimmt, dass ich predigen soll. Ihr und ich, wir unterstehen beide Gottes Willen, Ihr, dass Ihr ein Richter sein sollt und ich ein Prediger.«

Wingate starrte ihn finster an. »Ich erkenne Eure Berufung nicht an, Sir. Ihr habt keine Erlaubnis zu predigen.«

»Meine Berufung kommt von Gott.« Seine Stimme schwoll an und erfüllte mit starkem Wohlklang den ganzen Raum. »Daran könnt Ihr nichts ändern, Richter Wingate! Diesen Leib mögt Ihr einkerkern, aber Gottes Bestimmungen lassen sich nicht so einfach zerstören!«

Wingate ärgerte sich über die Gewissheit in Bunyans Stimme. »Ich will Euch beim Wort nehmen. Wenn Ihr das Gesetz nicht halten wollt, wird der Vollstrecker des Gesetzes Euch in den Kerker bringen. Noch einmal, wollt Ihr Euch daran halten, Eure Töpfe zu flicken, und vom Predigen ablassen?«

Schweigen fiel über den Raum und dann hallte Bunyans Stimme laut und klar: »Ich will Gott mehr gehorchen als den Menschen.«

Wingate schrie: »Ich werde Eure Versammlungen zerschmettern! Ich verurteile Euch, im Gefängnis von Bedford festgehalten zu werden, bis Ihr gelernt habt, das Gesetz zu respektieren! Ihr werdet vor Gericht gestellt werden für Eure Rebellion, Sir! Konstabler, bringt ihn hinaus und sperrt ihn ein!«

Bunyan ließ einen Augenblick lang den Kopf sinken, dann hob er ihn langsam. »Sir, dürfte ich ein Wort mit meiner Familie sprechen, bevor ich gehe?«

»Sie können Euch im Gefängnis besuchen«, sagte Wingate knapp. »Führt den Gefangenen ab.«

Bunyan wandte sich um und seine Augen trafen die Elisabeths. Sie hatte während der Verhandlung schweigend und bleich dagesessen. Er versuchte zu lächeln, aber seine Lippen waren wie gefroren. Er sah, dass ihr Gesicht zutiefst erschüttert war und dass sie kämpfen musste, um die Tränen zurückzuhalten.

Er hatte keine Zeit, mit ihr zu sprechen, denn Cobb führte ihn in aller Eile aus dem Gerichtssaal und zurück ins Gefängnis. Elisabeth sah ihren Mann gehen und beschloss, unmittelbar zum Gefängnis zu gehen, um zu sehen, ob sie ihn vielleicht sofort besuchen durfte.

Sie verließ das Gerichtsgebäude und ging die Silver Street entlang, bis sie die Gefängnisgasse erreichte. Die Gefangenen pflegten Säcke und Beutel aus dem zweiten Stock des Gefängnisses zu hängen und die Vorübergehenden um Almosen anzubetteln. Elisabeth bemerkte dergleichen jedoch nicht einmal, denn ihre Gedanken waren mit etwas anderem beschäftigt. Sie durcheilte einen kleinen Hof und wurde von Cobb, dem Kerkermeister, eingelassen. Er führte sie in einen kleinen Raum, wo ihr Gatte auf sie wartete.

»John!«, wisperte sie und eilte auf ihn zu.

Bunyan schloss sie in die Arme und fühlte, dass sie zitterte. Er wollte sie trösten, aber er brachte nichts Besseres fertig, als zu murmeln: »Schon gut, schon gut, Liebste …«

Es war ein schwacher Trost, aber die Strenge, die Richter Wingate an den Tag legte, hatte ihn selbst ein wenig verblüfft. Der Richter war immer freundlich gewesen, und Bunyan hatte gehört, dass der Mann keineswegs bösartig war. Offensichtlich hatte der Druck, dem Richter Wingate vonseiten seiner Vorgesetzten ausgesetzt war, schließlich zu einem Gesinnungswechsel geführt.

Mann und Frau hielten einander eng umschlungen. Schließlich hob John Elisabeths Kinn hoch und versuchte zu lächeln. »So werden wir sehen, was Gott wirken kann«, sagte er sanft.

Elisabeth hatte oft darüber nachgedacht, was sie wohl tun würde, wenn ihr Ehemann verhaftet würde. Aber jetzt, als sie sich der bitteren Realität gegenübersah, drohte die Verzweiflung sie zu überwältigen. Mit Mühe bewahrte sie die Fassung – sie wollte John nicht noch mehr Kummer bereiten, als er bereits durchlitt. Sie zwang sich zu einem Lächeln und sagte so munter, wie sie nur konnte: »Du wirst nicht lange hierbleiben. Es wird eine Gerichtsverhandlung geben, nicht wahr?«

»Oh ja, es wird eine Verhandlung geben«, antwortete Bunyan. »Und wir wollen beten, dass Gott uns rechtfertigen wird.« Plötzliche Reue überkam ihn und machte ihn schwach. »Oh Elisabeth«, ächzte er, »ich kann den Gedanken an das Gefängnis ertragen, aber wie kann ich den Gedanken ertragen, dass du allein bist mit den Kindern – und ein Kind unter dem Herzen trägst?«

Elisabeth antwortete ruhig und begann über praktische Dinge zu sprechen: Wie die Kinder versorgt werden konnten, bis er wieder frei war, über Geldangelegenheiten, den Haushalt, Elisabeths Wohlergehen und das des Kindes, das sie trug.

Bunyan sprach und lauschte den ruhigen Antworten seiner Frau, aber im Innersten seines Herzens schrie er zu Gott: *Gott, ich habe versprochen, dein Wort zu predigen! Aber ich bitte dich, um meiner Familie willen – um dieser Frau und der Kleinen willen – befreie mich! Lass diesen Kelch an mir vorübergehen!*

Aber selbst dieses verzweifelte Gebet, obwohl es aus seiner tiefsten Seele aufstieg, brachte Bunyan nicht das Empfinden der Gegenwart Gottes.

Schließlich tauchte Cobb auf und grunzte: »Die Zeit ist abgelaufen, Mrs Bunyan!«

John küsste Elisabeth, dann folgte er Cobb in die Zelle. Es war keine einzelne kleine Zelle; dies war ein öffentliches Gefängnis und alle Gefangenen waren in einem einzigen Raum untergebracht. Bunyan schritt zur Wand, setzte sich auf dem Stroh nieder und senkte den Kopf. Er schloss die Augen und sperrte den Anblick aus, aber er konnte weder die fauligen Gerüche noch die hoffnungslosen Geräusche vertreiben, die die Luft um ihn herum schwängerten.

Wie er da saß, einsam und verzweifelt und vor Kälte zitternd, wusste er, dass er sich in Gottes Schmelzofen befand und ihm ein reinigendes Feuer bevorstand, das die Tiefen seiner Seele prüfen würde. Wieder und wieder drang der Schrei aus seinem Herzen: *Gott, gib mir die Kraft, dir treu zu sein!*

10

»ICH WERDE DAS EVANGELIUM PREDIGEN UND WENN ICH DAFÜR HÄNGEN MUSS!«

Angharad fand Evan in seinem Zimmer sitzend vor. Er starrte durchs Fenster hinaus auf die winterliche Landschaft. »Evan, was tust du hier oben?« Ihre Stimme hatte einen scheltenden Beiklang, und sie trat an ihn heran, um ihm einen ziemlich anklagenden Blick zuzuwerfen. »In den letzten zwei Wochen hast du keine zehn Worte gesprochen. Geht es dir schlechter?«

»Ich ruhe mich nur ein wenig aus.« Evan blickte sie mit stumpfen Augen an. Angharad hatte genug von seinem bedrückten Schweigen und war entschlossen, ihn dazu zu bringen, dass er ihr erzählte, was ihn so verstörte.

Sie ließ sich auf einem Stuhl ihm gegenüber nieder und studierte sorgfältig sein Gesicht. Er gab einen langen Augenblick lang ihren Blick ruhig zurück, dann knurrte er: »Nun? Hast du mir etwas zu sagen?«

»Das habe ich«, erwiderte sie mit fester Stimme. »Es ist nicht gut für einen Menschen, sich so einzumauern. Du bist wie zu Stein erstarrt! Du musst reden.«

»Es gibt nichts, worüber ich zu reden hätte.« Evan war immer ein leichtherziger Mensch gewesen, mit einem Gesicht, das vor Leben sprühte. Nun hatte seine Stimme einen müden, eintönigen Klang angenommen, und seine Züge waren stumpf.

Angharad fragte listig: »Es geht um Jenny, nicht wahr?«

»Hab sie mit keinem Wort erwähnt.«

»Nein, du hast nichts über Jenny gesagt«, gab sie zurück. »Du hast überhaupt nichts gesagt. Seit Tagen geht das jetzt so. Und ich habe dein mürrisches Schweigen satt!« Plötzlich hörte Angharad ihre eigene Stimme – scheltend und aufdringlich. Sie seufzte reuevoll und sprach in sanfterem Ton weiter. »Vergib mir, lieber Evan. Ich möchte nicht grausam sein. Aber manchmal benimmst du dich wirklich wie ein kleines Kind. Meinst du, ich kann nicht sehen, wie bekümmert du bist? Wie verletzt?«

Evan setzte sich aufrecht hin und lächelte müde. »Ich nehme an, du hast recht, Cousine. Ich glaube, ich nahm Jenny als etwas Selbstverständliches hin … sie war jedenfalls dieser Meinung.«

»Da hatte sie recht«, seufzte Angharad. »Seit zwei Jahren ist Jenny eine erwachsene Frau, und dennoch hast du darauf bestanden, sie wie ein kleines Mädchen zu behandeln.«

Evan wusste, dass seine Cousine recht hatte. Seit Jenny ihren Entschluss, in London zu bleiben, angekündigt hatte, hatte er kaum noch an etwas anderes gedacht. Er hatte eine böse Vorahnung, als würde ihre Wahl schlimme Folgen haben – und als wäre es irgendwie seine Schuld.

Er war eben von einer stundenlangen einsamen Wanderung in dem Wald, der Wakefield umgab, zurückgekehrt. Verzweifelt hatte er darüber nachgegrübelt, wie er Jenny zum Zurückkommen bewegen könnte. Mehr als einmal hatte er erwogen, zu Angharad oder Christopher zu gehen, um mit ihnen über das Mädchen zu sprechen, aber er hatte nie den Mut gefunden, ihnen einzugestehen, wie elend er sich fühlte – und wie sehr er Jenny vermisste.

»Sie hat den falschen Weg gewählt«, sagte Evan grimmig. »Warte nur, du wirst es sehen. Ich kenne diese Schauspieler und Schauspielerinnen.«

»Ja? Sie sind schlechte Menschen? Und das macht Jenny schlecht?«, verlangte Angharad zu wissen. »Sie ist, die sie ist: sie selbst.«

Evan fasste bei ihren tapferen Worten Mut, aber der Gedanke an Jenny lastete immer noch auf seiner Seele. »Sie ist weg und ich kann nichts daran ändern. Es ist nur – nun, irgendwie war Jenny wie eine

Schwester für mich. Seit ich sie damals in der Nacht im Wald gefunden habe, habe ich mich – nun, für sie verantwortlich gefühlt.«

Angharad wusste, dass der junge Mann litt. Sie hatte in Jennys Augen ihre Zuneigung zu ihm gelesen und hatte gewusst, dass Evan, wie viele junge Männer, ein sorgloser, gedankenloser junger Bursche war. Nun schien er gereift zu sein – durch Trauer und Verlust. Sanft sagte sie: »Ich will nichts Schlechtes über dich sagen. Wir alle lernen, indem wir fallen, uns abputzen und wieder auf die Füße kommen. Du hast einen schlimmen Sturz getan, aber Gott wird dich hindurchführen.«

Sie saß noch eine Zeit lang bei ihm, sprach mit ruhiger Stimme mit ihm oder saß einfach in vertraulichem Schweigen bei ihm. Schließlich erhob sie sich. »Ich muss gehen und mit Gavin sprechen. Er –«

»Oh, ist er schon zurück aus Portsmouth?«

»Ja, und als ich ihm von John Bunyan erzählte, wäre er beinahe durchgedreht!«, bestätigte Angharad.

»War er zornig?«

»Du hättest hören sollen, was er über das Parlament sagte, und vor allem die ausgesuchten Worte, mit denen er seine Hoheit König Karl II. bedachte!«

»Gut«, sagte Evan voll Befriedigung. »Ich hätte auch einiges über die Narren zu sagen! Da haben wir einen Krieg ausgefochten, um unsere Freiheit zu gewinnen, und nun haben sie nichts Eiligeres zu tun, als Leute ins Gefängnis zu stecken, weil sie Gott dienen! Zum Henker, es ist nicht zu spät, noch einmal Krieg zu führen!«

Angharad lachte. Der Laut drang tief aus ihrer Brust. Sie hatte ein angenehmes, herzliches Lachen, wie das Lachen eines gesunden und glücklichen Mannes. Sie zog Evan auf die Füße und umarmte ihn, bis er nach Luft schnappte. »Du wirst es ihnen zeigen!«, rief sie aus. »Noch ein Rebell, wie alle Morgans!« Dann ließ sie ihn los und fuhr mit feierlicher Stimme fort: »Dennoch, du musst lernen, auf Gott zu vertrauen, Vetter. Ich weiß, du möchtest hinausstürzen und Jenny retten, aber sie ist hingerissen von der Schauspielerei, von ihrem

Glanz, der Aufmerksamkeit, die ihr zuteilwird, der lärmenden Erregung. Ich bin überzeugt, dass viele Männer hinter ihr her sind.«

Evan warf ihr einen scharfen Blick zu und sie lächelte. »Aber sorge dich nicht, Evan. Jenny hat einen vernünftigen Kopf auf den Schultern.«

»Den wird sie auch brauchen«, knurrte er. Er streckte die Hand aus, ergriff Angharads Hand und zog sie an die Lippen, um sie zu küssen. »Danke, Angharad. Es tut gut zu wissen, dass wir beide uns um Jenny sorgen.«

Angharad ließ ihn allein und suchte Gavin auf, der sich bereits darauf vorbereitete, wieder abzureisen. »Du gehst?«, fragte sie überrascht. »Jetzt schon?«

»Ja.« Er nickte. Seine Lippen waren eine dünne weiße Linie, die quer durch sein Gesicht schnitt. »Ich hoffe, ich kann meine Worte zurückhalten, aber ich bezweifle es.«

»Du solltest es aber tun! Du hast jetzt eine Frau und sie erwartet ein Kind. Im Gefängnis wirst du ihnen nichts nützen!«

Mit einer ungeduldigen Geste warf Gavin sich den Mantel um die Schultern und zog die Augen zu schmalen Schlitzen zusammen. »Gefängnis? Warum sollte *ich* ins Gefängnis kommen?«

Angharad gab scharf zurück: »Weil die, die jetzt England regieren, mit dir noch ein Hühnchen zu rupfen haben! Sie haben darauf gewartet, dass sie wieder obenauf sind, und jetzt ist es so weit! Pass bloß auf dich auf. Die Wakefields sehen schweren Zeiten entgegen. Viele haben nicht vergessen, dass dein Vater ein enger Freund Oliver Cromwells war, dass er ihm im Krieg treu diente. Wie du es getan hast! Du musst jetzt klug sein, Gavin.« Ihre Stimme nahm einen leisen und drohenden Tonfall an. »Wenn sie dich ins Gefängnis stecken, werden sie mich kennenlernen!«

Gavin lachte und schlang die Arme um seine Stiefmutter. »Was bist du nur für eine alte Rebellin!«, sagte er und äffte ihren Waliser Akzent nach. »Ich habe Susanne und Vater schon Lebewohl gesagt. Ich komme spätestens morgen zurück. Aber jetzt muss ich zu Bunyan eilen.«

»Ich habe Will aufgetragen, Lebensmittel für Mrs Bunyan und die Kinder zusammenzupacken«, sagte Angharad zu ihm. »Sag ihnen, dass wir alle hier für sie beten.«

»Das werde ich tun. Leb wohl, Angharad.«

»Gott sei mit dir.«

* * *

Gavin betrat den Kerker, wobei ihm fürchterliche Gerüche entgegenschlugen. Der Geruch verschlug ihm beinahe den Atem, und er fragte sich, wie die Gefangenen ihn ertragen konnten. *Ich nehme an, sie gewöhnen sich mit der Zeit daran*, dachte er niedergeschlagen.

»Hier entlang, Sir«, sagte Cobb. »Die Gefangenen sind im Untergeschoss.«

Aber Gavin entdeckte rasch, dass man das Untergeschoss genauso gut Verlies hätte nennen können. Der tiefer gelegene Teil des Gefängnisses lag halb in der Erde vergraben, nur der letzte halbe Meter unter der Decke befand sich über dem Erdboden. Das schwache Licht, das durch die schmutzigen Fenster drang, spendete keine Wärme, es diente nur dazu, den elenden Zustand der Gefangenen hervorzuheben. Es war ein großer Raum, der an die dreißig Männer fasste. Einige von ihnen standen aufrecht oder gingen in dem kleinen Raum, der ihnen zur Verfügung stand, auf und ab wie gefangene Tiere. Einige saßen kraftlos auf dem Boden, den Rücken an die schmutzigen Mauern gelehnt. Andere lagen auf dem fauligen Stroh, mit dem der Lehmfußboden bedeckt war.

»Bunyan! Ein Besucher für Euch!«, rief Cobb laut und deutete auf einen Winkel des Raumes.

Gavin sah John Bunyan auf einer hölzernen Bank sitzen, die dicht an der Wand stand. Er eilte mit ausgestreckter Hand auf seinen Freund zu. »John –« Er brach ab, unfähig, seinen Gruß zu beenden, so schockiert war er über den verhärmten Anblick, den Bunyan bot.

Als er sah, wie Wakefield auf den Schmutz des Gefängnisses reagierte, brachte Bunyan ein Lächeln zustande. »Es könnte schlimmer sein, Mr Gavin. Hier. Wollt Ihr Euch zu mir setzen?«

Gavin war gekommen, um dem Gefangenen Trost und Erleichterung zu bringen, aber ihm wurde bewusst, dass er nur wenig zu geben hatte. Als er auf der ungehobelten Bank neben Bunyan saß, senkte er den Blick. »Ich – ich habe von deinen Schwierigkeiten gehört – früher. Aber ich konnte erst jetzt kommen. Wie steht es um dich?«

Bunyan zuckte die Achseln. Er trug einen dicken Mantel, dennoch schien die feuchte Kälte des Gefängnisses in seine Knochen zu kriechen. »Ich warte auf meinen Prozess«, war alles, was er sagte.

»Und wann wird er stattfinden?«

»Ich fürchte, es wird noch einen weiteren Monat dauern.«

Gavin warf den Kopf hoch, kaum verschleiertes Entsetzen in den Augen. »Ich war beim Richter und habe ihm vorgeschlagen, eine Kaution für dich auszusetzen, aber er hat es abgelehnt. Ziemlich schäbig von ihm, finde ich. Es ist ja nicht so, dass du weglaufen würdest.«

»Mr Wingate hat in diesen Dingen kaum eine Wahl, denke ich. Der Wind bläst mir und den anderen unabhängigen Predigern ins Gesicht. Ich glaube nicht, dass die Leute in London ihm erlauben würden, einen von uns auf freien Fuß zu setzen.«

Eine halbe Stunde lang sprachen Gavin und Bunyan miteinander. Gavin blickte zur Tür und zum ersten Mal erhellte sich sein Gesicht. »Sieh nur! Da ist Elisabeth und sie hat Mary mitgebracht.«

Gavin erhob sich, als Elisabeth durch den gedrängt vollen Raum auf ihn zuschritt. Mary ging an ihrer Seite. Trotz der ungewohnten, schrecklichen Umgebung klammerte Mary sich nicht an Elisabeth fest. Stattdessen berührte sie nur leicht den Arm ihrer Stiefmutter und suchte sich ohne einen Fehltritt ihren Weg zwischen den Männern, die herumsaßen und -standen.

»Elisabeth! Du hättest bei diesem Wetter nicht außer Haus gehen sollen!«, schalt John.

Sie lächelte und hob ihr Gesicht seinem Kuss entgegen. »Mary hat dir etwas gebracht, das sie selbst gekocht hat. Sieh nur, es ist frisches Lamm, gerade so zubereitet, wie du es gerne hast!«

Bunyan hob Mary hoch und küsste sie. »Da hat mir also meine persönliche Köchin ihre Spezialität gebracht. Ich wette, es schmeckt köstlich.«

»Oh, das tut es auch!«, sagte Mary eifrig. Ihre leeren Augen hingen an ihrem Vater. »Komm, ich will es dir aufschneiden!«

Bunyan setzte sich nieder und zog Elisabeth eng an seine Seite. Mary begann das Lamm aufzuschneiden und plapperte ununterbrochen mit ihrer hohen, kindlichen Stimme. Gavin fing Elisabeths Blick auf. »Ich kam, um Trost zu spenden, soweit es mir möglich ist, Mrs Bunyan.« Die Anspannung hatte deutliche Zeichen auf Elisabeths sonst so glatten Zügen hinterlassen, und Gavin bemerkte, wie vorsichtig sie sich bewegte, dabei legte sie eine schützende Hand auf ihren hochgewölbten Leib. Seine Augen strahlten Mitgefühl aus. »Wie geht es Euch, Madam?«

Sie zögerte ein wenig, gab aber eine positive Antwort. »Es geht mir gut, Mr Wakefield. Es war so gut von Euch, dass Ihr gekommen seid. Ich danke Euch.«

»Ich habe einiges mitgebracht, das meine Stiefmutter Euch schickt«, sagte er. »Ich bringe Euch nach Hause, wenn Ihr hier fertig seid.«

Bunyan aß hungrig und sagte mit gedämpfter Stimme: »Es ist so unfair, Mr Gavin. Ich habe meine Familie, die mir zu essen bringt, aber einige von diesen armen Burschen hier haben niemanden. Gewöhnlich versuche ich mit ihnen zu teilen, was ich habe.« Er blickte Mary an. »Wäre dir das recht, meine Liebe?« Er lächelte, als sie nickte, und zog sie auf seinen Schoß. »Nun erzähl mir, was du so gemacht hast.«

»Nein, Vater, du erzählst mir eine Geschichte.« Sie hob das Gesicht und ihre Hände umklammerten die Aufschläge seines Mantels. »Das vermisse ich mehr als alles andere. Deine Geschichten am Abend! Erzähl mir jetzt eine.«

»Aber Mr Wakefield will sicher keine Geschichten hören –«

»Doch, das will ich«, widersprach Gavin. »Erzähl nur drauflos, John.«

Er stand dicht neben ihnen, sodass Elisabeth ihren Platz auf der wackligen Bank behalten und sich gegen die feuchtkalte Wand lehnen konnte. Sie schloss die Augen, und ihre Mundwinkel hoben sich ein wenig, als ihr Ehemann anfing, Mary seine Geschichte zu erzählen.

»Nun, ich habe mir eine Geschichte ausgedacht. Vielleicht schreibe ich sie eines Tages nieder«, sagte Bunyan leise zu Mary, »wenn ich sie im Kopf geordnet habe.«

»Wovon handelt sie?«, drängte Mary.

»Nun, es geht um einen Mann, dessen Name – lass sehen – ja dessen Name Christian war.«

»Das war sein Name?«, fragte Mary. »Christian?«

»Ja. Und dieser Mann trug eine riesige Last auf dem Rücken. Und er machte sich auf den Weg –«

»Was war das für eine Last, Vater?«, verlangte Mary zu wissen.

»Nun, es war die Last seiner Sünden«, erwiderte Bunyan prompt. »Du weißt, was Sünde ist. Wir haben darüber gesprochen. Dieser Mann Christian begann zu weinen und zu wehklagen. Und eines Tages traf er einen Mann namens Evangelist. Und Evangelist fragte Christian: ›Warum weinst du? Schütze dich vor den kommenden Bedrängnissen!‹«

Bunyan, der sich nach der guten Mahlzeit besser fühlte, setzte Mary ab und erhob sich, um seine Geschichte dramatisch darzustellen. Gavin sah, wie sich das Gesicht des Mädchens angespannt nach dem Klang der väterlichen Stimme richtete. Ihr Ausdruck war hingerissen.

»›Dies ist die Stadt der Zerstörung‹, sagte Evangelist. ›Sie wird zerstört werden! Du musst in die himmlische Stadt fliehen!‹«

»Ich weiß!«, rief Mary aus. »Ich weiß, Vater! Das ist der Himmel, nicht wahr?«

»Ja, das stimmt. Aber siehst du, dieser Pilger hatte alle seine Sünden auf dem Rücken. Und niemand kommt in diese Stadt, bevor er nicht die Last abgelegt hat.« Bunyan fuhr eine Zeit lang mit seiner Geschichte fort, dann sagte er: »Das reicht für heute, liebe Mary.«

»Aber Vater, wurde Christian jemals seine Last los?«, fragte Mary eindringlich.

»Ja, er wurde davon befreit.«

»Erzähl mir davon! Bitte!«

Bunyan lächelte nachgiebig. »Nun, Christian fand sich auf einer Straße, die Erlösung hieß. Er lief die Straße entlang und stolperte unter der Last auf seinem Rücken. Dann kam er zu einem bestimmten Ort und blickte auf – und was meinst du wohl, was er sah?«

»Ich weiß nicht! Was war es?«

»Er sah ein Kreuz. Und zu Füßen des Kreuzes ein Grab. Und weißt du was? Sobald er dieses Kreuz sah, fiel die große, schwere Last von seinem Rücken und begann zu rollen und rollte und rollte genau auf die Öffnung des Grabes zu! Und sie fiel hinein! Und Christian sah sie nie wieder. Und das ist das Ende der Geschichte.«

»Oh, mir gefällt diese Geschichte!«, rief Mary entzückt. »Erzähl sie mir noch einmal!«

»Oh nein, jetzt nicht, liebe Mary.« Bunyan lächelte. »Aber vielleicht werde ich dir später mehr über Christian erzählen.«

»Versprichst du mir das?«

»Ja, ich verspreche es. Aber jetzt musst du deine Mutter nach Hause bringen. Hier ist es zu kalt für sie.«

»In Ordnung, Vater.«

Bunyan stand auf und half Elisabeth beim Aufstehen, dann küsste er sie und Mary. Er wandte sich Gavin zu und schüttelte ihm kräftig die Hand. »Ich danke Euch, Mr Gavin, dass Ihr gekommen seid, und für all die Hilfe, die Ihr mir und meiner Familie zuteilwerden lasst.«

»Es ist wenig genug«, sagte Gavin, »aber ich will mein Bestes tun.«

John sah ihnen nach, als sie gingen, dann sank er auf seine Bank zurück. Nach einer kurzen Pause griff er nach den Resten seiner Fleischmahlzeit und begann sie mit einigen der Gefangenen zu teilen, die weniger hatten als die anderen. Er hatte gesehen, wie sie ihm beim Essen zusahen und wie sie ihn, seine Familie und seinen Freund beobachteten. Ihre Augen schienen zu groß für ihre abgemagerten Gesichter. Die Hoffnung auf ein paar Brosamen von seinem Essen milderte ihre Leiden ein wenig.

»Ich wünschte«, sagte er zu ihnen, »ich könnte es wie Jesus mit dem Brot und den Fischen machen und sie so vermehren, dass alle genug zu essen hatten. Aber ach, mein Glaube ist zu schwach dafür.«

Als er das Fleisch verteilte, achtete er sorgfältig darauf, jedem Mann ein fröhliches und herzhaftes Wort der Ermutigung mitzugeben. Aber die ganze Zeit waren seine Gedanken bei seiner Frau und seinem ungeborenen Kind – immer im Bewusstsein, dass er bald die schwerwiegendste Entscheidung seines Lebens würde treffen müssen.

* * *

»Kommt mit, Sir. Der Richter möchte mit Euch sprechen.«

Bunyan blickte überrascht zu Cobb auf, stellte aber keine Fragen. Einige Tage waren seit dem Besuch seiner Frau und seines Freundes vergangen, aber ihre Ermutigungen hielten ihn immer noch aufrecht. Er folgte dem Kerkermeister aus dem allgemeinen Raum in ein kleines, privates Zimmer und sah, dass Richter Wingate dort auf ihn wartete.

»Ja, Sir? Ihr wolltet mich sehen?«, fragte Bunyan.

Wingate wirkte nervös. »Ich wollte unter vier Augen mit Euch sprechen, Bunyan.«

»Ja? Worum geht es?«

»Ich habe oft über Euren Fall nachgedacht. Ich möchte noch einmal an Euch appellieren.« Er winkte ab, als ein starrsinniges Licht in den blauen Augen des Kesselflickers aufglomm. »Bunyan, Ihr müsst im Augenblick zustimmen, Euer Predigen aufzugeben! Nicht um meinetwillen – ja nicht einmal um Euretwillen – sondern um Eurer Familie willen!«

»Richter, das alles haben wir schon besprochen!«

»Die Dinge liegen jetzt beträchtlich anders«, sagte Wingate mit gedämpfter Stimme.

»Wie das, Sir?«

Zum ersten Mal, seit er den Raum betreten hatte, hielt Wingate Bunyans Blick stand, ohne sich abzuwenden. »Der Name des Richters, der Eurem Prozess vorsitzen wird, ist Kelynge! Von allen Richtern im Land ist Kelynge der letzte, der Euren Fall verhandeln sollte.« Er holte tief Atem und rang in einiger Erregung die Hände. »Ich muss gestehen, ich wollte Euch eine Niederlage beibringen, aber dieser Richter kann Euch hängen lassen!«

John starrte den Mann wie betäubt an. »Aber – das ist unmöglich!«

»Ich sage Euch, es ist nicht nur möglich, es ist auch sehr wahrscheinlich, wenn Ihr nicht nachgebt!«, gab Wingate zurück. Dann fuhr er widerwillig fort: »Und da gibt es noch etwas, das ich Euch sagen muss. Es geht um Eure Frau, Bunyan. Sie macht schwere Zeiten durch.«

»Das Kind ist gekommen?«

»Nein, noch nicht. Aber sie ist sehr nahe dran.« Wingate beugte sich vor und sagte eindringlich: »Hört mir zu, Mr Bunyan. Bitte öffnet Euren Sinn und hört mir aufs Sorgfältigste zu.« Er holte tief Atem und seine scharfen Augen bohrten sich in die Bunyans. »Wenn Ihr mir jetzt und hier versprecht, mit dem Predigen aufzuhören, lasse ich Euch laufen. Ihr könnt zu Eurer Frau gehen. Es wird mich in große Schwierigkeiten bringen, aber jetzt – hier im Augenblick – habe ich noch das Sagen. Ich werde die Verantwortung auf mich nehmen.«

Bunyan schwieg. Die Sehnsucht, die er empfand, zu gehen, bei Elisabeth und seinen Kindern zu sein, war so stark, dass er nicht wagte, ein Wort zu sagen.

Wingate bedrängte ihn. »Wenn Ihr morgen vor dem Richter steht und starrsinnig auf Eurer Sache beharrt ... John Bunyan, dann seid Ihr verloren!«

»Ich muss zu Elisabeth!« Die Worte schienen sich gewaltsam von Bunyans Lippen zu ringen.

»Das könnt Ihr und das werdet Ihr!«, sagte Wingate mit gedämpfter, eindringlicher Stimme. »Aber jetzt im Augenblick« – er wies auf den leeren Raum – »ist niemand hier, der uns hören kann. Und so bitte ich Euch, John Bunyan, nicht als Beamter. Ich bitte Euch als Mann, als Gatte und als Vater. Gebt mir jetzt Euer Versprechen, dass Ihr nicht mehr predigen werdet, gleichgültig, was Ihr späterhin tun wollt.«

Jede Faser von John Bunyans Körper und Geist sehnte sich danach, dem Mann zuzustimmen und dadurch freigelassen zu werden. Seine Kehle brannte vor Anstrengung, nicht laut aufzuschreien: »Ja!« Aber irgendwo in seinem Geist war die stille Erkenntnis, dass er tatsächlich verloren wäre, wenn er sich von seiner Pflicht abwandte, selbst in einer so geringfügigen Sache. Er holte tief Atem, dann sagte er ruhig und mit fester Stimme: »Es tut mir leid, Richter Wingate.«

Wingate ließ einen Augenblick lang mit einer hilflosen Geste den Kopf hängen, dann erhob er sich aus seinem Stuhl. »Ich habe getan, was ich konnte«, sagte er ruhig.

Bunyan ließ sich von Cobb in den allgemeinen Raum zurückführen. Der Kerkermeister sagte: »Eure Verhandlung ist am Morgen, nicht wahr? Tut mir leid zu hören, dass Euer Richter Kelynge sein wird. Er ist ein Blutrichter, sagt man. Ihr tut mir ja so leid.« Sein fahles Gesicht verzog sich zu einem breiten Grinsen, als er die Zellentür öffnete und den schweigenden Gefangenen hineinschob.

* * *

»Dieser Gerichtshof von Bedford versammelt sich unter der königlichen Autorität Karls II., des Monarchen von England. Lasst den Gefangenen hierhertreten.«

Sir John Kelnyge war ein hünenhafter Mann, von strengem Charakter und mit einem mächtigen Doppelkinn. Er hatte ein Benehmen wie eine Bulldogge. Erst kürzlich war er aus achtzehnjähriger Haft in einem Gefängnis der Parlamentarier entlassen worden, in das man ihn auf Cromwells Befehl gesteckt hatte. Er war fest entschlossen, jedermann, der irgendeinen Anteil am Commonwealth gehabt hatte – der »Rebellion«, wie er es nannte –, teuer dafür bezahlen zu lassen.

»Lest die Anklage vor.«

Wingate erhob sich und las mit leidenschaftsloser Stimme dem Gerichtshof vor: »John Bunyan, aus der Stadt Bedford, Arbeiter, hat sich auf teuflische und verderbliche Weise geweigert, zur Kirche zu kommen, um den Gottesdienst zu hören, und beharrt darauf, ungesetzliche Versammlungen und Konventikel abzuhalten, zur großen Beunruhigung und Verstörung der guten Diener dieses Königreiches und im Widerspruch zu den Gesetzen unseres souveränen Herrschers, des Königs.«

»Was sagt Ihr dazu, John Bunyan?«, verlangte Kelynge zu wissen.

»Was den ersten Teil angeht, so besuche ich häufig das Haus Gottes, und durch Gottes Gnade bin ich ein Glied am Leib Christi.«

»Geht Ihr zur Kirche? Und ich meine nicht zu Euren Konventikeln! Ich meine die Pfarrkirche.«

»Das tue ich nicht.«

»Und warum nicht?«

»Ich sehe nicht, dass es im Wort Gottes geboten wäre.«

Kelynge starrte ihn zornig an. »Es ist uns geboten zu beten!«

»Oh ja«, stimmte John Bunyan ihm bereitwillig zu. »Aber nicht nach dem *Allgemeinen Gebetbuch.*«

»Wie sonst sollten wir beten?«

Bunyan blickte zu dem groben Richter auf. »Wie der Apostel sagte: ›Ich will im Geiste und mit Verstand beten.‹«

Kelynge entgegnete keifend: »Die Bibel sagt: ›Lehre uns beten.‹«

»Ja, das ist wahr, Mylord. Die Bibel sagt auch: ›Der Geist hilft unserer Schwachheit auf, denn wir wissen nicht, was wir beten sollen. Aber der Geist selbst tritt für uns ein.‹« Seine Stimme erhob sich leidenschaftlich. »Es ist der Geist, der uns beten lehrt, nicht das *Allgemeine Gebetbuch.*«

»Was habt Ihr gegen das *Allgemeine Gebetbuch?*«

»Es ist nicht in der Bibel geboten«, sagte Bunyan geduldig.

»Die Bibel gebietet auch nicht, dass Ihr nach Bedford oder Elstow gehen solltet – und dennoch erlaubt das Gesetz, dass Ihr dorthin geht, nicht wahr?«

»Das, Sir, ist ein weltlich Ding und ohne Bedeutung. Ich muss hingehen, wohin Gottes Geist mich führt.«

Kelynge beugte sich vor und presste die Hände fest aneinander. »Nun sind wir beim Herzen dieser Sache angelangt. Das Gesetz besagt, dass Ihr keinen Gottesdienst abhalten dürft, wenn Ihr nicht dazu autorisiert seid.«

Bunyan ließ sich nicht einschüchtern. »Aber, Mylord, die Bibel sagt uns ganz eindeutig, dass wir zusammenkommen sollen. Kann ich Gott ungehorsam sein?«

Widerwillen verzerrte Kelynges Gesicht. Er hatte viele ins Gefängnis geschickt – und viele deportieren lassen –, weil sie ihn so herausgefordert hatten. »Bunyan, ich will mich nicht mit Nichtigkeiten abgeben. Ihr seid ein Gesetzesbrecher. Wo ist Eure Erlaubnis zum Predigen?«

Bunyan zitierte von Neuem die Heilige Schrift. »›Wie jeder die Gabe erhalten hat, so soll er sie anderen zukommen lassen als ein guter Verwalter.‹«

»Ist Euch das nicht klar?«, polterte Kelynge. »›Wie jeder die Gabe erhalten hat …‹ – Ihr, Bunyan, seid ein Kesselflicker. Das ist Eure Gabe! Wendet sie an und Ihr könnt als freier Mann diesen Gerichtssaal verlassen!«

Im Gerichtssaal wurde Gemurmel und Gewisper laut. Cobb wisperte erstaunt einem anderen Büttel zu: »Das ist das erste Mal, dass Richter Kelynge jemand angeboten hat, ihn aus dem Gefängnis zu entlassen! Bunyan sollte die Gelegenheit nützen!«

Aber John Bunyan zögerte keinen Augenblick lang. »Ihr versteht die Bibel nicht. Der letzte Teil des Verses besagt: ›Lasst ihn als ein Orakel Gottes sprechen.‹«

Kelynge warf die Hände hoch. »Ich bin fertig mit Euch! Gesteht Ihr ein, was die Anklage Euch vorwirft? Das heißt, habt Ihr Euch zu illegalen Konventikeln versammelt?«

Schweigen breitete sich über den Gerichtssaal. Bunyan wich und wankte nicht, aber er schien sorgfältig auf seine Worte zu achten. Als er sprach, war seine Stimme langsam und gleichmäßig. »Das gestehe ich ein: Wir haben uns oftmals versammelt, um zu beten und um uns gegenseitig zu erbauen, so erlebten wir die tröstliche Gegenwart des Herrn. Gepriesen sei sein Name! Dessen bin ich schuldig!«

Richter Kelynge lehnte sich in seinem Stuhl zurück. Seine Augen waren hart wie Achat. »Dann hört Euer Urteil, John Bunyan. Ihr werdet ins Gefängnis zurückgebracht werden und dort weitere drei Monate liegen. Wenn Ihr nach Ablauf dieser Zeit nicht nachgebt und mit Eurem Predigen ein Ende macht, wird man Euch aus dem Land verbannen!«

Bunyan biss sich auf die Lippen. »Das ist ein hartes Urteil, Mylord!«

Kelynge unterbrach ihn: »Ich bin noch nicht zu Ende! Wenn Ihr nach dieser Zeit wieder dabei angetroffen werdet, wie Ihr in England oder seinen Kolonien predigt, wird man Euch hängen!«

Plötzlich war John Bunyan furchtlos und sein Blick war so streng, als wäre er der Richter, der ein Urteil über den Mann vor ihm sprach. »Ich höre Euer Urteil. Aber nun hört mich, Richter Kelynge! Und ganz England! Wenn Ihr mich morgen aus dem Gefängnis entließet, so würde ich wieder das Evangelium predigen, und wenn ich dafür hängen müsste!«

* * *

Bunyan saß im Gefängnis, schweigend und einsam. Er wusste, dass er keine Milde vom Gericht zu erwarten hatte. Nun waren alle seine Gedanken bei Elisabeth.

Er blickte auf, als Cobb mit einem Besucher eintrat. Es war Gavin Wakefield.

Die beiden Männer schüttelten einander die Hand. »Es tut mir leid, dich unter solchen Umständen zu sehen, John.« Ein Zögern klang in Gavins Stimme mit, und Bunyan wusste augenblicklich, dass irgendetwas nicht in Ordnung war.

»Was ist, Mr Gavin? Geht es um Elisabeth?«, verlangte er zu wissen.

Gavin Wakefield nickte langsam. »Ich bringe schlechte Nachrichten, John.«

Bunyan packte Gavins Mantel. »Ist sie … ist sie tot?«, schrie er auf.

»Nein, nein, das ist es nicht.« Er legte die Hände auf die Schultern seines Freundes und blickte ihm voll Kummer und Mitleid in die Augen. »Es tut mir weh, dass ich derjenige sein muss, der es dir sagt, John, aber das Kind ist zur Welt gekommen … ein kleines Mädchen … und sie hat nicht überlebt.«

Bunyan sank auf seine Bank nieder und Gavin setzte sich neben ihn. »Elisabeth wird wieder gesund, sagt der Arzt. Sie ist natürlich bekümmert, aber sie wird weitere Kinder haben.«

Schmerz, Furcht und Kummer überwältigten Bunyan. Tränen traten in seine Augen. »Sie ist zu jung, Mr Gavin, um das alles zu ertragen! Es ist schlimm genug, dass ich im Gefängnis bin und noch eine ganze Weile hier sein werde! Aber dass sie nun auch ihr Baby verloren hat!«

»Ich kann dir nicht sagen, was du tun sollst, John«, sagte Gavin zögernd, »aber gibt es denn keine Möglichkeit unter der Sonne, wie du – vielleicht nur für jetzt – diesen Ort verlassen kannst? Es ist noch nicht zu spät. Ich bin überzeugt, wenn du … wenn du dein Wort gäbest, mit dem Predigen aufzuhören, wenigstens für den Augenblick –«

Gavin brach ab, als John ihn anblickte. Innere Qual grub tiefe Linien des Schmerzes in sein ehrliches, freundliches Gesicht. »Alle wollen, dass ich mit dem Predigen aufhöre. Du willst, dass ich aufhöre, Richter Wingate will, dass ich aufhöre, Richter Kelynge will, dass ich aufhöre – ja ich selbst möchte aufhören! Aber es gibt eine Stimme, die mir lauter in den Ohren klingt als all dies.«

Gavin war überzeugt, dass er die Antwort kannte, aber er fragte: »Und wessen Stimme ist das?«

»Der allmächtige Gott, der mich aus dem Abgrund der Hölle erlöst und seinen Geist in mein Herz gelegt hat. Er hat mir nicht gesagt, ich solle aufhören.« Blaues Feuer flammte in Bunyans Augen. »Und ehe Gott nicht sagt: ›Hör auf‹, werde ich predigen, bis mir Moos auf den Lippen wächst!«

11

EVAN BESUCHT ZWEI VORSTELLUNGEN

August 1661

Das Theater war schon voll besetzt, als Evan es gerade noch schaffte, sich hineinzuzwängen. Er war in Gavins Auftrag nach London gekommen, als Begleiter von Mrs Bunyan, die den Richtern ein Bittschreiben für ihren Gatten übergeben wollte. Die beiden waren in einer Kutsche angelangt, und da es schon spät war, hatte Evan dafür gesorgt, dass Mrs Bunyan ein gemütliches Zimmer fand. Die Gerichtssitzungen würden früh am nächsten Morgen beginnen; und Evan hatte versprochen, sich darum zu kümmern, dass Elisabeth rechtzeitig zur Stelle war.

Irgendwie fühlte er sich ruhelos und war fest entschlossen, Jenny zu sehen. Er hatte Nachforschungen nach der Schauspieltruppe angestellt, mit der Nell Gwyn in Verbindung stand, und herausgefunden, dass sie im Hampton Theatre auftraten. Er suchte den Weg dorthin, schaffte es, sich auf eine der dicht gedrängten Bänke zu zwängen, und blickte sich neugierig um.

Das Publikum bestand vor allem aus zwei Klassen: den Reichen, die in den ersten Reihen saßen – manche saßen sogar auf der Bühne –, und der Mittelklasse. Das gesamte Publikum benahm sich jedoch gleichermaßen lärmend. Das Stück hatte noch nicht begonnen; das Geschwätz der Menge machte einen Lärm, dass Evan am liebsten die Ohren zugeklappt hätte.

Er saß da, sein Blick glitt über das Gebäude, und er bemerkte die hohe, gewölbte Decke und die Balkone, die seitlich über die Bühne hinaushingen, dann betrachtete er den fantastischen Putz einiger Zuschauer. Die Männer vor allem trugen Kleider in schrillen Farben und sahen aus wie Rad schlagende Pfauen. Fast alle trugen Perücken und die Frauen taten es ihnen gleich.

Evan seufzte. Die Ruhelosigkeit, die ihn hierhergebracht hatte, wurde ihm unbehaglich bewusst. Jenny war fast ein Jahr lang in London gewesen. Nur einmal hatte er sie in dieser Zeit gesehen und zwei Briefe erhalten, die zu beantworten ihm schwerfiel. Ihre Welten lagen so weit auseinander, dass er kaum wusste, was er ihr sagen sollte. Als er jetzt um sich blickte, murmelte er: »Sie wäre nicht an Kühen oder ländlichen Angelegenheiten interessiert, nicht, solange sie in dieser Welt lebt.« Noch während ihm diese Gedanken durch den Kopf gingen, begann das Stück. Er beugte sich vor und sah während der nächsten Stunde mit großer Aufmerksamkeit zu.

Das Stück missfiel ihm. Es war ein Drama, in dem es um eine untreue Frau und einen tölpelhaften Ehemann ging. Die Witze gingen alle auf Kosten des täppischen Kerls, der mit einer flatterhaften Frau verheiratet war. Evan wusste, dass solche Stücke jetzt große Mode waren, dass man sich gerne über die Ehe und das Heiligtum des Heims lustig machte. Die meisten Stücke klatschten der Unmoral Beifall und propagierten die alte und üble Philosophie des »Lasst uns essen, trinken und fröhlich sein«. Morgan war gewiss kein Puritaner und hatte lauthals geäußert, was er davon hielt, dass Cromwell alle Theater geschlossen hatte, aber er mochte diese Mode, die Ehe in den Schmutz zu ziehen, nicht. Je länger das Stück dauerte, desto mehr fühlte er, wie Abscheu in ihm aufstieg. Ehe, Treue, Zusammenhalt, sie alle mussten den lockeren Sitten, der Unmoral und dem Eigennutz das Feld räumen.

Dennoch: Auch wenn das Stück selbst Evan nicht amüsierte, so entschädigte ihn Jennys Anblick dafür. Sie spielte nur eine kleine Rolle, was den Text anging, als Freundin der Heldin, Nell Gwyn. Als sie zum ersten Mal die Bühne betrat, starrte Evan sie an – er konnte kaum glauben, dass das *seine* Jenny war. Sie trug ein wunderschönes Kleid von blassgrüner Farbe mit weißem Besatz, ihr Haar war nach einer höchst reizvollen Mode frisiert. Selbst unter der flackernden Bühnenbeleuchtung strahlte ihre Schönheit frisch und klar, während Evan sie mit trunkenen Augen betrachtete.

Einmal machte ein Mann, der in seiner Nähe saß, eine rohe Bemerkung über Jenny – eine Bemerkung in der Art, die er zuvor schon über Nell gehört hatte. Zorn wallte in Evan auf und er drehte sich um. Beinahe wäre er dem unverschämten Kerl an die Kehle gefahren. Dann zwang er sich zur Ruhe.

Für dieses Miststück arbeitet sie, dachte er angewidert. *Ich frage mich, ob sie weiß, wie man über sie redet?*

Nach dem Ende des Stückes kamen die Schauspieler und Schauspielerinnen auf die Bühne und verbeugten sich. Evan wartete, bis sie schließlich hinter den Kulissen verschwanden, dann begab er sich hinter die Bühne, wo ihn ein ungeschlachter Mann aufhielt, der offenbar die Aufgabe hatte, die Schauspieler vor ihrem Publikum zu beschützen.

»Was wollt Ihr?«, verlangte er zu wissen und legte die Hand auf Evans Brust.

Evan blickte auf die Hand nieder und fühlte die Versuchung, den Kerl zu Boden zu schleudern. Er schluckte und sagte in mildem Ton: »Ich bin ein Freund von Mistress Jenny Clairmont. Ich glaube, sie würde mich gerne sehen. Mein Name ist Evan Morgan.«

»Wartet hier und rührt Euch nicht. Ich werde nachsehen, ob Mistress Clairmont Euch sehen will.«

Evan stand im Halbdunkel der Hinterbühne und wartete darauf, dass der Mann zurückkehrte. Als er schließlich kam, grunzte er nur und deutete Evan mit einer Kopfbewegung weiterzugehen. Als er in die angedeutete Richtung ging, stieß er auf Jenny, die eben aus einer Tür trat. Ein Lächeln erhellte ihr Gesicht, sie kam augenblicklich auf ihn zu und streckte die Hände aus.

»Evan!«, rief sie aus. »Ich freue mich so, dich zu sehen.«

Evan ergriff ihre Hände und hielt sie fest. Er sagte: »Jenny –«, aber dann kam ihm einen Augenblick lang kein Wort mehr über die Lippen, denn die Freude, sie wiederzusehen, überwältigte ihn. Schließlich nickte er. »Du warst sehr gut in dem Stück.«

Jenny errötete und schüttelte den Kopf. »Ich lerne ein wenig, sagt Nell. Ich werde niemals die Schauspielerin sein, die sie ist.«

Evan blickte um sich: »Können wir uns irgendwo unterhalten?«

Jenny überlegte einen Augenblick, dann sagte sie: »Ich will mich nur eben umkleiden, dann können wir in ein Kaffeehaus gehen, das ganz in der Nähe ist.«

Eine Stunde später saßen sie in einem Separee eines Kaffeehauses. Jenny war hungrig und aß eine Lammkeule; Evan trank von dem dicken, schwarzen Kaffee. Jenny plauderte zwischen zwei Bissen und verlangte alles zu wissen, was sich in Wakefield ereignet hatte. Sie lauschte gespannt, als Evan versuchte, alle Ereignisse lückenlos zu schildern. Schließlich war sie mit Essen fertig und beide saßen eine Weile wortlos da. Ihre Augen waren groß und leuchtend, sie spiegelten das sanfte Licht der Beleuchtung wider. Jennys Haut hatte etwas leicht Durchscheinendes an sich, das ihr schlichtes Kleid noch hervorhob.

Sie erschien Evan noch viel schöner als sonst.

»Manchmal vermisse ich das alles so sehr«, sagte Jenny leise. »Ich bin sehr beschäftigt, aber manchmal bin ich allein, und dann denke ich an all die Diener, meine Freunde, an Angharad, Mr Gavin ... und an dich, Evan.«

»Tatsächlich?« Evan war erfreut und beugte sich vor. »Ich wünschte, du wärst wieder da. Ich vermisse unsere gemeinsamen Zeiten auch.«

Jenny sagte mit gedämpfter Stimme: »Du hast dich nicht viel um mich gekümmert, als ich da war.«

»Ich weiß«, bekannte Evan und schüttelte reuig den Kopf. »Ich wusste nicht, wie viel du mir bedeutest, ehe du fortgingst.« Er zögerte, dann sprach er die Worte aus, um derentwillen er nach London gekommen war. »Wirst du jemals zurückkehren?«

Das Kaffeehaus war von den summenden Gesprächen der anderen Gäste erfüllt. Die Ecke, in der sie saßen, war kuschelig und intim; in der Luft hing der üppige Geruch von Essen und Kaffee. Niemand konnte sie hören, und dennoch senkte Jenny die Stimme, als sie antwortete. »Ich glaube nicht. Es gibt dort nichts, was mich anzieht, Evan. Hier kann ich viel Geld verdienen. Nell sagt, ich hätte Talent, und sie will mir in ihrem nächsten Stück eine größere Rolle geben.«

Evan blickte enttäuscht zu Boden. »Es ist kein guter Lebensweg, den du einschlägst, Jenny. Die Männer reden über dich. Sie denken, Schauspielerinnen seien niedrige und billige Frauen.« Er sah, wie sie sich anspannte, und fügte augenblicklich hinzu: »*Ich* weiß, dass das nicht auf dich zutrifft. Aber weißt du, wie die Männer im Publikum über dich reden?«

Jenny errötete und ihre Hände flatterten nervös an ihrer Kehle. »Ja, ich weiß es.« Sie zögerte, dann sagte sie beinahe bitter: »Sie kommen zu mir und sagen mir diese Dinge ins Gesicht. Es gefällt mir nicht, und ich höre nicht darauf, aber sie kommen trotzdem.«

»Du musst dir das nicht anhören.«

»Was sollte ich sonst tun? Zurückkommen und wieder eine Magd sein?«

»Wäre das wirklich so schlimm?«

Jenny blickte ihm geradewegs in die Augen. »Ich nehme an, ich bin genau wie alle anderen Leute. Als ich in Wakefield war, gefiel mir das Leben dort, aber nun ist alles anders. Die Menschen bewundern mich. Oh, ich weiß, einige tun es aus den falschen Gründen«, fügte sie rasch hinzu. »Aber ich habe kostbare Kleider. Hier in London passiert so viel. Es ist aufregend. Und da ist die Chance, dass ich … dass ich eine große Schauspielerin werden könnte. Ich kann doch nicht das alles links liegen lassen und mich wieder damit begnügen, Mistress Susanne beim Anziehen zu helfen, oder?«

»Das wohl nicht. Ich dachte im Grunde auch nicht daran.«

Jenny sah das Unglück in seinem Gesicht. Impulsiv griff sie über den Tisch hinweg und bedeckte seine Hand mit der ihren. »Es tut mir leid, dass wir nicht öfter beisammen sein können. Hast du je daran gedacht, nach London zu kommen?«

Evan blickte sie bestürzt an und lachte kurz auf. »Was sollte ich wohl hier? Nein, ich bleibe, wo ich bin.«

Kurz darauf brachte er sie zu dem kleinen Haus, das sie mit einer der anderen Schauspielerinnen teilte. Als sie die Vordertür erreichten, hielt er inne.

»Ich verlasse dich hier«, sagte er, und sein Ton hatte etwas Endgültiges an sich, das Jenny Sorgen machte. Sie wünschte, dass er länger bliebe und dass er weiter mit ihr redete. Er war anders als die Männer, mit denen sie für gewöhnlich Umgang hatte. Bei ihnen musste sie in einem fort auf der Hut sein. Aber dies hier war Evan, ihr Retter, als sie ein zaundürres, zitterndes, heimatloses Kind gewesen war. Er hatte sie ins Leben geführt, und obwohl er in den letzten Jahren gedankenlos gewesen war, wusste sie, dass er im Grunde ein guter Mensch war.

»Wirst du lange in London bleiben?«, fragte sie ängstlich.

»Nein. Mrs Bunyan möchte zu ihrer Familie zurückkehren, sobald die Gerichtssitzungen vorbei sind.«

»Hat Mr Bunyan eine Chance, freizukommen?«

»Ich weiß nicht. Die Richter könnten ihn auf freien Fuß setzen, aber die unabhängigen Prediger sind zur Zeit schlecht angeschrieben, also denke ich, dass er nicht viel Chancen hat.«

Jenny sah, dass er sich bereit machte, sich von ihr zu verabschieden. Sie streckte die Hand aus und er ergriff sie augenblicklich. »Evan, es war wundervoll, dich einfach nur zu sehen«, flüsterte sie.

Die Berührung ihrer warmen Hand ließ ihn innehalten. Er blickte ihr ins Gesicht und versuchte einen Weg zu finden, wie er ihr mitteilen konnte, was sich in seinem Inneren abspielte, aber er hatte alles gesagt, was ihm einfiel. Er beugte sich vor, küsste sie auf die Wange und sagte mit rauer Stimme: »Lebe wohl, liebe Jenny.«

Und dann war er verschwunden. Sie starrte ihm nach, überwältigt von einem plötzlichen Gefühl der Trauer – als hätte etwas Gutes und Sauberes und Wundervolles sie verlassen. Tränen sprangen ihr in die Augen und rollten ihre Wangen hinab.

Sie war gerade dabei, ihn zu verlieren, und wusste nicht, wie sie es verhindern sollte.

* * *

Elisabeth war mit hochgespannten Erwartungen nach London gekommen. Bei der Krönung eines Königs war es üblich, ausgewählte Gefangene freizugeben. Bei der Krönung von Karl II. hatte man sich an diesen Brauch gehalten, aber obwohl Hunderte entlassen wurden, blieb John Bunyan weiterhin ein Gefangener im Kerker von Bedford. So beschloss Elisabeth, den Fall ihres Mannes so gut wie möglich vorzutragen. Sie war dankbar für Evans Anwesenheit, die sie merklich aufheiterte. Als sie nun jedoch den großen Raum betraten, wollte ihr das Herz sinken. Die Richter saßen in einer Reihe hinter einem langen Tisch und wirkten überaus eindrucksvoll. Der Raum war angefüllt mit Leuten, die gekommen waren, um ihre Bittschriften einzureichen. Sie umklammerte ihre so fest, dass ihre Finger zu schmerzen begannen.

»Sieh! Da ist Richter Hale«, sagte Evan rasch.

Elisabeth wandte sich um und blickte den Richter an, auf den er wies. Sie hatte ihn schon einmal zuvor gesehen. Er war ein gutherziger Mann in den späten Fünfzigern, der ihr versprochen hatte, sein Bestes für sie zu tun. Nun jedoch schien er ihrem Blick auszuweichen, als er durch den Gerichtssaal schritt und seinen Platz einnahm.

»Ich fürchte, Richter Hale hat keine Freude daran, mich zu sehen, Evan«, flüsterte sie. »Er kann mir nicht in die Augen sehen. Das ist ein schlechtes Zeichen.«

Evan hatte die Handlungsweise des Richters gesehen und stimmte ihr zu, aber er sagte so fröhlich, wie er nur konnte: »Verzweifle nicht, Elisabeth, wir wollen tun, was wir können.«

Sie saßen zwei Stunden lang da und schließlich war Elisabeth an der Reihe. Man führte sie in das sogenannte Schwanenzimmer, in dem zwei Richter, viele Beamte und Landedelleute beisammensaßen. Mit zitternder Stimme wandte sie sich an Richter Hale: »Mylord, ich wage es, wieder vor Euch zu treten und Euch zu fragen, was für meinen Gatten getan werden kann.«

Hale zögerte, dann schüttelte er den Kopf. »Ich konnte nichts für Euch tun, fürchte ich, Mrs Bunyan. Das Gericht hat seine Verurteilung mit den Aussagen Eures Gatten in seinen Sitzungen begründet, und wenn das nicht ungeschehen gemacht werden kann, kann ich nichts für Euch tun.«

Elisabeth hob den Kopf hoch und sagte: »Mylord, er ist zu Unrecht im Gefängnis. Sie verhafteten ihn, bevor die Konventikel verboten wurden. Die Anklage ist ebenfalls falsch. Sie fragten ihn nie, ob er schuldig oder unschuldig sei. Er hat auch nichts eingestanden.«

Richter Twisdon, der über den Fall Bescheid wusste, sagte laut: »Mylord, er wurde nach Recht und Gesetz verurteilt.«

Für gewöhnlich hätte Elisabeth sich einschüchtern lassen, aber sie fasste Mut. »Das ist falsch«, sagte sie. »Als sie ihn fragten: ›Bekennt Ihr Euch schuldig?‹, sagte er nur, er sei bei verschiedenen Versammlungen gewesen, wo das Wort Gottes gepredigt und gebetet wurde.«

Richter Twisdon antwortete in hellem Zorn und sagte: »Euer Gatte hat den Landfrieden gebrochen und wurde rechtens verurteilt!«

Ein weiterer Richter, mit Namen Chester, der ein leidenschaftlicher Gegner der unabhängigen Prediger war, sagte: »Er wurde rechtens verurteilt. Das steht in den Akten, Frau! Das steht in den Akten!« Während Elisabeth weitersprach, schrie er: »Das steht in den Akten! Das steht in den Akten!«

Elisabeth sagte rundheraus: »Wenn das so ist, steht etwas Falsches darin.«

Richter Chester stieß wild hervor: »Er ist die Pest, dieser Bursche! Es gibt keinen zweiten solchen Kerl im Lande!«

Twisdon beugte sich vor. »Wird Euer Gatte das Predigen aufgeben? Wenn er dazu bereit ist, soll man nach ihm schicken!«

»Mylord«, sagte Elisabeth, »er wagt es nicht, das Predigen aufzugeben, solange er sprechen kann.«

Twisdon lehnte sich zurück. »Da seht Ihr es! Warum sollten wir noch länger über den Burschen debattieren? Er ist ein Störenfried.«

Elisabeth merkte, dass man sie übergehen wollte, und sagte verzweifelt: »Mylord, ich habe vier kleine Kinder, die sich nicht helfen können, von denen eines blind ist, und wir haben nichts, wovon wir leben könnten, als die Wohltätigkeit guter Menschen.«

Richter Hale wurde von ihren Worten berührt. »Ihr habt vier Kinder? Ihr seid eine sehr junge Frau, um so viele zu haben.«

»Mylord«, sagte Elisabeth in flehentlichem Ton, »ich bin nur ihre Stiefmutter, da ich erst zwei Jahre mit meinem Mann verheiratet bin. Ich war schwanger, als mein Gatte zum ersten Mal inhaftiert wurde, aber da ich jung und nicht an dergleichen Dinge gewöhnt war, setzten bei mir die Wehen ein. Sie dauerten acht Tage lang und mein Kind starb.«

Hale blickte sie sehr ernst an. »Ach, arme Frau, ich fühle mit Euch.«

Twisdon fiel ein: »Sie versteckt sich hinter ihrer Armut. Der Bursche soll zu predigen aufhören und sich um seinen Beruf kümmern.«

»Was ist sein Beruf?«, fragte einer der Richter.

»Er ist ein Kesselflicker, Mylord«, antwortete Hale.

Elisabeth fühlte, wie Zorn in ihr aufwallte. Sie sah, was gespielt wurde. »Ja, er ist ein Kesselflicker und ein armer Mann, deshalb wird er verachtet und findet keine Gerechtigkeit.«

Hale antwortete ihr sehr milde; er sagte: »Ich sage Euch, Mrs Bunyan, Ihr müsst an den König appellieren, ihn um einen Gnadenerlass bitten oder ein offizielles Schreiben erhalten, dass es sich um ein Fehlurteil handelt.«

Aber als Richter Chester diesen Rat hörte, wurde er zornig.

»Mylord, dieser Mann wird predigen und tun, was ihm passt. Er ist ein lästiger Störenfried.«

»Er predigt nichts anderes als das Wort Gottes«, sagte Elisabeth augenblicklich.

»*Er* predigt das Wort Gottes?« Twisdons Worte trieften von Verachtung. »Er läuft herum und richtet eine Menge Schaden an.«

»Nein, Mylord«, protestierte Elisabeth. »So ist es nicht. Gott hat viel Gutes durch ihn getan.«

Twisdon schrie: »Gott, wollt Ihr behaupten! John Bunyans Lehren sind vom Teufel. Mylord, hört ihr gar nicht zu, schickt sie fort.«

Hale sah, dass er gewaltig unter Druck gesetzt wurde. Er blickte in die unerbittlichen Gesichter der anderen Richter und wandte sich schließlich bedauernd an Elisabeth. »Es tut mir leid, Mrs Bunyan, aber ich kann Euch nicht helfen. Ihr müsst Euch an den König wenden, einen Gnadenerlass von ihm erbitten oder ein offizielles Schreiben aufsetzen, dass ein Fehlurteil gefällt wurde.«

Elisabeth versuchte zu sprechen, aber Twisdon schnitt ihr das Wort ab. »Genug! Genug! Ihr habt die Entscheidung des Gerichtshofes gehört.«

Mit einer schwerfälligen Bewegung wandte Elisabeth sich ab und schritt langsam aus dem Gerichtssaal. Evan folgte ihr, aber er hatte ihr nur wenig Trost zu bieten. Die beiden traten auf die Straße hinaus und Elisabeth sagte augenblicklich: »Wir müssen zurückfahren. Ich muss mit John sprechen.«

»Gibt es nichts mehr, was wir tun könnten?«, fragte Evan leise.

»Es liegt jetzt alles in Gottes Hand. Komm, lass uns diese Stadt verlassen, denn ich hasse sie.«

* * *

Sobald Elisabeth die allgemeine Zelle betrat, wusste Bunyan, dass sie keine guten Nachrichten brachte. Ihre Schultern hingen herab und ihr Gesicht trug einen kraftlosen Ausdruck. *Die Richter haben unsere Petition zurückgewiesen*, dachte er. Er nahm sie in die Arme und küsste sie, dann sagte er: »Setz dich, Elisabeth. Du siehst sehr müde aus.«

Sie stand still und ihre Lippen begannen zu zittern. »Ich habe versagt«, flüsterte sie. »Sie wollten nicht auf mich hören, John.«

Bunyan sah, dass sie tief bekümmert und dem Zusammenbruch nahe war. Er legte den Arm um ihre Schultern, führte sie zu der Bank an der Wand, und nachdem er ihr geholfen hatte, sich niederzusetzen, setzte er sich neben sie. Er ergriff ihre beiden Hände, hielt sie fest und sagte fröhlich: »Nun, wir mussten es wenigstens versuchen, nicht wahr? Sei nicht so betrübt, meine Liebe.«

Aber die Reise nach London hatte sie ihre letzte Kraft gekostet. Sie war mit der, wenn auch geringen, Hoffnung aufgebrochen, dass sie angehört würde, dass der Albtraum ein Ende nähme. Während der ganzen Rückfahrt hatte sie an die Anhörung gedacht und vergeblich nach etwas gesucht, das sie hätte sagen können, um den Ausgang zu ändern. Aber ihr war nichts eingefallen, und als sie nun in der feuchten Zelle saß, durchlief sie ein Schauder. Wider Willen liefen ihr Tränen über die Wangen. Eine Weile brachte sie kein Wort über die Lippen und die beiden saßen schweigend nebeneinander.

Schließlich sagte Bunyan: »Mary hat mich jeden Tag besucht. Sie ist mir ein solcher Trost. Sie ist noch ein Kind, aber sie ist weit über ihr Alter hinaus weise.«

»Hat sie dir viel zu essen gebracht?«

»Oh ja. Die Nachbarn waren gut zu uns. Mir hat es an nichts gefehlt. Erzähl mir von deiner Reise. Ich weiß, es ist schmerzlich für dich, aber ich möchte alles hören, was die Richter gesagt haben.«

Elisabeth begann zu sprechen, und Bunyan lauschte aufmerksam, als sie ihm die Anhörung in allen Einzelheiten schilderte. Er war nicht sonderlich überrascht über den Ausgang. Er selbst hatte nur geringe Hoffnung gehabt, dass die Richter ihn freilassen würden. Er wusste, dass Elisabeth bitter enttäuscht war, und als sie ihren Bericht beendet hatte, sagte er fröhlich: »Nun, Gott hat uns nicht vergessen, nicht wahr?«

»Nein, natürlich nicht«, sagte Elisabeth. Ein Gedanke kam ihr und sie hielt ihn fest. Schließlich sagte sie: »Selbst Richter Twisdon – obwohl er ein böser Mensch ist – sagte, du könntest jederzeit von diesem Ort freikommen, wenn du nur willst.«

Bunyan starrte Elisabeth an. »Und wie lauteten seine Bedingungen?«

Sie senkte den Blick und spürte, wie sie errötete. »Ich glaube, du weißt es, John«, flüsterte sie.

Er legte den Arm um sie und drückte sie an sich. »Er möchte, dass ich zu predigen aufhöre, nicht wahr?«

»Ja.« Sie hob den Kopf und sah sich in dem elenden Gefängnis um. Sie rümpfte die Nase angesichts der schrecklichen Gerüche. Es war kalt – es war immerzu feucht in der Zelle –, und sie konnte den Gedanken nicht ertragen, ihren Gatten hier zurückzulassen. »Ich bin schwach, John. Ich weiß, du willst das Rechte tun, aber ich vermisse dich so sehr. Und die Kinder … sie sind ohne dich verloren.«

Ihre Worte trafen ihn hart. Er blickte zu dem einzigen Fenster hinauf, das einen goldenen Sonnenstrahl einließ. Er dachte an die grünen Felder, an das Laub der Bäume, das bald seine herrlichen Herbstfarben annehmen würde. Er dachte an die Freude, die er an der freien Natur hatte, an den Tieren, den Bächen, den Straßen, die sich über das Land schlängelten. Was hätte er nicht dafür gegeben, einfach hinauszugehen und sein Leben wieder aufzunehmen, wo es abgebrochen war! Körperlicher Schmerz durchzuckte sein Herz, als er daran dachte, was ihm bevorstand. Bei all seiner Stärke schrie etwas in ihm nach Unterwerfung.

Und dennoch … er konnte es nicht. Seine Stimme klang rau und gebrochen, als er sagte: »Elisabeth, ich würde fast alles dafür geben, diesen Ort zu verlassen.« Er stöhnte und beugte sich, den Kopf in den Händen, vor. »Wenn du nur wüsstest, wie sehr ich dich vermisse, deine Berührung, den Klang deiner Stimme … und die Kinder, wie sehr ich mich sehne, mit ihnen zusammen zu sein!«

Augenblicklich wusste Elisabeth, dass sie einen Fehler gemacht hatte. Sie hatte es gewusst, bevor sie gesprochen hatte: Bunyan würde niemals aufgeben. Bedauern überschwemmte sie, als sie den Arm um seine gebeugten Schultern legte. Als sie sprach, war ihre Stimme schwer von Tränen der Reue.

»John, es tut mir leid. Fürchte nichts, mein Liebster. Ich werde meinem Versprechen treu sein, mein Bestes zu tun. Du aber musst dem Versprechen treu sein, das du Gott gegeben hast!«

12

DIE HEIMKEHR DES SEEMANNS

Nachdem Karl II. den Thron bestiegen hatte, setzte er sich dafür ein, der Verfolgung der unabhängigen Prediger in England ein Ende zu machen. Im Mai 1663 versuchte er, das Gleichheitsgesetz geltend zu machen, aber er scheiterte an den wieder in ihre Rechte eingesetzten Bischöfen. Im Dezember dieses Jahres gab er seinen eigenen Duldungserlass heraus, ein Versuch, die Nonkonformisten von den Gesetzen zu befreien, die sie ins Gefängnis schickten, aber auch das war ein Misserfolg.

Um die Wahrheit zu sagen: Karl II. hätte dringend ein Toleranzedikt für seine persönliche Lebensführung gebraucht. Das Leben am Hof war ein einziger, zum Himmel schreiender Skandal. Karl nahm sich Mätressen wie andere Leute eine Prise Schnupftabak. Barbara Villers, eine seiner wichtigsten Mätressen, ernannte er zur Gräfin von Castlemaine, und eine andere, Louise De Kerouaille, machte er zur Herzogin von Portsmouth. Immerhin ließ er seine Mätressen lange genug im Stich, um Catherine von Braganza zu heiraten, um ihre Mitgift von achthunderttausend Pfund einzustreichen. Die Grausamkeit in Karls Wesen zeigte sich an der Art, wie er Catherine behandelte. Er zwang sie, Barbara Villers als ihre Hofdame zu akzeptieren. Das verstörte die fromme portugiesische Prinzessin so sehr, dass sie in tiefe Depressionen versank.

Das Volk jedoch zeigte sich nachgiebig. Als sie hörten, dass er Nell Gwyn zu seiner Mätresse gemacht hatte, jubelte man ihr in den Straßen fröhlich zu. Niemand schien imstande, das notorisch lüsterne und selbstsüchtige Leben des Königs infrage zu stellen. Viele gaben sich einem lasterhaften Leben hin, die Unmoral verbreitete sich im ganzen Land. Einige sagten, man hätte diese Unmoral als Erleichterung nach der Tyrannei der Puritaner empfunden und willkommen geheißen. Das Commonwealth hatte Ehebruch mit dem Tode bestraft, Karl machte sich über Keuschheit und Treue lustig.

Eine einzige kraftvolle Persönlichkeit war im Zuge der Restauration zur Macht gelangt: Shaftsbury hatte aufseiten der sogenannten Rundköpfe gekämpft und war ein Mitarbeiter Cromwells gewesen. Es dauerte eine Zeit lang, bis er die Höhen der Macht erklommen hatte, aber er wurde der mächtigste Vertreter des verbannten Reiches. Er regierte das Land gut und stand der Stadt London zur Seite, wie sie ihm zur Seite stand.

Clarington blieb erster Minister, ein weiser, ehrwürdiger Staatsmann. Oft erhob er seine einsame Stimme gegen die Unmoral des Königs und des Hofes. Zuzeiten war er der Einzige, der das Königreich davor bewahrte, in den Tiefen des Lasters zu versinken. Karl war ein nachlässiger Herrscher, unwillig, für seine Überzeugungen zu kämpfen, also blieb es seinen Ministern überlassen zu tun, was in ihrer Macht lag.

Während all dieser Zeit schmachteten John Bunyan und viele seinesgleichen in elenden Kerkern im ganzen Land. Die meisten dieser Gefangenen hätten die Möglichkeit gehabt, im Austausch für ein simples Versprechen freigelassen zu werden: Niemals wieder das Evangelium auf eine andere Weise zu predigen, als es von der Krone vorgeschrieben wurde. Bis zum letzten Mann wählten sie lieber die Kerkerhaft, als den Ruf Gottes in ihrem Leben zu verleugnen.

Das Land hatte auch noch andere Sorgen. Die Rivalität in der Seefahrt zwischen England und Holland war schärfer geworden. Beide Nationen kämpften um Fischgründe und fochten einen Handelskrieg aus. Die Holländer hatten ihre Stärke auf See wiedererlangt und waren mächtige Gegner der englischen Flotte. Holländische Schiffe fuhren rund um die Welt. Der Handel aus Ostindien floss nach Amsterdam; die Heringe, die vor den schottischen Küsten gefangen wurden, lieferten Holland reiche Erträge. Die *holländische Ostindien-Kompanie* – das gewaltige Handelsimperium, das viele der Lieblingsprojekte des Königs finanzierte – gewann täglich an Macht.

Und da der portugiesische Gouverneur in Bombay Catherines Mitgift nicht herausrücken wollte, hatten die Engländer keinen Rückhalt in Indien. Das bedeutete, dass England nur wenig Seehandel trieb, während die schwer beladenen holländischen Schiffe das Kap der Guten Hoffnung mehrmals im Jahr umrundeten und die holländischen Handelsherren immer reicher wurden, und somit ihre Kolonien gewaltig anwuchsen.

Verzweifelte Händler setzten das Parlament unter Druck, es möge Hollands drohendem Handelsmonopol ein Ende machen. Selbst der König verstand, dass er handeln musste. Den Herzog von York, den Bruder des Königs, hatte es immer nach militärischem Ruhm gelüstet und jetzt schien die Gelegenheit günstig. Eine große Summe, mehr als zweieinhalb Millionen Pfund, wurde für den Krieg bereitgestellt. Mehr als hundert neue Schiffe wurden gebaut und mit schweren Geschützen bewaffnet. Frühere Offiziere der Kavallerie und der Cromwell'schen Truppen versöhnten sich und übernahmen den Oberbefehl über Divisionen der Flotte. Im Jahre 1664 kam es wiederholt zu Zwischenfällen zwischen den beiden Flotten und schließlich erklärte der König, von Nationalstolz erfüllt, den Holländern, seinen früheren Verbündeten, den Krieg.

* * *

England mochte vor allem an die Profite denken, die ihm ein Krieg gegen die Holländer einbringen würde, aber für die Kinder von Christopher Wakefield erwiesen sich Glanz und Mode als weitaus faszinierender! Hope Wakefields Geburtstag fiel in die Zeit, als ihr Bruder Amos sich bereit machte, in den Krieg zu ziehen. Hope hatte seit Monaten darum gebettelt, ihren Geburtstag mit einem Ball feiern zu dürfen, und schließlich hatten Angharad und Christopher nachgegeben.

Hope war zu einer schönen jungen Frau herangewachsen. Mit siebzehn war sie hochgewachsen, gut gebaut und mit dem reichen schwarzen Haar gesegnet, das ihre Mutter so attraktiv machte. Sie hatte Angharad beinahe zum Wahnsinn getrieben, bis sie ein Kleid ausgesucht hatte, und schließlich war der Schatz in all seiner Herrlichkeit aus London eingetroffen!

Angharad schaffte es, die Tochter lange genug zum Schweigen zu bringen, um den Saum aufzustecken. Schließlich stieß sie verzweifelt hervor: »Hope, würdest du *bitte* still sein! Du bringst mich um den Verstand.«

»Ich kann nicht anders, Mutter. Ich bin so aufgeregt!« Hope hatte große, wohlgeformte braune Augen, die vor Erregung glänzten. Sie wich vor ihrer Mutter zurück, ignorierte deren frustrierten Aufschrei und stellte sich vor den Spiegel, um ihr Kleid zu betrachten. Es war von hellem Blau mit einem hoch angesetzten Mieder. Der Halsausschnitt war vorne tief dekolletiert, hinten jedoch höher. Sie fuhr mit den Fingern über das Mieder, das vorne mit Spitzen besetzt war, dann glitten ihre Hände über die Ärmel, die in aufgeschlagenen Manschetten mit Spitzenbesatz endeten.

Angharad stand auf und starrte ihre Tochter an. »Dieses Kleid ist zu tief ausgeschnitten.«

Augenblicklich widersprach Hope. »Das ist es nicht, Mutter! So trägt man sie heute in London.«

»Wenn sich die Frauen in London wie Huren anziehen wollen, ist das ihre Sache«, sagte Angharad. »Aber meine Tochter zeigt sich nicht halb nackt in Gesellschaft!«

Die Debatte dauerte eine Zeit an. Schließlich kam Christopher, den die schrillen Stimmen angezogen hatten, hereingeschlendert. Wie durch ein Wunder hatte er seinen schlechten Gesundheitszustand überwunden. Mit fünfundsiebzig war er kräftiger, als er noch einige Jahre zuvor gewesen war. Eine seiner größten Freuden in den vergangenen Jahren war diese Tochter seiner späten Jahre gewesen. Nun lächelte er schwach, als die beiden Frauen in seinem Leben ihre Auseinandersetzung fortführten.

Schließlich wandte sich Hope ihm zu und legte die Hände auf seine Brust. »Vater, Mutter will nicht vernünftig sein. Erkläre ihr, dass ich nicht wie eine Bäuerin gekleidet auf meinen eigenen Ball gehen kann.«

Christopher drehte sich um und sagte mit ausdruckslosem Gesicht: »Angharad, Hope kann nicht wie eine Bäuerin gekleidet auf ihren eigenen Ball gehen.«

Angharad warf die Hände hoch. »Ich gebe auf! Wenn sie den Mond verlangte, Christopher Wakefield, so würdest du ihn ihr geben.« Sie warf ihrem Gatten einen Blick des Abscheus zu. »Dann bist von jetzt ab eben *du* für sie verantwortlich«, schniefte sie und schritt steif aufgerichtet aus dem Raum.

Christopher wartete, bis sie verschwunden war, dann wandte er sich seiner Tochter zu. »Deine Mutter hat recht, meine Liebe. Dieses Kleid ist zu – gewagt.«

Sie trat an ihn heran, streckte die Hände aus und tätschelte seinen Nacken. Seine Bemerkung bereitete ihr überhaupt kein Kopfzerbrechen. Sie hatte früh gelernt, wie sie ihren geliebten Vater um den Finger wickeln konnte. Sie war absolut überzeugt, dass er ihr zuletzt seine Zustimmung geben würde.

»Wir reden später darüber.« Sie nickte. »Es ist doch wirklich ein schönes Kleid, nicht wahr, Vater?«

»Ja, das ist es. Hat auch genug gekostet, um eine Stadt einen Monat lang zu ernähren«, knurrte er. Er war über die Maßen stolz auf Hope, auf ihre Schönheit, ihren Witz und Charme, und es gab nichts, das er ihr missgönnt hätte. »Wäre ein guter Köder für irgendeinen jungen Burschen«, sagte er mit ernstem Gesicht. »Könnte sogar den ältesten Sohn eines Earl einfangen, wenn du deine Karten gut ausspielst.«

»Vater! Sprich nicht so albernes Zeug.«

»Es ist doch keine Albernheit, wenn ein Vater über den Gatten seiner Tochter nachdenkt, oder? Da bist du eine alte Jungfer von fast achtzehn Jahren und hast noch keinen Mann! Wirklich schändlich, wenn du mich fragst.«

Hope streckte die Hand aus und schlug ihn zart auf die Wange.

»Du bist abscheulich«, sagte sie. »Und ich bin absolut keine alte Jungfer!«

»Ich kenne einige junge Frauen in deinem Alter, die bereits verheiratet sind«, neckte er sie. »Ich sollte lieber deine Mitgift ein wenig anheben.«

Auf Hopes Gesicht erstrahlte ein Lächeln und sie kicherte. »Als ob du es nicht besser wüsstest! Überhaupt habe ich über diese Angelegenheit mit der Mitgift nachgedacht.«

Christopher zog die Augenbrauen hoch. »Was ist damit?«

»Wer mich bekommt«, sagte sie frech, »macht einen so guten Handel, dass *du* eine Mitgift von *ihm* bekommen solltest.«

Ihr Vater lachte lauthals über ihre Kühnheit. »Du würdest es tatsächlich tun, nicht wahr?« Er trat näher und legte den Arm um ihre Schulter, drückte sie an sich und wandte sich dann zum Gehen. »Dennoch finde ich, wir sollten nicht die Hoffnung aufgeben, wenn es um einen Ehemann für dich geht. Wie wäre es mit dem jungen Thomas Brighton?«

»Er ist nicht hübsch genug.«

»Da wäre noch Taylor.«

»Hmmm, er ist hübsch genug, aber er hat kein Geld.« Sie grinste ihn koboldhaft an. »Ich möchte jemand, der groß, sehr reich und *sehr* attraktiv ist.« Sie lief auf ihn zu und umarmte ihn. »Jemand wie du!«

»Du geldgieriges Weibsstück!«, rief Christopher aus. Er schob sie fort, konnte aber das Lächeln nicht von seinen Lippen wischen. »Ich weiß nicht, was aus dir werden soll. Wir werden um einen Mann beten müssen, der dich im Zaum halten kann!«

Das ignorierte sie völlig. Sie schob ihren Arm unter den seinen. »Darf ich Amos begleiten, wenn er an Bord geht?«

»Nein. Wie willst du zurückkommen?«

»Ich kann allein zurückkommen«, beharrte sie. »Ich finde, es wäre nett, wenn ich ihn verabschiedete. Es würde ihm gefallen.«

Christopher zögerte. »Nun … ich werde mit deiner Mutter darüber sprechen.«

Hope war überzeugt, dass das Ja bedeutete. Sie zog seinen Kopf herab, küsste seine Wange, dann sagte sie: »Ich möchte, dass du dir einen neuen Anzug für meinen Ball kaufst. Das alte Zeug, das du da anhast, ist doch völlig zerlumpt.« Sie begann ihn zu belehren, welche Farben und welchen Stil er wählen und bei welchen Schneidern er den Auftrag geben sollte. Schließlich warf er ergeben die Hände hoch und floh, während sie ihm weitere Anweisungen nachrief.

Er traf Amos im Studierzimmer an, wo er den großen Globus betrachtete. »Ich fürchte, Hope hat sich freiwillig gemeldet, dich nach Portsmouth zu begleiten.«

Amos blickte auf und lächelte. Im Alter von fünfundzwanzig Jahren hatte er Fleisch angesetzt und etwas Gebietendes an sich. Er hatte immer die See geliebt und in den vergangenen Jahren mehrere Reisen unternommen. Nachdem Christopher seine flehentliche Bitte erhört hatte, ihm ein Schiff auszurüsten, mit dem er gegen die Holländer in den Krieg ziehen konnte, dachte Amos nur noch an die Seefahrt. Er redete über nichts anderes als Kanonen, Segel, Ruder, Nagivation und dergleichen.

Der junge Mann legte seinen Finger auf den Globus, versetzte ihn in Schwung und sagte: »Das Mädchen braucht eine Tracht Prügel. Du verwöhnst sie schamlos.«

»Ich habe dasselbe mit dir getan«, verteidigte sich sein Vater. »Und anscheinend bist du ganz ordentlich geworden.«

»Ich weiß nicht. Ich nehme an, das wird geprüft, wenn ich ein wenig Aktion auf hoher See sehe.«

Christopher betrachtete eindringlich seinen hochgewachsenen, kräftig gebauten Sohn. »Du kannst es nicht erwarten, nicht wahr?« Er ließ sich auf dem ledernen Stuhl nieder, faltete die Hände und begann mit leiser Stimme zu sprechen. »Der Onkel meines Vaters, Thomas Wakefield, war ein guter Seemann.«

»Er fiel in der Schlacht gegen die Armada, nicht wahr?«

»Ja. Jeder, der ihn kannte, bewunderte ihn. Die Männer auf seinem Schiff beteten ihn beinahe an. Es ist ungewöhnlich, dass Seeleute ihren Kapitän lieben. Es war bei Drake und Hawkins der Fall, aber bei nur wenigen anderen. Irgendwie hatten sie, wie Thomas, die Fähigkeit, ihre Männer zu inspirieren.«

»Was nicht ganz leicht ist.« Amos schüttelte den Kopf. »Einfache Seeleute haben ein ziemlich schlechtes Leben: armseliges Essen, niedrige Bezahlung und die Aussicht, dass ihnen Arme und Beine von Geschützkugeln abgerissen werden. Ich weiß nicht, warum sie es tun.«

»Wahrscheinlich hungern sie nach Ruhm.« Er forschte im Gesicht seines Sohnes. »Genau wie du auch.«

Amos errötete. Er hasste es, an diesen Charakterzug erinnert zu werden, aber er konnte ihn nicht ableugnen. »Ich nehme an, du hast recht. Du warst ähnlich geneigt, als du jung warst, nicht wahr?«

Christopher nickte. »Ja, das war ich. Wie viele Engländer war ich vom Meer fasziniert. Vielleicht kommt es davon, dass wir auf dieser kleinen Insel leben, die ganz von Meer umgeben ist. Das Meer beherrscht unser ganzes Leben. Es rettete uns vor den Spaniern; es möge uns jetzt vor den Holländern retten. An Bord eines Schiffes auf hoher See zu stehen, wenn nichts anderes in Sicht ist, das berührt einen Mann zutiefst. Da begreift er, wie klein er ist. Ich würde das gerne wieder erleben«, sagte er wehmütig. »Es ist nicht so glamourös, wie manche denken. Es ist harte, schmutzige, gefährliche Arbeit – und manchmal auch langweilig.«

»Ich weiß.« Amos nickte. »Dennoch kann ich nicht anders, als mich darauf zu freuen.«

Christophers Tonfall war ernst, als er sagte: »Du könntest den Tod finden, das weißt du. Ich bete, dass es nicht geschieht, denn das wäre ein harter Schlag für mich, Amos. Ich war glücklich, dich und Gavin zu Männern heranwachsen zu sehen. In vieler Hinsicht war das mein ganzer Lebensinhalt.«

Amos trat neben seinen Vater und legte ihm die Hand auf die Schulter. Christopher nickte. Er verstand und akzeptierte die Liebe, die sein Sohn für ihn empfand, das Bedauern, das er bei dem Gedanken spürte, ihm vielleicht Schmerz zuzufügen, aber auch die Notwendigkeit, seinen eigenen Weg zu gehen. »Ja«, sagte er leise. »So ist das eben. Was sagt Gavin zu deinem Abenteuer?«

»Er würde auch gerne gehen, aber er ist verheiratet, und Susanne erlaubt es einfach nicht. Das ist der Vorteil, wenn man ledig ist«, sagte er und lachte. »Ich kann tun und lassen, was mir gefällt.«

»Ich nehme an, das stimmt, aber ich wäre verloren ohne Frau. Ich bin mit zwei bemerkenswerten Frauen gesegnet worden: deiner Mutter und Angharad. Die meisten Männer bekommen nicht einmal eine.«

Die beiden saßen ins Gespräch vertieft da, bis Angharad hereinkam und ihnen mitteilte, dass das Essen bereit war. Als Christopher sich erhob, sagte Amos mit einem trockenen Grinsen: »Hopes Geburtagsparty wird so viel kosten, dass man dafür ein Schiff ausrüsten könnte. Beinahe.«

»Ja, es wird teuer werden«, stimmte Christopher zu. Er war jetzt dünner und ging ein wenig gebeugt. Sein Haar war voll grauer Strähnen. Dennoch hatte er eine innere Stärke an sich, und als er hinüberging und Angharad in die Arme schloss, lächelte er schwach. »Aber man kann nie zu viel Geld für eine gute Frau oder eine gute Tochter ausgeben!«

* * *

Portsmouth war gedrängt voll mit Schiffen, die den Hafen in einen Wald von Masten verwandelten. Die vier Menschen, die zur Küste hinunterschritten, mussten sich durch die Menge kämpfen. Rundum schrien die Leute, und die Hafenarbeiter drängten sich, um einen Platz zu finden, wo sie die kleinen Boote beladen konnten.

»Das ist nicht fair!«, grollte Gavin. »Ihr beide zieht auf Abenteuer aus, und ich muss nach Hause zurückfahren, um Kartoffeln anzupflanzen.«

Amos lachte seinen Bruder aus. »Das hättest du dir überlegen müssen, bevor du geheiratet hast. Ein Familienvater kann nicht auf Abenteuerreisen gehen.«

Gavin streckte die Hand aus und knuffte seinen jüngeren Bruder leicht gegen die Schulter. »Du kleiner Schurke!«, ächzte er. »Dann zieht los und kommt mit Ruhm bedeckt zurück, während wir anderen in der Erde wühlen und die Arbeit machen.« Er wandte sich an Evan. »Ich verlasse mich darauf, dass du ein Auge auf diesen Schurken hast, Evan.«

Evan grinste. Er hatte sich entschlossen, die Reise mit Amos zu machen, wobei er nicht die geringsten Schwierigkeiten hatte, den jungen Mann dazu zu überreden. »Das werde ich tun, Sir, er wird als Gentleman und Gelehrter heimkommen.«

Hope schlang die Arme um Amos und umarmte ihn. »Du wirst vorsichtig sein, hörst du mich? Ich will nicht, dass dir etwas passiert.«

Amos schloss sie in die Arme und trat zurück. »Ja, und du sei brav, bis ich wiederkomme. Wahrscheinlich kapern wir ein oder zwei holländische Schiffe, und ich bringe dir Kleider mit, neben denen dein altes Ballkleid aussieht wie ein Lumpen.«

»Nach dem, was Vater für diesen Ball ausgegeben hat«, sagte Gavin rasch, »solltest du lieber die ganze holländische Flotte mit zurückbringen!«

Die vier standen da und warteten, dass ein Platz in einem der Boote frei wurde, die die Leute vom Schiff ans Land und zurück brachten. Schließlich sagte Evan: »Hier sind zwei Plätze frei, Sir. Wir sollten sie lieber nehmen.«

Amos schüttelte Gavin die Hand. »Danke, dass du uns nach Portsmouth gebracht hast, Bruder. Ich wünschte, du kämest mit uns, aber ich werde dir das Schwert eines Admirals mitbringen.« Dann wandte er sich an Hope, die nasse Augen bekam, und lachte. »Fang ja nicht zu flennen an! Verabschiede deine Männer mit einem Lächeln! Komm schon, lass es uns sehen!« Sie tat ihm den Gefallen und zwang sich zu einem Lächeln.

Amos löste sich von seiner Familie. »Lebt wohl, ihr alle. Komm, Evan, lass uns in das Boot steigen.«

Gavin und Hope sahen den beiden nach, die das Fährboot zum Schiff hinaus brachte. Hope sagte bekümmert: »Ich wünschte, er würde nicht gehen. Zuerst hörte sich alles so wundervoll an, aber jetzt nicht mehr.«

»Ich nehme an, so geschieht es in jedem Krieg.« Gavin nickte langsam. »Da sind die patriotischen Reden, die flatternden Fahnen und die schmetternden Trompeten. Alles ist Spaß, Aufregung und Edelmut – dann ziehen die Männer ins Feld, und wir beginnen zu sehen, dass der Krieg ein wenig mehr ist als nur eine Fahne. Komm mit, Hope. Lass uns nach Wakefield zurückfahren.«

* * *

Sowohl Amos als auch Evan entdeckten, dass der militärische Ruhm nicht in dem Augenblick über sie hereinbrach, als sie an Bord des Schiffes gingen. Innerhalb weniger Tage hatten sie die Erfahrung gemacht, dass das Leben an Bord des kleinen Kriegsschiffes, der *Renown*, gedrängt und unbequem war. Evan hatte alles, was es brauchte, um zu zielen und ein Geschütz abzufeuern, also war sein Platz Backbord unter Deck. Amos, der als zweiter Leutnant diente, arbeitete Tag und Nacht, um mehr über sein Handwerk zu lernen.

Im Juni 1665 stieß die englische Flotte – mehr als hundertfünfzig Schiffe mit fünfundzwanzigtausend Mann Besatzung und fünftausend Kanonen – vor Lowestoft auf die Holländer. Die Kriegshandlungen setzten so rasch ein, dass die beiden jungen Männer aus Wakefield nicht einmal Zeit hatten, Angst zu empfinden. Evan hatte sogar geschlafen, als der erste Leutnant ihm ins Ohr brüllte: »An dein Geschütz, Morgan! Die Holländer haben uns überrannt!«

Während Evan aus dem Bett stolperte und in das dunkle Geschützdeck hastete, wurde Amos mitten in die Hitze des Gefechts geworfen. Er hatte den Befehl bekommen: »*Bereit zum Angriff!*«, und versetzte die Seeleute in helle Aufregung, bis sie bereit waren.

Das holländische Schiff näherte sich der *Renown*, plötzlich brach das ohrenzerreißende Geräusch einer Breitseite über Amos' Trommelfelle herein. Er sah die große Wolke erstickenden Rauchs, die dem Feind zugeweht wurde. Als er aufblickte, sah er, dass die Segel des Feindes von Einschusslöchern zernarbt waren. Er öffnete den Mund, um einen Befehl zu geben, als sich plötzlich die ganze Welt vor ihm aufzulösen schien. Ihm wurde vage bewusst, dass er durch die Luft geschleudert wurde, dann prallte er mit solcher Wucht gegen das Querschott, dass er es in jeder Faser seines Körpers spürte. Noch während er fiel, sah er den Kapitän auf Deck zusammenbrechen. Seine Brust war eine blutige Masse.

Amos fühlte einen seltsamen, metallischen Geschmack im Mund. Er hörte die Geschütze von Neuem aufbrüllen und raffte sich wieder auf. Der erste Leutnant stand über ihn gebeugt da. Sein rechter Arm hing schlaff herunter. »Seid Ihr in Ordnung, Leutnant Wakefield?«

»Ja, Sir.« Amos schüttelte den Kopf und sagte: »Nur ein wenig benommen.« Er blickte über das Meer hinaus und sah, dass überall gekämpft wurde. Das feindliche Schiff lag Rumpf an Rumpf mit ihrem Fahrzeug und der erste Leutnant sagte mit zitternder Stimme: »Ich kann nicht mehr viel tun. Ich habe zu viel Blut verloren.« Er wies auf seinen zerschossenen Arm. »Ihr werdet den Kampf befehligen müssen.«

Amos wäre am liebsten fortgerannt, aber in einem solchen Kampf gab es kein Versteck. Er holte tief Atem, um sich zu beruhigen, dann blickte er den verwundeten Offizier an. »Ja, Sir, ich übernehme. Geht zu den Wundärzten hinunter. Ihr werdet diesen Arm verlieren, wenn Ihr nicht vorsichtig seid.«

»Ich komme zurück, wenn ich kann.«

Amos nickte und begann Befehle zu geben. »Ladet nach!«, schrie er. »Ich möchte, dass alle zwei Minuten drei Runden abgeschossen werden!« Er wandte sich an den Bootsmann, der an seine Seite getreten war. »Unsere Geschütze sind jetzt alles, was wir haben.«

Wüster Kanonendonner schallte von Backbord herüber, und Amos begriff, dass sich ein weiteres holländisches Schiff von der anderen Seite näherte. »Geschütze an Backbord!«, schrie er gellend. »Feuert, Leute!«

Unten dirigierte Evan seine kleine Mannschaft. »Kommt schon! Ans Werk!« Er wischte sich das schweißüberströmte Gesicht ab, als die Männer sich in aller Eile auf das Ladegeschirr stürzten. Sie griffen blindlings nach Pulver und frischen Kugeln und würgten, als der Rauch in das Geschützdeck hinunterdrang.

Evan horchte auf den Befehl, der auch rasch kam: *»Bereit machen zum Feuern!«* Augenblicklich trat er hinter die Kanone. Er sah das gegnerische Schiff vorbeiziehen und wartete bis zum letzten Augenblick, dann schrie er: »Feuer!«

Die Kanonen an Steuerbord schwangen gegen das Ladegeschirr. Der orange gefärbte Rauch rollte durch das Schiff. Evans Schuss traf das holländische Unterdeck und er schrie: »Großartig, Jungs! Nun ladet! Ladet!«

Er erfuhr nie, wie lange es da unten dauerte. Der Kanonendonner, das Kreischen und Poltern der Geschütze, die herangefahren wurden, der endlose, wahnwitzige Chor von Angstschreien und Jubelrufen, der aus einer anderen Welt herüberzuschallen schien – oder aus den Tiefen der Hölle.

Oben an Deck fand sich Amos ebenfalls in einer Welt des Wahnsinns. Die Masten für die Gewichtszüge krümmten sich wie Schlangen auf den Schutznetzen, und die Kanoniere richteten sie wieder auf, die nackten Körper schweißüberströmt und von Pulver geschwärzt, dass sie wie Mohren aussahen.

»Feuer!«

Weitere Schüsse schmetterten durch den Rauch.

»Wir können nicht so weitermachen, Sir! Wir verbrauchen zu viel Munition!«

Amos starrte den Bootsmann mit glühenden Augen an. »Wir kämpfen, solange wir uns über Wasser halten können!«

Der Kampf tobte weiter und ein Mann nach dem anderen fiel, bis kaum mehr als eine Handvoll übrig geblieben war, um die Kanonen zu bemannen. Der Quartiermeister kam auf Amos zugerannt und schrie: »Wir lecken, Sir! Wenn wir die Pumpen nicht bemannen, sinken wir!«

Aber es waren keine Männer mehr übrig, die man zu dieser Aufgabe hätte abkommandieren können. Alle standen im Kampf. Amos starrte den Quartiermeister an, dann sagte er ruhig: »Seht zu, ob einige der Verwundeten helfen können. Das ist alles, was ich erübrigen kann.«

Der Quartiermeister starrte den jungen Leutnant an und sagte dann ruhig: »Ja, Sir, ich werde mein Bestes tun.«

Zwei Stunden später erreichte der Kampf seinen Höhepunkt. Amos' Schiff lag tief im Wasser. Die Kanonen feuerten immer noch, jedenfalls die, die dazu noch in der Lage waren. Als er über das Wasser hinwegblickte, sah er ein riesiges holländisches Schiff auf sie zusteuern, und er wusste, dass das das Ende war. Dennoch rief er fröhlich aus: »Da kommen die Holländer! Gebt ihnen das Beste, das wir haben!«

Ein rauer Jubelruf stieg auf, und unter Deck sah Evan, wie die Masse des riesigen Schiffes in seine Schusslinie kam. Er wusste, es war unwahrscheinlich, dass sein Schuss auch nur die Flanke des Monsters durchdringen würde. Dennoch schrie er laut: »Feuer!« Kaum hatte er das getan, fühlte er, wie die *Renown* unter einem Schuss erdröhnte, der die Welt in Stücke zu reißen schien. Wasser brach unter Deck ein; er hörte es platschen und wusste, dass das die endgültige Zerstörung ihres Schiffes sein mochte.

Es gab keine Gelegenheit mehr, einen weiteren Schuss abzufeuern, und von oben hörte er das Kommando: »In Ordnung, Leute! Alle Mann an die Pumpen! Wir wollen sehen, ob wir das Schiff über Wasser halten können!«

Evan kehrte augenblicklich um und eilte zu den Pumpen. Es schien hoffnungslos, aber er blieb auf seinem Platz. Er arbeitete schwer, als er eine Stimme hörte: »In Ordnung, Evan?«

Er blickte auf und sah Amos, das Gesicht schwarz von Ruß, Blut auf dem rechten Schenkel. »Ich glaube, die Schlacht ist vorbei«, sagte Wakefield leise. »Wenn wir uns über Wasser halten können, könnten wir es zurück nach England schaffen.«

Evan drückte den Pumpenschwengel und grinste Amos an. »Ja, Sir!«, sagte er. »Wir schaffen es. Ihr lasst die Segel setzen, bringt uns auf den richtigen Kurs, und ich garantiere, dass wir nicht absaufen.«

Amos grinste zurück. »Ich bin froh, dass du da bist, Evan«, sagte er. »Du warst großartig! Sie waren einfach zu groß für uns. Aber wir haben die Schlacht gewonnen. Die Holländer sind geflohen.«

»Tatsächlich?« Evan seufzte erleichtert. »Nun, dann haben wir nichts weiter zu tun, als dieses Schiff heimzubringen, ohne dass wir ertrinken, wenn der liebe Gott es so will. Das würde Euer Vater sagen.«

»Ja«, sagte Amos. »Das würde er sagen.«

* * *

Die Fahrt zurück nach England war lang und mühselig. Die Männer mussten rund um die Uhr an den Pumpen arbeiten. Der Wundarzt tat sein Bestes, aber viele Männer starben, bevor sie Land erreichten.

Als die englische Küste in Sicht kam, stieß Amos einen tiefen Seufzer der Erleichterung aus. »Wir haben es geschafft«, sagte er mit gedämpfter Stimme. »Gott sei gedankt, wir haben es geschafft!« Er begab sich augenblicklich unter Deck und überbrachte Evan die gute Nachricht. »Wir sind gerettet! England liegt ganz in der Nähe.«

Die beiden Freunde standen müde da und starrten einander an. Schließlich sagte Evan: »Nun, jetzt wissen wir, wie es ist, nicht wahr, Sir?«

»Ja, das wissen wir.« Amos ließ den Blick über die Verwundeten und die in Segeltuch gewickelten Toten wandern und schüttelte den Kopf. »Ich hoffe, wir werden es nicht so bald wieder tun müssen.«

Die *Renown* wurde ins Dock gebracht, um repariert zu werden. Evan und Amos standen und starrten den zerschmetterten Rumpf an und Amos schüttelte den Kopf. »Es ist ein Wunder, dass wir zurückgekehrt sind. Aber der Admiral hatte seine Freude an uns. Er sagte, er würde unsere Anstrengungen und unsere Kämpfe nicht vergessen.«

»Nun, es wird eine Freude sein, wieder zu Hause zu sein.«

»Ja, aber zuerst müssen wir nach London, um zu feiern.« Amos grinste. »Ich glaube, wir haben es verdient.«

Die beiden Männer erreichten London am nächsten Tag. Amos nahm ein Zimmer in einer Herberge und sagte: »Alles geht auf meine Kosten, Evan. Wir wollen uns hier ein paar gute Tage machen. Besonders möchte ich Jenny besuchen. Es ist lange her.«

Evan nickte eifrig. »Ja, das würde ich auch gerne tun.«

Es war nicht schwer, sie zu finden. Sie war nun der Star ihres eigenen Stücks, seit Nell Gwyn zur königlichen Mätresse aufgestiegen war.

Die beiden Männer begaben sich zum *Zum Roten Stier*, wo Jenny auftrat. Als sie dort ankamen, waren sie verblüfft über das zahlreiche Publikum.

Und über Jenny selbst.

Evan hatte Jenny bereits unter diesen Umständen gesehen, Amos aber noch nicht. »Sie ist wunderschön«, stieß er hervor. »Ich wusste nicht, wie schön sie in Wirklichkeit ist.«

Evan warf ihm einen schüchternen Blick zu. »Ja, das ist sie. Aber ich wünschte, sie wäre nicht in diesem Geschäft.«

Die beiden begaben sich hinter die Bühne, und wie zuvor war Jenny sehr erfreut, Freunde aus Wakefield zu sehen. Die drei gingen nach der Aufführung zum Essen aus, und Jennys Wangen zeigten Grübchen vor Freude, als sie sagte: »Alle werden mich beneiden, dass ich mit zwei so attraktiven Seeleuten ausgehe.«

Amos wurde wegen des Kampfes gefeiert. Es sprach sich bald herum, dass er eines der königlichen Schiffe kommandiert und ein persönliches Lob des Admirals dafür eingeheimst hatte. Das trug ihm Schwärme von Gratulanten ein und ebenso viele, die neugierig waren, von der Seeschlacht zu hören. Während der nächsten Woche ging er jeden Abend aus und stand überall im Zentrum der Aufmerksamkeit.

Evan, der bloß ein gewöhnlicher Seemann war, erhielt keine solche Aufmerksamkeit. Bald lehnte er Amos' Angebot, ihn zu begleiten, ab und blieb in der Herberge. Allein.

Amos genoss jede Sekunde dieser Woche. Und er legte Wert darauf, jeden Abend zu Jennys Theaterstück zu gehen. Sie lachte ihn aus und sagte: »Du bist so oft gekommen, dass du den Text besser kennst als so mancher Schauspieler.«

Amos grinste sie an. »Nun, vielleicht werde ich selbst Schauspieler«, sagte er. »Vielleicht könnte ich der Bursche sein, der wie verrückt in dich verliebt ist und andauernd deine Hand küsst.«

Jenny lachte über seine Unverschämtheit. »Ich würde dich gerne auf der Bühne sehen, Amos. Es ist nicht so leicht, wie es aussieht.«

Sie saßen in Jennys großem Salon. Er hatte sie nach dem Abendessen nach Hause gebracht und nun wurde es sehr spät. Dennoch sagte er: »Nun, gib mir eine Lektion in der Schauspielerei.«

Jenny schüttelte den Kopf. »Nein. Jedermann wird dir sagen, dass es ein niedriges Geschäft ist. Schlimm genug für Schauspieler und noch schlimmer für Schauspielerinnen.«

»Ach, komm schon! Ich kenne den Text.« Amos trat näher, ergriff ihre Hand und begann zu rezitieren: »›Ach, meine Liebe, die Sterne am Himmel folgen nicht treuer ihrem Lauf, als ich deiner Liebe folge.‹ Er streckte die Hand aus, küsste ihre Hand und zog sie auf die Füße. »›Und ich bin verliebter in dich, als alle Dichter es in Worte fassen könnten.‹«

Er hatte sie nahe an sich herangezogen, wie der Held des Stückes es getan hatte, als er plötzlich bemerkte, dass sie mit einem seltsamen Ausdruck zu ihm aufblickte. Er brach mitten in seiner Rede ab, unfähig, noch mehr zu sagen, überwältigt – und irgendwie betäubt – von einem intensiven Gefühl der Anziehung, das er für sie empfand.

»Jenny –«, sagte er und zog sie an sich. Er nahm sie in die Arme und berührte ihre Lippen mit den seinen. Sie zog sich nicht zurück, sondern blieb still in seinen Armen liegen. Amos schlang die Arme enger um sie, als ihm plötzlich bewusst wurde, dass sie sich an ihn schmiegte und seinen Kuss erwiderte.

Was Jenny anging, so fühlte sie sich seit Tagen zu Amos hingezogen. Sein dunkles gutes Aussehen und sein kühner Geist hatte sie von Anfang an angezogen. Und er hatte sie behandelt, als wäre sie eine Lady. Die meisten der Männer, die ihre Gesellschaft suchten, hatten ungehobelte Manieren und waren überzeugt, dass jede Schauspielerin eine leichte Beute für sie war. Amos war so ganz anders. Bislang hatte er nichts weiter getan, als ihre Hand zu küssen, und er behandelte sie immer mit der Höflichkeit, die er allen Frauen entgegenbrachte. Als sie nun in seinen Armen lag, fühlte sie eine Sanftmut und einen edlen Charakter in ihm, nach dem sie sich ihr Leben lang gesehnt hatte. Dennoch blieb sie nicht lange in seinen Armen liegen. Viel zu früh für Amos löste sie sich von ihm.

Sie holte tief Atem und blickte mit einem seltsamen Ausdruck in den Augen zu ihm auf. »Ich hätte dir das nicht erlauben sollen«, sagte sie leise. »Die Männer halten Schauspielerinnen für leichtfertige Frauenzimmer.«

Amos war schockiert. »Aber so würde ich niemals denken, Jenny!«, protestierte er.

Sein rascher Widerspruch berührte sie, und sie lächelte ihn an, dass das Grübchen in ihrer Wange erschien. »Das dachte ich auch nicht von dir«, sagte sie. »Danke, Amos.« Und dann, als sie das Feuer in seinen Augen sah, sagte sie rasch: »Du solltest jetzt vielleicht besser gehen.«

Voll Bedauern nickte er. »Wie du meinst. Aber morgen werde ich wieder zurück sein. Und wenn dieser Tölpel sich bei seinem Text verspricht, werde ich auf die Bühne springen und seinen Platz einnehmen.«

Sie lachte, als er ihre Hand küsste und zur Tür hinaus verschwand. Mit einem tiefen Seufzer rief sie nach Louise, ihrer Magd, die sie zum Zubettgehen fertig machen sollte.

Als die Frau Jennys Nachthemd über ihre erhobenen Arme zog, sagte sie: »Ihr habt diesen Leutnant gern, nicht wahr, Mistress Jenny?«

»Er ist sehr nett.«

»Ja. Und er ist anders als die anderen.« Louise nickte. Sie arbeitete seit Jahren als Zofe und hatte mehreren Schauspielerinnen gedient – aber sie merkte, dass diese junge Frau etwas Besonderes an sich hatte. Zuerst konnte sie nicht glauben, dass Jenny Clairmont so tugendhaft war, wie sie tat, aber nun, nach einigen Monaten, wusste sie, dass es die schlichte Wahrheit war. Sie streichelte sanft Jennys langes, glänzendes, rotblondes Haar und sagte voll Zuneigung: »Wenn Ihr heiratet, solltet Ihr einen Mann wie ihn wählen. Er ist weitaus besser als die Tölpel, die Euch wie Hunde mit heraushängenden Zungen hinterherlaufen.« Sie gebrauchte eine derbe Sprechweise, aber sie war in einer harten Welt aufgewachsen. »Dieser Leutnant Wakefield, der hat etwas Gutes in den Augen.«

Jenny blickte sie überrascht an, dann nickte sie langsam. »Ja«, sagte sie nachdenklich. »Du hast recht. Er hat etwas Gutes in den Augen.«

Später am Abend lag sie wach und dachte an Amos – und ein Lächeln spielte auf ihrem Gesicht, als sie schließlich in Schlaf sank.

13

DER HAUCH DES TODES

Das neue Konventikelgesetz, das 1664 erlassen wurde, bestimmte, dass jeder, der bei einer inoffiziellen religiösen Versammlung angetroffen wurde, drei Monate ins Gefängnis geschickt werden sollte. Das hatte die unerwünschte Wirkung, dass die Gefängnisse beinahe überquollen.

Im Jahre 1665 wurde das Fünf-Meilen-Gesetz erlassen. Nach diesem Gesetz war es illegal für jeden unabhängigen Prediger, der nicht abschwor, sich näher als auf fünf Meilen dem Ort seines früheren Wirkens oder größeren Städten zu nähern. Dieses Gesetz sorgte dafür, dass die Gefängnisse noch voller wurden.

Für viele Prediger war das eine Mühsal, aber für John Bunyan erwies es sich als Segen. Bedford Jail wurde – wie viele Gefängnisse im ganzen Land – der Schauplatz absoluter Verwirrung und Überfüllung. Daraufhin gestattete Thomas Cobb, der Kerkermeister, der durch Bunyans Predigten bekehrt worden war, dem Langzeitgefangenen gelegentlich, seine Familie zu besuchen.

So kam es, dass 1666 ein kleines Buch mit dem Titel *Überfließende Gnade für den schlimmsten aller Sünder* in London gedruckt wurde. Dieses Buch, John Bunyans Bericht über seine eigene geistliche Irrfahrt, wurde mit Begeisterung aufgenommen. Durch dieses Buch gelangten viele zur rettenden Erkenntnis Christi, was den Bunyans große Freude bereitete.

Nun saß John inmitten seiner Familie in seinem kleinen Häuschen. In Händen hielt er sein kleines Buch, das ihm durch die Post zugesandt worden war, ein Arrangement, das Gavin Wakefields Freundlichkeit ermöglicht hatte. Bunyan hielt das Buch beinahe ehrfürchtig in der Hand.

»Ich dachte nicht, dass ich jemals dankbar dafür sein könnte, im Gefängnis zu sein«, sagte er zu seiner Familie, »aber wäre ich nicht dort gewesen, so hätte ich niemals die Gelegenheit gehabt, dieses Buch zu schreiben.« Er blickte alle an, die um den Tisch versammelt saßen. Mary, inzwischen siebzehn Jahre alt und eine nett aussehende junge Frau, saß zu seiner Rechten. Neben ihr saß Johns jüngste Tochter, dreizehn Jahre alt. John gegenüber saßen seine beiden Söhne, John und Thomas, zwölf und acht Jahre alt.

Die Augen des Vater Bunyan wurden feucht von Tränen und er sagte mit belegter Stimme: »Gott sei gelobt, der mir gestattet hat, heute bei euch zu sein.«

Elisabeth, seine Frau, war zu dieser Zeit erst sechsundzwanzig Jahre alt. Trotz des jahrelangen harten Lebens war sie immer noch sehr attraktiv, ihr blondes Haar hatte seinen Glanz nicht verloren, ihre blauen Augen waren leuchtend hell. Ihr Herz war voll, und sie musste sich räuspern, ehe sie sprechen konnte. »Ja, Gott ist gut und er wird große Dinge tun. Nun sprich das Tischgebet, John, damit wir essen können.«

John Bunyan tat, wie er gebeten wurde, und während sie die einfache Mahlzeit aßen, fragte er nach Neuigkeiten in der Gemeinde. Cobb hatte ihn schon mehrmals zu kurzen Besuchen entlassen. Während dieser Zeit war er im Lande unterwegs gewesen und hatte mit großem Erfolg gepredigt. Er lauschte, als Elisabeth und Mary ihm das Neueste aus der Nachbarschaft erzählten, Geburten und Todesfälle, Anlässe zur Freude oder zum Schmerz. Schließlich fragte er: »Und wie geht es unseren Freunden, den Wakefields?«

Mary sagte augenblicklich: »Evan war vor etwa einem Monat hier. Er wirkte niedergeschlagen, gar nicht sein übliches Selbst.«

»Was stimmte nicht mit ihm?«

»Er sagte nicht viel darüber. Ich fragte ihn, ob in der Familie alle gesund seien, und er sagte Ja, aber als ich ihn dann nach Jenny fragte, wollte er kaum ein Wort sagen.«

Bunyan nickte langsam. »Ich mache mir Sorgen um diese junge Frau. Als Gavin das letzte Mal hier war, erzählte er mir, sie habe großen Erfolg auf der Bühne, und das ist schlimm. Das ist kein Leben für eine junge Frau.«

»Evan benahm sich ziemlich merkwürdig«, sagte Mary. »Du weißt doch, wie gut befreundet er immer mit Amos war – die beiden zogen gemeinsam in den holländischen Krieg –, aber er schien aus irgendeinem Grund zornig auf Amos zu sein. Er wollte nicht sagen, warum.«

Bunyan lauschte besorgt. »Wir müssen viel für Sir Christopher und seine ganze Familie beten«, sagte er, »vor allem für die jungen Leute. Habt ihr nichts weiter von Jenny gehört, als dass sie zum Theater gegangen ist?«

Elisabeth schüttelte den Kopf. »Es ist eine schlechte Zeit, um in London zu sein, John«, bemerkte sie. »Die Pest ist dort wieder ausgebrochen.«

Bei ihren Worten überlief es ihren Ehemann kalt. Schon das Wort *Pest* war erschreckend. Nach der entsetzlichen Epidemie des Jahres 1349, die rund ein Drittel der englischen Bevölkerung dahingerafft hatte, hatte es viele ähnliche Heimsuchungen durch den *Schwarzen Tod* gegeben. Tatsächlich waren es immer nur wenige Jahre, in denen London vollkommen frei von der gefürchteten Krankheit war. 1603 und dann wieder 1625 starben Tausende Londoner.

Nun kehrte die Plage zurück.

»Ich fürchte, dieses Land wird von Gott heimgesucht«, sagte John Bunyan langsam. »Seit Cromwells Tagen scheint England in höllische Unmoral versunken zu sein, und das nur allzu bereitwillig.«

Mary stimmte ihm augenblicklich zu. »Evan sagte, er wollte nach London zurückkehren und Jenny dazu bewegen, dass sie die Stadt verlässt. Ich hoffe, es gelingt ihm. Der König und die königliche Familie sind bereits geflohen und viele andere ebenfalls.«

»Sie können aus London fliehen, aber sie können nicht vor der Gerechtigkeit Gottes fliehen. Wenn das eine Strafe Gottes für die Unmoral unseres Volkes ist, dann gibt es keine sichere Zuflucht auf Erden«, sagte Bunyan. Dann heiterte sich seine Miene auf und er blickte seine Familie an. »Kommt jetzt, esst auf. Lasst uns heute an die Güte denken, die Gott uns erwiesen hat. Euer Vater ist wieder bei euch zu Hause und von Herzen dankbar für diesen Segen.«

»Wirst du uns wieder allein lassen müssen, Vater?«, meldete sich Thomas mit heller Stimme zu Wort.

Bunyan streckte die Hand aus und zerstrubbelte die blonden Locken des Jungen. »Wir wissen nie, was der nächste Tag bringt. Was immer es ist, solange Gott im Mittelpunkt steht, ist alles gut.«

* * *

Amos fand nie so richtig heraus, was den Streit zwischen ihm und Evan ausgelöst hatte. Seit ihrem Besuch in London nach der Schlacht bei Lowestoft war Evan eingeschnappt gewesen. Hope war es, die ihm schließlich die Wahrheit sagte.

»Evan ist eifersüchtig auf dich, Amos«, sagte sie, als ihr Bruder sie fragte, warum Evan sich so seltsam benahm.

Amos starrte sie an. »Du meinst – wegen Jenny?«

»Natürlich. Du fährst alle zwei Wochen nach London, und jeder weiß, dass du sie besuchst.«

Amos errötete, leugnete aber nichts ab. »Okay, es stimmt. Aber zwischen den beiden ist nichts. Jenny hätte es mir gesagt.«

Hope hatte Amos sehr gerne, aber sie hatte auch eine weiche Stelle im Herzen, was Evan betraf. »Mutter weiß Bescheid«, sagte sie. »Du weißt doch, wie sie alles sieht. Sie sorgt sich zu Tode um Evan. Warum fragst du nicht sie?«

»Das werde ich tun.«

Amos traf seine Stiefmutter beim Nähen an und setzte sich neben sie. Er kam geradewegs auf seine Sorgen zu sprechen. »Hope hat mir soeben gesagt, dass Evan sich so schlecht benimmt, weil er eifersüchtig auf mich ist. Ist das richtig?«

Angharad blickte zu ihm auf. »Nein, *richtig* ist es nicht«, sagte sie rasch, »aber es ist wahr.« Sie warf Amos einen Blick des Widerwillens zu. »Bist du blind, mein Junge? Hast du nicht gesehen, was sich entwickelt hat, bevor du hineingeplatzt bist?«

Amos starrte sie überrascht an. Er hatte über die Frage nachgegrübelt, hatte sich den Kopf zerbrochen, welches Anzeichen er übersehen hatte. Vielleicht war er sorglos gewesen. Er war so verliebt in Jenny, dass er keinen Augenblick auf Evan geachtet oder daran gedacht hatte, wie er wohl die Situation sah. Und dennoch, sosehr er sich auch bemühte – ihm fiel nichts ein, das Evan gesagt oder getan hätte, um anzudeuten, dass Amos sich um seine Gefühle kümmern *sollte*.

»Nein, ich habe nichts gesehen. Ich habe nicht einmal daran gedacht, mich mit Evan abzusprechen«, sagte er. »Warum sollte ich auch? Jenny spricht niemals über ihn und er redet niemals von ihr. Ich glaube, du und Hope, ihr irrt euch.«

»Blind bist du«, sagte Angharad ruhig. Sie ließ ihre Näharbeit sinken. »Du kennst die Waliser nicht. Evan ist wie Owen und ich. Er leidet tief im Herzen, aber er würde nie einer lebenden Seele davon erzählen.«

»Hat er zu dir etwas gesagt?«

»Genug, dass ich weiß, was sein Problem ist.«

Amos Lippen formten eine schmale Linie und seine Kiefermuskeln spannten sich an. »Nun, ich werde mit ihm reden«, sagte er. »Ich muss das ins Reine bringen, Mutter. Wir können nicht so weitermachen wie bisher. Er trinkt viel, weißt du. Ich ahnte aber nicht, dass es deswegen war.«

»Sei vorsichtig, was du sagst«, sagte Angharad rasch. »Er ist jähzornig. Nicht viel anders als du.«

Amos stand auf, griff nach ihr und drückte ermutigend ihre Schulter. »Mach dir keine Sorgen. Ich werde sehr sanft mit ihm umgehen.«

Amos hatte auch durchaus die Absicht, nach diesen Worten zu handeln, aber er erwischte Evan zu einem unglücklichen Zeitpunkt. An diesem Tag sah er ihn nicht. Am nächsten Tag erzählte ihm einer der Arbeiter, dass Evan aus dem Dorf gekommen sei. »Ihr habt mich gebeten, Euch Bescheid zu sagen«, sagte er. »Aber ich muss Euch warnen, Sir. Er ist betrunken.«

»Danke, Carl. Ich werde mit ihm reden.«

Er verließ das Herrenhaus und begab sich augenblicklich zu dem kleinen Haus, das Evan sich mit seinem Vetter Will teilte. Als er an die Tür pochte, öffnete Will. »Sieh an, Mr Amos«, sagte er. »Gibt es Probleme?« Mit siebenundsechzig war Will Morgan ziemlich gebrechlich geworden. Er war dünn und hatte sich seit einiger Zeit nicht wohlgefühlt.

»Ich würde gerne mit Evan sprechen, wenn es dir nichts ausmacht«, sagte Amos.

»Ich hole ihn.«

Amos wartete und bald kehrte Will zurück. Er hatte Mühe gehabt, Evan aufzuwecken. »Wahrscheinlich ist es kein guter Zeitpunkt, um mit ihm zu reden, Mr Amos. Vielleicht morgen?«

»Es wird nicht lange dauern«, sagte Amos, dann blickte er Evan geradewegs in die verschwollenen, blutunterlaufenen Augen. »Würdest du bitte nach draußen kommen, Evan?«

Evan sagte kein Wort, sondern marschierte durch die Tür, das Kinn kampflustig vorgereckt.

»Lass uns ein wenig vom Haus weggehen«, sagte Amos.

»Das ist weit genug für mich«, sagte Evan starrsinnig.

Amos merkte selbst, dass es besser gewesen wäre, das Gespräch zu verschieben, aber er war selbst ein ziemlich willensstarker junger Mann. Und Evans hochfahrendes Benehmen goss Öl ins Feuer seiner Frustration.

»In Ordnung, mir passt es auch gut.« Er starrte Evan einen Augenblick lang an, dann sagte er: »Du benimmst dich schlecht, Evan. Ich bin hier, um mit dir darüber zu reden.«

Evans Augen blitzten auf. »Ach ja, tatsächlich? Nun, wenn mein Benehmen schlecht ist, so seid Ihr kein Heiliger, dass Ihr mir eine Predigt darüber halten dürftet!«

Amos schoss das Blut ins Gesicht. Er war an solche Reden nicht gewöhnt und sein Temperament flammte auf. »Nun, *irgendjemand* muss mit dir darüber reden, und ich bin hier, um es zu tun! Was soll diese Narretei, von der ich höre – dass du in Jenny verliebt bist?«

Augenblicklich wallten der tief sitzende Ärger und die Eifersucht, die sich in Evan angestaut hatten, auf und stiegen an die Oberfläche. Er wusste nur zu gut, dass Amos in Jenny verliebt war. Er wusste zwar nicht, wie es wirklich um ihre Gefühle bestellt war, aber es erschien ihm plausibel, dass sie nie einen einfachen Arbeiter ansehen würde, wenn der Sohn einer adeligen Familie ihr den Hof machte. All die Gewalttätigkeit seiner Jugend, von der er dachte, er hätte sie überwunden, überflutete ihn plötzlich. Ohne nachzudenken, verwünschte er Amos und hieß ihn, sich um seinen eigenen Kram zu kümmern.

Amos streckte die Hand aus und packte Evan am Hemd. »So kannst du nicht mit mir reden!«, brüllte er.

Ohne jede Vorwarnung schmetterte Evan seine Faust in Amos' Gesicht. Amos stolperte hintenüber. Einen Augenblick stand er da und starrte Evan ungläubig an, dann stieß er einen wilden Schrei aus und sprang mit wirbelnden Fäusten vorwärts. Er traf Evan am Kopf, mit einem Schlag, bei dem heißer Schmerz durch seinen Arm fuhr, und wusste, dass er einen Finger gebrochen hatte. Aber ihm blieb keine Zeit, sich darüber Gedanken zu machen. Evan hatte sich in einen Rasenden verwandelt. Er warf sich auf Amos, wortlos, aber mit der ganzen Wut einer tollwütigen Bestie. Amos fand sich plötzlich im Schmutz liegend wieder. Evan saß auf ihm und ließ einen Hagel von Schlägen auf sein Gesicht niedergehen.

Evan war in besinnungsloser Wut und wusste nichts anderes, als dass er zuschlagen musste. Er kümmerte sich nicht darum, dass er Amos ernsthaft – vielleicht sogar tödlich – verletzen könnte. Durch den roten Schleier in seinem Kopf hörte er eine Stimme, die ihn ansprach. Er ignorierte sie. Dann erfüllte ein niederschmetternder Schmerz seinen Kopf und er sank zu Boden.

Amos lag keuchend da, von Schmerzen gepeinigt, dann wälzte er sich herum und kam zittrig auf die Beine. Durch Augen, die bereits anzuschwellen begannen, sah er Will dastehen, einen Hocker in der Hand. Er hatte Evan damit über den Schädel geschlagen und warf ihn nun beiseite. Sein Blick durchbohrte Amos.

»Ich denke, Ihr solltet jetzt lieber gehen, Mr Amos«, sagte er leise.

Amos hielt seine verletzte Hand vorsichtig fest und starrte auf Evans reglosen Körper nieder. »Will«, sagte er, »er hat den Verstand verloren. Ich wollte nur mit ihm reden.«

Will Morgan wusste nur zu gut, was in den Gedanken und im Herzen seines jungen Verwandten vor sich ging. Er hatte seinen Kummer geteilt und vorausgesehen, dass es so kommen musste. »Es tut mir leid, dass es so weit gekommen ist, Mr Amos«, sagte er. »Daran lässt sich nichts ändern. Er ist in das Mädchen verliebt, und Ihr seid es auch, nehme ich an. Ihr könnt sie nicht beide haben. So sieht das aus. Und jetzt solltet Ihr gehen.«

Will wartete, bis Amos gegangen war, dann hob er den Hocker auf und stellte ihn auf den Boden. Sein Herz hämmerte erregt, er musste tief durchatmen, um seine Kraft zurückzugewinnen. Er saß da und sein Blick hing an der reglosen Gestalt seines Verwandten. Er wusste, dass etwas zu Ende gegangen war.

Nach langer Zeit regte sich Evan. Will wartete, bis er sich aufgerafft hatte, dann sagte er leise: »Geh jetzt zu Bett, Junge. Wir sprechen später darüber, am Morgen.«

Evan starrte ihn aus leeren Augen an, dann torkelte er ins Haus und ließ sich quer über sein Bett fallen.

Will machte kehrt und schritt langsam auf das Herrenhaus zu. Er klopfte an die Tür und verlangte Angharad zu sprechen. Der Diener, der ihn einließ, kannte ihn gut und erschrak über seine Blässe.

»Was ist los, Will? Du siehst gar nicht gut aus.«

»Sag Lady Wakefield, ich muss sie augenblicklich sprechen. Ich warte in der Bibliothek.«

Er ging in den großen Raum, dann ließ er sich schwerfällig in einem Ledersessel nieder. Fast augenblicklich trat Angharad ein. Ihr Gesicht war voll Sorge. »Was ist los, Will?«

»Es geht um Evan«, sagte er kurz angebunden. Er erzählte, was geschehen war, und sagte dann mit schwerer Stimme: »Evan wird jetzt nicht mehr hierbleiben wollen. Du weißt, dass er das nicht wollen wird.«

»Nein, dazu ist er zu stolz und bei Amos' Anblick würde ihm die Galle überlaufen. Was meinst du, wohin wird er gehen?«

»Nach London. Dort ist sie.«

»Ich hoffe nicht.« Angharad holte tief Atem. »Die Pest wütet so schlimm dort, die Leute verlassen in Scharen die Stadt.«

»Das sind vernünftige Leute bei klarem Verstand«, sagte Will traurig. »Aber Evan ist nicht vernünftig. Ein Verliebter ist kaum je vernünftig.« Er zwang sich zu einem Lächeln und sagte: »Warum hat er sich nicht in Jenny verliebt, als sie noch hier war? Sie hätten heiraten und glücklich zusammenleben können. Stattdessen haben wir hier eine kleine Tragödie.«

Angharad trat auf ihren Bruder zu und legte den Arm um ihn. »Du kannst all diesen Kummer nicht brauchen, Will. Komm, bleib über Nacht hier.«

»Nein, ich muss mit Evan sprechen, sobald er aufwacht. Aber ich weiß, er wird zu Mittag verschwunden sein.«

Wills Worte sollten sich bewahrheiten. Am nächsten Tag stand Evan auf und weigerte sich zu frühstücken. Er sammelte seine paar Habseligkeiten ein und sagte: »Ich gehe jetzt. Ich schreibe dir, wenn ich nach London komme.« Eine seltsame Vorahnung überkam ihn, als er seinen Vetter anblickte. Er hatte Will Morgan nie so gebrechlich gesehen und der Gedanke überkam ihn: *Du wirst ihn nicht mehr lebendig wiedersehen.* Unter anderen Umständen wäre er geblieben, aber nun konnte er es nicht mehr. Kummer schnitt ihm ins Herz, scharf und tief. »Achte auf dich, Vetter Will.«

Auch Will spürte den Hauch der Sterblichkeit – er wusste, dass seine Zeit zu Ende ging. »Mein Junge, ich liebe dich. Du bist mein eigen Fleisch und Blut und ich will nur dieses eine sagen: Lerne Gott nachzufolgen. Ich weiß, dein Inneres ist jetzt in Aufruhr wegen dieser jungen Frau, aber es ist Gott, den du am meisten nötig hast. Stell den Herrn Jesus an die erste Stelle und alles andere wird sich fügen.« Er sprach leise, fast im Flüsterton, und dann streckte er die Arme aus und umarmte den jungen Mann.

Liebe zu seinem Vetter überflutete Evan, und als er den gebrechlichen Körper des Mannes fühlte, hätte er es sich beinahe anders überlegt. Aber er konnte nicht bleiben. »Sag Angharad, ich werde ihr schreiben und ich werde so bald wie möglich zurückkommen.«

Er wandte sich ab und ging. Als Wakefield aus seinem Blickfeld verschwand, verfluchte er sich, was für ein Narr er war, aber er konnte nichts anderes tun, als dem einmal gewählten Weg treu zu bleiben.

* * *

Auf dem ganzen Weg nach London stieß Evan auf Menschen, die aus der Stadt flohen. Als er anhielt, um seinen Lunch zu essen, sprach er mit einem Mann, der ihm sagte, er sei ein Narr, dorthin zu gehen. »Wisst Ihr denn nicht?«, sagte der alte Mann. »Ein flammender Stern erschien sechs Monate vor dieser Pest. Es ist ganz offenkundig, dass Gott sagt, er würde England mit seinem Zorn überziehen. Seid kein Narr, junger Mann. Flieht vor dem kommenden Zorn.«

Evan hörte natürlich nicht auf ihn.

Sobald er jedoch in London war, stellte er fest, dass die Bevölkerung sich aufführte wie die Verrückten. Die Straßen waren voll mit selbst ernannten Propheten, die in den Straßen herumrannten und der Stadt ihr »Evangelium« predigten. Am vierten Tag, den Evan in der Stadt verbrachte, rannte ein solcher Mann beinahe nackt die Straße entlang und kreischte: »Noch vierzig Tage und London wird zerstört!«

Evan hatte keine Schwierigkeiten, ein Zimmer zu finden. Es war Mitte September, eine Zeit, zu der die Stadt normalerweise vor Geschäftigkeit brodelte und die Herbergen überfüllt waren. Nun jedoch standen so viele Häuser und Herbergen leer, dass die Stadt in gewisser Hinsicht wie eine Geisterstadt wirkte. Als er die Straße entlangging, sah er, dass viele Häuser außen mit seltsamen Zeichen beschriftet waren. Einige davon waren die Tierkreiszeichen, aber das am häufigsten vorkommende war ein auf dem Kopf stehendes Dreieck, das aus dem Wort *Abrakadabra* bestand. Evan betrachtete das

Zeichen mit Interesse. Oben stand das ganze Wort, voll ausgeschrieben. Darunter stand das Wort noch einmal, aber diesmal waren der erste und der letzte Buchstabe weggelassen. So ging es bis zur letzten Zeile weiter, die aus nichts als einem *a* bestand.

Möge es sie beschützen, dachte Evan, obwohl er seine Zweifel daran hatte. Er ging weiter und unterhielt sich unterwegs mit verschiedenen Leuten, die die Straße auf und ab gingen und Zauberzeichen, Tinkturen und Amulette verkauften. Jedes Einzelne davon, so garantierten die Verkäufer, würde die Plage fernhalten.

Nachdem er ein Zimmer zu einem sehr billigen Preis gefunden hatte, machte Evan sich auf die Suche nach Jenny. Er fand rasch heraus, dass die meisten Schauspieler geflohen waren, ebenso wie die königliche Familie. Er suchte drei Tage lang, fand aber keine Spur von Jenny. Schließlich stieß er auf einen Mann, der im Theater arbeitete. Evan fragte ihn nach Jennys Aufenthaltsort aus.

»Nun, sie ist keine Närrin, nicht wahr?«, knurrte der alte Mann, Silas. Er war betrunken und hatte offenbar vor, in diesem Zustand zu verbleiben, bis die Pest ihn dahinraffte. »Nur ein Narr würde hierbleiben. Habt Ihr den Totenkarren gesehen?«

Das hatte er tatsächlich. Das erste Mal, als er ihn sah, war er schockiert gewesen. Die Leichen der Verstorbenen wurden frühmorgens eingesammelt und auf einen riesigen Karren geworfen. Die meisten Leichen schienen nackt zu sein, und ihre Arme waren in seltsam beredten Gebärden erhoben – aber ihre Gesichter, die von Geschwüren und grotesken Flecken bedeckt waren, boten einen grässlichen Anblick.

»Ja, ich habe den Totenkarren gesehen, aber *wohin* ist Mistress Clairmont gegangen? Kannst du mir das sagen?« Silas saß einfach wie erstarrt da, als hätte er die Frage entweder nicht gehört oder wollte sich nicht die Mühe machen zu antworten.

Evan schüttelte ihn in seiner Verzweiflung ins Bewusstsein zurück. »Wo kann ich sie finden? Sag es mir!«

Der alte Mann blinzelte ihn an wie eine Eule. »Geht nach Holburn, zur Schenke *Zum Vogel mit Baby*. Die Eltern ihrer Magd führen das Haus. Ich glaube, die Frau heißt Louise. Mehr weiß ich nicht.«

Evan begab sich zur Schenke mit dem ungewöhnlichen Namen. Das Schild draußen zeigte einen Adler, der einen Säugling verschleppte, daher der Name. Als er eintrat, informierte er den Wirt, einen hageren, leichenhaft wirkenden Mann: »Ich suche Mistress Jenny Clairmont. Man sagt mir, ich könnte hier Näheres erfahren.«

»Ja, meine Tochter war ihre Zofe«, antwortete der Gastwirt. »Wenn Ihr ein Weilchen Platz nehmen wollt, hole ich sie.«

Evan setzte sich und bald betrat die junge Frau den Raum und näherte sich ihm. Er erhob sich und deutete eine Verbeugung an. »Guten Tag, Miss. Mein Name ist Evan Morgan und ich versuche Mistress Jenny Clairmont zu finden. Wisst Ihr, ob sie sich noch in der Stadt aufhält?«

»Ja. Das Letzte, was ich hörte, war, dass sie sich ein Zimmer genommen hatte«, sagte sie und gab ihm die Adresse. »Zurzeit ist am Theater nicht viel los, aber sie wollte nicht weggehen«, fügte sie mit einem Achselzucken hinzu.

Evan dankte der Frau und machte sich auf die Suche nach dem Ort. Er fand ihn ohne Mühe – es war ein Fachwerkhaus mit einem Strohdach – und pochte eifrig an die Tür.

Sobald geöffnet wurde, sah er Jenny und sein Herz tat einen Sprung der Erleichterung. »Jenny!«, sagte er rasch. »Geht es dir gut?«

Sie starrte ihn wie betäubt an. Dann trat sie einen Schritt zurück, um ihn einzulassen. »Evan! Komm herein. Was tust du in London?«

Er trat ein und erklärte es ihr. »Ich wollte herausfinden, ob bei dir alles in Ordnung ist.« Er wollte ihr nichts von seiner Schlägerei mit Amos erzählen, sie würde es früh genug herausfinden.

»Du hättest nicht nach London kommen sollen. Es ist zu gefährlich. Alle Häuser, in denen es nur das geringste Anzeichen für die Pest gegeben hat, stehen unter Quarantäne. Wo wohnst du?«

»In der Herberge *Zum Blauen Falken.*«

Sie fragte augenblicklich: »Bist du sicher, dass es dort keine Pest gibt?«

Evan starrte sie ausdruckslos an. »Nun, ich weiß es nicht. Ich habe nie gedacht –«

»Du solltest dich lieber vergewissern. Die Pest ist schrecklich. Du kannst am Morgen bei bester Gesundheit aufwachen und noch vor der Abenddämmerung tot sein.«

Aber Evan machte sich mehr Sorgen um sie. »Warum bist du nicht mit den anderen gegangen, als sie London verlassen haben?«

Jenny wirkte sehr müde, sie wandte sich von ihm ab und schritt lustlos zu einem kleinen Fenster, um in die Hintergasse hinauszustarren. »Ich weiß nicht warum. Ich habe es einfach nicht getan.« In Wahrheit hatte sie das Theaterleben satt. Der ständige Druck, bei den lasterhaften Praktiken der anderen mitzumachen, hatte sie zermürbt, bis sie ihnen beinahe nachgegeben hätte. Sie konnte nicht leugnen, dass die Pest ein Fluch war, aber ihr kam die Zeit zum Nachdenken gerade noch rechtzeitig. Sie hatte das kleine Haus gemietet, das nur einen Bruchteil ihrer überreichlichen Barmittel kostete, und lebte nun dort seit Wochen in aller Stille. Sie dachte über ihr Leben nach. Sie wandte sich wieder Evan zu, hob den Blick und forschte in seinem Gesicht.

»Bist du nur meinetwegen gekommen?« Sie hatte nicht die Absicht gehabt, die Frage zu stellen, aber plötzlich war sie ihr über die Lippen gesprungen, als drängte es ihr Herz, die Antwort zu hören.

Er starrte sie wortlos an. Er konnte ihr nicht antworten. Er versuchte es nicht einmal. »Ich mache mir Sorgen um dich«, sagte er stattdessen. »Und alle anderen zu Hause auch. Möchtest du nicht nach Wakefield kommen, bis dies hier vorüber ist?« Die Bitte kam ihn teuer zu stehen. Er wusste, dass ihre Rückkehr – und ihr Wiedersehen mit Amos – ihm tiefe Schmerzen bereiten würde.

Sie war von seiner Antwort enttäuscht, ohne recht zu wissen, warum, und schüttelte den Kopf. »Nein, das werde ich nicht tun«, sagte sie sanft. Ihre Augen hingen an den seinen. Die Leere in seinem Gesichtsausdruck bereitete ihr große Sorgen. Sie trat auf ihn zu und legte eine weiche Hand auf seinen Arm. »Was quält dich so?«, fragte sie. »Kannst du mir das sagen?«

Ihre Nähe war beinahe mehr, als er ertragen konnte. Die Berührung ihrer Hand schien ihn zu versengen, sodass er zurückfahren wollte – oder sie an sich ziehen. Der heiße Wunsch wallte in ihm auf, mit seinen Sorgen herauszuplatzen – dass er sie liebte, aus tiefstem Herzen und hoffnungslos –, aber er spürte, dass das nichts helfen würde. Also sagte er schlicht: »Ich habe mich entschlossen, eine Weile in London zu bleiben. Vielleicht fahre ich wieder zur See.«

Die Überraschung malte sich deutlich auf ihrem Gesicht. »Du verlässt Wakefield?«

»Ja, ich glaube, es ist an der Zeit.«

Intuitiv verstand Jenny. Sie und Amos hatten nicht über Evan gesprochen, aber sie hatte zweimal Nachricht von Angharad erhalten. Die Briefe hatten angedeutet, dass Evan Gefühle für Jenny hegte. Als sie ihn nun betrachtete und die Trostlosigkeit und den Kummer auf seinem Gesicht sah, wusste sie, dass es die Wahrheit war. Aber was konnte sie sagen? Sie fühlte sich stark zu Amos Wakefield hingezogen.

Und dennoch … sosehr sie sich auch zu Amos hingezogen fühlte, sie hatte nie das Gefühl gehabt, dass sie ihn genug liebte, um ihr Leben mit ihm zu verbringen.

»Komm und setz dich, Evan«, sagte sie schließlich. »Du siehst müde aus.«

Er blieb eine Stunde und sie sprachen über die verschiedensten Dinge – aber nicht von dem, was sie beide am meisten beschäftigte. Als er sich auf den Rückweg zu der Herberge machte, überwältigte ihn beinahe der Kummer, der in ihm aufwallte. Vielleicht war die Ursache dafür die Freude, die er beim Wiedersehen mit Jenny empfunden hatte, gemischt mit der niederschmetternden Erkenntnis, dass sie niemals die Seine sein würde. In der Herberge legte er sich augenblicklich zur Ruhe, in der Hoffnung, das Vergessen des Schlafes würde ihm Erleichterung bringen.

Während der nächsten Tage wanderte er durch die Straßen von London. Wo er auch hinging, sah er schreckliche Szenen. Er hätte nicht ins Freie gehen sollen – er wusste das. Er riskierte, sich der Pest auszusetzen, aber er hielt es in den Wänden seines kleinen Raumes nicht aus.

Eines Nachts wanderte er durch die Straßen und stieß auf eine riesige Grube, die in den Friedhof von Allgate gegraben war. Er starrte sie an. Sie war etwa fünfzehn Meter lang, zwischen fünf und sechs Meter breit und fast sieben Meter tief.

Und sie war bis zum Rand mit Leichen gefüllt.

Jeden Tag wurden die Toten in einer Reihe aufgelegt, dann streute man eine dünne Schicht Erde darüber. Evan starrte das grässliche Schauspiel an und Furcht überkam ihn. Das war etwas, wogegen kein Mensch ankämpfen konnte! Evan hatte bewiesen, dass er nur ein Schwert in der Hand haben musste, und er konnte jeder Gefahr ins Auge sehen – aber dies! Kein Mensch konnte dem hier widerstehen.

Er kehrte zurück in sein Zimmer, schloss die Tür und sank auf das Bett nieder. Ihm wurde warm und er öffnete das Fenster, dann zog er die meisten seiner Kleider aus. Eine Stunde später wusste er die Wahrheit. Er hatte Fieber. Er legte sich aufs Bett nieder und versuchte nachzudenken, aber das Fieber stieg rasch. Er sank in unruhigen Schlaf, und als er erwachte, tobte das Fieber in ihm. Er tastete nach seiner Achselhöhle, und was er dort fand, ließ ihm beinahe das Herz stillstehen. Er hatte gehört, dass ein sicheres Anzeichen der Pest die Gewächse – die Pestbeulen – in den Achseln und den Lenden waren. Er nahm eine rasche Überprüfung vor, und Entsetzen überschwemmte ihn, als er sie an beiden Stellen fand.

Er war ein toter Mann.

Den ganzen Tag lag er da. Er wusste, wenn der Gastwirt kam, würde er von allen anderen Menschen isoliert sein. So geschah es allen, die die Pest hatten.

Der Gastwirt kam, warf einen einzigen Blick auf ihn und stürzte aus dem Zimmer. Als er kurz darauf wiederkehrte, hielt er mit einer Hand ein Tuch über Mund und Nase und trug einen Krug Wasser in der anderen.

»Macht Euren Frieden mit Gott«, sagte er feierlich. »Ich lasse Wasser hier und Essen. Aber Ihr dürft dieses Zimmer nicht verlassen.« Er zögerte, dann sagte er: »Meine Frau hat es auch und die beiden Kinder ebenfalls.«

Evan war nie zuvor ernsthaft krank gewesen. Er hatte ein gesundes Leben geführt – aber nun folterten ihn Schmerzen. Die Beulen wurden so qualvoll empfindlich, dass er sich auf die Lippen beißen musste, um nicht laut aufzuschreien, sooft er sich bewegte oder zufällig eine davon berührte. Das Fieber tobte weiter, bis er nach einigen Tagen ins Delirium fiel. Von Zeit zu Zeit tauchte er aus dem Nebel auf, der seinen Verstand umhüllte, aber nur für kurze Zeit. Bei solchen Gelegenheiten schien es ihm, als sei jemand gekommen und hätte ihm das Gesicht gewaschen.

Oder war es ein Traum?

Die Zeit hörte auf zu existieren. Soweit es Evan anging, hätte man in der Zeit seiner Bewusstlosigkeit Pyramiden erbauen können, genauso gut aber hätte es nur eine Zehntelsekunde andauern können. Er wusste es nicht. Das Leben pochte in seinem Körper, und dennoch wusste er, dass er im Sterben lag. Oft versuchte er zu beten. Vor allem einen Augenblick gab es, als der Schmerz nachzulassen schien und als er dalag und das kühle Tuch auf seiner Stirn spürte, öffnete er die aufgesprungenen Lippen und sagte: »Gott, hab Erbarmen mit mir, einem Sünder.«

Irgendwo in den Tiefen seines Bewusstseins erkannte er, dass das Gebet die ganzen Jahre in ihm geschlummert hatte, dass er es aber nie ausgesprochen hatte. Nun verachtete er sich dafür, dass er zu Gott kam, wenn alles verloren war. Eine Stimme, die unmittelbar aus dem Abgrund aufzusteigen schien, sagte: *Wie kommst du darauf, dass Gott dich erhören würde? Dich, der ihn sein Leben lang verleugnet hat? Nein! Dir sind die Hölle und der Abgrund bestimmt, Evan Morgan. In alle Ewigkeit!*

Er hatte keine Kraft, gegen diese Worte anzukämpfen, und dennoch machten sie ihm keine Angst. Es war, als würde er irgendwie beschützt, vor ihnen geborgen. Er verstand es nicht, aber er empfand ein Aufblitzen der Dankbarkeit, ehe er wieder in Bewusstlosigkeit versank. Er schien im leeren Raum zu schweben – und der Schmerz war verschwunden. Langsam kehrte sein Bewusstsein zurück, bis er eines Tages die Augen öffnete und einen schrägen Sonnenstrahl durch das Fenster fallen sah. Er leckte sich die ausgedörrten Lippen und versuchte zu schlucken, aber seine Kehle war noch trockener. Dann entdeckte er eine leise Bewegung zu seiner Linken.

Er wandte vorsichtig den Kopf und sah ein Gesicht. Aber seine Augen konnten sich nicht darauf einstellen und das Bild schien zu verschwimmen und sich zu verändern. Er versuchte zu sprechen, aber nur ein Krächzen drang aus seiner Kehle. Er schloss die Augen und öffnete sie dann wieder. Diesmal war das Gesicht klarer.

»Jenny«, sagte er. Seine Stimme klang wie eine brüchige Parodie ihrer selbst.

»Ja, Evan.« Sie beugte sich über ihn und wischte sein Gesicht ab.

Er starrte sie ungläubig an. »Du darfst nicht hier sein«, wisperte er. »Du wirst dich mit der Pest anstecken.«

»Du wirst wieder gesund werden«, sagte Jenny ruhig. »Der Doktor war hier. Die Beulen sind aufgebrochen, und er sagte, wenn das geschieht, werden die Kranken fast immer wieder gesund.«

»Gesund … werden?« Er konnte es nicht fassen. In seinem Kopf drehte sich alles und er brachte kein Wort mehr über die Lippen.

Er lag still da und dachte nach und dann döste er ein. Als er wieder erwachte, war Jenny da, diesmal mit Essen. »Du musst essen«, sagte sie, »um wieder zu Kräften zu kommen.« Sie trug ein dunkelbraunes Kleid und ihr Gesicht war eingefallen vor Erschöpfung.

»Wie lange warst du hier?«, fragte er zwischen zwei Schlucken der Brühe, mit der sie ihn fütterte.

»Mehr als eine Woche.« Sie blickte ihn seltsam an. »Ich dachte, du würdest sterben.«

»Warum bist du gekommen?«, fragte er, ängstliche Anspannung in der Stimme. »Wie konntest du ein solches Risiko eingehen?«

Jenny legte erst den Löffel und dann den Teller weg. Sie gab ihm Wasser zu trinken, dann lehnte sie sich zurück und ihre Augen hingen eindringlich an seinem Gesicht. »Ich habe nach dir geschickt, und sie sagten mir, du seist krank.« Sie zögerte, dann fuhr sie mit gedämpfter Stimme fort: »Ich erinnerte mich an diese Nacht vor so langer Zeit, als ich aus dem Wald zu dir kam. Du hast mich aufgenommen. Du hast mir zu essen gegeben –« Ihre Stimme brach vor innerer Bewegung, und sie holte tief Atem, um sich wieder zu fassen. »Du hast mir das Leben gerettet, Evan.«

Er starrte sie lange an, dann hob er die Hand und strich langsam mit den Fingern über ihren Arm. »Das war vor langer Zeit«, wisperte er.

Sie ergriff seine Hand und hielt sie einen Augenblick lang zwischen ihren beiden Händen, als wollte sie sie nie wieder loslassen, dann legte sie sie zurück auf seine Brust. »Jetzt sind wir quitt«, sagte sie.

Evan blickte sie an und nickte. »Ja«, sagte er in einem dünnen Flüstern, ohne den Blick von ihrem Gesicht abzuwenden. Sie bot einen lieblichen Anblick, trotz ihrer Erschöpfung.

Er wusste, er würde mit der Liebe zu ihr im Herzen sterben.

Aber er sagte nur: »Ja, jetzt sind wir quitt.«

III

Der fröhliche Monarch 1666–1669

14

HOPE LERNT EINEN MANN KENNEN

Die Pest erreichte ihren Höhepunkt im August und September des Jahres 1665. Am Ende des Jahres schien es, als sei sie vorübergezogen, und Anfang 1666 wurde London wieder zu einer betriebsamen Stadt. Das war eine gute Nachricht für viele, vor allem für diejenigen, die mit dem Theater zu tun hatten. Jennys Truppe war eine der Ersten, die zurückkehrten, und es dauerte nicht lange, bis sie wieder in voller Aktion waren, Dramen aufführten und ein riesiges Publikum anzogen.

Trotz ihrer gemischten Gefühle und ihrer Unsicherheit kehrte Jenny zur Schauspielerei zurück, weil sie sich nicht sicher war, was sie sonst tun sollte. Wieder einmal ordnete sich das Leben zu dem altgewohnten, vorhersehbaren Muster, und das bedeutete, dass sie wiederum eine Fähigkeit an den Tag legen musste, die sie durch ihren Beruf gelernt hatte: Männern Widerstand zu leisten. Sie hatte schon früh bemerkt, dass sie für die meisten Männer nichts Besseres als eine Prostituierte war und dass sie sie dementsprechend behandelten. Sie hatte gelernt, den Widerwillen zu verbergen, den sie für solche Kreaturen empfand. Und was noch wichtiger war, sie hatte Strategien entwickelt, solchen Männern gar nicht erst in die Nähe zu kommen. Die meisten Schauspielerinnen waren nach der Aufführung nur zu gern bereit, die Einladung reicher Männer zum Abendessen – und mehr – anzunehmen. Jenny tat das nur selten.

Eines Abends jedoch kam ein junger Mann hinter die Bühne, der ihre Aufmerksamkeit erregte. Besser gesagt, ihre Aufmerksamkeit wurde erweckt, als einer der Besucher ihn ihr vorstellte.

»Dies ist Mr Darcy Wingate«, sagte der Mann. »Ein Grünschnabel von einem Rechtsanwalt, der eben dabei ist, reich und berühmt zu werden.«

Wingate protestierte dagegen. »In einem Dörfchen wie Bedford werde ich wohl kaum reich und berühmt werden, oder?«

Bei der Erwähnung von Bedford wurde Jenny aufmerksam. »Fahrt Ihr bald wieder nach Bedford?«

»Aber ja«, antwortete der junge Mann überrascht. »Um genau zu sein, ich reise morgen in aller Herrgottsfrühe ab.«

Jenny schätzte Darcy Wingate mit raschen Blicken ab. Sie sah sich einem jungen Mann von etwa sechsundzwanzig Jahren gegenüber, groß und sehr mager, obwohl er einen kraftvollen Eindruck machte. Er hatte kastanienbraunes Haar, graue Augen und eine helle Haut. Als sie in seinem Gesicht forschte, sah sie darin nichts von der Lasterhaftigkeit, die sie so oft bei Männern seines Alters fand. Er hatte ein langes Gesicht mit einer starken Nase und einem trotzigen Kinn und Mund. Im Großen und Ganzen war er nicht hübsch, aber er wirkte gesund und ziemlich männlich.

»Mr Wingate, würdet Ihr gerne einen kleinen Imbiss mit mir einnehmen?«, fragte sie ruhig. Ihr war bewusst, dass ihre Frage die anderen schockieren würde. »Ich habe Freunde in der Umgebung von Bedford und vielleicht stoßt Ihr auf den einen oder anderen von ihnen.«

»Nun, mit dem größten Vergnügen, Mistress Clairmont.«

In weniger als einer halben Stunde saßen die beiden in einer Schenke, wo Jenny ihm gestattete, ihr eine Mahlzeit zu bestellen. Bis das Essen serviert wurde, hörte sie zu, wie ihr Begleiter kurz seine Vergangenheit skizzierte. Er stammte aus einer guten Familie im Norden Englands und hatte eben sein Studium an der Universität abgeschlossen.

Er war nun auf dem Weg, um eine Zeit lang bei seinem Onkel zu studieren. »Mr Francis Wingate«, sagte er zu ihr. »Kennt Ihr ihn?«

»Ich habe von ihm gehört, Mr Wingate, aber ich habe ihn niemals persönlich kennengelernt.«

Die beiden unterhielten sich locker, und Wingate war tief beeindruckt von der Schönheit der Frau, die an seiner Seite saß. Ihre grünen Augen passten zum Farbton ihres Kleides, das ihren wohlgestalteten Körper hervorhob. Ihr rotblondes Haar hatte einen Farbton, wie er ihn nie zuvor gesehen hatte.

Eine umwerfende Frau!, dachte er. *Und dennoch ist sie ganz anders als alle Schauspielerinnen, die ich je kennengelernt habe.*

Nach der Mahlzeit tranken sie Tee und unterhielten sich weiter. Wingate fragte abrupt: »Ladet Ihr immer Eure Bewunderer zum Abendessen ein, Mistress Clairmont?«

Sie begegnete ruhig seinen forschenden Augen. »Nein, Sir, das tue ich nicht. Um genau zu sein – Ihr seid der Erste.«

Er lächelte, sein breiter Mund verzog sich zu einem seltsamen schiefen Lächeln. »Ich muss wohl charmanter sein, als ich dachte, um einer solchen Ehre teilhaftig zu werden. War es mein gutes Aussehen, das Euch zu dieser Einladung bewogen hat?«

»Nein«, sagte Jenny und ihre Stimme klang plötzlich kühl. »Es hatte überhaupt nichts mit Eurem Aussehen zu tun.«

Wingate lachte laut. »Nun, Ihr haltet nicht hinter dem Berg!« Er trank einen Schluck Tee, dann neigte er den Kopf zur Seite. »Ich weiß, dass Ihr nicht hinter meinem Vermögen her seid, da ich keines habe.« Er beugte sich vor und stützte das Kinn in die Hand. Neugieriges Interesse leuchtete aus seinen Augen. »Also gewährt mir Erleuchtung, Mistress Clairmont. Was hat Euch bewogen, mich zum Essen einzuladen?«

»Ich werde ehrlich mit Euch sein, Sir«, antwortete sie. »Ich möchte Euch um einen Gefallen bitten.« Sie lächelte ihn über den Rand ihrer Teetasse hinweg an. Trockener Humor funkelte in ihren Augen. »Nun wisst Ihr das Schlimmste von mir. Ich bin eine Frau, die fremde Männer um Gefälligkeiten bittet.«

Wingate lehnte sich zurück. Ihre Ehrlichkeit beeindruckte ihn. Die meisten Schauspielerinnen waren ziemlich vulgär und im Allgemeinen auch ein ganzes Stück älter. Dieses Mädchen schätzte er höchstens auf Anfang Zwanzig und sie hatte eine Aura unmissverständlicher Würde um sich. »Es wird mir eine Ehre sein, Euch zu Diensten zu sein, Mistress Clairmont«, versicherte er ihr aus ehrlichem Herzen.

»Ich hoffe, Ihr glaubt mir, wenn ich Euch sage, dass ich das nicht gewohnheitsmäßig tue. Die Not zwingt mich jedoch zu ungewöhnlichen Maßnahmen. Ich habe einen Freund, der schwer krank war –«

»Die Pest?«, verlangte Wingate zu wissen.

Sie nickte, ohne den Blick von dem seinen zu wenden. »Ja. Er hat sich jedoch bereits so weit erholt, dass keine Gefahr der Ansteckung mehr besteht.« Sie beugte sich vor und das Laternenlicht tauchte ihr Gesicht und ihre Schultern in einen warmen, goldenen Glanz. Sie hatte wunderschöne Haut und ihre Wangen waren vor innerer Bewegung leicht gerötet. »Sein Name ist Evan Morgan. Er müsste London verlassen, aber er ist sehr schwach. Ich wäre Euch sehr dankbar, Sir, wenn Ihr ihn nach Wakefield zurückbringen könntet.«

Darcy beobachtete ihren Gesichtsausdruck, während er in aller Eile nachdachte. »Seid Ihr gewiss, dass er nicht mehr ansteckend ist?«

»Ihr könntet Euch mit einem Arzt beraten«, sagte sie mit fester Stimme, »aber ich kann Euch versichern, Sir, dass er jetzt völlig gesund ist. Er ist nur geschwächt.«

»Dann sehe ich keinen Grund, warum ich Eure Bitte nicht erfüllen sollte.« Darcy nickte. »Ich habe eine Kutsche gemietet, die ich selbst kutschiere. Da ist Platz genug.« Er zögerte, dann fragte er neugierig: »Ist das einer Eurer Bewunderer, Mistress Clairmont?«

»Oh nein, nichts dergleichen«, protestierte Jenny. Die sanfte Farbe auf ihren Wangen wurde merklich dunkler.

Darcy fand es bezaubernd, dass eine Frau in einer so weltlichen Profession auf eine simple Frage hin so erröten konnte.

Sie fuhr hastig fort: »Er ist ein sehr alter Freund von mir. Wir sind zusammen aufgewachsen. Wir waren beide Diener von Sir Christopher Wakefield.«

Darcys gute Meinung von Jenny wurde noch besser. »Nicht viele Schauspielerinnen würden zugeben, dass sie einst Mägde gewesen sind.« Sein schiefes Lächeln blitzte auf. »Die meisten ›gestehen‹, dass sie ein illegitimes Kind des Dauphins oder ein Mitglied des österreichischen Herrscherhauses sind.«

Jenny lächelte. Ein Grübchen erschien in ihrer Wange. »Das trifft nicht auf mich zu, Sir. Ich war viele Jahre lang die Zofe von Lady Wakefields Tochter. Evan arbeitete im Stall, bei den Pferden. Wir kommen beide aus Wales.«

»Nun, es wird mir eine Freude sein, Euch diesen Gefallen zu tun, Mistress Clairmont«, erklärte Wingate. Er war ein großzügiger junger Bursche, und als er das dankbare Lächeln auf dem Gesicht der Schauspielerin sah, fühlte er sich reich belohnt. »Ich reise am Morgen ab. Wenn Ihr mich wissen lasst, wo ich diesen Mann abholen kann, werde ich es mit Vergnügen tun.«

»Seine Familie wird Euch sehr dankbar sein. Sowohl Sir Christopher als auch Lady Wakefield schätzen und lieben ihn sehr. Um genau zu sein: Evan ist ein Verwandter von Lady Wakefield. Auch sie kommt aus Wales.« Dann erhob sie sich und streckte die Hand aus, was eine ungewöhnliche Geste für Jenny war.

Darcy ergriff sie, hob sie zu einem galanten Kuss an die Lippen, dann ließ er sie los. »Ich muss sagen«, bemerkte er mit vor Bewunderung leuchtenden Augen und gedämpfter Stimme, »Euer Evan Morgan hat Glück, eine so schöne Beschützerin zu haben.« Als ihr die Röte von Neuem in die Wangen stieg, lächelte er. »Ihr könnt Eurem Freund sagen, dass ich ihn früh am Morgen abholen werde.«

* * *

»Nun, Mr Morgan, sollen wir uns auf den Weg machen?«

Evan hatte von Jenny erfahren, dass ein Gentleman ihn abholen und nach Wakefield zurückbringen würde. Als er sich nun in Wingates Kutsche niederließ, antwortete er rasch: »Ja, Mr Wingate. Aber für gewöhnlich nennt man mich einfach Evan.« Als die Kutsche losfuhr, setzte er hinzu: »Ich bin Euch dankbar, Sir.« Er warf einen verächtlichen Blick über die Schulter. »Ich habe dieses Zimmer jetzt seit einer Woche satt.«

»Der Sonnenschein wird Euch guttun«, sagte Wingate nachdrücklich. »Wir haben einen guten Tag zum Reisen.«

Darcy lenkte die Kutsche durch die gedrängt vollen Straßen Londons. Man sah immer noch die Anzeichen der Pest: Viele Häuser waren mit Brettern verschlagen, einige trugen immer noch warnende Zeichen. Wingate warf seinem Begleiter einen Blick zu.

»Ihr müsst eine kernige Konstitution haben, Sir.« Er bemerkte, dass Evan dünn, fast ausgezehrt wirkte, dass er jedoch gesunde Farbe in den Wangen hatte. »Nur wenige überleben diese Krankheit.«

Evan dachte über die Worte nach. »Ich bin überzeugt, Sir, dass es Gott war, der mich überleben ließ. Es gibt keine andere Antwort.«

Darcy nickte, gab jedoch keine Antwort.

Als sie zur London Bridge kamen, warf Wingate einen Blick auf die Häupter jener Unglücklichen, die für verschiedene Verbrechen geköpft worden waren. Ihre abgetrennten Köpfe steckten auf Stangen. Darcy bemerkte angewidert: »Ich sehe keine Notwendigkeit für etwas dergleichen.«

»Ich auch nicht, Sir«, stimmte Evan zu. »Wenn ein Mann tot ist, ist er niemandes Feind mehr. Ein Kaiser und ein Bettler sind einander gleichgestellt, wenn sie dieses letzte Tor durchschreiten.«

»Ich bin derselben Meinung. Meine Familienangehörigen waren Royalisten, aber ich finde es abscheulich, wie man die Leichen der Anführer der Revolution behandelte.« Wingate sprach von der seltsamen und bizarren Rache, die die Machthaber nach Cromwells Tod übten. Diese Männer hatten die Leichen von Cromwell, Ireton und anderen Anführern ausgegraben, um sie zu hängen. Dann, als eine letzte Demütigung, schnitten sie den Leichen die Köpfe ab und steckten sie auf Stangen. »Cromwell und die anderen waren gute und ehrbare Männer«, murmelte Darcy. »Eine solche Behandlung haben sie nicht verdient.«

Während sie dahinzogen, gelang es Wingate, Evan den größten Teil seiner Geschichte zu entlocken. Als Rechtsanwalt hatte er viel Geschick darin, Leute zum Sprechen zu bringen. Vor allem interessierte ihn die Beziehung des jungen Mannes zu Jenny Clairmont. Als sie am späten Nachmittag eine Herberge erreichten, kannte Wingate bereits die Geschichte, wie die beiden aus Wales gekommen waren und Sir Christopher gedient hatten. Er hatte auch den scharfsinnigen Schluss gezogen, dass Evan Morgan mehr als nur brüderliche Sorge für die berühmte Schauspielerin empfand. Er machte keine Bemerkung darüber, aber als sie am nächsten Tag das Ziel ihrer Reise erreichten, fand er zusätzlich heraus, dass es einen Sohn des Hauses namens Amos gab, der ebenfalls an Mistress Clairmont interessiert war.

Ich frage mich, was wohl Mistress Jenny von diesen beiden jungen Männern hält?, dachte Wingate.

Sie erreichten Wakefield um drei Uhr und wurden an der Tür von Angharad empfangen, die Evan warmherzig umarmte. »Sieh dich nur an! Nichts als Haut und Knochen!«, rief sie aus. Sie schloss ihn von Neuem in die Arme. »Aber warte nur, wir kriegen dich schon wieder hin!«

»Lady Wakefield, dieser Gentleman ist Mr Darcy Wingate«, sagte Evan. »Er war so freundlich, mich heimzubringen.«

»Seid uns willkommen, Sir«, sagte Angharad liebenswürdig. »Ich bestehe darauf, dass Ihr über Nacht bleibt. Es ist zu weit, um noch weiterzufahren.«

Darcy zögerte, dann lächelte er. Er fand Gefallen an dieser hochgewachsenen, gut gebauten Frau mit den warmen braunen Augen. Er hatte erfahren, dass sie Mitte fünfzig war, obwohl weder ihre Gestalt noch ihr Haar ihr Alter verrieten. »Wenn es Euch keine Mühe macht«, stimmte er zu.

»Keineswegs. Kommt, ich führe Euch in Euer Zimmer. Evan, wirst du in deinem Haus sein?«

»Ja. Ich bin ziemlich müde.«

»Gut«, erklärte Angharad. »Ich bringe dir bald etwas zu essen. Sieh jetzt zu, dass du ins Bett kommst.«

* * *

Darcy fand sich in einem hübschen Zimmer mit hohen Fenstern wieder, die reichlich frische Luft einließen. Angharad wandte sich lächelnd an ihn. »Vielleicht wollt Ihr Euch hinlegen und ein wenig ruhen. Aber Ihr müsst mit uns zu Abend essen. Wir sind Euch dankbar für Euer Entgegenkommen gegenüber Evan.«

Sie verließ den Raum, und Darcy ging augenblicklich zum Waschtisch, um frisches Wasser einzugießen. Nachdem er seine Kleider abgelegt hatte, wusch er sich langsam und genoss das Bad. Er legte sich aufs Bett und döste, erwachte jedoch, als eine Stimme ihn zum Abendessen rief.

Er kleidete sich rasch an, und als er den Fuß der Treppe erreichte, traf er auf Lady Wakefield und einen hochgewachsenen Mann mit weißem Haar.

Lady Wakefield lächelte ihn an. »Und dies ist mein Ehemann, Sir Christopher Wakefield. Sir Christopher, Mr Darcy Wingate.«

»Ah! Ein Verwandter von Sir Francis Wingate, wie ich annehme«, sagte Christopher.

»Ja, Sir. Mein Onkel.« Wingate hatte schon einiges über die Familie Wakefield gehört. Er war beeindruckt von Sir Christopher, der, wie Evan gesagt hatte, nun Mitte siebzig war. Obwohl er körperlich gebrechlich wirkte, waren seine Augen scharf, und er trug ein freundliches Wesen zur Schau.

»Kommt, setzt Euch«, sagte Christopher. »Ich bin halb verhungert und nehme an, das gilt auch für Euch.«

Als sie den Raum betraten, sah Darcy eine junge Frau am Kamin stehen. Sie wandte sich um, als sie eintraten, und Christopher sagte: »Das ist meine Tochter, Hope. Meine Liebe, dies ist Mr Darcy Wingate.«

»Ich freue mich, Euch kennenzulernen, Mistress Wakefield«, sagte Darcy und machte eine knappe Verbeugung. Die junge Frau betrachtete ihn, während er ihre lieblichen Züge in sich aufnahm. Obwohl sie nicht groß war, war sie gut gebaut, und dasselbe dunkle Haar, wie es ihre Mutter hatte, floss ihr über die Schultern bis zur Taille. Ihre

Augen waren vom dunkelsten Braun, das er je gesehen hatte. Sie hatte ein ovales Gesicht mit breiten, schön geschwungenen Lippen – und sie wirkte … wachsam.

»Willkommen in Wakefield, Mr Wingate«, sagte sie. »Ich hoffe, Ihr seid hungrig.«

»Ich hoffe, du bist es auch«, sagte Angharad und lächelte Hope voll Zuneigung an. »Ich habe es Hope überlassen, das Dinner zuzubereiten, und sie neigt dazu, es zu übertreiben.«

Wakefield lachte gedämpft und legte den Arm um das junge Mädchen. Wingate schätzte sie auf nicht älter als achtzehn. »Sie meint, sie kocht für König Karl und das königliche Gefolge.« Er lächelte sie voll Zuneigung an, und Darcy konnte sehen, wie nahe die beiden einander standen.

Sie setzten sich alle zu Tisch und die Diener begannen die Mahlzeit aufzutragen. Darcy war beeindruckt, wie vielfältig das Essen war. Zuerst gab es eine Platte mit heißem Fisch, darauf folgte eine Hammelschulter und dann ein gebratenes Kaninchen, süß und auf eine Weise gewürzt, wie er es nie zuvor gekostet hatte. Daraufhin wurde ein Kürbis serviert, in Scheiben geschnitten und mit kandierten Äpfeln gebacken. Als Beilagen kamen alle Sorten von Salaten und Gemüsen auf den Tisch.

»Ich glaube, die königliche Familie wäre damit zufriedengestellt, Mistress Wakefield«, sagte Wingate bewundernd. Plötzlich tauchte sein schiefes Lächeln auf. »Euer Gatte wird die Gicht und einen Bauch wie eine Trommel bekommen, wenn Ihr ihn so füttert!«

Hope lächelte billigend, aber ihr Blick hatte etwas Berechnendes an sich. Die Leichtigkeit, mit der der junge Mann Konversation betrieb, hatte sie beeindruckt.

Er ist gewiss ein guter Rechtsanwalt, dachte sie. *Er hat ein Talent dafür, mit den Leuten auszukommen.* Nun sagte sie: »Wie steht es mit Euch selbst, Mr Wingate? Wo seid Ihr daheim?«

»Im Norden Englands«, antwortete er. Als sie ihn bedrängte, mehr zu erzählen, zuckte er die Achseln und fuhr fort: »Wir sind keine sonderlich aufregende Familie. Wir haben die Revolution überlebt und jetzt, da der König wieder im Lande ist, atmen wir ein wenig freier.«

»Dann wart Ihr also Gegner der Revolution?«

»Meine Familie hatte den Eindruck, sie diene dem Land nicht zum Besten.« Darcy sah, dass diese Antwort Hope nicht zufriedenstellte, und erkannte augenblicklich, dass sie in politischer Opposition zu der monarchischen Ordnung der Dinge stand.

Christopher hatte Mitleid mit dem armen Mann, der in etwas unbehaglichem Schweigen dasaß. »Lasst Euch von unserem Mädchen nicht beunruhigen. Wir waren ziemlich aktiv unter Cromwell.«

»Das dachte ich bereits.« Darcy bewunderte die schlichte Ehrlichkeit des Mannes. »Dann habt Ihr es wohl jetzt schwer, nicht wahr?«

»Bislang haben wir kaum Probleme gehabt«, antwortete Christopher bereitwillig. »Aber mein ältester Sohn hat einen Freund, Mr John Bunyan, der in große Schwierigkeiten geraten ist.« Er erzählte von Bunyans Verhaftung und seinem Gefängnisaufenthalt. »Euer Onkel ist der Beamte, der Bunyan verhaften ließ.«

Wingate rutschte unbehaglich hin und her. Er wusste, dass es viele Bereiche gab, in denen sein Onkel und dieser gute Mann wohl verschiedener Ansicht waren, aber er wollte da nicht hineingezogen werden. Er bemerkte, dass Hope Wakefield ihn aufmerksam betrachtete. »Das tut mir leid«, bemerkte er. »Der König ist dagegen. Ginge es nach seinem Willen, so würde er völlige Freiheit in religiösen Angelegenheiten gewähren.«

»Wenn er der König ist«, fragte Hope scharf, »warum kann er dann nicht einfach befehlen, dass es geschieht?«

Darcys schiefes Lächeln blitzte kurzfristig auf. »Darum eben ging es in der Revolution, meine liebe Mistress Wakefield. Als der König tat, was er wollte, ohne dem Volk Rechenschaft abzulegen, war das Resultat eine Revolution. Nein, jetzt ist der König dem Parlament verantwortlich, und so sollte es auch sein. Die Parlamentarier haben die Gesetze gegen die Prediger erlassen.«

Angharad erkannte den starrsinnigen Ausdruck, der sich auf den Zügen ihrer Tochter abmalte, und mischte sich ein. »Mr Wingate, ich hoffe, Ihr habt morgen noch Zeit genug, Euch unser kleines Gut ein wenig anzusehen.«

Christopher warf ein: »Ich kann Euch nicht selbst herumführen.« Ein schelmisches Licht blitzte in seinen schlauen Augen auf. »Ich bin aber überzeugt, meine Tochter wird gerne für mich einspringen. Nicht wahr, Hope?«

Hopes Augen glitten zum Gesicht ihres Vaters. Sie wusste, dass er sie neckte, und konnte ein Lächeln nicht unterdrücken. »Gewiss, Vater«, sagte sie überschwänglich. Dann wandte sie sich an Wingate und fügte hinzu: »Vielleicht können wir uns dann weiter über Politik unterhalten.«

»Wie immer Ihr wünscht, Mistress Wakefield«, sagte Wingate mit glänzenden Augen. »Die Mahlzeit war köstlich. Mein Kompliment.«

Angharad machte sich kurz darauf auf den Weg zu dem Haus, wo sie bis zu seinem Tode mit ihrem Vater gewohnt hatte. Dort fand sie Evan vor, wie er am Tisch saß, das Gesicht eingefallen. »Was ist mit dir?«, fragte sie besorgt. »Fühlst du dich nicht wohl?«

»Ich wusste nicht, dass Vetter Will gestorben ist«, sagte er.

»Ich dachte mir schon, dass es mir überlassen bleiben würde, dir das zu sagen«, seufzte Angharad. Sie trat an ihn heran und legte die Hände auf seine Schultern. »Er starb rasch, Evan. Seine letzten Worte galten dir. Er liebte dich sehr. Er betete, dass Gott dir beistehen würde.«

»Ich – ich werde ihn vermissen. Er war wie ein Vater zu mir und geduldiger, als ich es verdiente.«

Angharad setzte sich dicht neben ihn und sie sprachen eine Weile über Will Morgan. »Owen, mein Vater, ist tot und wir haben Will verloren.« Sie nahm seine Hände in die ihren. »Nun sind nur noch du und ich aus dem alten Vaterland übrig. Wir beide müssen jetzt ganz fest zusammenhalten.«

»Cousine«, murmelte Evan, »ich habe lange über mein Leben nachgedacht. Als ich beinahe im Sterben lag, dachte ich an Gott – zum ersten Mal, um ehrlich zu sein.«

Angharads Augen füllten sich mit Tränen. Sie war eine Frau mit einer tiefen, reichen Gefühlswelt und hatte lange für ihren jungen Verwandten gebetet. »Ich bin glücklich darüber, Vetter«, flüsterte sie. »Es muss eine schreckliche Zeit für dich gewesen sein. Aber wenn sie dich zu Gott gebracht hat, dann war es ein Segen.«

Evan neigte den Kopf, aber er klammerte sich weiter an Angharads Hände, und sie saßen eine Weile schweigend beisammen. Dann fragte sie sanft: »Und was ist mit Jenny?«

»Ich verdanke ihr mein Leben. Wäre Jenny nicht gewesen, so wäre ich gestorben«, sagte er schlicht.

»Dann ist sie also entschlossen, in London zu bleiben?«

»Ja, das nehme ich an.« Er holte tief Atem. »Ich werde Amos sagen, dass ich im Unrecht war. Ich war so oft im Unrecht, aber irgendwie habe ich das Gefühl, dass jetzt alles anders werden wird.«

Angharad beugte sich vor und küsste ihn. »Du ruhst dich jetzt aus, und wir werden sehen, was Gott für uns tut.«

* * *

»Ich hoffe, Ihr habt gut geschlafen, Mr Wingate.«

Darcy Wingate nickte. Er und Hope hatten eben das Frühstück beendet und die Sonne lugte noch kaum über die Hügel im Osten. »Ja, und nach diesem köstlichen Frühstück bin ich zu allem bereit.«

»Dann kommt! Vielleicht würdet Ihr Euch gerne die Stallungen ansehen. Wir sind sehr stolz auf unsere Falken hier.«

Hope führte ihn zu den Marställen, und Wingate war erstaunt, wie viel dieses Mädchen vom altertümlichen Sport der Falknerei verstand.

»Ich habe viel von meinem Bruder Gavin gelernt«, erzählte sie ihm. »Er begann mich zu unterrichten, als ich noch ein kleines Mädchen war.« Sie zeigte ihm die Falken und die Hühnerhabichte und fügte hinzu: »Wisst Ihr, wer von Gesetzes wegen einen solchen Greifvogel fliegen lassen darf?«

»Oh, nein«, antwortete Wingate verblüfft. »Aber ich nehme an, das darf jedermann.«

Hopes Grübchen wurde sichtbar. »Und Ihr nennt Euch einen Anwalt, Sir? Nein, wirklich nicht. Dem Gesetz nach muss man zumindest den Rang eines Grafen haben, um einen dieser Vögel fliegen zu lassen.« Sie wandte sich den Tieren zu und deutete auf einen davon. »Ihr könnt diesen hier nehmen. Ich nehme das Weibchen hier.«

Sie legten die schweren Lederhandschuhe an, zogen den Vögeln die Hauben über und bestiegen edle Pferde. So ritten sie auf ein offenes Feld. Die Falken verhielten sich still während des Rittes. »Ich liebe diesen kleinen Falken«, sagte Hope schlicht. »Ich hatte große Mühe damit, sie abzurichten. Sie ist sehr stark. Letzte Woche hat sie einen voll ausgewachsenen Hasen geschlagen.« Sie beugte sich vor, hielt den kleinen Raubvogel hoch und machte leise, schnalzende Geräusche. »Euer Vogel hier heißt Pluto. Er liebt es, sich wie der Blitz aus dem Himmel fallen zu lassen. Meistens schlägt er Krähen.«

»Keine wohlschmeckende Beute«, kommentierte Wingate.

»Nicht für uns«. Hope lächelte, »aber für ihn.«

Sie ritten über das offene Feld und entdeckten bald eine mögliche Beute. Sie zogen den Falken die Hauben ab und warfen beide in die Luft. Der Fang bestand lediglich aus einem Schwarm Amseln, aber Hope fand es offenbar aufregend.

Darcy beobachtete, wie ihre Augen aufglänzten, und lauschte ihrem Lachen, als die Vögel aus der Höhe herabstürzten, um zu töten. »Ich bin überrascht, eine junge Frau zu sehen, die so viel Freude an der Falknerei hat.«

»Warum überrascht Euch das?«

»Ich – nun, ich weiß es eigentlich nicht«, gestand er ein, »aber die meisten jungen Frauen, die ich kenne, interessieren sich eben mehr für Kleider, Tanzveranstaltungen, Bälle und dergleichen Dinge.«

»Und kann eine Frau sich nicht für diese Dinge interessieren«, gab Hope zurück, »und obendrein eine gute Falknerin sein?«

»Ich nehme es an.« Darcy lächelte seine Gefährtin an. Sie sah bezaubernd aus, wie sie da auf ihrem großen Pferd saß. Sie trug ein pflaumenfarbenes Reitkleid, ihr Haar steckte unter einem Samthut von derselben Farbe, der mit Silber umbändelt war. Er fragte sich, warum sie wohl in einem so scharfen Ton mit ihm gesprochen hatte. Er konnte sich nicht vorstellen, dass das ihre übliche Art war.

Als die Falken auf die Handschuhe zurückkehrten und die beiden Falkner ihnen die Hauben überzogen, fragte er sie neugierig: »Ihr scheint ein wenig ärgerlich auf mich zu sein, Mistress Wakefield. Oder vielleicht ist es meine Familie, die Euer Missfallen erweckt hat. Kämpft Ihr immer noch die Schlachten der Revolution?«

»Ich denke, Ihr wisst Bescheid über einige der Ungerechtigkeiten, die sich ereignet haben«, antwortete sie, den Blick fest auf ihn gerichtet. An der Art, wie sie ihn betrachtete, war etwas Starkes, fast Aggressives. Es gab nichts Reizvolleres als ihre Züge, die von zarter Schönheit waren. Und doch wusste er ohne Zweifel, dass hier jemand war, der eine erbitterte Feindin sein konnte.

»Ich ziehe es vor, die Vergangenheit vergangen sein zu lassen«, sagte er ruhig.

»Das tue ich auch«, antwortete sie rundheraus. »Deshalb ist es ja so unglückselig, dass einige Eurer hochgestellten Freunde immer noch darauf aus sind, jene zu bestrafen, die ihre Gegner waren.«

Ihre Art reizte ihn ein wenig. »Als Cromwell an der Macht war, wurden diese ›meine Freunde‹, wie Ihr sie nennt, von Haus und Hof verjagt«, hielt er ihr entgegen. »Einige von ihnen haben ihren Familienbesitz noch immer nicht zurückerhalten.«

Hope gab keine Antwort. Sie wandte ihr Pferd zurück zu den Stallungen. Sie ritten in unbehaglichem Schweigen dahin, bis Darcy nachgab.

»Ich muss mich entschuldigen, Mistress Wakefield. Kommt, lasst uns nicht streiten.«

»Nun gut«, sagte Hope nicht ohne Groll. »Interessiert Ihr Euch für Hunde?«

»Jagdhunde? Ich weiß nur wenig über sie.«

»Dann kommt mit, ich werde Euch einige schöne Exemplare zeigen.« Sie machten sich auf den Weg zu den Hundezwingern, eine Zeit lang musste Wingate sich einen Vortrag über die Vorzüge der Wakefield'schen Hunde anhören.

»Dies hier sind schottische Rotwildhunde«, erklärte sie. Sie streckte die Hand aus, hob einen Welpen auf und drückte ihn an ihr Gesicht. Er leckte ihre Wange und sie lachte. »Du bist ein süßer Schatz«, wisperte sie.

Das seid Ihr auch, Mistress Hope Wakefield, antwortete Darcy im Stillen. *Das heißt, sofern Ihr nicht gerade voll gerechten Zornes und Entrüstung seid!*

»Man sagt, diese Hunde lebten seit Hunderten von Jahren in Schottland«, erzählte sie ihm. »Sie züchten dort gute Tiere.« Sie zeigte ihm einen kleinen, schütter behaarten Hund, den sie einen Terrier nannte.

»Sie sind ziemlich hässlich«, gab sie zu, während sie das raue, sandfarbene Fell des Hundes kraulte. »Aber sie sind gute Jäger auf Ungeziefer wie Füchse und Ratten. Sie kommen aus dem Land an der Grenze.«

»Nun, an der Grenze gibt es jede Menge Ungeziefer«, bemerkte Darcy. »Einiges davon ist zweibeinig. Es überrascht mich nicht, dass man eine eigene Hunderasse gezüchtet hat, um sie zu jagen.«

Nachdem sie die Hundezwinger verlassen hatten, schenkte Hope ihm ein schlaues Grinsen. »Nun wollen wir die Pferde ein wenig in Schweiß bringen.« Sie hatte bemerkt, dass Darcy Wingate kein erfahrener Reiter war und hatte vor – ein etwas niederträchtiger Gedanke, den sie sich selbst nie eingestanden hätte –, ihn in Verlegenheit zu bringen. Sie stiegen wieder auf, und sie murmelte ihrer eigenen Stute ein paar Worte ins Ohr, worauf sie prompt davongaloppierte.

»Zum Teufel mit der Frau!«, stieß Darcy zwischen zusammengebissenen Zähnen hervor. »Sie weiß, dass ich kein guter Reiter bin!« Dennoch wollte er sich nicht so leicht geschlagen geben. Er tat sein Bestes, stieß dem Pferd die Fersen in die Flanken und klammerte sich verzweifelt an ihm fest. Unglücklicherweise war er kaum fünfzig Meter weit geritten, als das Pferd vor einem Kaninchen scheute, das direkt vor seinen Hufen dahersprang. Die plötzliche Bewegung ließ Darcy das Gleichgewicht verlieren, sodass er mit dem Kopf voran über den Widerrist des Pferdes schoss. Er landete auf den Füßen, aber ein Fuß versank in einem Loch, worauf er mit einem scharfen Schmerzensschrei zu Boden fiel.

Hope blickte zurück und sah, wie Wingate sich aufzurappeln versuchte. Augenblicklich zügelte sie ihre Stute, machte kehrt und eilte zu ihm zurück. »Seid Ihr in Ordnung, Mr Wingate?«

»Ja – das heißt – nein.« Wingate versuchte, das Gewicht auf den Fuß zu verlagern, aber der Schmerz war so heftig, dass er ein Keuchen ausstieß. »Ich – glaube – ich habe – meinen Knöchel verletzt.«

»Lasst mich Euer Pferd holen«, befahl sie. »Ihr könnt mit diesem Knöchel nicht gehen.« Hope fing sein Pferd ein, das in einiger Entfernung stehen geblieben war, und brachte es zu Wingate zurück, der alle Mühe hatte, sich auf den Beinen zu halten. »Hier, lasst mich Euch helfen, Mr Wingate.«

Wingate hatte Schwierigkeiten beim Aufsteigen. Sein rechter Knöchel fühlte sich an, als stünde er in Flammen. Mit Hopes Hilfe gelang es ihm schließlich, auf den Pferderücken zu kriechen. Zähneknirschend murmelte er: »Ich glaube, ein Arzt muss sich die Sache ansehen.«

»Mutter hat große Erfahrung mit solchen Verletzungen«, sagte Hope ermutigend. Sie bestieg ihr Pferd und wandte sich ihm zu. Tiefe Betroffenheit malte sich auf ihrem Gesicht ab. »Es tut mir leid. Ich – ich hätte das nicht tun sollen. Ich wollte nur angeben.«

Als Hope davongejagt war, hatte Wingate sich entschieden, dass er diese arrogante, herausfordernde junge Frau nicht mochte. Aber nun war ihr Gesicht offen und ihre Sorge um ihn deutlich erkennbar.

Er schüttelte den Kopf. »Es ist nicht Eure Schuld, dass ich ein schlechter Reiter bin.« Er zuckte die Achseln. »Macht Euch keine Gedanken deswegen.«

Zuletzt stellte sich heraus, dass die Verletzung ernsthafter war, als ihnen bewusst geworden war. Angharad bestand darauf, dass zwei Diener Darcy ins Haus halfen. Dann zog sie ihm den Stiefel aus und befühlte seinen Knöchel mit empfindsamen Fingern.

»Er ist nicht gebrochen«, sagte sie erleichtert. »Aber er ist böse gezerrt. Ihr werdet eine Weile nirgendwohin gehen, Mr Wingate.«

»Ich muss nach Bedford«, beharrte er. »Mein Onkel erwartet mich.«

Angharad schüttelte entschieden den Kopf. »Nein, ich glaube nicht. Wir werden Eurem Onkel eine Nachricht schicken. Wir müssen augenblicklich Umschläge auf diesen Knöchel legen und Ihr müsst ihn mindestens zwei oder drei Tage lang in Ruhe lassen.«

Hope stand daneben, sah und hörte zu, wie Angharad Darcys verletzten Knöchel behandelte. Schließlich meldete sie sich zu Wort. Ihre Stimme war voll Reue. »Es war meine Schuld, Mutter. Ich habe wieder einmal angegeben.«

»Was ist los mit dir?«, sagte Angharad verzweifelt. »Was fällt dir ein, einen Gast so zu behandeln?«

Hope fühlte sich scheußlich wegen des Unfalls. Sie hatte zwar keine hohe Meinung von Darcy Wingates politischen Überzeugungen, aber im Grunde ihres Herzens war sie ein gutmütiges Mädchen und ehrlich bekümmert über sein Missgeschick. »Es tut mir so leid, Mr Wingate. Aber ich werde alles wiedergutmachen. Wartet nur ab.«

Als Hope das Zimmer verlassen hatte, fragte Darcy Angharad: »Macht sie so etwas öfters?« Der Schmerz ließ nach; die Umschläge verschafften ihm merklich Linderung. Zusätzlich hatte Angharad ihm ein Schmerzmittel gegeben – eine bitter schmeckende Substanz –, das ihn benommen machte.

Angharad lächelte plötzlich und erhob sich. »Mehr, als ich zugeben möchte«, sagte sie. »Ruht Euch jetzt aus, Mr Wingate. Ihr werdet einige Tage lang unser Gast sein.«

15

GÖTTLICHE BERUFUNG

Darcy Wingate stellte sich vorsichtig auf die Füße, prüfte seinen rechten Knöchel und stellte fest, dass der schlimmste Schmerz vergangen war. Er hob den Gehstock auf, der aus einem Stück Schwarzdorn geschnitzt war, und humpelte aus dem Zimmer. Es fiel ihm nicht ganz leicht, die Füße richtig zu setzen, aber er kam sicher auf dem unteren Treppenabsatz an und machte sich auf den Weg durch die Halle. Die drei Tage relativer Untätigkeit hatten ihm schwer zu schaffen gemacht; er hielt dergleichen nicht lange aus.

»Oh, Ihr seid schon wieder gut zu Fuß, Mr Wingate!« Angharad hatte eben die lange Halle durchquert, die als Banketthalle für große Gesellschaften diente, und lächelte, als sie auf ihn zukam. »Und wie geht es dem Knöchel heute Morgen?«

»Viel besser.« Er lächelte fröhlich. Seine grauen Augen waren freundlich. Darcy hatte Angharad Wakefield schätzen gelernt. »Wenn Ihr eine ärztliche Praxis in London aufmachen wolltet, würdet Ihr einige der Blutsauger arbeitslos machen, Lady Wakefield.«

Angharad schüttelte den Kopf. »Das wäre nichts für mich, glaubt mir, Mr Wingate. Kommt, setzt Euch zu mir in die Küche. Ich werde Alice Anweisung geben, Euch ein Frühstück zu richten.« Sie führte ihn in die große Küche, wo ein fröhliches Feuer in dem riesigen Kamin brannte, und gab sich alle Mühe, es ihm bequem zu machen. Sie setzte ihn an den hohen Tisch und machte sich dann geschäftig daran, der Köchin zu helfen. Bald genoss Darcy ein köstliches Frühstück.

Angharad saß neben ihm und plauderte mit ihm, während er aß. Sie schien ernstlich an ihm interessiert, und er reagierte darauf, indem er ganz offen mit ihr sprach. »Ich freue mich darauf, mehr zu tun, als nur Bücher zu lesen«, sagte er zu ihr. »Ich habe schon das Gefühl, dass ich über und über mit Staub bedeckt bin von all diesen altertümlichen Folianten und Pergamenten, mit denen ich mir im Lauf der letzten paar Jahre den Kopf vollgestopft habe.«

»Ich bin wirklich überrascht, dass Ihr Euch die Juristerei als Euer Gebiet ausgesucht habt, Sir«, bemerkte Angharad. »Das ist ein trockenes, staubiges Geschäft. Für mich zumindest. Ihr scheint mehr für ein aktives Leben geeignet.«

»Es war der Wunsch meines Vaters. Und ich habe zugestimmt, es zumindest zu versuchen.« Insgeheim war Darcy ganz derselben Meinung wie Lady Wakefield. Er hatte nur widerwillig sein Jurastudium begonnen, aber sein Vater hatte darauf bestanden, und er hatte nachgegeben. »Vielleicht bleibe ich nicht mein Leben lang dabei. Obwohl, auf mein Wort, ich wüsste nicht, was ich sonst mit mir anfangen sollte. Offenbar habe ich keinerlei Talent dazu, ein Reiter zu sein!« Das schiefe Lächeln blitzte auf. »Ich glaube, Mistress Hope hat keine hohe Meinung von mir, nachdem ich mich als ein so schlechter Kavalier erwiesen habe!«

»Wenn sie nicht längst erwachsen wäre«, sagte Angharad mit finsterer Miene, »dann würde ich dem Mädchen eine Tracht Prügel verpassen! Sie ist allzu vorwitzig.« Sie forschte in Darcys Gesicht, dann fügte sie hinzu: »Ich hoffe, Ihr lasst nicht zu, dass sie Euch mit ihren politischen Reden beleidigt, Mr Wingate. Hope ist allzu offenherzig. Was mich und meinen Gatten betrifft, so haben wir uns nicht darüber zu beklagen, wie der König seit seiner Rückkehr regiert hat. Auch nicht mein Sohn Gavin, der aktiv unter Cromwell gedient hat. Wir hatten tatsächlich Angst, dass die Wakefields schwer gestraft würden. Der König scheint jedoch recht erfolgreich die Kavalleristen davor zurückzuhalten, dass sie Rache üben.«

»Das freut mich zu hören.«

Angharad plauderte mit ihm, bis er seine Mahlzeit beendet hatte. Dann schlug sie vor: »Warum geht Ihr nicht hinaus in den Garten? Ich glaube, Hope ist draußen und beschneidet die Rosen.« Auf seinen fragenden Blick hin lächelte sie schwach. »Vielleicht findet Ihr sie jetzt in besserer Stimmung vor. Wenigstens werdet Ihr Euch beim Riechen an Blumen nicht verletzen.«

Darcy erhob sich, griff nach seinem Stock und verbeugte sich unbeholfen. »Ich glaube, das werde ich tun. Danke für die exzellente Mahlzeit, Lady Wakefield.«

Er durchquerte das Haus und trat in den frischen Morgensonnenschein hinaus. Tief atmete er die Luft ein. In der Nacht war Tau gefallen, und das Gras, das die Hügel um Wakefield bedeckte, glitzerte, als wäre es mit Diamanten bestreut. »Das ist ein wunderschöner Ort«, murmelte er vor sich hin, während er vorsichtig den kopfsteingepflasterten Weg entlangschritt. Er passierte eine Tür in einer Steinmauer und erfreute sich an dem Anblick, der sich ihm bot.

Der Blumengarten glitzerte im frischen Morgenschein. Der Garten prangte in Rosen aller Sorten und Farben: Rot, Gelb, Weiß und Rosa schmückten die geometrische Anlage der Beete. Als er Hope mit einem Korb am Arm sah, wie sie einige Rosen abschnitt, humpelte er hinüber und sagte fröhlich: »Guten Morgen, Mistress Wakefield.«

Hope wandte sich rasch um, ein wenig erschrocken, denn sie hatte ihn nicht kommen gehört. Sie trug einen flachen Korb an einem Riemen und hielt eine tief scharlachrote Rosenblüte in der Hand. Obwohl sie nichts davon wissen konnte, bot sie einen atemberaubenden Anblick, die tiefe Farbe der roten Rosen rundum hob das Rot ihrer Lippen hervor, wie die weißen Rosen ihre elfenbeinfarbene Haut betonten. »Guten Morgen, Mr Wingate. Ich sehe, Ihr habt Eure Bewegungsfreiheit wiedergefunden.«

»Ja, aber ich reite nicht so bald wieder. Ich habe meine Unfähigkeit auf diesem Gebiet hinreichend bewiesen, denke ich«, sagte er trocken.

In den letzten Tagen war Hope freundlicher als zuvor zu ihm gewesen. Nun lächelte sie ihn warmherzig an. »Ich bin überzeugt, Ihr habt andere Talente.«

»Nicht das Talent zum Gärtnern, das Ihr habt. Ich habe nie zuvor einen so prächtigen Blumengarten gesehen.«

Das erfreute Hope, denn der Rosengarten war ihr ganzer Stolz. »Kommt, ich will ihn Euch zeigen«, sagte sie entzückt. Sie schritten an den Beeten vorbei, wo die Rosen wunderbar blühten. »Seht! Das sind meine Prunkstücke!« Sie deutete auf die rückwärtige Wand, die beinahe völlig von einer soliden Masse von Kletterrosen bedeckt war.

»Es sieht aus, als wäre die ganze Mauer aus Rosen erbaut«, bemerkte er. »Wie süß sie duften!«

»Ja, ich liebe den Duft. Auf der Welt gibt es so viel üblen Geruch, dass ich gar nicht mehr weggehen will, wenn ich hier herauskomme und diesen Duft einatme.«

Wingate streckte die Hand aus und berührte den Stängel einer zartrosa Rose. Ein Dorn stach seinen Finger, sodass er die Hand zurückriss. Unwillkürlich steckte er mit einer kindlichen Geste den Finger in den Mund. »Nun«, gab er zu, »diese Dornen scheinen ebenso gesund wie die Blüten zu sein.« Er überprüfte die Wunde und fügte leichtherzig hinzu: »Ich frage mich, warum Gott wohl Dornen an die Rosen gemacht hat? Es wäre besser für uns, wenn sie keine hätten.«

»Das kann ich Euch nicht beantworten, da ich Gottes Gedanken nicht kenne«, sagte Hope achselzuckend. Sie trug einen dicken Handschuh an einer Hand und hielt eine Schere in der anderen. »Soviel ich weiß, gab Heinrich VIII. seinem Gärtner den Auftrag, eine Rose ohne Dornen zu züchten.«

»Das wusste ich nicht«, sagte Wingate interessiert. »Und wie sah das Ergebnis aus?«

»Es endete mit einem Misserfolg, glaube ich.«

»Ihr solltet es versuchen, Mistress Wakefield. Eine Rose ohne Dornen!« Darcy näherte sich ihr langsam und sah, dass sie ihn argwöhnisch beobachtete, als er näher kam. »Warum starrt Ihr mich immer so an?«, fragte er abrupt. »Ihr seid immer auf der Hut, als wäre ich ein Straßenräuber oder ein ähnlicher Schurke!«

Hope errötete. Sie wusste selbst, dass sie in Darcy Wingates Nähe sehr empfindlich geworden war, aber sie konnte sich ihr Verhalten selbst nicht zufriedenstellend erklären. »Es tut mir leid«, sagte sie ziemlich lahm. »Ich nehme an, ich bin einfach zu … empfindsam oder dergleichen.«

Sie hob eine scharlachrote Rose auf, blickte ihren Stängel an und murmelte: »Ich nehme an, in gewisser Hinsicht bin ich wie diese Rose. Ich habe auch Dornen.« Sie blickte ihn an, Resignation in den Augen. »Das sagt jedenfalls meine Mutter.«

»Ihr ähnelt dieser Rose auf eine viel reizvollere Art«, sagte Darcy mit gedämpfter Stimme. Er bemerkte, wie ihr das Blut in die Wangen stieg. Absichtlich schlug er einen leichteren Ton an. »Ich habe meinen Aufenthalt in Eurer Familie genossen. Ich nehme an, ich muss mich jetzt bald auf den Weg machen.«

»Evan ist heute Morgen aufgebrochen«, sagte Hope. »Er wollte bei Eurem Onkel haltmachen und ihm von Euren Fortschritten berichten.«

Die beiden schritten langsam rund um den Rosengarten. Darcy stellte höfliche Fragen nach den Blumen und lauschte aufmerksam Hopes Antworten. Nach einer Weile sagte sie: »Ich frage mich, ob ich wohl frei heraus mit Euch sprechen kann, Mr Wingate.«

»Doch, gewiss. Sagt, was Ihr wollt.«

»Mein Bruder Gavin macht sich große Sorgen um seinen Freund, Mr Bunyan«, sagte sie nicht ohne Mühe. »Wir finden es ungerecht, dass er in Gefangenschaft gehalten wird. Verzeiht mir, wenn ich zu weit gehe … aber … wenn Ihr Euch um seinen Fall kümmern könntet …«

Wingate spürte augenblicklich einen Stich des Unbehagens. »Ich werde mich natürlich erkundigen, wenn Ihr wollt. Aber Ihr versteht doch, dass Ihr mich damit in eine ziemlich peinliche Lage bringt?«

»Wie das?«

»Wenn es stimmt, was Euer Vater sagt«, sagte Wingate mit schwerer Stimme, »und daran habe ich keinen Zweifel, dann war es mein Onkel, der Mr Bunyan vor Gericht gebracht hat. Es wäre sehr unpassend, wenn ich daherkäme – ein Neuling, jung und unerfahren – und seine Gerechtigkeit infrage stellte.«

»Aber wenn der Mann unschuldig ist, ist es dann nicht gleichgültig, ob Ihr Euch ein wenig unbehaglich fühlt?«

Ihre Beharrlichkeit irritierte Wingate. »Ihr versteht nichts von Rechtsangelegenheiten, fürchte ich. Der Gerechtigkeit muss Genüge getan werden.«

Hope warf ihm einen scharfen Blick zu, dann warf sie die Rose mit einer ungeduldigen Geste in den Korb. »Ja, der Gerechtigkeit muss Genüge getan werden! Aber das geschieht eben *nicht*, denn John Bunyan ist nie legal vor Gericht gestellt worden! Sechs Jahre lang war er im Gefängnis und seine Frau und seine Familie haben darunter gelitten! Aber ich weiß, es könnte Euch *peinlich* sein, also kann ich wohl kaum erwarten, dass Ihr Euch in der Sache engagiert!«

Darcy sah wortlos zu, wie sie herumwirbelte und den Garten verließ. Dann murmelte er gedämpft: »Zum Henker! Diese junge Frau kann einen reizen! Sie ist schön wie eine Rose, das stimmt, aber ich lasse mich hängen, wenn sie nicht Dornen genug hat, einem Mann die Hände blutig zu stechen! Ich will nichts mehr von ihr wissen!«

Als er diesen Entschluss gefasst hatte, kehrte er ins Haus zurück.

* * *

Elisabeth schreckte auf, als an der Tür gepocht wurde, denn ihre Gedanken waren in weiter Ferne. Sie drehte sich um, als Mary durch den Raum hastete, um die Tür zu öffnen.

»Guten Morgen, Mary.«

Mary erkannte Evans Stimme und streckte ihm die Hand entgegen. Sie zog ihn ins Haus und rief aufgeregt: »Evan! Du warst so lange fort! Mutter! Evan ist da!« Mit siebzehn Jahren war Mary zu einer attraktiven jungen Frau mit dunkelbraunem Haar und einer hübschen Figur herangewachsen. Sie trug ein schlichtes graues Kleid, und ihr Gesicht war vor Aufregung gerötet, als sie sich an Evans Arm klammerte. »Komm! Ich muss unbedingt hören, was du so alles getan hast!«

Elisabeth durchquerte den Raum, um ihren Besucher zu begrüßen. Sie bemerkte, dass er sehr dünn war und dass sein Gesicht unverkennbar die Zeichen einer kürzlich überstandenen Krankheit trug. »Du bist uns willkommen, Evan. Komm, nimm Platz. Bist du geradewegs von Wakefield gekommen?«

Evan nickte, während er sich an den hölzernen Tisch setzte. »Ja. Ich freue mich, euch beide wiederzusehen. Wo sind die anderen Kinder?«

»Draußen, beim Spielen. Es wundert mich, dass du sie nicht gesehen hast«, antwortete Elisabeth. »Warum holst du sie nicht herein, Mary? Aber lass Evan und mir ein wenig Zeit, um uns zu unterhalten.«

Sobald das Mädchen gegangen war, fuhr Elisabeth fort: »Ich habe von deiner Krankheit gehört, Evan. Deine Cousine hat mir geschrieben. Es muss schrecklich gewesen sein.«

Evan sah sich in der kleinen Hütte um und dachte an frühere Zeiten, die er hier verbracht hatte. »Ja, wirklich schrecklich«, sagte er. »Und nicht nur in London, sondern überall.«

»Ja, wir haben vierzig Menschen begraben, sogar hier in Bedford.« Elisabeth betrachtete Evan mit sorgenvollen Augen. Er war nicht nur dünn und verhärmt, er wirkte auch auf traurige Weise leblos. »Wie kam es, dass du dich wieder erholt hast?«, fragte sie sanft. »Jemand muss dich gut gepflegt haben.«

»Ja, das stimmt.« Evan nickte. »Jenny war es. Sie hörte, dass ich krank war, und kam augenblicklich zu mir.« Er zögerte und presste die Lippen zu einer schmalen Linie zusammen. »Ich weiß bis heute nicht, wie sie es geschafft hat – oder warum sie es getan hat. Jedermann verbarg sich vor den Leuten, die man auch nur im Verdacht hatte, die Pest zu haben. Aber ich erwachte, als mein Fieber den Höhepunkt erreichte, und da war sie. Sie benahm sich, als hätte ich nichts Schlimmeres als eine böse Erkältung.«

Angharads Brief hatte Elisabeth über diesen Teil der Geschichte informiert, aber als sie Evan nun vor sich sah, wurde der Schrecken der Krankheit um vieles realer für sie. »Sie muss eine sehr mutige junge Frau sein«, sagte sie.

»Ja, das ist sie tatsächlich.«

Das Gespräch ging nur schleppend weiter, und bald merkte Elisabeth, dass sie sich größere Sorgen um Evans Gefühlszustand machte als um seinen geschwächten Körper. »Du siehst überhaupt nicht gut aus«, sagte sie mit Mühe. »Du solltest nicht so herumlaufen.«

»Ich habe genug vom Herumliegen im Bett«, sagte Evan rau. »Es machte mich beinahe verrückt, in diesem Zimmer in London gefangen zu sitzen wie ein Vogel in seinem Bauer. Aber Lady Wakefield hat mir zu essen gegeben und ein großes Getue um mich gemacht – und jetzt geht es mir schon viel besser.«

»Aber du wirkst … als machte dir irgendetwas zu schaffen«, beharrte Elisabeth. »Was ist los?« Im Grunde ihres Herzens nahm sie an, dass er an einer enttäuschten Liebe litt. Sie hatte von Jennys Aufstieg als Schauspielerin gehört und hätte Evan gern danach gefragt, entschloss sich dann aber, über die Sache zu schweigen. »Machst du dir wegen irgendetwas Sorgen?«

»Ob ich mir Sorgen mache?«, fragte Evan müde. »Ja, man könnte sagen, das tue ich.« Er brachte ein kleines Lächeln zustande. »Ich will euch nicht noch mehr Kummer ins Haus bringen. Ihr habt schon genug zu ertragen.«

»Du fällst uns niemals lästig, Evan.«

Er winkte beinahe apathisch mit der Hand, dann ließ er sie sinken. »Was ist mit deinem Gatten?«

»Erst kürzlich«, antwortete Elisabeth, »wurde er auf Bewährung entlassen. Im Moment ist er draußen und predigt in der Nähe von Danforth. Aber dieser Zustand ist nur vorübergehend.«

Evan zog die Augenbrauen hoch. »Ich bin überrascht, dass die Behörden ihn freigelassen haben! Ich verstand es so, dass sie sich mit allem Nachdruck weigerten, ihn gehen zu lassen.«

»Das stimmt auch, was das Urteil im Allgemeinen betrifft«, erklärte Elisabeth. »Mr Cobb, der Kerkermeister, arrangiert es. Das Gefängnis ist so überfüllt, dass er einige der hier Ansässigen freiließ, damit das Gedränge nicht ganz so schrecklich ist. Die Behörden wissen natürlich darüber Bescheid, und sie entrüsten sich die ganze Zeit, aber es gibt keinen anderen Weg.«

»Ich hätte gerne mit ihm gesprochen, solange ich hier bin«, sagte Evan nachdenklich. »Ich muss mit ihm sprechen.«

»Er wird bei Einbruch der Dunkelheit nach Hause zurückkehren. Das ist eine der Bedingungen, auf denen Mr Cobb besteht. Er muss hier sein, und ich muss jederzeit wissen, wo er sich aufhält.«

Evan sagte zögernd: »Wenn ich darf, würde ich gerne über Nacht bleiben.«

»Natürlich kannst du das«, versicherte ihm Elisabeth, »Die Kinder haben dich schon so lange nicht mehr gesehen. Jetzt mache ich dir erst einmal etwas zu essen.«

»Ich habe eine Wagenladung Lebensmittel von Wakefield mitgebracht«, sagte Evan eifrig.

Elisabeths sanfte blaue Augen wurden weich. »Lady Wakefield ... sie war uns eine starke Stütze in all den Jahren. Wie oft bist du oder jemand anderer von Wakefield herübergefahren, um uns etwas Wundervolles zu bringen? Immer wenn es aussah, als hätten wir den Boden des Fasses erreicht, tauchte jemand aus Wakefield mit einem voll beladenen Karren auf! Gott segne Lady Wakefield für ihre Freundlichkeit!«

Im selben Augenblick sprang die Tür auf und der Raum füllte sich mit Kindern. Die jüngere Elisabeth war vierzehn und wuchs zu einer Schönheit heran. John und Thomas, zwölf und acht Jahre alt, hatten immer eine Vorliebe für Evan gehabt. Den Rest des Nachmittags war Evan vollauf damit beschäftigt, sie zu unterhalten und sich wiederum von den Kindern unterhalten zu lassen.

Als Bunyan kurz vor Einbruch der Dunkelheit heimkehrte, freute er sich sehr, Evan zu sehen. Er schüttelte dem jungen Mann warmherzig die Hand und lächelte ihn an. »Sieh einer an, wer da nach Bedford gekommen ist! Wie geht es Euch, Mr Morgan?«

»Recht gut«, antwortete Evan lächelnd. »Ihr seht gut aus, Mr Bunyan.« In Wirklichkeit war er ziemlich überrascht von Bunyans Erscheinung. Im Alter von achtunddreißig Jahren deutete seine Blässe auf seine langjährige Kerkerhaft hin. Davon einmal abgesehen, schien Bunyan stark und voll Lebenskraft zu sein. Er war magerer als zu der Zeit, als er ins Gefängnis gegangen war, aber er schien in optimistischer und hoffnungsvoller Stimmung.

Es dauerte nicht lange, bis die beiden Männer die Kinder abschüttelten und sich an den Tisch setzten. Als der Rest der Familie Platz nahm, fragte Bunyan Evan nach den Einzelheiten seiner Krankheit und seiner Rückkehr von London. Evan stellte fest, dass es ihm leichtfiel, mit dem Älteren zu sprechen. Er genoss das Gespräch von Herzen, denn er hatte die Familie Bunyan herzlich lieb. Er fand an diesem Tag keine Gelegenheit mehr, unter vier Augen mit Bunyan zu sprechen, aber nach dem Abendessen machte er einen langen Spaziergang allein mit Mary, der er sich immer besonders verbunden gefühlt hatte.

Die Vögel sangen gedämpft in der sinkenden Dämmerung, und Evan lauschte mit Vergnügen, als Mary sprach. Ihre Stimme tönte klar durch den stillen Abend, ihr Gesicht schien von innen heraus zu leuchten. Er liebte es, sie zu beobachten, wenn sie sprach, denn ihr Gesicht war aufs Entzückendste ausdrucksvoll und lebhaft.

»Es wird dunkel«, sagte er nach einer Weile. »Wir müssen bald nach Hause gehen.«

Mary wandte sich ihm zu und lächelte. »Es wird dunkel? Aber das ist kein Problem für mich.«

Evan stutzte. Das Mädchen schien nicht im Geringsten unter seiner Blindheit zu leiden. Er war überzeugt, dass er eine solche Herausforderung niemals mit so viel Grazie bewältigt hätte. »Nein«, sagte er sanft und ein Lächeln huschte um seine Mundwinkel, »aber für mich. Wir können aber noch ein Stückchen weitergehen.«

»Erzähl mir von London«, bat sie ihn. Mary hatte eine lebhafte Vorstellungskraft und verlangte genaue Einzelheiten über alles und jedes. Sie hatte die Fähigkeit, diese Einzelheiten in sich aufzunehmen und in Gedanken Bilder zu schaffen, so lebhaft, als hätte sie alle die Menschen und Orte, von denen sie hörte, tatsächlich gesehen.

Sie vergaß selten auch nur die kleinste Einzelheit. Evan war zumute, als wären es *seine* Augen, die nichts sehen konnten, als er sich krampfhaft an die Sehenswürdigkeiten von London zu erinnern versuchte.

Schließlich kehrten sie zurück zum Haus der Bunyans und Evan erwähnte Darcy Wingate. »Es war sehr freundlich von ihm, dass er mich aus London zurückbrachte«, erzählte er Mary. Er beschrieb den Unfall des jungen Rechtsgelehrten, dann fuhr er fort. »Mr Wingate wird in Kürze nach Bedford kommen.«

»Er ist ein Rechtsanwalt?«, fragte Mary.

»Ja, das ist er.«

»Meinst du, er könnte meinem Vater helfen, dass seine Sache von den Richtern angehört wird?«, fragte sie eifrig.

»Ich weiß nicht, Mary.« Zweifelnd setzte er hinzu: »Er kommt aus einer Familie von Royalisten. Sein Onkel ist Francis Wingate – und über den weißt du doch bestens Bescheid.«

»Ja«, seufzte sie. »Er hat meinen Vater verhaften lassen. Daran erinnere ich mich. Aber Vater sagt, er ist kein böser Mensch und er kann nicht anders. Vielleicht könnte dieser Mr Darcy Wingate mit ihm reden.« Ihre blicklosen Augen schienen Evan anzuflehen. »Ich werde ihn fragen, wenn du ihn zu uns bringst.«

»Das traue ich dir auch zu.« Evan lachte leise. Er sprach nicht mehr über Darcy Wingate, aber ihre Frage hatte den Keim eines Gedankens gelegt. Als er an diesem Abend zu Bett ging, wisperte er: »Vielleicht könnte Darcy mit seinem Onkel reden. Es muss eine Möglichkeit geben, John aus dem Gefängnis zu holen.«

Frühmorgens am nächsten Tag lud Bunyan Evan ein, mit ihm nach Elstow zu gehen. Bunyan fühlte sich verpflichtet, einen Mann – ein Mitglied der kleinen Gemeinde –, der ernsthaft krank lag, zu besuchen. Evan stimmte zu, ihn zu begleiten.

Sie begaben sich in das kleine Dorf und dort zu dem Haus des Mannes. Nachdem Bunyan seinen Besuch gemacht hatte, setzten sie sich im Schatten einer breitästigen Eiche nieder.

»Nun«, sagte Bunyan mit fester Stimme, während er seinen Hut abnahm und ihn neben sich auf den Boden legte, »sagt mir, was Euch bedrückt.«

Evan wusste, dass er weder Bunyan noch Elisabeth hinters Licht führen konnte. »Ich hatte eine Menge Schwierigkeiten, Mr Bunyan«, sagte er langsam. »Als ich beinahe an der Pest gestorben wäre, war das ganz anders als alles, was mir je widerfahren ist.« Er rang ein paar Augenblicke mit sich und versuchte, die schreckliche Krankheit zu beschreiben, dann platzte er verzweifelt heraus: »Es war, als öffnete sich die Hölle unter meinen Füßen – und ich sollte hineingeworfen werden!« Er schauderte bei der Erinnerung. »Das war schlimmer als die Krankheit selbst!«

Bunyan betrachtete den jungen Mann mit klugen Augen, bemerkte seine Wangen, die noch längst nicht das übliche rotbackige Aussehen der Morgans angenommen hatten. Schließlich sagte er mit ruhiger Stimme: »Der Tod steht uns allen bevor, Evan. ›Es ist dem Menschen bestimmt, einmal zu sterben‹ –«

»– danach aber das Gericht«, hauchte Evan. »Soviel weiß ich. Ich habe einmal ein Theaterstück gesehen, eins von Mr Shakespeares Dramen. Da kam ein Vers vor, dem ich mich seitdem nicht mehr entziehen konnte.«

»Was war das für ein Vers, Evan?«

»Einer der Personen im Stück sagte: ›Der böse Sergeant Tod hält seine Gefangenen in harten Banden.‹«

»Ein guter Vers.« Bunyan nickte. »Bei Mr Shakespeare gibt es viele solche.« Bunyan mochte solche Verse sehr. Er selbst hatte einiges in dieser Art geschrieben. »›Der böse Sergeant Tod hält seine Gefangenen in harten Banden‹«, wiederholte er. »Das ist ein interessanter Gedanke, den Tod als Militärperson darzustellen, als einen Vollstrecker des Gesetzes.« Er blickte Evan an. »Und er hält seine Gefangen tatsächlich in harten Banden, Evan. Wir können ihn nicht wegschicken, wenn er kommt, nicht wahr?«

Evan schluckte schwer und blickte beiseite. Bunyan fragte nicht unfreundlich: »Hattet Ihr Angst?«

»Angst?«, gab Evan heftig zurück. »Gewiss hatte ich Angst! Welcher vernünftige Mensch hätte keine Angst, in die Hölle zu kommen?«

»Ihr wäret überrascht, wie viele nicht die geringste Angst haben.«

»Dann sind sie Narren!«, rief Evan bitter aus. »Ich habe nie viel an Gott gedacht, aber ich habe Verstand genug zu wissen, dass dieses Leben hier nicht unser einziges ist.« Nun blickte er Bunyan direkt an. »Ich habe Euch oft predigen gehört, Mr Bunyan. Wir hatten auch in Wales einige gute Prediger. Aber ich habe sie ignoriert, wie ich Euch ignoriert habe. Oh, die Worte gingen mir in die Ohren, aber – das ist alles.«

»Wie das Saatgut in dem Gleichnis, das Jesus erzählte«, sagte Bunyan. »Einiges fiel neben den Weg und schlug niemals Wurzeln. Anderes wurde von den Vögeln des Himmels aufgepickt. Viele Männer und Frauen hören das Evangelium mit den Ohren, aber es ist keine Frage des Hörens.«

»Was dann?«, verlangte Evan beinahe aggressiv zu wissen. »Ich habe gebetet, seit ich beinahe gestorben wäre! Und es ist, als wäre Gott – nun, als wäre Gott tot!«

»Ihr wisst, dass das nicht der Fall ist!«, stieß Bunyan scharf hervor. »Ihr hattet viele Chancen, Evan. Nun scheint es mir, dass Gott darauf wartet, dass Ihr ihn sucht. So viele Bibelverse haben damit zu tun, dass wir Gott suchen sollen«, bemerkte er nachdenklich. »›Suchet den Herrn in der Frühe, solange er zu finden ist.‹ Es ist zu spät für Euch, in Eure Kindheit zurückzukehren und Gott zu finden. Aber der Herr Jesus sagte: ›Wer suchet, der findet.‹« Er lächelte den Jüngeren an. »Ihr und ich, wir wollen ihn zusammen suchen.«

Evan warf ihm einen Blick der Erleichterung zu. »Das ist sehr freundlich von Euch, Sir. Das ist der eigentliche Grund, warum ich nach Bedford kam.«

Bunyan hatte seine Bibel bei sich und mehr als zwei Stunden lang ging er erst das Alte Testament, dann das Neue Testament durch. Evan schien es, als müsste der Kesselflicker-Prediger kaum einen Blick auf das Buch werfen, denn die Worte flossen ihm leicht und stark von den Lippen wie ein mächtiger Strom. Seine Stimme war gedämpft, ernst und ruhig. Wenn Bunyan predigte, konnte er diese selbe Stimme wie eine Trompete erheben, aber nun sprach er mit sanfter Stimme, zitierte einen Bibelvers nach dem anderen und beantwortete geduldig die Fragen, die Evan ihm stellte.

Bald war die Zeit gekommen, dass sie nach Hause zurückkehren mussten, und während des ganzen Weges sprachen Evan und Bunyan über die Bibel und über Gott. Auch an den beiden nächsten Tagen waren sie fast ständig beisammen.

Am dritten Tag von Evans Besuch fragte Mary: »Wo ist Evan? Warum ist er nicht zum Frühstück gekommen?«

Elisabeth warf ihrem Ehemann einen besorgten Blick zu. Auch sie hatte bemerkt, dass ihr junger Besucher sich nicht im Hause aufhielt. »Er sagte, er wollte kommen, John«, sagte sie. Sorge klang in ihrer Stimme mit. »Du meinst doch nicht, dass er nach Wakefield zurückgekehrt ist, oder?«

»Nein, ich glaube nicht«, sagte Bunyan. »Wir haben gestern bis spät in die Nacht miteinander gesprochen und gebetet. Gott lastet schwer auf Evans Geist. Hab keine Furcht. Er wird zurückkommen.«

Aber Evan kehrte den ganzen Tag – und die ganze Nacht – nicht zum Haus der Bunyans zurück. Am folgenden Tag grub Bunyan gerade Kartoffeln im Hintergarten aus, als er Evan um die Hütte herumkommen sah.

»Evan, Ihr seid zurück –« Bunyan hielt inne und ließ seinen Spaten zu Boden fallen. »Was ist, mein Junge? Etwas ist geschehen –!«

Evan trat dicht neben Bunyan. Seine Augen waren auf eine Weise lebendig, wie sie es während seines ganzen Besuches nicht gewesen waren. Er leckte sich die Lippen und schien Schwierigkeiten mit dem Sprechen zu haben. Seine Stimme klang rau, als er schließlich die Worte formte. »Mr Bunyan –« Dann konnte er nicht weitersprechen, denn Tränen sprangen in seine dunklen Augen.

Bunyan umarmte den jungen Mann. Ein Gefühl des Glücks überwältigte ihn. »Ihr habt Gott gefunden, nicht wahr?«

Evan umarmte den Älteren einen Augenblick lang, dann trat er zurück. »Nein, Sir … er hat mich gefunden«, wisperte er. »Das ist geschehen.«

»Setzt Euch! Erzählt es mir! Dann müssen wir zu Elisabeth und den Kindern gehen!« Die beiden setzten sich nieder. Besser gesagt, Bunyan setzte sich. Evan konnte nicht still halten – er schritt auf und ab und gestikulierte vor Erregung. Er beschrieb die ruhelosen Stunden, die er im Wald verbracht hatte, unfähig, zu schlafen oder zu essen.

»Heute bei Anbruch der Dämmerung«, sagte er, »war ich erschöpft. Ich hatte die Hoffnung aufgegeben, jemals von Gott zu hören. Und da kam er.« Er räusperte sich und trat einen Schritt näher an ihn heran. Sein Gesicht leuchtete. »Es war unglaublich. Wunderbar. Erschreckend! Ich hatte tagelang zu ihm gerufen – aber als ich diesmal rief, *wusste* ich, dass er da war! Ich bat ihn, mir zu vergeben, und ich hörte im Geist den Herrn Jesus sagen: ›Deine Sünden sind dir vergeben.‹«

»Preist den Herrn!«, hauchte Bunyan. Seine Augen waren von Tränen verschleiert. »Ich freue mich so für Euch!«

Evan hielt seinem Blick stand und sagte langsam: »Aber da ist noch mehr, Mr Bunyan.«

»Ja? Was hat Euch der Herr sonst noch gesagt?«

»Er sagte … dass ich sein Evangelium predigen würde. Das Evangelium vom Herrn Jesus Christus. Den Rest meines Lebens.«

John Bunyan starrte den jungen Mann an. Einen Augenblick lang überschwemmte ihn Furcht; er wusste nur zu gut, was einem jungen Prediger bevorstand, der nicht der etablierten Kirche angehörte. Aber er verdrängte die Zweifel aus seinem Sinn und stand auf, um Evans Hand zwischen die seinen zu nehmen. »Gott wird Euch beistehen!«, rief er aus. »Ihr werdet die Hand Gottes auf Eurem Leben sehen!«

Die beiden gingen in Bunyans Haus, um dem Rest der Familie die frohe Botschaft mitzuteilen.

16

EINE ZEIT DER HOFFNUNG

Darcy Wingates Entschluss, Wakefield zu verlassen, scheiterte an der Ankunft von Gavin und Susanne Wakefield. Sie wurden von Amos begleitet, der am Seekrieg gegen die Holländer teilgenommen hatte und nun angefüllt mit aufregenden Kriegserlebnissen nach Hause zurückkehrte.

Wingate wurde von Gavin und seiner Frau Susanne aufs Herzlichste empfangen. Das Paar verlangte die ungeteilte Bewunderung der ganzen Familie für ihre beiden Kinder: Lucy, ein Mädchen von sechs Jahren, und Alfred, ein Kleinkind von zwei. Beide Kinder hatten blondes Haar und dunkelblaue Augen wie ihre Mutter und dasselbe herzförmige Gesicht.

Bei ihrem ersten gemeinsamen Essen sprach Darcy nur wenig. Er lauschte, während Amos die Einzelheiten einer Seeschlacht vor ihnen ausbreitete.

»Es war knapp«, sagte Amos nachdenklich. »Noch knapper als damals im Juni in Lowestoft.«

»Ich hörte, dass die Franzosen in die Schlacht eingriffen«, sagte Christopher. »Was hatten sie dort verloren?«

Amos zuckte die Achseln. »Louis XIV. versprach, Holland zu Hilfe zu kommen, wenn es angegriffen würde.«

»Aber Holland wurde nicht angegriffen«, schnaubte Gavin ärgerlich. »Die Holländer waren die Aggressoren! Dennoch hat Frankreich England den Krieg erklärt.«

»Es war eine knappe Sache«, sagte Amos von Neuem. »Ihr Admiral De Ruyter ist ein ausgezeichneter Seemann. Diesmal hatten ihre Schiffe schwerere Geschütze.«

Susanne hielt Lucy auf dem Schoß. Sie blickte auf und sagte: »Ich konnte den Geschützdonner in London hören. Wir hatten schon Angst, als Nächstes würden wir die holländische Flotte die Themse hinaufsegeln sehen.«

»Das hätte durchaus sein können«, seufzte Amos, »denn wir verloren die Schlacht am zweiten Tag. Sie waren einfach in der Überzahl. Dann kam Rupert an und stellte das Gleichgewicht wieder her. Aber am vierten Tag«, fuhr er traurig fort, »mussten Monk und Rupert schwere Verluste hinnehmen. De Ruyter ging als Sieger aus der Schlacht hervor. Das konnte uns jedoch nicht aufhalten.« Amos' Augen glitzerten. »Unser Schiff wurde frisch ausgerüstet und wir stachen, stärker als je zuvor, von Neuem in See. Das war die letzte Schlacht, erst vergangene Woche, am vierten August. Diesmal haben wir sie geschlagen!«

Aber Gavin war nicht so überschwänglich. »Ja, aber nicht endgültig. Die Holländer werden zurückkehren und die Franzosen sind immer noch im Kanal. England ist isoliert – von allen Freunden abgeschnitten.«

Eine Zeit lang sprach man noch vom Krieg und schließlich verließ Hope mit den beiden Kindern den Tisch. Darcy begann sich ein wenig deplaziert zu fühlen, als die Männer der Wakefields über Familienangelegenheiten zu sprechen begannen, also entschuldigte er sich und ging zu Hope und den Kindern, die in der Bibliothek spielten.

»Mögt Ihr Kinder, Mr Wingate?«, fragte Hope höflich.

»Ich weiß nicht«, antwortete Darcy ein wenig verwirrt. »Ich hatte nie viel mit ihnen zu tun. Ich war der Jüngste in meiner Familie, also hatte ich nie Gelegenheit, es herauszufinden.«

»Dann kommt her«, befahl Hope. »Ihr könnt Euch an unserem Spiel beteiligen.«

Wingate stellte fest, dass er die Zeit mit den Kleinen genoss. Nachdem Susanne gekommen war, um die Kinder zu Bett zu bringen, blieben Darcy und Hope allein in der Bibliothek zurück.

»Ich glaube, ich könnte Kinder sehr lieb gewinnen«, gestand Wingate ein.

»Es erfordert aber mehr, als nur mit ihnen zu spielen«, warnte Hope. »Ich kenne keinen anstrengenderen Job, als Kinder zu erziehen.«

»Ihr hättet viel Talent dafür, wie ich sehe.«

Sie unterhielten sich ein Weilchen aufs Freundlichste und dann holte Hope tief Atem. »Mr Wingate«, sagte sie entschlossen, »ich fürchte, ich war unfreundlich zu Euch, seit Ihr zu uns gekommen seid. Ich bin eine scharfzüngige junge Frau und sollte es besser wissen. Meine Eltern haben ihr Bestes getan, mich zu zähmen.« Sie lächelte wehmütig und schüttelte den Kopf, sodass ihr dunkles Haar im Kerzenlicht schimmerte. »Ich wünschte, ich wäre sanfter. Kein Mann mag scharfzüngige Frauen.«

Wingate fühlte sich von ihrer offensichtlichen Reue bezaubert. »Ich weiß, dass wir in politischen Angelegenheiten verschiedener Meinung sind. Ich wünschte, ich könnte etwas dagegen tun. Vielleicht würdet Ihr einen guten Einfluss auf mich ausüben.«

* * *

Zwei Tage später schritten Wingate und Hope die Straßen von Wakefield entlang. Das Dorf war gedrängt voll, denn es war Kirchweih. Händler aller Art boten ihre Waren feil, während die beiden die Straße entlangschlenderten. Am Straßenrand standen Tische, auf denen Waren aller Art ausgebreitet lagen.

»Euer Knöchel scheint wieder ganz gesund zu sein«, bemerkte Hope. »Ihr schont ihn kaum noch.«

»Tatsächlich, und das tut mir leid.«

Hope warf ihm einen verblüfften Blick zu. »Es tut Euch leid? Warum sollte es Euch leidtun?«

»Weil ich«, sagte Wingate mit einem Lächeln auf den Lippen, »jetzt gezwungen sein werde, Wakefield zu verlassen. Ich kann meinen Knöchel nicht als Entschuldigung gebrauchen, noch länger zu bleiben.«

»Ich bin überzeugt, mein Vater und mein Bruder würden sich

freuen, wenn Ihr noch länger bleiben wolltet«, sagte Hope leichthin. »Und meine Mutter auch.«

Er wartete darauf, dass sie sagte, auch sie wollte, dass er noch länger bliebe, aber sie machte keine weitere Bemerkung. »Ich muss jetzt wirklich gehen«, sagte er mit unbewegter Stimme. »Aber es ist nicht sehr weit von hier nach Bedford. Ich hoffe, ich sehe Euch von Zeit zu Zeit wieder.«

»Ich höre mir nicht allzu oft die Gerichtssitzungen an, Mr Wingate«, sagte sie mit einem schelmischen Unterton in der Stimme.

»Um Himmels willen, nennt mich Darcy«, sagte er verzweifelt.

»Nun gut. Dann eben die Vornamen.«

»Hope«, sagte er träumerisch. »Ich hatte immer eine Vorliebe für diesen Namen. Die Puritaner hatten ein Talent dafür, ihren Kindern Namen zu geben, nicht wahr? Charity, Humility, Hope* …«

Sie lachte laut. »Ich kannte einen, der ›Preist den Herrn‹ hieß. Es muss gar nicht so einfach sein, streng mit einem Jungen zu sein, wenn man andauernd ›Preist den Herrn‹ sagen muss, nicht wahr?«

Er grinste. Ihr Humor gefiel ihm. Und den ganzen Nachmittag hindurch fand er ihre Konversation höchst angenehm.

»Ich muss noch einen Besuch machen«, sagte Hope später zu ihm. »Ich muss eine arme Frau besuchen, ein Mitglied der Kirche am Ort. Vielleicht würdet Ihr lieber nach Wakefield zurückkehren.«

»Wenn ich Euch nicht im Wege bin, würde ich gerne mit Euch kommen«, schlug er vor.

»Natürlich seid Ihr nicht im Wege. Bitte kommt mit.«

Sie führte ihn zu einem schäbigen Häuschen am Rand des Dorfes. Als sie näher kamen, wurden sie von einer alten Frau begrüßt. Sie schien in den Siebzigern zu sein, dachte Darcy, als er zusah, wie sie Hope liebenswürdig begrüßte und sie zu einer Tasse Tee einlud. Das Häuschen, das nur aus zwei Räumen bestand, war äußerst bescheiden, aber sauber wie ein Schmuckkästlein.

»Es tut mir leid, von deinen Sorgen zu hören, Addie«, sagte Hope.

---

* Wohltätigkeit, Demut, Hoffnung

Sie wandte sich Darcy zu. »Mrs Smithfield hat große Probleme, Mr Wingate.«

»Was für Probleme?«, forschte Darcy und betrachtete eindringlich die alte Frau. Trotz ihres fortgeschrittenen Alters wirkte sie gesund, rüstig und lebhaft. »Doch keine Krankheit, hoffe ich?«

»Nein, es sind Schwierigkeiten mit dem Gesetz«, sagte Mrs Smithfield.

Wingate warf Hope einen argwöhnischen Seitenblick zu, aber sie erwiderte ihn ausdruckslos. »Ich fürchte, es ist sehr ernst«, sagte sie ruhig. »Addie droht ihre Heimstätte zu verlieren, und das ist alles, was sie hat.«

Wingate sagte zögernd: »Ich würde gern Näheres über das Problem hören.«

Im Lauf der nächsten zehn Minuten erzählte ihm Addie Smithfield, dass sie Geld geborgt hatte, um ihrer Tochter in Schwierigkeiten beizustehen, und dass der Gläubiger es nun auf ihr Haus abgesehen hatte.

»Ich hasse es, dieses Haus zu verlieren«, jammerte sie. »Aber wie es aussieht, muss ich gehen. Nun, der liebe Gott wird mir weiterhelfen.« Farbe stieg Hope ins Gesicht und sie blickte beinahe anklagend auf Wingate. »Es ist eine solche Schande! Und es ist nicht nur eine Frage des Geldes. Mein Vater bot an, das geliehene Geld zurückzuzahlen, aber Mr Darrow will das Haus.«

»Darrow ist sein Name?«

»Ja, Ralph Darrow.« Mrs Smithfield nickte. »Meine Kinder wurden hier geboren. Mein Mann starb in diesem Raum. All die Jahre war es die einzige Heimat, die ich kannte.«

Wingate dachte rasch nach, dann stellte er ein paar weitere Fragen, sagte aber nichts weiter.

Als sie gingen, füllten sich Hopes Augen mit Tränen. »Sie tut mir so leid«, murmelte sie. »Ich will sehen, ob Vater nicht ein Plätzchen für sie findet. Sie ist zu alt zum Arbeiten, aber wir können sicher einen Platz finden, wo sie sich zur Ruhe setzen kann.«

»Es ist eine Schande. So etwas passiert nur allzu oft.« Wingates

Gesicht trug einen feierlichen Ausdruck und er versank in Schweigen. Auf dem ganzen Rückweg nach Wakefield sprach er nur wenig.

Hope hatte gehofft, er würde ihr einen juristischen Rat geben, aber als Darcy nichts sagte, bedrängte sie ihn nicht.

Am nächsten Morgen blieb Darcy eine Zeit lang verschwunden. Er kehrte gegen Mittag zurück und traf Hope im Garten an. Er wedelte triumphierend mit einem Blatt Papier. »Hier habe ich etwas, das Euch interessieren wird.«

Sie blickte ihn neugierig an, ein kleines Lächeln auf dem Gesicht. »Oh? Was ist es?«

Er reichte ihr das Papier und sie überflog es. Dann zuckte sie die Achseln. »Ich verstehe diese juristischen Dokumente nicht. Was hat es zu bedeuten?«

»Es bedeutet, dass Eure Freundin, Mrs Smithfield, ihr Häuschen behalten kann«, sagte Wingate leise.

Hopes Augen wurden groß vor freudiger Überraschung und sie griff aufgeregt nach seinem Arm. »Darcy! Meint Ihr das im Ernst?«

Der junge Rechtsanwalt war sehr zufrieden mit sich selbst und hatte seine Freude an dem Funkeln der Erregung in den dunkelbraunen Augen des Mädchens. »Ja! Was Mrs Smithfield mir über dieses Arrangement erzählte, gefiel mir nicht, also habe ich mir die Sache näher angesehen.«

»Tatsächlich?«, fragte Hope atemlos. »Und was habt Ihr herausgefunden? Sagt es mir!«

»Ich habe herausgefunden, dass unser Freund Ralph Darrow das Gesetz ein wenig gebogen hat«, warf Darcy lässig hin.

Hope umklammerte seinen Ärmel noch fester und zog ihn auf eine der steinernen Bänke nieder. »Heraus damit! Ich will jede Einzelheit wissen!« Sie ließ ihre Hand auf seinem Arm liegen. Er konnte die Wärme ihrer Handfläche durch das Tuch hindurch fühlen.

Sein schiefes Lächeln war breit und seine Augen glänzten. »Eigentlich hat es Spaß gemacht. Ich habe ein paar Beweismittel gesammelt, was nicht allzu schwierig war. Mr Darrow ist nicht sehr beliebt –«

»Jedermann hasst ihn«, grollte Hope. »Er ist ein alter Geizkragen!«

»Nun – ich will mir nicht vormachen, dass ich seinen Charakter ändern könnte«, sagte Darcy. »Aber er musste einen anderen Ton anschlagen, was Mrs Smithfield anging.«

»Da habt Ihr ihn also besucht?«

»Genau das habe ich getan«, antwortete Darcy. Hopes glitzernde Augen machten ihm mehr Spaß als seine ganze Geschichte. »Er war nicht gerade glücklich, als ich ihm sagte, warum ich gekommen war. Er wies mich aus dem Haus.«

»Ach! Die alte Ratte! Und was habt Ihr gesagt?« Ihre Lippen standen halb offen vor angespannter Erwartung, und er konnte eine dünne Linie Sommersprossen sehen, die quer über ihre Nase verlief.

»Nun, ich sagte ihm, das wäre mir nur recht«, antwortete Darcy, »und ich würde ihm zur Verfügung stehen, wenn er die Sache vor Gericht regeln wollte. Dann erklärte ich ihm, dass er in diesem Fall nicht nur das Haus der Witwe Smithfield *nicht* bekommen würde, sondern auch noch die Gerichtskosten bezahlen müsste – wenn er nicht überhaupt wegen unehrlicher Praktiken angezeigt würde.«

»Gut!«, rief Hope. »Oh, ich werde verrückt vor Freude!«

Wingate erzählte ihr den Rest der Geschichte und ging dabei weit mehr als notwendig ins Detail. Er konnte nicht ableugnen, dass er es von Herzen genossen hatte, Mrs Smithfield zu retten. Ralph Darrow war ein tückischer alter Geizhals, der seine Opfer aussaugte wie ein Blutegel.

»Ich glaube nicht, dass ich alles, was ich ihm angedroht habe, auch tatsächlich hätte tun können«, gab er zu. »Aber ich muss wohl ein ziemlich guter Schauspieler sein, denn er glaubte mir.«

»Was ist nun also mit dem Haus?«, beharrte sie.

»Der Kredit muss zurückgezahlt werden, aber Ihr habt doch gesagt, Euer Vater wäre dazu bereit.«

»Oh ja! Das ist überhaupt kein Problem!«, sagte sie freudig. »Kommt, Darcy, wir müssen es ihnen erzählen!« Sie packte seine Hand, zog ihn auf die Füße und schleppte ihn hinter sich her den

Pfad entlang. Sie trafen Angaharad und Christopher im Studierzimmer an. Sie blickten überrascht auf, als Hope ins Zimmer stürzte und an Darcy Wingates Hand riss, als er ihr etwas gesitteter folgte. Hope sprudelte die Geschichte nur so hervor.

»Ist das nicht wundervoll!«, rief sie aus. »Und Darcy hat es ganz allein geschafft!«

»Ich bin mit allem einverstanden, was Ralph Darrow Ärger macht«, erklärte Christopher. »Was für ein ekelhafter alter Geizkragen er doch ist!«

Angharad lachte Hope an. »Du hast mir gesagt, du würdest es schaffen, aber ich habe dir nicht geglaubt!«

Darcy wandte sich mit leicht gerunzelter Stirn Hope zu, die plötzlich ziemlich verlegen wirkte. »Oh?«, sagte er kühl. »Habt Ihr das alles geplant?«

Hope wurde bewusst, dass sie immer noch seine Hand hielt, wie sie es getan hatte, seit sie beide den Raum betreten hatten. Sie ließ sie schuldbewusst los und ihr Gesicht rötete sich. Aber sie blickte ihm in die Augen und nickte. »Ja, ich habe das alles geplant. Ich dachte, Ihr wäret klug genug, um Addie zu helfen, also habe ich Euch dorthin mitgenommen, in der Hoffnung, Ihr würdet ihr beistehen. Nun wisst ihr, was für eine Ränkeschmiedin ich bin! Verachtet mich, wenn Ihr es wagt!«

Aber Darcy Wingate konnte nur lächeln, als er in die klaren blauen Augen der trotzigen jungen Frau blickte. »Ihr habt recht«, sagte er, »ich wage es nicht. Wenn Ihr noch weitere tapfere Taten zu tun habt, die ein armer Rechtsgelehrter ausführen kann, dann nur zu, weist mir den Weg.«

Sie grinste ihn frech an, freudige Röte auf den Wangen. »Nein, das ist alles fürs Erste. Kommt, wir müssen zu Addie! Ich muss sie besuchen.« Sie ergriff seinen Arm und zog daran, bis er ihr gehorsam aus dem Zimmer folgte.

Angharad schüttelte den Kopf. »Ich weiß nicht, wem das Mädchen nachschlägt …«

Christopher lächelte, sein Blick ruhte voll Zuneigung auf seiner Frau. »Wirklich nicht? Mir scheint, ich weiß es.«

* * *

Das Abendessen im Hause Wakefield war exzellent, und Wingate hatte das Gefühl, dass man ihn als hochgeschätztes Mitglied in die Familie aufnahm. Vor allem fühlte er sich zu Sir Christopher hingezogen. Als er und Hope nach dem Essen vor dem Haus standen und zu den hellen Sternen aufblickten, die den Himmel übersäten, sagte er nachdenklich:

»Euer Vater ist einer der ungewöhnlichsten Menschen, die ich je kennengelernt habe«.

»Ich finde, er ist der wunderbarste Mensch, der je gelebt hat«, antwortete Hope schlicht. »Er hat mich aufs Abscheulichste verwöhnt, aber das ist nicht der Grund, warum ich ihn so sehr liebe.«

Wingate beobachtete sie, wie sie von ihrem Vater sprach. Ihre melodische Stimme klang weich und voll Zuneigung. Das Mondlicht spielte auf ihren Zügen und ließ ihre Schönheit fern und kühl erscheinen. Sie trug ein schlichtes perlgraues Kleid, das zu ihr ebenso gut wie zum Mondlicht passte. Ihre Züge waren von klassischer Schönheit, etwas, das er an Frauen besonders bewunderte. Als sie zu sprechen aufhörte, sagte er: »Ihr habt Glück gehabt mit Euren Eltern. Eure Mutter ist eine schöne und edle Frau. Ich habe die Waliser immer bewundert. Sie scheinen so viele gute Eigenschaften zu haben.«

»Meint Ihr?«

»Nun, ja.« Er war überrascht über die Frage. »Euer Vater denkt anscheinend auch so. Jedenfalls so weit, dass er sie geheiratet hat.«

»Er ist viel älter als sie.« Ein besorgter Ausdruck störte die Glätte ihres Gesichts, und sie wandte sich von ihm ab, um den Blick zum Mond zu erheben. »Manchmal mache ich mir Sorgen. Er wird nicht jünger.«

»Er wirkt aber sehr rüstig. Wie alt ist er?«

»Siebenundsiebzig.«

»Ich wünsche ihm gute Gesundheit und noch viele Jahre des Lebens, an dem er so viel Freude hat«, sagte Wingate leise.

Sie schwiegen einige Augenblicke lang, dann wandte Hope sich um und blickte ihm ins Gesicht. »Ich kann kaum in Worte fassen, wie sehr ich es schätze, was Ihr für Addie getan habt. Ich finde das wunderbar. Vor allem, wenn man bedenkt, wie ich Euch behandelt habe, als Ihr hierhergekommen seid.«

»Es war nichts.«

»Vielleicht nichts für *Euch*, aber für Addie war es alles«, gab Hope zurück. »War sie nicht glücklich, als wir mit ihr gesprochen haben?«

Darcy studierte seine Begleiterin nachdenklich. Sie trug ein Parfüm, dessen Duftnote Darcy nicht recht erkannte. Es war leicht, aber gleichzeitig ziemlich berauschend. Er versuchte zu entscheiden, ob es mehr nach Magnolien, Veilchen oder den Rosen roch, die Hope so sehr liebte. Auf jeden Fall lenkte es seine Aufmerksamkeit aufs Intensivste auf ihre Weiblichkeit. Das Mondlicht hob die glatten Kurven ihres Körpers in dem schlichten Kleid hervor und ein Halsband mit einem einzelnen roten Stein darin hing um ihren Nacken. Ihr Haar war an diesem Abend anders als üblich frisiert, mit Löckchen zu beiden Seiten ihres Gesichts, während der Rest der schweren Strähnen über ihren Rücken hinabhing.

Abrupt sprach er aus, was ihm in den Sinn kam. »Hope, Ihr seid eine äußerst attraktive junge Frau.«

Seine Worte trafen sie unvermutet und sie blinzelte heftig. »Ihr solltet so etwas nicht zu mir sagen.«

»Vielleicht ist es nicht gut, wenn Ihr es hört«, sagte er widerwillig, »aber wir Rechtsgelehrten reden immer so hintenherum – manchmal ist es vielleicht besser, wenn wir geradewegs damit herausrücken, was uns am Herzen liegt, ohne uns Gedanken darüber zu machen, wie es sich vor Gericht anhören könnte.«

Wiederum breitete sich Schweigen zwischen ihnen aus, aber diesmal war es, Wingates leichtherzigen Worten zum Trotz, ein wenig unbehaglich. Hope wusste nicht so recht, was sie sagen sollte. Anfangs hatte sie diesen Mann nicht ausstehen können – oder sich immerhin eingebildet, ihn nicht ausstehen zu können. Als sie nun zu ihm aufblickte, wurde ihr plötzlich die Kraft in seinen Zügen bewusst. Er war ein äußerst maskuliner Mann – nicht eigentlich hübsch, aber kraftvoll. Sie forschte in seinem Gesicht, als ihr plötzlich bewusst wurde, dass er sich daranmachte, sie zu küssen.

Natürlich war sie schon ein paarmal geküsst worden, aber keines dieser Ereignisse war von Bedeutung gewesen. Als Darcy sich nun vorbeugte und sanft ihr Gesicht in seine Hände nahm, konnte sie nur einen klaren Gedanken fassen: *Ich darf nicht zulassen, dass er das tut!*

Aber dann tat sie es doch.

Er neigte den Kopf und seine Lippen berührten mit festem Druck die ihren. Ein Schock durchströmte sie. Er hatte so viel Kraft in sich, als er die Arme um sie schlang und sie an sich zog. Ihre Gedanken verwirrten sich, und ihr war zumute, als ertrinke sie in dem Entzücken, das sie überschwemmte. Langsam glitten ihre Arme hinter seinen Rücken und ihre Lippen erwiderten den Druck der seinen.

Eine vage Warnung schien sich tief in ihrem Geiste zu melden, aber sie ignorierte sie und nahm den Augenblick hin, wie er war.

Darcy Wingate war zumute, als schwindelte ihn. Hoffnung erfüllte sein Bewusstsein, und ihre Lippen hatten eine Frische und Unschuld an sich, die er bei anderen Frauen nicht gefunden hatte. Sie war warm, weich und nachgiebig – dennoch konnte er fühlen, dass sie einen Teil ihrer selbst vor ihm zurückhielt.

Der Kuss dauerte noch einen Augenblick lang, dann legte Hope ihre Hände auf seine Brust und trat zurück. Ihre Augen wirkten riesig im Mondlicht. »Ich hätte nicht zulassen sollen, dass Ihr das tut«, flüsterte sie.

Er fühlte, wie ihre Hände auf seiner Brust zitterten. »Ich bin froh, dass Ihr manchmal Dinge tut, die Ihr nicht tun solltet«, antwortete er heiser. »Wie wir alle das manchmal machen.« Er sah ein beunruhigtes Licht in ihren Augen. »Ich wollte Euch nicht beleidigen, Hope. Es war kein solcher Kuss.«

Sie fühlte sich schrecklich verletzlich und fragte sich, was für eine

Frau sie war, sich von einem Mann küssen zu lassen, der ihr praktisch fremd war. »Es darf nicht wieder geschehen.«

Aber Darcy sagte mit fester Stimme, nachdem er ihren Blick einen Moment lang festgehalten hatte: »Es wird wohl wieder geschehen.« Sie schreckte leicht zusammen, aber er fuhr in nüchternem Tonfall fort: »Ich breche morgen früh auf, also sage ich Euch jetzt Lebewohl.«

Sie verabschiedeten sich voneinander und Hope ging in ihr Zimmer. Beunruhigt von dem Kuss – und von Darcy Wingates Worten – wusste sie, als sie ins Bett schlüpfte, dass sie nicht schlafen würde. Die Erinnerung an diesen Kuss ließ es nicht zu.

Schleierähnliche Wolken zogen über die silberne Sichel des Mondes, als Hope aus ihrem Schlafzimmerfenster starrte. Sie dachte lange, tiefe Gedanken und schließlich drehte sie sich ruhelos auf die andere Seite, fort vom Mondlicht, und versuchte zu schlafen.

17

DAS GROßE FEUER

Während ihres relativ kurzen Aufenthalts in London hatte Jenny schon mehrfach die Häuser der großen und mächtigen englischen Aristokratie besucht. Sie hatte es immer fertiggebracht, mit einer Gruppe zu gehen, sodass es keine Missverständnisse geben konnte, was ihre Absichten anging. Sie hatte jedoch noch niemals etwas Ähnliches wie den Palast gesehen, in dem König Karl II. sein wüstes Leben lebte.

»Komm mit, Jenny«, hatte Nell Gwynn gedrängt. »Du hast so etwas noch nie gesehen!« Nell war natürlich eine ständige Besucherin im Palast – und mehr als eine Besucherin, wenn die Gerüchte, die sie mit dem König in Verbindung brachten, der Wahrheit entsprachen. Sie hatte Jenny eingeladen, sie eines Abends nach der Aufführung zu begleiten. Nach einigem Zögern hatte Jenny zugesagt.

Am nächsten Tag begleitete sie Nell zum Palast, wo man sie augenblicklich einließ. Die Wächter redeten in vertraulichem Ton mit Nell, die ihnen auf dieselbe Weise Antwort gab. Als sie und Jenny durch den reich geschmückten Torbogen in den vorderen Hof des Palastes traten, war Jenny wie betäubt angesichts der Größe und Üppigkeit der Anlage. Butzenglasfenster aus dem besten Glas wölbten sich in den großen Erkern hoch oben an den oberen Stockwerken. Ganze Gruppen von schlanken, runden Kaminen waren so angeordnet, dass sie an die Säulen erinnerten, die die inneren Decken stützten.

Obwohl es noch früh am Nachmittag war, war der äußere Hof gedrängt voll mit Dienerschaft und Gästen aller Art. Die flammenden Farben von Satin, Samt, Spitzen und Seide bildeten ein Kaleidoskop der verschiedensten Farbtöne, die die junge Schauspielerin beinahe blendeten.

»Komm mit, Jenny«, flüsterte Nell. »Ich möchte, dass du einmal ein richtiges Bankett siehst!«

Die beiden betraten den großen Speisesaal, wo fröhliche Musik das gedämpfte Summen der Gespräche untermalte. Der König speiste auf einem erhöhten Podium, und als Jenny sich setzte, erblickte sie einen Teller aus gediegenem Gold – den ersten, den sie jemals gesehen hatte.

»Schau dir diese Gabel an«, wisperte Nell, so stolz, als ginge es um ihr Eigentum. »Sie ist aus solidem Silber! Der König hat sie aus Italien importiert!«

Die Gänge wurden aufgetischt und Jenny war wie betäubt von ihrer Vielfalt. Allein der Wein tauchte in so vielen verschiedenen Sorten auf, dass sie kaum Schritt halten konnte. Eine Sorte, die Nell ihr besonders empfahl, hatte einen reichen Geschmack nach schwarzen Johannisbeeren. Sie nippte vorsichtig daran, während andere den Wein hinunterstürzten, als wäre er Wasser. Auch das Essen war erstaunlich vielfältig: Hammelfleisch, kalter Braten, gewürzte und gesüßte Sperlinge auf Toast. Dann gab es ein fettes Huhn, mit Lauch und Pilzen gekocht. Meeresfrüchte gab es in reicher Auswahl: Garnelen, Langusten, gekochte Krabben und verschiedene Sorten Fisch. Danach servierte man Früchte aller Art und Pasteten, die mit den königlichen Symbolen geschmückt waren, mit Fleisch gefüllt und mit den besten frischen Kräutern und Gewürzen verfeinert. Schließlich setzte man ihnen Kirschen in Rahm vor – ein Gericht, das Jenny nicht mehr herunterbrachte, weil es so üppig war.

Jenny bemerkte, dass die anderen, den König eingeschlossen, sich den Mund vollstopften mit Weintrauben, Aprikosen und durchsichtigem Gelee, das in den Formen verschiedenster Tiere zitterte. Im Großen und Ganzen erschien es Jenny, dass es einfach zu viel war. Sie dachte an all die hungrigen Menschen im Land, die noch unter den Nachwirkungen der Pest litten – und wünschte, ein Teil der reichlichen Tafel könnte in Wakefield oder Bedford verteilt werden.

Nach dem Dinner gab es Tänze und Vergnügungen, aber nach einer Stunde hörte Jenny zu ihrer Überraschung eine Stimme hinter ihrem Rücken. »Ah! Ihr seid Mistress Gwyns Gefährtin!«

Jenny drehte sich um und sah zu ihrer Verblüffung, dass es der König selbst war, der hinter ihr stand. Sie stand etwas abseits der Menge, am Rand eines großen Raumes und ein wenig hinter einer der mächtigen Säulen. Sie knickste hastig, dann murmelte sie: »Ja, Eure Majestät, ich bin mit Mistress Gwyn gekommen.«

Karl lächelte. Er hatte einen schlaffen, sinnlichen Mund, der sein gutes Aussehen störte. Er trug, wie gewöhnlich, reich geschmückte Kleidung, darunter ein pflaumenfarbenes Wams, das mit Perlen und kostbaren Steinen in roten und grünen Farbtönen besetzt war. Er war ein sehr großer Mann und seine Erscheinung hatte etwas Überwältigendes an sich. Er betrachtete sie forschend aus großen braunen Augen und nickte. »Ja, Nellie sagt mir, dass Ihr in Zukunft einer der großen Stars der Bühne werden könntet. Ich habe Eure Darbietung genossen, das kann ich Euch versichern.«

»Danke, Eure Majestät.« Jenny brachte nicht mehr als ein Flüstern zustande. Sie hatte so viel über diesen Mann gehört, dass er ihr beinahe wie eine Gestalt aus einem Märchenbuch erschien. Aber da war er – Fleisch und Blut – und versuchte, ein einfaches Gespräch mit ihr zu führen. Und ihr fiel kein einziges Wort ein, das sie hätte sagen können.

Der König spürte ihre Furcht und Verwirrung. »Ihr müsst mir erlauben, Euch ein wenig vom Palast zu zeigen.« Ohne auf ihre Zustimmung zu warten, ergriff er ihren Arm und begann mit der Führung. Sie gingen durch Höfe, in denen Brunnen plätscherten. Es gab ganze Fluchten von Räumen und Kammern, die ein Labyrinth zu bilden schienen. Überall waren die Mauern entweder mit schweren Tapisserien, samtenen Vorhängen und Gemälden geschmückt oder sie waren mit den großartigsten Fresken bemalt, von denen jedes einzelne in leuchtenden Farben und in feinstem Detail gemalt war.

Er führte sie in eine lange Galerie, und sie war tief beeindruckt von allem, was sie da sah. Schließlich gingen sie durch eine Säulenhalle hindurch nach draußen. »Mit den Gärten ist natürlich nicht mehr viel Staat zu machen«, sagte er. Es war später August und die Blumen waren längst verschwunden. Dennoch, es gab Brunnen, Pfade und Bänke zwischen dem Immergrün und den kunstvoll beschnittenen Hecken.

Sie schritten langsam einen der zahllosen Pfade entlang und Karl blieb vor einem der größeren Brunnen stehen. Eine Art Pumpe schleuderte das Wasser hoch in die Luft. Die fallenden Tropfen fingen den Widerschein der vielen Laternen auf, die diesen Teil des Gartens erhellten. »Sie sehen aus wie fallende Diamanten, nicht wahr?«, murmelte Karl.

Jenny wagte es, einen kurzen Blick auf sein Profil zu werfen. Es war attraktiv und unleugbar königlich. »Ja, Eure Majestät.«

Er wandte sich ihr zu und wiederum senkte sie den Blick. »Erzählt mir von Euch«, sagte er abrupt. »Hier, die Luft wird kalt. Nehmt meinen Mantel.« Wiederum wartete er nicht auf ihre Erlaubnis, sondern nahm den prunkvollen hermelinbesetzten Mantel ab und legte ihn ihr um die Schultern. Dann führte er sie zu einer der steinernen Bänke und drückte sie darauf nieder. »Das ist besser, nicht wahr? Nun erzählt.«

Jenny war nie so wenig daran gelegen, ihre Geschichte zu erzählen. Aber nachdem sie einmal begonnen hatte, stellte sie fest, dass Karl nicht nur ein einfühlsamer Zuhörer war, sondern auch Talent dafür hatte, andere Leute auszuhorchen. Sie war nicht die Erste, die das entdecken sollte. Auch andere hatten bemerkt, dass Karl zwar schwach im Fleische war, lasterhaft und sinnlich, aber einen scharfen, aufmerksamen Verstand hatte, der ihn den meisten Leuten geistig überlegen machte.

Jenny beendete ihren kurzen Bericht mit den Worten: »Also behielt mich Mistress Gwyn als ihre Zofe und ließ mich in ein paar Stücken auftreten.«

»Gefällt Euch das Theater?«, fragte Karl interessiert. Er saß ziemlich dicht neben ihr. Während er sprach, rückte er ihr auf eine Weise näher, die unbeabsichtigt wirkte, aber sein Knie in engen Kontakt mit dem ihren brachte.

Jennys Herz hämmerte. Sie hatte keine Ahnung, wie sie mit den Annäherungsversuchen eines Königs fertigwerden sollte! Wenn sie von ihm abrückte, beleidigte sie ihn vielleicht. Wenn sie blieb, wo sie war, mochte er einen vollkommen falschen Eindruck gewinnen. Rasch sagte sie: »Mir gefällt einiges daran, Eure Majestät. Aber es ist sehr hart für eine Frau.«

»Aber die Männer laufen Euch doch auf Schritt und Tritt nach!« Die dunklen Augen glänzten im Halbdunkel. »Viele Frauen würden sich so viel Aufmerksamkeit wünschen!«

»Ich nicht, Eure Majestät«, antwortete Jenny schlicht.

Karl blinzelte überrascht. Er hatte viele Schauspielerinnen gekannt und festgestellt, dass keine von ihnen auch nur über ein Fünkchen Tugend verfügte. Als er nun die klaren, jugendlichen Züge der jungen Dame an seiner Seite studierte, fand er darin keine Anzeichen der Leichtfertigkeit, die für andere in ihrem Beruf typisch waren. Er war fasziniert von ihrer offenkundigen Unschuld, die ihn dazu trieb, noch weiter zu gehen, als er ursprünglich vorgehabt hatte. Er rückte näher an sie heran und legte seine Hand auf die ihre. Mit einer Stimme, die gedämpft und erregend klang, sagte er: »Eine schöne Frau wie Ihr könnte es zu etwas bringen, meine Liebe. Zu sehr viel bringen.«

Wiederum war Jenny im Zweifel. Seine Hand drückte die ihre, und die Einladung war zwar unausgesprochen, aber dennoch ganz klar. Sie wusste, wie viele Mätressen dieser Mann gehabt hatte. Sie hatte oft gehört, dass Unmoral ihm nichts bedeutete. Als König war er sein eigenes Gesetz. Nun schlug er vor, dass sie sich zu ihm gesellte.

So schwierig die Situation auch war, Jenny zögerte nur kurz. Sie wandte ihm das Gesicht zu und blickte ihm geradewegs in die Augen. »Ich nehme an, für die meisten Frauen wären Eure Worte eine Versuchung, Eure Majestät. Ich interessiere mich jedoch einzig und allein dafür, Schauspielerin zu werden.«

Wiederum war Karl verblüfft und erstaunt über ihre Antwort. »Ihr missversteht mich doch nicht?« Sie war so unschuldig, dass er dachte, sie hätte ihn vielleicht nicht verstanden.

»Ich glaube nicht, Eure Majestät.« Dann holte sie tief Atem. »Ich glaube, ich möchte lieber wieder nach drinnen gehen. Vielleicht wärt Ihr so freundlich, mich zu begleiten?«

Karl lachte laut auf und schlug sich auf den Schenkel. Er sprang auf die Füße, stützte die Hand auf die Hüfte und blickte mit herrischem Amüsement auf sie herunter. »Beim Himmel! Ihr schmeichelt einem Mann mit Eurer Abweisung, wie andere Frauen es mit ihrer Zustimmung tun!« Dann wurde er ernst. »Ich habe nie eine Frau unter Druck gesetzt und habe gewiss nicht die Absicht, jetzt damit anzufangen. Kommt, ich bringe Euch wieder nach drinnen, wie Ihr es so charmant erbeten habt.«

Er nahm seinen Mantel von ihren Schultern, als sie den Saal betraten, wo die Menge immer noch tanzte und den Gauklern und Zauberern zusah. Mit einer letzten spöttischen Verbeugung schlüpfte er davon.

Nachdem er sie verlassen hatte, spürte Jenny, dass sie zitterte. Sie verhielt sich den Rest des Abends still, beobachtete und lauschte und fand nichts, dass sie dazu verführt hätte, ihre Einstellung zugunsten dieser Frivolitäten aufzugeben.

Auf dem Heimweg schockierte Nell sie. »Nun, hat der König dich eingeladen, dich zu seinem Haushalt zu gesellen?« Sie lachte, als sie Jennys aufgestörten Blick sah. »Oh, ich habe gesehen, wie angetan er von dir war. Er kam zu mir und erzählte mir alles, Jenny.« Plötzlich streckte Nell die Arme aus und umarmte sie. »Du hast die richtige Entscheidung getroffen, Jenny. Dieses Leben ist nichts für dich! Es ist für Leute wie mich.«

»Und bist du glücklich, Nell?«, fragte Jenny leise.

Die ältere Frau schüttelte den Kopf. »Nein, aber ich bin so glücklich, wie ein Mensch meines Schlages auf Erden werden kann. Ich wurde zu einem niedrigen Leben geboren. Wenn es schon sein muss, kann ich genauso gut das Beste daraus machen.«

Jenny empfand tiefes Mitgefühl mit dieser Frau. Nell war aus dem Nichts aufgestiegen und hatte sich nun der Unmoral und einem lasterhaften Leben ergeben, wie die Linien in ihrem glatten Gesicht und um ihre Augen verrieten. Jenny beobachtete sie und wusste, dass Nell Gwyn trotz der Fröhlichkeit, die sie ausstrahlte, eine zutiefst bekümmerte Frau war.

Sosehr sie wünschte, sie könnte ihrer Freundin helfen, so wusste Jenny doch, dass sie dazu nicht imstande war. Als sie darüber nachdachte, kam ihr ein flüchtiger Gedanke: *Ich wünschte, ich wüsste mehr über Gott. Vielleicht könnte ich dann mit Nell sprechen … aber es lässt sich nicht ändern.*

* * *

Im Lauf des September 1666 dachte Jenny viel über ihren Besuch am Hofe des Königs nach. Sie bereute es kein einziges Mal, dass sie seine Einladung zurückgewiesen hatte. Sie wusste, dass Nell recht hatte – dieses Leben war nichts für sie.

Dennoch war sie dankbar, dass sie viel Zeit mit ihrer Mentorin und Freundin verbringen durfte. Sie und Nell probten ein neues Stück und eines Abends waren sie gemeinsam mit den anderen Schauspielern bis spät nachts im Theater geblieben. Sie waren in der Mitte einer Szene, in der Jenny mitspielte, als Thomas Benton, der Manager der Truppe, zur Tür hereinstürzte und zu schreien begann.

»Die Stadt brennt!«

Alle Schauspieler und Schauspielerinnen starrten ihn an. Nell verlangte zu wissen: »Was meinst du, Thomas? Hat ein Haus in der Nähe Feuer gefangen?«

Bentons Augen waren vor Furcht geweitet. »Ich rede nicht von einem Haus! Die ganze Stadt steht in Flammen! Beeilt euch und seht selbst!«

Augenblicklich schloss sich Jenny dem Rest der Truppe an, als sie aus dem Theater stürzten. Benton führte sie hinter die nächste Straßenecke, wo sie den ganzen Horizont unter dem Nachthimmel in glühenden Schein getaucht sahen.

»Es kann doch nicht die ganze Stadt brennen!«, schrie sie auf.

»Das wird sie aber, wenn es nicht gelingt, dem Feuer Einhalt zu gebieten!«, rief Benton. »Dreihundert Häuser sind schon abgebrannt!«

»Dreihundert!«, rief Nell aus. »Wie hat es angefangen?«

»Es gibt jede Menge Gerüchte«, erklärte Benton, »aber es scheint so, als sei das Feuer in der königlichen Bäckerei in der Pudding Lane ausgebrochen. Die St.-Magnus-Kirche ist abgebrannt und fast die ganze Fish Street ist verloren.«

Bestürzung malte sich auf jedem Gesicht, aber einige der kühneren Seelen beschlossen, sich das Feuer aus der Nähe anzusehen. Jenny hastete ins Haus, um ihren Mantel zu holen, und schloss sich ihnen an. Sie eilten durch die Straßen und schafften es bis zum Steelyard. Alles versuchte, seine Habseligkeiten in Sicherheit zu bringen, die Leute warfen ihren Besitz in den Fluss oder luden ihn auf Boote. Die Armen harrten in ihren Häusern aus, bis die Flammen buchstäblich an den Wänden leckten, dann flohen sie und trugen mit sich, was sie konnten.

Jenny und Nell beschlossen schließlich, nach Hause zurückzukehren, aber sie fanden in dieser Nacht nur wenig Schlaf. Als sie am nächsten Morgen erwachten, wusste bereits die ganze Stadt von dem riesigen Brand. Nachdem sie ein leichtes Frühstück gegessen hatten, beschloss Jenny, eine Freundin zu besuchen, eine Schneiderin, die in einer der am meisten vom Feuer betroffenen Gegenden wohnte.

Nell flehte: »Geh nicht, Jenny. Es ist zu gefährlich.«

»Ich will mich nur vergewissern, dass sie in Sicherheit ist. Ich werde mich vom Feuer fernhalten«, versprach Jenny. »Mach dir keine Sorgen um mich.«

Sie verließ das Haus und begab sich durch die Gassen, bis sie nahe genug war, die Hitze des Brandes zu spüren. Einmal blickte sie auf und sah einen Schwarm Tauben, deren Taubenhaus sich auf dem Dach eines der brennenden Häuser befunden hatte. Sie saßen auf den Fenstern und Balkonen, bis ihre Flügel Feuer fingen und sie herabfielen. Jenny taten sie leid – aber es gab noch viel Schlimmeres zu sehen.

Sie sah, wie das Feuer binnen einer Sekunde von einem Haus zum anderen übersprang. Ein Haus loderte, bis sein Inneres in Weißglut stand, und plötzlich explodierte das Nebenhaus, das bis dahin ganz unberührt gewirkt hatte, in Flammen. Die Hitze knisterte auf ihren Wangen, als sie sich durch die Menge kämpfte. Schließlich fand sie ihre Freundin, Mistress Hampton.

»Geht es Euch gut, Mistress Hampton?«, fragte sie besorgt.

»Ja, aber mein armes Haus, mein armes Haus!«, schrie die Schneiderin jämmerlich. »Alles ist verloren!«

»Ihr seid am Leben und das ist das Wichtigste«, sagte Jenny beruhigend. »Kommt, wir wollen einen Karren suchen und so viel von Euren Habseligkeiten retten, wie wir nur können.«

Den ganzen Tag hindurch half sie ihrer Freundin und auch zwei anderen Damen, die in denselben Schwierigkeiten steckten.

Spät abends, lange nach Einbruch der Dunkelheit, war es so hell wie am Mittag. Die Flammen der brennenden Stadt erleuchteten die Dunkelheit meilenweit. Jenny bemerkte es jedoch kaum, denn sie schleppten die letzten Besitztümer aus dem Haus der Schneiderin. Während sie eine Last zum Wagen schleppte, sah Jenny den König und seinen Bruder, den Herzog von York. Die beiden bemerkten sie nicht, aber sie stand nahe genug, um zu hören, wie der König Befehle brüllte.

»Seht hier! Wir müssen diese ganze Häuserreihe hier abreißen! Wenn nicht, wird das Feuer überspringen!«

Der Herzog von York nickte und hob die Stimme, um über den brüllenden Flammen gehört zu werden. »Ja! Und wenn wir dasselbe im Norden tun, können wir das Feuer begrenzen!«

Jenny hatte keine Zeit, sich länger aufzuhalten, aber sie war vom Verhalten und der Entschlusskraft des Königs beeindruckt. Hier war er, mitten in der Verwüstung, und tat, was er konnte, um die Stadt zu retten. Ihre Meinung über den König besserte sich, als sie sein heldenhaftes Verhalten sah.

Wieder vergingen eine Nacht und ein Tag. Das Feuer breitete sich unaufhaltsam weiter aus. Der Plan des Königs hatte nicht funktioniert und das Feuer zog weiter und weiter durch die Stadt. Die einzige Hoffnung bestand darin, das Feuer zu unterbrechen, indem man Häuser abriss, aber viele hinderten die Arbeiter und Soldaten daran, das zu tun. Ihre Selbstsucht war schuld daran, dass viele ihrer Häuser niederbrannten – und auch ein großer Teil der Stadt.

Jenny sah schreckliche Dinge während des Brandes. Es war eine grässliche, bösartige, blutige Flamme – ganz anders als die feinen Flammen eines gewöhnlichen Feuers. Nachts war die Stadt von einem Bogen feurigen Lichts überwölbt, der sich eine Meile weit über den Himmel erstreckte. Kirchen, Häuser und Geschäftslokale wurden ein Raub der Flammen. Das entsetzenerregende Brüllen des Brandes und das Prasseln der brennenden Häuser erfüllten die Luft. Die Jammerschreie der Obdachlosen mischten sich mit den rauen Schreien der Soldaten und Beamten, die bemüht waren, die Ordnung wiederherzustellen.

Jenny war todmüde, denn sie hatte fast gar nicht geschlafen. Einmal sah sie einen Schauer feuriger Tropfen, als die Flammen sich wie Flügel zum Himmel aufschwangen und dann wie brennendes Pech niederfielen. Am schlimmsten wütete der Brand in der Thames Street, wo die Lagerhäuser voll Öl, Wein und Spirituosen standen, das brennbarste Material, das man sich vorstellen konnte.

In der dritten Nacht des Brandes stellte Jenny plötzlich fest, dass sie sich nicht mehr in Sicherheit bringen konnte. Irgendwie war sie an einen Ort gelangt, an dem das Feuer auf allen Seiten wütete, wie es schien. Verblüfft sah sie sich um. Ihre Haut war versengt, ihre Augen brannten vom Schlafmangel und der Asche, die überall in der Luft herumflog. Die Straße unter ihren Füßen war so heiß, dass ihr zumute war, als liefe sie über glühende Kohlen.

Bis dahin hatte Jenny sich keine Gedanken über die Gefahren des

Feuers gemacht. Sie hatte sich Sorgen um ihre Freundinnen gemacht, die ihre Häuser und Besitztümer verloren, aber nie irgendeine Bedrohung empfunden. Nun sah sie sich um und erkannte, dass sie in der Falle saß. Ihr Rücken lehnte an der Wand einer Kirche, die immer heißer wurde. Vor ihr und zu beiden Seiten schossen Flammen aus den Fenstern der Gebäude. Panik überfiel sie. Sie warf sich ihr Umschlagtuch übers Gesicht, um sich vor der brennenden Hitze zu schützen, und stieß sich von der Mauer der Kirche ab.

Zur Rechten sah sie eine Hintergasse, die aus dem Inferno hinauszuführen schien. Sie rannte die Gasse entlang, stolperte plötzlich und verknackste sich den Knöchel. Als sie sich aufraffte, hörte sie ein knirschendes Geräusch hinter sich. Sie wirbelte herum und sah, dass der Turm der brennenden Kirche in sich zusammenstürzte. Er stand in Flammen, als wäre er in Pech getränkt worden – und stürzte genau auf sie zu!

Jenny fühlte, dass ihr Tod nahe war, und wusste, dass sie kaum etwas tun konnte, um ihm zu entrinnen. Ihr einziger zusammenhängender Gedanke war: *Ich habe Gott aus meinem Leben draußen gehalten und so ende ich nun!*

Der Kirchturm kippte auf sie zu, bedrohlich prasselnd und zischend. Mit einem letzten verzweifelten Sprung warf Jenny sich in eine von Steinen umgebene Öffnung der Mauer. Kaum hatte sie ihren Fuß aus der Hintergasse gezogen, da stürzte der Kirchturm mit gewaltigem Donnern herab. Die Flammen leckten nach ihrem Rock, der rasch Feuer fing. Mit einem scharfen Aufschrei ließ sie sich instinktiv zu Boden fallen und wälzte sich hin und her. Die glühende Hitze ließ sie beinahe ohnmächtig werden. Bei jedem Atemzug schienen ihre Lungen zu brennen.

Die ganze Welt schien aus Feuer zu bestehen.

Ihr war kaum bewusst, dass sie sich weiterkämpfte. Vor ihr war Dunkelheit und sie warf sich hinein. Es schien eine Art großes Rohr zu sein, und sie kauerte sich in der relativen Kühle zusammen, während das Feuer draußen loderte. Hilflos zitternd schloss sie die Augen wie ein Kind, das sich weigert, das Monster anzusehen – und wartete, ob sie leben oder sterben würde.

Manche sagten, das *große Feuer* von London sei Gottes Gericht über eine lasterhafte und sündige Nation gewesen. Andere betrachteten es als Reinigung. Der Brand verzehrte fast ein Viertel der ganzen Stadt und einige der schlimmsten Gegenden brannten bis auf die Grundmauern nieder – Gegenden voll Schmutz und Ratten.

In vieler Hinsicht brachte das Feuer eine neue Stadt hervor. Sir Christopher Wren, ein fähiger und erfolgreicher Architekt, wurde ein viel beschäftigter Mann. Er entwarf mehr als hundert Kirchen, um die zu ersetzen, die dem Brand zum Opfer gefallen waren. Die Straßen wurden neu angelegt. Neue Gebäude wurden errichtet. Das Alte verging und das Neue war besser.

Jenny entkam, wenn sie auch nie herausfand, wie. Und dennoch war es in gewisser Weise so, als wäre sie in diesem Feuer gestorben. Zutiefst erschüttert, wie sie war, konnte sie nicht in ihr altes Leben zurückkehren. Sie ging zu Nell Gwyn und teilte ihr mit, dass sie fortgehen wollte. Nell versuchte sie davon abzubringen, aber etwas hatte Jenny in diesem Augenblick nahe des Todes berührt. Nun wusste sie, wie Evan sich gefühlt haben musste, als er gedacht hatte, er müsse sterben.

Einige Wochen lang wohnte sie in einem Zimmer außerhalb Londons und versuchte, eine Entscheidung zu treffen, was sie tun sollte. Sie hatte jeden Penny gespart, den sie im Lauf ihrer Karriere als Schauspielerin verdient hatte, außer dem Geld, das sie während der Pestzeit ausgegeben hatte und das sie zum Leben brauchte. Zum ersten Mal in ihrem Leben hatte sie keine Angst vor der Armut und konnte tun, was ihr Herz begehrte.

Und ihr Wunsch war, nach Wales zurückzukehren.

Es erwies sich als eine gute Entscheidung. In ihrem Vaterland fand sie eine kleine Hütte, in der sie ein schlichtes und ereignisloses Leben führte. Die Tage wurden zu Wochen, die Wochen zu Monaten, und

Jenny fühlte, dass Friede sie überkam. Sie wusste nicht genau, warum und woher, aber in ihrem Geist herrschte eine Stille, die sie nie zuvor gekannt hatte. Als sie auf den stillen Pfaden um das kleine Waliser Dorf herumwanderte, sprach Gott zu ihr – und bald übergab sie ihr Leben Christus.

Nun nahm ihr Leben einen neuen und aufregenden Aspekt an. Sie begann die Ortskirche zu besuchen, die von einem guten Pastor geleitet wurde. Bei jeder Predigt sog sie die Lehren des Wortes Gottes in sich auf. All die Leidenschaft, die sie in die Schauspielerei gelegt hatte, legte sie nun in ihr Bibelstudium und ihr Bestreben, dem Herrn näherzukommen.

Nach einem Jahr wurde ihr im tiefsten Inneren bewusst, dass es Zeit zu gehen war. Sie packte ihre paar Sachen zusammen, sagte dem Pastor und den paar engen Freunden, die sie in der Kirche gefunden hatte, Lebewohl und verließ Wales.

Als die Kutsche über die sanften Hügel rollte, dachte Jenny daran, was ihr bevorstand. Sie wusste nicht, wohin Gott sie führte. Sie wusste nur, dass sie nach Wakefield zurückkehren musste.

18

RÜCKKEHR NACH WAKEFIELD

Das Wetter war rau und stürmisch, als die Kutsche über die London Bridge rollte. Jenny staunte, wie sehr sie sich während ihres Jahres in Wales verändert hatte. Sie trug einen dünneren Mantel, als sie eigentlich gebraucht hätte, und schauderte vor Kälte. Die Reise war mühselig gewesen, aber als sie aus dem Fenster blickte, dachte sie plötzlich daran, wie sie und Evan vor so langer Zeit zum ersten Mal nach England gekommen waren.

Bei dieser Erinnerung wunderte sie sich wiederum über das innere Drängen, das sie empfand, nach Wakefield zurückzukehren. Sie schüttelte leise den Kopf. Sie konnte es nicht erklären – nicht einmal sich selbst.

Sie hatte beschlossen, in London über Nacht zu bleiben, und war froh, als die Kutsche anhielt. Der Himmel war dunkel vom Rauch Tausender Schlote und der Nebel rollte von der Themse herein.

Sie fand eine Herberge, wo sie die Nacht verbringen konnte. Dort erkundigte sie sich nach den Abfahrtszeiten, um ihre Reise nach Wakefield so rasch wie möglich hinter sich zu bringen. Nachdem sie ihre Kleider gewechselt und eine Stunde geruht hatte, brach sie zu einem Spaziergang auf.

Sie konnte sehen, dass die Stadt zu einem großen Teil wieder aufgebaut worden war. Überall herrschte noch rege Bautätigkeit, überall waren Gerüste errichtet und die Kirchturmspitzen ragten neu und glänzend über die Stadt hinaus. Sie war neugierig auf ihre Reaktion, als sie durch die Straßen ging und den Ort aufsuchte, an dem sie beinahe gestorben wäre. Anfangs war es unmöglich, ihn wiederzuerkennen, und sie stand nur da und sah den Arbeitern zu, die geschäftig herumhasteten und anscheinend an einer großen Herberge bauten.

Monatelang hatte sie von ihrer beinahe tödlichen Erfahrung geträumt. Sie hatte die Erinnerung zwar nicht vergessen, aber sie versetzte sie nicht mehr in Angst. All das hatte sie in Wales in Ordnung gebracht. Mit einem dankbaren Lächeln machte sie kehrt und ging in die Herberge zurück.

Sie schlief gut in dieser Nacht, und am nächsten Morgen erhob sie sich und entschloss sich, Nell Gwyn aufzusuchen. Obwohl sie nun nicht gerade begeistert an ihr Leben am Theater zurückdachte, schuldete sie Nell zumindest einen Besuch. Sie verließ die Herberge und suchte den Theaterbezirk der Stadt auf. Mehrere Schauspieler und Schauspielerinnen begrüssten sie aufs Herzlichste und wollten wissen, ob sie zurückgekehrt war, um ihren Beruf wiederaufzunehmen. Der Manager der Truppe bot ihr auf der Stelle eine Rolle in dem neuen Schauspiel von Mr Wycherly an.

»Nein, ich will eine Weile lang gar nichts tun, Mr Hobbs.« Sie lächelte. »Ich bin nur zu Besuch in der Stadt. Spielt Nell zur Zeit?«

»Ho! Ihr wart wirklich außer Landes!« Hobbs starrte sie staunend an. »Dann habt Ihr es noch nicht gehört?«

»Was gehört?«

»Nun, Nell hat Karriere gemacht!« Er blinzelte bedeutungsvoll. »Ihre neue Adresse ist der Palast. Sie ist jetzt die Mätresse des Königs. Eine seiner Mätressen, genauer gesagt.«

Die Neuigkeit überraschte Jenny nicht, denn sie hatte es kommen gesehen. »Ich nehme an, dann werde ich sie wohl nicht sehen«, seufzte sie. »Es wäre unmöglich.«

»Aber keineswegs«, gab Hobbs fröhlich zurück. »Unsere Nellie tut, was ihr passt. Geht nur hinein und gebt Eure Karte ab. Sie wird sich freuen, Euch zu sehen. Sie hat Euch immer gerne gemocht, Jenny.«

Die Information erwies sich als korrekt. Nach einigem Zögern beschloss Jenny schließlich, sie würde einen Versuch machen, ihre Freundin wiederzusehen. Sie ging zum Palast und gab ihre Visitenkarte ab. Fast augenblicklich kehrte der Wächter lächelnd zurück. »Hier entlang, Miss.«

Sie folgte ihm durch die labyrinthischen Pfade des Palastes und wurde von Nell begrüßt, die sie herzlich in die Arme schloss. »Ich kann es nicht glauben! Komm herein! Erzähl mir alles!«

Jenny ließ es zu, dass sie königlich bewirtet wurde. Nell schien ihr Vergnügen daran zu haben, so viele Diener wie möglich auf ihre Befehle warten zu lassen und sie mit verschiedenen Aufträgen wegzuschicken. Einige holten Schokolade, andere Kuchen, einige dies und andere jenes. Schließlich schickte sie alle weg und wandte sich an Jenny. »Nun, wie denkst du jetzt von deiner Nellie?«

Jenny zögerte. »Ich hoffe nur, du bist glücklich«, sagte sie schließlich.

Nell starrte sie an. »Natürlich bin ich glücklich! Ich habe alles, was eine Frau sich nur wünschen könnte! Was könnte ich mehr verlangen?« Ihre Stimme klang zu heftig, selbst für ihre eigenen Ohren, also lachte Nell laut auf und fuhr fort. »Wo hast du dich versteckt? Ich habe überall versucht, etwas über dich in Erfahrung zu bringen!«

»Ich war während des letzten Jahres in Wales.«

»In Wales? Was hast du denn dort verloren? Ich verstehe dich einfach nicht, Jenny.«

Eine Zeit lang versuchte Jenny zu erklären. Sie wusste, dass es ziemlich nutzlos war, denn Nell Gwyn war eine Frau, die in den Tag hinein lebte, von einem Vergnügen zum anderen. Offenbar war ihr noch nie der Gedanke an den Tod gekommen. Als Jenny ihre Geschichte beendet hatte, gab Nell ihr gedankenlos Antwort und hatte das Thema schließlich satt.

»Was wirst du also jetzt machen? Ein Theaterstück, nehme ich an.« Jenny schüttelte den Kopf. »Nein. Ich bin nicht sicher, ob ich je wieder eine Bühne betreten werde.«

Das war der Anfang eines langen Gesprächs, in dem Nell Jenny zu überzeugen versuchte, dass sie einen schweren Fehler machte, wenn sie das Theater verließ. Schließlich warf Nellie resignierend die Hände hoch. »Nun, es scheint, du bist fest entschlossen und ich habe nichts mehr zu sagen. Wo wirst du wohnen?«

Jenny erklärte ihre Pläne und Nell lauschte ungeduldig. Als Jenny ausgeredet hatte, sagte Nell forsch: »Komm. Ich habe etwas zu tun.«

Jenny wartete, während Nell sich von ihren Zofen herausputzen ließ. Dann verließen sie Nells Gemächer.

»Wo gehen wir hin?«, fragte Jenny.

»Der König berührt heute Morgen«, antwortete Nell. »Er schätzt es, wenn ich dabei anwesend bin.«

»Berührt?«, fragte Jenny ratlos. »Berührt – was?«

»Nun, das königliche Übel! Hast du nie davon gehört?«

»Nein. Was bedeutet es?«

Ein Lächeln hob Nellies Lippen. »Man glaubt, der König habe die Gabe, die Leute vom Grind zu heilen – man nennt es das königliche Übel. Es ist eine Krankheit.«

Jenny starrte ihre Freundin an. »Der König hat die Gabe der Heilung?«

Nells Lächeln wurde breiter. Er glaubte es jedenfalls. Es geht auf Königin Elisabeth zurück – oder vielleicht Heinrich VIII. Oh, ich weiß nicht, wann es angefangen hat. Komm, du wirst es sehen.«

Jenny sollte die folgende Szene nie mehr vergessen. Die beiden Frauen gelangten in einen ungeheuren Saal, der mit Menschen gefüllt schien. Die meisten davon waren arm und in jämmerliche Lumpen gekleidet. Einige jedoch trugen Hermelin und teure Juwelen. Jenny sah interessiert zu, wie sie sich – offensichtlich ohne das geringste Unbehagen – untereinander mischten.

Karl saß auf einer niedrigen Plattform. Er trug ein scharlachfarbenes Wams. Eine kunstvolle goldene Kette hing um seinen Nacken, sein dunkles Haar floss in dicken Locken seinen Rücken hinab und sein dünner Schnurrbart war sorgfältig barbiert. Während Jenny zusah, humpelte eine alte Frau nach vorne und kniete vor ihm nieder. Karl streckte die Hand aus, berührte ihren Kopf, flüsterte ein paar Worte, dann lehnte er sich zurück. Die Frau rappelte sich auf, knickste vor dem König und verließ dann den Saal.

Augenblicklich trat ein hochgewachsener Mann in kostbarer Kleidung an ihre Stelle und neigte den Kopf, wie die Frau es getan hatte.

Wiederum berührte ihn der König, sprach einige wenige Worte in kaum hörbarem Ton und entließ ihn dann.

Zwanzig Minuten lang sah Jenny zu, wie der König ein ums andere Mal die Zeremonie vollzog. Sie war verwirrt, denn sie wusste, welch unmoralisches Leben Karl führte. Als Nell Jenny zuwinkte und die beiden Frauen in Nells Gemächer zurückkehrten, fragte Jenny: »Werden jemals welche von ihnen gesund?«

»Ich weiß es nicht«, gestand Nell ein. »Karl ist überzeugt, dass sie gesund werden.« Ein ratloser Ausdruck verzog ihr immer noch hübsches Gesicht. »Er ist eigentlich kein wirklich guter Mensch. Ich weiß das – und er weiß es auch. Aber irgendwie ist das hier sehr real für ihn.« Sie senkte die Stimme. »Ich nehme an, er kommt Gott dabei so nahe, wie es für ihn möglich ist.«

»Was meinst du, ist er ein Christ?«, fragte Jenny.

»Ich glaube, er wäre gerne Katholik«, antwortete Nell. »Aber das kann er nicht. Sein Bruder, der Herzog von York, ist ein bekennender Katholik. Aber Karl ist ein zu guter Politiker, um in diese Falle zu tappen. Er schätzt seinen Kopf zu sehr. Und seine Bequemlichkeit, nehme ich an.«

»Er ist ein seltsamer Mensch«, sagte Jenny langsam. »Es muss sehr merkwürdig sein, so viel Macht in Händen zu haben – sogar Macht über Leben und Tod. Er könnte so viel Gutes tun!«

»Ja, das könnte er. Aber Karl wird es nie tun.« Obwohl Nell nur selten zur Nachdenklichkeit neigte, merkte Jenny ihr an, dass sie lange über dieses Thema nachgedacht hatte. Die Frau fuhr in nüchternem Ton fort: »Karl würde sich nie für irgendeine andere Sache einsetzen als sein eigenes Wohlbefinden. Er hatte eine schlechte Erziehung, und dann wurde, wie du sagst, große Macht in seine Hände gelegt. Er lebt für sein Vergnügen, obwohl er ein sehr intelligenter Mensch ist. Er wird niemals Stellung beziehen.« Mit einer ungeduldigen Kopfbewegung wechselte Nell das Thema. Sie versuchte von Neuem, Jenny zum Bleiben zu bewegen, gab es aber bald auf.

Als sie einander Lebewohl sagten, umarmte sie Jenny. »Du wirst das Landleben bald satthaben. Komm zurück und besuche mich. Wir werden dafür sorgen, dass du im *Queen of London Theatre* auftrittst!«

Als Jenny in die Herberge zurückkehrte, war sie von Sorge und Mitleid für ihre Freundin erfüllt. *Ihre Schönheit wird bald dahin sein*, dachte sie seufzend, *und Karl wird ihrer überdrüssig werden, wie es so vielen anderen widerfahren ist. Nell hätte anders sein können – wenn sie die Chance gehabt hätte.*

Jenny hatte geplant, London augenblicklich zu verlassen, aber die Zufallsbemerkung eines Freundes, den sie traf, veranlasste sie, ihre Reise um zumindest einen Tag zu verschieben.

Beim Frühstück gesellte sich ein älterer Schauspieler namens Reginald Simmons zu ihr. Sie verbrachten eine Stunde damit, über alte Zeiten zu plaudern, denn Simmons hatte Jenny oft Freundschaft und Liebenswürdigkeit erwiesen. Er war einer der vornehmeren Schauspieler, Mitte fünfzig und hatte sie nicht mit Anträgen belästigt, wie es so viele jüngere Männer getan hatten. Sie genossen ihre gemeinsame Mahlzeit und Simmons sprach von den Wakefields. Er kannte Gavin und hatte Sir Christopher einmal kennengelernt.

»Feine Familie«, sagte er. »Und du willst sie besuchen, nicht wahr?«

»Ja, eine Zeit lang.«

»Überbringe ihnen meine Grüße.« Er lehnte sich an die Bank zurück und betrachtete sie eindringlich über den Tisch hinweg. »Es gibt noch einen weiteren alten Freund, den Sir Christopher gerne wiedersehen würde. Ich nehme an, Sir Christopher kann jetzt nicht mehr weit reisen. Er wird älter, nicht wahr?«

Jenny antwortete: »Ich nehme an, er kommt nicht mehr viel herum, aber ich habe ihn schon einige Jahre nicht mehr gesehen.«

»Hast du jemals von John Milton gehört?«, forschte Simmons.

»Nein.«

»Nun, er war zu Cromwells Zeiten ein sehr berühmter Mann. Er schrieb Traktate, die die Sache der Puritaner unterstützten, und dann wurde er Mitglied in Cromwells Regierung. Er wurde zum Fremdsprachensekretär ernannt. Er und Sir Christopher waren enge Freunde, wenn ich mich recht erinnere«, sinnierte Simmons.

»Ich habe nie von ihm gehört«, sagte Jenny neugierig.

»Nachdem Karl auf den Thron zurückgekehrt war, hatte er viel zu leiden«, seufzte Simmons. »Er erblindete, vom vielen Studieren, nehme ich an – und wurde seiner politischen Aktivitäten wegen ins Gefängnis geworfen. Er schrieb dennoch weiter. Jetzt hat er ein Buch herausgebracht, über das alle Welt spricht. Er lebt hier in London, musst du wissen. Er hat eine junge Frau geheiratet, die sich um ihn kümmert.«

Jenny dachte einen Augenblick lang nach. »Was meinst du, könnte ich ihn besuchen? Ich würde Sir Christopher gern eine Nachricht überbringen. Vielleicht könnte ich sogar eine Ausgabe von Mr Miltons Buch erwerben.«

»Nichts leichter als das!«, rief Simmons aus. »Komm mit. Ich nehme dich mit und stelle dich persönlich vor. Ich war auch einmal ein angehender Schriftsteller – ein Dichter, weißt du. Damals sprachen John Milton und ich oft über Poesie.« Er lächelte dünn. »Natürlich bin ich längst nicht so gut wie er.«

Simmons brachte Jenny in einer Kutsche zu einem kleinen Haus am Stadtrand Londons. Als er leise an die Tür klopfte, wurde prompt von einer jungen Frau geöffnet. »Ah, Mrs Milton«, sagte Simmons. »Ich komme unangekündigt, aber ich habe eine junge Besucherin hier, die Euren Gatten gerne kennenlernen würde.«

Elisabeth Milton schien eine sympathische junge Frau zu sein. Sie lächelte und trat beiseite. »Bitte tretet ein. Mein Gatte ist in seinem Arbeitszimmer. Wenn Ihr einen Augenblick wartet, will ich nachfragen, ob er Euch empfängt.«

Sie verschwand und ließ Simmons und Jenny in einem winzigen Wohnzimmer zurück. »Milton hat Glück, dass er eine solche Frau gefunden hat, die für ihn sorgt. Es ist mir schleierhaft, wie er schreibt, wenn man bedenkt, dass er blind ist. Gewiss ist seine Frau auch seine Sekretärin.«

Mrs Milton kehrte zurück ins Wohnzimmer. »Kommt herein, Mr Simmons. John wird sich freuen, Euch zu sehen.«

Als sie das kleine Studierzimmer betraten, entschuldigte Simmons sich für ihr Eindringen. Er sprach zu einem Mann in fortgeschrittenen Jahren mit grauem Haar und dem unverkennbar leeren Blick der Blinden. »Mr Milton, ich entschuldige mich, dass ich unangekündigt eindringe, aber ich habe hier eine junge Besucherin, die Euch kennenlernen möchte.«

Milton wandte sich in die Richtung von Simmons' Stimme und antwortete höflich: »Das ist ganz in Ordnung, Mr Simmons. Wollt Ihr Euch nicht setzen?«

Simmons und Jenny setzten sich nahe zu ihrem Gastgeber und der ältere Schauspieler übernahm die Vorstellung. »Das ist Mistress Jenny Clairmont. Und dies ist natürlich Mr John Milton. Mistress Clairmont ist unterwegs, um Sir Christopher Wakefield zu besuchen. Ich sagte ihr, dass ihr beide gute Freunde gewesen wart, und sie hofft, Euer neues Buch kaufen zu können.«

Milton lächelte. »Ich freue mich, Euch kennenzulernen, Mistress Clairmont. Bitte überbringt meinem lieben Freund Sir Christopher meine besten Wünsche. Geht es ihm gut?«

»Ich habe ihn seit mehreren Jahren nicht mehr gesehen. Ich war unterwegs«, erklärte Jenny. »Aber ich nehme an, es geht ihm gut. Er und seine Frau waren sehr freundlich zu mir.«

Milton lehnte sich in seinem Sessel zurück und erzählte Jenny von den Tagen der Revolution, als er und Sir Christopher Cromwell gedient hatten. »Es waren harte Zeiten«, sagte er, »aber gute Zeiten. Ich vermisse sie.« Die drei schwiegen ein paar Augenblicke lang und dann sagte Milton wehmütig: »Ich wünschte, ich könnte Sir Christopher wiedertreffen. Aber das ist unmöglich. Ich gehe nicht mehr auf Reisen. Ich will ihm jedoch eine Kopie meines kleinen Büchleins schicken.«

»Kleines Büchlein!«, echote Simmons lachend. »So würde ich es aber nicht nennen! Es ist das längste Gedicht, von dem ich je gehört habe.« Er wandte sich Jenny zu. »Das Buch trägt den Titel *Das ver-*

lorene Paradies und es gibt nichts Vergleichbares! Absolut nichts Vergleichbares! Daneben hört sich das Geschwätz der Dichterlinge heutzutage an wie das Geschrei von Spottdrosseln!«

Jenny wandte sich mit einem Lächeln an John Milton. »Ich weiß, Sir Christopher wird sich sehr freuen, Euer Buch zu erhalten und von Eurem Interesse an ihm zu hören.«

»Und Ihr, Mistress Clairmont?«, sagte Milton herzlich. »Bitte erzählt mir doch ein wenig über Euch selbst.«

Jenny zögerte, dann schilderte sie Milton in groben Zügen ihr Leben.

Als sie zu Ende gekommen war, fragte er: »Dann seid Ihr also fertig mit dem Theater?«

»Ja, Sir. Es ist kein gutes Leben.«

»Das ist wahr«, stimmte Milton entschieden zu. »Ich freue mich, von Eurer Entscheidung zu hören. Ich habe das Gefühl, dass es eine weise Entscheidung war, Mistress Clairmont. Möge der Herr Euer neues Leben segnen.«

Die Besucher blieben nicht lange. Milton lehnte ab, als sie ihm Geld für sein Buch geben wollte. Er diktierte seiner Frau einen herzlichen Gruß an Sir Christopher, den sie auf die erste Seite schrieb. Dann verabschiedeten sich Jenny und Simmons.

»Ist das Buch tatsächlich so gut?«, fragte Jenny, als sie zu ihren Zimmern zurückkehrten. »Ich fürchte, ich bin jämmerlich uninformiert, wenn es um Dichtung geht.«

Simmons warf ihr einen seltsamen Blick zu. »Meine Liebe, wir Dichter neigen zu Übertreibungen, das weiß ich. Dennoch, dieses Buch, das du in der Hand hältst … es ist erstaunlich. Ich muss zugeben, dass einiges darin über meinen Verstand geht. Aber dass ein Mann ein solches Buch diktieren kann! Und nicht einmal sieht, was er geschrieben hat! Das ist ein wahres Wunder! Und ich weiß, dass Gottes Segen darauf ruht.«

* * *

Eine Schneeflocke senkte sich herab und berührte Jennys Wange, während sie langsam auf den Eingang von Schloss Wakefield zuging. Die Kälte des Schnees schien ihre Wange zu verbrennen, und sie blickte zum Himmel auf, der grau wie Büchsenmetall war. Man schrieb den ersten Dezember und ein kalter Wind hatte die Kutsche während des ganzen Weges von London her geschüttelt.

Jenny blieb einen Augenblick lang zögernd stehen, ehe sie sich dem Tor näherte. Sie fühlte die starke Versuchung, kehrtzumachen und den Kutscher zu rufen, der sie von der Poststation hierhergebracht hatte. Ihre Augen glitten über die hohen Zinnen von Wakefield, und Tausende Erinnerungen an die Tage – Jahre –, die sie hier verbracht hatte, überschwemmten sie. In Wales hatte sie einen so starken Drang empfunden hierherzukommen. Aber nun schwankte sie.

Noch während sie unentschlossen dastand und den Zugriff des scharfen Windes spürte, wurde die Tür geöffnet, und eine Stimme drang deutlich hörbar über den Hof.

»Jenny! Was stehst du da draußen herum? Komm ins Haus!«

Der Klang von Angharad Wakefields Stimme war eine Labsal für Jennys Ohren. Sie eilte hin und fand sich in einer innigen Umarmung wieder. Dann wurde sie rasch aus der Kälte gezogen. »Nun! Ich freue mich, dich wiederzusehen! Komm herein, komm herein. Tau dich am Feuer auf!« Sie schleppte Jenny förmlich in ein kleines Arbeitszimmer, wo ein fröhliches Feuer im Kamin prasselte. »Gib mir deinen Mantel! Komm her und wärme dich, Mädchen!«, befahl Angharad.

Jenny betrachtete Angharad forschend. Sie bemerkte, dass sich in ihr schwarzes Haar nun an einer Schläfe ein zollbreiter weißer Streifen mischte. Erschrocken wurde Jenny klar, dass Angharad fünfundsechzig Jahre alt war. Obwohl sie mehrere Jahre fortgewesen war, hatte sie sich nie vorstellen können, dass diese graziöse und liebevolle Frau jemals älter wurde.

Als Angharad sah, wie der Blick des Mädchens an der weißen Strähne hing, berührte sie sie und lachte. »Jetzt bin ich eine alte Frau, wie du siehst! Aber das hat nichts zu bedeuten. Setz dich nieder, ich lasse uns etwas Heißes bringen, um uns inwendig aufzuwärmen.«

Zwanzig Minuten später schlürften Angharad und Jenny vorsichtig brühheißen Tee und Angharad drängte dem Mädchen kleine Bissen Essen auf. »Iss jetzt!«, schalt sie. »Während du isst, erzähle ich dir, was sich in Wakefield abspielt.«

Jenny saß gehorsam mit vollem Mund da. Sie nickte mit großen Augen.

»Amos ist auf Reisen«, erzählte ihr Angharad. »Und Gavin und Susanne sind mit den Kindern auf einen verlängerten Besuch hier. Hope kommt und geht. Sie ist so ruhelos wie der Wind.«

»Ist sie noch nicht verheiratet?«, fragte Jenny überrascht. »Ich dachte, sie wäre es längst.«

Angharad lächelte kurz. »Sie hatte Bewerber genug, aber ich glaube, ihre Zunge ist für den Geschmack der meisten Männer ein wenig zu scharf.«

»Ich dachte wirklich, sie würde inzwischen eine Familie gegründet haben«, murmelte Jenny.

»Und sie denkt wahrscheinlich dasselbe von dir, Jenny«, gab Angharad zurück. »Aber da ist wohl nichts, nehme ich an …?«

Sie schüttelte den Kopf und lächelte. »Nein, nichts dergleichen.«

»Ach was, du bist noch jung.« Angharad wartete einen Augenblick lang, aber Jenny schlug nur die Augen nieder und aß einen weiteren Bissen. Angharad fuhr fort: »Und hast du von Evan gehört?«

»Kein Wort. Aber ich habe ihm natürlich auch nicht geschrieben.« Jenny hatte das Gefühl, dass eine Erklärung angebracht war, also fuhr sie fort: »Ich habe Euch einmal aus Wales geschrieben, Lady Wakefield. Aber es war eine schwierige Zeit für mich.«

»Ich habe oft an dich gedacht und für dich gebetet«, sagte Angharad herzlich. »Und wie steht es jetzt um dich?«

»Ich weiß nicht«, seufzte Jenny. »Ich weiß nicht, was ich tun soll. Ich weiß nicht einmal so recht, warum ich hier bin. Ich hatte einfach das Gefühl, dass ich mit jemand aus meinem alten Leben sprechen musste. Das Theater ist … nicht wirklich – und die Leute sind so –

so –« Sie konnte den Gedanken nicht zu Ende bringen, also fuhr sie hastig fort. »Ich hoffe, ich falle Euch nicht lästig. Ich bleibe nicht lange.«

»Ah, du bleibst so lange, wie der liebe Gott will«, beharrte Angharad. »Wir haben Platz genug in diesem zugigen alten Schuppen. Würdest du gerne das grüne Zimmer haben?«

»Oh, das ist zu gut für mich!«, protestierte Jenny. »Das ist für bedeutende Gäste!«

»Und was bist du wohl? Eine Ratte mit grünen Zähnen?«, gab Angharad zurück. »Komm, wir sorgen dafür, dass du es bequem hast.«

Sie nahm das unentschlossene Mädchen mit in ihr Zimmer und machte es ihr gemütlich. »Möchtest du jetzt gerne Sir Christopher sprechen, Jenny?«

»Oh ja«, rief Jenny aus. »Ich habe so oft an ihn gedacht – und ich habe ein Geschenk für ihn mitgebracht.«

»Dann komm mit. Er wird sich freuen, dich zu sehen.«

Sie verließen das grüne Zimmer, gingen über den Flur und betraten das große Schlafzimmer, das sich die älteren Wakefields teilten. »Eine Besucherin für dich«, kündigte Angharad an. »Sieh nur, wen der Dezemberwind dahergeweht hat!«

Christopher saß auf einem Stuhl, ein Buch auf den Knien. Als er aufblickte und Jenny sah, hellte sich sein Gesicht auf. »Meine Liebe!« Er stand langsam auf, legte sein Buch weg und kam herbei, um ihr die Hände auf die Schultern zu legen. »Was für eine reizende Überraschung an diesem düsteren Tag! Lass dich ansehen!«

Jenny war schockiert, als sie sah, wie sehr Sir Christopher gealtert war. Sein Haar war nun vollständig weiß und seine Wangen waren eingefallen. Sie bemerkte die Altersflecken auf seinen Händen und seine vorsichtigen Bewegungen. Einmal hatte sie von Evan gehört, dass sich Sir Christophers Gesundheit gebessert hatte. Offensichtlich war das nicht mehr der Fall. Ein scharfer Stich des Kummers durchfuhr sie, obwohl sie ihr Bestes tat, sich ihre Gefühle nicht anmerken zu lassen. »Ich freue mich, Euch wiederzusehen, Sir Christopher«, sagte sie mit einem Lächeln. »Ich habe in den letzten Jahren so oft an Euch gedacht.«

»Setz dich, setz dich«, sagte Christopher. »Ich will einen ausführlichen Bericht hören. Was hast du angestellt? Amos treibt mich zum Wahnsinn mit seinen Fragen, wann du wohl zurückkommst!«

»Ich – ich habe sehr wenig getan«, sagte Jenny lahm. Sie zögerte, die Geschichte ihrer Vergangenheit zu berichten, also sagte sie rasch: »Ich habe einen alten Freund von Euch in London getroffen. Mr John Milton.«

»Tatsächlich!« Christophers Augen leuchteten noch heller auf. »Wie geht es John? Ich habe ihn seit Jahren nicht mehr gesehen, aber er ist ein lieber Kerl.«

»Es geht ihm gut«, sagte Jenny vorsichtig. »Und er schickt Euch ein Geschenk.«

Sie reichte ihm das Buch und sah zu, wie Christopher es entgegennahm und langsam die erste Seite aufschlug, um die Widmung zu lesen: *Meinem lieben Freund Christopher Wakefield, zur Erinnerung an die guten Tage, die wir miteinander verbrachten. John Milton.*

Er blickte Jenny an und sagte mit leiser Stimme: »Gott segne ihn. Er erinnert sich noch.«

»Ein Freund sagte mir, nach der Bibel sei sein Buch das wichtigste Werk, das je geschrieben wurde.«

»*Das Verlorene Paradies.* Ja, ich habe davon gehört.« Christopher nickte. »Aber ich sehe zum ersten Mal eine Ausgabe davon.« Er blätterte langsam die Seiten um, blickte auf die Zeilen und lächelte dann Jenny an. »Danke, Kind. Wie kam es, dass du Mr Milton kennengelernt hast?«

Er lauschte aufmerksam, dann sagte er: »Ich hoffe, du kannst hier bei uns bleiben, Jenny. Das ist ein düsterer alter Ort – mit Ausnahme meiner Enkelkinder.«

Angharad sah zu und lauschte, wie ihr Gatte und Jenny sich unterhielten. Sie bemerkte, wie Christopher in Anwesenheit der jungen Frau auflebte.

Später, als sie und Jenny Sir Christopher verließen, sagte Angharad: »Es ist gut, dass du hier bist, Jenny. Für uns alle ist es gut – und vor allem für Christopher. Er hat dich immer schon sehr geschätzt.«

In den folgenden Tagen entdeckte Jenny, dass sie Angharad eine große Hilfe sein konnte. Sie hatte sich Sorgen gemacht, sie könnte den Wakefields zur Last fallen, aber sie bemerkte, dass sie sich ihren Aufenthalt mehr als verdiente, wenn sie Christopher Gesellschaft leistete.

Als Jenny ihrer Erleichterung Ausdruck verlieh, schalt Angharad: »Meine Güte, du isst nicht mehr als ein Vögelchen! Und das vergiltst du uns mit deiner Freundlichkeit für Christopher!«

Die Tage vergingen und Weihnachten rückte näher. Schon mehrmals hatte Jenny Christopher gegenüber erwähnt, dass sie sich eine Arbeit suchen wollte – mit ihrem Leben vorwärtskommen wollte –, aber er winkte jedes Mal ab. »Dafür ist noch Zeit genug«, argumentierte er. Er hatte große Freude an ihrer Gesellschaft, aber am meisten genoss er es, ihr aus dem Buch vorzulesen, das sie ihm gebracht hatte.

Und für Jenny war das Buch eine Offenbarung. Sie hatte Theaterstücke und Romane gelesen, aber keine nennenswerte Dichtung. Als nun die großen, klingenden Worte von Sir Christophers Lippen rollten, begann sie die Schönheit in John Miltons Werk zu spüren. Es war ein majestätisches Buch, das dem größten aller Themen gewidmet war: der Abkehr des Menschen von Gott – und seiner Erlösung.

Christopher schloss das Buch und faltete seine gebrechlichen Hände darüber. Ein paar Augenblicke lang schwieg er, einen fernen Ausdruck in den Augen. Jenny lauschte dem lauten Knacken des grünen Holzes im Feuer, während die großen Worte in ihren Ohren nachhallten. Sie sah, dass zwei Tränen über Christopher Wakefields Wangen rollten. »Findet Ihr das Buch traurig, Sir?«, murmelte sie.

Sir Christopher schüttelte den Kopf. »Oh nein, nicht traurig. Freudenvoll! Was für ein gnadenvoller Gedanke, dass Jesus den Vater, von dem er nie getrennt gewesen war, verließ, um hierherzukommen und für einen Menschen wie mich zu sterben! Groß ist Gottes Erbarmen, Kind! Groß ist sein Erbarmen!«

Jenny fühlte, wie auch ihre Augen feucht wurden. Als sie über die Wahrheit in Sir Christophers Worten nachdachte, fragte sie sich von Neuem, wohin das Leben sie führen würde und was Gott von ihr wollte.

Christopher zog ein Taschentuch aus der Tasche, wischte sich die Tränen ab und lächelte sie an. »Ich hatte ein langes und gesegnetes Leben. Aber das alles kam durch Gottes Gnade zustande. Nun sehne ich mich vor allem danach, meine Kinder und Enkel – und junge Freunde wie dich – Jesus nachfolgen zu sehen. Nur in ihm ist Friede, Glück, und Zufriedenheit!«

19

EIN KÖNIG VERLÄSST DIE WELT

Francis Wingate starrte seinen Neffen an, und als er sprach, klang seine Stimme harsch. »Was höre ich da von John Bunyan? Wie kommt es, dass du dich für seine Angelegenheiten interessierst?«

Darcy Wingate hatte festgestellt, dass sein Onkel im Allgemeinen ein umgänglicher Mann war. Während seines Aufenthalts in Bedford hatte er gelernt, ihn zu respektieren. Er wusste jedoch, dass John Bunyan und die anderen unabhängigen Prediger eine empfindliche Stelle bei dem Richter berührten. »Ich interessiere mich für den Fall«, antwortete er milde.

»Das habe ich gehört«, schnappte Wingate. »Du hast aller Welt Fragen gestellt. Und ich höre auch, dass du Bunyan mehrfach im Gefängnis besucht hast.«

»Ja. Beunruhigt dich das, Onkel?«

»Es kommt nichts Gutes heraus dabei. Wenn du nicht genug zu tun hast, ist das dein Problem, Darcy.«

»Da hast du wahrscheinlich recht, Onkel.« Darcy zuckte die Achseln. »Ich weiß nicht, wie ich in einer so kleinen Stadt wie Bedford meinen Lebensunterhalt verdienen soll.«

Das war nur zu wahr. Darcy hatte viel von seinem Onkel gelernt, der ein Rechtsgelehrter war. Aber Bedford war ein kleines Dorf. Es gab dort bereits einen Rechtsanwalt, der die Hand auf die meisten juristischen Angelegenheiten in der Umgebung gelegt hatte. Darcy hatte sich unter Francis Wingates Leitung seinen Studien gewidmet, hatte aber nur wenig praktische Arbeit geleistet.

Er hatte John Bunyan besucht und mit Hope Wakefield Briefe gewechselt, in denen es um die Möglichkeit ging, dem Mann zu helfen. Als er nun seinen Onkel beobachtete und ihm zuhörte, wurde ihm klar, dass es wenig Sinn haben würde, mit dem Richter einen Streit über einen Gefangenen anzufangen, den er – an der Oberfläche zumindest – nicht ausstehen konnte.

Dennoch konnte er es sich nicht verkneifen, beiläufig zu bemerken: »Ich glaube nicht, dass Bunyan ein gefährlicher Mann ist.«

»Er weigert sich, die Gesetze zu halten«, widersprach Francis. »Das ist Grund genug, ihn in Haft zu halten. Der Bursche muss nichts weiter tun, als sich einverstanden erklären, nicht mehr zu predigen, so kann er jederzeit herauskommen!« Wingate schlug das Buch zu, das geöffnet auf dem Tisch vor ihm lag. »Im Augenblick ist er in Freiheit!«, fuhr er ärgerlich fort. »Ich habe den Kerkermeister Cobb deswegen verwarnt, aber die Gefängnisse sind so voll, dass sich die Gefangenen gegenseitig auf die Zehen treten.«

Darcy warf seinem Onkel einen neugierigen Blick zu. »Ich habe das Gefühl, dass du Bunyan im tiefsten Herzen bewunderst.« Mit einem achtlosen Schulterzucken fuhr er fort: »Ein Mann muss tiefen Glauben haben, um das Gefängnis von Bedford zu ertragen. Es ist ein ziemlich übler Ort. Nach allem, was ich gesehen habe, ist Bunyan ein Mann von echtem Schrot und Korn, Onkel.«

Francis Wingate dachte an die Zeit zurück, als er Bunyan die Freiheit angeboten hatte. Seit damals hatte er mehrmals die Versuchung gespürt, seinen Einfluss auszunutzen, um etwas für den Mann zu tun. Aber der Druck gegen den Kesselflicker war stark – obwohl er das seinem jungen Neffen gegenüber nicht zugeben konnte. Er hatte Darcy lieb gewonnen und sah eine große Zukunft für ihn voraus, daher hielt er es für notwendig, ihn streng zu verwarnen. »Du solltest mit solchen Dingen lieber vorsichtig sein, Darcy. Sogar jetzt gibt es eine Menge böses Blut gegen Männer wie Bunyan. Ich erwarte nicht, dass du in Bedford bleibst. Dich erwartet eine viel strahlendere Zukunft.« Nun warf er seinem Neffen einen neugierigen Blick zu. »Du triffst dich von Zeit zu Zeit mit dem Wakefield-Mädchen. Hast du ernste Absichten?«

Darcy lachte kurz auf und schüttelte den Kopf. »Das weiß ich selbst nicht. Sie ist eine schöne junge Frau, klug, witzig – aber manchmal erschreckt sie mich ein wenig. Ich weiß nicht, wie es wäre, mit einer Frau zusammenzuleben, die so intelligent ist.« Mit ein paar beiläufigen Worten verließ Darcy das Arbeitszimmer seines Onkels und ging zum Haus der Bunyans hinüber. Er war sich nicht ganz sicher, ob er das tat, weil sein Onkel ihm davon abgeraten hatte, oder schlicht und einfach, weil er John Bunyans Gesellschaft schätzen gelernt hatte.

Als er bei dem kleinen Haus anlangte, traf er Bunyan und Evan Morgan vor dem Kaminfeuer an, wo sie die Bibel studierten. Mrs Bunyan begrüßte ihn und er setzte sich neben den beiden Männern nieder. »Ich kann nicht lange bleiben. Ich komme eben von meinem Onkel.«

Bunyan hielt die große Bibel aufgeschlagen in der Hand. »Und was hat Richter Wingate gesagt?«, fragte er mit einem wissenden Blick auf Darcys verkniffenes Gesicht. »Ich wette, er hat Euch nicht hierhergeschickt, um mit einem Ausgestoßenen wie mir die Bibel zu studieren.«

Darcys Mundwinkel zuckten. »Nein, das hat Onkel Francis nicht getan! Um ehrlich zu sein, er hat mich davor gewarnt, hierherzukommen. Ich nehme an, ich bin einfach im Innersten ein Rebell. Wenn jemand mir sagt, ich solle dies oder jenes nicht tun, dann neige ich dazu, mich sofort hineinzustürzen.«

Evan Morgan lachte laut. »Das hört sich an, als wäre von mir die Rede! Wenigstens bis vor Kurzem.« Er hatte das Gewicht, das er während seiner Krankheit verloren hatte, wieder zurückgewonnen und wirkte wieder kräftig. Er schien sich von seinem tödlichen Kampf mit der Pest wieder völlig erholt zu haben. Der Feuerschein glänzte in seinen dunklen Augen, als er Darcy betrachtete. »Dann seid Ihr also gekommen, um Euch an unserem Bibelstudium zu beteiligen, Mr Wingate, in dem sicheren Wissen, dass Euer Onkel Euch davon abraten würde?«

Darcys schiefes Lächeln blitzte auf. »Ich nehme an, es würde mir nicht schaden. Aber ich werde Zuschauer bleiben müssen. Ihr beide seid mir zu weit überlegen. Ich habe die Bibel nicht gelesen, wie ich sollte. Um die Wahrheit zu sagen, einiges daran verblüfft mich völlig.«

Bunyan streckte Darcy seine Bibel entgegen. »Zeigt mir die Stelle.«

Darcy nahm die Bibel entgegen, blätterte darin, fand die Stelle und sagte: »Hier, was ist damit?« In seiner schönen, klaren Tenorstimme las er vor: »Siehe, du bist schön, meine Liebste; du hast Taubenaugen in deinen Locken, dein Haar ist wie eine Herde Ziegen, die vom Berg Gilead herabkommen.« Darcy blickte auf und lächelte, obwohl seine grauen Augen voll Verwunderung waren. »Was in aller Welt hat das mit der Erlösung des Menschen zu tun, Mr Bunyan?«

Bunyan beugte sich vor und schlang seine großen Arbeiterhände ineinander. Seine blauen Augen leuchteten, sein rötliches Haar war lang und ein wenig zerrauft, als wäre er eben mit den Händen hindurchgefahren. Sein Gesicht war rund und fleischig, er hatte viel von seinem kraftvollen Aussehen wiedergewonnen und in den Tagen seiner eingeschränkten Gefangenschaft Gewicht zugelegt. »Gut gefragt, Mr Wingate«, sagte er voll Zustimmung. »Dies ist aus dem Hohenlied und es verblüfft viele Menschen. Um genau zu sein, ist es Poesie – ein Liebesgedicht über eine Hochzeit, über die Liebe eines Bräutigams und seiner Braut.«

Evan fügte hinzu: »Das ist nicht fern von Paulus, wenn er die Kirche mit der Braut Christi vergleicht, nicht wahr, John?«

»Genau, Evan!«, sagte Bunyan begeistert. »Du lernst deine Bibel!« Er wandte sich wieder an Darcy und nahm seine Bibel zurück. »Es ist eine reichlich blumige Sprache: ›Lasst ihn mich küssen mit den Küssen seines Mundes, denn deine Liebe ist besser als Wein.‹« Bunyan las noch einige weitere Passagen aus dem Hohenlied, und dann sprach er eine halbe Stunde lang davon, dass die Liebe Gottes mit Absicht in dieser ungewöhnlichen Form geschildert wurde. »Ich behaupte natürlich nicht, Gottes Gedanken zu kennen. Aber es scheint mir, dass die meisten Menschen zumindest über eine Form der Liebe Bescheid wissen, nämlich die zwischen Eheleuten. Ich glaube, in diesem Buch verwendet Gott die blumige Sprache, um uns zu zeigen, dass seine Liebe sogar noch größer ist. Jesus hat das oft getan. Er gebrauchte irdische Beispiele, um von himmlischen Dingen zu sprechen.« Er wandte sich an Darcy. »Könnt Ihr mir ein Beispiel nennen?«

Darcy schreckte auf. »Nun, ich bin kein Theologe, gewiss kein Bibelkenner. Aber ich habe oft an die Gleichnisse gedacht, die Jesus gebrauchte. Das Gleichnis vom Sämann zum Beispiel. Ich habe immer gedacht, das sei ein Meisterstück einer Geschichte, die die Wahrheit illustriert.« Er zuckte seine sehnigen Schultern. »Ich bin jedoch gekommen, um zu lernen. Ihr müsst mich unterweisen.«

Mehr als zwei Stunden vergingen, ehe Wingate das kleine Haus wieder verließ. Als er in sein Zimmer im Haus seines Onkels zurückkehrte, dachte er darüber nach, wie seltsam es war, dass er in den Lehren eines schlichten Kesselflickers mehr Reichtum und Tiefe gefunden hatte als bei den gelehrten Herren der Hochkirche, die er besuchte.

Bei ihm wird die Bibel lebendig, dachte Darcy bei sich. *Und das ist es, was die Menschen suchen: Leben. Keine Wunder, dass sie ihre Verhaftung riskieren, um jemand zu hören, dessen Predigten so ganz anders sind als die toten Worte, die in den Kathedralen gepredigt werden!*

Als er sein Zuhause erreichte, streckte ihm die Haushälterin einen Brief entgegen. Er warf einen Blick auf das Siegel und öffnete ihn augenblicklich. Er stammte von Sir Christopher Wakefield, war aber in Hopes Handschrift geschrieben. Rasch überflog er die kurze Nachricht:

18. Dezember 1667

Mein lieber Mr Wingate,

mir ist bewusst, dass Ihr ein sehr beschäftigter junger Mann seid, aber Ihr würdet uns allen eine Ehre erweisen, wenn Ihr zu Besuch kommen wolltet. Wir wären Euch sehr zu Dank verpflichtet, wenn Ihr rasch kommen könntet, denn ich habe eine Geschäftsangelegenheit, von der ich hoffe, dass

Ihr sie für mich übernehmt. Kommt zu den Weihnachtsfeiertagen, wenn Ihr könnt. Meine Tochter Hope schließt sich dieser Einladung an.
Euer ergebener Diener,
Christopher Wakefield.

Der Brief verblüffte Darcy, aber er entschloss sich augenblicklich aufzubrechen. Er informierte seinen Onkel und ritt noch am selben Nachmittag aus Bedford hinaus.

Das Wetter war kalt, und der Schnee war tief, aber er genoss die Frische des Windes. Er war von dem Gedanken erfüllt, dass er eine gemeinsame Zeit mit Hope Wakefield verbringen würde. Sie hatte ihn fasziniert, wie keine junge Frau zuvor; so spornte er sein Pferd zum Galopp an, als er das kleine Dorf verließ.

Amos kehrte eine Woche vor Weihnachten nach Hause zurück und wurde von seinen Eltern mit großer Freude empfangen. Angharad flüsterte ihm zu: »Ich bin so froh, dass du rechtzeitig zu Weihnachten nach Hause gekommen bist. Christopher hat sich so sehr darauf gefreut.«

Er forschte sorgfältig in ihrem Gesicht. »Wie geht es Vater?«

Angharad zögerte lange. »Er ist sehr schwach, Amos«, antwortete sie schließlich. »Er isst kaum etwas. Ich weiß, dass er den Großteil der Zeit Schmerzen hat, obwohl er kaum jemals klagt.«

»War der Doktor schon da?«

»Ja, aber er kann nicht helfen.« Sie nahm Amos' Hände in die ihren. »Wir müssen darauf vorbereitet sein, ihn zu verlieren, Amos.«

Er blinzelte schockiert. Er wusste, dass Angharad eine Frau von tiefem Glauben und großer geistlicher Einsicht war. Oft war es gewesen, als wisse sie Dinge, die niemand wissen konnte. Nun fragte er leise: »Hat der Herr dir das gesagt?«

Sie holte tief Atem. »Ja, ich glaube schon. Es ist schwer, die Dinge loszulassen, an denen unser Herz hängt. Aber du weißt, die Zeit kommt für uns alle.«

»Meinst du, er weiß es?«, fragte Amos mit Mühe.

»Ich bin sicher, dass er es weiß. Er wird vielleicht mit dir darüber sprechen, Amos, vielleicht aber auch nicht. Ich bin jedoch froh, dass du hier bist. Ich möchte, dass die ganze Familie dieses Weihnachten zusammenkommt.«

Amos war tief betroffen von Angharads Worten, aber er war entschlossen, seinen Vater nichts von seinem Kummer merken zu lassen. Er verbrachte jeden Tag Zeit mit ihm und gesellte sich zu ihm, zusammen mit Hope und Jenny, um gemeinsam in Miltons Buch zu lesen.

Er war schockiert, Jenny vorzufinden, denn er hatte nicht im Geringsten mit ihr gerechnet. Sie begrüßten einander zurückhaltend, aber er fand die Zeit, jeden Tag mit ihr zusammen zu sein. Sie sprach nur wenig über ihre Zeit in Wales, also fragte er sie schließlich rundheraus: »Was war los, während du weg warst? Warum hast du nicht geschrieben?«

Jenny war auf die Frage vorbereitet. »Ich war beunruhigt, Amos, und ich war unglücklich. Das Theater gefiel mir nicht – da hattest du recht, es ist kein Leben für eine Frau. So musste ich weggehen, ganz für mich allein. Ich nehme an, ich suchte Gott.«

Amos blickte in Jennys ruhiges Gesicht, ihren festen Blick und dachte an ihre gelassene Stimme. »Ich würde sagen, du hast ihn gefunden, nicht wahr? Ich fühle einen gewissen … Geist an dir, den ich nie zuvor an dir bemerkt habe.«

»Ich finde ihn – jeden Tag mehr«, sagte sie ruhig. »Es ist etwas, das man jeden Tag tut. Nicht nur einmal.«

Amos freute sich, dass Jenny zurückgekehrt war, und er lächelte. »Ich habe dich vermisst, Jenny. Wir werden schöne Weihnachten zusammen verbringen.« Seine Augen zogen sich ein wenig zusammen, als er fragte: »Hast du Evan gesehen?«

»Nein. Er ist zu Mr Bunyan gezogen, seit ich zurückgekehrt bin. Ich höre aber, es geht ihm gut.«

»Wir haben uns zum Narren gemacht, dass wir so aneinandergeraten sind«, knurrte Amos. »Ich hoffe, ich bin seit damals ein wenig erwachsener geworden. Weißt du, dass Evan Pastor werden will?«

»Ja.« Jenny nickte. »Angharad und dein Vater sind sehr stolz auf ihn.« Ihre Augen wanderten in die Ferne. »Es ist schwierig für mich, mir Evan als Prediger vorzustellen. Aber ich weiß, es wird ihm gut gehen, wenn er Gottes Willen gehorcht.«

Als Weihnachten näher rückte, füllte sich Wakefield mit fröhlichen Stimmen. Lucy und Alfred sorgten für die kindliche Freude, die Weihnachten immer mit sich bringt, und Susanne war froh, dass sie und Gavin da waren, sodass die Familie vereint war. Evan kam vier Tage vor Weihnachten. Er stand unerwartet vor der Tür, als Jenny sein Klopfen hörte und öffnete.

»Oh«, sagte sie verwirrt. »Nun – nun – steh nicht da draußen im Schnee! Du wirst erfrieren! Komm ins Haus, Evan.«

Er hatte gewusst, dass Jenny in Wakefield war, und hatte sich darauf vorbereitet, ihr zu begegnen. Als er seinen Mantel abnahm und ihr zusah, wie sie den vereisten Schnee von den Schultern schüttelte, sagte er: »Es tut gut, dich wiederzusehen, Jenny. Es ist lange her.«

Jenny hängte seinen Mantel an einen Haken neben der Tür und wandte sich um. »Und dir ist Großes widerfahren, höre ich. Ich möchte gern alles darüber hören.« Dafür blieb jedoch keine Zeit, denn die beiden fanden sich im Mittelpunkt der familiären Betriebsamkeit der Wakefields wieder.

Die Tage vergingen rasch. Jenny fühlte eine seltsame Spannung zwischen ihr und Evan. Sie sprach einmal zu Angharad darüber. »Ich dachte, wenn ich zurückkäme, würden Evan und ich wieder enge Freunde sein. Aber er wirkt so anders auf mich! Ich kann es nicht erklären.«

Angharad war mit Stricken beschäftigt. Ohne aufzublicken, sagte sie: »Ihn beschäftigt eine Menge. Du weißt, wie gefährlich es ist, heutzutage ein Prediger zu sein. Jedenfalls ein nonkonformistischer Prediger. Er könnte leicht ins Gefängnis kommen, genauso wie sein Freund, John Bunyan.«

Jenny dachte darüber nach, dann sagte sie wehmütig: »Ich wünschte, wir könnten wieder so sein wie früher. Aber das ist unmöglich, nicht wahr?«

»Ja, und ich bin auch nicht sicher, ob du es wirklich wolltest.« Sie blickte kurz auf, während ihre Finger geschäftig weiterarbeiteten. »Du bist diejenige, die du *jetzt* bist, und es wäre nicht mehr dasselbe. Ich nehme an, du denkst an die Zeit, als du und Evan hierherkamt: beide blutjung, und alles im Leben erschien euch hell und glänzend, wie es sehr jungen Leuten immer erscheint.«

»Kann es jemals für ältere Leute so sein?«

»Nein, nicht auf diese Art«, seufzte Angharad. »Die Jugend hat etwas an sich, das einfach ... anders ist. Natürlich entdecken wir auch beim Älterwerden gute Dinge. Aber ich glaube nicht, dass du im Ernst die Zeit zurückdrehen und das Mädchen sein möchtest, das du warst.«

Jenny stimmte ihr zwar zu, aber sie konnte nicht anders, sie sehnte sich nach einem Teil dieser einstigen Jenny ... dem Teil, der eine süße Nähe zu Evan erlebt hatte.

* * *

Der ganzen Familie war bewusst, dass es mit Christopher zu Ende ging, aber sie sprachen untereinander nicht darüber. Er selbst sagte wenig, aber er genoss offensichtlich die Gesellschaft seiner Familie, vielleicht mehr als je zuvor im Leben. Eines Tages sprach er darüber mit Angharad. »Das ist eine gute Zeit. Ich freue mich, all die Kinder und Enkelkinder um mich zu haben.« Seine Stimme klang schwach und er sah einen bekümmerten Ausdruck auf dem Gesicht seiner Frau. Für gewöhnlich verbarg sie ihn gut vor ihm, aber diesmal merkte er, dass sie zu tief betroffen war. »Angharad«, fuhr er mit leiser Stimme fort, »du warst mein Leben.«

Aufgeschreckt kam sie herbei, um sich neben ihn zu setzen, und blickte in sein gealtertes Gesicht. Sie fassten einander an der Hand und saßen lange Zeit schweigend nebeneinander. Christopher lächelte schwach, als er fortfuhr: »Gott in seiner Güte hat mir dich geschenkt, damit du mich durch meine letzten Jahre begleitest.« Er hatte nie so deutlich davon gesprochen, dass er dem Tode nahe war.

Er fuhr fort und sagte seiner Frau alles, was er ihr sagen wollte. Ruhig, ohne Furcht, sprach er davon, dass ihm nicht mehr viel Zeit auf Erden verblieb. Er erwähnte einige Dinge, von denen er wünschte, dass sie getan wurden, und dann sprach er wieder von seiner Liebe zu ihr.

Angharad hielt seine mageren Hände und lauschte schweigend. Als er schwieg, küsste sie ihn. Tränen schimmerten in ihren schönen Augen.

»Ja, Gott hat uns einander geschenkt.« Sie legte die Wange in seine Handfläche, als die Gefühle sie zu überwältigen drohten. In ihrer erstickten Stimme mischten sich Dankbarkeit und Kummer, als sie ihm sagte: »Du warst der beste Gatte, den eine Frau sich wünschen kann, Chris.«

* * *

Das Haus war von oben bis unten geschmückt. Der weitaus schönste Raum jedoch war die große Halle. Stechpalmen und Efeu waren aus den Wäldern am Fluss herbeigebracht worden, und von den Apfelbäumen waren die Misteln abgeschnitten worden, die auf ihnen wuchsen. Die Diener hatten Lorbeerblätter gefunden und aus Garn gefertigte Girlanden wurden über die Halle gespannt.

In einem Augenblick der Schwäche hatte Angharad – die es nie gewöhnt gewesen war, Weihnachten auf diese Weise zu feiern – angeordnet, dass die Fensterscheiben scharlachrot und leuchtend grün bemalt werden sollten. Während des Tages war das einfallende Licht in Weihnachtsfarben gefärbt und nachts leuchteten rote und grüne Rechtecke auf dem Schnee, wo das Licht aus den Fenstern leuchtete. Orangen und Limonen wurden zu Bündeln gebunden, und farbiges Tuch wurde an den Wänden aufgehängt, um einige der langweiligeren Gemälde zu verbergen.

Am Weihnachtsabend setzte sich die Familie zu einer köstlichen Mahlzeit zusammen und das Brennholz für die Feiertage wurde hereingeschleppt und in den Kamin gelegt.

»Er wird mindestens vier Tage brennen, der Holzklotz«, sagte Gavin befriedigt. Er blickte auf, als Christopher hereinkam und sich setzte, wobei er eine schwere Decke über seine Knie zog. »Ich erinnere mich, wie ich einmal einen so großen Holzblock anschleppte, dass ich hoffte, er würde eine Woche lang brennen! Ich konnte nie genug kriegen von Weihnachten, nicht wahr, Vater?«

»Ich auch nicht«, sagte Christopher mit Begeisterung, obwohl seine Stimme schwach klang. »Nun, lasst uns singen.«

Jenny wusste, dass sie dieses Weihnachten – und diesen Abend – immer in Erinnerung behalten würde. Einige der Diener, die schöne Stimmen hatten, wurden hereingerufen, und die große Halle widerhallte von Madrigalen und Chorälen. Um Mitternacht lasen sie aus der Bibel.

Während dieses ganzen Tages verhielt sich Darcy Wingate still und unauffällig. Er hatte vorgehabt, nur zu einem kurzen Besuch zu bleiben, aber schließlich hatte er beschlossen, über Weihnachten zu bleiben.

Nun warf er seinem Gastgeber einen Blick zu und erinnerte sich an sein Gespräch mit Sir Christopher, als er in Wakefield angekommen war. Sir Christopher hatte ohne lange Vorreden zu ihm gesagt: »Ich möchte, dass Ihr alles tut, was in Eurer Macht steht, um John Bunyan zu helfen. Ich weiß, Euer Onkel ist dagegen, aber ich möchte, dass Ihr hierbleibt, um ganz besonders diesem Mann zu helfen.«

Als er nun Christopher Wakefields eingefallene Züge und seinen gebrechlichen Körper betrachtete, dachte Darcy: *Er weiß, dass er nicht mehr lange hier sein wird, und er will Bunyan helfen, solange er noch kann.*

Hope saß neben Darcy und beugte sich nahe zu seinem Ohr. »Ich wusste nicht, dass Ihr ein so guter Sänger seid!«

»Oh, nur guter Durchschnitt«, sagte Darcy bescheiden. »Aber ich mag Madrigale. Wir haben sie oft in Oxford gesungen.« Er beobachtete sie unauffällig. Hope war anders als gewöhnlich. Vielleicht lag der Schatten der Krankheit ihres Vaters schwerer auf ihr, als er wusste. Auf jeden Fall war sie diesmal nicht scharfzüngig gewesen und die beiden hatten während Darcys Besuch viel Zeit miteinander verbracht. Nun beugte er sich zu ihr und murmelte: »Was für ein schönes Weihnachtsfest! War es hier immer so?«

»Nein, das nicht. Zu Cromwells Lebzeiten war es nicht populär, Weihnachten nach traditioneller Art zu feiern«, sagte sie zu ihm. »Aber wir haben uns verändert. Zum Besseren, denke ich.«

Am Christtag gingen sie alle zur Kirche, außer natürlich Christopher – und Angharad, die bei ihm blieb. Die Gruppe kehrte zu einem großartigen Mittagessen zurück, bei dem es Pasteten aller Art gab, Hackbraten, Pflaumenporridge und Hammelfleisch. Danach wurden kleine Geschenke verteilt, nichts Großartiges, vor allem sehr persönliche Dinge.

Darcy freute sich, von Hope ein Paar schöne Handschuhe zu bekommen. »Ihr müsst Euch auf ein spätes Geschenk von mir gefasst machen«, sagte er etwas verlegen zu ihr. »Ich fürchte, ich habe Euch nicht das Geringste mitgebracht.«

»Das ist schon in Ordnung«, beruhigte sie ihn. »Vater sagte mir, Ihr hättet zugestimmt, John Bunyan zu helfen.« Ihre Augen leuchteten, als sie ihn strahlend anlächelte. »Das ist mir Geschenk genug! Ich freue mich so sehr.« Sie senkte den Blick und murmelte: »Ich dachte, Ihr wärt der selbstsüchtigste junge Mann, dem ich je begegnet bin.«

»Vermutlich war ich das. Vielleicht bin ich es immer noch.« Darcy zuckte die Achseln. »Aber ich denke, Ihr habt einen guten Einfluss auf mich gehabt.«

Die beiden begaben sich auf einen Besuch zu den Ställen, wo Hope ihn von Neuem in die Geheimnisse der Falknerei einweihte. Dann gingen sie zu den Zwingern und ließen die Hunde frei laufen. Darcy schien es, dass er nie etwas Schöneres als Hopes Gesicht gesehen hatte. Sie hatte sich niedergekniet, um einen der Hunde zu umarmen, dann blickte sie zu ihm auf. Ihre Augen leuchteten und ihre Wangen glühten.

»Es war eine gute Zeit«, sagte er mit gesenkter Stimme zu ihr. »Ich hoffe, wir werden so etwas noch öfter erleben.«

Hopes Lächeln und das plötzliche Rosa auf ihren Wangen waren ihm Antwort genug.

Später suchte Hope Jenny auf, die niedergeschlagen wirkte.

»Was ist mit dir?«, fragte sie besorgt. »Ich dachte, du hättest Freude an Weihnachten.«

Jenny lächelte schwach. »Oh, das habe ich auch. Ich mache mir nur Sorgen um euren Vater. Er scheint jeden Tag schwächer zu werden. Und auch Angharad macht sich Sorgen.«

Tatsächlich durchzog eine Unterströmung von Sorge die Festlichkeiten in Wakefield. Drei Tage nach Weihnachten geschah, was sie alle insgeheim gefürchtet, aber auch erwartet hatten. Hope saß mit Darcy beisammen, der ihr einige der juristischen Schwierigkeiten im Fall John Bunyan erklärte. Er brach mitten im Satz ab, als Angharad eintrat.

Nach einem einzigen Blick auf das Gesicht ihrer Mutter platzte Hope heraus: »Es geht um Vater, nicht wahr?«

»Ja«, sagte Angharad ruhig. »Er hatte eine Art Anfall. Geh, hole Amos und Gavin und sag ihnen, sie sollen die Kinder mitbringen.«

Bald war die ganze Familie im großen Schlafzimmer versammelt. Jenny hatte nicht vorgehabt mitzukommen; sie betrachtete sich als Außenstehende. Aber Angharad sagte zu ihr: »Er möchte dich sehen, Jenny. Komm jetzt.« Also gesellte sich Jenny zu der Familie Wakefield, die um Christophers Bett stand.

Christopher schlug die Augen auf. Seine Stimme war kaum mehr als ein Flüstern, aber sie schien kräftiger zu werden, während er sprach. »Es war ein schönes Weihnachtsfest«, sagte er voll Befriedigung. »Ich habe viele Weihnachten gesehen. Ich denke an die Zeit in Plymouth, an John Bradford und Miles Standish und Patience …« Er streckte die Arme aus und seine Söhne ergriffen seine Hände. »Eure Mutter, Jungen, war eine gute Frau. Ich habe sie niemals vergessen.«

Angharad stand nun dicht an seiner Seite, und Christopher ließ Gavins Hand los, um die ihre zu ergreifen. »Du musst dich nun um die Kinder kümmern, meine Liebste.« Er lächelte. »Du warst eine gute Frau. Alles, was ein Mann sich nur wünschen kann.«

Jenny konnte die Tränen nicht zurückhalten. Sie hielt sich im Hintergrund verborgen und versuchte verzweifelt, nicht zu stören. Aber bald hörte sie die dünne Stimme aus dem großen Bett ihren Namen rufen. Sie ging zu ihm hin und beugte sich über ihn, um seine geflüsterten Worte aufzufangen.

»Gott hat eine Aufgabe für dich, meine Tochter. Bleib Jesus treu. Du warst gut zu mir und Gott wird dich gebrauchen.« Sie beugte sich über ihn und küsste seine Wange, dann trat sie zurück.

Eine Weile schwebte Christopher noch zwischen Tod und Leben. Eine Stunde später holte er tief Atem, dann sank er in sein Kissen zurück. Die Endgültigkeit, die der Tod mit sich bringt, umgab ihn.

Angharad beugte sich vor und strich eine Locke seiner weißen Haare aus seiner Stirn, dann küsste sie sanft sein Gesicht. Sie richtete sich auf und blickte mit schimmernden Augen die Wakefields an. »Ein König verlässt die Welt!«, sagte sie mit Stolz in der Stimme. »Er ist jetzt in der Gegenwart eines anderen Königs – und eines Tages werden wir ihn dort wiedersehen!«

IV

Die Berufung 1670–1672

20

AMOS WAGT DEN SPRUNG INS UNGEWISSE

»Komm herein, Amos.«

»Du bist doch nicht beschäftigt, Gavin?«

»Nein, überhaupt nicht.« Gavin deutete mit der Hand auf den Stuhl, der dem großen Walnussschreibtisch, auf den er seine Ellbogen stützte, gegenüberstand. Die Platte war mit den verschiedensten Papieren und Büchern bedeckt. »Ich habe eben einige von Vaters Papieren durchgesehen.« Er lehnte sich zurück und sah sich in dem geräumigen Arbeitszimmer um, dann schüttelte er den Kopf. »Es ist jetzt fünf Monate her, aber ich kann immer noch nicht glauben, dass er tot ist.«

Amos bemerkte die Traurigkeit in den Augen seines Bruders, dann seufzte er schwer. Er ließ sich auf einen Stuhl nieder. »Ich weiß, was du meinst. In mancher Hinsicht ist es, als wäre die Sonne erloschen.«

»Eine seltsame Formulierung, aber durchaus zutreffend.« Gavins Augen wanderten über die hohen Bücherregale, die von ledergebundenen Folianten und losen Manuskripten überquollen, und betrachteten letztlich die sorgfältig gezeichneten Landkarten an den Wänden. Dann stand er auf und ging zu dem Globus neben dem kleinen Tisch aus Rosenholz hinüber. Er drehte ihn um die eigene Achse und starrte ihn an, bis er langsam wieder zur Ruhe kam. Er wandte sich Amos zu. »Er war ein großer Mann, alles in allem. Ich werde keinen zweiten seinesgleichen finden.«

»Angharad wird besser damit fertig, als ich erwartet habe. Er war ihr Leben.«

»Ich bin dankbar, dass Vater sie geheiratet hat, Amos. Sie machte dieses Haus zu einem Heim.«

»Ja, ich bin auch froh, vor allem, dass Vater sein letztes Weihnachten noch erlebt hat. Es war eine gute Zeit für ihn.«

Gavin zog eine goldene Uhr aus der Tasche und starrte sie voll Zuneigung an. »Das war sein letztes Geschenk an mich. Ich denke an ihn, sooft ich sie ansehe. Weißt du, dass sie einen Minutenzeiger hat?«

»Einen was?«

»Einen Zeiger, der die Minuten zählt. Ich weiß nicht, warum das den Uhrmachern nicht schon vor Jahren eingefallen ist! Man muss doch ein wenig Genaueres wissen als nur, welche Stunde es ist.«

»Ja, das stimmt!«, rief Amos aus. Er studierte die Uhr, die Gavin ihm herüberreichte, dann bemerkte er lächelnd: »Vielleicht bauen sie eines Tages sogar eine Uhr, die die Sekunden misst – oder sogar eine, die anzeigt, welcher Tag des Monats gerade ist.«

»Nein, das wäre zu viel verlangt.« Gavin schüttelte entschieden den Kopf.

»Das glaube ich auch.« Amos studierte den Raum einen Augenblick lang, dann wandte er sich um und fragte: »Wie fühlst du dich als *Sir* Gavin Wakefield?«

Gavin ließ sich in seinem Stuhl nieder. Er starrte das Durcheinander auf dem Tisch lange an, und als er Amos wieder anblickte, wirkte er beunruhigt. »Genauso, wie ich mich als *Mr* Gavin Wakefield gefühlt habe«, sagte er mit unbewegter Stimme.

»Oh, das ist merkwürdig«, bemerkte Amos.

»Was ist daran merkwürdig?«

»Ach, ich weiß nicht recht, Gavin. Es ist eine so große Veränderung – so scheint es mir jedenfalls. Einer der Lords im Lande zu sein, das darf man nicht auf die leichte Schulter nehmen.«

Gavin zuckte seine breiten Schultern. Das Thema schien ihn ein wenig zu beunruhigen. Wie sein Vater und sein Großvater hatte er niemals Ruhm und Ehre um ihrer selbst willen gesucht. Die Dinge, die er schätzte, waren sein Zuhause, der häusliche Herd, der Klang der Stimmen seiner Kinder, die Nachbarn.

»Sollen andere das Land regieren, Amos«, sagte er abrupt. »Solange der liebe Gott mir Wakefield überlässt, ist das Königreich genug für mich!« Dann wischte er das Thema Königreich vom Tisch und fragte: »Und wie steht es mit dir, Bruder? Fährst du wieder zur See?«

Bei der Frage rutschte Amos unruhig in seinem Stuhl herum, als wollte er nichts davon hören. Sein kastanienbraunes Haar fiel ihm in reichen Locken über die Schultern und er ergriff eine Strähne und zog nervös daran – ein sicheres Zeichen für jeden, der ihn kannte, dass er sich mit einem inneren Problem herumschlug.

»Gavin ... ich möchte Jenny heiraten.«

»Das überrascht niemand«, antwortete Gavin. »Du läufst schon längere Zeit wie in Trance herum. Ich habe mich schon gefragt, wann du deine Entscheidung treffen würdest. Wann soll die Hochzeit sein?«

»Nun – ich habe sie noch nicht gefragt.« Amos stand auf und begann nervös auf und ab zu laufen. »Es ist eine gewaltige Entscheidung, eine Frau zu wählen, nicht wahr, Gavin? Ich meine, ein Mann kann einen Rückzieher machen, wenn er anderswo einen Fehler macht – zum Beispiel beim Kauf eines Pferdes. Wenn das Vieh sein Geld nicht wert ist, nun, dann kann er es verkaufen und ein anderes kaufen.«

Gavin lachte laut. »Ich hoffe, du lässt Jenny nicht zuhören, wenn du solchen Unsinn schwatzt – oder Angharad!« Er stand auf und schlug seinem Bruder auf die Schulter. »Da vergleichst du die Wahl einer Frau mit dem Kauf eines Pferdes! Amos, du bist unmöglich!«

Amos grinste, nicht im Geringsten verlegen. Er stand seinem älteren Bruder sehr nahe, da er längst wusste, dass Gavin ein Mann von großer Einsicht war. »Du hast recht, die Worte waren nicht glücklich gewählt – aber du weißt, was ich meine.«

»Ja, ich weiß es. Und du hast eine große Wahrheit angesprochen. Nichts im Leben eines Mannes ist wichtiger – von seinem Frieden mit Gott einmal abgesehen –, als eine gute Frau zu finden.«

»Jenny wäre eine gute Frau!«

»Ja, aber für wen?« Ein ernstes Licht leuchtete in Gavins Augen auf und er sagte nachdenklich: »Gott hat bei diesen Dingen die Hand im Spiel, Amos. Wenn er weiß, wann ein Spatz vom Dach fällt, dann sorgt er noch unendlich mehr für unser Leben. Ich glaube, Gott hat geplant, dass Susanne meine Frau werden sollte, noch bevor ich geboren war.«

Das war Amos neu. In seiner Welt waren Eheschließungen Männersache. Die Adeligen verheirateten ihre Töchter an Männer, die der Familie Reichtum und Einfluss einbrachten. Die ärmeren Klassen kannten keinerlei romantische Gefühle. Als Amos nun dastand, dachte er scharf darüber nach, was Gavin gesagt hatte. Schließlich sagte er langsam: »Du meinst, es gibt nur eine einzige *richtige* Frau für jeden Mann – und wenn er sie verfehlt, hat er Gottes Willen verlassen?«

»Das hört sich ominös an, nicht wahr?« Gavin hatte viel darüber nachgedacht und setzte nun zu einer Erklärung an. »Ich habe einmal eine alte Geschichte gehört, kann mich nicht mehr erinnern, wo. Es war eine Geschichte über ein Geschöpf, das Gott schuf, ein Geschöpf, das in zwei Hälften zerrissen wurde, und die Teile wurden zerstreut. Nun, diese beiden Stücke suchten nach einem Gefährten – aber nichts anderes passte zu ihnen, als das Stück, von dem sie gerissen worden waren.« Er zögerte, als er den verwunderten Ausdruck auf dem Gesicht seines Bruders bemerkte. »Gott will das Beste für uns, aber wir wählen nicht immer den besten Weg. Der Mensch ist ein ungehorsames Geschöpf, nicht wahr? Adam und Eva sündigten und wir haben seither weitergesündigt. Wir sind selbstsüchtig bis auf die Knochen, die meisten von uns jedenfalls, und wir schnappen nach allem, was uns Befriedigung verspricht. Wir können Gottes Hand nicht klar erkennen – zumeist, weil wir nicht danach suchen –, so fallen wir in unsere eigenen Schlingen und nehmen uns, was wir wollen.«

Amos zupfte an seinem Haar, dann warf er seinem Bruder einen Blick zu. »Ich denke, Gott gibt uns den gesunden Menschenverstand,

Gavin. Wir müssen nicht erst eine Stimme vom Himmel hören, um zu wissen, was wir zum Frühstück essen oder welchen Anzug wir anziehen sollen.«

»Das stimmt durchaus, lieber Bruder«, sagte Gavin und nickte. »Jeden Tag bewegen wir uns in der Welt, und Gott hat uns einen Kompass gegeben, um uns den Weg zu weisen.« Sein aschblondes Haar fing die Strahlen der gelben Sonne auf, die durch das hohe Fenster hinter ihm drangen. Er schien tief und ernst nachzudenken, dann sagte er mit ruhiger Stimme: »Amos, jeden Morgen bete ich um zwei Dinge.«

Amos wartete darauf, dass sein Bruder weitersprach, dann, als Gavin schwieg, fragte er: »Welche zwei Dinge?«

»Ich bete um Weisheit. Weisheit ist das Wichtigste. Studiere das Buch der Sprüche, und du wirst sehen, dass Gott uns diese Weisheit geschenkt hat, um uns zu helfen, wenn wir unsere Entscheidungen treffen. Wenn du zur See fährst, wie weißt du da, wohin du fahren musst?«

»Nun, ich sehe auf den Kompass!«

»Richtig! Und Gott hat uns sein Buch und seine Weisheit gegeben, damit wir wissen, wie wir unsere Wahl nach seinem Willen treffen.«

Amos dachte darüber nach, dann fragte er abrupt: »Das ist das Eine. Was ist das Zweite, wofür du betest?«

Gavin lächelte. »Es ist eines, den Willen Gottes zu *kennen*, Amos –, aber etwas ganz anderes, ihn zu *tun*.«

»Na ja, das ist nun mal so«, murmelte Amos. »Ich kann mich an einige Gelegenheiten erinnern, bei denen ich ganz genau wusste, was Gott wollte, aber genau das Gegenteil tat!«

»Genau wie dein Vorvater Adam?«

»Ja, so kann man sagen.« Amos ging ein paar nervöse Schritte auf das Fenster zu, schaute zum Garten hinunter und wandte sich dann um, um zu fragen: »Du willst mir sagen, ich sollte sichergehen, ob Jenny die Frau ist, die Gott mir zur Ehefrau bestimmt hat?«

»Es wäre weise, Amos.«

»Nun, ich muss über alles das nachdenken. Ich habe früher nie viel darüber nachgedacht.« Amos nickte, dann schritt er aus dem Raum. Gavin starrte ihm nach. Schließlich setzte er sich an den Schreibtisch, studierte die Maserung des kostbaren Holzes und sagte zuletzt mit lauter Stimme: »Warum muss es so schwierig sein, erwachsen zu werden?«

* * *

Drei Tage lang dachte Amos darüber nach, was Gavin gesagt hatte. Das fremdartige Konzept machte ihm zu schaffen. Nachts lag er wach und starrte die Sterne an, die am Himmel glitzerten. Seine Gedanken überschlugen sich in wilder Verwirrung. Sein Leben war einfach genug verlaufen, aber seine Gedankengänge waren ziemlich seicht. Er war seit Jahren Christ, aber da ihm keine schweren Prüfungen begegnet waren, hatte er nicht mehr getan, als den Regeln der Kirche zu gehorchen. Nun sah er sich plötzlich vor eine Entscheidung gestellt, die noch weitaus profunder erschien, als er jemals gedacht hatte.

Schließlich suchte er Angharad auf. Er fand sie in dem Zimmer, das sie zum Nähen und als Arbeitszimmer benutzte. Es war ein kleiner Raum, der sein Licht durch ein einziges Fenster empfing, das die Nachmittagssonne in einem langen, schrägen goldenen Streifen auf den Boden fallen ließ. Amos wusste, dass sie sich hierher zurückzog, wenn sie ihre Bibel las und Gott im Gebet suchte.

»Bist du beschäftigt, Mutter?« Er und Gavin hatten sie beide bei diesem Namen genannt, seit sie ihren Vater geheiratet hatte. Beide hatten niemals die geringste Eifersucht wegen der neuen Frau empfunden, denn Angharad hatte von Anfang an klargestellt, dass sie niemals Patience' Platz einnehmen konnte. Aber sie hatte ihren eigenen Platz in den Herzen der beiden jungen Männer gefunden; sie tröstete sie über den Verlust hinweg, den sie beim Tod ihrer eigenen Mutter empfunden hatten.

»Komm herein.« Angharad lächelte und blickte von der Bibel

auf, die sie in Händen hielt. »Was tust du an diesem schönen Morgen?«

Amos setzte sich nieder und starrte seine Hände an – dann zog er an seinem Haar. »Nun – ich möchte wissen, was ich mit meinem Leben anfangen soll.«

»Tatsächlich? Nun, da hast du dir viel vorgenommen!« Angharad wusste augenblicklich, was den jungen Mann bedrückte, der ihr so kostbar war, aber sie fragte nur: »Und welcher spezielle Teil deines Lebens erfordert diese Aufmerksamkeit?«

»Ich – ich denke daran, Jenny zu heiraten«, platzte er heraus.

»Tatsächlich?«

Amos blickte rasch auf und sah sie an. »Du hast genau Bescheid gewusst, nicht wahr?«

»Habe ich Augen im Kopf, Junge?« Angharad hätte diesen dunkeläugigen jungen Mann nicht mehr lieben können, hätte sie ihn in ihrem eigenen Leibe getragen. Sie betrachtete ihn nachdenklich. »Liebst du sie, Amos?«

Amos blinzelte bei der Frage. »Ich begehre sie – sie ist so schön!«

»Und wirst du sie auch lieben, wenn sie nicht mehr schön ist?«

Die Frage traf Amos unversehens. »Nun – darüber habe ich nie nachgedacht!«

»Die meisten jungen Leute denken nicht an solche Dinge.«

Angharads Gesicht leuchtete in einem Glanz, der aus ihrem tiefsten Inneren strömte. »Dein Vater wusste das. Hätte er noch länger gelebt, und ich wäre hässlich geworden, so hätte er mich genauso geliebt! Ebenso, wie ich ihn geliebt habe, als er sein gutes Aussehen verlor. Es war nicht sein attraktives Gesicht, Amos, das ich liebte, sondern der Mann *innen drin*.«

Amos starrte Angharad an, denn so hatte sie nie zuvor von der Liebe gesprochen, die sie für seinen Vater empfand. Er blickte auf und fragte: »Ist es denn ein Fehler, eine Frau um ihrer Schönheit willen zu lieben?«

»Natürlich nicht, Amos! Das ist ein Teil von Jenny – ihr gutes

Aussehen. Aber du musst mehr als das lieben, oder du wirst nie wissen, was Liebe ist!«

Amos saß eine ganze Weile neben Angharad und hörte ihr zu, wie sie von Liebe und Ehe sprach. Als er lauschte, wurde ihm bewusst, was es hieß, Gott in sein Leben zu lassen. Schließlich erhob er sich, dankte ihr für ihre Zeit, indem er sie auf die Wange küsste, und ging. Den Rest des Nachmittags wanderte er in den Wäldern umher und genoss die frische Luft. Einige Zeit später machte er kehrt und kam nach Hause zurück.

Jenny hielt sich im Rosengarten auf und ersetzte eine alte Pflanze durch eine frische. Sie trug ein altes Kleid und ein Paar schwere Handschuhe; ihr Haar fing die letzten Strahlen der sinkenden Sonne auf, als sie aufblickte und Amos auf sich zukommen sah. Er sah so ernst drein, dass sie sich augenblicklich erhob und fragte: »Amos – ist etwas nicht in Ordnung?«

Amos ignorierte ihren aufgestörten Blick. »Jenny, ich liebe dich«, sagte er und dann nahm er sie in die Arme und küsste sie.

Jenny war zu verblüfft, um zu sprechen. Irgendwie hatte sie immer gewusst, dass sie das eines Tages hören würde, aber jetzt fühlte sie sich doch verwirrt.

»Aber Amos …«, flüsterte sie. Er hielt sie fest umschlungen, obwohl sie versuchte sich loszumachen. »Jemand könnte uns sehen!«

»Das ist mir gleich«, sagte Amos. »Ich möchte, dass du mich heiratest.« Er sah, wie ein Erschrecken über ihr Gesicht huschte, und sagte rasch: »Du bist so schön, Jenny – aber es ist mehr als nur das. Du bist die süßeste Frau, die ich je gekannt habe!«

Jenny schluckte und versuchte ihre Gedanken zu ordnen. Sie fühlte deutlich, wie seine Arme sie umschlungen hielten. *Wenn ich ihn heirate, werde ich ein so bequemes Leben haben!* Sie hatte so wenig Sicherheit im Leben gekannt, denn ihre Kindheit war schrecklich gewesen. Sie hatte Liebe und Zuwendung in Wakefield erfahren, aber es war nicht ihr Zuhause. Die Bühne hatte ihr Geld und Bewunderung geschenkt, aber sie wusste nur zu gut, dass sie dort niemals glücklich geworden wäre. Als er sie nun umschlungen hielt und seine dunkelblauen Augen sich in die ihren senkten, wollte sie sich ergeben, sich ihm schenken.

Aber sie brachte die Worte nicht über die Lippen, die er hören wollte. »Ich – ich kann dir keine Antwort geben«, sagte sie und zog sich aus seiner Umarmung zurück. »Ich habe dich so gern, Amos ... aber das ist nicht Liebe, nicht wahr?«

»Ich werde dich dazu bringen, mich zu lieben!«

»Nein, das ist unmöglich«, sagte Jenny fest. »Liebe lässt sich nicht erzwingen.«

Amos starrte sie einen Moment lang an, dann beharrte er: »Ich glaube, du liebst mich doch – ein wenig.«

»Das willst du doch nicht, Amos – *ein wenig* Liebe. Du willst eine Frau, die dich von ganzem Herzen liebt.«

Amos nickte. »Das stimmt, Jenny, aber du *wirst* mich heiraten.« Er sah sehr starrsinnig aus, sein jugendliches Gesicht trug einen Ausdruck der Entschlossenheit. »Ich werde dir den Hof machen, bis du nicht mehr Nein sagen kannst.« Er ergriff ihre Hand, zog den schweren Handschuh ab und küsste ihre zitternden Finger. »Ich weiß, ich verstehe nicht viel von der Liebe, Jenny. Aber ich werde es lernen, du bekommst Blumen und Gedichte und – und alle die Dinge, die ein Mädchen von seinem Liebsten erwartet.«

Er sah so jung und hübsch aus, dass Jenny nicht anders konnte, als die Kraft seiner Worte zu fühlen. Sie zog ihren anderen Handschuh aus, warf ihn beiseite und ergriff seinen Arm. Sie lächelte ihn an, als sie sagte: »Es erfordert mehr als Blumen und Gedichte, dass du mich immer noch liebst, wenn ich alt und unansehnlich bin, Amos Wakefield! Nun komm, lass uns spazieren gehen. Du kannst schon einmal anfangen, mich zu überzeugen!«

Evan kam frühmorgens in Wakefield an. Jedermann hatte ihn herzlich begrüßt – außer Jenny. Sie war ihm gegenüber steif und ziemlich förmlich geblieben, sodass er augenblicklich spürte, dass etwas nicht stimmte.

Nach dem Frühstück nahm Angharad ihn in den Salon mit und sagte: »Nun, Junge, jetzt erzähl mir davon, wie du das Evangelium predigst.« Sie saß still da, den Blick auf sein Gesicht geheftet. Als er mit seinem Bericht über seine Bemühungen, Pastor zu werden, zu Ende gekommen war, schlang sie die Arme um ihn und wisperte: »Ich bin so stolz auf dich! Ich wünschte, Will und dein Vater hätten diesen Tag noch erleben können!«

»Ich wusste, du würdest dich freuen, Angharad.« Er hielt ihre Hand einen Augenblick lang fest, tief in Gedanken versunken, dann schüttelte er den Kopf. »Es wird nicht leicht werden, weißt du. Mr Bunyan ist der Ansicht, es wird noch weitere Verfolgungen geben.«

»Gavin ist hoffnungsvoll. Er nimmt an, Mr Bunyan wird bald entlassen werden. Und Mr Wingate – du weißt doch, dass er Hope besuchen kommt? Ich fragte ihn, ob sein Onkel nicht nachgiebiger sein könnte, und er hat versprochen, er will es versuchen und Mr Bunyans Entlassung betreiben.«

»Ja, ich habe mit Mr Wingate gesprochen – aber er hat keine Autorität und sein Onkel, Richter Wingate, auch nicht. Wenn die Feinde der unabhängigen Prediger die Oberhand gewinnen, wird alle Freiheit ein Ende haben.«

Die beiden sprachen von den Gefahren, die die Zukunft barg, und schließlich sagte Angharad: »Spricht Darcy eigentlich jemals mit dir über Hope?«

»Er ist fasziniert von ihr – aber er findet, sie ist sehr willensstark.«

»Da hat er recht. Wenn die beiden heiraten, wage ich nicht zu sagen, was dabei herauskommt!«

Evan verabschiedete sich bald darauf und verbrachte den Tag mit den Dienern. Einige von ihnen neckten ihn, weil er Prediger werden wollte – vor allem die jungen Frauen. Betty Longbow, eine vollbusige Magd, stieß ihm den Ellbogen in die Rippen, wobei sie lüstern blinzelte und deutlich hörbar flüsterte: »Jetzt, da du ein Prediger bist, wirst du mich wohl nicht mehr bedrängen, dass ich abends mit dir am Fluss spazieren gehe?«

Evan errötete bei dem Gelächter, das laut wurde, und konnte nur sagen: »Ich halte dir stattdessen eine Predigt, Betty.« Er sagte es leichthin, aber augenblicklich begannen sie ihn alle zu bedrängen, er möge ernst machen, und am nächsten Sonntag predigte Evan in der Ortskirche.

Der Pastor war ein wackerer Mann und stolz auf Evans neue Berufung. Als Evan sich zum Predigen erhob, sah er sich einer zum Bersten vollen Kirche gegenüber. Er war ein sehr beliebter junger Mann gewesen. Seine alten Trinkkumpanen waren sogar da und grinsten breit und ebenso viele der jungen Frauen, denen er im Mondlicht schöne Augen gemacht hatte.

Ganz vorne in der Kirche saßen die Wakefields: Angharad, Gavin und Susanne, Hope und Amos und – zwischen den beiden Letzteren – Jenny!

Evan stand auf und fühlte sich einen Augenblick lang verwirrt. Er schluckte und sagte: »Ich sehe viele von euch, die mich gut kennen.« Er wartete, bis die Welle von Gelächter abgeflaut war, dann hob er den Kopf, und seine Stimme erhob sich wie eine Posaune. »Aber wenn ein Mann in Christus Jesus ist, so ist er eine neue Kreatur! Ich hoffe euch zu beweisen, dass ich nicht mehr der Mann bin, der ich war, sondern dass Christus Jesus einen neuen Menschen aus mir gemacht hat!«

»Amen!«, rief Angharad mit ihrer starken Stimme und einige seiner alten Freunde riefen: »Lasst uns die Predigt hören, Reverend!«

Evan hielt eine schlichte Predigt – aber obwohl sie weder lang war noch sich mit tiefen spirituellen Wahrheiten befasste, bezeugte er Jesus Christus mit solcher Hingabe, dass der Geist Gottes mit großer Kraft in der Versammlung wirkte. Er sprach von Jesus mit solcher Wärme und offenkundigen Liebe, dass die Zuhörer wussten, das war ein neuer Evan Morgan!

Nach dem Gottesdienst wurde er von vielen umringt, die ihm die Hand schüttelten, aber Angharad schlang die Arme um ihn. Ihre Augen füllten sich mit Tränen. »Du bist ein Mann Gottes!«, wisperte sie.

Jenny trat vor ihn hin und er wartete mit klopfendem Herzen auf ihre Reaktion. Aber sie sagte nur: »Es war eine schöne Predigt, Evan.«

Ein Stich der Enttäuschung durchfuhr ihn, aber er nickte; seine Augen hingen an ihrem Gesicht. »Danke, Jenny.«

An diesem Abend gesellte sich Evan zum Abendessen zu den Wakefields und das Gespräch kam auf Bunyans Buch. Gavin sagte: »Dieses Buch, *Überströmende Gnade* ... jedermann liest es. Die Buchhändler in London sind ausverkauft. Mr Bunyan muss sehr glücklich sein.«

»Ich denke, er betrachtet es als einen Weg, das Evangelium unter das Volk zu bringen«, antwortete Evan.

Angharad meldete sich zu Wort. »Es ist das beste Buch, das je geschrieben wurde – nach der Bibel natürlich.«

Jenny hörte zu, wie die anderen über das Buch sprachen, aber es war Hope, die schließlich sagte: »Evan, Mr Wingate schreibt mir, dass das Buch den Zorn von Mr Bunyans Feinden erweckt hat. Er sagt, sie wollen ein neues Gesetz erlassen, um die unabhängigen Prediger am Predigen zu hindern.«

»Ich fürchte, er sagt die Wahrheit«, sagte Evan grimmig.

»Ist Mr Bunyan jetzt im Gefängnis?«, fragte Amos.

»Nein, man hat ihn in Freiheit gesetzt – aber nach diesem Gesetz könnte er wieder ins Gefängnis kommen.«

»Aber – was ist mit dir, Evan?«

Evan warf Jenny einen verblüfften Blick zu. Sie hatte während des Abendessens kein Wort gesagt, aber nun sah jedermann, wie angespannt ihr Gesicht war. Amos wandte sich ihr zu und etwas in ihrem Gesicht beunruhigte ihn.

Evan antwortete ihr ruhig: »Ich werde verhaftet werden, wenn ich predige, genau wie die anderen Pastoren.«

Schweigen breitete sich über den Tisch und Susanne sagte leise: »Ich weiß, dass Gott dir zu Seite stehen wird, Evan, was auch geschieht.«

Nach dem Abendessen hörte Evan zu seiner Verblüffung, wie Jenny sagte: »Ich – wünschte, du müsstest nicht nach Bedford gehen.«

»Ich muss meiner Berufung folgen.«

Sie blickte zu ihm auf, und die beiden fühlten sich in die Zeit zurückversetzt, als sie einander so nahe gewesen waren. Jenny wollte schon etwas sagen, aber in dem Augenblick kam Amos herbei und trat neben sie. Er legte einen Arm um Jenny und sagte: »Hast du Evan schon von unserer Verlobung erzählt?«

Evan warf den beiden einen verblüfften Blick zu, dann pressten seine Lippen sich zu einer dünnen Linie zusammen. »Nein, das hat sie nicht. Ich gratuliere euch beiden.«

Jenny wollte schon sagen, dass sie nicht wirklich verlobt waren, aber Evan machte kehrt und schritt abrupt davon. Jenny warf Amos einen wütenden Blick zu und sagte vorwurfsvoll: »Amos, du darfst nicht sagen, dass wir verlobt sind!«

»Nun, wahrscheinlich nicht«, sagte Amos rasch. »Aber du wirst mir bald deine Zustimmung geben.«

Jenny hoffte, sie könnte ein Weilchen mit Evan allein sein, um zu erklären, was Amos gesagt hatte – aber sie fand keine Gelegenheit. Als sie Angharad am nächsten Morgen nach Evan fragte, fand sie heraus, dass er abgereist war. »Er fühlte sich verpflichtet, zurückzukehren und Mr Bunyan zu helfen«, sagte Angharad.

»Oh, ich dachte, er würde ein Weilchen bleiben«, murmelte Jenny. Das Missverständnis beunruhigte sie und sie blieb während der nächsten Tage viel für sich allein.

* * *

Bunyans alter Feind, Dr. William Foster, hatte nichts von seiner Giftigkeit verloren, seit er Kommissar am Gerichtshof des Erzdiakons geworden war. Sobald das Parlament das Konventikelgesetz wieder in Kraft setzte, verwendete er seine ganze Energie darauf, die Nonkonformisten in Bedford mit aller Gewalt zu unterdrücken.

Am Sonntag, dem 15. Mai 1670, schlug Foster zu. Seine Bewaffneten überfielen eine kleine Gruppe Christen, das Haus eines gewissen John Fenn, eines Kurzwarenhändlers, wo sie einen Gottesdienst abhielten. Alle, die daran teilgenommen hatten, wurden mit Geldstrafen belegt und die Prediger ins Gefängnis eingeliefert. Am folgenden Freitag machte Mr Battison, ein Kirchendiener, die Runde, um die Geldstrafen abzukassieren, stieß aber auf Widerstand. Foster wurde zornig und schickte Soldaten, um die Gelder einzutreiben. Sie schlugen Türen ein und beschlagnahmten, was ihnen unter die Hände kam – vieles davon behielten die grinsenden Beamten für sich –, und verhafteten viele wehrlose Christen.

Foster legte Wert darauf, John Bunyan persönlich zu verhaften. Er nahm vier kräftige Soldaten mit sich, begab sich zum Haus der Bunyans und schlug mit der Faust an die Tür, wobei er brüllte: »Kommt heraus, Bunyan!«

Die Tür wurde augenblicklich geöffnet und John Bunyan erschien. »Dr. Foster«, sagte er mit ruhiger Stimme, »ich nehme an, Ihr seid gekommen, um die Geldstrafe einzutreiben.«

»Ja!«, schnaubte Foster. »Und ich bin berechtigt, Euren Haushalt zu pfänden, wenn Ihr nicht bezahlt!« Ein schlaues Grinsen malte sich auf seinen Lippen, denn er war überzeugt, dass Bunyan nicht bezahlen konnte. »Nun, tretet beiseite –«

»Ich habe das Geld, Sir«, sagte Bunyan. Er hatte das kommen gesehen und einige seiner Habseligkeiten verkauft, um die Summe aufzubringen. Evan Morgan, der hinter seinem Freund und Mentor stand, hatte das seine dazu beigetragen. Als John dem Mann das Geld aushändigte, konnten sie beide sehen, dass Foster zornig war.

»Nun gut!«, polterte Foster, während er den Geldbeutel an sich riss. »Aber so leicht kommt Ihr mir nicht davon! Ich habe einen Haftbefehl für Euch – und diesmal lässt Euch Cobb nicht mehr spazieren gehen!«

Evan sagte augenblicklich: »Habt Ihr auch einen Haftbefehl für Evan Morgan?«

»Ich – ja.« Foster blinzelte vor Überraschung. »Seid Ihr das?«

»Das bin ich.«

»Dann könnt Ihr im Gefängnis verfaulen, zusammen mit den übrigen Rebellen!«

Bunyan wandte sich seiner Familie zu und umarmte einen nach dem anderen. Er lächelte sie an, bevor er abgeführt wurde. »Gott wird uns nicht verlassen – seid frohen Mutes.«

»Schnappt sie Euch, Sergeant!«, schrie Foster. Er ritt mit den beiden Gefangenen davon, und als sie das Gefängnis erreichten, erteilte er Cobb eine Warnung. »Wenn Ihr diese Männer freilasst – oder irgendeinen der Gefangenen –, dann könnt Ihr ihren Platz einnehmen!« Er wandte sich John zu und stieß ein letztes triumphierendes Hohngelächter aus. »Nun, Bunyan, jetzt wollen wir sehen, wie Euer Gott Euch hier herausholt!«

Auf Cobbs Gesicht lag ein besorgter Ausdruck, und sobald Foster gegangen war, sagte er: »Mr Bunyan, Ihr habt gehört, was er gesagt hat.«

»Ja, ich habe es gehört.« Bunyan legte seine Hand auf die Schulter des Kerkermeisters. »Bekümmert Euch nicht, Cobb. Ihr müsst Euch an das Gesetz halten – aber Gott wird mit uns sein.«

Cobb schüttelte trübselig den Kopf und machte kehrt, um die beiden Männer in ihre Zelle zu führen. »Ich weiß nicht recht, Sir. Das habt Ihr vor zehn Jahren auch schon gesagt – aber Ihr seid immer noch hier.« Er öffnete die schwere Tür und trat einen Schritt zurück. »Man macht sich seine Gedanken, nicht wahr? Ich meine, Dr. Foster und Richter Wingate laufen frei herum und Ihr und Euresgleichen sitzt im Gefängnis.« Er kratzte sich wütend den Kopf, dann breitete er mit einer beredten Geste der Verzweiflung weit die Arme aus. »Manchmal denke ich, Gott kümmert es nicht sehr, was mit den armen Leuten geschieht.«

»Das dürft Ihr nicht denken, Cobb!« Bunyan trat in die Zelle, wandte sich jedoch um, als er die Worte des Kerkermeisters hörte. Seine dunklen Augen glühten in dem Feuer, das tief in seiner Brust loderte. »Jesus ist der Freund der Sünder! Ein Freund, der treuer ist als ein Bruder!« Er deutete mit der Hand in die feuchte Zelle. »Es ist besser, hier mit Jesus zu sein, als ohne ihn im Palast!«

Cobb starrte den Prediger an und Zweifel malte sich auf seinem Gesicht ab. Er hatte weder geistige noch moralische Vorzüge, aber er hatte gesehen, wie John Bunyan zehn Jahre ungerechter Haft ertrug, ohne seinen Glauben zu verlieren. Er nickte bedächtig.

»Ich werde zusehen, dass Ihr frisches Stroh bekommt, Ihr und dieser junge Mann.« Er schloss die Tür und kehrte in den Raum zurück, der ihm als Büro diente. Er setzte sich in seinen Sessel und starrte eine Weile lang mit leeren Augen die Wand an. Schließlich flüsterte er: »Er ist ein Ehrfurcht gebietender Mann, dieser John Bunyan!«

* * *

Eines Abends in Wakefield ließ Gavin beim Essen die anderen wissen: »Schlechte Nachrichten – Mr Bunyan ist wieder im Gefängnis von Bedford. Er wurde vor drei Tagen verhaftet.«

Jenny fragte gleich: »Was ist mit Evan?«

»Er ist auch im Gefängnis.« Gavin schüttelte traurig den Kopf. »Diesmal gehen die Herren aufs Ganze!«, sagte er zornig. »Die beiden könnten lebenslänglich deportiert werden!«

Jenny fühlte, wie sich eine kalte Hand um ihr Herz schloss, während Angharad beobachtete, wie sie erbleichte. Später sagte sie zu Jenny: »Gott wird für ihn sorgen.« Aber sie sah, dass Jenny zutiefst verstört war, und es gab nichts mehr, was sie ihr sagen konnte. Später sprachen sie und Hope darüber und Hope sagte: »Sie macht sich große Sorgen um Evan, nicht wahr, Mutter?«

»Ja, und ich fürchte ebenfalls um ihn. Er ist noch jung im Glauben, Hope, und ich frage mich, ob es nicht zu früh für ihn ist, durchs Feuer zu gehen.«

21

DAS SCHLOSS DES ZWEIFELS

Jedermann hätte das Gefängnis von Bedford als einen entsetzlichen Ort empfunden, aber für Evan Morgan war es die reinste Folter, in dem stinkenden Loch eingeschlossen zu sein!

Er hatte Bunyan natürlich in der gemeinsamen Zelle besucht, aber immer nur für kurze Zeit. Nach einer Woche wusste Evan, dass er seinen ganzen Glauben würde aufbieten müssen, um das Gefängnis zu ertragen. Er war sein ganzes Leben ein Mann der freien Natur gewesen und nun nahm man ihm die frische Luft, das Gras, die Bäume und vor allem den offenen Himmel! Bereits am zweiten Tag verbrachte er den Großteil seiner wachen Stunden an dem eisenvergitterten Fenster und starrte nach draußen.

Mary und Elisabeth kamen am Nachmittag. Sie brachten ihnen Essen und guten Zuspruch. Während John mit seiner Frau sprach, setzte Mary sich neben Evan, der am Fenster stand. »Ich hoffe, du magst das Essen, das wir dir gebracht haben«, sagte sie und wandte ihm ihre blicklosen Augen zu. Als sie den leisen Wind spürte, fragte sie: »Verbringst du viel Zeit damit hinauszusehen?«

»Ja, das tue ich.« Evan setzte sich hin und begann zu essen, während er Mary lauschte, die von den Dingen sprach, die ihr Leben ausfüllten. Er war immer wieder überrascht über die Freude, die von dieser jungen Frau ausströmte. »Ich bin heute ein wenig niedergeschlagen, Mary. Ich habe ein paar Tage im Gefängnis verbracht, als ich ein junger Mann war, aber das hier ist etwas anderes.« Der Gedanke an die Zukunft schwebte düster vor ihm und sein Essen schmeckte nach nichts. »Ich weiß, dass dein Vater Jahre hier verbracht hat, aber mein Glaube ist nicht so stark wie der seinige.«

»Gott wird dir beistehen, Evan«, antwortete Mary rasch. »Du bist hier, weil du seinem Wort treu bist, und eines Tages wirst du die Frucht von all dem hier ernten.«

»Im Himmel?«, fragte Evan und machte ein lakonisches Gesicht. »Der scheint ziemlich weit entfernt zu sein.« Er lachte kurz auf. Er schämte sich ein wenig für sich selbst. »Da bin ich nun, erst einen Tag im Gefängnis, und schon jammere ich! Ich werde es nicht wieder tun.«

Nachdem Mary und Elisabeth sich verabschiedet hatten, verließ Evan das Fenster und setzte sich neben Bunyan, der von der Bibel aufblickte, die er las. »Eure Bibel zerfällt schon, Mr Bunyan«, bemerkte er.

In Bunyans großen Augen glomm ein Fünkchen auf. »Wenn du einen Mann siehst, dessen Bibel zerbricht, dann kannst du sicher sein, dass *er* selbst nicht so rasch zerbrechen wird! Die Bibel bewahrt mich davor kaputtzugehen, Evan.«

»Lehrt mich noch mehr«, sagte Evan. Dann lächelte er. Sein Gesicht war halb verborgen in der Dunkelheit der Zelle. »Eine Menge junger Pastoren würden sich freuen, Bischof Bunyan zum Lehrmeister zu haben. Wenn ich unter diesen Umständen nichts lerne – mit reichlich Zeit und einem guten Lehrer – nun, da müsste ich schon ein rechter Hohlkopf sein!«

Bunyan lächelte breit. »Wir beide werden lernen, Evan. Der Trick besteht darin, immer einen Tag nach dem anderen zu leben.«

Evan blickte sich in der Zelle um, in der sich mehr als sechzig Gefangene drängten, und bemerkte trocken: »Es wird uns wohl auch nichts anderes übrig bleiben.«

»Die Weisheit ist zumeist sehr schlicht.« Bunyan nickte. »Heute haben wir zu essen gehabt, wir hatten ein Dach über dem Kopf. Keiner von uns ist krank und wir stehen nicht unter einem Todesurteil. Wir haben einander, um uns über den Herrn Jesus auszutauschen.« Er warf einen Blick auf die Gefangenen rundum und lächelte. »Und wir haben eine Gemeinde, die nicht mitten unter der Predigt aufstehen und hinausgehen kann, wenn sie mit unserer Lehre auch gar nicht einverstanden sind!«

Bunyans fröhliche Stimmung wärmte auch Evan das Herz. »Ich verstehe, was Ihr meint, Mr Bunyan. Aber – seid Ihr denn *niemals* entmutigt oder ängstlich?«

»Ängstlich? Aber gewiss doch. Als man mir drohte, mich hängen zu lassen, da dachte ich daran, was für eine jämmerliche Figur ich abgeben würde, wenn ich die Leiter hinaufsteigen müsste – bleiches Gesicht und schlotternde Knie! Und es tut mir weh, dass ich von meinem Dienst abgeschnitten bin.« Bunyans rundes Gesicht wurde ernst und er nickte traurig. »Und natürlich auch, dass ich von meiner Familie abgeschnitten bin – das ist sehr bitter!«

Die Stimmen der Gefangenen verschmolzen zu einem summenden Geräusch, beinahe wie das Summen von Bienen, und die Streifen gelben Sonnenlichts, die auf den Boden der Zelle fielen, erhellten ihre Gesichter. Bunyan betrachtete die anderen Männer voll Mitleid, dann wandte er sich um und blickte Evan an. »Als ich zum ersten Mal hierherkam, wurde ich beinahe verrückt vor Sorge um meine Familie. Ich dachte, ich hätte sie alle in den Untergang geführt! Aber schließlich betete ich: ›Oh Gott, ich muss alles für dich wagen!‹ Und das ist mein Gebet bis zum heutigen Tag geblieben – alles für Jesus Christus zu wagen!«

Die beiden Männer saßen nebeneinander und Evan lauschte, während der Ältere seine Weisheit verströmte. *Solange ich John Bunyan an meiner Seite habe*, dachte er, *solange kann ich diesen Ort ertragen!*

* * *

Evan starrte betrübt aus dem Fenster. Er umklammerte die Stahlstangen, bis seine Hände schmerzten. Er konnte sich wohl nie an das Ungeziefer gewöhnen, das in dem fauligen Stroh auf dem Boden herumkrabbelte, und er lockerte seinen Griff, um sich an den Rippen zu kratzen. Es gab keine Möglichkeit, die Flöhe vom Beißen abzuhalten, und obwohl er wusste, dass das Kratzen alles nur noch schlimmer machte, konnte er sich nicht zurückhalten.

»Fahrt zur Hölle!«, murmelte er und kratzte an seinem Bart, der ebenfalls von Flöhen befallen war. Das Rasieren war eine Qual, denn er hatte nur kaltes Wasser und ein stumpfes Rasiermesser, also ließ er sich zum ersten Mal im Leben einen Bart wachsen. Nun wünschte er, er hätte es nicht getan, denn er bildete sich ein, er könnte winzige Füßchen spüren, die sich unter dem verfilzten Schnauzbart bewegten.

Draußen war der Mond stumpf und verborgen hinter dünnen Schleiern dunkler Wolken. Er spähte vergebens zum Himmel hinauf – er sah keine Spur von Sternen. Er sackte zusammen und stützte den Kopf auf die Unterarme. So versuchte er, die dunkle Wolke der Depression zu ignorieren, die ihm weitaus konkreter erschien als die Wolken am Himmel. Wochen und Monate waren vergangen und er versuchte das Gefühl zustande zu bringen, dass seine Haft eine gute Sache sei. Aber in solchen Augenblicken konnte er beinahe das Gelächter der Dämonen hören und in seinen Träumen hörte er das Flüstern listiger, verführerischer Stimmen: *Gib auf, Evan Morgan! Was bringst du schon zustande! Wie kann es Gott glücklich machen, dass du hier verfaulst? Wenn du nur hinauskommen könntest, könntest du von Nutzen sein. Aber wem nützt es, wenn du hier stirbst?* Evan hörte die düsteren Stimmen auch jetzt und versuchte sie mit gewaltiger Anstrengung auszuschließen; deshalb biss er sich in den Unterarm, bis der Schmerz unerträglich wurde. »Großartig!«, murmelte er. »Ich beiße mich selbst wie ein toller Hund!« Er hob den Kopf, starrte in den ebenholzschwarzen Himmel hinauf, dann setzte er sich wieder nieder und sank neben Bunyan in sich zusammen, der beim trüben Licht einer Kerze sorgfältig schrieb.

Das Kratzen der Feder irritierte Evan und schließlich brach er das Schweigen. »Ich habe über etwas nachgedacht«, sagte er. Seine Stimme klang rostig vom seltenen Gebrauch, und er beugte sich vor und trank einen Schluck abgestandenes Wasser aus dem Eimer, den sich die beiden Männer teilten. Er hatte einige Nächte lang nicht geschlafen, nur ein wenig gedöst, und sein Verstand war wie gelähmt. Doch er hatte nachgedacht und nun sagte er trotzig: »Uns entgehen Seelen, so scheint es mir.«

»Uns entgehen Seelen?«

»Ich meine, wir predigen den anderen Gefangenen, aber sie sind zum größten Teil schon gerettet.«

Augenblicklich wurden Bunyans Augen schmal, dabei legte er sorgfältig seine Feder beiseite und lehnte sich an die feuchte Steinmauer. »Und du denkst, wenn wir frei wären, könnten wir mehr Menschen predigen. Ist es das, Evan?«

»Nun, es ist nur vernünftig, oder?«

»Gottes Wege sind selten vernünftig«, antwortete Bunyan. Schärfe schwang in seiner Stimme mit. »Du kennst deine Bibel besser, als dass du so etwas sagen musst! Es war auch nicht vernünftig von Jesus, am Kreuz zu sterben!«

Evan blinzelte im trüben Licht und bemerkte, dass Bunyans Gesicht von Erschöpfung gezeichnet war. Das schlechte Essen und der Mangel an Bewegung hatten ihn geschwächt, aber seine Augen waren fest und ruhig. Dennoch beharrte Evan auf seinem Standpunkt. »Nein, natürlich nicht – aber er *musste* sterben. Es war der Wille des Vaters.«

»Wie es Gottes Wille ist, dass einige leiden sollen. Das Blut der Märtyrer ist der Same der Kirche. Wäre William Tyndale vernünftig gewesen, so hätte er niemals sein Leben dafür hingegeben, die Bibel in die Hände des englischen Volkes zu bringen.«

Evan war beinahe zornig, weniger auf Bunyan als auf sich selbst. Er wusste, dass Bunyan schlimmer litt als er selbst, denn Bunyan trug die Last einer Familie. Er senkte den Kopf und starrte den schmutzigen Boden an.

Er saß sehr lange so da, sodass Bunyan aufblickte und seinen jungen Freund eindringlich betrachtete. Trotz seiner eigenen Mühsal fühlte er bitteres Mitleid mit Evan Morgan. Eine Zeit lang saß er in der trüben Dunkelheit der Zelle und das flackernde Kerzenlicht ließ die Linien in seinem Gesicht tief eingegraben erscheinen. Seine Augen lagen tief in den Höhlen. Bunyan hatte gelernt, Gott in allen Dingen zu suchen, und nun betete er schweigend um Worte, die seinem jungen Gefährten Trost spenden konnten.

»Evan«, sagte er schließlich, »ich habe an meinem Pilger-Buch weitergearbeitet. Ich würde dir gerne ein Stück daraus vorlesen.«

Seit Monaten arbeitete Bunyan an einem Buch, das sich von allem unterschied, was er bislang geschrieben hatte. Er hatte Mary und Elisabeth Teile davon vorgelesen. Sie hatten mit großer Aufmerksamkeit gelauscht, offenbar waren sie von der Geschichte fasziniert gewesen. Es ging um einen Mann namens Christian, der symbolisch für alle Menschen stand. Am Anfang der Geschichte tauchte Christian mit einer riesigen Last auf dem Rücken auf – eine Last, die seine Sünden repräsentierte – und machte sich auf, aus der Stadt der Zerstörung zu fliehen. Er hatte von einer himmlischen Stadt gehört und sich entschlossen, sie zu finden.

»Lass mich dir noch einmal vorlesen, wie Christian seine Last loswird«, sagte Bunyan. Er blätterte in den Papieren, bis er den Anfang gefunden hatte, dann begann er zu lesen:

»Nun sah ich in meinem Traum, dass die Straße, die Christian einschlagen musste, auf beiden Seiten von einer Mauer namens Erlösung begrenzt war. Diesen Weg also rannte Christian mit seiner Last entlang, aber nicht ohne Schwierigkeiten, weil er eine so schwere Bürde auf dem Rücken trug.

Er rannte also, bis er zu einem etwas ansteigenden Ort kam, und auf diesem Platz stand ein Kreuz und ein wenig tiefer befand sich ein Grab. In meinem Traum sah ich, wie Christian das Kreuz erreichte, und in diesem Augenblick löste sich die Last von seinen Schultern und fiel von seinem Rücken und begann zu rollen und rollte weiter, bis sie zu der Öffnung des Grabes kam, und dort fiel sie hinein und ich sah sie nicht wieder.«

Evan blickte Bunyan an und brachte ein Lächeln zustande. »Ich erinnere mich, wie die Last von meinem eigenen Rücken fiel«, flüsterte er. »Was für ein herrlicher Tag das war!«

»Für uns alle«, stimmte Bunyan ihm zu. »Aber Gott tut noch mehr, als dass er uns nur unsere Sünden vergibt. Das ist das erste Werk, und kein Mensch kann in den Himmel kommen, ehe er nicht das Kreuz Jesu gefunden hat. Aber erinnerst du dich an diese wundervollen Verse im fünften Kapitel des Römerbriefes, achter bis zehnter Vers?«

»Ich weiß sie nicht auswendig.«

Bunyan zitierte: »Gott aber erweist seine Liebe zu uns darin, dass Christus für uns gestorben ist, als wir noch Sünder waren. Um wie viel mehr werden wir nun durch ihn bewahrt werden vor dem Zorn, nachdem wir jetzt durch sein Blut gerecht geworden sind! Denn wenn wir mit Gott versöhnt worden sind durch den Tod seines Sohnes, als wir noch Feinde waren, um wie viel mehr werden wir selig werden durch sein Leben, nachdem wir nun versöhnt sind.« Bunyan ließ die Worte in der Luft hängen, dann sagte er mit gedämpfter Stimme: »Verstehst du, Evan? Wir sind mit Gott *versöhnt* durch Jesu Tod am Kreuz – aber wir sind *gerettet* durch sein Leben.«

»Das fasse ich nicht, Mr Bunyan.«

»Nun, das christliche Leben besteht für uns alle aus zwei Teilen. Der erste Teil ist die neue Geburt, und die findet statt, wenn das Blut Jesu uns von unseren Sünden reinwäscht. Das erfordert nur einen Augenblick des Glaubens, wie bei meinem Helden Christian, als er zum Kreuz aufblickte. Jeder, der Buße tut und Gott unter Berufung auf das Blut Jesu anruft – nun, der wird in das Königreich Gottes hineingeboren!«

»Das verstehe ich. Aber der zweite Teil?«

»Evan, *nachdem* ein Mensch gerettet worden ist, muss er leben – bis ihn entweder der Tod ereilt oder der Herr Jesus wiederkommt, um die Erde zu beherrschen. Und wie sollen wir unsere Prüfungen ertragen, bis diese Dinge geschehen?« Bunyans Gesicht glühte, das bernsteinfarbene Licht der Kerzen spiegelte sich in seinen Augen. »Nun, wie der Vers sagt, wir sind *durch sein Leben gerettet.* Deswegen müssen wir Gottes Heiligen Geist jeden Tag und jede Stunde unseres Lebens haben, Bruder! Kein Mensch kann für Gott leben ohne den Geist!«

Die beiden unterhielten sich eine Weile im Flüsterton. Bunyan ermutigte Evan, Gott sein ganzes Wesen zu übergeben. Schließlich schloss Evan die Augen und lehnte den Kopf an die kalten Steine. »Mir ist zumute, als hätte ich meinen Weg verfehlt, Mr Bunyan«, flüsterte er. »Zuerst fühlte ich mich Gott nahe. Jesus war so *wirklich* für mich! Aber nun – ich kann nicht denken und Gott scheint mir sehr ferne zu sein.«

»Verzweifle nicht, mein Freund«, drängte Bunyan. Er zögerte, dann fuhr er fort: »Gott hat mehr Freude daran, wenn wir ihm in solchen Zeiten vertrauen, in denen wir wenig oder gar kein Gefühl seiner Gegenwart haben, als wenn wir ihm vertrauen, weil seine Gegenwart sich machtvoll manifestiert.«

»Aber ich sehne mich nach dem Gefühl seiner Gegenwart!«

»Gewiss! Aber denke an David. Wie oft in den Psalmen schreit er auf und fragt: ›Wo bist du, Gott? Warum hast du mich verlassen?‹« Bunyan ließ die Frage in der Stille der Zelle hängen, dann sagte er: »Ich glaube, Evan, Gott flüstert mit uns, wenn es uns gut geht, aber er ruft laut in unserer Mühsal.«

»Warum kann ich ihn dann nicht *hören?*«

»Es gibt etwas, das man die dunkle Nacht der Seele nennt«, antwortete Bunyan langsam. »Ich weiß ein wenig darüber, aber andere haben viel länger darunter gelitten als ich.«

»Die dunkle Nacht der Seele? Was bedeutet das?«

»Einfach, dass Gott sich von einem Menschen zurückzieht, sodass der Gläubige der göttlichen Gegenwart überhaupt nicht mehr gewahr wird. Und wenn wir ihm immer noch vertrauen, wenn wir weder Freude noch das Gefühl haben, dass Gott uns nahe ist – nun, dann hat unser Vater die größte Freude an uns!«

Evan starrte Bunyan an. »Das ist das Schlimmste von allem, nicht wahr?«

»Ja, aber bedenke, es ist nicht unser *Empfinden* für Gott, das wichtig ist. Oh, manchmal gewährt er uns das auf wunderbare Weise. Aber es gibt Zeiten, da lässt er zu, dass wir uns einsam fühlen, einsam ohne ihn.«

Bunyan sprach von der Notwendigkeit, Gott in dunklen Zeiten zu vertrauen, und sagte schließlich: »Lass mich dir eine andere Episode meines Helden, des wackeren Christian, vorlesen.« Er blätterte in den Papieren und fand schließlich die Stelle. »Du erinnerst dich doch, dass Christian einen Freund namens Hoffnungsvoll hatte, der sich ihm auf dem Weg zur Himmlischen Stadt anschloss?«

»Ja, daran erinnere ich mich.«

»Nun, ich will dir eine Erfahrung vorlesen, die die beiden Pilger unterwegs machten.« Er begann zu lesen. Seine Stimme war gedämpft, aber eindringlich:

»Nun war der Weg rau und ihre Füße wund, da sie so viel gereist waren, und die Seelen der Pilger waren tief entmutigt wegen des Weges. Als sie weiterzogen, wünschten sie sich einen besseren Weg. Nun befand sich vor ihnen, linker Hand von der Straße, eine Wiese und Stufen über den Zaun, um darüberzugehen, und diese Wiese hieß Seitenweg-Wiese. ›Hier geht es am leichtesten‹, sagte Christian. ›Lass uns hinübersteigen.‹

›Aber wenn dieser Pfad uns nun auf Abwege führt?‹

›Das ist nicht wahrscheinlich‹, sagte Christian, und so überredete er Hoffnungsvoll, die Straße zu verlassen. Anfangs war der Weg leicht, aber bald kamen sie an eine tiefe Grube, die mit Absicht angelegt worden war, um Narren zu fangen, die den Weg verließen. Sie schlenderten dahin und ließen sich zuletzt unter einem kleinen Schutzdach nieder, wo sie in Schlaf sanken, da sie sehr müde waren.

Sie wurden von einer rauen Stimme geweckt, und zu ihrem Schrecken sahen sie einen furchtbaren Riesen, der mit grimmiger und übellauniger Stimme sagte: ›Ihr habt widerrechtlich meinen Grund betreten und müsst mit mir kommen.‹

Er brachte sie auf ein Schloss, das man das Schloss des Zweifels nannte, und warf sie in ein dunkles Verlies, ekelhaft und stinkend. Hier lagen sie von Mittwochmorgen bis Samstagabend, ohne einen Tropfen Wasser, einen Bissen Brot oder ein Fünkchen Licht.«

»Ich kann mir vorstellen, woher Ihr diese Szene habt«, unterbrach ihn Evan. Er deutete auf die Zelle, in der sie lagen. »Ich zweifle nicht, dass es das Gefängnis von Bedford ist.«

»Ja, das ist es.« Bunyan nickte. »Ich habe in meinem kleinen Buch lauter Dinge niedergeschrieben, die ich kenne.« Er las weiter vor und Evan lauschte mit großer Aufmerksamkeit.

»Nun war der Name dieses Riesen Verzweiflung und er hatte eine Frau namens Schüchternheit. Sie sagte ihrem Gatten, er solle seine Gefangenen schlagen, und er stand am Morgen auf und holte sich eine schreckliche Keule von einem Holzapfelbaum und damit ging er in das Verlies und prügelte sie grausam. Er überließ sie ihrem Jammern und Wehklagen und sie verbrachten ihre Zeit mit nichts als Seufzen und bitteren Klagen.«

»Wie ich es getan habe«, sagte Evan ein wenig beschämt.

»Wie wir alle es zuweilen tun«, antwortete Bunyan. »Aber hör dir den Rest meiner Geschichte an:

Am nächsten Tag kam der Riese Verzweiflung zu den beiden Pilgern und sagte ihnen, es gäbe keinen anderen Ausweg aus dem Schloss des Zweifels, als nur den, dass sie ihrem Leben selbst ein Ende machten. Er schlug sie von Neuem so hart, dass sie keine Hoffnung mehr hatten. Als er zu Bett ging, sagte er zu seiner Frau: ›Das sind starrsinnige Schurken!‹

Und sie sagte: ›Nimm sie morgen mit und zeig ihnen die Totenschädel derjenigen, die dir schon zur Beute geworden sind.‹

Als nun der Morgen kam, holte Riese Verzweiflung die beiden in den Schlosshof und zeigte ihnen die Totenschädel. ›Diese kleinen Pilger waren einst, wie ihr heute seid, und sie verirrten sich auf meinen Grund, wie ihr es getan habt. Und als es mir gefiel, zerriss ich sie in Stücke, und in zehn Tagen will ich dasselbe mit euch tun.‹

Damit warf er Christian und Hoffnungsvoll in ihr stinkendes Gefängnis, wo sie augenblicklich zu beten begannen.

Und hört sich das etwa nach dir und mir an, Bruder Evan?«, fragte Bunyan und blickte auf.

»Ja, sehr. Meine Knochen schmerzen von den Prügeln, die ich bekommen habe. Ich habe mich dem Zweifel hingegeben – und irgendwie bin ich von der rechten Straße abgekommen, genau wie Eure Pilger.«

»Dann höre das Ende dieses Abenteuers:

Kurz vor Tagesanbruch brach der wackere Christian wie einer, den Erstaunen überkommt, in eine leidenschaftliche Rede aus: ›Was bin ich doch für ein Narr, hier in einem stinkenden Gefängnis zu liegen, wo ich doch frei meines Weges gehen könnte! Ich trage einen Schlüssel am Herzen, der heißt Versprechen, und der wird mir jedes Schloss im Schloss des Zweifels öffnen!‹ Er zog einen Schlüssel aus seinem Brusttuch, und augenblicklich versuchte er ihn am Schloss des Verlieses, dessen Riegel, als er den Schlüssel drehte, zurückglitt, und das Tor flog mit Leichtigkeit auf – und Christian und Hoffnungsvoll kamen heraus!«

Bunyan legte den Arm um Evans Schulter. »Wir wollen gemeinsam das Wort Gottes lesen, bis wir einen Schlüssel finden – und damit wollen wir die Tore des Gefängnisses von Bedford aufschließen, wie Christian die eisernen Tore im Schloss des Zweifels aufsperrte!«

22

»KOMMT UND HELFT UNS!«

Als Woche um Woche verging, musste Evan sich dazu zwingen, in erster Linie an ein Versprechen zu denken, das er in der Bibel finden konnte. Der Winter des Jahres 1671 war bitter, die Schneewehen lagen zwei Fuß hoch rund um das Gefängnis. Bunyan und Morgan wickelten sich in Decken, aber ihre Lippen waren blau vor Kälte, und ihre Finger wurden so gefühllos, dass sie die Seiten der Bibel, in der sie zu lesen versuchten, nicht mehr fühlen konnten.

Sie hätten vielleicht nicht überlebt, wäre da nicht die Hilfe gewesen, die sie von Bunyans Familie und von den Wakefields erhielten. Sie teilten ihr Essen mit denen, die weniger Hilfe hatten, aber einige Männer starben trotzdem im Lauf des Winters.

Angharad kam einmal zu Besuch und brachte warme Kleider und nahrhaftes Essen. Sie erschien ohne Vorwarnung, und Evan dachte einen kurzen Augenblick lang, er sehe eine Erscheinung, als sie an ihn herantrat.

»Nun, wie geht es dem Alterchen?« Sie lächelte ihn an, als sie ihn bei dem Kosenamen nannte, den sie ihm vor langer Zeit gegeben hatte. »Bist du immer noch in der Welt?«

Trotz seiner steifen Gelenke sprang Evan lebhaft auf. »Angharad!«, flüsterte er und sie schmiegte sich in seine Arme. »Ich kann nicht glauben, dass du es wirklich bist!«

Er hielt sie auf Armeslänge von sich weg, um ihr ins Gesicht zu blicken. Sie trug einen blauen wollenen Mantel mit einer Kapuze, aber nun warf sie die Kapuze zurück, sodass ihr dichtes schwarzes Haar in dem Streifen bleichen Sonnenlichts aufleuchtete, der durch das vergitterte Fenster fiel.

»Setz dich und iss«, drängte Angharad, während sie sich auf dem Hocker neben ihm niedersetzte. »Gute heiße Rindersuppe und frisches Brot. Und es ist genug da für Mr Bunyan und einige von den anderen – also schlag dir den Bauch voll.« Sie betrachtete ihn mit einem leisen Lächeln, während er aß und sie ihm Neuigkeiten aus Wakefield erzählte. Er fragte nach allen, mit Ausnahme einer Person. »Und fragst du gar nicht nach Jenny?«, fragte Angharad schließlich und ihre schwarzen Augen betrachteten ihn mit festem Blick.

»Doch – ja«, sagte Evan. »Ist sie verheiratet?«

»Nein, verheiratet ist sie nicht.«

»Ich dachte, sie wäre es vielleicht.« Evan blickte auf die Überreste des Essens nieder, dann hob er den Blick. »Ich konnte dich niemals täuschen, nicht wahr? Du weißt, was ich für sie empfinde.«

»Ja, *ich* weiß, was du fühlst, aber weiß es auch Jenny?«

Evan zuckte unruhig die Achseln. »Was nützt es schon, es ihr zu sagen? Sie ist in Amos verliebt.«

»Ich weiß nichts davon – und du auch nicht.« Angharad forschte in Evans magerem Gesicht und sagte mit Nachdruck: »Wenn sie ihn liebte, würde sie ihn heiraten, nicht wahr?«

Evan schüttelte langsam den Kopf. »Und wenn schon. Ich kann nicht heiraten, Angharad. Wer will schon einen Mann, der im Gefängnis sitzt?« Als sie versuchte weiterzureden, wechselte er so abrupt das Thema, dass sie sich hütete, weiter in ihn zu dringen.

»Ich bin nicht nur gekommen, um dir Essen zu bringen, Evan«, sagte Angharad. Ihr Gesicht wurde ernst. »Gott hat zu mir gesprochen, was dich betrifft.«

Evan wirkte verblüfft, lauschte aber mit großer Aufmerksamkeit. »Oh Angharad, ich *muss* von Gott hören! Was hat er gesagt?«

Sie schüttelte langsam den Kopf. »›Es ist Gottes Ehre, eine Sache zu verbergen, aber es ist die Ehre der Könige, eine Sache zu erforschen.‹« Sie sah den ratlosen Ausdruck auf Evans Gesicht. »Das ist der zweite Vers im Buch der Sprüche, Kapitel fünfundzwanzig. Ich wachte mitten in der Nacht auf und er kam mir in den Sinn. Ich betete, und Gott versicherte mir, es sei der Vers für dich.« Sie sah

Enttäuschung auf seinem Gesicht. »Ich weiß nicht, was er bedeutet – aber Gott will, dass du ihn suchst.«

»Aber – ich *habe* gesucht.«

»Vielleicht fühlst du die Versuchung aufzugeben, und Gott hat mich gesandt, um dir Mut zuzusprechen. Gott wird dich gewaltig gebrauchen, Evan! Ich weiß das in meinem Geiste. Aber einige Menschen geben auf, ganz knapp, bevor Gott bereit ist, sich ihnen zu enthüllen. Lass uns beten, dass du Geduld hast im Suchen, bis du die Sache findest, die Gott für dich bestimmt hat.«

Angharad blieb eine Zeit lang; sie unterhielt sich mit Bunyan und verteilte das Essen und die Decken, die sie mitgebracht hatte. Als sie sich verabschiedete, sagte Bunyan nachdenklich: »Eine Frau Gottes, Evan! Man *spürt* förmlich, wie der Heilige Geist aus ihr strömt!« Er lauschte aufmerksam, als Evan ihm mitteilte, was Angharad ihm erzählt hatte, dann sagte er mit Nachdruck: »Bleib an dieser Sache dran, Mann! Es ist klar, dass Gott etwas unternehmen wird!«

Ein Gefühl von Erregung und Hoffnung überkam Evan Morgan von diesem Augenblick an. Er war ein Mann des Gebets geworden, aber nun schüttete er Gott sein Herz mit einem Glauben aus, der ihm bislang gefehlt hatte. Der Dezember verging und das Jahr 1672 brach an. An der Oberfläche schien alles wie zuvor zu sein – aber Evan wusste, dass er bald von Gott hören würde.

Das Wort des Herrn erging auf ganz schlichte Weise an ihn. Er hatte in der Apostelgeschichte gelesen, im sechzehnten Kapitel. Dort las er den neunten Vers: »Und Paulus sah eine Erscheinung bei Nacht: ein Mann aus Mazedonien stand da und bat ihn: Komm herüber nach Mazedonien und hilf uns.«

Evan saß still da, mit geschlossenen Augen, und ließ den Vers in seinen Geist einsinken. Bunyan hatte ihn gelehrt, dass Meditation der einzige Weg war, den geistlichen Gehalt der Bibel zu erfassen. »Jeder kann lernen, was in dem Vers *geschrieben steht*«, hatte er bemerkt. »Aber nur der Geist kann uns lehren, was der Vater mit diesen Worten *meint*.«

Mehrere Tage lang dachte Evan über den Vers nach und sagte

nichts zu Bunyan oder seinen anderen Gefährten. Er wusste, dass Gott sein Herz darauf vorbereitete, etwas zu empfangen, das sein Leben ändern würde.

Er war bereit, dafür zu beten, solange es notwendig war, und als nach Angharads Besuch die Antwort kam, war sie so klar, als stünde sie schwarz auf weiß geschrieben. Evan stand am Fenster und starrte hinaus auf den gefrorenen Boden, während er über den Bibelvers nachdachte. Da kam ihm ein Teil des Verses in den Sinn – mit einer kleinen Änderung: *Komm nach Wales und hilf uns.*

So gewaltig überkam ihn der Gedanke, dass Evan ihn laut aussprach, als hätte ihm jemand ins Ohr geflüstert.

»Was?« Dann begriff er, dass die Worte nicht hörbar gesprochen worden waren. Er stand ganz still und wartete und wieder überkamen ihn die Worte: *Komm nach Wales und hilf uns.*

Es hatte eine Zeit gegeben, da hätte Evan Morgen diese Erfahrung sofort laut heraustrompetet, aber das Gefängnis hatte ihn gedämpft. Er behielt das Ereignis zwei Tage lang bei sich, und am Ende dieser Zeit war er so überzeugt, dass es Gottes Wille war, wie er seinen eigenen Namen kannte.

»Mr Bunyan«, sagte er leise, als die beiden am frühen Morgen ihre Andacht beendet hatten, »Gott hat mir den Schlüssel gegeben.«

Bunyan warf ihm einen überraschten Blick zu. »Den Schlüssel zu deiner Freiheit? Was ist es?«

»Gott hat mich berufen, das Evangelium in Wales zu predigen.«

Bunyan begriff augenblicklich. »Natürlich! Du kannst augenblicklich das Gefängnis verlassen!«

»Ja, und ohne Schande.« Die Behörden hatten längst gesagt, dass jeder der Andersdenkenden, der Bedford verlassen und sein Wort geben würde, nicht in der Gegend zu predigen, aus der Haft entlassen würde. Bis jetzt hatte Evan sich geweigert. Nun war er überwältigt von Gottes allmächtigem wunderbarem Wirken. Er wandte sich an Bunyan. »Es fällt mir schwer, Euch hierzulassen, Sir, aber ich muss dem Ruf Gottes gehorchen!« Tränen sprangen ihm in die Augen, als er seinen Mentor und Freund anblickte.

Bunyan legte den Arm um die Schultern des jungen Mannes. »Wir sind beide Diener des allerhöchsten Gottes. Er wird mir die Freiheit schenken, wenn die Zeit dafür reif ist. Ich danke ihm dafür, dass du bald deinem Volk Jesus Christus predigen wirst!«

Karl II. hatte nie den Wunsch gehabt, die Anhänger Oliver Cromwells zu bestrafen. Von seiner Thronbesteigung an hatte er versucht, die harten Maßnahmen zu mildern, die das Parlament über die Andersdenkenden verhängte, aber ohne viel Erfolg. Alle seine Bemühungen scheiterten an den wieder in ihre Ämter eingesetzten Bischöfen oder anderen Machthabern, die auf Rache aus waren.

Trotz alledem ging Karl Anfang 1672 ein großes Risiko ein. Er erließ ein zweites Toleranzedikt. Zwei Jahre zuvor hatte er einen heimlichen Vertrag mit Frankreich geschlossen, in dem er sich bereit erklärt hatte, sich öffentlich als Katholik zu bekennen und den Katholizismus in England wieder einzuführen, dafür sollte er heimlich die Unterstützung Louis XIV. erhalten. Vielleicht war das Toleranzedikt ein Versuch vonseiten des Königs, das englische Volk auf die freie Religionsausübung der Katholiken vorzubereiten. Was auch seine Gründe gewesen sein mochten, dieses Edikt führte zur Freilassung Hunderter Gefangener.

Richter Francis Wingate betrat ohne Vorankündigung das Gefängnis von Bedford. Cobb blickte ihn überrascht an. Er wusste nur zu gut, dass der Richter nicht die Gewohnheit hatte, die Gefangenen zu besuchen.

»Aber – Euer Ehren, ich bin überrascht, Euch zu sehen!«

Wingate nickte. »Cobb, bringt Mr Bunyan heraus. Ich möchte mit ihm unter vier Augen sprechen.«

»Sofort, Euer Ehren!«

Wingate betrat den kleinen Raum, den Cobb als Arbeitszimmer benutzte, aber er setzte sich nicht nieder. Auf seinem Gesicht lag ein angespannter Ausdruck. Als die Tür geöffnet wurde, sagte er: »Mr Bunyan, es ist lange her.«

»Guten Tag, Herr Richter.« Bunyan nickte. Er trug einen dunklen

Anzug aus schwerer Wolle und wirkte müde. »Es ist wirklich lange her.«

Schweigen breitete sich über den Raum und plötzlich rief Wingate aus: »Ihr seid der starrsinnigste Mensch, den ich je kennengelernt habe!«

Humor leuchtete in Bunyans Augen auf. »Ich ziehe es vor, mich als *charakterfest* zu betrachten. Ich bin *charakterfest* – *andere* Leute sind *starrsinnig.*«

Wingate musste wider Willen lächeln. »Ich sehe, Ihr habt immer noch Euren etwas bissigen Humor.«

»Ein fröhliches Herz tut wohl wie eine Arznei.«

»Ja, ich nehme an.« Er blickte Bunyan neugierig an. »Zwölf Jahre habt Ihr an diesem elenden Ort verbracht?«

»Ja, Richter.«

»Und Ihr hättet jederzeit gehen und zu Eurer Familie zurückkehren können!«

»Aber ich hätte meine Ehre nicht behalten können.«

Wingate schien zurückzuweichen. Er hatte schlaflose Nächte damit verbracht, dass er über diesen Mann nachdachte. Mehr als einmal hatte er sich gefragt, wer ehrenhafter war, der Richter oder der Kesselflicker – und die Antwort war nicht erfreulich für ihn ausgefallen.

»Und nehmen wir an, Ihr wärt gezwungen, noch einmal zwölf Jahre hier zu verbringen?«

»Ich wäre niedergeschlagen, aber Gott kennt mein Leben, Sir. Wenn ich ihm hier besser dienen kann als draußen, so will ich bleiben.«

Wingate rührte sich nicht. Er schien wie angewurzelt, beinahe gelähmt. Ein Gefühl der Scham überkam ihn – nicht zum ersten Mal – und er schüttelte den Kopf. Als er sprach, klang seine Stimme dünn und müde. »Ich bedauere die Rolle, die ich bei Eurer Inhaftierung spielte.«

Überrascht studierte Bunyan das Gesicht des anderen. »Nun, Sir, es ist nicht Eure Schuld. Es ist das System.«

»Es freut mich, dass Ihr so denkt, aber ich kann nicht so freundlich zu mir selbst sein.« Wingate raffte sich auf und ein hellerer Ausdruck trat auf seine Züge. »Ich bringe gute Nachrichten, Mr Bunyan.« Er griff in seine Manteltasche und zog eine Pergamentrolle hervor, die er ausbreitete. »Dies ist soeben aus London gekommen, frisch vom König.« Er trat neben Bunyan und hielt ihm das Papier hin. »Lest das, Sir. Ich wage zu sagen, Ihr werdet es als eine sehr frohe Botschaft empfinden.«

Bunyan las die Worte, dann schreckte er auf. »Aber – das ist ein Toleranzedikt vom König!«

»Ja, und von diesem Augenblick an, John Bunyan, seid Ihr ein freier Mann. Gott sei gedankt dafür!«

Bunyan begann zu zittern. Seine Augen waren von Tränen verschleiert, die er hastig abwischte. »Seid Ihr gewiss? Ist es nicht wieder ein heimtückischer politischer Trick?«

»Nein! Und um Euch zu beweisen, wie real es ist, könnt Ihr im Augenblick diesen Kerker verlassen!« Wingates Stimme klang kraftvoll. »Geht, Mann! Geht zu Eurer Familie!«

Es dauerte nur ein paar Minuten, bis Bunyan seine wenigen Habseligkeiten eingesammelt hatte; eine halbe Stunde später stand er vor seinem Haus. Er biss sich auf die Lippen; sein Herz war von Freude erfüllt – und von nervöser Anspannung. »Herr, ist es wahr? Bin ich wirklich frei von diesem Ort?« Ein Gefühl des Friedens überkam ihn und er lief augenblicklich auf die Tür zu. Als er öffnete, sah er, wie Elisabeth sich umdrehte. Sie begann zu zittern und er trat einen Schritt vor, um sie in die Arme zu nehmen. Sie weinte und klammerte sich an ihn, während sie fragte: »John – wie steht es? Wie lange kannst du bleiben?«

Bunyan hielt seine Frau eng an sich gedrückt und wisperte: »Ich kann den Rest meines Lebens bei dir bleiben, Liebste!«

* * *

»Evan! Bist du es wirklich?« Angharad hatte auf das Pochen hin die Tür geöffnet, in der Erwartung, einen Tischler vorzufinden, der eine Tür reparieren sollte. Sie war fassungslos, als sie ihren Neffen sah.

»Ja, Angharad. Ich bin frei.«

»Komm herein! Komm schon, Alterchen, lass mich hören!«

Evan ließ es zu, dass Angharad ein großes Getue um ihn machte. Während die beiden in der Küche heißen Tee tranken, konnte er ihr endlich von seiner Berufung erzählen. Angharad lauschte mit großen Augen, und als er zu Ende geredet hatte, sprangen ihr die Tränen in die Augen. »Preist den Herrn! Ein Prediger für Wales! Ich wünschte, dein guter Vater und dein Vetter wären heute am Leben. Sie wären stolz auf dich, und wie!«

»Wärst du nicht zu mir gekommen, Angharad, so hätte ich wohl aufgegeben.«

Die beiden sprachen eine gute Stunde lang über Evans Pläne. Schließlich lehnte Angharad sich zurück und betrachtete forschend ihren Neffen. Die Belastung des Gefängnisaufenthalts war seinem Gesicht deutlich anzusehen. »Wales kann warten! Du wirst ein paar Tage hier bei deiner Familie bleiben!« Sie zögerte und fügte hinzu: »Jenny ist nicht hier. Sie ist mit Hope und Susanne nach London gefahren. Du möchtest sicher alle drei sehen.«

Evan stimmte zu und während der nächsten beiden Tage genoss er seinen Besuch bei Gavin. Die beiden verbrachten viel Zeit damit, dass sie über Bunyan und seine Familie sprachen. Gavin hatte Gerüchte über das neue Gesetz gehört, das für Bunyan die Freiheit bedeuten mochte, und Angharad war fest überzeugt gewesen: »Gott wird ihn befreien.«

Evan wusste, dass er England für lange Zeit, vielleicht für immer, verlassen würde, also nahm er all die Dinge, die er in Wakefield schätzte, intensiv in sich auf. Er erneuerte seine Freundschaft mit den Dienern und am dritten Tag nahm er sich einen Bogen und ging jagen. Der Frühling war noch nicht richtig angebrochen, aber winzige grüne Schößlinge hatten die gefrorene Erde durchstoßen, und goldene Knospen erwarteten die Berührung der Sommersonne, um zu Blüten zu werden.

Er brach in der Morgendämmerung auf und streifte den ganzen Vormittag über die Hügel. Kurz nach zwei Uhr erlegte er einen großen Rehbock. Er band ihn auf sein Pferd und kehrte nach Wakefield zurück, müde, aber glücklich. Als er den Rand des Gutes erreichte und eben sein Pferd am Zügel führte, hörte er zu seiner Überraschung seinen Namen rufen. »Hallo, Evan.« Er wandte sich rasch um und sah Jenny neben dem Pfad stehen. »Ich freue mich, dich zu sehen«, sagte sie leise.

»Jenny!« Evan band das Pferd an einen jungen Baum und eilte augenblicklich zu ihr hin. Sie trug einen dicken Pelzmantel mit einer Kapuze, die einen Rahmen um ihr Gesicht bildete, und als er an sie herantrat, streckte sie die behandschuhten Hände aus. Evan ergriff sie, drückte sie, dann starrte er sie an. »Ich habe dich vermisst«, stammelte er.

»Tatsächlich?«

»Ja.« Evan hatte vergessen, wie glatt ihre Haut war und wie schön ihre grünen Augen. Ihre Lippen waren voll und rot und er zwang sich zu den Worten: »Es gab Zeiten im Gefängnis, da hätte ich zehn Jahre meines Lebens dafür gegeben, dich so vor mir zu sehen.«

Jenny forschte in Evans Gesicht und sah die Spuren des Leidens. Er war hager und so attraktiv wie immer, aber er hatte eine neue Reife und Kraft gewonnen. »Komm«, sagte sie rasch. »Ich möchte alles hören!«

Evan ging zu seinem Pferd und lud sich das Wild auf die Schultern. Jenny schritt neben Evan zum Haus, wo er den Bock einem der Diener übergab, der sich sofort daranmachte, ihn zum Essen zuzubereiten.

»Komm«, sagte Jenny und berührte Evans Arm. »Lass uns auf den Turm steigen. Dort können wir allein sein.« Sie führte ihn auf den höchsten Turm des Schlosses. Als sie dort standen und über die sanften Hügel des Landes hinwegblickten, drehte sie sich plötzlich um und lächelte ihn an. »Erinnerst du dich noch, wie wir hierherkamen?«

»Ja.« Evan zeigte ein Lächeln, das ihn viel jünger aussehen ließ. »Ich erinnere mich, wie ich dich einmal weinend hier vorfand.«

»Stimmt, Thomas Matthew hatte mich wegen meiner roten Haare geneckt und mein Herz war gebrochen.«

»Du wolltest dir das Haar abschneiden, wenn ich mich recht erinnere.«

Jenny lachte. Ihre Augen waren plötzlich fröhlich und ein Grübchen störte die Glätte ihrer Wange. »Ja, und du nanntest mich eine Närrin.«

»Und du hast mich geschlagen.« Evan grinste. »Ich glaube, du hast es an mir ausgelassen, dass Thomas dich aufgezogen hat. Ich wollte dir den Hintern versohlen, aber ich habe es nicht getan.«

»Du hättest es tun sollen. Ich war richtig gemein zu dir!«

»Ich erinnere mich an einen Tag, als ich sehr niedergeschlagen war. Ich glaube, es war kurz vor Weihnachten.« Evan wurde nachdenklich und seine dunklen Augen ruhten auf ihrem Gesicht. »Ich dachte an dich, wie du als kleines Mädchen gewesen warst, an dein verhärmtes Gesicht und deine geisterhaften Augen an dem Tag, als du aus den Wäldern auftauchtest. Und dann dachte ich an dich, wie du jetzt bist – eine liebliche Frau.«

Jenny blinzelte vor Überraschung, denn Evan hatte nur selten eine Bemerkung über ihre Schönheit gemacht. »Ich – ich habe auch an dich gedacht, Evan«, sagte sie. Sie stellte fest, dass seine Gegenwart sie erregte, und das beunruhigte sie. Mit einem Seufzer wandte sie sich wieder um und blickte aus dem Fenster. »Wir hatten eine gute Zeit zusammen, nicht wahr – als ich heranwuchs?«

»Ja, das hatten wir.«

Die beiden standen schweigend da und beobachteten die Kühe, die langsam über die Felder zogen. Die Luft war still und die sinkende Sonne warf einen rötlichen Glanz über die Landschaft. Der kleine Teich in der Viehweide wurde zu einem scharlachfarbenen Spiegel, der die sterbende Sonne widerspiegelte.

Die Stille der Stunde berührte Evan. Er stützte sich auf die Steine der Brüstung und ließ den Frieden in seine Seele sinken. Jennys Anwesenheit war ihm aufs Eindringlichste bewusst. Sie stand so nahe neben ihm, dass er den Druck ihres Armes an dem seinen spüren konnte.

»Nun komm schon«, sagte sie. »Erzähl mir alles.«

Er begann zu sprechen und erzählte ihr in allen Einzelheiten von seinem Aufenthalt im Gefängnis und seinem Bibelstudium mit Bunyan. Er stellte fest, dass sie immer noch eine aufmerksame Zuhörerin war. Bald darauf setzten sie sich auf eine Bank, und ihr Blick hing an ihm, als er von seinen Prüfungen erzählte. Als er berichtete, wie Angharad gekommen war, um ihm Mut zuzusprechen, sagte sie: »Ich wünschte, ich wäre dich auch besuchen gekommen. Ich hätte es tun sollen.«

»Es ist kein schöner Ort für einen Besuch.«

»Ich weiß ... aber du wärst mich besuchen gekommen, wäre ich dort gewesen.« Sie wandte sich ihm zu, und er sah, dass in ihren Augen Tränen schimmerten. Ihre vollen Lippen zitterten und sie legte ihre Hand auf seinen Arm. »Wärst du denn nicht gekommen, Evan?«

»Ich wäre jederzeit zu dir gekommen!«

Sie streckte die Hand aus und berührte seine Wange. Ihre Stimme war sanfter als das Gurren von Tauben. »Du warst immer gut zu mir, Evan! Ich werde nie vergessen, wie du dich um mich gekümmert hast, als ich ein kleines Mädchen war!«

Evan wusste in diesem Augenblick, dass das die einzige Frau auf Erden für ihn war. Er streckte die Hände aus und nahm sie in die Arme und fühlte, wie sein Herz rascher schlug. Er blickte ihr tief in die Augen, und ihm war bewusst, dass er seine Liebe nicht länger vor ihr verbergen konnte. Er erwartete, dass sie sich aus seiner Umarmung loswinden würde, aber sie tat nichts dergleichen. Er kämpfte mit sich, dann gab er all seinen noblen Widerstand auf und senkte den Kopf – langsam, zärtlich –, um seinen ersten Kuss mit der Frau, der sein Herz gehörte, zu genießen.

Ihre Lippen waren sanft und warm unter den seinen, ihr Körper weich und geschmeidig. Sie zu halten überstieg seine Erfahrungen. Und dennoch … das Entzücken, das ihn überschwemmte, war bittersüß, denn er wusste, dass er sie niemals besitzen konnte. Ihre Hand ruhte auf seinem Nacken, und sie schenkte ihm ihre Lippen mit einer Bereitwilligkeit, die ihn überraschte.

Und dann glitten ihre Lippen weg und sie wandte sich ab. Der Duft ihres Haares schien ihn zu umhüllen, er schluckte schmerzlich, während er sich an die Wand zurücklehnte. Er schloss die Augen und zwang sein hämmerndes Herz, ruhiger zu schlagen, und sein raues Atmen, sich zu mäßigen. Einen Augenblick später schlug er die Augen auf und sog das Bild in sich auf, das sie ihm bot, wie sie da am Fenster stand. Ein sengender Schmerz brannte in seinem Herzen, und er flüsterte: »Es tut mir leid, Jenny. Ich – ich hätte das nicht tun sollen.«

Sie blickte ihn rasch an, als wäre sie verärgert über ihn. »Warum dieses Bedauern, Evan? Du hast doch gewiss schon andere Frauen geküsst.« Ihr kalter Ton traf ihn wie ein Schlag.

»Du bist nicht wie andere Frauen«, protestierte er. »Nicht für mich!«

Jenny stand da und betrachtete ihn. Sein Kuss hatte sie tief erschüttert. Sie wusste, sie hätte sich abwenden, hätte die Begegnung abbrechen können. Aber als ihr bewusst geworden war, dass er vorhatte, sie zu küssen, hatte irgendetwas in ihr danach verlangt, sich ihm zu ergeben – und sie hatte es ohne Zögern getan. Sie konnte nicht ableugnen, dass sie eine wilde Süße in seiner Umarmung erfahren hatte … eine Süße, die er offensichtlich nicht geteilt hatte, nach seiner Entschuldigung und dem besorgten Ausdruck auf seinem Gesicht zu schließen.

»Was ist los, Evan?«, fragte sie ruhig.

Er sehnte sich verzweifelt danach, ihr viel zu sagen, ihr von der Liebe zu erzählen, die in ihm gewachsen war – aber er brachte es nicht zustande.

Was hast du einer Frau schon zu bieten?, dachte er voll Bitterkeit. *Kein Geld, kein Zuhause. Du wirst immer arm sein. Keine Frau bei klarem Verstand würde einem reichen Mann wie Amos den Laufpass geben, um einen wie mich zu heiraten.*

»Nichts ist los«, sagte er, eine Schwere in der Stimme, bei der Jenny die Stirn krauste. Wiederum betrachtete er sie und sagte seinen Hoffnungen im Geist Lebewohl, dann fuhr er fort. »Ich reise morgen nach Wales … also sagen wir uns am besten jetzt Lebewohl, Jenny.«

Sie fühlte sich verletzt, dass er so herzlos darüber hinweggehen konnte, was sie soeben miteinander geteilt hatten. Wenn er ihr mit so wenig Gefühl Lebewohl sagte, konnte ihre Umarmung ihn nicht so bewegt haben wie sie. Dann sollte es eben sein. Sie würde ihm ebenso kühl Lebewohl sagen und ihn niemals wissen lassen, wie sehr sein Kuss sie bewegt hatte. Sie richtete sich auf und sagte mit unbewegter Stimme: »Wir werden dich vermissen, Evan.«

In ihrer Stimme schwang eine Gelassenheit – und eine Endgültigkeit – mit, die Evan bis ins Herz traf. Er konnte der Vorstellung nicht ins Auge blicken, sie nie wiederzusehen … und er konnte den Schmerz in ihren Augen nicht ertragen. Er wollte zu ihr gehen, sie in eine Umarmung ziehen, die ihr den Atem nehmen würde, ihr sagen, dass er sie niemals wieder loslassen wollte.

Aber er brachte nichts davon zustande. Er stand auf und bot ihr seinen Arm. Sie trat mit einer steifen Bewegung vor und schob ihre Hand unter seinen Arm, und er wandte sich um, um sie die Stufen hinunterzubegleiten.

Am nächsten Tag, als die Zeit kam, Abschied zu nehmen, sagte ihm seine Familie aufs Herzlichste Lebewohl. Der Abschied von Jenny freilich verlief sehr formell. Sie wartete, bis er fort war, dann ging sie langsam zum Turm. Sie beobachtete, wie er davonritt, und als er in der Ferne verschwand, flüsterte sie: »Warum hast du mich so geküsst, Evan?« Sie fühlte, wie ihr die Tränen in den Augen brannten, aber sie wischte sie mit einer heftigen Handbewegung weg. Dann machte sie kehrt und rannte die Stufen hinunter.

23

DIE LETZTE VERSUCHUNG

George Fairchild sah eher einem Metzger ähnlich als einem erfolgreichen Theatermanager. Er stopfte seine mächtigen Muskeln in teure Kleidung, aber seine Hände, plump und grob, konnte er nicht verbergen. Er hatte für seinen Besuch im Palast einen vornehmen, pflaumenfarbenen Samtanzug angelegt, aber die Türsteher hatten ihm misstrauische Blicke zugeworfen, als er gebeten hatte, zu Mistress Nell Gwyn vorgelassen zu werden.

»Sagt Mistress Gwyn nur, Georgie Fairchild möchte sie sprechen«, sagte Fairchild mit einem selbstbewussten Nicken. Der Wächter schnaubte verächtlich, aber er wusste, dass Nell ihre alten Freunde gerne empfing, also trug er die Bitte vor. Er kehrte fast augenblicklich zurück, um vieles höflicher als zuvor. »Mistress Gwyn empfängt Euch, Sir.«

Fairchild kicherte und stieß den hochgewachsenen Wächter in die Rippen. »Hab ich doch gesagt, nicht wahr? Nellie ist keine, die ihre alten Freunde vergisst!« Er schritt neben dem Wächter her und setzte vertraulich hinzu: »Hört, Mann, ich war es, der sie entdeckt hat! Sie war nicht älter als fünfzehn, aber sie hatte alles, was nötig ist, um Schauspielerin zu werden. Ich habe eine Menge in das Mädchen investiert, das kann ich Euch sagen! Und es war ein trauriger Tag für George Fairchild, als der König sie sah!« Er seufzte schwer und verzog seine dicken Lippen zu einem schmollenden Ausdruck. »Ich brauchte Nellie für meine Stücke, aber –« Fairchild blinzelte obszön und stieß den Wächter von Neuem in die Rippen, »der König brauchte sie wohl dringender, was?«

»Das ist anzunehmen, Sir.« Der Wächter lächelte unverbindlich.

Er kam an eine hohe Eichentür und deutete mit einer Kopfbewegung darauf. »Mistress Nell sagt, Ihr sollt eintreten.«

»In Ordnung!« Fairchild drängte sich durch die Tür und sah sich neugierig in dem weitläufigen Raum um, in den durch ein Dutzend Fenster, alle symmetrisch an den Wänden angebracht, das Sonnenlicht flutete. Vier dieser Fenster waren Erkerfenster mit Sitzen und Kissen darin. Vier große Kamine sandten farbigen Rauch, der schwer und süß duftete, in die Luft. Der Boden zeigte ein Schachbrettmuster aus glänzendem Marmor und war mit Matten und einigen üppigen türkischen Teppichen bedeckt. Die Decke bestand aus Stuck und reichen Ornamenten aus glänzendem Gold und Silber.

»Pass auf, dass dir nicht die Augen aus dem Kopf fallen, Georgie!«

Fairchild riss sich von der üppigen Pracht des Raumes los und wandte sich der Frau zu, die im Türkensitz auf einer mit gelber Seide bedeckten Couch saß. Nell lächelte und ließ strahlend weiße Zähne sehen – ein kleines Wunder in einer Zeit, in der selbst die königliche Familie unter faulen, verfärbten Zähnen litt.

»Nellie, du bist schöner denn je!«

Nellie lachte entzückt. »Du musst etwas von mir wollen, Georgie«, sagte sie, einen wissenden Blick in den Augen. »Wenn du so süß mit mir sprichst, willst du immer etwas.«

»Nun, Nellie, sei fair!« Fairchild trat näher und küsste ihre Hand, dann ließ er sich vertraulich neben ihr niederplumpsen. »Ich war der Erste, der dich entdeckt hat! Wer anders als ich hat gesehen, was sich aus dir machen ließe, wenn man dich bloß wäscht und dir ein bisschen Hilfe angedeihen lässt?«

»Ja, das muss ich dir lassen, Georgie.« Nell lächelte, denn sie hatte Fairchild, der sie nach der Restauration in die Welt des Theaters eingeführt hatte, in angenehmer Erinnerung. Sie wusste nur zu gut, dass sie nichts weiter als eine der vielen Prostituierten wäre, die in den Straßen von London ihrem Gewerbe nachgingen, wäre der Mann neben ihr nicht gewesen. »Ich habe es nicht vergessen, Georgie – und ich werde es auch nie vergessen.«

»So ist es recht, Nellie!« Fairchild nickte und ein breites Lächeln malte sich auf seine Hamsterbacken. Er sah sich um, betrachtete die Pracht der glänzenden Möbel und den Glanz von Silber und Gold im Raum. »Du hast einen weiten Weg zurückgelegt, Nellie! Das hast du dir nicht gedacht, dass du je in einem solchen Zimmer sitzen würdest, was?«

»Nein, das habe ich nie getan«, gab Nell zu. Ihre vollen Lippen verzogen sich zu einem Lächeln und sie sprang von der Couch auf. »Komm hierher, Georgie, ich will dir etwas zeigen.« Sie schritt durch den weitläufigen Raum und blieb vor einem Gebilde stehen, das ein Zelt aus reich bestickter grüner Seide zu sein schien. Sie zog den Paravent beiseite und kicherte. »Sieh dir das an! Hast du je etwas dergleichen gesehen?«

Fairchild spähte hinein und sah die reich geschmückteste Toilette vor sich, die er je gesehen hatte. Im Inneren befand sich ein großer, thronartiger Sessel, der mit Samt bezogen war. Er war mit Juwelen besetzt und mit Gänsedaunen gepolstert, und er konnte sehen, dass der Nachttopf darunter offenkundig aus reinem Gold bestand!

»Nun, so etwas habe ich tatsächlich noch nie gesehen«, gab er zu. Ein Grinsen huschte über seine fleischigen Lippen. »Hat der König das nur für dich machen lassen?«

»Oh nein.« Nell zuckte die Achseln. »Es gehörte Heinrich VIII.«

»Tatsächlich?« Fairchild starrte die Toilette an, dann schüttelte er den Kopf. »Stell dir nur vor, Nellie, König Heinrich hat auf eben dieser Stelle gesessen!«

»Und hat vermutlich geplant, wie er eine seiner Frauen loswerden könnte«, sagte Nellie und lachte. Sie zog ihn weg und schickte die Diener nach Tee und Kuchen. Nachdem sie ihren Tee genossen hatten, brachte Nell George dazu, vom Theater zu reden. Sie lauschte mit großer Aufmerksamkeit, denn ihr Herz hing immer noch an der Bühne. »Ich würde sehr gerne in einem Stück spielen, Georgie«, gab sie zu.

»Warum nicht? Das größte Theater in London wäre ausverkauft!«

»Karl würde es nicht gefallen. Er will mich ganz für sich allein.«

»Selbstsüchtig nenne ich das! Eine Frau wie du gehört ins Rampenlicht!«

Nell warf Fairchild einen vorsichtigen Blick zu. Sie war eine sehr kluge Frau, denn ihr Verstand war in einer harten Schule geschärft worden. »Du willst etwas von mir, nicht wahr, Georgie?«

Fairchild rutschte nervös hin und her. »Nun, um ganz ehrlich zu sein, Nellie – ich will tatsächlich etwas.«

»Was ist es?«

»Nun, ich brauche eine neue Schauspielerin. Ich wollte dich bitten, wieder mitzuspielen – aber das klappt nicht. Das ist mir völlig klar. Nun habe ich eine Idee und du kannst mir dabei helfen.«

»Ich sehe nicht, wie ich dir helfen kann. Du kennst die Bühne besser als jeder andere.«

Fairchild zog die Schultern hoch und beugte sich vor. »Mr Wycherly schreibt ein neues Stück – nur für mich. Du weißt, was das bedeutet. Die Leute drängen sich in Scharen zu jedem Stück, das er schreibt.«

»Nun, das ist ja wundervoll, Georgie!«

»Ja – und nein. Er ist ein sehr eigensinniger Mann, dieser Mr Wycherly, und er gibt mir das Stück nicht, wenn ich die Schauspieler und Schauspielerinnen nicht nach seinem Geschmack aussuche.«

»Das sollte doch einfach sein«, stellte Nell fest. »Jeder Schauspieler wird die Rolle haben wollen.«

»Das habe ich zuerst auch gedacht und ich habe ein gutes Ensemble zusammengestellt – aber Mr Wycherly bleibt stur, was die Schauspielerin angeht, die die Hauptrolle spielen soll. Er sagt, ich muss sie kriegen oder er gibt sein Stück Tom Broadhurst.«

»Wen will er?«

»Er hat Jenny Clairmont auf der Bühne gesehen – und er hat sie niemals vergessen. Sagt, sie ist dazu geboren, diese Rolle zu spielen.« Widerwillen malte sich auf Fairchilds grobem Gesicht und er schüttelte den Kopf. »Da schreien fünfzig Schauspielerinnen nach der Rolle und Wycherly will Jenny haben!«

Nell war überrascht, wenn auch nicht allzu sehr. »Sie hatte etwas, das den meisten von uns fehlt. Eine Art Unschuld, denke ich. Das spürte das Publikum, erinnerst du dich?«

»Ich weiß«, grollte Fairchild; dann schwang Verzweiflung in seiner Stimme mit. »Nellie, mir ist es in letzter Zeit nicht gut gegangen. Ich brauche wieder einen Erfolg, der mich in die Höhe bringt, und das wäre genau das Richtige. Du warst Jennys Freundin. Was ich von dir will, ist: Bring sie dazu, in diesem Stück zu spielen.«

Nell hatte das kommen gesehen und sie bedachte es sorgfältig. Schließlich fasste sie ihre Gedanken in Worte. »Georgie, Jenny hat die Bühne im Grunde niemals richtig geliebt. Oh, das Schauspielern gefiel ihr, aber sie empfand immer Widerwillen gegen die Männer, die ihr nachjagten. Zuerst dachte ich, sie wartete einfach auf die beste Chance, aber ich habe mich getäuscht. Sie ist wirklich eine anständige Frau.«

»Kannst du ihr die Sache nicht nahebringen, Nell?«

»Ich kann ihr schreiben. Sie wohnt immer noch bei Sir Gavin Wakefield. Aber du musst den Brief überbringen, Georgie. Ich werde sie bitten, dass sie es tut, aber überreden musst du sie.«

»In Ordnung, Nellie. Du schreibst den Brief und ich tue mein Bestes!«

Kurz darauf verließ Fairchild den Palast, Nells Brief in der Tasche. Er kehrte nach Hause zurück und sagte zu seiner Frau: »Blanche, ich muss eine Zeit lang verreisen.« Er erklärte ihr sein Unterfangen, dann seufzte er schwer. »Wenn wir fromm wären, könnten wir jetzt wenigstens um Hilfe beten! Denn wenn ich Jenny nicht dazu bringe, in diesem Stück aufzutreten, werden wir vermutlich im Armenhaus enden!«

* * *

Darcy Wingate lehnte sich auf der eichenen Bank zurück und bewunderte Jenny und Hope, die die Rosen beschnitten. Er war unerwartet eingetroffen, wie es in den letzten paar Monaten seine Gewohnheit gewesen war. Sein Leben in Bedford wurde zusehends langweiliger, also kam er häufig nach Wakefield. Seine Freundschaft mit Gavin bewog ihn dazu – und seine Gefühle für Hope.

Er und die beiden jungen Frauen hatten miteinander gefrühstückt; dann war er ihnen in den Garten hinaus gefolgt, den Schreibblock auf den Knien, die Schreibfeder in der Hand. Aber er war nicht imstande gewesen, sich auf den trockenen juristischen Schrieb vor ihm zu konzentrieren.

»Ihr kommt mit Eurer Arbeit nicht weiter!«, schalt ihn Hope. Sie hielt lange genug inne, um ihm einen kritischen Blick zuzuwerfen. »Ihr lungert nur herum.«

Jenny lächelte und fuhr fort, die Rosen zu beschneiden. Sie hatte gesehen, wie die Zuneigung zwischen den beiden wuchs, und freute sich an Wingates Besuch. Er war ein ehrbarer Mann, und obwohl sie ihn nicht besonders attraktiv fand, bewunderte sie seine Stärke und seinen ausgeprägten Sinn für Gerechtigkeit. *Ich wäre nicht überrascht, wenn ich sie heiraten sähe*, und dann zog das Erscheinen einer Magd ihre Aufmerksamkeit auf sich. »Was gibt es, Betty?«

»Ein Gentleman möchte Euch sprechen, Mistress Jenny«, antwortete die Magd. »Sein Name ist Mr George Fairchild.«

Jenny zögerte, dann nickte sie. »Führe ihn in den kleinen Salon. Ich komme sofort nach.« Als die Magd gegangen war, zog Jenny ihre Handschuhe aus. Hope warf ihrer Freundin einen Blick zu, und etwas in ihren Augen schien anzudeuten, dass der Besucher unerwartet gekommen war. Oder unwillkommen.

»Du möchtest ihn nicht sehen?«, fragte Hope.

»Oh, es macht mir nichts aus.« Sie wandte sich mit einem Achselzucken an Hope. »Ich kannte den Mann, als ich noch beim Theater war.«

»Ich habe von ihm gehört.« Wingate nickte. »Er ist ein wichtiger Mann beim Theater.« Er sah das bekümmerte Stirnrunzeln auf ihrem Gesicht und fragte: »Möchtest du, dass ich dich begleite, Jenny?«

»Nein, ist schon in Ordnung, Darcy«, sagte Jenny und ging.

Darcy sah Hope an und hielt ihren Blick fest. »Ich habe ein Problem, Hope. Ein sehr ernstes Problem. Ich bin in Euch verliebt.«

Hope starrte ihn in verblüfftem Schweigen an. Er scherzte nicht! »Und ist es ein Problem, in mich verliebt zu sein?«, bohrte sie.

»Ja, weil ich ein Rechtsanwalt ohne berufliche Aussichten bin, und Ihr seid Mitglied einer Adelsfamilie, eine Wakefield durch und durch.« Er schlang die Arme um sie und zog sie sanft an sich. »Aber ich bin ein hartnäckiger Bursche, Hope, und früher oder später wirst du die meine werden!«

Hope fühlte sich erregt von der Kraft der Arme, die sie gefangen hielten, und der breiten Brust, auf der ihre Hände ruhten. Darcy senkte den Kopf und küsste sie, und Hope stellte fest, dass sie sich an ihn klammerte. Als er die Lippen hob, flüsterte er: »Hope, ich liebe dich! Empfindest du denn irgendetwas für mich?«

In diesem Augenblick fühlte Hope die absolute Gewissheit, dass sie etwas Wunderbares gefunden hatte – etwas, wonach sie sich ihr ganzes Leben gesehnt hatte. Ihr Blick traf den seinen und mit einer Stimme voll zärtlichen Erstaunens murmelte sie: »Ja, Darcy … lieber Darcy. Ich fühle für dich!«

Sie zog seinen Kopf herab, um ihn noch einmal zu küssen.

* * *

Gavin Wakefield empfand Mr George Fairchild als faszinierenden Gast an seiner Tafel. Er war erstaunt gewesen, als Jenny ihren Gast vorstellte, und hatte darauf bestanden, dass er zum Mittagessen blieb. Als die Familie sich nun zu der Mahlzeit versammelte, stellte er fest, dass Fairchild nicht nur in der Welt des Theaters bestens Bescheid wusste, sondern auch ein aufmerksamer Beobachter der politischen Szene war.

»Und wie steht es mit den Holländern, Mr Fairchild?«, fragte Gavin. Er sah mit einigem Amüsement zu, wie sein Gast eine riesige Schnitte Hammelfleisch verschlang, die er von der Keule abgeschnitten und auf seinen Teller gelegt hatte. »Was meint Ihr, wird es noch einen weiteren Krieg geben?«

»Es muss so kommen, Sir Gavin!« Fairchild beförderte einen riesigen Bissen Fleisch von seinem Messer in seinen Mund, dann schien er ihn ohne Kauen zu schlucken. Es sah aus, dachte Gavin, als schluckte eine Schlange ihre Beute – denn der Bissen rutschte unter krampfhaften Schlingbewegungen Fairchilds Kehle hinunter. Fairchild spülte ihn mit dem Inhalt eines Silberbechers hinunter, dann nickte er mit Nachdruck. »Der Vertrag von Dover lässt nichts anderes zu!«

Amos saß neben Jenny und blickte scharf auf, als er das hörte. »Ich dachte, es sei ein geheimer Vertrag gewesen, Sir?«

»Oh, zum Teil ist er das auch. Niemand weiß, was unser Monarch Louis versprochen hat. Ich denke jedoch, ein Großteil seiner Versprechungen bestand darin, dass er Katholik werden – oder jedenfalls der Kirche seine Unterstützung zukommen lassen wolle. Jeder weiß, dass er Neigungen in dieser Richtung hat – seine Mutter war eine überzeugte Katholikin und Jakob, sein Bruder, ist nicht anders. Man braucht nur an der Oberfläche des Königs zu kratzen und es schaut ein Papist heraus, Sir!«

»Ihr sprecht kühne Worte, Mr Fairchild«, bemerkte Wingate. Er saß zwischen Hope und Susanne und richtete seine scharfen grauen Augen auf den Besucher. »Es gibt Leute, die Angst hätten, so über Karl zu sprechen. Aber was ist mit den Holländern?«

»Nun, Louis von Frankreich bezahlte Karl dafür, ihm zu Hilfe zu kommen, wenn er Holland angreift, und die meisten Regierungsmitglieder sind der Ansicht, die Zeit sei reif.«

»Wir wollen hoffen, dass es nicht dazu kommt«, sagte Gavin und warf Amos einen Blick zu. »Nun, genug von der Politik. Wie steht es mit der Bühne, Mr Fairchild? Erzählt uns die letzten Neuigkeiten.«

Fairchild zögerte, dann schien er einen Entschluss zu fassen. »Nun, Sir Gavin, das hat mich in Euer Haus geführt.« Er wandte sich an Jenny und lächelte sie an. »Ich bin gekommen, um Mistress Clairmont zu überreden, dass sie mit mir nach London zurückkehrt.«

Amos blickte augenblicklich auf, einen finsteren Ausdruck auf dem Gesicht. Er wandte sich an Jenny und fragte herausfordernd: »Du gehst doch nicht, oder?«

Jenny errötete, als alle Augen sie anblickten. Sie hatte sich Fairchilds Bitten um ihre Rückkehr angehört. Jenny mochte den Mann, denn er war einer der wenigen, die sich ihr gegenüber anständig verhalten hatten. Er hatte sogar sein Bestes getan, sie vor den rauen Seiten ihres Berufes zu beschützen. Als sie ihm endgültig abgesagt hatte, hatte er gesagt: »Jenny, ich kenne deine Gründe nicht, aber dies ist deine Chance, genug Geld zu verdienen, um in Sicherheit zu sein. Eine Saison mit diesem Drama von Mr Wycherly und du kannst in Pension gehen!«

Nun blickte Jenny Amos an. »Ich muss meinen Lebensunterhalt verdienen, Amos.«

»Das sollte nicht ausschlaggebend sein«, meldete Angharad sich augenblicklich zu Wort. »Du kannst so lange bei uns bleiben, wie du willst.«

»Natürlich«, stimmte Gavin ihr zu. »Du bezahlst mehr als genug für deinen Aufenthalt mit allem, was du hier für uns tust.«

Aber Jenny hatte sich schon lange Gedanken über ihre Stellung gemacht. Sie wusste, die Gastfreundschaft der Wakefields war grenzenlos, aber es beunruhigte sie, dass sie das Gefühl hatte, sie auszunutzen. »Ich habe Mr Fairchild noch keine endgültige Antwort gegeben«, sagte sie ruhig.

Dieser Gentleman ergriff augenblicklich das Wort und malte ein fabelhaftes Bild des Erfolges, der ihr sicher war, wenn Jenny nur zum Theater zurückkehrte. Schließlich trennte man sich und Amos legte seine Hand auf Jennys Arm.

»Ich muss mit dir reden«, sagte er und führte sie in einen stillen Winkel. »Nun, jetzt ist der Zeitpunkt gekommen, Jenny. Ich möchte, dass du mich heiratest. Das Theater ist kein Ort für eine anständige Frau, das solltest du besser als jede andere wissen.«

Amos meinte es gut, aber seine harten Worte führten nur dazu, dass Jenny sich verärgert fühlte. Hätte er sorgfältiger über die Situation nachgedacht, so hätte er erkannt, dass sie sanfte Worte brauchte, keine Forderungen.

Nun schüttelte sie trotzig den Kopf. »Amos, ich muss meinen eigenen Weg gehen.«

»Nicht, wenn du mich heiratest«, drängte er. »Ich werde für dich sorgen. Du weißt doch, dass du mich liebst!«

Jenny zögerte. Als sie Amos betrachtete, sah sie Evans Bild vor Augen. Sie hatte oft an seinen Kuss gedacht und fragte sich nun, was für eine Frau sie war, einen solchen Kuss hinzunehmen, während sie beinahe mit einem anderen Mann verlobt war. Ein Gedanke kam ihr und sie sagte: »Amos, du fährst wieder zur See, wenn ein Krieg kommt, nicht wahr?«

»Aber natürlich!«

»Dann brauchen wir nicht über eine Ehe nachzudenken.« Sie zögerte, dann sagte sie: »Wenn du zurückkommst, gebe ich dir meine Antwort. Ich verspreche es dir.«

Amos streckte die Hände aus und zog sie an sich. »Ich betrachte das als ein feierliches Versprechen, Jenny!« Er küsste sie, dann wandte er sich um und verließ den Raum.

Jenny sah ihm nach, wie er davonging. Sie fühlte sich unbehaglich, dass sie ihm ihr Versprechen gegeben hatte. Am nächsten Tag ging sie zu Angharad. Sie fand die ältere Frau beim Nähen vor und setzte sich nieder. Dann sagte sie: »Lady Wakefield, ich bin verwirrt.«

»Ob du zum Theater zurückkehren sollst?«

»Nun … ja.«

»Was sagt dein Herz?«

Jenny blickte Angharad gerade ins Gesicht. »Ich habe das Gefühl, es wäre gefährlich. Es ist ein sehr harter Beruf und das meiste daran habe ich gehasst. Die Dramen propagieren ein unmoralisches Verhalten, und ich fühlte mich beschämt und entwürdigt, in ihnen aufzutreten.«

»Wie steht es mit diesem neuen Stück?«

»George sagt, es sei nicht so schlimm wie einige der anderen, aber es ist wahrscheinlich schlimm genug.« Jenny schlang die Finger ineinander, dann stieß sie einen tiefen Seufzer aus. »Oh, ich war hier so –

so *behütet*, Lady Wakefield! Zur Bühne zurückzukehren, das wäre, als ginge ich ins Feuer!«

»Dann solltest du es nicht tun, Kind«, sagte Angharad augenblicklich. Sie hatte das Mädchen lieben gelernt und sehnte sich danach, sie als Schwiegertochter zu haben. Beim Gedanken daran fragte sie vorsichtig: »Wie steht es mit dir und Amos? Willst du ihn nehmen?«

Jenny senkte den Blick, unfähig, ihr eine Antwort zu geben. Schließlich blickte sie Angharad in die Augen. »Ich habe ihm versprochen, ihm eine Antwort zu geben, nachdem er aus dem Krieg mit den Holländern zurückgekehrt ist. Aber ich weiß nicht, was ich sagen werde.« Sie biss sich auf die Lippen. »Ist es immer so schwierig, erwachsen zu werden, Lady Wakefield?«

»Immer«, sagte Angharad mit einem Lächeln.

Jenny verließ sie kurz darauf und machte sich auf die Suche nach George – der einen einzigen Blick auf ihr Gesicht warf und aufstöhnte. »Du lehnst ab!«, jammerte er.

Jenny tröstete Fairchild, so gut sie konnte, dann schickte sie ihn fort. Als sie zusah, wie die Kutsche das Gut verließ, atmete sie tief durch. Die Zukunft war ihr nicht klar, aber sie wusste, dass sie einer tückischen Falle entgangen war. Es wäre leicht gewesen, zur Bühne zurückzukehren, und nun wusste sie, dass sie ihre Brücken dorthin verbrannt hatte. Langsam wandte sie sich vom Fenster ab und fragte sich, was Evan wohl gerade tat. Sie vermisste ihn schrecklich, aber über diesen Teil ihrer selbst konnte sie sich nicht einmal mit Angharad austauschen.

Ich wünschte, die Dinge wären nicht so kompliziert, dachte sie mit einem Seufzer. Sie ging auf ihr Zimmer, griff nach ihrer Bibel und blätterte beinahe geistesabwesend darin, bis sie an das Hohelied kam. Wiederum huschte das Bild Evan Morgans durch ihre Gedanken, als sie las: *Lasst mich ihn küssen mit den Küssen meines Mundes …*

24

VOR DER MÜNDUNG DER KANONEN

Bürgermeister Ian Watson betrachtete den hochgewachsenen jungen Geistlichen voll Zufriedenheit. Die Kirche war voll gewesen, die Predigt kühn und die Spenden überreichlich. Watson, der als leitender Ältester in der Kirche diente, sagte zu Reverend Ianto Ellis: »Nun haben wir eine großartige Erweckung, Reverend, nicht wahr?«

»Das haben wir, Sir. Es war ein Segen, als Gott uns Evan Morgan nach Wales schickte!«

Der Bürgermeister blähte sich vor Selbstzufriedenheit. Er wechselte noch einige Worte mit dem Reverend, dann setzte er sich in Bewegung, um den Prediger abzufangen. »Eine gute Predigt, Reverend!«, sprudelte er hervor. »Nun müsst Ihr auf eine gute Mahlzeit mit mir nach Hause kommen!«

»Ich freue mich, die Kochkunst Eurer Frau zu genießen, Mr Watson«, sagte Evan lächelnd. Er begleitete Watson zu einer Kutsche und lauschte schweigend, als der Bürgermeister begeistert vom gesunden Zustand der Gemeinde sprach. »Ich wünschte, Euer Pa hätte lange genug gelebt, um es noch zu sehen, mein Junge«, sagte er, als sie vor seinem Haus anhielten. »Er wäre sehr stolz auf Euch.«

»Ich wünschte es auch, Bürgermeister«, sagte Evan augenblicklich. »Ich habe ihm viel Kummer bereitet, als ich jung war. Das betrübt mich jetzt.«

»Nun, das ist Vergangenheit, Evan«, sagte Watson rasch, während er das Gefährt vor seinem Haus anhielt. Die beiden betraten das Haus und spürten, wie der Duft guten Essens sie umwehte. Mrs Watson war bereits früher angekommen und nun setzten sich die drei zu einem guten Mittagessen zusammen. Einmal bemerkte Watson während des Essens, wobei er mit seiner Gabel auf Evan deutete: »Ich wusste, Ihr würdet zu einem wackeren Mann heranwachsen, Evan.«

Evan widerstand dem Lächeln, das auf seinen Lippen spielte. Er hatte seine Zusammenstöße mit dem Bürgermeister noch in lebhafter Erinnerung, aber er sagte nur: »Ich war damals ein Taugenichts – aber der Herr nimmt, was er findet, um damit zu arbeiten.«

Mrs Watson war eine magere Frau mit schönen blauen Augen und üppigem silbernen Haar. »Ihr wart ein Segen für unsere Leute, Reverend Morgan. Ich hoffe, Ihr verlasst uns nicht so bald wieder.«

»Uns verlassen? Warum sollte er fortgehen?«, verlangte Watson zu wissen. »Der Pastor wird alt, und wenn er zurücktritt, gäbe es keinen besseren Nachfolger für ihn als Evan Morgan, nicht wahr?«

Evan spielte einen Augenblick lang mit seiner Teetasse, dann blickte er seinem Gastgeber geradewegs in die Augen. »Ich war glücklich hier, Mr Watson. Aber was die Zukunft angeht, weiß ich nicht so recht. Ich würde mich geehrt fühlen, wenn Gott will, dass ich bleibe.« Er wechselte das Thema, und nachdem er noch kurz bei dem Paar zu Besuch geblieben war, verließ er das Haus und kehrte in seine eigene Wohnung zurück.

Am folgenden Dienstag erhielt er Besuch von Watson, der ihn antraf, als er eben das Haus verlassen wollte, in dem er ein kleines Zimmer bewohnte. »Ah, ich fürchtete schon, Euch zu verpassen«, schnaufte Watson. Er zog einen Brief aus der Tasche und hielt ihn Evan hin. Fältchen erschienen um seine Augen, als er versuchte, die feine Handschrift zu lesen, und er teilte Evan mit: »Er kommt aus England. Ich dachte, er wäre vielleicht wichtig.« Er war unheilbar neugierig und drängte sich eng an Evan in seinem Versuch, den Brief mitzulesen. »Doch keine schlechten Nachrichten, hoffe ich?«

Evan blickte auf, lächelte den kleinen Mann an und schüttelte dann den Kopf. »Nein. Zumindest ist niemand krank oder tot.«

»Von Sir Gavin Wakefield, nicht wahr? Das Siegel war nicht zu übersehen.«

»Er ist von einer alten Freundin von mir, die bei den Wakefields lebt«, sagte Evan gelassen. Er faltete den Brief, steckte ihn in seine

Tasche und sagte: »Ich muss jetzt meine Besuche machen, Sir.« Der Bürgermeister ärgerte sich, denn er hätte gerne gewusst, was die vornehme Familie mitzuteilen hatte, aber er sagte nichts weiter.

Evan kümmerte sich um seine Pflichten, die darin bestanden, die Kranken und Gebrechlichen zu besuchen. Der Pastor war bereits zu hinfällig, um diese Aufgabe wahrzunehmen, und Evan, als Hilfsgeistlicher, hatte es übernommen, sie zu erledigen. Er war sehr beliebt bei den Mitgliedern der Kirche – vor allem bei jenen Eltern, die Töchter im heiratsfähigen Alter hatten! Es erforderte einiges Geschick, sich den Schlingen zu entziehen, die ihm die Mütter legten, die ihre Töchter mit dem Pastor verheiratet sehen wollten. Er hatte es jedoch geschafft, Junggeselle zu bleiben.

Erst als er nachmittags heimkehrte, zog er den Brief aus der Tasche und las ihn sorgfältig durch. Er kam von Angharad und war nur kurz:

Mein lieber Evan,

es geht uns gut hier, keine Pest und nur wenige Krankheitsfälle. Timothy Boggs ist letzte Woche zu Gott gegangen. Er hatte dich sehr gern, und ich weiß, du wirst ihn vermissen.

Mr Bunyan ist beim Volk sehr beliebt als Prediger. Er wurde zum Pastor der Gemeinde in Bedford gewählt und die Kirche ist immer überfüllt. Sogar von den großen Kirchen in London und anderswo bekommt er Einladungen. Seine Bücher haben ihn berühmt gemacht und jedermann will Bischof Bunyan hören!

Mein Herz ist schwer wegen dieses Krieges mit den Holländern. Amos muss natürlich zur See fahren und Gavin auch. Der König hat ein Edikt erlassen, dass alle kriegstauglichen Männer zur Armee gehen müssen. Und da Gavin so viel Erfahrung hat, legten sie besonders viel Wert darauf, dass er zur See fährt. Ich hasse es, ihn gehen zu sehen, und Susanne ergeht es nicht anders. Aber ich bin gewiss, dass Gott ihn sicher zu uns zurückbringen wird. Ich wünschte nur, ich wäre mir bei Amos ebenso sicher. Ich fühle eine Last, eine Schwere, was Amos angeht. Ich habe das Gefühl, dass er in eine schreckliche Gefahr zieht, und niemals hat ein solcher Schatten auf meiner Seele gelegen! Amos lacht mich natürlich aus, aber ich weiß, dass Gott mich warnt.

Amos hat nach Kräften versucht, Jenny dazu zu bringen, dass sie ihn heiratet, bevor er abreist, aber sie sagt Nein. Hope und Darcy sind verlobt und werden im Frühling Hochzeit feiern. Ich weiß, dass sie glücklich sein werden.

Ich preise Gott dafür, dass er dich so gewaltig gebraucht, Evan. Ich bete, dass du dazu gebraucht wirst, viele Seelen in sein Königreich zu bringen.

Schreib, sobald du kannst, und komm, wenn es irgend möglich ist.

Angharad Wakefield

Der Brief beunruhigte Evan. Er las ihn mehrmals hintereinander und fragte sich, warum wohl. Er betete, bekam aber keine klare Antwort. Schließlich kam er zu dem Schluss, dass es Angharads Angst um Amos war, die ihm Sorgen machte. Sie schien Gott so nahe zu sein, dass sie Dinge einfach *wusste*, die anderen verborgen waren. Die zutiefst mystische Seite des walisischen Lebens war bei Angharad besonders hoch entwickelt, und er konnte das Unbehagen nicht abschütteln, dass ihre Ängste darin wurzelten.

Einige Tage kämpfte er mit widersprüchlichen Gefühlen. Er hatte Freude an seinem Dienst bei seinem eigenen Volk – aber er hatte nie den Eindruck gehabt, dass seine Zukunft damit festgelegt war. Viele drängten ihn zu bleiben und das war eine große Versuchung. Dennoch wollte ihn ein nagendes Gefühl der Sorge um Amos nicht verlassen.

Schließlich fasste er einen Entschluss. »Wahrscheinlich bin ich ein Narr«, murmelte er, nachdem er seine Entscheidung getroffen hatte, »aber irgendwie *muss* ich mit Amos in diesen Krieg ziehen!« Das ergab keinen Sinn, und er wusste, dass Amos Schwierigkeiten machen würde. Angharad hatte ihm mitgeteilt, dass Amos auf Evans Nähe zu Jenny eifersüchtig war, und nun würde er nicht gerade begeistert sein, wenn er sich aufdrängte.

Es erwies sich als schwierig, das Dorf zu verlassen, denn Watson und die anderen Ältesten drängten ihn zu bleiben. »Gott gebraucht

Euch, Evan Morgan«, sagten sie alle, und der Pastor war so bekümmert, dass er anbot, zurückzutreten und Evan seine Stelle einnehmen zu lassen. Auf all dies gab Evan sanft dieselbe Antwort.

»Gott spricht zu mir und ich muss seiner Stimme gehorchen.« Er versprach, sobald wie möglich zurückzukehren, und machte sich an einem Aprilmorgen auf die Reise.

Als er auf einem guten Pferd – einem Geschenk der Gemeinde – das Dorf verließ, fühlte er einen Stich des Bedauerns. Dennoch war er sicher, dass er Gottes Willen folgte, soweit er ihn verstand. Er kam an denselben Ort, an dem Jenny ihm vor so langer Zeit begegnet war, und aus einer Laune heraus beschloss er, die Nacht dort zu verbringen.

Nachdem er ein Feuer entzündet und sein Abendessen gekocht hatte, lehnte er sich an eine mächtige Eiche und dachte an die Nacht zurück, in der er Jenny kennengelernt hatte. Die Erinnerung stand ihm noch klar und ausgeprägt vor Augen, und es schien ihm, dass er ihr mageres, kindliches Gesicht vor sich sah, wie es in dieser Nacht gewesen war. Ein Lächeln huschte über seine breiten Lippen, als er sich an ihre Furcht erinnerte – und dünn wie ein Vögelchen war sie gewesen! Er hatte nie vergessen, wie sie ihn angefleht hatte: »Bitte nehmt mich mit Euch, Sir!«

Er stocherte mit einem Stock im Feuer, sodass Myriaden von roten, glühenden Funken zum Nachthimmel aufstiegen. Sie erloschen rasch wieder, aber oben tanzten die glänzenden Sterne ihren großen Tanz. Er folgte geistesabwesend den Spuren der Sternzeichen und dachte an die Vergangenheit. Er schien Jenny vor sich zu sehen, wie sie von einem dünnen, langbeinigen zwölfjährigen Mädchen zu einer jungen Schönheit von fünfzehn Jahren heranwuchs und dann zu reifer Weiblichkeit mit all ihren Geheimnissen aufblühte. Er konnte beinahe ihr Lachen hören und das Parfüm riechen, das sie verwendete. Schließlich erinnerte er sich an den Kuss, den sie ausgetauscht hatten – und bei der Erinnerung fuhr es ihm wie ein Messer durchs Herz.

Er starrte lange Zeit in die glühenden Kohlen, dann seufzte er tief und wickelte sich in seine Decke. Am nächsten Morgen stand er auf, und seine Kiefer waren fest zusammengepresst, als er sein Pferd antrieb. *Ich muss Jenny loslassen. Sie wird niemals die meine werden, und es ist höchste Zeit, dass ich das akzeptiere.*

* * *

Tagelang mühte Gavin sich damit ab, die Angelegenheiten von Wakefield in Ordnung zu bringen. Er hatte viel Zeit und Mühe darauf verwendet, seine Diener einzuarbeiten, sodass die vielen Aktivitäten des Gutes während seiner Abwesenheit reibungslos ablaufen würden. Nun saß er mit Angharad in dem großen Arbeitszimmer zusammen. Die beiden besprachen eine lange Liste notwendiger Pflichten. Sie hatten mehr als zwei Stunden daran gearbeitet und schließlich seufzte Gavin und stieß seinen Stuhl zurück. »Nun, das wäre alles, Mutter.«

Angharad wirkte müde, was bei ihr ungewöhnlich war. Sie war eine starke Frau mit einer Energie, bei der viele jüngere Frauen nicht mithalten konnten. Nun blickte sie Gavin an und Sorge stand in ihren dunklen Augen. »Ich wünschte, du müsstest nicht gehen, Gavin.«

»Nun, das wünschte ich auch, Mutter. Aber ich habe keine Wahl. Der König hat ausdrücklich gesagt, dass Amos und ich ihm dienen müssen.« Er bemerkte die Linien der Erschöpfung in ihrem Gesicht und machte sich Sorgen. Er stand aus seinem Sessel auf, ging um den Tisch herum und legte die Hände auf ihre Schultern. »Mach dir keine Gedanken. Amos und mir wird nichts passieren. Wir werden sehr vorsichtig sein.«

»Wie kannst du in einer Schlacht vorsichtig sein? Wenn du vor der Mündung der Kanonen stehst, kann alles passieren.«

Gavin wusste, dass sie recht hatte und dass sie eine zu kluge Frau war, als dass er sie hätte täuschen können. Er schüttelte den Kopf. »Kein Mann, der in eine Schlacht zieht, weiß mit Sicherheit, ob er lebend zurückkehrt. Du wirst eben noch intensiver für uns beten müssen.« Er wollte die Szene nicht in die Länge ziehen, also sagte er: »Diesmal ist Amos nicht so begierig darauf, in den Krieg zu ziehen. Er denkt eher an Herzensangelegenheiten. In gewisser Weise wünschte ich, Jenny hätte ihn geheiratet.«

»Ich auch, Gavin.«

»Warum hat sie es wohl nicht getan, frage ich mich?«

Angharad hatte sich ihre Gedanken darüber gemacht, aber sie wollte Gavin nicht damit belasten. »Ich nehme an, sie will einfach nur sichergehen, dass er der richtige Mann für sie ist.«

»Nun, er sagt, sie würde ihn heiraten, wenn er zurückkommt.«

»Sie hat nichts versprochen, Gavin. Sie sagte nur, sie würde ihm eine Antwort geben.«

Das verwirrte Gavin. »Ich habe schon längst jeden Versuch aufgegeben, die Frauen zu verstehen.« Er grinste, dann stand er auf und tätschelte ihre Schulter. »Nun, alles sollte klaglos ablaufen, bis wir zurückkommen.« Er zögerte, dann sagte er leise: »Ich erwarte, wieder zurückzukehren, Angharad – aber nur im Falle, dass mir etwas zustößt, sollst du wissen, wie viel du mir in all diesen Jahren bedeutet hast. Keine Frau hätte mir eine bessere Mutter sein können als du.« Er zog sie hoch und umarmte sie herzlich, dann küsste er ihre Wange. »Vater gewann ein Juwel, als er Angharad Morgan gewann!«

Angharad war bewegt von seinen Worten. Sie liebte ihre Stiefsöhne leidenschaftlich, und nun, wenn sie in den Krieg zogen, brauchte sie ihren ganzen Glauben, um ihr Lächeln aufrechtzuerhalten. »Ich habe keine Angst um dich, Gavin. Gott hat mir vollkommenen Frieden gegeben, was deine Sicherheit angeht.«

Das überraschte Gavin, aber er war an Angharads Art gewöhnt. Er merkte jedoch, dass etwas bei ihrer Bemerkung fehlte. »Was ist mit Amos?«

»Ich – ich mache mir Sorgen um ihn«, sagte sie langsam. »Achte auf ihn, so gut du kannst. Als Kapitän kannst du nicht überall sein – aber bete viel und tu alles, was in deiner Macht steht.«

»Wir werden auf verschiedenen Schiffen Dienst tun, Mutter, aber ich werde tun, was ich kann.« Ihre Worte beunruhigten ihn, und nachdem er sich von ihr verabschiedet hatte, begab er sich augenblicklich in die Ställe. Dort fand er Amos vor, der eben sein Pferd absattelte. »Ich habe mit Mutter gesprochen«, sagte er abrupt. »Sie macht sich Sorgen um dich.«

»Um mich? Und was ist mit dir?« Amos' Wangen waren gerötet nach seinem Ritt und die Maiensonne hatte einen leichten Sonnenbrand auf seiner Haut hinterlassen. Seine dunkelblauen Augen waren neugierig, als er sich Gavin zuwandte.

»Sie sagt, sie mache sich keine Sorgen um mich, Gott habe ihr Frieden gegeben. Aber sie fürchtet um dich.«

»So sind Mütter nun einmal.«

»Du kennst sie besser, als dass du so etwas sagen solltest«, sagte Gavin beinahe streng. »Sie ist der stärkste Mensch in Wakefield, Amos. Und sie steht Gott näher als sonst irgendjemand von uns. Wenn sie sich Sorgen macht, müssen wir das ernst nehmen.« Er zögerte, dann sagte er: »Ich finde, du solltest besser zu Hause bleiben. Ein anderer Offizier kann an deiner Stelle Dienst tun.«

»Und ich bleibe zu Hause wie ein kleines Kind?« Amos' sonnenverbranntes Gesicht straffte sich und ein trotziger Ausdruck trat auf seine Lippen. »Was würde Vater sagen, wenn ich das täte? Er ist nie in seinem Leben einem Kampf ausgewichen.«

Gavin wusste, dass jede Debatte sinnlos war, aber er versuchte trotzdem noch eine Zeit lang, Amos zu überzeugen. Schließlich gab er auf. »In Ordnung, tu, was du für richtig hältst. Aber ich bin froh, dass du Jenny nicht geheiratet hast.«

»Nun, ich bin nicht glücklich darüber!«, schnappte Amos. Sobald Gavin gegangen war, übergab er sein Pferd einem Stallburschen und machte sich auf die Suche nach Jenny. Sie war nicht im Haus, und nachdem er die Diener befragt hatte, entdeckte er schließlich, dass sie mit Corwin Mattox, dem Schafhirten unterwegs war. Er verließ augenblicklich das Haus und ging durch die Wiesen, bis er die wolligen Flecken sah, die über das frische grüne Gras zogen. Als er den Blick über das Feld schweifen ließ, entdeckte er etwas Lichtblaues und machte sich sofort zu der Stelle auf, wo Jenny saß, ein Lämmchen im Schoß.

»Oh, Amos«, sagte sie, als er näher kam. »Sieh nur, es ist ganz neu geboren!« Ihre Augen glänzten vor Aufregung, sie streichelte das Tierchen und lachte, als es kleine Geräusche von sich gab. »Ist es nicht süß?«

»Ja, kann man sagen«, erwiderte Amos, dann warf er sich neben ihr ins Gras. »Ich muss mit dir reden, Jenny«, sagte er. »Wir ziehen übermorgen ins Feld – und ich möchte, dass du mich heiratest, bevor wir aufbrechen.«

Augenblicklich verschwand das Lächeln von Jennys Gesicht. Sie schob das Lämmchen von ihrem Schoß, als es auf wackligen Beinen davonlief, standen sie auf. Sie wandte sich Amos zu und sagte ruhig: »Bitte, lass uns nicht darüber diskutieren. Ich habe dir gesagt, ich gebe dir eine Antwort, wenn du zurückkehrst.«

»Und wenn ich nicht zurückkehre?«, verlangte er zu wissen.

»Dann würde ich um dich trauern«, sagte sie schlicht.

»Jenny, wenn ich getötet würde, und du wärst meine Frau, würdest du hier immer einen Platz haben. Du wärst eine Wakefield. Würde dir das nicht gefallen?«

»Es ist … nicht so einfach.« Jenny hatte Mühe zu erklären, wie sie sich fühlte, und zuletzt sagte sie: »Eine Ehe ist für immer – jedenfalls solange wir leben. Ich habe so viele Paare gesehen, die schlecht beraten waren, als sie heirateten. Ich glaube, die meisten Schwierigkeiten in diesem Leben stammen daher, dass Menschen den falschen Partner geheiratet haben.« Sie legte ihre Hand auf seine Brust und bat: »Dränge mich nicht in dieser Sache, Amos. Es ist um deinetwillen genauso wie um meinetwillen, dass ich noch abwarten möchte.«

Amos war frustriert und in seiner Verwirrung zog er einen voreiligen Schluss. »Ich glaube, du willst mich wegen Evan nicht heiraten.«

Die Worte trafen Jenny hart, so sehr, dass ein brennendes Rot in ihre Wangen stieg. »Das solltest du nicht denken«, flüsterte sie.

Aber Amos hatte sie erröten gesehen und merkte, dass ihre Hände zitterten. Er starrte sie an und Zorn stieg in ihm auf. »Er ist kein Mann für dich!«, protestierte er. »Er wird nie etwas anderes sein als ein armer Prediger. Du hättest ein schreckliches Leben, wenn du immerzu jeden Heller zweimal umdrehen müsstest! Aber als meine Frau hättest du alles, was du dir wünschst.«

Es war ein schlechtes Argument, das merkte Amos selbst, kaum dass es ihm über die Lippen gekommen war. Jenny hob den Kopf und sagte mit ausdrucksloser Stimme: »Und ist eine Ehe nicht mehr als Pfunde und Pfennige? Ich sage dir, Amos Wakefield, ich würde keinen Mann für Geld heiraten! Wenn ich einen Mann liebte, würde ich in Lumpen gehen und stolz sein!« Sie wirbelte herum und schritt davon. Über die Schulter hinweg rief sie ihm zu: »Lass mich in Frieden, Amos!«

Amos empfand Zorn und Scham. Er wusste, dass er im Unrecht war, aber er wollte es nicht zugeben. Er wandte sich um und kehrte in rabenschwarzer Laune zum Haus zurück. Er sagte Gavin und Angharad nichts von dem Streit, aber als die beiden Männer nach Portsmouth aufbrachen, bemerkten Gavin und seine Stiefmutter, dass der Abschied zwischen Jenny und Amos steif und unbehaglich ausfiel. Als die beiden Männer davonritten, fragte Angharad Jenny: »Habt ihr beide einen Streit gehabt? Nun, er ist jung, Jenny. Versuch ihm zu verzeihen.«

Jenny wandte sich mit einem tragischen Ausdruck in den Augen an Angharad. »Ich würde mir niemals verzeihen, wenn ihm etwas zustieße, Lady Wakefield!« Sie wandte sich ab und tagelang war sie bleich und still. Angharad war so besorgt wie selten zuvor. Sie betete mehr denn je und schließlich, eines Nachts, fand sie Frieden.

Sie lag auf den Knien, beinahe von Todesangst um Amos erfüllt, und dann – wie ein plötzlicher Sonnenstrahl die Dunkelheit zerstreut – kam Friede über sie. Sorge, Furcht und innere Bedrängnis hatten ein Ende und sie sank weinend zu Boden. Irgendwie wusste sie: Gott hatte geantwortet und Amos würde in Sicherheit sein.

angegriffen. Es wurde praktisch zerstört und der Herzog verlegte seine Fahne auf die *St. Michael.* Als auch dieses Schiff zerstört wurde, übersiedelte er von Neuem, diesmal auf die *London.*

Kapitän Wakefield jagte die *Furchtlos* in die Hitze des Gefechts. Er stand an Deck, während Geschosse seine Leinwand in Fetzen rissen. Leutnant Croft fiel in der Schlacht und schließlich zertrümmerte das schwere Artilleriefeuer der Holländer die meisten Kanonen.

Unter Deck kämpfte Evan bis zum Letzten. Das Geschützdeck war übersät von Leichen und die Flanken des Schiffes waren praktisch weggeschossen. Als das Schiff zu kentern begann, erschallte der Ruf: »Verlasst das Schiff!«

Evan eilte gerade noch rechtzeitig an Deck, um eines der holländischen Schiffe mit ausgefahrenen Geschützen heransegeln zu sehen. *Sie sind sicher mit besonderen Kanonen geladen*, dachte er. Ein solcher Beschuss würde jeden Mann an Bord des Schiffes töten, denn die Entfernung betrug nicht mehr als dreißig Meter.

Die Schiffe näherten sich einander und in diesem Augenblick sah Evan Amos Wakefield. Er arbeitete Seite an Seite mit dem Steuermann und versuchte, das Schiff herumzubringen. Er hatte dem holländischen Schiff den Rücken gekehrt, der Hagel tödlichen Metalls, der in Bälde über das Deck fegen würde, musste ihn treffen.

»Amos!«, schrie Evan auf, aber das Donnern der Kanonen der Schiffe rundum übertönte seine Stimme.

Er jagte verzweifelt über das Deck, das mit Blut getränkt und mit Trümmern übersät war. Er hatte nur einen Gedanken: Wakefield zu erreichen und ihn unter Deck zu ziehen.

Er erreichte ihn im selben Augenblick, in dem er das Donnern der holländischen Kanonen hörte. Er schaffte es, sich Amos entgegenzuwerfen, packte die Schultern seines Freundes und riss ihn zu Boden – aber da schien ihn eine feurige Faust in den Rücken zu schlagen. Er wurde aufs Deck geschleudert, und das Letzte, was er hörte, bevor er in Bewusstlosigkeit versank, war Amos' Stimme, die seinen Namen rief.

25
DIE LIEBE DAUERT EWIGLICH

Evan kämpfte darum, sich aus den dunklen Strömungen zu befreien, die ihn tiefer und tiefer in die Dunkelheit zu ziehen drohten, aber Schmerz überschwemmte ihn wie eine Flutwelle. Es war leichter, in das ruhige Vergessen zurückzusinken, als dagegen anzukämpfen. So ließ er sich ein ums andere Mal in den warmen ebenholzschwarzen See sinken.

Gelegentlich kamen ihm Stimmen zu Bewusstsein. Sie schienen aus weiter Ferne zu kommen und er konnte nur einige Worte ausmachen, darunter seinen Namen. Hände berührten ihn – manchmal rau, sodass er der Qual entfloh, indem er in die Dunkelheit zurücksank, in der ihm jedes Bewusstsein schwand.

Manchmal jedoch waren die Hände sanft und überzogen seinen Körper mit einem Gefühl der Beruhigung. Allmählich erkannte er diese Berührung wieder und gestattete es sich, an die Oberfläche zu kommen. Manchmal kam er beinahe bis ans Licht, dorthin, wo die Stimmen waren, irgendwo über ihm. Er war wie ein Schwimmer, der in dunklen Tiefen festgehalten wird und doch weiß, dass an der Oberfläche Licht, Wärme und Freude sind. Aber sooft er zu diesen Dingen aufzusteigen versuchte, kam auch der Schmerz, der ihn mit scharfen, brennenden Klingen stach und schlitzte.

Einmal, als die Berührung der sanften Hände ihn zutiefst beruhigt hatte, tauchte er weit genug auf, um eine Stimme zu hören, die seinen Namen rief, die ihn bat, zu erwachen und aus seiner dunklen Höhle aufzutauchen.

»Evan! Evan! Bitte komm zu mir zurück!«

Er kannte diese Stimme! Als einzige unter all den Stimmen, die ihn umschwebt hatten, brachte diese eine Saite eine Erinnerung zum

Schwingen, und er rang darum, eine Antwort zu geben. Er schien gelähmt zu sein, sein Körper war – bis auf den Schmerz – wie tot, aber als die Stimme ihn anflehte, stellte er fest, dass er seine Lippen bewegen konnte. Er versuchte zu sprechen und stammelte schließlich die Parodie eines Wortes hervor, das sich sogar in seinen eigenen Ohren anhörte wie ein schwaches Krächzen.

»Jenny –!«

Augenblicklich hörte er die Stimme von Neuem, diesmal klar und deutlich, wie sie seinen Namen rief. Er spürte den Sog loszulassen, das Licht und die Welt der Schmerzen zu verlassen, aber ihm war bewusst, dass er vielleicht niemals zurückkehren würde, wenn er es tat. Er kämpfte mit aller Macht, und es gelang ihm, die Augen zu öffnen. Das Licht tat ihnen weh, aber er spähte aus schmalen Schlitzen hervor. Alles schien um ihn zu wirbeln – die Farben tanzten einen Augenblick lang wie verrückt, sodass er gezwungen war, die Augen wieder zu schließen. Er schluckte, dann öffnete er sie vorsichtig von Neuem – und da war ein Gesicht!

Die Züge waren anfangs verschwommen, dann wurden sie schärfer und waren klarer zu sehen. Es war ein gütiges Gesicht, aber aus den tiefen grünen Augen sprach Sorge. Es war eine Frau mit rötlichblondem Haar – und aus der Vergangenheit stiegen Evans Erinnerungen auf, zuerst nur in Bruchstücken, dann schließlich als Ganzes.

»Jenny – bist du das?«

»Ja, Evan, ich bin's, Jenny.«

Er fühlte, wie ein Tropfen sein Gesicht berührte, und als er aufblickte, sah er, dass ihr die Tränen über die Wangen rollten. Er versuchte, die Hand auszustrecken und sie wegzuwischen, stellte aber fest, dass er sehr schwach war. Er leckte sich die Lippen, die ihm trocken wie Papier erschienen, und flüsterte: »Weine nicht …« Er sah sich im Zimmer um und einen Augenblick später sagte er langsam: »Das ist – mein altes Zimmer, nicht wahr?«

»Ja, Evan.« Jenny wischte sich die Augen mit einem Taschentuch und beugte sich dann über ihn. »Versuch ein Weilchen nicht zu sprechen. Bist du durstig?«

»Ja!«

Rasch goss Jenny Wasser in eine Tasse, dann stützte sie seinen Kopf, während er geräuschvoll trank. »Nicht so viel, Evan. Du kannst später noch mehr haben.«

Er kämpfte darum, seine Gedanken zu ordnen, und sagte schließlich: »Ich war in der Schlacht – an Bord der *Furchtlos.* Und ich wurde von einem Schuss getroffen.«

»Ja, du warst sehr krank.«

Er blickte sie neugierig an. »Wie lange bin ich schon hier?«

»Fast zwei Wochen. Du wurdest von einem Geschoss in den Rücken getroffen, und die Ärzte fürchteten, du würdest sterben.« Sie ergriff einen Krug, füllte ein Becken und kam dann herbei, um ihm das Gesicht zu waschen. Ihre Berührung war federleicht und er roch den Duft von Flieder. Er forschte in ihrem Gesicht, während sie ihn wusch, und staunte über die Glätte ihrer Haut und die Frische ihrer Züge. Er versuchte sich zu bewegen und Schmerz durchfuhr seinen Rücken. Er krümmte sich.

»Beweg dich nicht! Du hast immer noch schlimme Wunden.« Sie wusch sein Gesicht zu Ende, dann fragte sie zweifelnd: »Ich muss die Verbände auf deinem Rücken wechseln. Aber ich möchte nicht, dass du – wieder das Bewusstsein verlierst.« Sie biss sich auf die Lippen. »Kannst du es aushalten, Evan?«

»Ja.«

Er biss knirschend die Zähne zusammen, als der heiße Schmerz ihn durchfuhr, aber er brachte es fertig, aufrecht zu sitzen, während sie die Verbände auf seinem Rücken wechselte. Dann legte er sich wieder hin, wobei er geräuschvoll den Atem ausstieß. »Wie schlimm steht es um mich?«

»Du wurdest von vier Kugeln getroffen, drei davon waren nicht schlimm, aber eine saß sehr tief. Die Wunde war infiziert und du hast im Koma gelegen. Das Fieber war so hoch, dass du beinahe gestorben wärst. Ich – ich glaube, es hat dir das Leben gerettet, dass wir dich in kalte, nasse Laken wickelten.«

Er lauschte aufmerksam, aber dann packte ihn der Hunger wie eine gepanzerte Faust. »Kann ich etwas zu essen haben?«, fragte er abrupt – und zu seiner Überraschung sah er sie lächeln.

»Es muss dir schon beträchtlich besser gehen, wenn du ans Essen denken kannst! Ja, ich hole dir etwas Suppe. Jetzt lieg still!«

Jenny verließ den Raum und Evan lag still, vermied den Schmerz, der bei jeder Bewegung durch die Nerven seines Rückens fuhr. Er versuchte sich an den Kampf zu erinnern und einzelne Bilder blitzten vor ihm auf. Er war sehr schwach – schwächer, als er je im Leben gewesen war. Als er versuchte, die Hände zu heben, schaffte er es kaum. Er schnaubte und flüsterte: »Was bist du doch für ein alter Schwächling, Evan Morgan!«

Die Tür wurde geöffnet und Angharad trat ein. Ein Lächeln strahlte auf ihrem Gesicht. »Nun bist du also wach«, sagte sie und trat an ihn heran, um seine Wange zu küssen. »Du hast uns einen furchtbaren Schrecken versetzt.« Sie beugte sich über ihn, strich sein Haar von seiner Stirn zurück. Ein seltsamer Blick leuchtete in ihren dunklen Augen. »Gott hat dich gut gebraucht, Evan«, flüsterte sie.

»Ich habe nichts weiter getan, als angeschossen zu werden«, protestierte er trocken.

Angharad starrte ihn überrascht an. »Erinnerst du dich denn nicht mehr daran, wie du verwundet wurdest?«

»Nun, das holländische Schiff beschoss uns mit Kanonen.«

»Das stimmt, aber erinnerst du dich nicht, wie du zu Amos gelaufen bist?« Sie sah, dass er sich nicht erinnerte, und griff nach ihm und fasste seine Hand. Sie wirkte zerbrechlich und schwach und Angharad hielt sie fest. »Amos stand mit dem Rücken zum Feind und wusste nicht, dass sie im nächsten Augenblick das Deck unter Beschuss nehmen würden. Du hast es gesehen und bist auf ihn zugelaufen. Der Bootsmann, Mr Swan, hat alles gesehen.«

»Ich erinnere mich nicht daran.«

»Du kamst und warfst dich zwischen die Kanonen und Amos. Als sie feuerten, hast du die Kugeln aufgefangen, die ihn getötet hätten.«

Angharad drückte seine Hand und ihre Augen wurden warm. »Nun wissen wir, warum du zur See fahren musstest, nicht wahr, Evan? Wärst du nicht zur Stelle gewesen, so wäre Amos getötet worden!«

Irgendwie fühlte Evan sich unbehaglich, als er Angharads Worte hörte. »Es freut mich, dass es ihm gut geht«, sagte er schließlich. »Wie steht es um Gavin?«

»Kein Kratzer. Beide sind jetzt zu Hause. Sie möchten mit dir reden –« Sie brach ab, als Jenny hereinkam, eine silberne Terrine in Händen. »Ja«, bemerkte sie und lächelte ihren Neffen an. »Das ist es, was du brauchst. Wir beide haben es satt, dir die Suppe einzulöffeln!«

Evan fühlte sich wie ein Narr bei dem Getue, das die beiden Frauen um ihn machten. Er protestierte, er sei durchaus in der Lage, selbst zu essen, aber nachdem er einen Löffel heißer Brühe auf seine nackte Brust verschüttet hatte, sagte Jenny mit fester Stimme: »Du bist ein großes Baby, Evan Morgan! Nun mach den Mund auf und lass dich füttern wie ein Baby!«

Sobald Evan die Brühe gegessen hatte, sank er so plötzlich in Schlaf, dass Jenny erschrak. Aber Angharad beruhigte sie. »Das ist schon in Ordnung, Jenny. Er ist auf dem Wege der Besserung. In ein paar Tagen werden wir ihn zu zweit hier im Bett festhalten müssen!«

Jenny blickte auf das magere Gesicht auf dem Kissen, und als sie ihn so schwach und hilflos vor sich sah, fühlte sie sich gerührt. Angharad sagte sanft: »Du hast genug Schlaf verloren. Geh zu Bett. Es wird ihm jetzt gut gehen.«

Jenny verließ den Raum und begab sich in ihr eigenes Zimmer. Sie war wie betäubt vor Schlafmangel, denn sie hatte Evan Tag und Nacht gepflegt, seit Gavin und Amos ihn nach Wakefield zurückgebracht hatten. Als sie an der Tür von Gavins Studierzimmer vorbeikam, sah sie die beiden Männer in Arbeit vertieft am Tisch sitzen.

Sie hielt inne, um zu verkünden: »Evan geht es wieder gut.« Ihr Gesicht war mager und verhärmt und Schatten zeichneten sich unter ihren Augen ab. »Er wachte vor Kurzem auf, und Lady Wakefield sagte, er wird wieder ganz gesund.«

»Gut! Gut!«, rief Gavin aus. Er eilte auf Jenny zu, um ihr Fragen zu stellen, aber dann merkte er, dass sie beinahe zitterte vor Erschöpfung. »Geh und ruh dich aus, meine Liebe«, sagte er sanft. Als sie sich umwandte und den Flur entlangging, wandte er sich an Amos. Erleichterung malte sich auf seinen Zügen. »Das ist eine gute Nachricht!«, sagte er leidenschaftlich.

»Ja, das ist es«, sagte Amos kurz angebunden. Er schüttelte den Kopf und fügte hinzu: »Ich hätte es nicht ertragen können, wäre er gestorben – für mich.«

»Es war eine edle Tat, nicht wahr?«

»Mehr, als du weißt, Gavin«, gestand Amos. »Ich – ich habe Evan das Leben auf dem Schiff schwer gemacht. Ich war eifersüchtig und behandelte ihn schlecht.«

Gavin war Amos' Eifersucht nicht entgangen, aber nun sagte er: »Nun, er kommt wieder in Ordnung. Du kannst es wiedergutmachen.«

»Ja, das werde ich tun.«

Amos verließ das Zimmer und Gavin starrte ihm nach. *Er ist nicht glücklich – aber das wäre ich an seiner Stelle auch nicht. Es ist schon ein harter Schlag, wenn ausgerechnet dein Rivale dein Leben rettet!*

Plötzlich dachte er an Jenny und wie sie praktisch rund um die Uhr gearbeitet hatte, um Evan zu versorgen – und er runzelte besorgt die Stirn. *Einer von beiden wird sie bekommen – und das heißt, dass der andere todunglücklich sein wird!*

* * *

»Hope wird eine wunderschöne Braut sein, nicht wahr?«

Evan war den Pfad entlanggeschlendert, der zu den Wäldern führte, die Wakefield umgaben. Er machte seinen ersten Versuch, es ohne Gehstock zu schaffen, und bewegte sich sehr vorsichtig. Er warf Jenny, die sich seinem langsamen Schritt anpasste, einen Seitenblick zu und nickte. »Ja, das wird sie.« Er betrachtete den Überfluss kleiner

Blumen, die wie ein Teppich den Boden bedeckten, dann fügte er hinzu: »Sie wird Mr Wingate ganz schön zu schaffen machen.«

Jenny blieb stehen und starrte ihn an, Empörung in den grünen Augen. »Na, das gefällt mir! Ich glaube, es wird genau umgekehrt sein – Darcy wird ihr zu schaffen machen!«

Evan atmete tief die frische, warme Luft ein. Es war Ende Juni und die Blumen schienen die Erde mit ihren brillanten Farben zu verbrennen. »Ich glaube nicht, dass ich je einen schöneren Sommer gesehen habe«, murmelte er. »Vielleicht, weil ich so nahe daran war, ihn überhaupt nicht mehr zu sehen.«

Jenny schüttelte den Kopf, dass ihr rotblondes Haar in schimmernden Wellen flog. »Weiche nicht vom Thema ab«, beharrte sie. Ein Lächeln berührte ihre roten Lippen und sie warf mit einer herausfordernden Geste den Kopf zurück. »Warum wird Hope Darcy zu schaffen machen?«

Evan konnte sein Lächeln nicht verbergen. »Weil sie einen starken Willen hat«, bemerkte er. »Ihr Vater hat sie verwöhnt, und sie wird erwarten, dass ihr Ehemann dasselbe tut.«

»Sie ist ganz reizend!«

»Das ist sie, solange sie ihren Kopf durchsetzen kann. Ich nehme allerdings an, so sind wir alle.« Er schritt langsam den Pfad entlang und betrachtete das Muster der Ziegel, dann fügte er nachdenklich hinzu: »Und er ist ein armer Mann, Jenny. Hope war ihr Leben lang daran gewöhnt, von allem das Beste zu haben. Nun heiratet sie einen Mann, der ihr all diese Dinge nicht bieten kann.«

»Das hat nichts zu besagen.«

»Du weißt es besser«, ermahnte sie Evan. »Wenn du arm aufwächst, ist es nicht so schwer, ohne die Dinge auszukommen. Aber wenn ein Mensch einmal Geld hat und sich alles kaufen kann, was das Herz begehrt, fällt es ihm schwer, ohne all das auszukommen.«

Jenny sagte nichts darauf und schwieg so lange, dass er schließlich stehen blieb und sie ansah. »Du bist nicht meiner Meinung, nicht wahr?«

»Nein, das bin ich nicht.« Jenny trug ein smaragdgrünes Kleid mit weißen Spitzen an Manschetten und Mieder. Es lag eng am Körper an und unterstrich vorteilhaft ihre Figur. »Als ich in London beim Theater war, sah ich Leute, die für Geld alles getan hätten – aber Hope ist nicht so wie sie.«

Evan nickte. »Ich denke, du hast recht. Sie ist eine anständige junge Frau. Sie wird mit allem zufrieden sein, was ihr zuteil wird. Mr Wingate ist derjenige, der Schwierigkeiten haben wird.«

»Aber – er ist doch sehr verliebt in sie!«

»Ja, und er wird bekümmert sein, weil er ihr die Dinge nicht geben kann, die sie immer gehabt hat«, widersprach Evan. »Er wird es vielleicht nicht laut aussprechen, aber er wird wünschen, er könnte sie verwöhnen.«

Sie kamen an eine Brücke, die sich über den kleinen Bach spannte, der in den Fluss mündete. Auf dem Bauwerk hielten sie inne. Während sie das klare Wasser betrachteten, das unter ihnen dahinplätscherte, versank Jenny von Neuem in Schweigen. Seit Evan nach Wakefield zurückgekehrt war, hatte sie ihre ganze Kraft dafür aufgeboten, ihn wieder gesund zu pflegen. Amos hatte sie aufmerksam beobachtet und zu ihrer Überraschung hatte er das Thema Heirat nicht mehr erwähnt. Sie hatte erwartet, er würde auf die Antwort drängen, die sie versprochen hatte, aber bislang hatte er nicht davon gesprochen. Jetzt, da Hopes Hochzeit heranrückte, war sie überzeugt, er würde es tun, aber das war nicht der Fall.

»Sieh nur!«, sagte Evan und packte ihren Arm. »Den Burschen würde ich gerne fangen!« Er deutete mit der freien Hand auf den Schatten eines großen Hechts, der unter einem Lilienbusch verborgen lag.

Jenny blickte den Fisch an, aber Evans Berührung ging ihr durch und durch. Sie fühlte, wie seltsame Empfindungen sich in ihrer Brust regten, und zog sich zurück. Evan wandte sich ihr augenblicklich zu. Seine Wangen waren gerötet. »Es tut mir leid«, sagte er. »Ich wollte dich nicht so anpacken.«

»Es – es ist schon in Ordnung«, antwortete sie. Sie fühlte sich unbeholfen und unbehaglich. Während er hilflos war, hatte sie ihn mit einer Art starken Mutterinstinkts gepflegt – aber nun wallten Gefühle ganz anderer Art in ihr auf. Voll Scham, dass sie ihre Gefühle so wenig unter Kontrolle hatte, wandte sie sich ab. »Ich muss zurück. Ich habe Hope versprochen, ihr mit ihrem Kleid zu helfen.«

Evan sah ihr nach, wie sie zum Haus zurückkehrte. Er spürte, dass er einen Fehler gemacht hatte. Er humpelte allein den Pfad entlang und dachte an die vergangenen Tage. Körperlich hatte er gute Fortschritte gemacht, aber von Zeit zu Zeit tauchte ein seltsames Gefühl der Frustration in ihm auf. Er fühlte es stark, während er noch eine Stunde spazieren ging. Schließlich kehrte er zum Haus zurück.

Eine Stunde später saß er in seinem Zimmer und starrte die Wand an, als ein Klopfen an der Tür ihn aufschreckte. »Herein«, rief er und war überrascht, als Amos eintrat.

»Tut mir leid, wenn ich störe«, sagte Amos augenblicklich. »Aber Mr Bunyan ist hier.«

»Tatsächlich?« Evan erhob sich und wollte schon das Zimmer verlassen, als Amos ihn aufhielt.

»Evan, ich habe versucht, dir dafür zu danken, dass du mein Leben gerettet hast … aber wie soll man das tun?«

»Nun, es ist getan, Amos«, sagte Evan augenblicklich. Amos hatte schon einmal versucht, von der Sache zu sprechen, aber Evan war verlegen gewesen und hatte es leichthin abgetan. »Denk nicht weiter daran.«

»Das fällt dir vielleicht leicht, aber mir fällt es schwer.« Amos hatte sich für diese Begegnung gewappnet und blickte Evan nun geradewegs ins Gesicht. »Ich ritt heute Morgen aus, und da fiel es mir ein, dass ich tot und begraben wäre, hättest du nicht an meiner Stelle den Schuss aufgefangen.« Seine Augen begannen zu schimmern und er schüttelte langsam den Kopf. »Ich kann dir das nicht vergelten, Evan.«

»Das ist auch nicht notwendig«, protestierte Evan. »Deine Familie hat so viel für mich getan, dass ich kein rechter Mann wäre, wenn ich nicht alles täte, um diese Freundlichkeit zu vergelten.«

Amos starrte Evan direkt in die Augen. »Du weißt, was alles noch schlimmer macht, nicht wahr?«

Evan gab nicht vor, nicht zu verstehen, was gemeint war. Langsam nickte er. »Ja. Jenny.«

»Ja. Ich war immer eifersüchtig auf ihre Gefühle für dich. Das weißt du seit langer Zeit.« Amos senkte den Blick und starrte einen langen Augenblick das Muster des Teppichs an, dann hob er den Kopf. »Ich kann nicht so tun, als wäre ich glücklich, dass ausgerechnet du mein Leben gerettet hast. Jeder andere wäre mir lieber gewesen!«

Evan nickte von Neuem. »Es ist ehrlich von dir, das zu sagen. Aber ich wünschte, du würdest nicht mehr daran denken.« Er suchte nach Worten und zuletzt sagte er schlicht: »Eins sollst du wissen, Amos: Ich werde Jenny niemals bitten, mein Leben mit mir zu teilen. Es ist zu hart für eine Frau. Kannst du mir vertrauen?« »Ich habe dich niemals lügen gehört«, sagte Amos. Er war immer noch nervös und unzufrieden, aber er streckte die Hand aus. »Ich nehme dich beim Wort.«

Evan brachte ein Lächeln zustande. »Nach der Hochzeit werde ich abreisen. Aber jetzt lasst uns gehen und Bischof Bunyan begrüßen.«

Die beiden Männer gingen die Treppe hinunter und fanden Bunyan in ein angeregtes Gespräch mit Angharad und Gavin vertieft. Susanne und Hope traten gleichzeitig ein, und Darcy Wingate, der mit Bunyan gekommen war, trat auf seine Verlobte zu, um sie zu begrüßen.

»Ach, hier ist der Held, der aus dem Krieg heimgekehrt ist«, strahlte Bunyan und schüttelte Evan die Hand. Er war schwerer geworden, und sein Gesicht war sonnenverbrannt, sodass er ein Bild blühender Gesundheit bot. »Nun, erzähl uns von deinen Abenteuern, Evan.«

»Nein, erzählt uns lieber von Euch«, widersprach Evan. Er hatte keine Lust, über den Krieg zu diskutieren, aber er war begierig zu hören, wie es um Bunyan stand.

»Nun, ich bin ein freier Mann!«, rief Bunyan aus. Er wandte sich an Darcy und lächelte breit. »Erzählt ihnen, welches juristische Ende die Sache genommen hat, Mr Wingate.«

Darcy wandte sich von Hope ab und sagte: »Nun, wir haben es geschafft! Der König hat Mr Bunyan ganz und völlig begnadigt.«

»Und du kannst nach Bedford zurückkommen, Evan«, fügte Bunyan hinzu. »Diesmal werden wir uns nicht in Scheunen verstecken müssen, um zu predigen!«

Aller Augen wandten sich Evan zu, aber er sagte augenblicklich: »Das ist ein verführerisches Angebot, Mr Bunyan, aber meine Pflicht ist es, nach Wales zurückzukehren.«

Er sah, dass Jenny ins Zimmer getreten war, und als er das sagte, schien sie beunruhigt. Er hatte weder die Zeit noch die Neigung, mehr zu sagen. Er schloss sich der Gruppe an, die sich ins Esszimmer begab. Auf Angharads Anordnung brachten die Diener Erfrischungen. Während die Gruppe aß, erzählte Bunyan in allen Einzelheiten von seiner Begnadigung. Als er sich zum Aufbruch rüstete, zog er Evan beiseite, um draußen unter vier Augen mit ihm zu sprechen.

»Nun, mein Junge, du siehst gut aus«, sagte Bunyan, während er nach den Zügeln griff. Er betrachtete den Jüngeren sorgfältig. »Muss es denn unbedingt Wales sein? Wir brauchen dich in England. Jetzt, wo Karl die Tür geöffnet hat, erwarte ich eine große Erweckungsbewegung.«

»Im Augenblick sagt mir Gott, ich solle zurückkehren. Aber ich weiß nicht, was in Zukunft sein wird.«

Bunyan trat einen Schritt vor und umarmte Evan. »Ich werde dich niemals vergessen«, sagte er mit rauer Stimme. »Wir fanden Gott in dieser elenden Zelle – nun werden wir ihn an dem Ort finden, an den er uns stellt!«

»Amen!«, sagte Evan. Er sah zu, wie Bunyan sein Pferd bestieg und davonritt. Als er sich abwandte, war ihm bewusst, dass er niemals einen gottgefälligeren Mann kennenlernen würde als John Bunyan. Als er ins Haus zurückkehrte, drehten sich alle Gespräche um die Hochzeit. Er saß still da, sagte nur wenig und versuchte sich auf Wales zu konzentrieren – aber er stellte fest, dass es ihm schwerfallen würde, dorthin zurückzukehren. Es wurde ihm nicht leichter gemacht, als Jenny und Amos sich von der Gruppe trennten und sich angeregt miteinander unterhielten. Augenblicklich wandte er den Blick ab und ging auf sein Zimmer. Lange Zeit saß er dort, starrte aus dem Fenster und kämpfte mit seinen Gedanken, dann sagte er mit schwerer Stimme: »Das hat keinen Sinn! Ich muss noch zur Hochzeit bleiben, aber dann kehre ich nach Wales zurück!«

* * *

»Ihr beide seid nun Mann und Frau, so lange ihr lebt.«

Als der Geistliche die abschließenden Worte der Zeremonie aussprach, drückte Darcy Hopes Hand. Sie wandte ihm ihr strahlendes Gesicht zu und nahm seinen Kuss entgegen.

»Nun kannst du mir niemals wieder davonlaufen«, flüsterte er. Die beiden machten kehrt und verließen die Kirche, und sobald sie draußen in den hellen Sonnenschein traten, wurden sie von Verwandten und Freunden belagert. Lange Zeit stand Evan unter dem Torbogen der Kirche und beobachtete die Festlichkeiten. Er schreckte leicht zusammen, als eine Stimme ihn aus seinen Gedanken riss.

»Sie werden sehr glücklich sein, denke ich.«

Evan hatte sich während all der aufgeregten Geschäftigkeit in Wakefield im Hintergrund gehalten. Nun wandte er sich um und sah Angharad neben sich stehen. Sie betrachtete ihn mit einem zufriedenen Licht in den Augen, selten hatte er sie so blühend gesehen.

»Ja, das glaube ich auch. Sie lieben einander sehr.« Evans Stimme war leise und Angharad blickte ihn an. Er wirkte niedergeschlagen.

Als er ihren eindringlichen Blick bemerkte, nahm er sich mit einiger Anstrengung zusammen und fügte hinzu: »Sie werden ihre Schwierigkeiten haben, aber das gehört wohl zur Ehe, nicht wahr?«

Angharad nickte. »So ist es.« Sie zögerte, dann sagte sie: »Ich wünschte, du würdest hier bei uns bleiben, Evan. Mr Bunyan möchte, dass du ihm mit der Gemeinde in Bedford hilfst. Und Reverend Symes würde dir helfen, eine Kirche in der Nähe von Bedford zu finden. Ich hätte dich gerne in meiner Nähe.«

Evan fühlte sich berührt von den Worten der Frau. Sie war seine engste Anverwandte auf Erden, und der Gedanke, sie zu verlassen, schmerzte ihn. Er schüttelte jedoch den Kopf und sagte: »Ich könnte nicht hierbleiben, Angharad.«

Sie wusste, dass sich in dieser schlichten Bemerkung mehr verbarg, als er sie jemals wissen lassen würde. »Du solltest niemals an der Wirklichkeit verzweifeln«, sagte sie abrupt. Als er ihr einen ratlosen Blick zuwarf, sagte sie: »Du liebst Jenny, aber du hast die Hoffnung aufgegeben, sie zu haben.«

»Ich habe Amos versprochen, sie nicht um ihre Hand zu bitten.«

»Das war ein törichtes Versprechen!«

»Angharad, ich habe ihr nichts zu bieten. Ich besitze nicht mehr als die Kleider, die ich am Leibe trage.«

»Sei kein Narr!« Angharads Stimme war scharf und ihre Augen hingen mit einem beinahe zornigen Ausdruck an dem jungen Mann. »Erinnerst du dich an diesen Narren Jeftah im Buch der Richter?«

»Nun, ja –«

»Er tat einen törichten Schwur, das Erste, was ihm nach der Schlacht begegnete, zu opfern. Und dann war es seine eigene Tochter! Er tat einen schlimmen Schwur, aber es war noch schlimmer, ihn zu halten!«

Evan betrachtete Angharad voll Überraschung. »Du liebst Jenny und Amos ist dein Sohn. Warum sprichst du so?«

»Wenn sie ihn nicht liebt, wie eine Frau ihren Mann lieben sollte, wird sie keine gute Schwiegertochter und auch keine gute Ehefrau sein!«

Evan ließ den Kopf hängen und dachte scharf nach. Als er den Blick wieder hob, sagte er: »Ich glaube schon, dass sie ihn liebt, Angharad … aber wie auch immer, ich kann nicht zu ihr kommen. Ich kann das Versprechen, das ich Amos gegeben habe, nicht brechen.« Plötzlich streckte er die Arme aus und umarmte sie. Mit rauer Stimme sagte er: »Ich breche augenblicklich auf. Aber ich werde zu Besuch kommen, obwohl es vielleicht lange dauern wird.«

Angharad drückte ihn eng an sich, dann sah sie ihm nach, wie er auf das Haus zuschritt. Sie sah, dass Jenny allein dastand und Evans Aufbruch beobachtete. Augenblicklich trat sie auf sie zu. »Jenny, komm mit mir«, sagte sie unvermittelt. »Wir müssen miteinander reden.«

Evan bemerkte die beiden Frauen nicht, denn das Herz tat ihm weh. Er ging augenblicklich ins Haus und sammelte seine Habseligkeiten ein. Als er im Stall sein Pferd sattelte, kam einer der Stallburschen auf ihn zu und sagte: »Nun, du reist doch nicht etwa schon ab, Evan?«

»Doch, Dick.« Er zog den Sattelriemen fest, dann wandte er sich um und klopfte Dick auf die Schulter. »Ich reite zurück nach Wales.«

Foster starrte ihn überrascht an. »Nun, es wäre klüger, zu warten und am Morgen aufzubrechen. Es wird keine Stunde mehr hell sein.«

»Ich werde an der Biegung des Flusses kampieren, wo wir den großen Hecht gefangen haben, erinnerst du dich?« Evan schwang sich in den Sattel und ritt winkend davon. Die Sonne sank hinter dem Schloss und die Wehranlagen hoben sich von einem scharlachroten Himmel ab. Er wandte sich ab und gab dem Pferd die Sporen, um so viele Meilen wie möglich zwischen sich und Wakefield und alle damit verknüpften Erinnerungen zu bringen.

Als er den Fluss erreichte, dunkelte es bereits, und er stieg rasch vom Pferd und entzündete ein kleines Feuer. Er nahm seinem Pferd den Sattel ab und fütterte es mit einem Teil des Getreides, das er mitgebracht hatte; dann setzte er sich ans Ufer des Flusses. Es war eine ruhige Nacht, in der der Wind nur leise wisperte. Das Wasser kräuselte sich zu seinen Füßen und gab verstohlen flüsternde Geräusche von sich. Am Himmel begannen die Sterne aufzutauchen. Mehr als eine Stunde lang saß er da und dachte über vielerlei nach. Schließlich überkam ihn Unruhe und er entfernte sich vom Fluss.

Das Feuer brannte zu glimmender Asche hinunter, und Evan kümmerte sich sorgfältig darum, indem er kleine Zweige hineinwarf, bis es wieder hell aufflammte. Er brauchte das Feuer im Grunde nicht, aber er hatte immer das fröhliche Geräusch prasselnden Holzes geliebt. Er beobachtete, wie die rotgelben Flammen in der leichten Brise schwankten, und versuchte über die Zukunft nachzudenken.

Schließlich gab er es auf und streckte sich neben dem Feuer aus. Er fühlte die Wärme der Erde, und nach einer Weile schien es ihm, als spürte er die Drehung der Erde unter sich. Es war ein Spiel der Vorstellung – eines, das ihm viel Vergnügen machte –, sich einzureden, er könnte die Bewegung des Planeten erspüren. Er verschränkte die Hände unter dem Kopf und blickte zu den glitzernden Sternen auf. »Ihr seid größer als ich, aber ihr könnt nicht tun, was ein Mensch tun kann!«

Er lag still da, in Gedanken bei der Vergangenheit, und immer wieder musste er sich von dem Gedanken losreißen, wie anders sein Leben hätte verlaufen können. Einmal stand er auf und legte Holz aufs Feuer, dann legte er sich wieder hin. Schließlich döste er ein, wachte aber erschreckt auf, als ein Geräusch die Stille der Nacht störte. Rasch sprang er auf die Füße und trat von den glühenden Kohlen zurück.

»Wer ist da?«, rief er aus, als ein Pferd einen schwarzen Schatten zu seiner Rechten warf. Sein eigenes Pferd wieherte, und Evan legte die Hand auf den Dolch, den er am Gürtel trug. Zuweilen war eine Reise ein gefährliches Unterfangen und er trat in den Schutz der Bäume zurück. Seine Augen waren wachsam.

»Evan? Bist du das?«

Ein Schauder durchfuhr Evan. »Jenny!« Er sprang vor, ergriff das Zaumzeug des Pferdes und starrte zu ihr hinauf. »Was tust du hier?«

Jenny ließ sich vom Pferd gleiten, gab jedoch keine Antwort. Evan versuchte, einen Blick auf ihr Gesicht zu werfen, konnte aber nur wenig sehen, denn sie hatte die Kapuze ihres Mantels über den Kopf gezogen. »Nun, lass mich dein Pferd anbinden«, sagte er und hatte es bald getan. Er trat ans Feuer und beugte sich darüber, warf ein paar trockene Stöckchen hinein. Als es aufflammte, wandte er sich ihr zu. »Nun, was hat das alles zu bedeuten?«

Jenny löste das Band der Kapuze, die auf ihre Schultern zurückglitt. Ihr Haar hing offen herab und das flackernde Licht des Feuers ließ es rötlich aufleuchten. Evan sah, dass ihr Gesicht bleich war und ihre Züge einen ausnehmend ernsten Ausdruck trugen. »Ist jemand krank?«, verlangte Evan zu wissen. »Was ist *geschehen*, Jenny?«

Jenny wandte sich um und hielt die Hände über das Feuer. »Der Stallbursche, Dick Foster, sagte mir, dass ich dich hier finden würde«, sagte sie schließlich mit abgewandtem Gesicht. Jetzt, wo sie hier war, erschien ihr der innere Drang, ihm zu folgen, als töricht. Während des ganzen Weges von Wakefield hatte sie darüber nachgedacht, was sie Evan sagen konnte, aber nun erschien ihr alles seltsam und gezwungen. »Ich – ich musste mit dir sprechen«, sagte sie schließlich. Dann wandte sie sich ihm zu. Ihre Augen wirkten riesenhaft. »Warum bist du abgereist, ohne mir Lebewohl zu sagen?«

Evan zuckte die Achseln. Er versuchte einen Weg zu finden, wie er ihr seinen abrupten Aufbruch erklären konnte, aber schließlich sagte er ehrlich: »Jenny, ich konnte es einfach nicht ertragen. Es tut mir leid. Aber du hättest nicht so ganz allein hierherkommen sollen. Es ist gefährlich.«

Jennys Lippen krümmten sich ein wenig. »Ich bin schon einmal aus der Nacht an dich herangetreten«, sagte sie. »Du hast mich damals ziemlich grob behandelt, Evan. Erinnerst du dich?«

»Ja.« Evans Gedanken schweiften zu dieser Zeit zurück und er sagte sanft: »Das ist sehr lange her, Jenny. Damals warst du nichts weiter als ein kleines, heimatloses Mädchen.« Ihr Anblick erregte ihn mehr, als er für möglich gehalten hatte, und er verschloss sich mit aller Kraft der Gewalt seiner Gefühle für sie. »Du bist jetzt kein kleines Mädchen mehr … und du hast ein Zuhause.«

»Habe ich das, Evan?«

»Aber natürlich hast du das!«

Jenny trat näher an ihn heran, das Gesicht erhoben. Sie hatte etwas Verletzliches an sich, als sie die Hand ausstreckte und seine Brust berührte. »Erinnerst du dich, was ich in der Nacht sagte, als wir uns kennenlernten?«

Er blickte auf sie herab, und ihm war zumute, als sollte er in ihren smaragdgrünen Augen versinken. Sein Herz hämmerte, und er musste sich zwingen, nicht ihr Gesicht zu berühren. »Ich habe es niemals vergessen.« Seine Stimme war gedämpft und heiser. »Du sagtest: ›Nimm mich mit dir.‹«

Jenny zögerte, dann legte sie die andere Hand auf Evans Arm. Ihre Stimme klang ruhig, aber sie schien auf eine Weise zu vibrieren, wie Evan es nie zuvor gespürt hatte.

»Nimm mich mit dir, Evan!«

Evan Morgan stand wie vom Blitz getroffen da. Ihre Worte schienen in der Stille der Nachtluft widerzuhallen – und in seinem Herzen. Einen kurzen Augenblick lang überwältigte ihn das Verlangen, sie gewaltsam an sich zu pressen, sein Gesicht in ihrem Haar zu vergraben. Dann kehrte sein klarer Verstand zurück und er schluckte schmerzhaft.

»Das kann ich nicht tun, Jenny!«, sagte er schließlich.

»Warum nicht? Liebst du mich nicht?«, flüsterte Jenny.

Es war mehr, als er ertragen konnte. Er streckte die Arme aus und legte die Hände auf ihre Schultern. »Ja!« Seine Stimme klang rau vor innerer Bewegung. »Ja, ich liebe dich! Aber ich habe es Amos versprochen … ich sagte ihm, ich würde dich niemals bitten, meine Frau zu werden. Ich könnte dich niemals von allem wegreißen, was du in Wakefield hast, und dich bitten, ein hartes Leben mit mir zu teilen. Du hast etwas Besseres verdient.«

Jennys Augen glitzerten von ungeweinten Tränen. Langsam streckte sie die Arme aus, schlang die Hände um seinen Nacken und zog seinen Kopf herab. Er wusste, er sollte ihr widerstehen, sollte sie von einer so törichten Tat zurückhalten … aber er tat nichts dergleichen. Ihre Lippen waren weich und zugleich fordernd unter den seinen. Er konnte es nicht verhindern, dass er die Arme um sie schlang, ebensowenig, wie er das Atmen hätte verhindern können.

Sie schmiegte sich in seine Umarmung und bot ihm mit überwältigender Süße ihr ganzes Sein an.

Nach einem langen Augenblick hob Evan den Kopf und starrte in ihr Gesicht. Seine Augen forschten, als hoffte er eine Antwort darin zu finden. »Jenny ... süße, süße Jenny. Ich liebe dich. Ich liebe dich schon seit langer Zeit.« Er schloss verzweifelt die Augen und lehnte seine Stirn an die ihre, rang sich die Worte ab, die ihn zu zerstören drohten. »Aber ich kann dich nicht heiraten.«

»Wegen Amos?«

»Ja, zum Teil. Ich habe ihm mein Wort gegeben.«

»Aber du bittest mich ja gar nicht, mich zu heiraten. Ich mache *dir* einen Heiratsantrag!« Jenny lächelte, als sie den Ausdruck auf Evans Gesicht sah. »Ich weiß, eine Frau sollte das nicht tun, aber Angharad machte mir den Vorschlag, und du weißt, wie weise sie ist. Ich hielt es nur für klug, ihrem Rat zu gehorchen.«

»Angharad!«

»Ja, Evan. Sie kam zu mir und half mir zu erkennen, dass ich Amos niemals eine gute Frau sein würde.« Jenny rührte sich ein wenig in Evans Umarmung. Ihre Augen waren nachdenklich. »Sie ist wirklich sehr weise, Evan! Sie sagte, sie hätte schon lange gewusst, dass ich Amos nicht genug liebe, um seine Frau zu sein. Und sie sagte mir –« Sie unterbrach sich abrupt, als hätte sie mehr gesagt, als sie vorgehabt hatte.

»Was hat sie dir gesagt?«, verlangte Evan zu wissen.

»Sie sagte mir, dass ich dich liebte.«

Evan starrte sie wie betäubt an. »Und was ist mit Amos?«

»Ich habe mit ihm gesprochen, Evan. Er war zornig, aber er wird darüber hinwegkommen. Selbst er hat eingesehen, dass ich uns allen Unrecht tun würde, wenn ich den einen Mann heirate, während ich einen anderen liebe.«

Eine Eule flog über sie hinweg. Ihr Schatten tanzte über die beiden, die so eng beisammenstanden und einander umschlungen hielten.

Evan sehnte sich verzweifelt danach, Jenny nachzugeben, zu nehmen, was sie ihm anbot, und sie als seine Ehefrau, seine Liebste anzunehmen. Aber sein bekümmertes Herz wollte es nicht zulassen. »Jenny, ich liebe dich, aber –«

Jenny legte ihre Hand auf seine Lippen und schnitt ihm das Wort ab. »Evan, ich habe keine Angst vor der Armut. Ich fürchte nur eines. Mein ganzes Leben habe ich es gefürchtet.«

Er schmiegte sein Gesicht in ihre Handfläche und küsste die weiche Haut, die seine Worte hinderte. Dann nahm er ihre Hand in die seine und hielt sie fest. »Wovor hast du Angst, Jenny?«

Sie war sehr still, dann wandte sie ihm ihr Gesicht zu. »Mein Leben lang hatte ich Angst, dass ich nie jemand finden würde, der mich liebt. Als ich beim Theater war, boten mir die Männer alles Mögliche an. Nicht zu glauben, sogar der König machte mir ein Angebot! Aber ich wusste, dass keiner von ihnen *mich* liebte. Es war immer etwas anderes.« Ihr Körper straffte sich und sie fragte: »Evan ... liebst du mich? Wirst du mich immer lieben?«

Er hielt ihrem Blick stand, während die Gefühle ihn überschwemmten. Seine Augen leuchteten vor Vertrauen, als er nickte. »Ja, Liebste. Für immer. Für alle Zeit. Ich werde dich lieben, bis dieses Leben sein Ende findet ... und dann, wenn wir bei unserem Herrn sind, werde ich dich in alle Ewigkeit lieben.«

Er zog sie eng an sich und küsste sie sanft. Sie schmiegte sich an ihn und genoss die Zärtlichkeit und die Kraft der Arme, die sie umschlungen hielten. Und als er sie küsste, wusste sie, dass ihr Lebensschiff einen Hafen gefunden hatte. Schließlich zog sie sich zurück und blickte ihn an, Tränen in den Augen. Als sie sprach, war ihre Stimme ein gebrochenes Flüstern. »Ich dachte – ich dachte, ich hätte dich verloren, mein Liebster!«

»Niemals!«, schwor er ihr. »Ich weiß jetzt, dass Gott uns zusammengeführt hat, und du wirst mich niemals verlieren.« Er vergrub seine Hände in ihrem köstlichen Haar. »Weißt du denn nicht, Jenny, wenn ich dich habe, so habe ich die Welt! Das ist es, was du immer sein wirst: meine Welt!«

Jennys Tränen rollten über ihre Wangen hinab und sie berührte Evans Gesicht. »Wir werden nach Wakefield zurückkehren, und dann wird Gott uns sagen, was wir weiterhin tun sollen.«

Der volle Mond tauchte hinter einer Wolke auf und überströmte die Welt mit silbernem Schein, aber die beiden, die neben dem erlöschenden Feuer standen, nahmen nichts davon wahr. In der Ferne läutete eine Glocke mit schwachem, melodiösem Klang, aber sie hörten sie nicht. Sie sahen und hörten nur einander.

Schließlich löste sich Evan von Jenny und nahm ihre Hand in die seine. »Ja, Jenny. Lass uns nach Hause gehen.«

Sie löschten das Feuer, dann bestiegen sie ihre Pferde und verließen die Lichtung. Als der Klang der Pferdehufe verhallte, breitete sich Schweigen über die kleine Lichtung. Eine winzige Maus tauchte aus ihrem Bau auf, starrte mit silbernen Augen die Szene an, dann kratzte sie ihr Ohr. Schließlich pickte sie ein Samenkorn auf und begann lässig daran zu knabbern, während die Wolken den Mond verdunkelten.

Mehr über Wakefield in Band 5
»Stürme der Liebe«

1

EINE VERWECHSLUNG

Im Jahre des Herrn 1731 sah sich England in jeder Hinsicht enormen Problemen gegenüber – kulturell, international und moralisch. Aber an diesem schönen Frühlingsnachmittag, an dem sie an ihrem Frisiertisch saß, machte sich Caroline Barksdale mehr Gedanken über das Kleid, das sie für einen Ball angezogen hatte, als über internationale Intrigen.

Miss Barksdale – eine kleine, aber gut gebaute junge Frau, siebzehn Jahre alt – beugte sich vor, betrachtete eingehend ihr rötlichblondes Haar und übte ein Lächeln. Sie blinzelte mit ihren großen braunen Augen, die von dichten Wimpern überschattet wurden, und ihr Ausdruck hatte etwas Keckes an sich, das dem jungen Gentleman gefiel, der sie eben erst entdeckt hatte.

Caroline drehte sich zur Seite, warf einen Blick über die Schulter und sah dann von Neuem in den Spiegel. Ihr französischer Morgenmantel war so teuer gewesen, dass sie nach Luft geschnappt hatte, als ihre Mutter den Preis erwähnte. Ein weich fließender, kirschfarbener Kaftan mit lose geschnittenen, ellbogenlangen Ärmeln war es, den sie hochgerafft und festgesteckt hatte, sodass ein bestickter Unterrock darunter zum Vorschein kam. Ein kleines Leinenhäubchen über ihrer gepuderten Perücke vervollständigte ihre Bekleidung.

»Es ist tatsächlich ziemlich kühn –«, flüsterte sie mit einem Blick auf das tief ausgeschnittene Mieder. Im selben Augenblick schreckte sie ein Geräusch hinter ihr auf und ihre Mutter rauschte herein. »Aber du bist ja noch gar nicht angezogen, Caroline! Dein Vater wartet bereits mit dem Wagen.«

»Oh Mutter, ich bin mir nicht sicher, ob ich dieses Kleid anziehen soll!« Caroline zupfte am Ausschnitt, aber das Kleid veränderte seinen Sitz am Körper nicht. Es hatte gar nicht so besonders tief ausgeschnitten ausgesehen, als sie es gekauft hatte, aber jetzt, wo sie bereit war, der Öffentlichkeit darin gegenüberzutreten, ließ es ungebührlich viel weiße Haut sehen. »Das Kleid ist doch nicht zu tief ausgeschnitten, was meinst du, Mutter?«

»Tief ausgeschnitten? Unsinn!« Lettie Barksdale, eine klein gewachsene, plumpe Frau mit rosigen Wangen und kleinen blauen Augen, klopfte Caroline auf die Finger, damit sie das Kleid losließ. Mehrere von Letties dicken Fingern waren mit Ringen mit großen Steinen geschmückt, darunter ein riesiger Rubin. Es waren Hände, die harte Arbeit verrieten, denn weder Salben noch Maniküre konnten diesen Teil von Lettie Barksdales Vergangenheit verbergen. Nun schnaubte sie und sagte ungeduldig: »Der Händler hat uns versichert, es sei der letzte Schrei aus Paris, also hör auf, Theater zu machen!«

Caroline lächelte leicht und zog die Winkel ihres vollen Mundes hoch. »In Ordnung, aber wollte ich dieses Kleid draußen in der Sonne tragen, so würde ich mir einen Sonnenbrand an höchst peinlicher Stelle zuziehen!« Sie wandte sich um, hob ihren Umhang auf und warf ihn um die Schultern. »Ich bin fertig, Mutter.«

»Wie gefällt dir mein Kleid?«, fragte ihre Mutter.

Caroline betrachtete das Kleid ihrer Mutter, ein pflaumenfarbenes Prachtstück mit so viel Bändern und Spitzen daran, dass Lettie bei jeder Bewegung einem reich blühenden Blumengarten ähnelte. Es war ein kostspieliges Kleid, aber es passte nicht im Geringsten zu der blühenden Gesichtsfarbe ihrer Mutter oder zu ihrer Figur. Caroline hätte beinahe gesagt: »Du siehst aus wie ein Fässchen in einem teuren Kleid.« Aber dazu war sie viel zu taktvoll. Stattdessen lächelte sie und antwortete: »Es ist ein wunderschönes Kleid, Mutter. Ich bin überzeugt, alle werden es bewundern.«

»Das bitte ich mir aus! Es hat schließlich genug gekostet.« Sie verließen das Zimmer und Lettie führte ihre Tochter die Treppe hinunter. Als sie das Ende der Treppe erreicht hatten, verkündete sie ziemlich laut: »Wir sind fertig zur Abfahrt, Lofton, ich hole nur noch schnell meinen Mantel.«

»Du hast Zeit genug gehabt, dich für eine königliche Krönung herauszuputzen.« Der Sprecher, Lofton Barksdale, war ein hochgewachsener Mann von fünfundvierzig Jahren mit braunem Haar, das über der Stirn bereits schütter wurde. Er hatte schlaue, eng zusammenstehende Augen und einen sinnlichen Mund, der sich nun zu einem Lächeln verzog. »Ich fühle mich wie ein Narr in diesem Aufzug«, klagte er. »Wie ein affiger Franzose sehe ich aus.« Er war nach der neuesten Mode gekleidet. Dazu gehörten weiße Kniehosen und Strümpfe, ein zweireihiger Mantel und eine gefältelte Weste. Da er ein großer Mann war, sah er aus, als hätte man ihn in seine Kleider hineingestopft, aber er wagte es nicht, seinem Schneider zu widersprechen.

»Wir werden bankrottgehen, Lettie, wenn wir uns noch für einen weiteren dieser verflixten Bälle anziehen müssen!«

»Oh, sei nicht albern, Lofton!« Lettie fasste besitzergreifend nach seinem Arm und zog ihn zur Tür. »Wir müssen mit den Londonern Schritt halten. Wir wohnen nicht mehr in einem kleinen Dorf. Du bist ein bedeutender Mann. Komm schon, Caroline. Beeil dich.«

Ein massiger Diener öffnete die Tür und verbeugte sich, als das Trio ins Freie trat. Die wartende Kutsche kostete mehr, als Lofton Barksdale in den fünf Jahren seines Geschäftslebens verdient hatte, und mehr als einige der kleinen Häuser in dem Dorf, in dem Lofton Barksdale jahrelang gelebt hatte. Dennoch hatte Lettie darauf bestanden, dass sie mit Stil auftreten mussten. »Ich kann nicht in einem Eselskarren in London herumfahren!«, hatte sie gesagt. Als der Kutscher den Damen beim Einsteigen half, schnappte Barksdale: »Trödeln Sie nicht herum, Jenkins. Wir wollen nicht zu spät kommen.«

»Ja, Sir!« Der Kutscher schloss die Tür und kletterte flink wie ein Affe auf den Kutschbock. Dann griff er nach seiner Peitsche, ließ sie großartig knallen und rief den Pferden zu: »Hüa, vorwärts!« Die beiden Apfelschimmel machten einen Satz nach vorne und die Kutsche rollte unter raschem Hufgeklapper die Straße entlang.

Lettie spähte zum Fenster hinaus. Ihre neugierigen Augen sogen den Anblick Londons auf. Nachdem sie aus einer Kleinstadt in Sussex hierhergezogen war, war sie fasziniert von der riesigen Größe dieser Stadt mit ihren sechshunderttausend Einwohnern. Die Kutsche schlängelte sich auf engen, gewundenen Gassen durch ein Labyrinth von Häusern und Läden und an Hintergassen vorbei, die dunkel und ziemlich gefährlich aussahen. Hier in London, hatten die Barksdales herausgefunden, wohnten Reichtum und Armut zuweilen Seite an Seite. Ein vornehmer Lord mochte in derselben Nachbarschaft wohnen wie ein Metzger oder Kerzenzieher. Als sie an den zahlreichen Schänken vorbeifuhren, blickte Barksdale düster zum Fenster hinaus und bemerkte: »Ich hörte gestern einen Burschen sagen, dass letztes Jahr in England fünf Millionen Gallonen Gin konsumiert wurden.« Er schüttelte missvergnügt den Kopf. »Sie sind Narren, dass sie dieses Giftzeug trinken!«

»Das sind sie gewiss, aber was kann man von den niedrigen Klassen schon erwarten?«, sagte Lettie und schniefte herablassend. Sie hatte passenderweise vergessen, dass sie in ihrer Kindheit und Jugend selbst zu den »niedrigen Klassen« gehört hatte. Selbst nach ihrer Heirat mit Lofton Barksdale, einem vielversprechenden jungen Handelsmann, hatte sie nur die unteren Schichten der Mittelklasse erreicht gehabt. Aber als Loftons Geschäfte blühten, hatte sie angefangen, ihn um ein Haus in London zu quälen. Vor einem Monat hatte ihr ständiges Genörgel schließlich den Widerstand ihres Gatten gebrochen und sie waren nach London gezogen.

Nun streckte Lettie die Hand aus und streichelte über Carolines Gesicht. »Du solltest ein wenig mehr Reispuder verwenden, Caroline. Du hast einen guten Teint, aber es kann nicht schaden, der Natur ein wenig nachzuhelfen.«

»Richtig!«, grunzte Barksdale. Er nickte und machte einen unbeholfenen Versuch, witzig zu sein. »Wenn du einen Ehemann finden willst, musst du so gut wie möglich aussehen.«

»Bei dir klingt das, als wolltest du ein Haus verkaufen!«, sagte Caroline lächelnd. Sie war eine schlagfertige junge Frau, so fügte sie hinzu: »Mit dem Heiraten ist es also genauso, als wenn man ein Haus verkauft, nicht wahr, Papa? Du übertünchst es ein bisschen und flickst es zusammen, damit die zukünftigen Käufer davon begeistert sind?«

»Das ist absolut nicht der Fall!«, schnappte Lettie, die wenig Humor hatte. Dann schüttelte sie den Kopf und fügte eine weitere Ermahnung hinzu: »Natürlich musst du heiraten. Was sollte eine Frau sonst schon tun?«

»Stimmt genau. Und sieh zu, dass du eine gute Partie machst«, ergänzte Barksdale.

»Und wie viel müsste der junge Mann wert sein?«, fragte Caroline, ohne eine Miene zu verziehen. »Du hast noch nichts darüber gesagt, welche Einkommensklasse du dir vorstellst.«

Keines ihrer Eltern fand das auch nur im Geringsten witzig. Lettie kräuselte die Lippen, rechnete rasch im Kopf und sagte dann: »Zumindest zehntausend Pfund im Jahr und keinen Pfennig weniger.«

»Ich werde daran denken«, antwortete Caroline und wandte sich dem Fenster zu, wobei sie ihr Lächeln hinter der hohlen Hand verbarg. In einer Zeitepoche, in der die meisten Frauen nichts weiter lernten als Sticken und Miniaturen malen, war Caroline ziemlich gebildet – viel mehr als die meisten jungen Frauen ihrer Klasse. Ihr Vater hatte dafür gesorgt, dass sie von ihren Hauslehrern in Literatur und sogar in den Naturwissenschaften unterrichtet wurde.

Als Lofton Barksdale seine Tochter so anstarrte, wünschte er plötzlich, sie wäre als Junge zur Welt gekommen. Dafür war es jetzt natürlich zu spät. Da er keinen Sohn hatte, würde niemand seinen Namen weiterführen. Aber wenn er seinen Plan geschickt ausführte, würde die Familie dennoch nicht aussterben. Er hatte weder seiner Frau noch Caroline etwas davon gesagt, aber Lofton war nur aus einem einzigen Grund nach London gezogen: Er wollte Caroline an einem Ort haben, wo passende Ehemänner leichter zu finden waren als in einem winzigen Dörfchen.

Er lehnte sich in seinem Sitz zurück und dachte zufrieden an die Zukunft, die vor ihm und seiner Familie lag. Er war als armer Mann aufgewachsen, hatte es aber durch eigene Anstrengung geschafft, über das Niveau eines Arbeiters aufzusteigen. Nun hatte er das Gefühl, dass Gott seine Mühen mit Wohlstand belohnte – und hoffentlich mit einem reichen Schwiegersohn!

* * *

Lord und Lady Fairfax fanden es passend, zu ihren Bällen auch einige Emporkömmlinge einzuladen. Obwohl sie selbst nicht zum Hochadel gehörten, genossen sie in ihren Kreisen hohes Ansehen. Lord Fairfax hatte in der Armee gedient, ohne sich besonders auszuzeichnen, aber als der Sohn eines verblichenen Lord Fairfax hatte er den Titel erhalten. Keiner der Fairfaxes hatte sich in irgendeiner Weise besonders hervorgetan, es sei denn beim Tanzen. Alle Fairfaxes waren gute Tänzer. Das Haus, das Fairfax in London hatte erbauen lassen, besaß einen riesigen Ballsaal, der mehr Platz brauchte als der Rest des Hauses. Als der Nachmittag zur Neige ging und der Abend hereinbrach, glänzten die Kristallleuchter an der Decke und warfen ihre bleichen Strahlen über die Tänzer, die zur Musik eines lebhaften Sechs-Mann-Orchesters über den polierten Boden glitten.

Das war einer der Ansprüche, die Lord Fairfax stellte – die Musik musste vom Allerbesten sein, was für gewöhnlich bedeutete, dass Italiener engagiert wurden, die kein Wort Englisch sprachen. Dennoch beugte sich ein erfreuter Lord Fairfax zu seiner habichtnasigen Frau – sie trug ein orchideenfarbiges Kleid, das absolut nicht zu ihrem fahlen Teint passte, und bemerkte: »Der neue Geiger macht sich gut, das muss ich schon sagen.«

Nachdem sie Hunderte Bälle besucht hatte, jene eingeschlossen, die ihr Ehemann und sie selbst gaben, war Lady Fairfax am Rande der Erschöpfung. Nun warf sie einen trägen Blick zu den Musikanten hinüber, die auf einer Empore am anderen Ende des Raumes saßen. Sie lauschte einen Augenblick und murmelte dann beinahe widerwillig: »Ja, sie machen sich gut.« Dann, nach einer Pause, sah sie sich um und sagte: »Heute Abend ist niemand da.«

Das war eine interessante Bemerkung, denn der Saal war gedrängt voll. Die Farben der Frauenkleider bildeten ein Kaleidoskop von blitzendem Rot, Grün und Blau, sodass die Männer – von der Mode dazu verurteilt, dunklere Farben zu tragen – fast völlig im Hintergrund blieben. Lady Fairfax meinte mit dieser Bemerkung, es seien keine gekrönten Fürsten da, keine ausländischen Minister vom französischen Hof, keine Kriegshelden, kein General oder Admiral. Nein, es waren nur die üblichen Vergnügungssüchtigen, die im Wasser des Londoner Gesellschaftslebens schwammen wie Fische in einem Aquarium.

»Wer kommt da herein?«, verlangte Lord Fairfax plötzlich zu wissen. »Ach ja, es ist dieser neue Bursche. Wie hieß er doch?«

»Barksdale, glaube ich.« Lady Fairfax nickte. Sie hatte ein Gesicht wie ein Habicht, mit einer Hakennase. »Sie sehen gewöhnlich aus, findest du nicht, Henry?«

»Das Mädchen ist sehr hübsch.«

»Das sieht dir ähnlich, dass du ausgerechnet sie bemerkt hast! Was ist er – ein Metzger oder etwas dergleichen?«

»Oh nein. Er arbeitet mit Wertpapieren, Aktien – sehr gescheit. Deshalb habe ich ihn eingeladen. Wir können seine Hilfe brauchen, falls wir uns entschließen sollten, Geld zu investieren.«

»Ich nehme an, solche Leute muss es auch geben«, bemerkte Lady Fairfax.

Caroline Barksdale war von dem Ballsaal beeindruckt. Sie und ihre Mutter wurden von Lofton Barksdale allein gelassen, der sofort von einem Geschäftsfreund angesprochen und in das Billardzimmer verschleppt wurde.

»Ich fürchte, für heute Abend haben wir ihn zum letzten Mal gesehen«, bemerkte Lettie scharf. »Komm mit. Lass uns dort drüben hinsetzen.« Sie zog Caroline zu einer Reihe von Stühlen, die an der Wand entlang aufgereiht standen, und die beiden setzten sich. »Ich wünschte, wir bekämen bald jemanden zu sehen, den ich kenne«, sagte Lettie trostlos. »Es ist so schwierig, sich in Beziehungen oder Gespräche zu mischen, die vor unserer Ankunft begonnen haben.«

Ihr Wunsch wurde bald erfüllt; eine hochgewachsene, knochige

Frau mit einem stark geschminkten Gesicht erschien und sagte: »Mrs Barksdale, wie erfreulich, Sie hier zu sehen.«

»Ach, das ist ja Mrs Smith. Wie nett, Sie zu sehen, Dora. Ich glaube, sie kennen meine Tochter noch nicht, Caroline.« Lettie stellte Caroline vor und fügte hinzu: »Sehr hübsch ist es hier.«

»Oh ja, das kann man sagen.« Mrs Smith beäugte Caroline und lächelte. »Ich nehme an, Sie unterhalten sich gut in London, Miss Barksdale. Haben Sie schon viele Leute kennengelernt?«

»Nein, nicht allzu viele.«

»Nun, da ist jemand ganz in der Nähe«, sagte Mrs Smith und deutete mit einer beiläufigen Kopfbewegung. »Hinter den Tänzern da – drüben am Büfett.«

»Wer ist das?«, verlangte Lettie augenblicklich zu wissen.

»Sir George Wakefield, ein *sehr* interessanter junger Mann.« Mrs Smith wandte sich Lettie Barksdale zu und lächelte, wobei sie eine erstaunliche Ähnlichkeit mit einem Krokodil bekam. »Ein guter Fang für eine unternehmungslustige junge Dame.«

Caroline versuchte, zwischen den Tänzern hindurchzuspähen; es gelang ihr jedoch nur, einen flüchtigen Blick auf den Mann zu werfen, auf den Mrs Smith sie hingewiesen hatte. Er schien von durchschnittlicher Erscheinung und Größe zu sein, aber sein Gesicht war interessant. »Er wirkt intelligent«, bemerkte sie und bemühte sich, jedes Gefühl aus ihrer Stimme herauszuhalten.

»Kein Mann, der dreißigtausend Pfund im Jahr wert ist, hat es nötig, intelligent auszusehen«, sagte Mrs Smith. Sie glaubte an ihre eigenen Worte. Weil sie sich auf der untersten Sprosse der sozialen Leiter befand, verbrachte Mrs Smith ihre Tage damit, von einem Teekränzchen oder Ball zum nächsten zu gehen, wo sie tat, was sie konnte, um sich Ansehen zu verschaffen.

Während Mrs Smith Lettie Barksdale auf einige weitere gefeierte Persönlichkeiten hinwies, fühlte Caroline sich zunehmend unbehaglich. Sie wurde nur zweimal angesprochen, und dies von älteren Männern, die herbeikamen, um ihre Mutter zu begrüßen, und im Vorbeigehen ein paar Worte mit ihr wechselten. Das war eine neue und schmerzliche Erfahrung; daheim in ihrem Dorf war sie die Königin jedes Balles gewesen.

»Darf ich mich wohl vorstellen?«

Der Klang einer Männerstimme schreckte Caroline auf, die den Blick nach rechts in den langen Saal gewandt hatte. Sie drehte sich rasch um und blinzelte überrascht. Sir George Wakefield, der Mann, auf den Mrs Smith sie aufmerksam gemacht hatte, stand vor ihr und blickte lächelnd auf sie nieder.

»Nun, das kann ich gestatten«, antwortete Caroline rasch. Ihre Mutter war mit Mrs Smith davongeschlendert, also nützte Caroline die Gelegenheit, Wakefield eingehend zu betrachten und ihn rasch abzuschätzen. Er war hager und athletisch. Sein schlichter grauer Mantel, die schwarzen Kniehosen, weißen Strümpfe und schwarzen Schuhe mit den Silberschnallen waren schön gearbeitet und passten ihm gut. Er hatte dunkelblondes Haar und blaue Augen. Obwohl man ihn nicht gerade hübsch nennen konnte, hatte er kräftige, männliche Züge – eine breite Stirn, kleine Ohren, eine kurze englische Nase, einen festen Mund mit einer vollen Unterlippe und ein stark ausgeprägtes Kinn. Als er lächelte, bemerkte sie, dass er ungewöhnlich schöne Zähne hatte.

»Mein Name ist Wakefield«, sagte er mit lässigem Charme. »Ich glaube, wir sind einander noch nicht begegnet, so möchte ich diese Gelegenheit nützen, mich vorzustellen.«

»Mein Name ist Caroline Barksdale. Mein Vater und meine Mutter sind irgendwo hier im Saal«, sagte sie.

»Sie sind neu in London?«, fragte er. Seine Augen leuchteten vor Interesse.

»Oh ja. Wir sind erst seit einem Monat hier.«

Wakefield lächelte und fragte: »Würden Sie mir die Ehre dieses Tanzes geben, Miss Barksdale?«

»Aber gewiss, Sir.«

Caroline erhob sich mit einer lebhaften Bewegung und während der nächsten fünfzehn Minuten genossen die beiden einen der langsameren Tänze des Abends. Caroline war eine gute Tänzerin, und irgendwie machte es ihr Spaß, dass sie besser tanzte als ihr Partner. Er war jedenfalls ganz anders, als sie sich einen Lord vorgestellt hatte, denn er hatte etwas Schlichtes an sich, etwas fast Demütiges, das sie nicht erwartet hatte. Sie wollte ihn schon fragen, wie man sich als Lord fühlte, aber klugerweise beherrschte sie ihre Regung. Es dauerte nicht lange, bis sie herausfand, dass er ein guter Gesprächspartner war.

Am Ende des Tanzes sagte Wakefield: »Ich hoffe, ich bin nicht allzu kühn – aber kann ich Ihnen eine Erfrischung holen und dann vielleicht den nächsten Tanz haben?«

Caroline war gerne damit einverstanden. Während Wakefield unterwegs war, kam ihre Mutter herbei, setzte sich neben sie und fragte ziemlich scharf: »Wer war das?«

»Sir George Wakefield«, sagte Caroline lächelnd. Dann fügte sie hinzu: »Er ist dreißigtausend Pfund im Jahr wert – hat Mrs Smith nicht etwas dergleichen gesagt? Meinst du, er käme als Verehrer für mich infrage?«

»Sei keine Närrin, Caroline! Was hat er gesagt? Erzähl mir *alles* …!«

Aber bevor Caroline die Neugierde ihrer Mutter befriedigen konnte, war Wakefield schon zurück und brachte zwei Gläser Punsch. Als Caroline ihre Mutter vorstellte, verbeugte er sich und lächelte. »Ich freue mich, Sie kennenzulernen, Mrs Barksdale, und ich freue mich auch darauf, Ihren Gatten kennenzulernen.«

Caroline merkte, dass ihre Mutter beinahe barst vor Neugierde, daher trank sie rasch ihren Punsch aus und sagte: »Ich glaube, die Musik fängt schon wieder an.«

»Ja. Entschuldigen Sie uns, Mrs Barksdale.«

Caroline war erfreut über ihren »Fang«, wenn man es so nennen konnte. So sehr, dass sie gar nichts dagegen hatte, als Lettie später – nachdem Wakefield sich mit einer Verbeugung verabschiedet hatte – von Neuem verlangte: »Erzähl mir alles über ihn. Ist er einfach gekommen und hat sich vorgestellt?«

Caroline erzählte ihr in allen Einzelheiten von ihrer Begegnung, und während sie noch sprach, kam ihr Vater herein. Seine Frau informierte ihn augenblicklich über Carolines neue Bekanntschaft und er sagte mit einiger Überraschung: »Sir George Wakefield? Gute Familie, haufenweise Geld, habe ich gehört.« Er wirkte ausgesprochen zufrieden.

In eben diesem Augenblick kamen zwei Männer auf sie zu.

»Das ist Sir Lionel Fairfax, unser Gastgeber«, sagte Barksdale mit gedämpfter Stimme. »Den Mann neben ihm kenne ich nicht.« Als Fairfax sie erreichte, blieb er stehen und sagte: »Ich möchte Ihnen Sir George Wakefield vorstellen.«

Caroline starrte schockiert den Mann an, der neben Fairfax stand. Er war mehr als sechs Fuß groß und ein wenig übergewichtig, mit braunem Haar, braunen Augen und einem eckigen Gesicht. Sobald man sich gegenseitig vorgestellt hatte, sagte er: »Darf ich um diesen Tanz bitten, Miss Barksdale?«

»Gewiss, Sir.«

Caroline glitt auf die Tanzfläche hinaus und stellte fest, dass ihr gegenwärtiger Partner ein weitaus besserer Tänzer war als der vorherige. Er unterhielt sich in fröhlichem Ton und einer rauen, aber herzlichen Art; er fragte sie, wie ihr London gefiele und andere oberflächliche Dinge.

Schließlich sagte Caroline: »Ich habe zweimal mit einem Herrn getanzt, dessen Name Wakefield war. Jemand hatte George Wakefield erwähnt, und ich nahm an, er sei es.«

»Oh, das war mein Bruder, Andrew«, sagte George Wakefield und lachte laut. »Es wird ihn amüsieren, dass Sie ihn für mich gehalten haben. Das ist noch nie passiert.«

»Er ist Ihr jüngerer Bruder, nehme ich an?«

»Ja. Ein feiner Bursche. Hat er Ihnen erzählt, dass er nach Oxford geht?« – »Nein, er hat nichts dergleichen erwähnt.«

»Oh ja. Er wird Pfarrer, müssen Sie wissen.«

Obwohl die Bemerkung Caroline schockierte, musste sie feststellen, dass sie gleichzeitig amüsiert war. »Davon wusste ich auch nichts. Er hat es nicht erwähnt.«

Wiederum lachte George Wakefield. »Der junge Schurke! Ich muss ihm ernsthaft ins Gewissen reden. Neunzehnjährige Pfarrer dürfen nicht herumlaufen und sich als Tanzmeister ausgeben. Sehen Sie! Das ist er. Kommen Sie mit.«

Caroline sah, dass der Mann, der ihr erster Tanzpartner gewesen war, dastand und sie beobachtete. Als George Wakefield vor ihm stehen blieb, sagte er: »Nochmals hallo, Miss Barksdale.«

Sir George Wakefield streckte die Hand aus und knuffte seinen Bruder in die Rippen. »Andrew, ich bin überrascht, dass du unter falscher Flagge segelst.«

»Wie bitte, George?«

»Nein, versuch es erst gar nicht«, sagte George und zwinkerte Caroline herzhaft zu. »Miss Barksdale erzählte mir, wie du ihr den Hof gemacht und kein Wort gesagt hast, dass du ein zukünftiger Pfarrer bist.«

Andrew Wakefield schien sich unbehaglich zu fühlen. »Ich wollte Sie nicht täuschen, Miss Barksdale. Wir hatten einfach keine Gelegenheit, über das Thema zu reden.«

Caroline sah, dass der Mann ernsthaft in peinlicher Verlegenheit war, und beeilte sich, ihn zu beruhigen. »Lassen Sie Ihren Bruder nicht aus einer Mücke einen Elefanten machen. Im Übrigen habe ich unseren Tanz sehr genossen. Ich hätte mir nie träumen lassen«, sagte sie mit einem schelmischen Lächeln, »dass Geistliche so gute Tänzer sind.«

»Ich bin eigentlich noch kein Geistlicher«, bemerkte Andrew. Er zuckte die Schultern und lächelte George an. »Es kann nur einen älteren Sohn in der Familie geben. Jüngere Söhne müssen entweder bei der Armee oder bei der Kirche Unterschlupf suchen.«

»Es freut mich, dass du die Kirche gewählt hast«, sagte George, während Caroline danebenstand und den Männern zuhörte. »Jedenfalls ist das ein würdigeres Leben, als sich von einer Kanonenkugel den Kopf abreißen zu lassen!«

Später am Abend tanzte Caroline ein letztes Mal mit Andrew Wakefield. Er betrachtete sie eindringlich. »Es tut mir leid, dass ich

Sie aufs Eis geführt habe, Miss Barksdale«, sagte er zutraulich. »Ich fühle mich gar nicht als Geistlicher. Es dauert so lange … Jahre, bis etwas dabei herauskommt. Darf ich mich bei Ihnen melden, ehe ich nach Oxford aufbreche?«

Seine Frage überrumpelte Caroline, aber sie antwortete sofort: »Natürlich. Meine Familie wird sich über Ihren Besuch freuen.«

* * *

»Du wirst nie erraten, was der junge Reverend hier auf dem Ball getan hat«, sagte George und schenkte seiner Familie ein Lächeln. Es war am Tag nach dem Ball, er und Andrew frühstückten mit ihrer Mutter, Lady Ann Wakefield. Auch Hope Wingate, eine entfernte Verwandte, war anwesend. Als die Tochter von Christopher und Angharad Wakefield und die Witwe von Darcy Wingate war diese winzige, weißhaarige Frau nun auf die Wakefields angewiesen.

»Was hat er denn getan, George?«, verlangte Lady Ann Wakefield zu wissen. Sie war eine klein gewachsene, plumpe Frau mit kastanienbraunem Haar und einem kraftvollen Gesicht.

»Er machte einer der schönsten jungen Frauen dort den Hof – und er sagte ihr kein Wort davon, dass er Geistlicher ist. Abscheulich!«

Andrew errötete und schüttelte den Kopf. »Es war nicht so schlimm, wie George es hinstellt. Sie ist eine sehr nette junge Frau.«

»Wer war sie?«, fragte Lady Wakefield und lauschte, als Andrew ihr alles Wissenswerte über die Familie Barksdale erzählte. Dann zuckte sie die Schultern und bemerkte: »Das hört sich nach einer sehr netten jungen Dame an. Hör auf, ihn zu necken, George.«

George lachte herzlich. »Er sollte seine Romanzen lieber hinter sich bringen, bevor er nach Oxford geht. Ich glaube, dort haben sie den ganzen Tag nichts anderes zu tun, als die Nase in Bücher zu stecken. Aber ich muss zugeben, du hast Geschmack, Andrew. Miss Barksdale ist ein hübsches kleines Ding.«

Später, als Hope Wingate allein mit Andrew am Tisch saß, sagte sie: »Erzähl mir von dieser jungen Frau.« Obwohl Hope bei schlechter Gesundheit war und nur Spuren der großen Schönheit ihrer Jugend aufwies, war sie immer noch flammend stolz auf ihr walisisches Blut – und sie mochte Andrew genauso gern, wie er sie mochte. Sie saß schweigend da und lauschte, während er ihr die Begegnung beschrieb, dann fragte sie: »Hast du sie wirklich gemocht, Andrew?«

»Oh ja, sehr.« Andrew blickte ihr gerade in die Augen, sein Gesicht war ernst. »Ich möchte sie wiedersehen, bevor ich nach Oxford gehe. Sie sagte, ich dürfte sie besuchen, und das werde ich tun.«

»Das wird deine erste Liebesaffäre.« Hope lächelte und genoss das Gefühl seiner Hand auf der ihren. »Du warst nie ein großer Schürzenjäger.«

Andrew Wakefield blickte gedankenvoll vor sich hin. Als ein ernster junger Mann hatte er sich damit abgefunden, ein jüngerer Sohn zu sein. Er war ein guter Schüler, hochintelligent und gar nicht unzufrieden mit der Aussicht, in den kirchlichen Dienst zu treten, denn er war schon lange religiös engagiert. Hope Wingate, deren Hand er hielt, war eine tiefgläubige Christin, die ihm immer wieder weitergeholfen hatte.

»Nein, ich habe nie viel für Liebesaffären übriggehabt«, sagte Andrew. »Aber ich muss zugeben, ich war noch nie so angetan von einer jungen Frau, und ich werde mich freuen, sie wiederzusehen.«

Hope drückte seine starke Hand, dann legte sie ihre zweite Hand auf die seine und sagte leise: »Ich hoffe, es ist ihr bewusst, was für ein wackerer junger Mann da zu Besuch kommt.«

Andrew lächelte beinahe frech, seine weißen Zähne glänzten. »Ich wünschte, ich wäre nur halb der Mann, für den du mich hältst, Tante Hope.«

Er beugte sich vor und küsste ihre Wange, dann verließ er den Raum. Hope Wingate saß noch lange da, dachte an die Vergangenheit und an diesen jungen Mann, der ihr so lieb geworden war. »Ich habe viele Jahre für dich gebetet, Andrew«, flüsterte sie. »Und nun werde ich dafür beten, dass Gott dir die richtige Frau zur Gefährtin gibt.«

Carolyn Miller

Die unnahbare Miss Ellison

Alle schwärmen für den zurückgekehrten Earl of Hawkesbury – alle außer Lavinia Ellison. Die Pfarrerstochter hält ihn für arrogant und rücksichtlos und ahnt nichts von seinen starken Schuldgefühlen. Als er auf Lavinia trifft, muss er sich dem Schmerz seiner Vergangenheit stellen!

Gebunden, 13,5 x 21,5 cm, 384 S.
Nr. 395.855, ISBN: 978-3-7751-5855-8
Auch als E-Book e

Carolyn Miller

Die zweifelhafte Miss DeLancey

Voller Verzweiflung verbringt Clara DeLancey ihre schlaflosen Nächte auf den gefährlichen Klippen. In ihrem dunkelsten Moment rettet ein Unbekannter sie vor dem sicheren Tod. Als sie sich später wiedersehen, setzt Clara alles daran, unerkannt zu bleiben. Noch kann sie nicht glauben, dass Freundschaft und Barmherzigkeit über die Vergangenheit siegen könnten.

Gebunden, 13,5 x 21,5 cm, 368 S.
Nr. 395.984, ISBN: 978-3-7751-5984-5
Auch als E-Book e

Renate Ziegler

Celia – Sehnsucht im Herzen

Rom 95 n. Chr., ein geplanter Anschlag geht schief, die 4-jährigen Julia ist plötzlich auf der Flucht. 14 Jahre später: An all das kann sich die hübsche Julia, die nun Celia heißt, nicht erinnern. Für sie scheint die Welt völlig in Ordnung. Doch dann gerät alles ins Wanken.

Gebunden, 13,5 x 21,5 cm, 272 S.
Nr. 396.009, ISBN: 978-3-7751-6009-4
Auch als E-Book e